Hendrik Lambertus legt mit «Das Erbe der Altendiecks» seinen ersten historischen Roman vor. Als promovierter Mediävist hat er für diese Geschichte ausführlich recherchiert. Zudem ist er dem norddeutschen Setting des Romans sehr verbunden: Er lebt mit seiner Familie in der Nähe von Bremen. Neben seinen Lehraufträgen an verschiedenen Universitäten betreibt er freiberuflich eine Schreibwerkstatt.

Mehr Informationen sind auf seiner Homepage zu finden: www.hendrik-lambertus.de

Hendrik Lambertus

Das Erbe der Altendiecks

Eine Uhrmacher-Saga

Historischer Roman

Rowohlt Taschenbuch Verlag

Originalausgabe
Veröffentlicht im Rowohlt Taschenbuch Verlag, Hamburg, April 2020
Copyright © 2020 by Rowohlt Verlag GmbH, Hamburg
Seite 500 f.: Der Bauer an seinen durchlauchtigen Tyrannen, Gedicht von Gottfried August Bürger, entstanden 1773. Zitiert aus: Gottfried August Bürger: Werke in einem Band. Herausgegeben von den nationalen Forschungs- und Gedenkstätten der klassischen deutschen Literatur in Weimar. Bibliothek Deutscher Klassiker. Aufbau-Verlag Berlin und Weimar, 3. Auflage 1965.
Seite 519 und 539: Zitiert aus: Mary Wollstonecraft: Rettung der Rechte des Weibes mit Bemerkungen über politische und moralische Gegenstände. Aus dem Englischen übersetzt. Mit einigen Anmerkungen und einer Vorrede von Christian Gotthilf Salzmann. Erster Band. Schnepfenthal 1793. (Übersetzer: Georg Friedrich Christian Weissenborn)
Seite 546: Das Lied von der Glocke, Gedicht von Friedrich Schiller, entstanden 1799. Zitiert aus: Reinhard Buchwald/K. F. Reinking (Hrsg.): Schillers Werke. Band 1. Die Gedichte. Nach Schillers letzter Auswahl und Anordnung. Mit einer Nachlese. Hamburg o. J.
Covergestaltung any.way, Barbara Hanke/Cordula Schmidt
Coverabbildung privat; Lithographie im Besitz des Focke-Museums, Bremer Landesmuseum für Kunst und Kulturgeschichte (Der Bremer Marktplatz. Lithographie von F.A. Borchel nach Gemälde von Hermann Aßmann)
Satz aus der DTL Vandenkeere
bei Pinkuin Satz und Datentechnik, Berlin
Druck und Bindung CPI books GmbH, Leck, Germany
ISBN 978-3-499-27608-8

Aus Verantwortung für die Umwelt haben sich die Rowohlt Verlage zu einer nachhaltigen Buchproduktion verpflichtet. Der bewusste Umgang mit unseren Ressourcen, der Schutz unseres Klimas und der Natur gehören zu unseren obersten Unternehmenszielen. Gemeinsam mit unseren Partnern und Lieferanten setzen wir uns für eine klimaneutrale Buchproduktion ein, die den Erwerb von Klimazertifikaten zur Kompensation des CO_2-Ausstoßes einschließt. Weitere Informationen finden Sie unter: www.klimaneutralerverlag.de

Für Heidi

Inhalt

Erster Teil: 1766
9

Zweiter Teil: 1775
137

Dritter Teil: 1810
331

Vierter Teil: 1833
481

Epilog
610

Glossar
Historische Personen 618
Uhrmacherei 620
Allgemein 622

Nachwort 632

Erster Teil

1766

Die Altendiecks

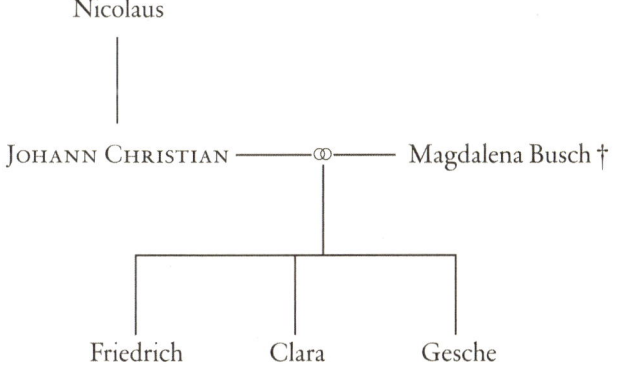

Erstes Kapitel

Hora fugit.
Die Inschrift unter dem Ziffernblatt der Standuhr war mit geschwungenen Lettern auf Messing graviert. Sie schimmerte in dem gedämpften Licht, das durch Buntglasscheiben in die Diele hereinfiel und den Tanz unzähliger Staubkörnchen beleuchtete.

Auch das dunkle, polierte Holz des Uhrenkastens glänzte. Hier verbarg sich das Pendel der Uhr hinter einer Tür, die als hoher Rundbogen gearbeitet war. Vornehm sah das aus, ein bisschen wie ein Kirchenportal und ein bisschen wie die bauchigen Leiber der Violen und Gamben, wenn die Stadtmusiker auf dem Balkon des Rathauses aufspielten.

Gesche mochte vornehme Dinge.

Sie stellte sich auf die Zehenspitzen, um besser zur Standuhr hinaufschauen zu können, wie sie es schon so oft getan hatte. Ganz oben, in mehr als sechs Fuß Höhe, war eine runde Öffnung eingelassen. Ein Schiffchen aus Zinn mit weißen Segeln tanzte dahinter auf gemalten Wellen. Mit jedem Pendelschlag bewegte es sich ein wenig, vor und wieder zurück, als wäre es in einem ewigen Sturm gefangen und würde niemals einen Hafen erreichen.

Besucher pflegten das mechanische Schiff besonders ausgiebig zu bestaunen, und das hatte auch Gesche einst getan, als sie noch ganz klein gewesen war. Inzwischen konnte sie darüber nur lächeln, denn ihr war längst klargeworden, dass die Uhr viel interessantere Geheimnisse in sich barg.

Darauf verwies schon die Signatur, die sich rings um die Fassung des Schiffchens zog: «N. Altendieck. Bremen 1735».

N. Altendieck, das wusste Gesche genau, war ihr Großvater Nicolaus. Er hatte die Uhr gebaut, lange bevor die Werkstatt von Vater übernommen worden war. Doch er hatte nicht etwa den Uhrenkasten zusammengefügt oder die windrosenförmige Intarsie am Sockel angebracht. Nicolaus Altendieck hatte etwas ungleich Spannenderes getan: Er hatte das Uhrwerk konstruiert und der Uhr so Leben eingehaucht. Eine Seele.

Hora fugit.

Hora. So nannte Gesche die Uhr bei sich, seit ihr der Großvater zum ersten Mal die Inschrift unter dem Ziffernblatt vorgelesen hatte. Hora war die unbestrittene Königin der Diele, das erste, was ein Besucher sah, wenn er von der Straße hereinkam. Natürlich hatte Großvater ihr auch die Bedeutung der Inschrift erklärt: Die Stunde eilt dahin.

Doch die Zeiger der Uhr bewegten sich bedächtig über das Ziffernblatt aus Messing, so langsam, dass man es fast nicht bemerkte. Schon manche kostbare Minute hatte Gesche damit zugebracht, einfach nur auf der Diele zu stehen und Hora, die Familienuhr, zu betrachten. Dann eilten ihre Stunden nicht, sondern kamen zu ehrfurchtsvoller Ruhe.

Bis man sie wieder zu einer ihrer Hauspflichten rief. Gesche ließ sich nicht gerne rufen. Die anderen wussten das, missbilligten es – und hatten sich in den zehn Jahren, die Gesche nun schon auf dieser Welt weilte, fast daran gewöhnt. Jene verhassten Stunden, in denen sie Lisa in der Küche helfen musste, vergingen besonders langsam. Von Eilen konnte dabei keine Rede sein – ganz egal, was dort oben auf Messing geschrieben stand.

Konzentriert betrachtete Gesche die Zeiger. Wenn man genau darauf achtete, bewegten sie sich doch, glitten von einer der auf Zinn geprägten römischen Ziffern zur nächsten.

Eine Ahnung vom Verrinnen der Zeit bekam sie in jenen herrlichen Stunden, die sie bei Großvater in seiner Kammer verbrachte und ihm aus seinen Büchern vorlas, so wie er Gesche früher die Inschrift vorgelesen hatte. Eine Stunde bei Großvater war genauso lang wie eine Stunde in der Küche, so lang wie Gesches kleiner Finger, der exakt in die Lücke zwischen zwei der Ziffern passte. Und doch waren es in der Küche zermürbende Ewigkeiten und in Großvaters Kammer flüchtige Momente, ehe man sie wieder zu irgendeiner Pflicht rief. Wer in einem Uhrmacher-Haus aufwuchs, entwickelte schon früh ein Gespür für die veränderliche Qualität der Zeit.

Und wer die Enkeltochter von Nicolaus Altendieck war, wurde zudem in ihre Mysterien eingeweiht. Schon oft hatte Großvater die Abdeckung geöffnet und Gesche hochgehoben, damit sie einen Blick hineinwerfen konnte: auf das Uhrwerk, das schlagende Herz von Hora, dessen Komplexität erst die schlichte Eleganz der wandernden Zeiger ermöglichte.

Während Gesche das Geflecht der Räder bestaunte, hatte Großvater dazu Erklärungen geflüstert: von den Gewichten, in denen auf geheimnisvolle Weise die Kraft der Uhr gespeichert war, die sie durch ihr allmähliches Absinken auf das Walzenrad übertrugen. Vom Minutenrad, das davon angetrieben wurde. Vom Stundenrad, das über das Wechselrad damit verbunden war. Vom Pendel, das die Zeit in gleichmäßige Scheiben zerteilte wie eine feine Klinge. Und vom Rechenschlagwerk, das dafür sorgte, dass die vollen Stunden als metallische Glockentöne durch das Haus hallten, gefolgt von den ersten Noten von *Nun danket alle Gott*, als sei ein leibhaftiger Musiker im hohen Uhrenkasten eingesperrt. Das war Großvaters besonderer Stolz.

Räder und Werke, Kräfte und Übertragungen – für Gesche klang das alles wie Zauberformeln, über die ihr Großvater gebot. Ihre Macht hatte Hora zum Leben erweckt, deren gleichmäßiges Ticken durch die Diele hallte und der Herzschlag des Hauses war.

Gesche schaute so gebannt zu den Zeigern hinauf, dass sie darüber beinahe den anderen Grund vergessen hätte, warum sie heute in der Diele stand. Aber nur beinahe.

Vater hatte einen Gast. Es musste ein ungewöhnlicher und wichtiger Gast sein, denn Vater hatte schon am Morgen Lisa angewiesen, den Kachelofen in der guten Stube anzuheizen. Das tat er sonst nie – man traf sich in der Wohnküche, der Diele oder, wenn es um die Arbeit ging, in der Werkstatt.

Als der Gast dann erschienen war, hatte sich Gesches Vermutung bestätigt. Sie hatte seine Ankunft vom Geländer der Treppe aus beobachtet, die zum Hängeboden der Diele hinaufführte. Es war ein alter Mann mit silbernen Knöpfen am Justaucorps-Rock, dessen Perücke weiß gepudert war. Nur wichtige Leute trugen gepuderte Perücken. Leute, die im Rathaus aus und ein gingen oder im Schütting, dem Haus der Kaufmannschaft.

Vater hatte sich mit dem gepuderten Gast in die gute Stube zurückgezogen, und Gesche hatte ihren Lieblingsplatz vor der Standuhr eingenommen, um den Gang der Zeiger zu beobachten – und um die Gesprächsfetzen zu belauschen, die hinter der grün bemalten Stubentür hervorkamen.

Leider war nur ärgerlich wenig von dem zu verstehen, was gesprochen wurde. Schon bald stand Gesche nur noch hier, weil sie unbedingt wissen wollte, was Vater mit dem Besucher zu bereden hatte – und nicht, weil sie wirklich darauf hoffen konnte, es zu erfahren. Wenn Gesche etwas wollte, reichte bloße Unmöglichkeit nicht aus, um sie davon abzubringen.

Sie lauschte angestrengt, trat immer näher an die Stubentür heran, geradezu unverschämt nah, bis die Standuhr mit ihren Zeigern nicht viel mehr als ein fadenscheiniger Vorwand war. Was hatte die fremde Stimme da gesagt? Ratsuhrmacher?

Plötzlich klapperte eine Tür.

«Gesche!» Clara, ihre große Schwester, rauschte mit der Unaufhaltsamkeit einer Sturmflut herein. «Dreimal hat Lisa dich jetzt gerufen! Und du stehst auf der Diele und starrst Löcher in die Uhr ...» Und handfest, wie sie war, packte Clara Gesche am Zopf und zog sie mit sich in die Küche.

«Aua», beschwerte sich Gesche, während sie hinter ihrer Schwester herstolperte. «Lass mich los! Ich glaube, ich habe eben gehört ...»

Ihre Schwester beachtete ihren Protest nicht. Es ging fort von der Stubentür, fort von Vaters Gast und fort von Hora, der Familienuhr. Unbeteiligt hallte ihr Ticken durch die Diele. Dann schlug sie schwer und unabwendbar die Stunde.

Zweites Kapitel

«Was wollte denn nun der Ratsdiener, Vater?»
Sein Sohn Friedrich sah ihn nicht an, als er diese Frage stellte. Stattdessen ordnete er Kornzangen, Schraubenzieher und andere Werkzeuge auf dem Arbeitstisch, an dem Johann Christian Altendieck saß. Das war nicht wirklich nötig, denn die Werkstatt im hinteren Teil des Altendieck'schen Hauses nahe der Ansgarii-Kirche zu Bremen war stets in guter Ordnung. Doch Friedrichs Finger kannten keine Ruhe und brauchten immer eine Beschäftigung.

Die Werkstatt war ein kleiner Raum, dessen Sprossenfenster auf den Hinterhof schauten. Hier gab es einen winzigen Garten, in dem vor allem Braunkohl gezogen wurde. Das *heimliche Gemach* stand gleich daneben – der Holzschuppen, der als Abort diente.

In den großen Arbeitstisch unter dem Fenster waren zahllose schmale Schubladen eingelassen, an der Wand darüber hingen Werkzeuge bereit. Johann betrachtete sie nachdenklich und ließ sich mit der Antwort Zeit. Er wusste, dass seinem Sohn die Neuigkeit gefallen würde. Und ebendas bereitete ihm Sorge.

«Es ging um einen Auftrag», sagte er schließlich vage.

Friedrich ließ die Räumerei sein und wandte sich ihm ganz zu. Er war kräftig, stämmig und strohblond, mit den typischen rauchgrauen Altendieck-Augen. Johann erkannte sich in ihm wieder, eine breitschultrige Version seiner selbst – wenn da nicht diese Spannung in Friedrichs Körper gewesen wäre, wie eine aufgezogene Spiralfeder, die ungeduldig darauf wartete, ihre Kraft freizusetzen. Ein Erbe Magdalenas, seiner lebensvollen Mutter.

Man hätte leicht daran zweifeln können, dass Friedrich mit dieser Spannung die Ruhe eines guten Uhrmachers aufbrachte. Doch der Zweifel verflog, wenn man Johanns Sohn arbeiten sah. Er beherrschte die Kunst, seinen Tatendrang in kleine, präzise Bewegungen umzuwandeln, die frei waren von jedem Ungestüm.

«Ein Auftrag vom Rat?», hakte er nach und spielte mit einer Zange.

«Nein, nicht ganz», gab Johann zurück. «Nur die Aussicht auf einen Auftrag. Wir sind nicht die einzigen, mit denen die Ratsdiener sprechen. Es wäre vermessen, darauf zu hoffen.»

Friedrich ging zwei kurze, ärgerliche Schritte auf und ab. Die Werkstatt war nicht groß, doch für Johann war sie immer ausreichend gewesen. Friedrichs Gebärden hingegen schienen stets mehr Raum zu brauchen, als das kleine Zimmer bieten konnte.

«Worum geht es denn jetzt genau? Was für ein Auftrag, Vater?» Er bemühte sich vergeblich, nicht zu trotzig zu klingen. So liefen ihre Gespräche oft ab. Friedrich preschte unbeirrt voran, und Johann war die Hemmung, die verhinderte, dass die Kraft seiner Feder ungebremst freigesetzt wurde. Gegen seinen Willen stahl sich ein müdes Lächeln auf seine Lippen. Johanns Lächeln war immer müde, seit seine Frau Magdalena nicht mehr da war.

«Sie wollen eine neue Uhr», sagte er langsam. «Für die obere

Rathaushalle, wo die hohen Herren tagen. Eine Uhr, die dem Ansehen unserer ehrwürdigen freien Reichsstadt angemessen ist, hat der Ratsdiener gesagt. Du kannst dir denken, dass sie keine nette, kleine Kaminuhr meinen ... Mit etwas anderem als einem Meisterwerk gibt sich der Rat nicht zufrieden. Darum haben sie auch 425 Taler dafür ausgelobt.»

«425 Taler?», wiederholte Friedrich, und seine grauen Augen blitzten. Dann fixierte er Johann misstrauisch. «Aber irgendetwas verschweigst du doch, Vater!»

Johann seufzte. Friedrich konnte manchmal so zielsicher nachbohren wie Magdalena. Wenn auch nicht ganz so unnachgiebig wie die kleine Gesche ...

«Es geht nicht nur um das Geld, das der Rat für die neue Uhr ausgeschrieben hat», erklärte Johann. «Als wenn das nicht schon für sich ein schöner Lohn wäre ... Sie verbinden auch den Posten des Ratsuhrmachers damit! Seit der alte Fidelius im letzten Winter gestorben ist, wurde die Stelle noch nicht wieder besetzt. Nun geben sie den Posten demjenigen, der ihnen ihre Wunderuhr baut.»

«Ratsuhrmacher!» Friedrich rief das Wort wie einen Schlachtruf. «Das ist doch großartig, Vater! Du würdest alle Uhren des Rates pflegen und warten – Aufträge, die praktisch von selbst kommen. Und denk nur mal an die Kaufmannsfrauen, die es gewiss besonders vornehm finden, wenn ihre Stubenuhr direkt vom Ratsuhrmacher der freien Reichsstadt Bremen stammt! Wahrscheinlich müssten wir noch einen Gesellen ins Haus nehmen ...»

«Friedrich», sagte Johann streng und lächelte nicht mehr. «Nun werd' nicht gleich hoffärtig. Noch hat uns niemand zum Ratsuhrmacher gemacht. Wir sind nicht die einzigen, denen sie den Bau ihrer Uhr antragen. Wahrscheinlich wird einer der alteingesessenen Meister den Auftrag bekommen, vielleicht sogar der Greven. Ich werde jedenfalls ablehnen.»

Friedrichs Zange fiel klappernd auf den Arbeitstisch. Seine innere Feder hatte all ihre Spannung auf einmal verloren.

«Du wirst was?», fragte er ungläubig.

«Ablehnen», erwiderte Johann, in dem langsam Ärger aufstieg. «Du weißt doch, dass manch andere Uhrmacher die Altendiecks immer noch als Kleinschmiede sehen, die zu hoch hinauswollen. Da werde ich uns nicht den Spott ins Haus holen, indem ich mich um eine Stellung beim Rat bemühe.»

«Aber was könnten wir denn verlieren?», fragte Friedrich ehrlich verständnislos.

Johann atmete tief durch. Sein Sohn war nicht ungehorsam. In seinem Tatendrang verstand Friedrich wirklich nicht, dass man nicht jede sich bietende Gelegenheit bedenkenlos ergriff.

«Stell dir mal vor, dass wir durch Gottes Fügung den Auftrag des Rates wirklich bekämen», erklärte er um Geduld bemüht. «Es dauert mindestens zwei Jahre, so eine Uhr zu bauen, eher drei. Wir müssten andere Aufträge ablehnen, hätten nur noch Raum für diese eine, große Arbeit. Unser ganzer Ruf hinge davon ab, ob die hohen Herren damit zufrieden sind. Der Deibel hat schon mehr als einem närrischen Spieler das Genick gebrochen, der Haus und Hof auf einen Würfelwurf gesetzt hat.»

«Aber Vater ...»

«Friedrich!» Es kam nicht oft vor, dass Johann in diesem Tonfall sprach. Sein Sohn verstummte sofort – mehr aus Überraschung denn aus Respekt. Johann rieb sich die Schläfen. Er hasste es, laut zu werden. Die Menschen schrien ihre Überzeugungen dann am lautesten heraus, wenn sie innerlich am unsichersten waren.

Für einen Moment herrschte peinliches Schweigen in der Werkstatt. Es wurde von einer leisen, kratzigen Stimme durchbrochen: «Kairos. Denk an Kairos.»

Johann vergaß zuweilen, dass sein Vater Nicolaus da war. Der alte Mann konnte stundenlang stillsitzen und vor sich hin brüten, wie ein Möbelstück. Und es war praktisch nicht zu erkennen, ob er darüber eingeschlafen oder hellwach war. Andere Greise wärmten ihre Knochen auf der Bank hinter dem Ofen. Nicolaus Altendieck zog es jedoch vor, unbequem in einer Ecke jener Werkstatt zu hocken, die er einst aufgebaut hatte, bevor seine Finger zu steif für die Arbeit mit den feinen Rädchen geworden waren.

«Kairos?», fragte Friedrich mit gerunzelter Stirn. «Was meinst du damit, Großvater?»

Nicolaus räusperte sich geräuschvoll. «Hat dein Vater dich nicht in die Sögestraße zur Lateinschule geschickt, damit man sich um deine Bildung kümmert, Junge?», fragte er, und ein schiefes Lächeln teilte sein faltiges Gesicht. «Kairos nannten die alten Griechen die günstige Gelegenheit! Er war ein Knabe mit einem dicken Haarschopf auf der Stirn und am Hinterkopf noch kahler als meine Glatze.» Er kicherte. «Wer Kairos fangen wollte, musste ihn vorne am Schopf packen, solange er noch angerannt kam. Zögerte man zu lange, lief er vorbei, und hinten gab es nichts mehr, um ihn festzuhalten. Dann konnte man ihm höchstens hinterherwinken, ehe man sich wieder um sein täglich Mühsal kümmern musste.»

Johann verlagerte unbehaglich sein Gewicht auf dem Stuhl. Solche Geschichten standen in den Büchern, die sein Vater sich von Gesche vorlesen ließ, seit seine Augen verschleiert waren.

«Kairos ...», murmelte Friedrich und schaute Johann bedeutungsvoll an. Dieser schwieg ungnädig.

Nicolaus Altendieck hatte damals zugepackt und den rennenden Knaben am Haar erwischt, auf seinen Reisen, zu einer anderen Zeit in einem fremden Land. Sonst wären die Altendiecks heute keine Uhrmacher in einer der stolzesten Städte des Nordens. Johann hingegen ...

Plötzlich tauchte Gesche wie aus dem Nichts auf. Sie trug ihr beigefarbenes Schürzenkleid, ihre Haube war nachlässig verrutscht. «Und? Wirst du es tun, Vater? Wirst du, Vater? Wirst ...»

Sie zog am Ärmel seines Hemdes, während sie ihn mit überschlagender Stimme bedrängte. Johann fiel einmal mehr auf, wie groß sie inzwischen war und wie ähnlich sie ihrer Mutter mit dem hageren Körperbau und dem dunkelblonden Haar sah.

Friedrich und Nicolaus wirkten genauso überrascht wie er. Keiner von ihnen hatte bemerkt, wie das Mädchen in die Werkstatt gekommen war. Da sah Johann, dass die Tür zur Diele einen Spaltbreit offen stand. Dahinter war eine Gestalt im Halbdunkel zu erkennen. Clara, seine große, vernünftige Clara. Sie schaute ziemlich betreten drein, als sie nun zögerlich die Tür öffnete. Offenbar hatte sie sich nicht verkneifen können, zusammen mit ihrer kleinen Schwester zu lauschen.

«Nun komm halt auch noch rein», brummte er ihr zu. Johann zweifelte keinen Moment daran, dass das Lauschen Gesches Idee gewesen war. Und es überraschte ihn nicht, dass sie schließlich hereingestürmt war, um ihre Meinung kundzutun. Ihr Wille war schon immer stärker ausgeprägt gewesen als ihre guten Manieren. Sie war nun mal die Tochter ihrer Mutter. Auch wenn sie Magdalena in den zwei kurzen Jahren, die sie gemeinsam verbringen durften, kaum kennengelernt hatte. Clara hingegen schlug mehr nach ihm.

«Wirst du es nun tun?», drängelte Gesche weiter, während Clara sich stumm neben Friedrich stellte.

«Werde ich was tun?», erwiderte Johann in dem matten Versuch, hausväterliche Strenge in seiner Stimme anklingen zu lassen. Er war nie besonders gut darin gewesen – und Gesche ein denkbar undankbares Gegenüber für solche Exerzitien.

«Na, aufs Rathaus gehen!», insistierte Gesche. «Und Bescheid sagen, dass du Ratsuhrmacher werden willst! Es ist bestimmt nicht schlimm, dass du nicht gleich zugesagt hast ...» Ihre großen, grauen Augen schauten eher fordernd als flehend.

Johann straffte sich. «Gesche, dieses Gespräch war nicht für deine Ohren bestimmt, aber wenn du schon lauschst, dann hör auch zu. Ich habe deinem Bruder bereits gesagt, dass ich ablehne. Und dabei bleibt es. Ich werde ...»

«Was hätte Lenchen gewollt?»

Johann stockte der Atem. Nicolaus hatte die Frage leise, fast flüsternd gestellt. Und doch hallte sie wie der Stundenschlag einer Uhr in der Werkstatt wider. Niemand sagte etwas. Johann schaute auf seine Kinder, die vor ihm am Arbeitstisch standen, aufgereiht wie die Orgelpfeifen von St. Ansgarii. Drei Paar rauchgrauer Augen. Dreimal Züge, in denen er mehr als nur eine Spur von Magdalena erkennen konnte.

Johann wusste die Antwort auf die Frage seines Vaters, ohne nachzudenken. Er musste nur Friedrich, Clara und Gesche anschauen.

«Clara», seufzte er schließlich. «Geh doch zu Lisa und sag ihr, sie soll meinen guten Dreispitz abstauben.»

Gesche stieß einen ungebührlichen Jubelruf aus, den Clara sofort mit einem Stoß in ihre Seite beantwortete, ehe sie sich auf den Weg machte. Auf Friedrichs Lippen hatte sich ein erleichtertes Grinsen gestohlen. Es machte seine Züge ungewöhnlich weich. Johann fiel plötzlich auf, dass er seinen Sohn nur selten lächeln sah. Und Nicolaus? Der saß wieder in seiner Ecke und rührte sich nicht, wie eine Kleidertruhe. Eine Kleidertruhe, die überaus zufrieden mit sich aussah.

«Ich weiß, dass du noch wach bist, Vater», brummte Johann beim Aufstehen. «Und ich weiß, dass ich deinetwegen heute vermutlich eine große Dummheit begehen werde. Nein, nicht deinetwegen.» Er hielt kurz inne, rief sich das Gesicht seiner Frau vor Augen. «Meinetwegen.»

Und er zog los, einen griechischen Knaben zu fangen.

Bremen war eine geschäftige Stadt. Sobald Johann aus dem Haus trat, umfing ihn das Treiben auf den Gassen zwischen den hohen Stufengiebeln. Bürger eilten in ehrbarer, dunkler Tracht ihren Pflichten entgegen; Fuhrwerke rumpelten hochbeladen über das Pflaster; eine Schweineherde wurde durch die Straßen getrieben, und der Gestank der Tiere mischte sich in die ohnehin schon schweren Gerüche der Gassen.

Allerorts hallten die Ausrufe der Händler durch die kalte Frühjahrsluft, die mit Körben, Handkarren und Kiepen durch die Viertel zogen und alles an den Haustüren verkauften, was die Bremer zum Leben brauchten.

«Appel un Beern!», rief es hier, «Zuppenkrut un Peterzilljen?» dort. «Riesbess! Heidquäst!», krakeelten die Heidebauern, die in die Stadt gekommen waren, um ihre Besen aus Reisig und Heidekraut anzubieten. «Torf! Goden Backtorf nödig?», fragte der Torfhändler.

Am lautesten waren die Fischweiber, die ihre hohen Körbe

auf dem Kopf balancierten und sich wie mächtige Schiffe unter vollem Segel ihren Weg durch die Straßen bahnten:

«Gröne Heringe!»

«Stinte! Frische Stinte!»

«Willt dschi mal gode Matjesheringe eeten?»

Jeder Händler rief in seinem ganz eigenen Rhythmus, je nachdem, welche Waren er anbot, wobei sich sein Ruf beständig und ohne Variation wiederholte. Magdalena hatte daran stets erkannt, wer sich ihrem Haus näherte, lange bevor einzelne Wörter zu unterscheiden waren. Sie war dann gleich zur Tür geeilt, wenn die Familie etwas brauchte.

Für Johann, der diese Kunst nicht beherrschte, verbanden sich die Ausrufe der Händler und der übrige Lärm der Straßen zu einer misstönenden Kakophonie, die wie eine dunkle Woge über ihn hereinbrach. Er war am zufriedensten, wenn er sich in seiner Werkstatt in Ruhe der Arbeit widmen konnte.

Doch heute hatte er ein Ziel. Entschlossen eilte er die Obernstraße entlang, dem klobigen Nordturm des Doms entgegen, der über den Giebeln der Stadthäuser aufragte. Von seinem Zwilling, dem Südturm, war nur noch ein Stumpf übrig. Eines schrecklichen Tages vor über hundert Jahren war er in sich zusammengestürzt und hatte zwei Häuser unter sich begraben. Die Leute erzählten noch heute davon.

Tauben flogen in den grauen Himmel auf, als Johann eilig auf den gepflasterten Marktplatz einbog, vorbei am Pranger neben der Marktwache. Auf der einen Seite lag hier das Rathaus mit seinen drei reich verzierten gotischen Giebeln und dem hohen, grünen Dach. Auf der anderen Seite erhob sich der Schütting, das nicht minder prächtige Haus der Kaufmannschaft, bekrönt von einem stolzen Segelschiff. Fast schien es, als hätte Bremen zwei Rathäuser, die sich misstrauisch über den Platz hinweg musterten und mit ihrem Reichtum zu übertreffen versuchten.

Johann war diese Konkurrenz schon immer befremdlich vorgekommen. Schließlich stellten die Kaufleute auch den größten Teil der Ratsherren, viele ihrer Elterleute saßen im Rat und gingen ganz selbstverständlich in beiden Gebäuden ein und aus. Da erschien ihm dieser doppelte Prunk wie eitle Verschwendung.

Nicolaus erzählte gerne davon, dass in alter Zeit, als der Dom noch zwei Türme gehabt hatte, sich die Handwerker und einfachen Leute einst gegen die hohen Herren aufgelehnt und ihnen sogar den Schütting weggenommen hatten. Doch sie hatten ihren Übermut mit Blut bezahlt, und schon bald war alles wieder zur alten Ordnung zurückgekehrt.

Vielleicht lag es an solchen Geschichten, dass sich Johann im Bannkreis der Macht zwischen Marktplatz und Domshof noch nie besonders wohl gefühlt hatte. Vielleicht merkte er aber auch einfach nur allzu deutlich, dass er eigentlich nicht hierhergehörte. Sein abgetragener Justaucorps-Rock wirkte unscheinbar gegen die Brokatwesten und rüschenbesetzten Hemden der Herren, die in der Begleitung ihrer Dienstboten über den Platz schritten, umhüllt von einer unsichtbaren Dunstglocke aus Wichtigkeit. Ganz zu schweigen davon, dass er weder Perücke noch Gehstock trug und man seinem Dreispitz vermutlich ansah, dass er die meisten seiner Tage in einer Kleidertruhe in der Gesellschaft von Motten verbrachte.

Johann hielt auf das Rathaus zu und versuchte unwillkürlich, würdevoll zu schreiten. Doch er kam sich dabei wie einer der Störche auf der Bürgerweide draußen vor den Wallanlagen vor und gab es nach ein paar Schritten wieder auf.

Unter den Rundbogen-Arkaden des Rathauses standen

Grüppchen von Kaufleuten beieinander, gleich neben dem Roland, dem steinernen Hüter der Stadt. Fetzen fremder Sprachen wehten zu Johann herüber. Er hörte Englisch und Niederländisch heraus und verstand sogar einige Worte. Dafür hatte Nicolaus gesorgt.

«Ah, der werte Herr Altendieck!»

Johann zuckte zusammen, als eine tiefe Stimme seinen Namen über den Platz schmetterte. Eigentlich hatte er vorgehabt, wie ein Schatten ins Rathaus zu huschen, sein Anliegen vorzubringen und ungesehen wieder zu verschwinden. Nun fühlte er sich, als würde man ihm in dunkler Nacht plötzlich mit einer Laterne ins Gesicht leuchten. Wie aus dem Nichts trat Albert Greven auf ihn zu, stattlich, verbindlich und raumeinnehmend. Er war einige Jahre älter als Johann und hatte schon fast komplett ergrautes Haar. Die Knöpfe an seinem Rock glänzten stolz, den Dreispitz zierte eine Goldborte. Auch seine Augen blitzten lebhaft, während er Johann vom Kopf bis zu den Füßen musterte und dabei ein breites Lächeln zur Schau stellte. War es leutselig oder herablassend?

«Herr Greven», murmelte Johann und verbeugte sich überrumpelt. «Ihr kommt wohl gerade aus dem Rathaus?»

Damit stellte er nur das Offensichtliche fest, aber Johann war noch nie gut darin gewesen, spontane Höflichkeiten zu drechseln.

«In der Tat», dröhnte Greven zufrieden. «Man hat so seine Geschäfte, nicht wahr? Und was führt Euch hierher, mein Freund? Ich hätte nicht erwartet, Euch anderswo als in Eurer kleinen Werkstatt anzutreffen.»

Johann zwang sich zu einem verkrampften Lächeln. Albert Greven war einer der erfolgreichsten Uhrmacher der Stadt und zeigte das überaus gern, nicht nur durch seine Garderobe. Die

Grevens hatten schon Uhren für Kaufleute und Ratsherren gebaut, als die Altendiecks noch als einfache Kleinschmiede Werkzeuge hergestellt hatten. Bevor die große Reise des Nicolaus Altendieck alles verändert hatte.

«Auch mich führen Geschäfte her», sagte Johann schließlich vage in der Hoffnung, einem verfänglichen Gespräch zu entkommen.

Doch Greven ließ nicht locker. «Geschäfte, gewiss», erwiderte er. «Mein Ältester, Carl, sagte mir, dass man heute Morgen den Ratsdiener in Eurer Gasse gesehen hat. War er wohl zufällig auf dem Weg zu Euch?»

Neuigkeiten sprachen sich schnell herum zwischen Bremens Mauern.

«Ja, das war er», gab Johann leicht entnervt zurück. Greven wollte offensichtlich eine Bestätigung für das, was er ohnehin schon wusste. «Wir sprachen über die neue Uhr, die der Rat für den oberen Saal in Auftrag geben wird», sagte er. «Ihr habt vielleicht davon gehört.»

«Aber natürlich», lächelte Greven. «Ich habe schon mit den Konstruktionsskizzen begonnen, und zur Stunde arbeitet mein Carl daran.»

«Ihr seid gewiss stolz auf ihn», entgegnete Johann lustlos. Genau so etwas hatte er befürchtet. «Auch ich habe mir inzwischen einige Gedanken über diese Uhr gemacht...» Das hatte er in der Tat. Auf dem Weg hierher. Es gab da ein paar Dinge, die er schon seit langem an einer großen Uhr ausprobieren wollte.

«Ihr strebt also den Posten des Ratsuhrmachers an, Altendieck?», fragte Greven und zog beide Augenbrauen bis zum Dreispitz hoch. «Soso.»

Mehr sagte er nicht. Keine Spitzen, keine Beleidigungen,

kein Verweis auf die Herkunft der Altendiecks und die alte Uhrmacher-Tradition der Grevens. Es war auch nicht nötig. In seinem Tonfall lag genug Herablassung, um den Frachtraum eines großen Lastenseglers damit zu füllen.

«Dann interessiert es Euch bestimmt», fuhr Greven jovial fort, «dass ich heute Nachmittag mit dem gestrengen Ratsherrn Abraham Hemeling verabredet bin, der den Auftrag für den Rat vergeben wird. Sobald er zum Rathaus zurückgekehrt ist, werden wir miteinander reden. Wenn ich erst einmal mit dem Bau der Uhr beginne, habe ich wohl keine Zeit mehr für Kleinaufträge. Dann werde ich an Euch denken, Altendieck. Bis dahin empfehle ich Euch, Eure Zeit nicht weiter zu verschwenden.» Er musterte Johann abschätzend, ehe er fortfuhr. «Vielleicht solltet Ihr Euch damit beschäftigen, eine anständige Frau Meisterin in Euren Haushalt zu holen? Mit jedem Jahr, das vergeht, reden die Leute mehr, mein Bester.»

«Manchem Haushalt fehlt eine anständige Frau Meisterin – und anderem ein anständiger Meister», erwiderte Johann leise. Mit Genugtuung beobachtete er, wie Greven sich an dem verschluckte, was er eigentlich noch hinzufügen wollte.

Grußlos stolzierte der ältere Mann quer über den Marktplatz davon, die Tauben stoben wie die Bugwelle eines Schiffes zu allen Seiten von ihm fort. Johann schaute ihm missmutig nach. Wenn Albert Greven die Stellung als Ratsuhrmacher wollte, konnte er es eigentlich auch gleich bleibenlassen. Genau deswegen hatte er nicht gehen wollen, bevor Nicolaus mit seiner albernen Geschichte von Kairos angefangen hatte. In Bremen liefen eben keine stirnlockigen Griechen herum ...

Doch langsam kroch Ärger über den aufgeblasenen Greven in ihm hoch. Die Spitze mit der Frau Meisterin hätte er sich wirklich sparen können. Jeder, der Johann kannte, wusste, dass er sich nicht neu verheiraten wollte. Zunächst waren noch Zunftgenossen an ihn herangetreten und hatten damit angefangen, dass sie da eine Tochter hätten, die bald in dem Alter sei ... Doch Johann wollte nicht. Auch heute noch trauerte er, und er mochte es keiner guten Seele zumuten, mit dem Geist seiner toten Frau zu konkurrieren. Inzwischen fragte niemand mehr.

Schlecht gelaunt wandte Johann sich ab, um wieder nach Hause zu gehen, dem Kirchturm von St. Ansgarii entgegen, der noch höher aufragte als der Dom. Plötzlich setzte der Klang seiner Glocken zum Mittagsgeläut ein, erst zögerlich, dann immer machtvoller. Die anderen Kirchen stimmten leicht versetzt mit ein. Das Läuten tänzelte über die Dächer und schien den grauen Himmel aufzuhellen.

Glocken hatte Johann auch in die neue Rathausuhr einbauen wollen. Ein Glockenspiel von nie gekannter Kunstfertigkeit, ein Schmuckstück für den Rat und die Stadt. Er konnte sich nicht vorstellen, dass Albert Greven etwas Vergleichbares für das Rathaus plante. Er arbeitete präzise, als wäre er selbst ein mechanischer Automat, aber er war völlig phantasielos. Wenn Johann die Gelegenheit bekäme, seine Pläne darzulegen ...

Er schüttelte den Kopf über sich. Gesche hatte ihn mit ihrem großäugigen Optimismus angesteckt. Das brachte doch alles nichts – Greven würde vor ihm mit Hemeling sprechen, und er war sehr überzeugend. Er gab sich stolz wie ein Kaufmann, sprach ihre Sprache.

Sobald er zum Rathaus zurückgekehrt ist ... Grevens Worte hallten in Johanns Gedanken wider. Wo mochte der Ratsherr dann wohl jetzt sein? Im Schütting? Oder er war für irgendwelche Geschäfte unterwegs. Oder aber er hielt sich über Mittag in seinem Haus auf, aß mit seiner jungen Frau und schaute auf die Geschäfte seines Kontors, ehe er sich wieder zum Rathaus aufmachte. Das erschien Johann am wahrscheinlichsten.

Er wusste, dass das Hemeling'sche Haus beim alten Katharinenkloster nahe am Herdentor lag, gar nicht weit entfernt. Wenn er direkt dorthin ginge und bei Hemeling vorstellig würde, konnte er noch vor Albert Greven mit ihm sprechen.

Ihm behagte die Vorstellung gar nicht, als einfacher Handwerker an die Tür eines Fernkaufmanns und Ratsherren zu klopfen und um ein Gespräch zu bitten, mit dem mottenzerfressenen Dreispitz in der Hand und ohne Einladung. Vermutlich würden ihn die Hausknechte davonjagen wie einen Hausierer. Doch was hatte er zu verlieren? Greven fand offenbar allein die Vorstellung schon lächerlich, dass Johann sich als Ratsuhrmacher bewerben könnte – und lächerlicher als lächerlich konnte er sich wohl kaum machen.

Mit grimmiger Entschlossenheit änderte er seinen Weg und bog in Richtung der Katharinenstraße ab. Die Straßenhändler wichen seinen festen, weit ausladenden Schritten aus. Johann Christian Altendieck hatte es eilig, auf ihn warteten Geschäfte.

Drittes Kapitel

Neptun hielt seinen Dreizack fest umschlossen und schaute unbeirrt in die Ferne. Die Statue wachte über dem Portal des Hemeling'schen Kaufmannshauses. Links und rechts wurde der Meeresgott von zwei weiteren Figuren flankiert: einem dunkelhäutigen Bewohner Afrikas und einem Speerträger mit Federkrone aus der Neuen Welt. Die Statuen waren erst vor kurzem hinzugefügt worden. Seit der unselige Krieg vorbei war, den der Preußenkönig Friedrich gegen die Erzherzogin Maria Theresia geführt hatte, war es mit dem Handel in Bremen bergauf gegangen, und Neptuns Gefährten verkündeten stolz, dass die bremischen Handelssegler immer weiter auf den Weltmeeren herumkamen. Man beschränkte sich nicht mehr darauf, Stockfisch aus Bergen oder Wolle aus London einzuhandeln. Waren aus der ganzen bekannten Welt lagerten auf den Speicherböden der Packhäuser.

Johann trat einen Schritt zurück, um seinen Blick über die Fassade schweifen zu lassen – teils aus Neugier und teils, um sich noch etwas Zeit zu verschaffen. Irgendwo hinter den kostbaren Glasfenstern des Erkers, der im ersten Stock vorsprang, hielt sich jetzt vermutlich Abraham Hemeling auf. Weiter oben folgten mehrere Reihen kleiner Fenster dicht übereinander, die die niedrigen Zwischenstockwerke der Lagerräume beleuchteten. Zuoberst öffnete sich eine Verladepforte mit Seilwinde direkt unter dem Giebel. Dieser war stufenförmig gestaltet, mit üppigen Rankenwerk-Verzierungen an jeder Stufe, und erinnerte irgendwie an eine Miniatur-Version des Rathauses.

«Drei», murmelte Johann vor sich hin. Abraham Hemeling hatte sogar drei Prachtgebäude, in denen er täglich ein und aus ging. Kopfschüttelnd trat Johann an die Flügeltür heran und betätigte den Türklopfer. Schon nach kurzer Zeit tat ihm ein alter Hausdiener auf. Er warf ihm einen prüfenden Blick zu und geleitete den Gast dann wortlos in die Diele.

Hier befand sich Hemelings Kontor. Ledergebundene Rechnungsbücher thronten würdevoll auf einem Wandregal. Darunter stand eine bauchige Truhe, die vermutlich nur einen Bruchteil des Vermögens in Silber enthielt, das die Bücher in Tinte verwahrten. Ein herrlicher, turmhoher Ofen mit bunt bemalten Kacheln bollerte in der Ecke, die Wand zierte eine goldgerahmte Karte des bekannten Erdenkreises. Ein Durchgang öffnete sich zu einem Hinterraum, wo dicke Ballen von Tabak lagerten und eine Luke zu den oberen Speicherböden hinaufführte. Von weiter hinten drangen Küchengerüche nach vorn. Auch in einem Kaufmannshaus spielte sich alles Leben und Arbeiten unter einem Dach ab.

Mit Interesse entdeckte Johann neben dem Durchgang eine kostbare englische Standuhr. Doch ihm blieb keine Zeit, sie sich näher anzuschauen. Er musste sich den beiden Kontorschreibern zuwenden, die in der Mitte des Raumes hinter einem Tisch mit abgeschrägter Schreibfläche und eingelassenen Tintenfässern residierten. Der jüngere von ihnen blickte gar nicht auf und reihte mit der Feder konzentriert einen kunstvoll geschwungenen Buchstaben an den anderen. Der ältere Schreiber jedoch schaute Johann mit gerunzelter Stirn entgegen. Er war eine hohlwangige Erscheinung mit spitzer Nase und enganliegender Perücke.

«Ihr wünscht …?», fragte er ungnädig, als Johann kurz zögerte.

«Ähm … Johann Christian Altendieck, Uhrmachermeister», stellte er sich mit einer Verbeugung vor, den Dreispitz an die Brust gepresst. «Ich wünsche, den ehrenwerten Ratsherrn Abraham Hemeling in einer wichtigen Angelegenheit zu sprechen. Kann Er mich wohl zu ihm geleiten?»

«Ein Uhrmachermeister», echote der Kontorschreiber, ohne sich seinerseits vorzustellen. Seine Augen wanderten kurz über den Schreibtisch. «Ich habe keinen Vermerk, dass der Herr einen solchen rufen ließ. Aber ich werde das prüfen. Wartet doch so lange auf der Ofenbank.»

«Nein, nein», beeilte sich Johann einzuwenden. Insgeheim freute er sich. Er hatte recht mit seiner Vermutung, Hemeling war wirklich zu Hause! «Ich bin nicht eingeladen. Doch mein Anliegen ist dringlich.»

Das ohnehin schon spitze Gesicht des Kontoristen wurde noch ein wenig spitzer.

«Keine Einladung», sagte er ungerührt. «Und wer hat Euch geschickt?»

Offenbar fand unter seiner engen Perücke die Vorstellung keinen Platz, dass Johann wirklich aus eigenem Antrieb seinen Herrn zu sprechen verlangte.

«Kairos!», erwiderte Johann spontan. «Sage Er dem Herrn, dass ich im Auftrag des Kairos komme.» Das hatte er eigentlich nicht so geplant. Aber es war die Essenz seines Unterfangens. Johann Christian Altendieck war hier, um eine Gelegenheit beim Schopfe zu packen. Das durften ruhig alle wissen!

Der Kontorschreiber machte sich mit unbewegtem Gesicht eine Notiz. «Kairos … Scheint ein ausländischer Herr zu sein», murmelte er.

«Grieche von Geburt», erwiderte Johann und verkniff sich ein Schmunzeln.

«Nun gut.» Der Schreiber übergab dem Hausdiener seine Notiz, der sich sogleich auf den Weg machte, die Treppe zum ersten Stock hinauf.

Johann wartete mit dem Dreispitz in der Hand, während die Kontoristen sich wieder ihren Schriftstücken zuwandten. Er war zu angespannt, um sich zu setzen, und musste sich zusammennehmen, um den Hut nicht beständig in seinen Händen zu drehen. Ob solche innere Unruhe auch in Friedrich wirkte? Wie hielt er das dauerhaft aus? Doch Johann spürte auch etwas anderes: eine merkwürdige Kraft, die daraus erwuchs. Wie eine Feder, die ihre Spannung abgab, um Räder zu bewegen.

Schließlich kam der alte Hausdiener wieder herunter. Er wechselte einige Worte mit dem Schreiber und trat dann direkt auf Johann zu.

«Der Herr wird Ihn sogleich empfangen», sprach er respektvoll. «Er bittet Ihn, in der Wunderkammer zu warten, bis er seine Geschäfte erledigt hat.»

«Das ... ist gut!», rief Johann überrascht und fragte sich, was wohl eine Wunderkammer sein mochte. «Habt Dank!»

Und dann folgte er dem Hausdiener die Treppe hinauf, während der Schreiber ihm noch einen abschätzigen Seitenblick zuwarf. Johann ignorierte ihn. Dass er damit wirklich durchkam ...!

Im ersten Stock lagen die Wohnräume des Handelsherrn. Sie waren großzügig angelegt, was ein deutlicheres Zeichen von Reichtum war als Gold und Seide. Freier Platz war in der Stadt mehr als rar, niemand konnte es sich leisten, ihn zu verschwenden.

Der Hausdiener führte Johann in eine Kammer, wo hohe

Glasfenster nach vorne auf die Straße schauten, und bat ihn, in einem Sessel Platz zu nehmen, der Herr würde bald erscheinen. Dann zog er sich zurück.

Staunend blickte Johann sich um. Die Kammer war nicht groß, doch angefüllt mit absonderlichen Dingen. Eine ausgestopfte Raubkatze mit getupftem Fell fauchte Johann von einer Anrichte aus an. Daneben standen ein bauchiges Straußenei in einer Silberfassung und eine Schale mit verschiedenen Bergkristallen, die jeweils mit einem Papierbändchen beschriftet waren. Zwei mächtige Globen auf bronzeglänzenden Ständern gaben Aufschluss über die Gestalt des Erdenkreises und den Aufbau des Sternenhimmels. Über dem Fenster hing lang und spiralartig gedreht der Stoßzahn eines Narwals, den man in älterer Zeit wohl für den Kopfputz eines Einhorns gehalten hätte. Eine Schnitzerei aus schwarzem Edelholz zeigte ein Wesen mit riesigem Kopf und starrenden Kugelaugen, das Geschöpf irgendeines fernen Erdteils. Daneben thronte stolz ein Trinkpokal, der aus einer Art riesigem, alabasterweißem Schneckenhaus auf einem goldenen Fuß bestand. An der Wand hing ein üppiges Gemälde im niederländischen Stil, eine Seeschlacht mit brennenden Schiffen, die von ungnädigen Wogen herumgeworfen wurden. Darunter war ein Meerestier mit grotesken Fangarmen in Alkohol eingelegt.

Fasziniert beugte Johann sich vor, als er eine vergoldete Taschenuhr in einem mit Samt ausgeschlagenen Kästchen entdeckte. Das Innere des aufgeklappten Uhrendeckels war mit einer Miniatur bemalt, die vornehme Damen unter den Bäumen eines Parks zeigte.

«Gefällt Euch die Wunderkammer?», fragte eine belustigte Frauenstimme.

Johann fuhr schuldbewusst zusammen. Er hatte sich so konzentriert über die Uhr gebeugt, dass er das Hereinkommen der Hausherrin gar nicht bemerkt hatte.

Agathe Hemeling war einige Jahre jünger als Johann und hatte nussbraune Korkenzieherlocken, die vorwitzig unter einer Seidenhaube mit Schleife hervorlugten. Sie trug ein gelbes Kleid mit weißem Besatz, dessen ausladender Rock die Hüften betonte. Ihr Lächeln war fein, und ihre grünen Augen blitzten schalkhaft.

Johann sprang auf und verbeugte sich rasch. «Verzeiht … Ich war für einen Moment abgelenkt …»

«Das habe ich bemerkt», schmunzelte Agathe und stellte ein Tablett auf dem ovalen Tischchen in der Mitte der Kammer ab. Es trug Porzellantassen mit Kaffee und einen Silberteller, auf dem sich Trockenfrüchte und Biskuits türmten. «Aber Ihr habt meine Frage noch nicht beantwortet, Herr Altendieck.»

«Wie meinen?», fragte Johann irritiert.

«Ob Euch die Wunderkammer gefällt? Dass Ihr Eure Aufmerksamkeit bei all diesen Kuriositäten auf eine winzige Uhr konzentriert, lässt mich befürchten, dass Ihr Eurer Arbeit genauso verfallen seid wie mein Mann, der Euch übrigens noch um etwas Geduld bittet. Die Geschäfte, Ihr kennt das gewiss …»

«Oh, die Kammer gefällt mir schon», sagte Johann, während sie beide Platz nahmen und Agathe ihm eine Tasse Kaffee reichte.

«Was erscheint Euch am wundersamsten?», hakte Agathe nach. «Und ich verbiete Euch, jetzt die Uhr zu nennen!»

«Am wundersamsten erscheint mir …» Johann überlegte. «… dass jemand in einer Welt, die voller Wunder ist, eine eigene Kammer dafür anlegt, um sich zu wundern!», sagte er schließlich.

Agathe lachte. Es klang leicht und ehrlich. Ein schöner Klang, fand Johann.

«Die Kammer dient wohl eher dazu, fremde Kaufleute und andere Gäste zu beeindrucken», erwiderte sie. «Das ist jedenfalls der Grund dafür, dass mein Mann das viele Geld für all diese Dinge aufgebracht hat. Sonst hätte er den Plunder, wie er es nennt, kaum gekauft. Ich finde die Sachen hingegen schön. Sie sind wie ein Fenster, durch das man in die Welt außerhalb unserer Mauern schauen kann.»

Johann ertappte sich dabei, dass er nickte.

«Ihr seht selbst wohl viel von der Welt?», plauderte Agathe weiter und trank von ihrem Kaffee. «Zumindest entnehme ich das dem Umstand, dass Ihr in den Diensten eines griechischen Herrn steht.»

Etwas betreten senkte Johann den Blick auf seine Finger.

«Kairos», fuhr Agathe fort. «Mir scheint, dass Euer Herr eher einen Perückenmacher benötigt als einen Uhrmacher. Oder ist das Haar am Hinterkopf jenes Gottes, der für die günstige Gelegenheit steht, inzwischen nachgewachsen?»

Johann schaute ertappt auf. Agathe betrachtete ihn amüsiert.

«Nun, in gewisser Weise bin ich tatsächlich in Kairos' Diensten unterwegs», sagte er mit einer Überzeugung, die ihn selber überraschte. «Denn ohne die Hoffnung, seinen Schopf zu ergreifen, hätte ich es nie gewagt, heute dieses Haus aufzusuchen ... Es geht um die neue Uhr im Rathaus.»

«Macht Euch wegen Eures abenteuerlichen Dienstherrn keine Sorgen», beruhigte Agathe ihn. «Ich finde Euch jetzt schon interessanter als die üblichen Gäste meines Mannes, die nichts als Frachtbriefe und Warenpreise im Kopf haben. Ich werde Eure kleine List nicht verraten. Und mein Mann ist nicht sehr belesen in den Klassikern.» Agathes Lächeln verblasste, doch schon im nächsten Moment war sie wieder ganz die verbindliche Gastgeberin. «Ihr wollt also die neue Uhr für das Rathaus bauen, Herr Altendieck?»

«Ja», erwiderte Johann. «Ich habe da zum Beispiel ein großes Glockenspiel im Sinn, das verschiedene Melodien im Tagesverlauf erklingen lässt.»

«Ich mag Glocken», erwiderte Agathe mit leuchtenden Augen. «Wenn die Kirchen läuten, habe ich gerne die Fenster offen.»

Johann musste daran denken, wie ihr Klang den Lärm der Gasse übertönte, und nickte zustimmend.

«Bitte erzähl mir mehr», fuhr Agathe fort. «Was vermag Eure Uhr noch alles?»

«Sie ist ja noch nicht einmal entworfen, geschweige denn gebaut», schränkte Johann rasch ein. «Aber ich denke, sie sollte auch ...»

Er wurde vom Geräusch schwerer Schritte unterbrochen, die sich von draußen näherten. Dann betrat auch schon der gestrenge Ratsherr Abraham Hemeling die Wunderkammer seines Hauses.

Das Größte an ihm war auf den ersten Blick seine Perücke. Sie war in dicke Locken gelegt und fiel lang über seine Schultern, wie auf einem alten Fürstenporträt. Eigentlich trug das heutzutage kaum noch jemand so, doch Hemeling schien sich mit wallender Haarpracht zu gefallen.

Alles andere an ihm war deutlich schlichter: Sein Justaucorps-Rock war ebenso dunkel wie die Weste, die einen Kontrast zu den weißen Rüschen seines Hemdes bildete.

Seine Absätze konnten nicht kaschieren, dass Hemeling nicht besonders groß war, dafür jedoch von handfester Stämmigkeit. Das faltige Gesicht mit den kleinen, stechenden Augen über schweren Tränensäcken kündete von einer stattlichen Anzahl an Lebensjahren. Seine Stirn war in tiefe Runzeln gelegt, so als machte er sich über zu viele Dinge auf einmal Sorgen.

Johann begrüßte den Ratsherrn respektvoll, der das ungeduldig über sich ergehen ließ, ehe er sich zu seiner Frau setzte. Sofort reichte sie ihm eine Tasse Kaffee an.

«Nun, Herr Altendieck», sagte Hemeling schließlich geradeheraus und streifte einige falsche Locken zur Seite, «was verschafft mir die Ehre Eures Besuchs? Die Notiz meines Kontoristen war nicht ganz eindeutig. Etwas mit einem griechischen Uhrmacher?»

«Das ist ein Missverständnis», erwiderte Johann verlegen.

Agathe kicherte. «Der alte Kontorist Stoever muss sich etwas falsch notiert haben», warf sie ein.

«Ich bin Uhrmachermeister, doch kein Grieche», fuhr Johann dankbar fort. «Heute Morgen trug mir der Ratsdiener zu, dass eine neue Uhr für den oberen Rathaussaal geplant ist. Man sagte mir, dass der Herr Ratsherr diesen Auftrag vergeben würde.»

Hemeling rieb sich unwillig das Kinn. «Das ist richtig», brummte er. «Ich bat den Diener, sich bei den erfahreneren Uhrmachern der Stadt umzuhören. Nachher werde ich mit Meister Greven in dieser Sache sprechen. Er erschien nicht abgeneigt und hat hervorragende Referenzen.»

«Gewiss zu Recht», erwiderte Johann. «Doch auch ich habe einige Vorschläge für die Uhr zu unterbreiten.» Er holte tief Luft. «Ich denke, für das Ansehen des Rates und der Stadt ist es unabdingbar, dass die Uhr ein Schmuckstück wird – nicht durch Gold und teure Edelhölzer, sondern als Verkörperung unserer neuen, aufgeklärten Zeit. Unser Wissen über die verborgene Mechanik, die die Welt in Bahnen hält, nimmt von Jahr zu Jahr zu. Dieses Wissen sollte in den Bau der Uhr einfließen und in jeder ihrer Funktionen erkennbar sein!»

Agathe nickte ihm aufmunternd zu. Hemeling hingegen wischte sich unbeeindruckt ein Staubkorn vom Rockärmel. Johann redete hastig weiter, ehe der Ratsherr auf die Idee kommen konnte, gelangweilt abzuwinken.

«Es geht nicht nur um Minuten und Stunden – auch den Gang der Sekunden muss die Uhr anzeigen, den Wochentag, den Monat und die Phasen des Mondes. Ihr Ziffernblatt soll ein Abbild des großen Räderwerks sein, das sich hinter dem Sternenschleier in der Tiefe der Schöpfung dreht.» Hemelings Gesicht blieb undurchsichtig. Johann entschied sich, direkt seinen Trumpf auszuspielen.

«Und der Gang der Zeit muss selbstverständlich mit angemessener Würde verkündet werden! Darum sollte die Uhr ein Glockenspiel für den Stundenschlag enthalten. Verschiedene Melodien im Laufe des Tages, erlesene Musikstücke.»

«Menuette?», schlug Agathe lächelnd vor.

«Gewiss, warum nicht auch galante Menuette...»

Hemelings gravitätisches Räuspern unterbrach ihn. «Herr Altendieck», sprach der Ratsherr, «meiner Auffassung nach hat eine Uhr im Wesentlichen eine Aufgabe: die rechte Stunde anzuzeigen – nicht etwa Menuette nach dem Räderwerk der Welt zu tanzen. Und natürlich das Rathaus in würdiger Weise zu schmücken und den Gästen und Gesandten von der Macht und dem Reichtum unserer Stadt zu künden. Doch das fällt wohl eher in die Zuständigkeit des Tischlermeisters, der einen prunkvollen Uhrenkasten bauen wird.»

Agathe stellte ihre Kaffeetasse etwas zu heftig ab, sodass

das Porzellan unschön klirrte. «Aber ein Glockenspiel hätte doch genau diesen Effekt!», sagte sie. «Silberne Klänge können mehr beeindrucken als goldene Beschläge! Vor allem, wenn die besagten Gesandten so etwas noch nie zuvor gehört ha...»

«Agathe, mein Kaffee ist kalt», knurrte Hemeling. «Sei doch so gut und brüh eine neue Tasse auf.»

Die Angesprochene stand wortlos auf und rauschte aus dem Raum. Johann sah ihr betreten nach.

«Nun, Meister Altendieck», sprach der Ratsherr, «habt Ihr mir in dieser Angelegenheit noch etwas zu sagen? Meine Zeit ist knapp bemessen, und auch Ihr habt gewiss genug zu tun.»

«Ich kann eine Uhr bauen, die zur größten Zufriedenheit des Rates ausfallen und als Zierde der Stadt gelten wird», beharrte Johann matt. «Wenn der geneigte Ratsherr mir einige Tage Zeit für eine Konstruktionsskizze zu geben geruht, könnte ich konkrete ...»

Es klopfte, und der alte Hausdiener kam herein. Er flüsterte Abraham Hemeling einige Worte zu, der daraufhin sofort aufsprang.

«Was? Er ist schon in der Stadt?» Er rückte seine üppige Perücke zurück. «Gero, den guten Gehstock mit dem Silberknauf!» Hemeling stürmte zur Tür, wobei er den Diener vor sich herscheuchte.

«Auf bald, Herr Altendieck», nuschelte der Ratsherr mit einer halben Verbeugung über die Schulter. Und schon war er verschwunden. Johann blieb allein in der Wunderkammer zurück.

Unbehaglich rutschte er auf seinem Sessel herum. Vor ihm stand noch eine halbvolle Tasse Kaffee, doch das Treffen war zu einem abrupten Ende gekommen. Er erwog kurz, aufzustehen und ebenfalls zu gehen, entschied sich dann aber dagegen. Wahrscheinlich würde gleich wieder der Hausdiener erscheinen und ihn hinausgeleiten. So war es in vornehmen Häusern üblich. Am Ende sagte man ihm sonst noch nach, er hätte sich mit irgendeiner Kostbarkeit davongestohlen.

Johann leerte schlürfend seine Tasse. Der bittere Kaffee schmeckte ihm eigentlich nicht. Aber er hätte es unpassend und verschwenderisch gefunden, die Tasse nicht auszutrinken. Dann faltete er die Hände und wartete. Nichts geschah. Die Tür, die aus der Kammer führte, blieb geschlossen.

Unruhig ließ Johann seinen Blick über die Exponate schweifen. Das eingelegte Meerestier glotzte ihn aus dummen Augen an. Die Raubkatze schien spöttisch zu grinsen, das eingefasste Straußenei darauf zu warten, von einem kochlöffelgroßen Silberlöffelchen sanft aufgeklopft zu werden. Nichts rührte sich. Selbst die Zeiger der kostbaren Taschenuhr nicht. Sie war nicht aufgezogen, als wäre sie zusammen mit der Zeit erstarrt.

Draußen klapperte ein schweres Fuhrwerk vorbei. Zwei Fischfrauen stritten sich lautstark in einer nahen Gasse. Eine Fliege krabbelte über den Narwal-Zahn.

Johann überlegte, ob er nun einfach gehen oder zumindest auf sich aufmerksam machen sollte. Doch er wollte auf keinen Fall im Hemeling'schen Haus unangenehm auffallen ...

Plötzlich schwang die Tür auf, und Agathe kam herein. Sie stutzte, als sie Johann entdeckte: «Ihr seid noch da?»

«Ja ... Bitte entschuldigt, ich wusste nicht ...», stammelte Johann.

«Ich dachte, Gero hätte Euch hinausgeleitet, als mein Mann zum Schütting geeilt ist», sagte Agathe. «Irgendein ungemein wichtiger und zweifellos schwerreicher Handelspartner aus Holland ist eher als erwartet eingetroffen.»

«Nein, der Hausdiener hat Euren Mann begleitet.»

«Ich verstehe ...», überlegte sie. «Er wird gedacht haben, dass ich Euch zur Tür bringe. Es scheint so, als hätten wir Euch vergessen, Herr Altendieck.»

«Das ist überhaupt nicht schlimm», sagte Johann und sprang rasch auf. «Ich war im Begriff zu gehen und möchte keine Umstände machen ...»

«Die macht Ihr nicht», entgegnete Agathe und schloss die Tür hinter sich. Johann schaute sie irritiert an.

«Bevor Ihr geht, würde ich Euch gerne noch etwas fragen», erklärte sie und setzte sich auf einen der Sessel am Kaffeetisch. Johann vermeinte, eine leichte Unsicherheit in ihrer Stimme zu hören. Auch er nahm wieder Platz.

«Als Ihr vorhin von der Uhr geredet habt, die Ihr bauen wollt ... Da spracht Ihr auch von dem verborgenen Getriebe des Kosmos. Dem Räderwerk hinter den Dingen.» Sie schwieg kurz, dann raffte sie sich auf. «Glaubt Ihr, dass die Welt eine große Maschine ist?»

«In gewisser Weise schon», erwiderte Johann vorsichtig. «Wenn wir auch ihre Funktionsweise noch nicht komplett verstehen. Ihre Mechanismen sind viel feiner als die Räder, die wir Menschen formen können.»

«Erschreckt Euch diese Vorstellung nicht?», hakte Agathe weiter nach. «In einer Welt zu leben, die nur ein großer Mechanismus ist, eingeschlossen in ein Gehäuse aus Sternen?» Sie schielte zu der Taschenuhr auf ihrem samtenen Bett.

«Ich finde es eher tröstlich, ein Rad in einem großen Getriebe zu sein», erwiderte Johann. «Denn das Ganze funktioniert nur durch das harmonische Zusammenspiel seiner Teile. Wer Uhren baut, lernt Respekt vor kleinen Rädchen.»

Agathe nickte, sodass ihre Locken unter der Haube wippten. «Das ist ein schöner Gedanke. Wenn die Rädchen doch nur erkennen könnten, welchen Zweck der Konstrukteur mit seinem Werk verfolgt, so es diesen Zweck überhaupt gibt ...» Plötzlich hielt sie inne. «Verzeiht, dass ich Euch mit meinen Gedanken belästige», sagte sie leise. «Ich ... ich habe nur selten Gelegenheit, mich über solche Dinge auszutauschen.»

«Das tut mir sehr leid», erwiderte Johann ehrlich. «Auch bei mir ist es lange her, seit ich ...» Er stockte, als ihm bewusst wurde, wie lange es tatsächlich zurücklag, dass er sich angeregt mit jemandem unterhalten hatte. Die Stille seiner Werkstatt war sein Zufluchtsort geworden, und er hatte sich während der letzten Jahre allzu sehr vor der Welt zurückgezogen. «Darf ich Euch ebenfalls eine Frage stellen?», bat er kühn.

Agathe lächelte. «Nur zu gerne.»

«Welches Stück in dieser Kammer findet Ihr am wundersamsten? Ich musste Euch schon Rede und Antwort stehen. Nun seid Ihr dran.»

Agathe schaute ihn prüfend an, ohne sich in der Kammer umzublicken. Sie schien nicht über ihre Antwort nachdenken zu müssen. Eher darüber, ob sie sie aussprechen sollte ... Dann sagte sie es schließlich: «Die Leopardenkatze!»

Johann betrachtete das ausgestopfte Raubtier, das ihn von der Anrichte aus mit aufgerissenem Maul anfauchte. «Wegen ihrer Schönheit?», fragte er.

«Nein», erwiderte Agathe, die seinem Blick folgte. «Wegen ihres Schicksals. Man hat sie gefangen, zur ewigen Bewegungslosigkeit verdammt und in dieses Haus gebracht, in das sie niemals gehörte. Ihr Fell glänzt wie Gold, wenn die Sonne durchs Fenster scheint, aber darunter steckt nur Holz. Sie ist im Inneren tot. Und doch ...» Ihr Blick wanderte von der Katze zu Johann. «Und doch hat sie etwas von ihrer Würde bewahrt. Man sieht ihr ihre Kraft noch an, ihre verlorene Freiheit. Ihre Leidenschaft – und ihre Krallen! Manchmal erwarte ich fast, dass sie sich bewegt. Dass ich eines Tages mit meinem Kaffeetablett in die Wunderkammer komme, um meinen Mann und einen seiner Handelspartner zu bedienen, und nur noch blutige Körper auf dem Boden vorfinde, während die Leopardin von der Anrichte verschwunden ist ...» Sie brach ab. Ihre grünen Augen fixierten Johann und schauten doch durch ihn hindurch.

Plötzlich legte sie ihre kühlen Finger auf seine Hand. In ihrem Tasten lag eine ängstliche Frage. Als Antwort umschloss er ihre Hand mit der seinen. Mehr tat er nicht. Er hielt nur ihre Hand. Eine simple Geste. Und doch so viel mehr. Ein Meeresgeschöpf in Alkohol, eine Kreatur aus schwarzem Holz und eine zur Reglosigkeit verdammte Leopardin beobachteten Johann und Agathe mit leerem Blick, als sie sich am Kaffeetischchen, umgeben von Wundern, ganz dem Augenblick hingaben. Johann konnte nicht sagen, wer sich zuerst bewegte. Ihre Köpfe näherten sich einander, bis sie den Atem des anderen auf ihren Lippen spüren konnten. Und das Getriebe des Kosmos, das Räderwerk der Welt hielt für einen Moment an.

Viertes Kapitel

«Gesche, min Deern», sagte ihr Großvater. «Lies doch noch mal aus dem Buch vom alten Huygens.»

Gesche griff zum kleinen Bücherregal neben Großvaters Bett und zog einen rotbraunen Lederband heraus. *Christiaan Huygens – Traité de la lumière* stand auf der Titelseite. Abhandlung über das Licht. Gesche war stolz darauf, dass sie dank Großvater immer besser Englisch und Französisch verstand, inzwischen sogar ein wenig Latein.

Sie saß auf einem kleinen Hocker in der Dachkammer, die Nicolaus Altendieck als Altenteiler bewohnte. Hierher zog er sich grummelnd zurück, wenn es ihm unten, in der Werkstatt, zu unbequem geworden war und seine Knochen Ruhe brauchten.

«Ist das der Huygens, der die Pendeluhr erfunden hat?», fragte Gesche, obwohl sie es eigentlich schon wusste.

«Ja, das hat er getan», antwortete Großvater lächelnd. «Und er hat sie nicht nur erfunden, sondern auch gebaut. Ohne ihn könnte unsere gute Hora unten in der Diele nicht so schön den Takt schlagen.»

«Und dein Meister Visbagh in Holland war ein Schüler von Christiaan Huygens?», bohrte Gesche nach. Sie mochte es, ihrem Großvater vorzulesen. Aber noch schöner war es, wenn er ins Erzählen geriet.

«Mehr oder weniger», erklärte Nicolaus. «Meister Visbagh war der Nachfolger von Meister Coster, der damals in Den Haag die ersten Pendeluhren für Huygens gebaut hat. Er war der Handwerker, Huygens das Genie. Unsere Altendieck'schen Uhren sind in gewisser Weise Huygens' Enkel.»

«Warst du bei Meister Visbagh, nachdem du den Straßenräubern entkommen bist?»

«Das mit den Straßenräubern war in Frankreich, in den Bergwäldern der Ardennen», sagte Großvater und schaute versonnen an Gesche vorbei. «Es waren Deserteure, im Grunde arme Kerle, die die Angst vor den Kugeln des Feindes gegen die Angst vorm Galgen eingetauscht hatten ...»

Gesche lächelte in sich hinein. Sie hatte es wieder einmal geschafft. Großvater erzählte von seinen Reisen nach England, Frankreich und in die Niederlande. Wie er als junger Kleinschmied aus Bremen aufgebrochen war, um bei anderen Meistern zu lernen. Und wie er immer weitergewandert war, bis er in ferne Länder gekommen war. Wie er dort staunend die Wunder mechanischer Uhren für sich entdeckt und schließlich nach Meistern gesucht hatte, die ihn die Kunst des Uhrenbaus lehren konnten. Er hatte sie gefunden und so dafür gesorgt, dass die Altendiecks von Kleinschmieden zu Uhrmachern geworden waren.

«Und was genau macht der Anker dabei?», hakte Gesche nach, als Nicolaus gerade von einem Uhrwerk des Meisters Charlton erzählte, bei dem er in London in der Fleet Street gelernt hatte. Früher hatte sie stets nur nachgefragt, um bunte Details über fremde Städte und ihre Bewohner, über Reisen und Segelschiffe zu erfahren. Doch seit neuestem interessierte sie sich immer mehr für die Funktion der Wunderwerke, von denen Großvater verträumter zu schwärmen pflegte als von den Weinen Frankreichs.

«Also, das Pendel einer Uhr gewährt durch seinen gleichmäßigen Schwung ihren regelmäßigen Gang», begann Großvater. «Es gibt ihr gewissermaßen den Takt vor. Über eine Pendelführung ist es mit dem Anker verbunden, der in das Hemmrad greift und verhindert ...» Er bemerkte Gesches konzentrierten, aber etwas ratlosen Blick. «Das muss man vor sich sehen, dann ist es ganz einfach», brummte er, ließ sich eines seiner Bücher geben und schlug eine Doppelseite mit mechanischen Skizzen auf.

Mit großen Augen saugte Gesche die Erklärungen auf, die Großvater ihr dazu gab.

Mitten im schönsten Erzählen über die Konstruktionen des großen Uhrmachers George Graham schaute er Gesche plötzlich direkt an. «Du hast einen klugen Kopf, min Deern», sagte er. «Du weißt genau, was du willst, wie deine Mutter. Und wenn ich mir deine Hände so anschaue, sehe ich Johanns geschickte Finger.»

Gesche erwiderte nichts. Ihr kam es vor, als stünde ihr Großvater kurz vor einer wichtigen Entscheidung. Mit klopfendem Herzen blickte sie in das faltige Gesicht des alten Mannes, hinter dessen Stirn es zu arbeiten schien.

«Ich hab' da so eine Idee», sagte Nicolaus schließlich. «Komm doch morgen, wenn du bei Lisa in der Küche fertig bist, zu mir nach hinten in die Werkstatt. Dein Vater und Friedrich sind dann im Ohlandt'schen Haus in der Hutfilterstraße und richten die reparierte Wanduhr wieder ein. Da kann ich dir ein bisschen was von dem *in natura* zeigen, was diese Skizzen nur unvollständig wiedergeben.»

Gesche nickte eifrig und sagte immer noch nichts. Sie hatte Sorge, dass ein falsches Wort den Zauber dieses Augenblicks verderben könnte.

Großvater brummte zufrieden. «Und nun lies mir endlich aus dem Buch von Huygens vor. Darum habe ich dich schon vor einer halben Stunde gebeten.»

«Ja, Großvater», erwiderte Gesche und öffnete rasch den französischen Band. Langsam und konzentriert las sie über die geheimen Gesetze des Lichtes vor, das in Wahrheit aus Wellen bestand wie die graue Nordsee. Großvater hörte versonnen zu, die Augen auf die Deckenbalken gerichtet, und verbesserte gelegentlich ihre Aussprache. Nach einiger Zeit hob er die Hand. Gesche hielt inne.

«Ist eigentlich dein Vater schon wieder vom Rathaus zurück?», fragte er.

Gesche schüttelte den Kopf. «Nein, Großvater.»

Sie hätte sonst gewiss das Klappen der Haustür und seine Schritte unten auf der Diele gehört. Schließlich lauschte sie schon seit dem Mittag mit einem Ohr darauf. Sie wollte wissen, was aus der Sache mit der neuen Uhr im Rathaus und dem Posten des Ratsuhrmachers wurde!

«Er ist schon ziemlich lange unterwegs», sagte sie. «Was mag das zu bedeuten haben?»

«Verlaufen hat er sich bestimmt nicht», erwiderte Großvater schmunzelnd.

Gesche überlegte. «Vielleicht sind ja die hohen Herren auf dem Rathaus so angetan von seinen Ideen, dass er alles gleich ganz genau erklären muss?»

«Wer weiß», murmelte Großvater. «Lass uns hoffen, dass das etwas Gutes verheißt.»

Fünftes Kapitel

Regentropfen trommelten an die Scheiben der Werkstatt. Das Licht war so grau, dass Johann trotz der frühen Tageszeit eine Lampe entzündet hatte. Die Metallschale, die an seinem Arbeitstisch hing, war mit Tran gefüllt, der beim Verbrennen ölig roch. Damit musste man wohl oder übel leben. Immerhin war Tran in Bremen ein günstiger Brennstoff, kehrten doch die Walfangschiffe der Grönland-Compagnie stets mit reichem Fang aus den Eismeeren des Nordens heim.

Johann versuchte, sich auf die letzten Handgriffe an der Wanduhr zu konzentrieren, die er nachher wieder im Haus des Hutmachers Ohlandt platzieren würde. Für ihr Alter war sie eigentlich noch gut beieinander – bis sie so ungünstig von der Wand gefallen war, dass Teile ihrer Werke komplett ersetzt werden mussten. Der stattliche Melchior Ohlandt hatte sich darüber bedeckt gehalten, wie es zu diesem merkwürdigen Sturz gekommen war. Seine Nachbarin jedoch, die olle Gevatterin Schmidtke, hatte Johann und Friedrich auf der Straße nur zu bereitwillig erzählt, dass Ohlandt eines Abends mit zu viel Branntwein im Balg der Hausmagd nachgestellt hatte und dabei gegen seine gute Uhr gestolpert war.

Für gewöhnlich hätte Johann bei der Erinnerung an ihre Schilderung missbilligend den Kopf geschüttelt. Heute jedoch ging irgendwie alles an ihm vorbei, und er musste sich zusammennehmen, um sich auf seine Arbeit zu konzentrieren.

Agathe. Die Wunderkammer mit der Leopardenkatze. Ihre zierliche Hand in seiner. Gefühle kribbelten durch seinen Bauch, die eigentlich zusammen mit Magdalena vor vielen Jahren gestorben waren. Das verwirrte ihn. Es machte ihn glücklich, und es machte ihm Angst.

Seufzend legte er sein Werkzeug beiseite und beobachtete, wie die Regentropfen über die kleinen Scheiben zwischen den Fenstersprossen krochen. Agathe war die Frau eines anderen Mannes. Eines der reichsten und mächtigsten Männer von Bremen. Das alles war einfach nur falsch. Falsch vor Gott und falsch vor den Menschen. Und doch erschien ihm ihre Begegnung wie eine wundersame Fügung. Wie etwas Gutes, Reines.

«Ist dir unwohl, Vater?», fragte Friedrich und beugte sich vor.

Johann zuckte zusammen. Er hatte die Anwesenheit seines Sohnes fast vergessen.

«Alles in Ordnung», brummte er, ohne ihm in die Augen zu blicken. «Ich habe nur über etwas nachgedacht.»

Friedrich schaute ihn noch einmal forschend an. Dann wandte er sich wieder seiner Arbeit zu. Wahrscheinlich glaubte sein Sohn, dass Johann die Sache mit der Rathausuhr im Kopf herumspukte.

Kein Wunder, war er doch überaus wortkarg heimgekehrt. Seine Familie hatte das vermutlich als Zeichen dafür gewertet, dass man seine Anfrage abgelehnt hatte. Gesche und Clara hatten richtig enttäuscht ausgesehen, Friedrichs Mundwinkel waren grimmig herabgesunken. Johann war ohne Erklärungen an ihnen vorbeigegangen, direkt hinauf in seine Schlafkammer. Er begriff ja selber kaum, was passiert war!

Sie waren wieder zu sich gekommen, kurz nachdem ihre Lippen sich berührt hatten. Agathe war erschrocken aufgesprungen. Johann war ebenfalls zusammengefahren, doch er hatte den Blick nicht von ihren grünen Augen lösen können, die stärker glühten als ihre Wangen. Für einen Moment hatten sie sich einfach nur angesehen – und schließlich fast gleichzeitig gelächelt. Ein wenig beschämt, ein wenig verwirrt und erfüllt von wortloser Verbundenheit.

Agathe hatte ihn schweigend aus dem Haus geleitet, die Treppe hinunter, die von den Hemeling'schen Wohnräumen in die Diele führte. Johann hatte den Kopf eingezogen und die Hände an seiner Hutkrempe verkrampft. Er hatte das Gefühl, dass jeder sehen konnte, was gerade zwischen ihm und Agathe vorgefallen war. Doch die Kontoristen hatten die Nasen in ihren Büchern vergraben und Johann gar nicht weiter beachtet, der ohne Abschiedswort durch das Portal mit dem steinernen Neptun getreten war.

Auf dem Weg nach Hause war ihm dann auch noch Albert Greven mit seinem goldbortigen Dreispitz über den Weg gelaufen, zum zweiten Mal an diesem Tag! Er hatte ziemlich missmutig ausgesehen und kam aus der Richtung des Marktplatzes. Vermutlich hatte er gerade erfahren, dass der gestrenge Ratsherr Hemeling mit seinem holländischen Freund im Schütting beschäftigt war und leider doch keine Zeit für ihn finden würde.

Greven hatte ihn entweder nicht bemerkt oder bewusst ignoriert, doch Johann, noch immer mit weichen Knien, hatte plötzlich einen seltsamen Übermut in sich gefühlt und den «werten Herrn Meister» hutschwenkend und mit breitem Lächeln gegrüßt. Der irritierte Blick seines Konkurrenten hatte ihn einige Sekunden lang erheitert. Dann war der Ernst des Vorgefallenen wie kaltes Wasser über ihn hereingebrochen, und er war ratlos nach Hause geschlurft. Seither fühlte er sich verkatert, als hätte er am Vorabend den Weinen im Ratskeller zu sehr zugesprochen. Er war auch nicht besser als Melchior Ohlandt, ein verheirateter Meister, der Mägden nachstellte ...

Er nahm sich zusammen und wandte sich wieder der Uhr zu. Niemandem war geholfen, wenn er vor lauter Grübelei seine Arbeit nicht machte.

Schon nach wenigen Handgriffen wurde er von Clara unterbrochen, die ungewöhnlich schwungvoll in die Werkstatt gerauscht kam.

«Vater, der Ratsdiener für dich!», rief sie aufgeregt.

Für einen Moment meinte Johann, sie nicht richtig verstanden zu haben. Doch dann sprang er auf und eilte der würdigen Gestalt mit der gepuderten Perücke in der Diele entgegen. Rund um den regennassen Mantel des Mannes tropfte eine Pfütze auf die Holzbohlen. Der Ratsdiener lehnte die Einladung in die gute Stube ab, die Lisa bereits eifrig einheizte. Er übergab Johann nur ein gesiegeltes Schreiben und machte sich mit einer Verbeugung wieder auf den Weg zu seinen weiteren Pflichten.

Johann ging unsicher zurück in die Werkstatt. Mit dem Schriftstück in den zitternden Händen blieb er mitten im Raum stehen. Friedrich lehnte am Arbeitstisch, spielte mit einer Zange und schaute ihn mit banger Erwartung an. Clara hielt sich neben ihrem Bruder, und natürlich war auch Gesche plötzlich aufgetaucht und drückte sich zu Nicolaus in die Ecke. Alle Blicke lagen auf Johann. Für einen Moment erwog er ernsthaft, seine Familie mit hausväterlicher Strenge hinauszuschicken, um sich mit der Botschaft allein befassen zu können. Aber irgendwie tat es ihm gerade auch gut, sie um sich zu haben.

Er öffnete das Siegel und überflog die Zeilen, die ein Ratsschreiber mit gestochen scharfen Buchstaben geschrieben hatte. Immer wieder überflog er sie, während sie vor seinen Augen verschwammen und zu tanzen begannen.

«Und?», wagte Gesche schließlich als Erste zu fragen.

Johann atmete tief durch. Er traute sich kaum, die Worte auszusprechen, so als könnten sie ihm entfliehen, sich zusammen mit dem Brief auflösen, wenn er begann, daran zu glauben. «Sie geben mir den Auftrag zum Bau der Rathausuhr», sagte Johann leise. «Hier steht es, unmissverständlich. Eigenhändig unterzeichnet von Abraham Hemeling, Ratsherr der freien Reichsstadt Bremen.»

Für einen Moment sagte niemand etwas. Dann brach es aus Gesche heraus: «Ich hab's gewusst! Du wirst Ratsuhrmacher, Vater!»

Die nächsten Minuten vergingen wie ein taumelnder Traum. Alle sprachen durcheinander, nur Nicolaus legte Johann mit stummem Stolz die Hand auf die Schulter. Gesche redete lauter als alle anderen und wurde schließlich von Clara am Zopf in die Küche gezogen, um Lisa zu helfen, die zur Feier des Tages ein Festmahl vorbereiten wollte. Es war die Rede von Krebsbutter und gebratenen Neunaugen, von Pökelfleisch mit Wurzeln und gewickelten Krullkuchen, gefüllt mit Äpfeln und Nüssen.

Johann bekam das alles mit, ohne es wirklich zu begreifen. Die Welt schien seit gestern aus den Fugen geraten zu sein, und ihr Räderwerk knirschte gewaltig. Er war froh, als er endlich zusammen mit Friedrich in die Hutfilterstraße aufbrechen konnte. Die Ablenkung ganz gewöhnlicher Arbeit konnte er jetzt gut gebrauchen.

Der Hutmacher Melchior Ohlandt war dankbar für die Reparatur seiner Uhr, die nun wieder den hellen Fleck an der

Wand bedeckte, der wohl schamvolle Erinnerungen in ihm wachrief. Er nötigte Johann und Friedrich noch zwei große Becher Kornbrand auf, ehe er sie endlich am späten Nachmittag auf den Heimweg entließ.

«Ich freue mich auf Tante Lisas Kuchen», sagte Friedrich ungewöhnlich aufgeräumt, während sie auf den Turm von St. Ansgarii zuhielten. Lisa war nicht wirklich seine Tante, eher eine Cousine zweiten oder dritten Grades von Johann aus dem südlichen Flecken Kirchweyhe. Er hatte sie vor Jahren als Haushälterin aufgenommen, weil ihrer zu reich mit Kindern gesegneten Familie die Mittel fehlten, um ihr bei einer Heirat einen eigenen Haushalt zu ermöglichen. Dennoch hielt Friedrich unbeirrbar an dem Wörtchen «Tante» fest, das sonst niemand verwendete.

«Hm, ja, ich auch», erwiderte Johann gedankenverloren. In seinem Geist war gerade kein Platz für Kuchen. Die Aussicht, an der Rathausuhr zu arbeiten, war mehr als erregend. Er hatte schon tausend Ideen im Kopf. Und der war ohnehin schon zu voll mit Gedanken an Agathe. Er fühlte sich großartig, und zugleich auch unsicher. Als ob der Boden unter seinen Füßen schwankte und die Welt alle vertraute Sicherheit verloren hatte, wie ein Schiff in Sturmesnot auf den Wogen der Nordsee ...

Als sie nach Hause kamen, wehten ihnen schon Wohlgerüche aus der Küche entgegen.

«Vater!» Gesche polterte ungebührlich schnell die Treppe hinunter. «Es wurde schon wieder etwas für dich abgegeben!»

Sie drückte ihm ein gefaltetes Stück Papier in die Hand. Es war mit Wachs verschlossen, trug aber weder Siegelabdruck noch Absender.

«Der Bote wollte wieder gehen, als er gehört hat, dass du

nicht da bist», erzählte Gesche. «Aber ich konnte ihn überreden, die Botschaft hierzulassen.»

«Danke», murmelte Johann. Seine Kinder begannen von dem üppigen Mahl zu plappern, bezahlt von Talern, die er noch gar nicht verdient hatte, und er zog sich beinahe unbemerkt in die Werkstatt zurück. Hier entfaltete er das Papier.

Mein Freund,

*das Räderwerk der Welt hat seinen Takt geändert,
als wir uns begegnet sind. Die Räder laufen schnell und
immer schneller, einem unbekannten Ende zu, und doch
erfüllt ihr Gang mein Herz mit nie gekannter Freude.
Bitte baut die Uhr, die ein Bild dieses Wunders sein
soll, und verleiht ihr helle Glocken als Stimme. Baut
sie für mich, auf dass ihr Stundenschlag meine Freude
über unsere Begegnung in die Welt singt.
Mögen wir uns bald wiedersehen.*

*Mit sehnsuchtsvollem Gruße
A.*

Sie hatte eine schöne Handschrift, klar und ohne unnötige Schwünge. Johann drückte das Papier an sich wie ein verliebter Galan auf der Theaterbühne. Und war er denn etwas anderes? Warmes Glück flutete durch seinen Bauch. Sie wollte ihn wiedersehen! Würde ihn wiedersehen, schon bald …

Und eine Vermutung, die er leise gehegt hatte, war gerade zur Gewissheit geworden: Auf irgendeine Weise hatte sie dafür gesorgt, dass man ihm den Bau der Uhr übertragen hatte. Was hatte sie getan, um ihren Mann zu überzeugen?

Ihr Mann ...

Klamme Sorge mischte sich erneut in sein Glück. Durfte er sie überhaupt wiedersehen? Er ließe sich auf ein gefährliches Spiel mit erschreckend hohem Einsatz ein – allen weisen Ratschlägen zum Trotz, die er seinem Sohn zuteilwerden ließ.

Doch der Gedanke, sie nicht wiederzusehen ... Nein, wenn sich ihm die Gelegenheit bot, würde er sie ergreifen. Zumindest das hatte er doch inzwischen gelernt.

Johann faltete ihre Nachricht zusammen und verwahrte sie sorgfältig in seiner Westentasche, womit er gleichsam alle bangen Sorgen wegsteckte. Dann verließ er die Werkstatt und schloss sich seiner Familie an, um gemeinsam mit Krebsbutter und Krullkuchen zu feiern.

Am nächsten Morgen begann der Tag nur langsam und zäh, denn das Festessen hatte sich gestern noch bis in die Nacht hingezogen. Seine kleine Gesche war schließlich am Tisch eingeschlafen. Doch Johann konnte es sich nicht leisten, lange im Bett zu bleiben. Es wartete Arbeit auf ihn. Heute würde er mit der Uhr für den Rathaussaal beginnen, die sein Meisterwerk werden sollte!

In der Werkstatt räumte er die Fläche des Arbeitstisches frei, um Raum für seine großen Pläne zu schaffen. Dann breitete er feierlich einen feinen Bogen Papier aus und beschwerte die Ecken mit Gewichten.

Es war immer ein besonderer Moment, wenn alles bereitlag und nur noch die menschliche Hand fehlte, die die Feder führte und das Weiß mit Skizzen bedeckte. Wie ein Atemholen vor dem Sprung. Johann kannte dieses Gefühl gut. Er hatte schon so manches Werk konstruiert. Doch das, was ihm für das Rathaus vorschwebte, würde einige neue Lösungen erfordern, Wege, die noch nicht begangen waren ...

Er begann zu zeichnen. Seine Gedanken flossen in die Tinte und nahmen auf dem Papier nach und nach Form an. Als Johanns Ideen schließlich von selbst weiterzuwachsen schienen, hallten plötzlich schwere Schläge von der Haustür durch die Diele.

«Altendieck!», brüllte jemand laut von draußen. Dann weitere Schläge, als wollte derselbe Jemand die Tür einschlagen. «Altendieck! Macht auf!»

Johann warf die Feder hin und eilte in die Diele. Lisa stand schon da und schaute ängstlich auf die erbebende Tür, die sie nicht zu öffnen wagte. Im Vorbeigehen nickte ihr Johann beruhigend zu und ging selber hin, um aufzumachen. Er hatte einen flauen Klumpen im Bauch. Für einen Moment war er davon überzeugt, dass ihm gleich der gestrenge Ratsherr Abraham Hemeling unter seinen üppigen Perückenlocken entgegenstarren würde. Doch es war nicht Hemeling, der Einlass begehrte.

Es war ein junger Mann in einem teuren, aber zerknitterten Justaucorps-Rock. Sein Gesicht war gerötet von Zorn und Wein und zudem schlecht rasiert, als wäre er die ganze Nacht auf den Beinen gewesen. Johann erkannte den jungen Mann. Die Ähnlichkeit zu seinem Vater war mit den dunklen Augen und dem kräftigen Kinn unverkennbar, wenn der Jüngling auch deutlich schmaler als Albert Greven war.

«Altendieck», wiederholte Carl Georg Greven. Aus seinem Mund klang es fast wie ein Fluch. «Der Rat hat Euch mit dem Bau der Uhr betraut!»

«Ja, das hat er», erwiderte Johann betont ruhig und zwang sich, einen Schritt vorzutreten, um sicherzustellen, dass der

Jüngling nicht ins Haus gelangen konnte. Carls Atem roch alkoholisch. «Doch dies scheint mir nicht die Zeit oder der Ort zu sein, um darüber zu debattieren.»

Eine Horde Kinder schaute neugierig aus einer Gasse herüber. Vielleicht erwarteten sie eine Schlägerei, wie zwischen betrunkenen Fuhrleuten.

«Was habt Ihr getan?», zischte Carl.

Johann schaute ihn nur fragend an.

«Meinem Vater hätte dieser Auftrag gebührt, und das wisst Ihr auch! Wie habt Ihr den Rat auf Eure Seite gezogen? Mit welcher Betrügerei, mit welchem Hexenwerk?»

«Brauchst du Hilfe, Vater?» Friedrich stellte sich hinter ihn, nur um sich im nächsten Moment an ihm vorbeidrängen zu wollen, als er sah, wer dort draußen einen solchen Radau machte. Johann legte seinem Sohn beruhigend eine Hand auf die Schulter.

«Geht nach Hause, junger Herr Greven», sagte er kühl. «Macht Eurem geschätzten Herrn Vater keine Schande.»

Carl Greven funkelte ihn unheilvoll an. Johann befürchtete schon, dass er auf ihn losgehen würde. Doch dann wandte er sich mit einem verächtlichen Kopfschütteln ab.

«Was immer Ihr getan habt», knurrte er. «Ihr werdet nicht damit durchkommen.»

Unsicheren Schrittes taumelte er die Straße entlang, wobei die Leute die Köpfe nach ihm umwandten. Als er nicht mehr zu sehen war, schloss Johann schließlich die Tür.

«Vom Neid zerfressen», murmelte Friedrich mit Abscheu in der Stimme.

Johann erwiderte nichts. Er zwang sich durchzuatmen, um die Worte des jungen Greven von sich abzuschütteln. Das gleichmäßige Ticken von Vaters Uhr erfüllte die Diele, das

Segelschiffchen aus Zinn bewegte sich auf den Wellen. Alles ging seinen Gang. In der Werkstatt wartete ein großes Werk auf ihn, in seiner Westentasche ein berauschendes Geheimnis. Alles war gut.

In den nächsten Wochen blieb Johann wenig Zeit für sorgenvolle Grübeleien. Er verbrachte die Tage und manchmal sogar die Nächte in seiner Werkstatt, gebeugt über die Skizzen jener Mechanik, die der großen Uhr im Rathaus Leben einhauchen sollte. Schon zweimal musste er frische Papierbögen nachkaufen und auch Tran für die Lampe.

Johann dachte nicht mehr an würdige Ratsherren oder das Ansehen der Stadt, nicht an den Posten des Ratsuhrmachers oder klingendes Silber. Er war ganz in der Welt der Räderwerke versunken, als wäre er selber ein Teil ihres Laufs.

Seine vagen Ideen formten sich nach und nach zu konkreten Zahlen. Zahlen, die ihm erst richtig vor Augen führten, auf was für eine Aufgabe er sich da eingelassen hatte. Fünf aufwendige, ineinander verschachtelte Werke sollten den Gang der Uhr bestimmen, vom Lauf der Zeiger bis zum Stundenschlag. Vierundzwanzig unterschiedlich gestimmte Glocken sollten das Glockenspiel bilden, das vierzehn verschiedene Melodien erklingen ließ. Über diesen Punkt hatte er besonders lange gegrübelt. Schließlich waren die Glocken die Stimme der Uhr, und sie sollten auch jene Besucher des Rates beeindrucken, denen die mechanische Kunstfertigkeit der Zeitmessung noch nicht Wunder genug war. Aber wie oft sollte die Musik erschallen? Zu jeder vollen Stunde? Oder nur einmal am Tag, zur Mittagszeit? Oder irgendetwas dazwischen?

«Das ist doch einfach, Vater», sagte Gesche, als sie einmal an den Arbeitstisch trat, um ihm über die Schulter zu gucken. «Die Uhr muss natürlich so oft wie möglich ertönen! Jeder soll hören, was sie kann!»

Johann hatte darüber gelächelt, dann darüber nachgedacht. Schließlich ließ er es in seine Skizzen einfließen: Seine große Uhr, so nannte er sie inzwischen, würde nicht einfach nur die Stunden schlagen. Sie würde mit Präzision auch die Viertelstunden verkünden und alle fünfzehn Minuten eine ihrer Melodien erklingen lassen! Aus seinen Ideen wurden immer mehr konkrete Pläne.

Nur beiläufig registrierte Johann, dass Gesche in letzter Zeit ziemlich oft in der Werkstatt war, in der Regel mit einer Meinung zu seiner großen Uhr auf den Lippen. Sonst war bei solchen Gelegenheiten irgendwann Clara erschienen, um ihre kleine Schwester am Zopf zu packen und ihren Pflichten zuzuführen. Doch sie hielt sich erstaunlicherweise zurück. Da Gesche zumeist bei ihrem Großvater in der Ecke hockte, still bis auf halblautes Gemurmel und gelegentliches Klappern mit alten Uhrwerkteilen, und ihn nicht störte, ließ er sie gewähren. Er hatte andere Dinge im Kopf. Und in seiner Westentasche ...

Agathes Brief war zerknittert von den vielen Malen, die er heimlich herausgeholt und noch einmal gelesen worden war. *Baut sie für mich ...* Dieser Satz trieb Johann weiter voran, wann immer ihn Zweifel an der Durchführbarkeit seiner Ideen plagten oder er an irgendeiner Stelle nicht weiterkam. Für ihn wurde Agathe immer mehr zur wahren Auftraggeberin seines großen Werks. Am liebsten hätte er ihre Zeilen in Messing graviert und an seiner Uhr angebracht, um sie für die Ewigkeit zu erhalten ...

Dann kam der Tag, an dem er die Skizzen für eine Weile beiseiteschieben musste, um sich der unmittelbaren Wirklichkeit zuzuwenden. Der Ratsdiener klopfte schon früh an die Tür des Altendieck'schen Hauses und holte Johann ab. Unterwegs gingen sie noch beim Tischlermeister Berend Rohde vorbei, der sich ihnen anschloss. Er war ein gutmütiger, rotgesichtiger Mann in Johanns Alter, der sich gerne reden hörte.

«96 Silbertaler bekomme ich für den Kasten», erzählte er, während sie den Marktplatz überquerten. «Das ist natürlich nicht ganz so viel, wie sie Euch für das Werk geben, Herr Altendieck – aber doch ein erkleckliches Sümmchen ... Habe schon begonnen, das Holz auszusuchen. Wird Euch bestimmt gefallen!»

Sie gingen durch das Eingangsportal des Rathauses und dann die Treppen hinauf zum oberen Saal. Der Rat der freien Reichsstadt Bremen würde heute erst später tagen, sodass Johann und Herr Rohde Gelegenheit hatten, sich am zukünftigen Standort der Uhr umzusehen.

Die schieren Ausmaße der Halle mit ihren hohen, gotischen Spitzbogenfenstern überwältigten Johann. Er musste den Kopf in den Nacken legen, um zu den prachtvoll bemalten Deckenbalken hinaufzublicken, von denen ihm die Porträts alter Kaiser entgegenschauten. Sie wiesen deutlich darauf hin, dass Bremen keinem Landesfürsten und nur dem Reich selbst untertan war. Modelle von schwerbewaffneten Orlogschiffen hingen von der Decke, deren reale Gegenstücke die Konvois der bremischen Handelsschiffe beschützten.

«Seht Ihr die Kanonen an den Schiffen?», plapperte Rohde gut gelaunt. «Sie lassen sich mit echtem Pulver füllen und für Salutschüsse abfeuern! Und man hat mir erzählt ...»

Johann hörte kaum zu. Er musste sich erst an den Gedanken

gewöhnen, dass seine Uhr in dieser herrschaftlichen Pracht zwischen reichbeschnitztem Ratsgestühl und würdiger Wandtäfelung ihren Platz finden würde.

«Ich schätze, um die sechzehn, siebzehn bremische Fuß hoch wird der Kasten schon werden», murmelte Rohde, als sie vor der freien Stelle an der Wand standen, die für die Rathausuhr vorgesehen war. Johann wurde schwindelig. Er hatte natürlich gewusst, dass er an einer großen Uhr arbeitete. Aber erst hier, direkt vor Ort, wurde ihm klar, was *groß* wirklich bedeutete. Sechzehn, siebzehn Fuß. Ungefähr dreifache Manneslänge.

«Glaubt Ihr eigentlich dem Gerede, dass die werten Ratsherren mit der Uhr irgendwelche Besucher beeindrucken wollen?», fragte Rohde, während er seinen Zollstock auspackte.

«Was meint Ihr?»

«Ich glaub's nicht wirklich», brummte Rohde. «Ich glaube eher, dass sie sich selber und ihre ratsherrliche Pracht feiern wollen ...»

Johann schüttelte den Kopf und ging nicht weiter darauf ein. Er half dem Tischler dabei, die Stelle genau auszumessen. Sein Maßstab hatte mehrere genietete Metallgelenke, mit denen er sich ausklappen und auf die passende Länge bringen ließ. Sie lebten wahrlich in einer erfindungsreichen Zeit. Schließlich waren alle relevanten Zahlen notiert, und die beiden Handwerker wandten sich zum Gehen.

Durch eine Tür, die wie ein Schlossportal mit steinernem Zierwerk umrahmt war, kamen in diesem Moment die ersten Ratsherren für die nächste Sitzung hereingeströmt. Johanns Herz setzte für einen Schlag aus, als er eine üppig wallende Perücke in ihrer Mitte entdeckte. Abraham Hemeling ging direkt neben dem alten Volkhard Mindemann, einem der vier amtierenden Bürgermeister Bremens. Jedes der vier Kirchspiele der Stadt stellte einen von ihnen.

Hemeling sah wie üblich grau und zerknittert aus, offenbar sein Grundzustand. Johann beeilte sich, an Rohdes Seite mit einem respektvollen Gruß an ihm vorbeizuhuschen. Doch schon nach wenigen Schritten hörte er Hemelings Stimme.

«Ah, der Herr Altendieck», schnarrte er. Johann wandte sich dem Ratsherrn notgedrungen zu. Der Brief, den er törichterweise noch immer in der Westentasche trug, schien regelrecht auf seiner Haut zu brennen.

«Ihr seid wegen der Uhr hier, nicht wahr?», fuhr Hemeling fort. «Wir hoffen, dass Ihr eine gute Arbeit verrichten werdet und der Rat sein Vertrauen nicht umsonst in Euch setzt.»

Der Herr Bürgermeister Mindemann, der Hemeling zugehört hatte, nickte bestätigend. «Ja, das hoffen wir», sagte er. «Der Herr Hemeling hat Euch mit Nachdruck empfohlen. Eure Ideen müssen ihm imponiert haben.»

Johann verbeugte sich etwas linkisch. «Ich setze all meine Schaffenskraft daran, dass Ihr mit meiner Arbeit zufrieden sein könnt», sagte er. Dabei dachte er die ganze Zeit an Agathe. Mit welchen Mitteln war es ihr bloß gelungen, ihren Mann zu überzeugen?

Die hohen Herren wandten sich ihren Angelegenheiten zu, und Johann war endlich entlassen. Draußen verabschiedete er sich von Meister Rohde und machte sich auf den Weg nach Hause, wo er Friedrich die Aufsicht über die Werkstatt überlassen hatte. Sein Sohn arbeitete zunehmend selbständiger. Auch bei der großen Uhr würde er ihm eine Hilfe sein …

Johann war so in seine Gedanken vertieft, dass er zusammenfuhr, als ihm in einer Seitengasse eine Gestalt entgegentrat. Es war ein junger, rotblonder Mann in einem abgewetzten

Rock. Offenbar ein Dienstbote, der die alten Kleidungsstücke seiner Herrschaft auftragen durfte.

«Meister Altendieck?», fragte er halblaut.

«Der bin ich», entgegnete Johann verhalten.

«Das ist für den werten Herrn», sagte der junge Mann und überreichte Johann einen zusammengefalteten Brief. Dieser erkannte das Papier nur zu gut. Sein Herz schlug sofort schneller.

«Wenn Ihr eine Antwort für meine Herrin habt, findet Ihr mich morgen um diese Zeit wieder an diesem Ort», sagte der Dienstbote.

«Danke», murmelte Johann überrumpelt. «Aber musstet Ihr mir wirklich wie ein Straßenräuber in einer Gasse auflauern?»

«Ich darf dem Herrn den Brief nur persönlich übergeben», erwiderte sein Gegenüber. «Meine Herrin war sehr verstimmt, als ich ihn beim letzten Mal in Eurem Hause abgab.»

Er verbeugte sich und eilte davon. Johann beachtete ihn nicht weiter und entfaltete mit zitternden Fingern das Papier.

Mein Freund,

das Räderwerk läuft langsamer, ich beginne, wieder zu erstarren. So empfinde ich, da es seit Eurem Besuch keine Gespräche, keine Gedanken, kein Lächeln mehr gibt. Wenn es Euch auch so ergeht, kommt in drei Tagen zur sechsten Abendstunde in die Laube des Gartens, den H. in der Neustadt besitzt. Ich erwarte Eure Antwort.
Mit sehnsüchtigem Gruße
A.

Johann steckte den Brief verstohlen zu dem anderen. Auf seine Lippen stahl sich zögerlich ein Lächeln, das immer breiter wurde. Agathe! Er würde sie wiedersehen, würde ihr vom Fortgang seiner Arbeit berichten können, ihre Gegenwart genießen ...

Beschwingt setzte er den Weg nach Hause fort und ignorierte die sorgenvoll mahnende Stimme in seinem Hinterkopf. Er hatte ein Meisterwerk zu vollbringen – und eine Muse, die ihm die Kraft dafür gab. Welches Unheil sollte ihm da widerfahren?

Sechstes Kapitel

Die drei Tage zogen sich wie drei Ewigkeiten dahin. Trotz aller Arbeit schienen sie nur aus qualvollem Warten zu bestehen. Johann, dessen Handwerk doch die kunstvolle Dressur der Zeit war, hatte jedes Gespür für ihren Fluss verloren. Als er endlich aus der Tür trat, um jener Einladung zu folgen, die er so oft heimlich gelesen hatte, kam es ihm vor, als wäre seither mindestens ein Monat vergangen.

Mit klopfendem Herzen machte er sich auf den Weg in Richtung der Bremer Neustadt, die sich am südlichen Weserufer erstreckte, jenseits der engen Altstadt-Mauern.

Johann überquerte den Fluss auf der Großen Weserbrücke, einem hölzernen Bauwerk unweit der Martini-Kirche. Wasserräder ratterten unermüdlich zwischen ihren Pfeilern und trieben die Mühlen der Stadt an. Das größte von ihnen schaufelte Wasser in ein Röhrensystem, das zu den Häusern der Reichen führte; alles war Räderwerk, das ineinandergriff, selbst das Gemeinwesen von Bremen. Und manche profitierten stärker von seinem Gang als andere.

Die Brücke lag etwa zur Hälfte hinter ihm, als er langsamer wurde – und innehielt. Nachdenklich schaute er hinüber zur Schlachte, dem Stadthafen von Bremen, wo zahlreiche Lastensegler an der Ufermauer dümpelten. Kreischende Möwen glitten über dem Wasser dahin.

Johann war nun auf halbem Wege zu seinem Ziel, stand

gleichsam halb an diesem Ufer und halb an jenem. Er hatte plötzlich das Gefühl, dass ihn die Brücke nicht einfach nur in die Neustadt führen würde. Vor ihm lag ein unbekanntes Reich jenseits seiner bisherigen Existenz als braver, biederer Uhrmachermeister – und es war so verlockend wie erschreckend. Wenn er jetzt weiterging, gab es kein Zurück mehr. Und wenn er umkehren wollte, musste er es jetzt tun.

Johann verharrte unschlüssig auf der Stelle und beobachtete die Schiffe. Einige wurden gerade mit Hilfe der Wuppen entladen, wie man die mechanischen Seilwinden mit den langen Hebelarmen an der Ufermauer nannte. Er seufzte einmal tief. Langsam setzte er dazu an, umzukehren. Doch dann schüttelte er den Kopf und eilte entschlossen in Richtung Neustadt. Er würde sich sonst den Rest seines Lebens fragen, was er sich durch seine Zögerlichkeit hatte entgehen lassen.

Keine Minute später lag die Weserbrücke hinter ihm, und er passierte jene Stelle am Ufer, wo sich in seiner Kindheit noch die Braut erhoben hatte, der mächtige Pulverturm von Bremen. In einer Gewitternacht vor rund dreißig Jahren war der Blitz in seine Dachkuppel eingeschlagen – und die schreckliche Explosion hatte nicht nur seine Mauern gesprengt, sondern auch die umliegenden Straßenzüge niedergebrannt, bis ein gnädiger Regen die Flammen erstickt hatte. Die freie Stadt Bremen hatte kein Glück mit ihren Türmen.

Mit raschen Schritten eilte Johann durch die Straßen der Neustadt, den Dreispitz ins Gesicht gezogen, als wäre er ein Räuber, der das Licht der Gerechtigkeit scheute. Dabei war diese Gegend, obwohl sie sich innerhalb der Stadtbefestigung befand, nur dünn besiedelt. Denn nicht der Raummangel hatte dazu geführt, dass der Rat das Gebiet südlich der Weser umwallt hatte – sondern die Notwendigkeit, die Freiheit der Stadt zu verteidigen. Als sich vor über hundert Jahren der große Religionskrieg durch die deutschen Lande gefressen hatte, hatte der Rat die Weisheit besessen, sich so weit wie möglich aus allem herauszuhalten. Doch die Weser konnte nicht mehr wie in alten Zeiten als Schutz der Stadt dienen, denn inzwischen hatte man Geschütze erfunden, die weit über den Strom feuern konnten. Also war den Bremern nichts anderes übriggeblieben, als auch das ungenutzte Gebiet am anderen Weserufer mit Befestigungen zu versehen. Seither beschirmten starke Wälle mit acht Kanonenbastionen das südliche Stadtviertel, das nun als die Neustadt bekannt war.

Noch heute war ein großer Teil dieser Gegend freies Gartenland, und manch ein wohlhabender Bürger hatte hier draußen einen zweiten Wohnsitz im Grünen angelegt, um den engen Gassen der Altstadt für kostbare Mußestunden zu entfliehen. So auch der gestrenge Ratsherr Abraham Hemeling.

Johann wusste nicht, welchem hohen Herrn hier welches Grundstück gehörte. Ratlos lief er an den Häusern in der Gegend um den Pferdemarkt entlang und blieb schließlich am kleinen Roland stehen. Dieser glich dem riesenhaften Ritter, der beim Rathaus wachte, war jedoch nur eine kindsgroße Steinfigur auf der Säule eines Brunnens. Auch die Neustadt begriff sich als Stadt und tat das mit ihrem kleinen Roland stolz kund.

Johann versuchte, sich irgendwie zu orientieren. Er konnte ja schlecht jemanden nach dem Weg fragen; nicht, wenn er unerkannt bleiben wollte. Und das wollte er auf jeden Fall! Zu unerhört erschien ihm sein Vorhaben. Er war ein freier Bürger Bremens, durfte sich in der Stadt bewegen, wohin es ihm beliebte. Doch das, was er im Sinn hatte, war durch Gesetze verboten, die weit über jeder Verordnung standen, die der Rat der Stadt erlassen konnte.

Schließlich entschied er sich, einfach in einen der Wege einzubiegen, die an den Gärten entlangführten, und sich aufmerksam umzusehen. Er passierte Zäune, Gittertore und Hecken und warf gelegentlich neugierige Blicke dahinter.

Es dauerte eine Weile, bis er den Neptun entdeckte, der mit erhobenem Dreizack neben einem der Gartentore Wacht hielt. Er war ein Zwilling jenes Meeresgottes, der über dem Portal des Hemeling'schen Stadthauses thronte. Eine hohe Hecke beschirmte das dazugehörige Grundstück. Hier war er richtig.

Johanns Herz klopfte. Gleich würde er sie wiedersehen ...

Johann straffte sich und klopfte an das Tor. Es dauerte nicht lange, bis sich Schritte über knirschenden Kies näherten und der Riegel der Pforte zurückgeschoben wurde. Dann tauchte der rotblonde Hausknecht vor ihm auf, der ihm auch Agathes Brief übergeben hatte.

«Kommt herein», sagte er mit einer knappen Verbeugung, ohne Johann mit Namen anzusprechen. Dieser musterte den Knecht verhalten und versuchte, in seinem Gesicht zu lesen. Schaute er missbilligend oder gar verächtlich?

Doch der junge Mann gab sich ausdruckslos. Er ließ Johann ein und ging vor ihm her, als wäre er ein ganz gewöhnlicher, ehrbarer Besucher.

Der Hemeling'sche Stadtgarten war im französischen Stil angelegt, mit geometrisch zurechtgestutzten Hecken und schnurgeraden Kieswegen dazwischen. Sie bildeten Blickachsen, für die der Garten eigentlich ein Stück zu klein war und an deren Ende man eher ein Schloss als ein Gartenhäuschen erwartet hätte. Selbst in Bremen, das keinem Fürsten untertan war, folgten die reichen Bürger dem unerreichbaren Vorbild des Adels.

Johann wurde an Rabatten mit üppigen holländischen Tulpen vorbeigeführt. Sie umgaben Statuen, die offenbar den ewigen Zyklus der vier Jahreszeiten darstellten: Der Frühling war eine junge Frau mit Blumenkorb, der Sommer eine Muttergestalt mit Kornähren im Arm. Als traubenbehängter Bacchus präsentierte sich stolz der Herbst, als grimmiger Greis mit langem Bart der Winter. Sie alle verkörperten den Fluss der Zeit, wie ihn die Menschen schon kannten, als er noch nicht durch Uhrzeiger und Zahlen gemessen wurde.

Schließlich brachte der Hausknecht Johann in den hinteren Teil des Gartens. Hier gab es eine Gartenlaube, die *à la turque* als orientalisches Kaffeehäuschen gestaltet war. Alle Vorhänge waren zugezogen, sodass er nicht hineinsehen konnte.

«Meine Herrin erwartet Euch bereits», sprach der Knecht und trat einen Schritt beiseite. Johanns Hals war zugeschnürt vor Aufregung, als er durch eine kleine Tür eintrat. In seinem Rücken schloss der Hausknecht sie wieder.

Im Inneren der Laube herrschte dämmriges Licht. Agathe saß auf einem diwanartigen Sofa an einem niedrigen Tischchen. Diesmal trug sie ein hellblaues Kleid mit Spitzenbesatz. Johann fiel sofort auf, dass die nussbraunen Korkenzieherlocken ihr Gesicht offen umkränzten, ohne eine Haube – als sei sie ein junges Mädchen und keine verheiratete Frau. Auch die schweren Perlenohrringe, die sie beim letzten Mal getragen hatte, fehlten. Mit großen, grünen Augen schaute sie Johann entgegen.

Dieser versuchte, ihren Blick zu deuten. War sie ängstlich? Sehnsuchtsvoll? Verlegen? Ein Schmunzeln stahl sich auf ihre Lippen, und er realisierte, dass er sie seit geraumer Zeit anstarrte.

Sofort verbeugte er sich etwas ungelenk, den Dreispitz an

die Brust gedrückt. Dann konnte er nicht mehr an sich halten. Mit drei schnellen Schritten war er bei ihr. Agathe rückte zur Seite, um ihm auf dem Diwan Platz zu machen. Zu seiner Erleichterung wich sie nicht vor ihm zurück, sondern wandte sich ihm sogleich zu.

«Du bist also gekommen», sagte sie leise. Die vertrauliche Anrede hörte sich aus ihrem Mund so natürlich an, dass sie Johann kaum verwunderte.

«Ja», erwiderte er etwas beklommen.

Forschend schaute ihm Agathe ins Gesicht. «Bereust du es schon, meiner Einladung gefolgt zu sein?»

«Oh nein! Es ist nur ...» Er seufzte. «Ist es richtig, Agathe?»

«Das habe ich mich auch gefragt», erwiderte sie, ohne ihren eindringlichen Blick von ihm zu nehmen. «Aber jetzt, da du hier bist, frage ich mich nicht mehr. Es fühlt sich richtig an. Und so etwas habe ich schon viel zu lange nicht mehr gespürt ...»

Johann ertappte sich dabei, dass er enthusiastisch nickte. Es erging ihm ganz genauso. Und er bewunderte Agathe für den Mut und die Klarheit, mit der sie seine Gefühle für ihn aussprach.

«Ja», sagte er schlicht, weil es nichts Wahreres zu sagen gab.

«Wie geht es mit der Uhr voran?», fragte Agathe mit einem warmen Lächeln. «Ich muss immerfort an das große Werk denken, das dein Geist und deine Hände formen – und bekomme doch nichts davon zu sehen ...»

Das war das Stichwort, auf das Johann gehofft hatte. «Warte kurz», sagte er. «Ich möchte dir etwas zeigen.»

Er zog einen sorgfältig gefalteten Bogen Papier aus seinem Rock hervor und breitete ihn auf dem Tischchen aus. Auf ihm waren vereinfachte Skizzen der Mechanik der großen Uhr zu sehen, die Johann sorgfältig ins Reine gezeichnet hatte. Besonders detailliert hatte er das Glockenspiel ausgeführt. Darunter stand in seiner feinen, wenn auch etwas nüchternen Handschrift:

Vox temporis
Vox bonae
Vox amoris

Agathes Wangen erröteten, während sie die Zeilen las. *Die Stimme der Zeit. Die Stimme der Guten. Die Stimme der Liebe.* Freudig erregt bemerkte Johann, dass sie die Zeilen verstand. *Die Gute* meinte natürlich sie selbst, denn nichts anderes bedeutete ihr Name im Griechischen. Mit glänzenden Augen schaute Agathe ihn an.

«Soll ich dir die Grundidee erklären?», fragte er.

«Ja, liebend gerne», erwiderte sie, ohne dass ihre Röte zurücktrat.

«Also, das Innenleben der Uhr besteht aus insgesamt fünf Werken, die miteinander verbunden sind. Das Gehwerk steht im Zentrum von allem, es wacht in gewisser Weise über die anderen Werke und bestimmt ihren Lauf ...», begann er.

Agathe kicherte. Fragend schaute Johann auf.

«Du bist vermutlich der einzige Mann in Bremen, der die vertrauliche Abgeschiedenheit mit einer Frau nutzt, um sie in die Geheimnisse der Mechanik einzuführen», sagte sie. «Und ich bin vermutlich die einzige Frau in Bremen, die sich genau darüber freut ...»

Nun musste auch Johann lachen.

Begeistert legte er Agathe seine Visionen dar, sprach von den Lösungen, die er sich für die mechanischen Probleme ausgedacht hatte, und von den verschiedenen Melodien, die das Glockenspiel schließlich spielen würde; vierzehn Menuette. Innerhalb einer Stunde, so hatte er ausgerechnet, würde dann insgesamt 18 Minuten lang die Musik der Uhr erklingen!

Agathes Augen strahlten. Alles kam ganz schnell über Johanns Lippen, denn es hatte sich lange in ihm angestaut, in vielen einsamen Stunden, in denen er im Geiste mit Agathe gesprochen hatte.

Doch nun war sie wirklich da, musterte ihn mit ihrem kecken Blick. Sie rückte dicht an ihn heran und folgte gebannt seinen Ausführungen. Gelegentlich stellte sie Zwischenfragen, an denen er erkannte, dass sie genau mitdachte. Die Zeit verging wie im Rausch. Als draußen plötzlich eine mehrspännige Kutsche heranratterte, fuhr Johann zusammen und schaute alarmiert zur Tür.

«Keine Sorge», beruhigte ihn Agathe. «Das ist vermutlich die Familie, die ihren Stadtgarten nebenan hat. Mein Mann ist heute den ganzen Tag mit einer englischen Handelsdelegation im Schütting und wird danach mit ihnen im Ratskeller verschwinden. Außerdem passt mein Hausknecht Klaas draußen gut auf. Er ist mir ergeben und nicht Hemeling. Sonst ist niemand hier. Was immer an diesem Ort auch gesprochen wird oder geschieht, wird diesen Garten nicht verlassen, Johann.»

Er nickte, zumindest etwas beruhigt, und nahm seine Erklärungen wieder auf. Doch er war nicht mehr ganz bei der Sache. Agathes Worte gingen ihm nicht aus dem Sinn. *Was immer an diesem Ort auch gesprochen wird oder geschieht, wird diesen Garten nicht verlassen ...*

Irgendwann fand Agathes Hand ganz natürlich Johanns Hand, wie ein Zahnrad, das ins andere greift. Und ebenso natürlich fanden sich ihre Lippen kurz darauf zu einem langen Kuss, der alle Gedanken an Zeit und ihre Messung in der Ewigkeit des Augenblicks ertränkte.

Agathe nahm seine ganze Welt ein, war ihm so nah, dass er nur noch sie sah. Sie duftete nach Blumen. Johann wusste nicht, nach welchen, aber er stellte sich vor, dass sie hellblau waren wie Agathes spitzenbesetztes Kleid. Er legte seine Arme um ihre bebenden Schultern. Sofort erwiderte sie die Umarmung mit festem, fast verzweifeltem Griff, schmiegte sich eng an ihn. Lippen trafen sich gierig zum nächsten Kuss, Finger strichen über Nacken.

Johann spürte ein Feuer in sich, das er zu Asche niedergebrannt geglaubt hatte. Und schließlich raschelte Stoff, als seine Hände sich wie von selbst den Weg durch Agathes Kleider suchten. Ihre Finger wanderten über Johanns Hüfte und fuhren unter seinen Justaucorps-Rock. Sie hoben seine Weste an und lösten seinen Hosengurt. Die Abgeschiedenheit des Hemeling'schen Gartens beschützte sie vor dem bedeutungslosen Rest der Welt, als sie sich ineinander verloren.

Es blieb nicht bei dem einen Besuch in der Bremer Neustadt. Während der Sommer voranschritt, langsam müde und träge wurde und schließlich in den nassgrauen Herbst überging, wechselten immer wieder Briefe zwischen dem Hemeling'schen und dem Altendieck'schen Haus hin und her. Sie sprachen von der Arbeit an der großen Uhr, vom undurchschaubaren Räderwerk des Kosmos und von geheimer Sehnsucht.

Und sie wiesen darauf hin, wann es wieder eine günstige Gelegenheit für ein Treffen in der Gartenlaube gab. Dann machte Johann sich stets mit klopfendem Herzen und unbehaglichen Schulterblicken auf den Weg. Doch trotz aller Vorsicht bemerkte er nicht jene Gestalt in einem dunklen Mantel, die sich an einem Oktobermorgen an seine Fersen heftete und ihn nicht aus den Augen ließ.

Siebtes Kapitel

Der große dänische Astronom Olaus Römer empfiehlt, für die Zähne eines Zahnrades eine epizykloide Form zu wählen.»

Gesche folgte Großvaters Ausführungen mit großen Augen. Wenn er seltsame Wörter wie *epizykloid* aussprach, betonte er stets jede Silbe sorgfältig, die Lippen zu einem Lächeln geformt, als hätte er eine besondere Köstlichkeit auf der Zunge. Mit Mühe verkniff sich Gesche die Frage, was genau dieses *epizykloid* sein sollte. Sie wusste, dass Großvater es ihr gleich in seiner eigenen Geschwindigkeit erklären würde – und dass es nur umso länger dauern würde, wenn sie ihn unterbrach. Also nahm sie sich zusammen und hörte weiter zu, während Herbstregen gegen das Fenster der Werkstatt peitschte und die Tropfen wie Schlangen über das Glas glitten.

Großvater erläuterte den Begriff tatsächlich kurz darauf und skizzierte für Gesche auf der Rückseite eines alten, vergilbten Papierfetzens eine Kreisform, die an eine Blume erinnerte, um seine Worte zu untermalen. Seine Finger zitterten dabei ein wenig, doch er führte den Stift mit verbissener Perfektion.

Die beiden saßen in jener Ecke der Werkstatt beisammen, die Großvater als seinen Bereich erkoren hatte. Er hatte neben einem Hocker für Gesche auch einen kleinen Tisch hierhergeschafft, der nun mit diversen Skizzen, alten Zahnrädchen und Werkzeugen bedeckt war. Denn er beschränkte sich keineswegs darauf, Gesche seine Kunst nur zu erklären. Er hielt sie auch dazu an, sich selbst darin zu erproben – und begleitete ihre Versuche mit Strenge, während ihre Finger aus Rädchen Werke zu fügen versuchten.

«Du hast in der Tat die Hände deines Vaters, min Deern», hatte er gleich an ihrem ersten Nachmittag in der Werkstatt gesagt. «Und meinen Kopf, so viel ist sicher. Aber auch die Ungeduld deiner Mutter. Die musst du zügeln, sonst wird das alles nichts ...»

Gesche hatte sich gezügelt, so gut es eben ging. Den ganzen Sommer hindurch hatte sie in jeder freien Minute bei Großvater an dem Tischchen gesessen und sich von ihm in die Feinheiten der Mechanik einführen lassen. Selbst an den freundlichsten Sonnentagen hatte man sie kaum draußen auf den Gassen gesehen. Inzwischen war schon wieder der Herbst über das flache Land gezogen, und Gesche saß noch immer hier und lernte, nun im Licht einer Tranfunzel.

Am Anfang hatte sie gedacht, dass Großvater eine Art Spiel mit ihr begonnen hätte. Doch seine leisen, aber unnachgiebigen Ermahnungen hatten schon bald gezeigt, dass er es ernst meinte. Er brachte ihr alles bei, was er wusste! Seit ihr das klargeworden war, stürzte sie sich mit doppeltem Eifer in die Sache. Wann immer sie nun auf der Diele an der Familienuhr Hora vorbeikam, warf sie ihrem Messing-Ziffernblatt einen verschwörerischen Seitenblick zu: *Wir gehören zusammen, nicht wahr? Warte nur, bald weiß ich alles über dich! Dann kann ich dir eine Schwester bauen. Oder viele Schwestern, eine ganze Großfamilie ...*

Die Vorstellung erfüllte sie mit einer Freude, die sie bislang nicht gekannt hatte.

«... somit ergibt sich die ideale Form für solch ein Rädchen, die übrigens auch der alte Huygens schon kannte ...»

Großvater zeichnete noch immer konzentriert an seiner Skizze, deren Aufbau Gesche inzwischen längst verstanden hatte.

Schritte näherten sich durch die Werkstatt, und ein Schatten fiel auf den kleinen Tisch. Gesche schaute sich leicht unwillig um. Friedrich stand hinter ihr und musterte sie ernst. Dann wandte er sich langsam ab, um wieder seinem Vater zur Hand zu gehen.

Der arbeitete seit Monaten unermüdlich an den Werken der großen Rathausuhr, deren halbmontierte Teile inzwischen überall in seiner Werkstatt verteilt waren. Er kam schnell voran, getrieben von einem Eifer, den Gesche so bei ihm noch nie erlebt hatte. Manchmal sang er sogar alte Lieder bei der Arbeit. Vater, der sonst niemals sang … Was Gesche mit Großvater in der Ecke tat, schien er dabei kaum mitzubekommen. Ihr Bruder hingegen bekam es sehr wohl mit. Immer wieder verfolgte er Gesches Gehversuche in der Welt der Mechanik mit Blicken, die sie nicht deuten konnte.

«Du tust es schon wieder, Vater.»

Friedrich hatte leise gesprochen. Leise und missbilligend. Gesche jedoch verfügte über das unfehlbare Geschick einer Elfjährigen, Dinge zu hören, die sie nicht hören sollte.

Vater hielt mitten in der Bewegung inne und ließ die Zange sinken. Er wirkte ertappt.

«Du hast ein Menuett gesummt», fuhr Friedrich streng fort. «Und wenn du in letzter Zeit ein Menuett summst, knittert immer irgendein geheimnisvoller Zettel in deiner Rocktasche.»

Gesche starrte zu ihrem Bruder hinüber. Sie wusste nicht, was hier vor sich ging, doch sie konnte die Spannung nur zu deutlich spüren, die sich in der Luft anstaute wie in jener Leidener Flasche, von der Großvater ihr erzählt hatte. Auch er schaute nun besorgt von seiner Skizze auf.

«Friedrich», sagte Vater langsam und betont, ohne sich zu seinem Sohn umzudrehen. «Reich mir doch bitte die Planzeichnung für das Zeigerwerk.»

Seine Stimme klang plötzlich distanziert. Gesche hielt den Atem an. Vater verhielt sich wirklich seltsam in letzter Zeit.

«Wir müssen auf unseren Ruf achten», sagte Friedrich, ohne ihm irgendetwas zu reichen. «Diese Uhr ist eine einmalige Gelegenheit, die wir nicht verspielen dürfen.» Er zeigte beiläufig in Gesches Richtung. «Du bekommst ja kaum mehr mit, was in deiner eigenen Werkstatt vor sich geht, vor lauter geheimen Zetteln...»

«Gesche!» Plötzlich kam Clara mit ihrer Küchenschürze hereingeweht, der personifizierte Herbstwind mit Zöpfen. «Gesche, wo steckst du denn? Lisa braucht dich!»

Hilfesuchend schaute Gesche zu Großvater. Er hatte in den letzten Wochen oft seine schützende Hand über sie gehalten, wenn ihre große Schwester sie wieder einmal für irgendwelche Haushaltsplagen von seinem Unterricht entführen wollte.

«Ich bin ein alter Mann», hatte er dann gesagt und Gesche zugezwinkert. «Ich brauche meine Enkeltochter bei mir, damit sie für mich tut, was meine zittrigen Hände nicht mehr können...»

Doch diesmal nickte er ihr nur ernst zu. «Geh mal besser und hilf Lisa, min Deern», sagte er. «Wir machen hier morgen weiter.»

«Aber Clara, ich... Au!»

Gnadenlos packte Clara Gesches Zopf mit einem eisernen Griff, um den sie jeder Gendarmenwachtmeister beneidet hätte. Gesche blieb nichts anderes übrig, als schimpfend hinter ihr herzustolpern, hinaus aus der Werkstatt und über die Diele, auf der Hora unbeteiligt vor sich hin tickte. Sie hörte nur noch, wie Vater etwas Scharfes mit erhobener Stimme sagte. Dann schlug auch schon die Küchentür hinter ihr zu.

Clara hatte wirklich ein Talent dafür, gerade dann zu stören, wenn es interessant wurde! Gesche runzelte misstrauisch die Stirn. Machte sie das mit Absicht?

«Ah, Gesche, da bist du ja!», rief Lisa, die es fertigbrachte, erfreut und vorwurfsvoll zugleich zu klingen. Gesches Zopf wurde freigegeben, woraufhin Lisa sie mit ihrer breiten, schwieligen Hand tiefer in die Küche schob.

«Wir können hier heute alle Hilfe gebrauchen», fuhr Lisa fort. «Die Asendorfs schlachten doch nächste Woche, da benötigen wir unseren Sudkessel für die Brühe! Geh und polier das Kupfer blank. Es wird gewiss auch die eine oder andere Wurst abfallen, die Asendorf'sche ist freigiebig, wenn ihr Mann auch ein Geizkragen ist ...»

Der dickbauchige Pott lag bereits in der Ecke beim Pökelfass bereit. Seufzend kam Gesche ihrer Pflicht nach. Sosehr sie es schätzte, wenn in der Nachbarschaft geschlachtet wurde – mechanische Rädchen wären ihr jetzt bedeutend lieber gewesen. Nicht zu reden von dem merkwürdigen Gespräch, das Vater und Friedrich gerade führten ...

Bewaffnet mit einem Scheuerlappen, kroch sie in den auf der Seite liegenden Kessel hinein. Sie war inzwischen die Einzige im Hause Altendieck, die noch klein genug dafür war. Aber das würde sie nicht mehr lange sein.

«Eben habe ich noch über Epizykloiden gesessen», brummte sie und genoss es, wie dumpf ihre Stimme beim Schimpfen widerhallte. «Und jetzt hocke ich wie der olle Diogenes in der Tonne und poliere Kupfer ...»

«Du kannst keine Uhrmacherin werden.»

Clara sagte es so beiläufig und selbstverständlich, als würde sie feststellen, dass der Himmel grau ist. Trotzdem traf der Satz Gesche wie der Schlag einer Fuhrmannspeitsche.

«Was sagst du da?», fuhr sie auf – und stieß sich den Kopf schmerzhaft am Kesselrand.

«Du kannst keine Uhrmacherin werden», wiederholte Clara gnadenlos. Sie stand am Arbeitstisch und schnitt Rüben in Scheiben. «Höchstens eine Frau Meisterin, wenn du einen Uhrmacher heiratest und ihm den Haushalt führst. Dafür brauchst du aber keine Epi-Zyklopen und das andere Zeug, mit dem dir Großvater den Kopf verdreht.»

«Epizykloiden!», zischte Gesche, und was vorhin bei Großvater wie eine Köstlichkeit geklungen hatte, war nun ein Fluch. «Und ich werde, was ich will, Clara!»

Gesche fühlte, wie ihre Wangen glühten. Sie wusste natürlich, dass ihre Schwester recht hatte. Es war eine absurde Vorstellung, dass eine Frau eine eigene Werkstatt führte wie die männlichen Handwerksmeister der Stadt. Sie wusste auch, was Großvater ihr erzählt hatte: dass so mancher Meister, bei dem er gelernt hatte, von seiner Frau unterstützt worden war, die manchmal sogar seine Geschäfte weitergeführt hatte, wenn es schlecht um seine Gesundheit stand …

Aber sollte das wirklich ihre Zukunft sein? Einen Meister zu heiraten und zu warten, bis er krank wurde …

«Nun guck nicht so!», schalt Clara sie. «Du bist nicht dumm, du weißt das alles. Du brauchst nur jemanden, der dich zuweilen daran erinnert, sonst fliegst du mit deinen Gedanken davon. Und wer soll dann unseren Sudkessel … Iiih!»

Sie kreischte auf, als ein nasser Scheuerlappen schwungvoll an ihren Kopf klatschte. Claras rauchgraue Altendieck-Augen funkelten. Sie setzte dazu an, etwas Tadelndes, erwachsen Klingendes zu sagen. Doch dann griff sie sich eine besonders dicke Rübe, die eine formidable Keule abgab. Es knackte, als das Ding auf Gesches Scheitel zerbrach.

«Aua! Na warte!» Gesche schnappte sich den Lappen wieder und drang damit auf ihre Schwester ein. Clara wehrte sich tüchtig mit ihren Rüben.

«Nun hört schon auf, Kinder! Was hat euch bloß gebissen?» Lisa brauchte eine Weile, um das Duell zu beenden. Sie musste beide Hände und ihre nicht unbedeutende Kraft einsetzen, um die Mädchen zu trennen und an ihre Arbeit zurückzubefördern.

«Und ich werde doch, was ich will …», murmelte Gesche, als sie schließlich wieder in den Kessel krabbelte.

Clara erwiderte nichts. Sie schien auf die Stimmen zu lauschen, die dumpf und unverständlich aus der Werkstatt herüberdrangen – noch immer laut und wie im Streit erhoben. So redeten Vater und Friedrich sonst nicht miteinander.

Gesche seufzte in sich hinein. Dann polierte sie verbissen vor sich hin, als könnte sie die angespannte Stimmung damit wegschrubben.

ACHTES KAPITEL

Klaas Lürssen hatte es eilig. Und wenn er es eilig hatte, fand er einen schnellen Weg. Er war auf den verwinkelten Gassen des Schnoor-Viertels aufgewachsen, wo sich die schiefen Häuschen der Kleinbürger aneinanderdrängten, als viertes und keineswegs letztes Kind eines Tagelöhners. Doch Klaas kannte nicht nur den Schnoor wie das Innere seines meist leeren Geldbeutels. Er war auf allen Straßen der Stadt zu Hause, selbst in jenen verborgenen Gässchen, die nicht mehr als schulterbreite Durchgänge zwischen zwei Gebäuden waren.

Wenn seine Herrschaft sagte, dass es eilig war, konnte sie sich auf Klaas verlassen. Das galt umso mehr, wenn es Agathe Hemeling war, die ihm etwas auftrug. Klaas war sehr stolz darauf, dass ihn der gestrenge Ratsherr Abraham Hemeling als Knecht in seinen Haushalt aufgenommen hatte, und gab sich Mühe, seine Sache gut zu machen. Für Agathe Hemeling aber wäre er in den Krieg gezogen, denn sie lächelte, wenn sie mit ihm sprach. Sie nahm ihn wahr, kannte die Namen seiner Eltern, wusste, wie sehr er Rosinen mochte. In ihrer Gegenwart war er mehr als nur ein Hausknecht. Er war ein Mensch. Und das vergalt Klaas Lürssen mit unbedingter Treue.

Es war ein dämmeriger Winterabend, und Frost glänzte auf den Dächern und in den Ritzen des Kopfsteinpflasters, als er in Agathe Hemelings Auftrag durch die Stadt eilte. Auf der

Straße klapperte ein Fuhrwerk von Haus zu Haus, um die Eimer der Aborte zu leeren und den übelriechenden Inhalt fortzuschaffen.

Klaas sollte nicht nur schnell, sondern auch unauffällig sein. Also mied er die Straßen zwischen den stolzen Bürgerhäusern und hielt sich stattdessen an die Gassen und Höfe, die sich im Rücken der Häuser dahinschlängelten. Es war nicht das erste Mal, dass er einen Brief in Richtung des Handwerkerquartiers um St. Ansgarii brachte, zum Haus der Familie Altendieck.

Am Anfang hatte er es bedenklich gefunden, heimliche Botschaften hin- und herzutragen und seine Herrin zuweilen sogar zu verstohlenen Treffen im Hemeling'schen Garten zu begleiten. Doch Klaas hatte sich rasch daran gewöhnt. Agathe Hemeling hatte ihre Gründe, da war er sich sicher. Und wenn er sich zwischen ihr und ihrem Mann Abraham entscheiden müsste, würde er nicht zögern.

Erste Schneeflocken tanzten durch die Luft, als Klaas schnellen Schrittes um die nächste Ecke bog – und plötzlich abstoppte. Eine Gestalt stand vor ihm auf der Gasse: ein Mann mit Dreispitz in einem dunklen Mantel. Er hatte den Kragen hochgeschlagen, sodass Klaas im Dämmerlicht sein Gesicht nicht erkennen konnte. Die Gestalt sah falsch aus an diesem Ort. Die Gassen gehörten den Dienstboten und Kinderbanden, den streunenden Katzen und heimlichen Liebespaaren. Doch keinen Fremden im edlen Reisemantel.

«Guten Abend, Klaas», sprach eine feste Männerstimme, die sich doch jung anhörte. Mit langsamen Schritten kam der Fremde auf ihn zu.

Klaas stolperte zurück. Das alles fühlte sich unwirklich an wie ein böser Traum. Woher kannte dieser düstere Herr seinen Namen? Unwillkürlich schielte Klaas nach den Beinen des

Fremden. Hatte er einen Pferdefuß? Doch er konnte nur zwei hohe Stulpenstiefel erkennen.

Dann hörte er ein Geräusch in seinem Rücken. Klaas fuhr herum. Aus dem Schatten eines Hintereingangs schoben sich zwei bullige Männer. Sie trugen zerschlissene Mäntel und hatten grobe, von Kälte und Branntwein gerötete Gesichter. Klaas kannte sie nicht, doch er wusste, dass man solche Gestalten zuhauf in den schäbigen Kellerkneipen bei der Schlachte finden konnte. Absurderweise beruhigte ihn der Anblick der beiden Straßenschläger fast. Niemand traf solche Leute gerne auf dunklen Gassen, doch ihr Erscheinen sprach dafür, dass er es keineswegs mit dem Leibhaftigen zu tun hatte – sondern mit einem schnöden Überfall …

Was sollte er jetzt tun? Klaas war schnell und würde den Strolchen in den Gassen sicher entkommen. Aber dafür müsste er erst an ihnen vorbei. Oder sollte er lieber um Hilfe rufen? Der Nachtwächter ging bestimmt schon seine Runden …

«Mein lieber Klaas», sprach der Fremde mit dem Dreispitz, der inzwischen einige Schritte herangekommen war. «Was immer du auch vorhast – ich würde es bleibenlassen.»

Unheilahnend wandte sich Klaas ihm zu. Etwas blitzte metallisch in der Hand des Fremden auf, und mit Entsetzen realisierte Klaas, dass er einen langen, schlanken Dolch unter seinem Mantel hervorgezogen hatte. Gehetzt warf er einen Blick über die Schulter. Die beiden grobschlächtigen Kerle hielten sich mit ausdruckslosen Gesichtern zurück. Doch sie machten auch keinerlei Anstalten, den Weg freizugeben, während sich die Schneeflocken auf ihren Mänteln absetzten. Klaas steckte in der Falle.

«Was … was wollt Ihr von mir?», stotterte er und ärgerte sich, dass seine Stimme dünn und unsicher klang.

«Keine Sorge», sprach der Fremde herablassend. «Es geht mir nicht um dich. Dir wird nichts geschehen – wenn du mir hilfst.» Seine linke Hand verschwand unter dem Mantel. Als sie wieder hervorkam, blitzte ein blanker Silbertaler zwischen ihren behandschuhten Fingern. «Gib mir den Brief, den du bei dir trägst.»

Erschrocken starrte Klaas den Fremden an. Woher wusste er von dem Brief an den Herrn Altendieck? Und was wollte er damit? Ganz ruhig stand die dunkle Gestalt vor ihm, während sie ihm mit dem Dolch in der einen und dem Silbertaler in der anderen Hand die Entscheidung über sein künftiges Schicksal darbot.

«Was für ein Brief?», fragte Klaas lahm.

Der Fremde schüttelte nur den Kopf. «Du weißt, wovon ich spreche. Und du weißt, dass du mit deinem Botendienst zu einem großen Unrecht beiträgst. Nun heraus mit dem Brief, meine Geduld währt nicht ewig.»

Klaas zuckte zusammen, als der Fremde den Dolch in die Luft warf – und gekonnt am Griff wieder auffing. Mit zitternden Fingern zog er das zusammengefaltete Papier unter seinem Wams hervor. «Möge der Herr mit vergeben», murmelte er und meinte eigentlich die Herrin.

Der Fremde ließ seinen Dolch verschwinden. Seine Hand schnellte vor und riss den Brief an sich. Hastig öffnete er das Schriftstück und überflog die Zeilen.

«Das helle Glockenlied meiner Seele? Wirklich?», murmelte er. Dann steckte er den Zettel unter seinen Mantel. «Besten Dank.» Er ließ Klaas eine höhnische Verbeugung zukommen. «Eines noch: Du hast diesen Brief verloren, wobei auch immer. Deine Herrin wird nichts davon erfahren, dass du ihn mir gegeben hast. Anderenfalls wirst du dir wünschen, dass du dich

heute für meine Dolchklinge entschieden hättest! Es wäre ein gnädigeres Ende gewesen als das, was dir dann bevorstünde – dir und deiner lumpigen Familie.»

Eine Kälte griff nach Klaas, die grausamer war als der Biss des Winters. «Ich ... ich werde meiner Herrin nichts erzählen», erwiderte Klaas mit rauem Hals und schämte sich sogleich für die Worte. Wie sollte er jemals wieder mit Frau Agathe sprechen?

«Gut.» Der Fremde streckte ihm den Arm entgegen. «Dann ist das hier für dich. Vertrauen ist gut, aber Silber ist besser, nicht wahr?»

Mechanisch griff Klaas nach dem Silbertaler. Im letzten Moment jedoch zog er die Finger zurück. Die Münze fiel auf die dünne Schicht aus Schnee, die sich inzwischen über die Gasse gelegt hatte.

«Nein», stammelte Klaas. «Nein, ich will Euer Silber nicht. Ich werde schweigen, aber sonst will ich nichts mit Euch zu tun haben! Und nun lasst mich gehen!»

Zu seiner Überraschung wich der Fremde einen Schritt vor ihm zurück. Klaas nutzte die Gelegenheit und drängte sich an ihm vorbei. Dann lief er los, um diesen Ort so schnell wie möglich hinter sich zu lassen.

«Ich verlasse mich darauf, dass du vernünftig bist!», rief der Fremde hinter ihm her.

Klaas wandte sich nicht um. Verbissen suchte er seinen Weg durch das Schneetreiben, während Tränen über sein Gesicht liefen.

«Hm, hm, hm», machte der gestrenge Ratsherr Abraham Hemeling nachdenklich. Und dann wieder: «Hm, hm, hm.»

Er stand am Erkerfenster im ersten Stock seines Stadthauses und schaute auf die Gasse hinunter, wo Schneeflocken durch die Luft segelten. In der Hand hielt er noch immer jenen Brief, den er während der letzten Minuten mindestens ein Dutzend Mal überflogen hatte.

Seit Hemeling ihn gelesen hatte, hatte er nichts dazu gesagt, wenn man von dem gelegentlichen «Hm, hm, hm» absah.

Carl Georg Greven saß auf einem niedrigen Sofa, umgeben von einem silbergefassten Muschelpokal, einem eingelegten Ding mit Fangarmen und einer ausgestopften Raubkatze. Teurer Tand, für den Carl gerade keine Augen hatte. Er beobachtete die Reaktion des Ratsherrn gebannt, seit er ihm die heimliche Nachricht übergeben hatte. Die beiden Kaffeetassen auf dem Tischchen waren noch unberührt. Hemeling schien Carl vollkommen vergessen zu haben, starrte aus dem Fenster und brummte vor sich hin.

«Der geschätzte Herr Ratsherr wird mir gewiss zustimmen, dass jenes Schreiben die ungeheuerlichen Vorgänge belegt, die ich ihm zugetragen habe», sagte Carl schließlich, der seine Ungeduld nicht länger bezwingen konnte. Hemeling wandte sich abrupt vom Fenster ab und schaute ihn an, als bemerke er ihn zum ersten Mal.

Aufmerksam musterte Carl das faltige, von den falschen Locken seiner üppigen Perücke umrahmte Gesicht. Zeigte es Trauer oder Wut? Schmerz oder, noch besser, Jähzorn? Doch Carl konnte nichts Derartiges erkennen, nur jenen Ausdruck konzentrierter Besorgtheit, den Abraham Hemeling stets zur Schau trug. So, als würde er hinter seiner Stirn pausenlos mit Zahlen hantieren, die einfach nicht passen wollten.

«Dieser Brief war für Meister Johann Christian Altendieck bestimmt, sagt Ihr?» Seine Stimme war leise.

«Oh ja!», erwiderte Carl sofort. «Das Schreiben sollte Altendieck gerade überbracht werden, als ich es abfing. Wenn Ihr es wünscht, werde ich weitere Informationen über diese Infamie zusammentragen, damit Altendieck so schnell wie möglich zur Rechenschaft gezogen werden kann. Als Uhrmacher von Bremen ist es mir ein Anliegen, dass derartige Missetaten aus den Reihen unserer ehrbaren Zunft geahndet werden.»

Hemeling schaute ihn für einen Moment an, ohne etwas zu erwidern. Dann setzte er sich langsam auf den Sessel gegenüber. «Wer weiß noch davon?», fragte er.

«Niemand», entgegnete Carl. «Ich bin sofort hierhergekommen, sobald mir die Zusammenhänge klar waren.»

«Gut», brummte Hemeling. «So werden wir es auch weiterhin halten, junger Herr Greven. Sprecht zu niemandem davon.»

«Aber ... was gedenkt der Herr in der Sache zu unternehmen?»

«Nichts», erwiderte Hemeling unwirsch. «Ich werde den guten Ruf meines Handelshauses nicht mit solch einem Makel, wie Ihr es zu Recht genannt habt, beflecken. Auf meine Frau mit ihrem ärgerlichen Hang zu kapriziöser Flatterhaftigkeit werde ich künftig ein besonderes Auge haben. Ich danke Euch dafür, dass Ihr mich auf diese Gefahr aufmerksam gemacht habt, Herr Greven.»

Carl starrte den Ratsherrn fassungslos an. An Hemelings Stelle wäre er sofort losgestürmt, um seine werte Gattin zur Rede zu stellen. Anschließend hätte er sich ins Rathaus aufgemacht, um einen Prozess anzustoßen, der die Altendiecks, diese jämmerlichen Kleinschmiede, sämtliches Ansehen gekostet hätte, bis man sie schließlich mit Schande aus der Stadt jagte ...

Rastlos ließ Carl seinen Blick über die Seeschlacht auf einem Wandgemälde schweifen, während er seine Gedanken ordnete. Er ärgerte sich über sich selbst. So ein mächtiger Trumpf – und er hatte ihn an den Falschen verschwendet! Er hätte Altendieck direkt konfrontieren sollen, statt bei Hemeling anzusetzen.

Natürlich konnte Carl die Sache einfach ohne ihn weiter betreiben – aber gegen den Willen eines angesehenen Ratsherrn zu handeln war riskant. Und Hemeling wusste nun, was Carl wusste … Wenn er etwas unternahm, würde er im Endeffekt nur Vater und dem Familiengeschäft schaden. Nein, er musste irgendwie anders vorgehen …

«Ihr wirkt unzufrieden, Herr Greven», stellte Hemeling kühl fest. «Falls Ihr eine Belohnung erwartet, werde ich mich natürlich angemessen erkenntlich zeigen – auch, was Euer künftiges Schweigen betrifft.»

«Es geht mir nicht um Geld oder Gefälligkeiten», erwiderte Carl ehrlich empört. Er war das Werkzeug der Gerechtigkeit für die ehrwürdige Uhrmacherfamilie Greven und kein schnöder Erpresser!

«Worum geht es Euch dann?»

«Darum, dass ein Uhrmacher von Bremen sich nicht ungestraft ein solches Verbrechen herausnehmen darf.»

«Ein Uhrmacher, der zum Ratsuhrmacher ausersehen ist», ergänzte Hemeling. «Im Gegensatz zu Eurem Vater.»

«Ja», bestätigte Carl ertappt und senkte den Blick. Nun schaute er auf die kostbare Taschenuhr mit dem bemalten Innendeckel, die Hemeling in seiner Wunderkammer ausgestellt hatte. Ein Meisterwerk aus fremdländischer Fertigung, filigran und zerbrechlich …

Abrupt blickte er Hemeling in die Augen. «Ich möchte dem

Herrn Ratsherr einen Vorschlag unterbreiten», sagte er entschlossen. «Wir verzichten darauf, diese unschöne Sache ans Tageslicht zu bringen, so wie Ihr es wünscht – doch ich sorge dafür, dass Altendieck dennoch seine gerechte Strafe ereilt!»

«Und was wollt Ihr unternehmen?», erwiderte Hemeling mit zweifelnder Stimme. In den müden Augen des Alten aber entdeckte Carl ein Funkeln, das ihn frohlocken ließ. Denn er wusste, was das bedeutete. Auch diese Krämerseele war nicht frei von männlichem Stolz! Die Aussicht, Altendieck zu vernichten, ohne einen geschäftlichen Nachteil zu erleiden, gefiel Hemeling offenbar mehr, als er vor sich selbst zugeben mochte.

«Seid unbesorgt», sagte Carl rasch. «Ich werde mich um alles kümmern. Der Name Hemeling wird mit dem Fall des Hauses Altendieck nicht das Geringste zu tun haben. Ich benötige lediglich Eure Unterstützung in ein oder zwei kleinen, aber entscheidenden Punkten.»

«Fahrt fort», sagte Abraham Hemeling, und es raschelte, als er den Brief in seiner Hand zusammenknüllte.

Carl nahm seinen ersten Schluck Kaffee. Dann lehnte er sich zurück und erzählte von dem Plan, der sich wie ein Getriebe aus messerscharfen Rädchen der Rache in seinem Kopf zusammensetzte, während sich draußen, auf dem Fenstersims des Erkers, immer mehr Schnee sammelte.

Neuntes Kapitel

Helles Sonnenlicht schlug Johann entgegen, als er an der Seite von Berend Rohde aus dem Rathausportal trat. Gemeinsam hatten sie noch einmal im Rathaus Maß genommen, denn Rohde hatte inzwischen Teile des Uhrenkastens vormontiert, und auch Johanns Räderwerk kam gut voran.

Es war ein kühler, aber frischer Frühlingstag, und der Wind trieb eifrig Wolken über den hellblauen Himmel. Eine seltsame Geschäftigkeit lag über der Stadt. Die Menschen streiften immer mehr die Schwere des Winters ab und wagten sich wieder auf die Straßen.

«Und als dann die Herrschaften aus dem Haus waren, hat die Magd ihren heimlichen Geliebten empfangen», erzählte Meister Rohde gerade lebhaft.

Johann musste schlucken. Diese Geschichte einer unerlaubten Liebschaft ließ ihn unruhig werden.

«Doch Punkt Mitternacht ist sie umgefallen und hat sich nicht mehr geregt!» Rohde rollte theatralisch mit den Augen. «Ihr Geliebter hat alles versucht, um sie aufzuwecken – nichts zu machen. Da kam plötzlich eine schwarze Biene zum Fenster hereingeflogen und kroch der Deern in den Mund. Sofort schlug sie die Augen wieder auf, als wäre nichts gewesen. Ihr Geliebter aber ist aus dem Haus geflohen und hat sich dort nie wieder blicken lassen. Meine Schwester hat's mir zugetragen, bei ihr in der Grünen Straße ist es passiert ...»

Er schaute Johann erwartungsvoll an.

«Fürwahr eine interessante Geschichte», sagte dieser und klang gegen seinen Willen indigniert.

«Glaubt Ihr mir etwa nicht?», fragte Rohde empört. «Dabei weiß doch jeder, dass die Seele einer Hexe in Tiergestalt ihren Körper verlassen kann! Und Hexen haben wir hier in Bremen wahrhaft genug ... Sie treffen sich in bestimmten Nächten auf der Faulenstraße und schmausen, während Musik von gläsernen Instrumenten ertönt. Dann behexen sie die Sinne der Leute und verführen sie zu Glücksspiel, Trunksucht und Ehebruch ...»

Das Wort *Ehebruch* traf Johann wie ein Eimer kaltes Wasser. Eigentlich mochte er Berend Rohde mit seiner unverwüstlichen Fröhlichkeit. Doch heute verstörten ihn die wilden Geschichten, die der Tischler zum Besten gab.

«Die Glocken für das Glockenspiel werden mir demnächst geliefert», sagte er, um dem Gespräch eine sachlichere Wendung zu geben. «Wenn Gott es will, werden wir vielleicht schon in einem Jahr die Vollendung der großen Rathausuhr feiern.»

«Dann müsst Ihr ein Fest in Eurem Haus geben, und ich gebe eines in meinem», strahlte Rohde. «Vielleicht kann ich Euch bei der Gelegenheit auch meine Nichte Gretje vorstellen, eine propere und fleißige Deern.»

Johann schaute gequält. «Gern. Doch nun entschuldigt mich bitte, Herr Rohde. Ich muss mich dringend wieder an das Uhrwerk setzen.»

«Gewiss», erwiderte Rohde etwas verschnupft. «Ich wünsche gutes Gelingen.»

Die beiden trennten sich vor dem Rathaus, um ihrer Wege zu gehen. Johann hielt sich in Richtung der Obernstraße, froh darüber, dem Redeschwall vorerst entronnen zu sein, wenn es ihm auch leidtat, dem gutmütigen Tischler vor den Kopf gestoßen zu haben. Doch seine Geschichte hatte ihn an Agathe erinnert.

In den letzten Monaten war er häufig missmutig gewesen. Er hatte es sich mit der Enge des Hauses in der grauen Winterzeit erklärt. Doch wenn er ehrlich zu sich war, wusste er, dass dies nicht der wahre Grund war. Er vermisste Agathe. Im Sommer hatten sie sich in der Gartenlaube getroffen, wann immer sich eine günstige Gelegenheit ergeben hatte. Dann aber waren die Briefe plötzlich ausgeblieben, und Johann hatte nichts mehr von ihr gehört.

Gewiss lag das am Winter, sprach der vernünftige Teil von ihm. Welchen Grund sollte die ehrbare Frau eines Ratsherrn haben, in den Garten hinauszufahren, wenn es dort außer Schnee und kahlem Gesträuch nichts zu sehen gab?

Aber sie hätte ihm zumindest eine Nachricht senden können, sprach ein anderer Teil von Johann. Er selbst hatte ihr mehr als einen Brief geschrieben – und niemals auf den Weg geschickt, denn der junge Hausdiener, der als ihr heimlicher Bote fungiert hatte, ließ sich nicht mehr sehen. Vorsichtig hatte Johann sich bei diversen Bekannten in der Stadt nach dem Verbleib der Frau Hemeling erkundigt. Schließlich hatte er erfahren, dass sie sich offenbar gar nicht mehr in Bremen aufhielt. Ein längerer Besuch bei einer kranken Verwandten in Oldenburg, hieß es. Mehr war darüber nicht herauszufinden. Und allzu direkt hatte er auch nicht nachbohren dürfen …

Die Sache ließ Johann jedenfalls keine Ruhe. Hoffentlich ging es Agathe gut! Einmal hatte er sich sogar auf den Weg zum Hemeling'schen Stadthaus gemacht, um die Kontorschreiber unter irgendeinem Vorwand auszufragen. In der Sögestraße war er auf halbem Wege umgekehrt. Es würde Agathe mehr schaden als nützen, wenn er sich verdächtig benahm. Irgendwann hatte seine stille Rationalität wieder die gewohnte Oberhand gewonnen. Er musste sich von seinen Sorgen um Agathe ablenken, sich auf die Dinge konzentrieren, die wirklich wichtig waren! Auf seine Arbeit. Seine Familie.

Doch Johann brauchte nur einmal an Agathes grüne Augen zu denken, und die Sehnsucht war wieder da. Nach ihrem Lachen. Ihrem Geruch. Und stets gesellte sich sein schlechtes Gewissen über das dazu, was sie getan hatten.

Mit gesenktem Kopf stapfte er über den Marktplatz. Er war so vertieft, dass er regelrecht zusammenzuckte, als plötzlich Abraham Hemeling seinen Weg kreuzte. Ausgerechnet er, von allen Männern Bremens!

Die Augen in Hemelings von Sorgenfalten zerfurchtem Gesicht weiteten sich, als er Johann entdeckte. Dann zogen sich seine Brauen zusammen. Der Ratsherr murmelte einen kaum verständlichen Gruß und eilte mit klappernden Absätzen an Johann vorbei. Plötzlich aber hielt er inne, so abrupt, dass der Diener, der ihm folgte, fast in ihn hineingelaufen wäre.

Hemeling drehte sich mit verkniffenen Mundwinkeln zu Johann um, der sich rasch verbeugte. Seine Wangen glühten, und die Zahnräder, die in seinem Kopf für klare Gedanken zuständig waren, schienen ineinander verhakt zu sein. Hatte sein schlechtes Gewissen so laut geschrien, dass der Ratsherr es gehört hatte?

«Hm, hm, hm ... der Meister Altendieck», sagte Hemeling leise. «Wie kommt Ihr mit Eurer Wunderuhr voran?»

«Es ... es fügt sich alles bestens ineinander», stotterte Johann. «Schon bald wird im Rathaussaal der Stundenschlag erklingen.»

«Gut, gut», erwiderte der Ratsherr und fixierte ihn eindringlich mit seinen kleinen Augen. «Ihr wisst natürlich, wie bedeutsam Eure Uhr für unsere freie Stadt ist. Ich erwähne immer wieder im Rat – und auch vor den Gesandten aus dem Ausland –, welches besondere Schmuckstück Bremen bald besitzen wird. Führt es mit der Sorgfalt aus, die sich für einen künftigen Ratsuhrmacher geziemt, Meister Altendieck! Gewiss werdet Ihr Eurem Hause und unserem bremischen Gemeinwesen keine Schande bereiten.»

«Ganz gewiss nicht!», sagte Johann betroffen.

«Davon bin ich überzeugt», entgegnete der Ratsherr Hemeling, ohne seinen bohrenden Blick von Johann zu wenden. Er zögerte kurz. Dann fügte er leise hinzu: «Auch meine Frau Agathe wartet übrigens sehnsüchtig auf die Vollendung Eurer Uhr, Altendieck. Ihr erinnert Euch vielleicht an sie?»

Johann schlug das Herz bis zum Hals. «Ge… gewiss», presste er hervor.

«Das glaube ich», knurrte Hemeling. «Sie wäre geradezu vernichtet, falls sich Euer Werk als Fehlschlag erweisen sollte. Ich erwarte also auch aus ganz persönlichen Gründen hervorragende Arbeit, Altendieck – im Namen *meiner* lieben Frau.»

Das Letzte hatte er beinahe geflüstert.

«Ich tue alles Menschenmögliche», stotterte Johann perplex. Hemeling musterte ihn wortlos. Dann wandte er sich ab. «Komm, Gero. Ich habe im Schütting zu tun.»

Johann starrte dem Ratsherrn und seinem Diener entgeistert hinterher. Wusste Hemeling etwa …? Unwirsch schüttelte Johann den Kopf. Unfug. Wäre das der Fall, hätte der Ratsherr gewiss schon längst etwas gegen ihn unternommen. Mit einem mulmigen Gefühl eilte er die Obernstraße hinunter. Seine Familie erwartete ihn.

Zehntes Kapitel

Der Sommer verging erfüllt von Arbeit. Draußen kreisten Seevögel über der Stadt, und Schiffe brachen von der Schlachte in die Weite der Meere auf.

Drinnen aber saß Johann im Schatten seiner Werkstatt und fügte Teil an Teil, mit so viel dürftiger Perfektion, wie Hände aus Fleisch und Blut zu schaffen vermochten. Er justierte nach und löste Probleme, vertieft in ganz eigene Welten, die sich nicht in die Ferne erstreckten, sondern tief in den feinen Kosmos der Rädchen und Getriebe hinabreichten.

Er empfand Freude darüber, dass sein größtes Werk Form annahm. Noch mehr Freude machte ihm, dass Friedrich unermüdlich an seiner Seite arbeitete, inzwischen völlig selbständig und nicht schlechter, als Johann selbst es gemacht hätte. Freude bereiteten ihm auch die anerkennenden Blicke, die sein Vater ihm zuweilen zuwarf, wenn er das Werk begutachtete, das er ansonsten ganz Johann und Friedrich überließ. Nicolaus Altendieck hielt sich lieber in seiner Ecke und spielte zusammen mit Gesche mit irgendwelchen alten Uhrenteilen und monologisierte über Mechanik.

Johann aber setzte sein Werk unbeirrt fort. Für Agathe. Zumindest das konnte er für sie tun. Wenn die große Uhr erst einmal im oberen Rathaussaal thronte, würde Agathe wissen, dass sie nur ihretwegen ihre Menuette spielte.

Es war ein alberner Gedanke, als hätte ihn jemand mit

schmalziger Stimme auf einer Gauklerbühne ausgesprochen. Und doch verlieh er Johann Kraft und Entschlossenheit.

Rädchen fügte sich an Rädchen, Werk an Werk. Johann konnte die gelegentlichen Anfragen des Ratsdieners nach seinem Vorankommen immer selbstbewusster beantworten, und schließlich stand fest, dass die große Rathausuhr in Bremen im kommenden Frühjahr ihren ersten Glockenschlag tun sollte, im Beisein des Rates, der vier Bürgermeister und der versammelten Honoratioren der Stadt.

Dieser konkrete Termin trieb Johann zusätzlich an, und als die Bäume auf dem Ansgarii-Kirchhof sich herbstlich verfärbten, dehnte er seine Arbeit im Lampenlicht bis weit in die Stunden der Dunkelheit aus. Clara musste ihn immer wieder zum Essen abholen, er selbst dachte kaum noch daran. Doch es war die kleine Gesche, die ihn irgendwann aus seiner selbstvergessenen Welt riss.

«Gehen wir heute endlich hin?», fragte sie mit großen Augen, als sie eines Morgens plötzlich angesprungen kam und an seinem Ärmel zerrte.

«Wie? Wohin denn?», erwiderte er halb verwirrt und halb verärgert.

«Ischa Freimaak!», rief Gesche empört und imitierte damit die Rufe, die man schon seit einigen Tagen auf den Straßen hörte: «Es ist ja Freimarkt!»

«Gesche», seufzte Johann. «Ich habe heute noch mit dem Glockenspiel zu tun und muss auch noch ...»

«Asendorfs waren schon dort», unterbrach ihn Gesche. «Harmen aus der Kahlenstraße sogar schon zweimal. Es gibt diesmal Kamele zu sehen und einen echten Grönländer!»

«Vielleicht geht ja Lisa morgen mit euch.»

Ihre Mundwinkel senkten sich enttäuscht.

«Nun raff dich schon auf, Johann», brummte Nicolaus aus seiner Ecke. «Wenn du immer nur in deiner Werkstatt hockst wie in Platons Höhle, hältst du am Ende die Schatten an den Wänden für die einzig wirkliche Welt. Du musst mal rauskommen, Junge. Die Uhr ist die Maschine, nicht du selbst.»

Johann setzte dazu an, eine vernünftige – und natürlich ablehnende – Antwort zu geben. Dann beging er den Fehler, Gesche ins Gesicht zu sehen. Und einmal mehr schaute ihn Magdalena durch rauchgraue Altendieck-Augen an. Ihr war es stets gelungen, ihn aus seiner Werkstatt zu locken, und es gelang ihr auch heute noch.

«Na schön», brummte er und versuchte gar nicht erst, streng zu klingen. «Sobald ich mit dieser Feineinstellung am Glockenspiel fertig bin, gehen wir über den Freimarkt.»

Mit einem fröhlichen «Ischa Freimaak!» stürmte Gesche zur Tür, wo Johann nun Clara entdeckte. Hatte sie ihre kleine Schwester vorgeschickt?

«Ich werde aber bestimmt nicht fertig, wenn in der Werkstatt schon ein Gebrüll wie auf dem Freimarkt herrscht!», fügte Johann mit erhobener Stimme hinzu.

«Natürlich, Vater.» Gesche kam mit ihrem unschuldigsten Kleinmädchengesicht zu ihm zurückgehüpft und beugte sich neugierig über die Werkbank. «Darf ich zuschauen?»

In neun von zehn Fällen hätte die Antwort «Nein» gelautet, denn Johann brauchte Ruhe für die Arbeit. Doch heute wollte er ihre Begeisterung nicht bremsen.

«Meinetwegen», seufzte er. Und so verbrachte er die nächsten Stunden damit, unter Gesches wachsamen Blicken zu werkeln – und ihre erstaunlich präzisen Fragen zu beantworten. Er war mehr erschöpft vom Erklären als vom Arbeiten, als sich die Familie Altendieck am Nachmittag auf den Weg zum Freimarkt machte.

Seit Kaiser Konrad vor über 700 Jahren besondere Marktrechte an die Stadt verliehen hatte, fand jährlich der Freimarkt in den Mauern Bremens statt. Händler und Kaufleute aus aller Welt nutzten die Gelegenheit, um ihre Waren feilzubieten, denn an den Tagen der Marktfreiheit galten die Monopole der Gilden und Zünfte nicht, und jedermann durfte freien Handel mit Waren aller Art treiben, sei es Bier aus Einbeck, englisches Tuch oder blau-weißes Porzellan aus Delft.

Im Gefolge der Kaufleute kamen stets zahlreiche Gaukler, Quacksalber und Schausteller, die den Markt auch für all jene attraktiv machten, die mit Handelsdingen nichts zu schaffen hatten. Für zehn Tage schlugen sie ihre Buden und Zelte auf dem Marktplatz zwischen Rathaus und Schütting auf und tauchten damit das Bremer Oktobergrau in schreiend bunte Farben.

Johann, dem schon das gewöhnliche Lärmen der Straßenhändler zu laut war, hatte nie besonderen Gefallen am Freimarkttreiben gefunden. Magdalena hatte ihn gelegentlich am Arm gepackt und an den Marktständen entlanggeschleift, doch in den letzten Jahren war er nur hier gewesen, wenn es sich überhaupt nicht vermeiden ließ. Heute war offenbar so ein Tag ...

Er drückte sich an der Seite von Lisa durch die Menge, die eine Festtagshaube mit Rüschen aufgesetzt hatte und glücklich vor sich hin lächelte. Die beiden Mädchen führte sie an den Händen, Friedrich hingegen hatte einige befreundete Handwerksgesellen im Gewühl entdeckt und war mit ihnen davongezogen. Nur Nicolaus war daheim zurückgeblieben, um das Haus zu hüten.

«Wo ist denn nun der echte Grönländer?», rief Gesche unternehmungslustig.

«Mal sehen», erwiderte Johann mäßig begeistert. «Lasst uns Richtung Dom gehen.»

Gehen war auf dem Freimarkt nicht unbedingt der richtige Ausdruck. Es war mehr eine Art Schwimmen in der dichtgedrängten Menge, bei dem man im Strom der anderen Marktbesucher vorangetrieben wurde. Mitten aus dem Gewühl ragte gleichmütig der Roland wie eine steinerne Klippe in einem Meer aus Menschen hervor.

Sie kamen am Stand eines wandernden Zahnreißers vorbei, der bei der Ausübung seines blutigen Gewerbes von den Sensationsgierigen begafft wurde, an einem Schankzelt und an der Bühne eines Bänkelsängers, der von einer schaurigen Mordtat im fernen Prag berichtete. Johann fühlte sich zusehends unwohler.

«Da drüben!», rief Gesche munter und zeigte auf ein Zelt, das ein «Wunder des hohen Nordens» versprach.

«Lisa, du gehst mit den Mädchen rein, ja?», sagte Johann und reichte ihr einige Münzen.

«Kommst du nicht mit, Vater?», fragte Clara enttäuscht.

«Nein, geht ihr mal. Wir treffen uns dann am Roland.»

Nicolaus hatte Johann von einer Völkerschau erzählt, die er einmal während seiner Zeit in London gesehen hatte. Dort hatte man Menschen aus den Kolonien der Neuen Welt gezeigt – ausgemergelt und fiebrig von Krankheiten, die sie in ihrer Heimat nicht kannten. Johann hatte kein Interesse daran, einen Grönländer mit einem ähnlichen Schicksal zu sehen.

Aber die Mädchen hätten gewiss nicht nachgegeben, bis sie auf der Straße mit den anderen Kindern mitreden konnten.

Müßig ließ er seinen Blick über die Buden schweifen, während die anderen sich vor dem Grönländer-Zelt anstellten, über Kesselflicker und Scherenschleifer, Wahrsager und Musikanten. Dort drüben, gleich beim Dom, hatte eine Wandermenagerie eine große Leinwand mit einer exotischen Dschungellandschaft aufgebaut. Unter Bäumen mit bunten Blüten war eine getupfte Raubkatze aufgemalt, die durch den Schatten schlich. Der Anblick berührte Johann auf seltsame Weise.

Ohne nachzudenken, bewegte er sich auf die Menagerie zu, wobei er sich immer wieder an anderen Marktbesuchern vorbeidrängelte. Die bemalte Leinwand versperrte den Blick auf die Tiere, die dahinter präsentiert wurden. Am Eingang, der von einem zerschlissenen Vorhang verdeckt war, stand ein dicker Mann in Pumphosen und kassierte das Eintrittsgeld. Johann drückte ihm rasch eine Münze in die Hand und schob sich zusammen mit einigen fein herausgeputzten Bürgerkindern hinein, die von ihrer Gouvernante begleitet wurden.

Hinter dem Vorhang lag nicht wirklich die exotische Wunderwelt, die das Bild auf der Leinwand versprach. Stattdessen trat Johann in ein Halbrund aus engen Käfigen, in denen die verschiedensten Tiere ausgestellt waren: Papageienvögel mit buntem, wenn auch zerrupftem Gefieder neben einem gelangweilten Äffchen und zwei Höckertieren aus der Wüste. Der Käfig mit der Raubkatze stand etwas zurückgesetzt und sollte wohl den Höhepunkt des kleinen Rundganges bilden. Johann gesellte sich zu den Schaulustigen an den Gitterstäben.

Auf dem Stroh lag ein Tier, dessen sandfarbenes Fell von schwarzen Ringen übersät war. Es hatte die Augen geschlossen und rührte sich nicht. Nur das regelmäßige Heben und Senken seiner schlanken Flanke verriet, dass es noch am Leben war.

Johann starrte die Raubkatze mit zugeschnürter Kehle an, während die Erinnerungen an einen fernen Tag in ihm aufstiegen, der alles verändert hatte ...

«Gefangen und verdammt zur Bewegungslosigkeit», sprach eine leise Stimme neben ihm. Johann fuhr herum – und hatte das Gefühl, eine Erscheinung zu sehen. Neben ihm stand Agathe in der Menge der Gaffer! Bis eben hatte er sie noch in Oldenburg vermutet, hatte sie schmerzvoll vermisst – und nun war sie hier, als wäre sie niemals fort gewesen.

Sie war heute ganz die Kaufmannsfrau: Eine ausladende Haube zähmte ihre Korkenzieherlocken, ihr Mantelet war mit feinem Pelz bekränzt. Sie schaute Johann nicht an, sondern hielt die grünen Augen auf den Käfig gerichtet, als stünde sie nur zufällig neben ihm, als wären sie nur zwei Fremde.

«Was ... was tut Ihr hier?», flüsterte Johann fassungslos und dachte gerade noch im letzten Moment daran, sie nicht öffentlich zu duzen.

«Die Leopardenkatze anschauen», erwiderte Agathe ebenso leise. Als Johann sie nur anstarrte, erwiderte sie endlich seinen Blick aus dem Augenwinkel – und kicherte. «Also schön, ich habe Euch beim Reingehen gesehen und bin Euch gefolgt», sagte sie. «Aber ich hätte es netter gefunden, wenn uns eine höhere Vorsehung ausgerechnet hier zusammengeführt hätte.»

«Seid Ihr alleine?», fragte Johann besorgt.

Agathes Lächeln verblasste abrupt. «Ich besuche den Freimarkt mit meinem Gemahl. Doch er hat einen Handelsherrn aus Hamburg getroffen und ist vermutlich immer noch so sehr ins Schwadronieren über irgendwelche Zahlen vertieft, dass er mich nicht vermisst.»

Verstohlen schaute Johann sich um, ob jemand ihr ungebührliches Gespräch verfolgte. Doch die Menge bestand aus lauter fremden Leuten aller Stände, die mehr oder weniger fasziniert die schlafende Katze begafften. Ein kleiner Junge versuchte gerade, das Tier mit einem Stock anzustoßen. Seine Großmutter schob ihn schimpfend weiter. Niemand beachtete Johann und Agathe.

«Was ist geschehen?», wagte Johann schließlich zu fragen. «Ich habe gehört, dass Ihr nicht mehr in der Stadt seid – wart, meine ich.»

«Das stimmt», erwiderte Agathe, ohne ihn anzuschauen. «Er hat mich fortgeschickt, mit einer fadenscheinigen Begründung.»

«Eine kranke Tante?»

«Die schon seit Jahren kränkelt und es vermutlich auch weiterhin tun wird. Das war nicht wirklich der Grund. Er ahnte etwas, irgendwie ahnte er etwas ... Wir waren zu unvorsichtig.» Sie seufzte in sich hinein.

«Aber nun seid Ihr wieder da!», rief Johann voll verzweifelter Hoffnung.

«Weil er nicht länger darauf verzichten kann, sich vor seinen Handelspartnern mit mir zu schmücken», erwiderte Agathe bitter. Dann wandte sie sich endlich ganz Johann zu. Ihre grünen Augen schimmerten feucht. «Und es ändert auch nichts, dass ich wieder zurück bin. Es geht einfach nicht mehr, Johann. Wir dürfen uns nicht mehr sehen, es ist zu gefährlich.»

Sie verstummte, offenbar erschrocken darüber, dass sie so deutlich geworden war.

Johann spürte, wie er innerlich erbebte. Der unvernünftige Teil von ihm wollte Agathe festhalten und nie wieder loslassen.

Oder zumindest etwas Heftiges erwidern – und sei es nur ein trotziges Nein!

Alles in ihm zog sich zusammen, als er dieses Nein herunterschluckte. Als jener stürmische Teil von Johann verstummte, und der verbleibende Rest sprach: «Ihr habt recht. Das dürfen wir nicht.»

Seine Stimme klang rau und alles andere als überzeugt. Doch es war für sie, für Agathe. Er durfte sie nicht gefährden! Sie hatte mehr zu verlieren als nur ihren Ruf, war völlig von Hemeling abhängig ... Was wurde aus der Frau eines angesehenen Kaufmanns, die man beim Ehebruch ertappte?

Johann wusste es, hatte es die ganze Zeit gewusst. Und doch fühlte es sich bitter an, es auszusprechen und damit endgültig jene zarte Hoffnung zu begraben, die er über viele sorgenvolle Monate nie ganz aufgegeben hatte.

«Danke», erwiderte Agathe beklommen. «Ich wusste, dass Ihr es verstehen würdet.»

Sie wandte sich von ihm ab – und hielt noch einmal inne. Beklommen standen sie nebeneinander, inmitten der Zuschauer, die sich an ihnen vorbei zum Käfig drängten. Ihre Hände trafen sich zu einer Berührung, die sich anfühlte wie ein Nachhausekommen und die schmerzende Wärme in Johanns Brust verbreitete. So verharrten sie eine kurze, kostbare Ewigkeit, während die Leopardenkatze unbeteiligt weiterschlief und von fernen Steppen träumte. Scharfer Stallgeruch mischte sich mit Agathes delikatem Blütenduft. Schließlich glitten ihre Finger aus Johanns Hand.

«Ich muss gehen», sagte sie. «Bevor mein Mann mich vermisst. Danke, Johann. Danke für dich. Bau unsere Uhr, ja?»

«Sie wird ihre Menuette nur für dich spielen», erwiderte Johann gepresst. «Danke, Agathe.»

Sie warf der eingesperrten Leopardenkatze einen letzten traurigen Blick zu. Dann schob Agathe sich durch die Menge der Besucher zum Ausgang und verschwand hinter dem Vorhang.

Johann blieb beim Käfig zurück und starrte ins Leere, während sich die Leute an ihm vorbeidrängelten, um etwas sehen zu können. Er war nicht fähig, sich zu bewegen, geschweige denn etwas zu denken. Wie ein Uhrwerk, dessen gespeicherte Kraft verbraucht war. Er kam erst in Bewegung, als ihn jemand anrempelte, trat hinaus und ließ sich teilnahmslos durch die Menge bis zum Roland treiben, wo Lisa schon mit den Mädchen wartete. Ebenso teilnahmslos hörte er sich an, wie seine Töchter von dem Grönländer erzählten, der das Geld der Zuschauer in seiner Fellmütze eingesammelt hatte.

«Und was machen wir jetzt?», fragte Gesche strahlend. Johann murmelte irgendeine Entschuldigung und drückte Lisa noch ein paar Münzen in die Hand, um mit den Kindern etwas Schönes zu unternehmen. Dann machte er sich auf den Heimweg. Er hatte eine Uhr zu bauen.

Elftes Kapitel

Der Mond schwebte als schmale Sichel über den Dächern der Stadt. Immer wieder schien er in einem grauen Meer zu ertrinken, wenn Wolken über ihn hinwegzogen und die Welt in Schatten tauchten. Die Nacht war kalt für das Frühjahr, kalt und dunkel – angemessen für jene Geschäfte, die Carl Georg Greven zu verrichten hatte.

Er zog sich den Mantel enger um die Schultern gegen die kühle Frühjahrsluft, während er durch die Straßen in Richtung Marktplatz eilte. Nur eine Katze schreckte er unterwegs auf, sonst traf er keine Seele; vermutlich waren außer ihm nur noch die Nachtwächter und der Türmer oben auf dem Dom wach. Umso besser, denn Carls Geduld war erschöpft. Er hatte nicht die geringste Lust, irgendwo in einer dunklen Ecke zu verharren, um unliebsame Begegnungen zu vermeiden.

Viel zu lange hatte er darauf gewartet, der Uhrmacherfamilie Greven endlich Gerechtigkeit zu verschaffen, während Altendieck Monat für Monat an seiner Uhr schraubte. Im letzten Winter hatte er die finalen Handgriffe an den Werken vorgenommen, im Frühling alles zusammengefügt. Nun erhob sich Meister Rohdes polierter Holzkasten stolz in der Rathaushalle, erfüllt von mechanischem Innenleben. Alles war fertig, und die feierliche Einweihung der großen Uhr der freien Reichsstadt Bremen stand unmittelbar bevor.

Ein Tag des Triumphs, auf den Altendieck vermutlich seit

vielen Monaten hinfieberte. Carl würde dafür sorgen, dass es ein Tag der Rache würde. Das war er dem Namen Greven und der Ehre von Bremen schuldig.

Mit raschen Schritten überquerte er den gespenstisch-leeren Marktplatz bis zu jener Seitenpforte des Rathauses, über der ein Schild mit der verheißungsvollen Aufschrift «Ratskeller» hing. Die schwere, eisenbeschlagene Tür war geschlossen. Auch die beharrlichsten Trinker waren schon lange nach Hause getorkelt. Glücklicherweise wusste Carl, wie man sich hier Einlass verschaffte.

Er klopfte an die Tür: dreimal in rascher Folge, dann machte er eine kurze Pause, schließlich wieder zwei Schläge. So, wie man es ihm gesagt hatte. Endlich näherten sich schlurfende Schritte von drinnen, und der Riegel wurde zurückgeworfen. Aus dem Türspalt schaute misstrauisch ein Kellermeister mit grauem Haarkranz. Carl musste die Augen zusammenkneifen, als der Alte ihm seine Laterne entgegenstreckte. Rasch zog er ein Papier hervor und drückte es dem Kellermeister in die Hand. Dieser überflog die Zeilen und die Unterschrift darauf mit gerunzelter Stirn und nickte schließlich. «Kommt herein, junger Herr.»

«Besten Dank.» Carl folgte dem Kellermeister nach drinnen und wartete ungeduldig, während der Alte die Tür wieder verschloss und verriegelte. Dann ging es die Stufen in jene Gewölbe hinab, die sich unter dem Rathaus und den umliegenden Plätzen erstreckten.

Sie passierten eine von Säulen getragene Schankhalle, in der vier mächtige, übermannsgroße Fässer lagerten. Aufwendige Schnitzereien zierten ihre Fronten – Carl erkannte im Laternenlicht Paare von Affen, Löwen, Drachen und Delfinen, die jeweils das Stadtwappen mit dem Bremer Schlüssel in den

Pranken hielten. Jedes Fass musste viele tausend Flaschen an Wein fassen. Die Mächtigen von Bremen legten seit jeher Wert darauf, dass die Stadt gut mit den Erzeugnissen von Rhein und Mosel bevorratet war, und der Ratskeller war so etwas wie ihre zentrale Schatzkammer.

Doch heute ging es nicht in jene Bereiche der Gewölbe, in denen der Rat auswärtige Gesandte zu beeindrucken pflegte. Stattdessen führte der Alte Carl durch verschlungene Seitengänge jenseits der Schankstuben, bis sie schließlich vor einer weiteren Tür standen – schmaler und niedriger als die Außenpforte, aber nicht weniger gut mit Eisenbändern gesichert.

«Hier ist es», sagte der Kellermeister unnötigerweise. «Durch diese Tür gelangt der junge Herr in die Gewölbe des Rathauses, direkt bei den Kerkerzellen. So können die Büttel betrunkene Raufbolde gleich zur Ausnüchterung schaffen, ohne auch nur einen Fuß vor die Tür setzen zu müssen.»

Er schenkte Carl ein schlaues Grinsen, das dieser nicht erwiderte.

«Dann sperrt doch bitte auf», sagte er knapp.

«Wie der Herr wünscht.» Der Alte hantierte mit einem schweren Schlüssel herum, bis die Tür sich schließlich öffnete.

«Klopft einfach, wenn Ihr wieder hinauswollt, ich bleibe in der Nähe. Und meine besten Empfehlungen an ... na, Ihr wisst schon.» Er hielt das Schreiben hoch, das Carl ihm übergeben hatte.

Dieser schritt bereits durch die Tür, die der Kellermeister hinter ihm wieder schloss. Er stand nun im Dämmerlicht in einem niedrigen Gang, der sich an den Ratskerkern entlangzog. Lediglich unter dem Türspalt der Wachstube drang Licht hervor. Leise schob sich Carl in diese Richtung voran. Der Kerl, der heute hier unten Wachdienst hatte, war angewiesen worden, seine Kammer für eine gewisse Weile nicht zu verlassen, aber man konnte nicht vorsichtig genug sein …

Schließlich erreichte er die Treppe. Hier hielt er kurz inne und entzündete eine kleine Blendlaterne, die ihm den Weg hinauf ins Erdgeschoss des hinteren Rathaus-Anbaus leuchtete, der die Kanzleien und Schreibstuben beherbergte. Er schritt rasch weiter. Hemeling hatte ihm genau erklärt, wie er sich zu bewegen hatte.

Er befand sich gerade mitten im Treppenhaus, als er plötzlich Schritte hörte. Mit einem lautlosen Fluch drückte er sich hinter eine Säule und schob die Blende seiner Laterne zu. Die Schritte kamen immer näher, bald war auch der Lichtschein einer Kerze zu sehen. Carl zwang sich, starr im Schatten zu verharren, als wäre er irgendeine Statue, die selbstverständlich hierhergehörte. Eine kleine Gestalt mit einer gepuderten Perücke kam die Treppen hinab, es musste irgendein Schreiber oder Ratsdiener sein, den die Pflicht bis in diese unchristliche Stunde wach gehalten hatte. Zum Glück war er vollauf damit beschäftigt, vorsichtig einen Fuß vor den anderen zu setzen, während er im matten Kerzenlicht über die Stufen schlurfte. Nach einer quälenden Ewigkeit war er endlich um eine Biegung verschwunden.

Carl blieb noch einen Moment hinter seiner Säule, bis die Schritte ganz verklungen waren. Dann öffnete er die Laterne wieder und setzte seinen Weg fort, etwas hastiger als zuvor. Wenig später stand er vor jener von steinernem Zierwerk umrahmten Tür, die in das eigentliche Rathaus-Gebäude führte. Er zog den mächtigen Schlüssel aus der Rocktasche, den Hemeling selbst ihm übergeben hatte. Knarrend drehte er ihn im Schloss herum, das alt und schwergängig war, wie alles hier im Rathaus. Auch die Tür gab einen ächzenden Laut von sich, als

Carl sie einen Spaltbreit aufzog. Lauschend verharrte er. In den Eingeweiden des Gebäudes war keine Reaktion zu hören. Carl war allein. Sein Herz pochte in wildem, dunklem Triumph, als er den oberen Ratssaal der freien Stadt Bremen betrat.

Er ignorierte allen Prunk, der im Lichtkegel seiner Laterne aufschimmerte: das reichbeschnitzte Ratsgestühl, die Porträts würdiger Bürgermeister aus vergangenen Zeiten und die bauchigen Orlog-Schiffe, die unter der Decke hingen. Zielstrebig hielt er auf die rechte Stirnwand zu, wo *sie* stand – die verfluchte Uhr, deren Bau das Privileg der Familie Greven hätte sein sollen. Mit einem abfälligen Lächeln bemerkte er, dass man üppigen Blumenschmuck links und rechts von ihrem Kasten drapiert hatte. Die feierliche Einweihung war bereits vorbereitet.

Er stellte die Laterne auf einem Stuhl ab und ließ seinen Blick über die Uhr schweifen, über das matt glänzende Gehäuse aus edlem Holz und die fein gedrechselten Verzierungen, mit denen Meister Rohde es versehen hatte, bis hinauf zu dem goldenen Löwen auf der Spitze, der stolz einen Schild mit dem Stadtwappen präsentierte. Und natürlich auf das vornehm schimmernde Ziffernblatt, dessen Zeiger darauf warteten, Sekunden, Minuten und Stunden anzuzeigen – und dazu noch den Monat, den Wochentag und die aktuelle Mondphase.

Carl konnte nicht verhindern, dass sein Uhrmacherherz beim Anblick dieser Kunstfertigkeit schneller schlug. Dann schüttelte er ärgerlich den Kopf. Er war ganz gewiss nicht hier, um Altendieck seinen Respekt zu zollen!

Er griff unter seinen Mantel und zog ein Bündel mit seinen besten Werkzeugen hervor. Was er nun vorhatte, erforderte nicht weniger Kunstfertigkeit als der Bau eines guten Werkes, vielleicht sogar mehr. Denn Altendieck würde sich gewiss einige letzte Handgriffe nicht nehmen lassen, ehe er sein Meisterstück für den Rat in Gang setzte. Er durfte nicht merken, dass etwas nicht stimmte. Und das würde er auch nicht. Carl verstand sich auf sein Handwerk, wie alle Grevens. Und Kunst, die aufzubauen vermochte, konnte nach den gleichen Prinzipien ebenso gut zerstören.

Carl Georg Greven machte sich an die Arbeit.

ZWÖLFTES KAPITEL

«Nun halt doch endlich mal still!»

Gesche wand sich wie ein schlüpfriger Fisch, als Clara versuchte, sie in ihr neues Kleid einzuschnüren. Es bestand aus glänzendem hellblauem Stoff, war mit weißen Rüschen besetzt – und generell einfach nur furchtbar. Fand Gesche jedenfalls.

«Wenn du weiter so ziehst – aua! –, halte ich bald für immer still», beschwerte sie sich.

«Aber es muss sitzen», erwiderte Clara und fuhr unbeirrt fort. «Du kannst doch nicht in deinem alten, schmutzigen Schürzenkleid ins Rathaus. Oder willst du verpassen, wie die würdigen Ratsherren Vaters Uhr mit offenen Mündern bestaunen?»

«Was nützt Vater sein Lohn als Ratsuhrmacher, wenn er ihn gleich wieder für Unsinn wie Kleider ausgeben muss?», maulte Gesche. Aber sie hielt still. Denn Clara hatte natürlich recht: Sie musste unbedingt dabei sein, wenn die große Uhr, an der Vater die letzten zwei Jahre gearbeitet hatte, ihren Dienst aufnahm!

Damals, als er den Auftrag bekommen hatte, war sie kaum in der Lage gewesen, die Komplexität der Arbeit zu erfassen. Heute aber verstand sie genug von der Uhrmacherei, um die Kunstfertigkeit der fünf miteinander verbundenen Werke zu bewundern, deren Aufbau Großvater ihr anhand der Skizzen genau erklärt hatte. Gesche war sehr stolz darauf, dass sie Rädchen für Rädchen nachvollziehen konnte, wie das Innenleben der Uhr funktionierte – und was Vater damit geleistet hatte. Später einmal würde sie selbst ähnlich Großes vollbringen, irgendwie und irgendwo. Das hatte sie sich fest vorgenommen.

Mehr oder minder geduldig harrte sie aus, bis Clara ihr Kleid endlich zu ihrer Zufriedenheit drapiert hatte, als wäre sie ein Ziervorhang, den es hübsch herzurichten galt. Es folgte das nicht minder ärgerliche Aufstecken ihres Haares. Zum Schluss friemelte Clara sogar noch eine Handvoll Stoffblüten hinein, die Lisa «ganz allerliebst» gefunden hatte.

Dann – endlich! – war sie erlöst. Zusammen mit Clara ging sie aus der Kammer in die Diele hinab, wo die Familie sich für den Aufbruch versammelte. Friedrich stand schon bereit, in einem schmucken Justaucorps-Rock und mit seinem ersten Dreispitz, frisch von Hutmacher Ohlandt. Großvater, der sich leise mit ihm unterhielt, trug seinen alten, dunklen Rock und stützte sich auf seinen Gehstock, den mit dem neckischen Entenkopf.

Gerade trat Vater hinzu. Auch er war frisch eingekleidet, mit einem feinen Spitzenkragen und glänzenden Schnallen an den Schuhen. Schließlich war er es, der heute vor den Augen des Rates seine Uhr präsentieren würde. Vater wirkte ziemlich nervös und fingerte unbehaglich an seinem engen Kragen herum. Als er Clara und Gesche in ihren neuen Kleidern entdeckte, hellte sein Gesicht sich auf.

«Ich habe zwei hübsche junge Damen in meinem Haus», sagte er lächelnd. Gesche freute sich über seine Aufmerksamkeit – auch wenn ihr «talentierte junge Uhrmacherin» entschieden lieber gewesen wäre.

Für einen Moment verharrten sie alle in der Diele. Lisa, die heute zu Hause bleiben würde, umschwärmte sie eifrig, um hier eine Rüsche zurechtzuzupfen und dort etwas Staub vom Ärmel zu fegen. Im Hintergrund stand Hora, die Familienuhr, und tickte gutmütig vor sich hin. Fast schien es so, als würde sie dazugehören – eine weitere Altendieck, die gleich zusammen mit den anderen aufbrechen würde.

«Ihr müsst mir nachher alles erzählen», raunte Lisa den Mädchen zu.

«Das werden wir», versprach Clara. Dann machte sich die Familie Altendieck auf den Weg.

Es war ein kühler Frühlingstag, der einen frischen Wind durch die Straßen trieb. Vom Ansgarii-Quartier ging es die Obernstraße entlang in Richtung Marktplatz. Dort trafen sie auf weitere Festtagsgäste, die ebenfalls auf das Rathaus zustrebten, manche zu Fuß und manche herrschaftlich mit der Kutsche. Am Roland wurde Vater sofort von Tischlermeister Rohde in ein Gespräch verwickelt, der offenbar einiges zu erzählen hatte. Die Altendiecks blieben für einen Moment stehen. Der Uhrmachermeister Greven schnaubte nur verächtlich, als er mit seinem goldbortigen Dreispitz an ihnen vorbeirauschte. Sein älterer Sohn Carl schaute in eine andere Richtung, der jüngere – hieß er Hinrik? – bemühte sich, das Naserümpfen seines Vaters zu übertreffen.

Am Rathausportal stieg gerade die vornehme Familie von Post aus ihrer Kutsche. Gesche entdeckte ihre Tochter, die ihr als kleines Mädchen einmal über den Weg gelaufen war, als Vater eine Uhr für ihre Familie gebaut hatte. Sie hatte sie damals um ihre herrliche Puppe mit beweglichen Gliedern beneidet – natürlich nur wegen der Mechanik, nicht wegen der Kleider.

Schließlich ging es die Stufen zum oberen Saal hinauf, der

schon erfüllt war vom erwartungsvollen Gemurmel der Geladenen. Und Gesche sah die fertige Uhr zum ersten Mal mit eigenen Augen – nicht nur als Tintenstriche auf Papier. Wie eine Königin thronte sie zwischen zwei der hohen, gotischen Fenster des Saales. Zwar nur an einer Seitenwand – Gesche hätte sie ganz ins Zentrum des Raumes, ja von Bremen, gerückt! –, aber doch würdevoll und raumeinnehmend. Sie wurde flankiert von prachtvollen Blumengebinden, die nach Gesches Geschmack gerne noch üppiger hätten ausfallen können.

Am liebsten wäre sie sofort quer durch den Saal auf die Uhr zugelaufen, um sich alle Details anzuschauen. Wenn sie auf einem Stuhl balancierte, könnte sie vermutlich sogar einen Blick durch das runde Fenster oben im Uhrenkasten werfen …

Aber sie war kein kleines Mädchen mehr, ermahnte sie sich selbst. Ihre Familie war zu Gast beim Rat der Stadt Bremen und hatte sich entsprechend zu benehmen.

Seufzend setzte sich Gesche neben Clara im hinteren Teil des Saales an die Festtafel, von der aus das geladene Publikum die Feierlichkeit verfolgen würde. Vater aber wurde von einem Ratsdiener abgeholt und ganz nach vorne geführt, wo er sich bei der Uhr bereitzuhalten hatte. Die Luft war erfüllt von Begrüßungen und höflicher Konversation, die irgendwelche wichtigen Leute mit stolzen Perücken und Degen an der Seite austauschten. Es würde noch eine Weile dauern, bis der Saal ganz zur Ruhe kam. Nervös ließ Gesche ihren Blick umherschweifen.

Dort vorne nahmen bereits die Ratsherren im Ratsgestühl Platz – zwanzig alte Männer in dunklen Gehröcken, je fünf für jedes Kirchspiel der Stadt, die sich im Geviert gegenübersaßen. Großvater flüsterte Gesche die Namen der vier Bürgermeister zu, die an den Ecken des Gevierts saßen: Volkhard

Mindemann für das Liebfrauen-Kirchspiel, Diederich Smidt für St. Ansgarii, Isaak von Meinertzhagen für St. Martini und Hieronymus Klugkist für St. Stephani.

Schließlich sorgte ein Ratsdiener mit einer Glocke für Ruhe. Mindemann, der älteste der vier Bürgermeister, trat vor und hielt eine lange Rede, in der es immer wieder um die Ehrbarkeit, das Ansehen und die Tüchtigkeit von Bremen ging, die sich in dieser Uhr, dem neuen Schmuckstück des Rates, auf das Vorteilhafteste miteinander verbänden. Vater stand höflich schweigend daneben, als sei er nur ein Leibdiener, der mit alledem nichts zu tun hatte.

Nach einer mittleren Ewigkeit kam Mindemann zum Ende und setzte sich wieder. Nun erhob sich Abraham Hemeling, der Ratsherr, der Vater beauftragt hatte; ein älterer Kerl mit einer viel zu großen Perücke, der recht zufrieden mit sich aussah. Auch er nahm neben Vater und der Uhr Aufstellung, um ebenfalls eine Rede zu halten. Er sagte mehr oder weniger genau dasselbe wie der Herr Bürgermeister Mindemann zuvor, trotzdem dauerte es wieder eine ganze Weile. Gesche vertrieb sich die Zeit damit, das große Wandgemälde vom weisen Urteil des Königs Salomo zu betrachten, unter dem sie saß. Die Farbe auf dem gütig-strengen Gesicht des Königs glänzte irgendwie frischer als auf dem restlichen Bild. Großvater flüsterte ihr zu, dass man den König schon mehrmals übermalt hatte, um ihm jeweils die Züge eines aktuellen Bürgermeisters zu verleihen.

«... somit zeigt sich an diesem Werk des Herrn Altendieck, was ein bremischer Handwerksmeister zu leisten vermag, der von Sorgfalt und Tugendhaftigkeit geleitet wird und von Müßiggang und anderem verderblichem Laster Abstand hält.»

Damit war auch der gestrenge Ratsherr Hemeling endlich fertig und stakste auf seinen hohen Absätzen zum Ratsgestühl zurück, wobei Vater ihm einen merkwürdigen Blick hinterherwarf. Nun hätte die große Uhr endlich zum Leben erweckt werden können – wenn nicht Otto Balcke gewesen wäre, der Amtsmeister des Schmiedeamtes von Bremen. Er war ein hochgewachsener Mann mit dröhnender Stimme, der ebenfalls eine Rede beizutragen hatte. Gesche verdrehte die Augen.

«Warum muss nun auch noch Meister Balcke dasselbe sagen?», fragte sie leise ihren Großvater.

«Weil die Schmiedezunft von Bremen glaubt, dass wir Uhrmacher zu ihnen gehören», brummte Nicolaus.

«Stimmt das denn nicht?»

«Die ersten Uhrmacher mögen einst Schmiede und Schlosser gewesen sein», erwiderte Großvater. «Und auch ich habe das Handwerk noch bei einem Werkzeugmacher gelernt. Aber ich frage mich wirklich, welcher Zyklop den Schmieden eingegeben hat, dass die heutige, diffizile Uhrmacherkunst noch etwas mit den Arbeiten eines Hufschmieds oder Ankerschmieds zu tun hätte.»

«Aber Meister Balcke sieht das anders?»

«Ja. Die Schmiede wollen, dass wir Uhrmacher ihrer Zunftordnung folgen. Dabei betreiben wir ein freies Gewerbe, so wie in vielen anderen Städten auch. Und der Rat drückt sich schon lange um eine klare Entscheidung herum ...»

Glücklicherweise hatte der Amtsmeister der Schmiede deutlich weniger zu sagen als die beiden hohen Herren vom Rat. Dann war endlich der große Moment gekommen! Johann Christian Altendieck, der künftige Ratsuhrmacher von Bremen, setzte die große Uhr im oberen Rathaussaal in Gang.

Gespannt schaute Gesche zu, wie er die übermannshohe

Tür im Uhrenkasten öffnete und die Gewichte heraufzog, in denen die Kraft des Uhrwerks gespeichert war. Dann justierte er das Pendel noch ein letztes Mal liebevoll nach und setzte es in Schwung. Noch während er die Tür schloss, hallte bereits ein würdevolles Ticken durch den Saal. Höflicher Applaus kam im Publikum auf, in den Gesche sehr gerne einfiel.

Vater aber hob beschwichtigend die Hände und zeigte hinauf zum Ziffernblatt. Der große Zeiger stand kurz vor der Zwölf. Gleich würde zum ersten Mal das Glockenspiel zur vollen Stunde ertönen!

Erwartungsvoll verfolgten alle Anwesenden, wie der Zeiger auf die Zwölf zukroch – ganz so, wie Gesche es als kleines Mädchen zu Hause auf der Diele mit der Familienuhr gemacht hatte. Nun war es so weit!

Ein Rasseln war zu hören. Die Uhr erwachte zum Leben. Darauf folgte ein Glockenton. Welches Menuett wohl nun erklingen würde?

Doch auf den ersten Ton folgte kein zweiter mehr. Stattdessen war ein hässliches Knirschen im Uhrenkasten zu vernehmen, als würde ein Riese Nüsse knacken. Metall schrammte unschön über Metall. Da schien irgendetwas verkeilt oder verklemmt zu sein!

Vater starrte mit fassungslos geweiteten Augen zum Ziffernblatt hinauf. Getuschel kam unter den Zuschauern auf. Auch die Ratsherren beugten sich zueinander.

Beschwörend hob Vater die Arme, als ob er die Uhr durch die Bewegung zum Klingen bringen könnte. Doch nichts tat sich. Kein Menuett schwebte durch die Ratshalle. Das Geraune wurde lauter, klang nun empört.

Gesche fühlte sich wie in einem bösen Traum. Sie überlegte fieberhaft, was passiert sein konnte. Im Geiste ging sie Vaters

Konstruktionen durch, die sie unter Großvaters Anleitung mehr als einmal studiert hatte. Die Werke waren perfekt! Das Glockenspiel hätte wie geplant erklingen müssen. Was war hier los?

«Mein lieber Herr Kollege!» Plötzlich stand Albert Greven neben Vater, der inzwischen bleich wie ein Klumpen Kreide geworden war. «Mir scheint, Eure Uhr ist ein wenig verschnupft. An einem frischen Tag wie heute kann das ja vorkommen. Soll ich mal einen Blick darauf werfen? Wir kriegen das schon wieder hin.»

«Ich ... ich bin untröstlich!», stammelte Vater in die Runde. «Ich weiß nicht, wie das passieren konnte ... Ich versichere Euch ...»

Da stürmte auch schon der Ratsherr Hemeling nach vorne zur Uhr. Gesche hätte nicht gedacht, dass er sich mit seinen Absätzen so schnell bewegen konnte.

«Meister Altendieck!», donnerte seine Stimme streng durch den Saal. «Ist Euch das Ansehen der freien Stadt Bremen so wenig Kunst und Sorgfalt wert?»

«Es tut mir leid», sprach Vater so leise, dass Gesche ihn kaum verstehen konnte. Das Tuscheln im Saal steigerte sich zu erregtem Gemurmel. Es waren sogar Zischlaute zu hören, wie bei einem schlechten Theaterstück!

Vaters Blick wanderte ratlos über die Menge – und blieb an einer bestimmten Stelle hängen. Dort stand eine Frau mit Korkenzieherlocken in einem vornehmen Kleid und starrte Vater an, das Gesicht blass und grau.

«Es tut mir so leid», formten seine Lippen noch einmal, ohne den Blick von der Frau zu nehmen.

Plötzlich erklang wieder eine Glocke. Ein Ratsdiener erklärte, dass nun gleich das Bankett für die ehrenwerten Gäste aufgetragen würde, der Rat hätte indessen noch etwas mit Meister Altendieck zu klären ... Gesche hörte die Worte, doch sie konnte sie nicht begreifen.

«Was ist bloß los?», flüsterte sie mit zitternder Stimme.

«Ich weiß es nicht, min Deern», erwiderte Großvater leise. Er hatte sich noch nie zuvor so alt angehört.

Gesche schaute nach vorne, wo gerade Ratsdiener eine Leiter herbeischafften; offenbar, um einen Blick in das Gehäuse zu werfen. Von allen Seiten brandete Getuschel zu ihr herüber. Den Namen «Altendieck» hörte sie immer wieder heraus, und es klang nicht freundlich.

«Komm, wir gehen.» Friedrich fasste sie grimmig an der Schulter und zog sie von der Tafel weg. «Das Gespött müsst ihr euch nicht antun.»

Mechanisch bewegte Gesche ihre Beine, wie ein kunstloser Apparat. Neben ihr weinte Clara leise in sich hinein, Großvater murmelte irgendetwas Unverständliches. Friedrich aber starrte mit verkniffenen Lippen ins Nichts, die grauen Augen hart wie Stahl.

Gesche bekam das alles wie in einem Fiebertraum mit, sie verstand es nicht wirklich.

Dann war da plötzlich Carl Georg Greven. Draußen auf der Treppe trat er beiläufig an sie heran, als würden sie sich zufällig begegnen.

«Nehmt es nicht so schwer, junger Herr Altendieck», sagte er gönnerhaft. «Es war abzusehen, dass Euer werter Vater mit der Aufgabe überfordert ist. Die Uhrmacher von Bremen werden das verpfuschte Werk schon wieder richten und dem Rat eine angemessene Uhr verschaffen – die richtigen Uhrmacher, versteht sich.»

«Was soll das, Greven?», knurrte Friedrich zwischen zusammengebissenen Zähnen hindurch. Seine Wangen färbten sich rot.

«Ich drücke lediglich meine Anteilnahme aus», erwiderte Carl unschuldig. «Es ist gewiss eine bittere Erkenntnis, dass man letztlich nur ein Kleinschmied ist – dem Menschen steht es nun einmal nicht zu, die natürlichen Grenzen seines Standes zu sprengen.»

«Ich ... habe bei Pieter Visbagh gelernt ... Daher kommt unsere Kunst!», keuchte Großvater empört.

«Gewiss könnt Ihr ein wenig mit Rädchen umgehen», gab Carl achselzuckend zu. «Aber zur Meisterschaft gehören eben auch Tugend und menschliche Größe.»

«Was wollt Ihr damit sagen?», fuhr Friedrich auf.

«Ich meine ja nur ...» Greven machte eine vage Handbewegung. «Vermutlich kann man sich nicht wirklich auf ein Meisterwerk konzentrieren, wenn man mit ... delikateren Dingen beschäftigt ist.»

«Wie war das bitte?» Rote Zornesflecken zeigten sich auf Friedrichs Wangen. So kannte Gesche ihren Bruder nicht!

«Ich denke lediglich, dass sich heute womöglich eine höhere Gerechtigkeit vollzogen hat. Gehabt Euch wohl, Herr Altendieck.»

Und er verschwand nach oben in den Saal.

«Was hat das zu bedeuten, Friedrich?», fragte Gesche verzweifelt. Sie verstand gar nichts mehr. Wovon hatte Carl Greven da geredet?

Ihr Bruder schien ihr gar nicht zuzuhören. Mitten auf den Stufen war er stehen geblieben und starrte dorthin, wo Greven verschwunden war, dieser gemeine Kerl!

«Delikatere Dinge», murmelte Friedrich, «Woher weiß der Hundsfott davon?» Seine Hände ballten sich zu Fäusten.

«Großvater, geh mit den Mädchen nach Hause. Ich kümmere mich um Vater. Es kann sein, dass ich erst spät heimkomme.»

Ohne Großvaters Antwort abzuwarten, drehte Friedrich sich um und eilte die Treppen wieder hinauf. Gesche blieb nicht viel Zeit, ihm hinterherzuschauen. Großvater nahm sie mit ungewohnter Grobheit an die Hand und zog sie weiter. Fort vom Rathaus der freien Stadt Bremen – fort vom Ort der Schande für die Familie Altendieck.

Dreizehntes Kapitel

Träge wälzte sich die Weser durch das Abenddunkel, ein schwarzer Spiegel, auf dem gelegentlich das silberne Mondlicht schimmerte. Der gedrungene Umriss der Martini-Kirche hockte gleich einem schlafenden Tier am Fluss, daneben zogen sich die Wuppen an der Kaimauer der Schlachte dahin, dürre Hebebäume, die wie die Skelette von Graureihern über das Wasser schauten.

Die hölzernen Mühlräder unter der Weserbrücke ratterten leise, ein nie enden wollendes Geklapper, das abends viel lauter zu sein schien als während der Geschäftigkeit des Tages. Am anderen Ufer erhoben sich die Werftanlagen des Teerhofs auf einer Halbinsel zwischen dem großen und dem kleinen Arm der Weser. Sie hatte ihren Namen von dem schwarzen, klebrigen Teer, mit dem die Planken der Schiffe abgedichtet wurden – eine höchst feuergefährliche Angelegenheit, weswegen der Rat alle Teerarbeiten per Gesetz dorthin verbannt hatte.

Gerade wurde jedoch auf den Werften genauso wenig gearbeitet wie an den Anlegestellen der Schlachte. Der Anblick der nächtlichen Uferfront wäre fast friedlich gewesen, wenn nicht gelegentlich trunkenes Gejohle und Gelächter aus den Kellerkneipen gedrungen wäre, vermischt mit Fetzen von Musik. Nachher würden die Schlachtpforten für die Nacht geschlossen werden, die sämtliche Straßen abriegelten, auf denen man den Stadthafen erreichen konnte. Noch jedoch herrschte lebhaftes Treiben in den Schankstuben.

Friedrich Nicolaus Altendieck hatte gerade keinen Sinn für die nächtliche Stille des Flusses, und die weinselige Stimmung der Zecher erschien ihm wie Hohn. Mit verbissenem Grimm lief er durch die Gassen, angetrieben von inneren Kräften, die auf eine Entladung nach außen drängten. Seine Wangen glühten, und zugleich fror er, denn sein Rock war zu dünn für diese Frühjahrsnacht. Doch das war ihm gleich.

Er sah noch immer Vater vor sich, der mit hängenden Schultern vor seiner Uhr gestanden hatte wie ein Verurteilter auf dem Schafott. Der Ratsherr Hemeling mit seiner lächerlichen Perücke hatte sich vor ihm aufgebaut und ihm Vorhaltungen gemacht, als Friedrich in den oberen Saal zurückgekehrt war. Dann hatte der Ratsherr sich plötzlich entschuldigt und kurz mit den vier Bürgermeistern beraten. Der alte Mindemann war schließlich an Vater herangetreten und hatte im Namen der Stadt verkündet, was Friedrich schon befürchtet hatte: Dem Meister Altendieck wurde das Amt des Ratsuhrmachers aberkannt, wegen mangelnder Sorgfalt und liederlicher Arbeit.

Vater hatte auf seine Schuhe mit den glänzenden Schnallen geschaut, als er angeboten hatte, das Werk zu reparieren und alles zur Zufriedenheit des Rates zu richten. Mindemann hatte einen Blick mit Hemeling gewechselt, der streng den Kopf geschüttelt hatte. Daraufhin hatte man Vater mitgeteilt, dass man seiner Dienste nicht länger bedürfe, und ihn fortgeschickt – ohne das begehrte Amt und ohne die restlichen Silbertaler, die für das Meisterstück noch ausstanden.

Albert Greven hatte bereits neben der Uhr bereitgestanden, Friedrich hallten seine Worte noch im Ohr wider: «Wenn die würdigen Herrn geruhen, es mich einmal versuchen zu lassen – möglicherweise bringe ich das Werk wieder in Gang, wenn es nicht gar zu verquer konstruiert ist. Ich bin mir sicher, dass seine Glocken schon bald in diesem Saal erklingen werden ...»

Der Uhrmacher hatte eine solche hämische Selbstgefälligkeit ausgestrahlt, dass Friedrich am liebsten auf ihn eingeprügelt hätte.

Er war nicht dumm, verstand sich keinesfalls nur auf Mechanik. Er wusste genau, dass hier etwas nicht mit rechten Dingen zuging – und dass ihm niemand glauben würde, wenn der verdiente Ratsherr Hemeling gegen ihn sprach. Gegen den Sohn des Pfuschers, der den Rat öffentlich blamiert hatte ...

Er hatte Vater nach Hause gebracht, nur noch ein Schatten seiner selbst, der Entschuldigungen flüsterte. Dann hatte er sich gleich wieder auf den Weg gemacht, ehe ihn jemand ansprechen konnte. Es hatte nicht lange gedauert, bis er fündig geworden war.

Ein junger Goldschmied, den er als Zechkumpan von Greven kannte, hatte Friedrich gegenüber unbehaglich herumgestammelt. Ein etwas handfesteres Nachfragen ergab, dass Carl Georg Greven mit dem bevorstehenden Fall der Altendiecks herumgeprahlt hätte.

Greven steckte also wirklich dahinter, auf irgendeine teuflische Weise hatte er seine Finger im Spiel – da war sich Friedrich ganz sicher. Und er würde dafür sorgen, dass Carl die Sache vor dem Rat gestand und den guten Ruf der Altendiecks wieder reinwusch! Noch heute. Also suchte er Greven. Vermutlich saß er in irgendeiner Kellerkneipe und feierte seinen erbärmlichen Triumph mit Branntwein.

Friedrich war schon in drei stickigen, nach Schweiß und Alkohol stinkenden Spelunken gewesen, ohne Carl entdeckt zu haben. Doch er würde ganz gewiss nicht aufgeben!

Entschlossen lief er an der Kaimauer der Schlachte entlang, bereit, in die Niederungen des nächsten übelriechenden Kellereingangs hinabzusteigen. Da machte er drei Gestalten aus, die vor ihm gerade aus einer Kneipe kamen. Sie verabschiedeten sich lautstark und mit ausladenden, unkoordinierten Armbewegungen. Dann bogen zwei von ihnen in eine Seitengasse ein, während die Dritte direkt in Friedrichs Richtung spazierte. Dieser kniff die Augen zusammen. Die Statur, der Dreispitz, der geckenhafte Rock – das war Carl Greven!

Friedrich zog sich in den Schatten der Häuserfront zurück, wo ihm ein offener Holzverschlag als Versteck diente. Hier lagerten Taurollen und Bootshaken. Wie eine gespannte Feder, die kurz davorstand, ihre Kraft freizusetzen, wartete er, während Carls Schritte immer näher kamen. Dieser Schandbalk summte auch noch zufrieden vor sich hin! Das war zu viel. Wütend sprang Friedrich aus seinem Versteck.

«Du hast das getan!», schrie er Carl Greven entgegen. Dieser stolperte erschrocken zurück, griff unter seinen Mantel – und führte die Bewegung nicht zu Ende, als er Friedrich erkannte. Ein schiefes Grinsen erschien auf seinem vom Branntwein geröteten Gesicht.

«Ei, der junge Herr Altendieck», sprach er und verbeugte sich keck. «Was verschafft mir die späte Ehre? Wollen wir gemeinsam ein Gläschen leeren? Vielleicht auf die neue Uhr, die nun das Rathaus ziert?»

«Leugne es nicht!», knurrte Friedrich. «Du hast es getan.»

Carl legte den Kopf schief. «Und was, bitte schön, soll ich getan haben, werter Herr Altendieck?»

«Du hast Vaters große Uhr verpfuscht», zischte Friedrich.

«Die Werke liefen alle so, wie sie sollten. Jemand, der sich auf Mechanik versteht, muss sie mit Absicht ruiniert haben. Und dieser Jemand warst du, Greven!»

Carl schüttelte theatralisch den Kopf. «Mein lieber Friedrich. Ich frage mich, was hinter deiner Stirn vor sich gehen muss, dass du auf solche Ideen kommst.»

«Du leugnest also?»

«Ich leugne nicht», sagte Carl, und sein Grinsen verblasste, «dass ich mich darüber freue, wie nun alle bekommen, was sie verdienen. Mein Vater arbeitet schon seit Jahren hart daran, Ratsuhrmacher von Bremen zu werden. Der Herr Bürgermeister Mindemann hat ihm die Stelle vorhin zugesagt.»

Friedrich konnte sich nur mit Mühe zurückhalten, Carl einfach seine Faust ins Gesicht zu schmettern. «Mein Vater hat dem Rat ein Meisterwerk geliefert», sagte er mit zitternder Stimme, «so, wie man es vom ihm verlangt hat. Er hat es verdient, dafür einen angemessenen Lohn zu erhalten! Doch das hast du verhindert.»

Auf Carls Gesicht zeigte sich wieder sein schiefes Grinsen. «Vielleicht habe ich Justitia ein wenig geholfen. Doch habe ich damit nur die Dinge so eingerichtet, wie sie von Rechts wegen sein sollten. Und niemand weiß etwas davon – jedenfalls niemand, dem der Rat glauben würde. Gib es doch einfach auf, Friedrich. Ihr Altendiecks seid zweitklassig und bleibt zweitklassig.»

Wütend ging Friedrich einen Schritt auf ihn zu. «Du wirst morgen mit mir vor den Rat treten und gestehen, was du getan hast!»

«Warum sollte ich das tun?», fragte Carl belustigt.

«Weil ich es sonst aus dir herausprügele!», brüllte Friedrich. Mit geballten Fäusten stürmte er auf Carl los.

Dieser sprang einen Schritt zurück, und seine Hand verschwand unter dem Mantel. Als er sie wieder hervorzog, blitzte eine lange, schlanke Dolchklinge im Mondlicht. «Nicht so eilig, Friedrich!» Carl grinste und richtete die Waffe auf seine Brust.

Friedrich stoppte abrupt ab. Sein Herz hämmerte, und alles in ihm schrie danach, dem Kerl zu geben, was er verdient hatte. Doch die kalte, tödlich scharfe Klinge ließ sich nicht ignorieren. Er hob die Hände und trat einen Schritt zurück.

«Schon viel besser, mein Lieber», sagte Carl. In seine Augen trat ein gefährliches Funkeln. Er bewegte sich auf Friedrich zu, den Dolch noch immer auf ihn gerichtet. Einen Schritt, noch einen Schritt und einen weiteren.

Friedrich musste vor ihm zurückweichen, bis er direkt an dem Holzverschlag mit den Tauen und Bootshaken stand, in dem er gelauert hatte.

«Eigentümlich, was so ein paar Handbreit nackter Stahl ausmachen», sinnierte Carl. «Du bist ein kräftiger Kerl, Friedrich, und könntest mich vermutlich zu Klump prügeln. Aber mit dieser Klinge zwischen deinen Rippen wäre das nicht mehr so einfach. Erfindungsgeist und Kunstfertigkeit besiegen die rohe Kraft ...»

«Darum werden wir Altendiecks euch Grevens immer überlegen sein!», knurrte Friedrich. Verächtlich spuckte er Carl Georg Greven mitten ins Gesicht!

Dieser zuckte zurück, als hätte man ihn geschlagen. Seine Augen weiteten sich. «Das war ein Fehler, Altendieck!», zischte er. «Mal schauen, was dein Vater ohne seinen Erben anfängt, wenn dein hässlicher Balg in der Weser treibt!»

Die Dolchklinge sauste auf Friedrich zu. Carl würde ihn niederstechen, getrieben vom Branntwein und von seiner grenzenlosen Arroganz. Gleich würde Friedrich zwischen den Kellerkneipen der Schlachte in seinem Blut liegen wie ein betrunkener Raufbold ...

Nein! So durfte es nicht enden.

Als die Dolchklinge herankam, wehrte er den Stoß reflexartig mit seinem Unterarm ab. Der Stahl streifte ihn und schnitt schmerzhaft durch Ärmel und Haut.

Friedrich griff verzweifelt einen der langen Bootshaken, die neben ihm im Verschlag standen. Noch ehe sein Gegner wieder zustoßen konnte, riss er den Haken hoch – und ließ ihn auf Carl niederfahren.

Es gab ein hässliches Geräusch, als die eiserne Hakenspitze sich in Carls Schläfe grub und tief in seinem Schädel versank. Carl starrte Friedrich mit einem Ausdruck des fassungslosen Staunens an, während sich Blut über sein Gesicht ergoss. Dann fiel der feine Dolch klappernd zu Boden. Carl Georg Greven brach zusammen.

Friedrich ließ den Bootshaken fallen und zog die Hände zurück, als hätte er etwas zu Heißes angefasst. Hektisch strich er die Finger über seinen Rock, versuchte wegzuwischen, was er getan hatte. Carl war tot. Er hatte ihn erschlagen.

Mit zitternden Beinen stolperte Friedrich von dem leblosen Körper weg, dessen Augen glasig in den Nachthimmel schauten. Von irgendwoher näherten sich Schritte, jemand sang ein trunkenes Lied. Friedrich warf einen letzten Blick auf das, was er angerichtet hatte. Dann drehte er sich um und stürmte in die Dunkelheit davon.

Vierzehntes Kapitel

Rastlos lief Gesche durch die Stadt, wie eine räudige Straßenkatze, ein Geschöpf der schmutzigen Gassen. Es war schon viel zu spät für sie, um sich noch außerhalb der schützenden Mauern des Hauses aufzuhalten, schon gar nicht allein. Gewiss würde es Ärger geben, aber das war jetzt auch egal.

Sie hielt es drinnen einfach nicht mehr aus! Vater hatte sich in seiner Schlafkammer eingeschlossen und reagierte nicht auf Klopfen. Clara und Lisa heulten sich gegenseitig beieinander aus. Großvater hockte mit aschfahlem Gesicht in seiner Ecke und ging immer wieder die Pläne der großen Uhr durch, als enthielten sie irgendeinen Fehler, den er nur finden müsste, damit alles wieder gut würde. Aber da waren keine Fehler! Vaters Arbeit war perfekt, das wusste Gesche genau. Und die Welt war ein verfluchtes, unberechenbares Chaos, dessen verklemmtes Werk keinen Taler wert war.

Als sie sich schließlich über den Hof davongeschlichen hatte, war es nicht mal jemandem aufgefallen. Seither streifte sie durch die Straßen rings um das Altendieck'sche Haus, und nur der Turm von St. Ansgarii beobachtete sie, der immer wieder zwischen den Häusergiebeln hervorschaute.

Sie versuchte zu verstehen, was geschehen war, doch auch beim dritten, fünften und hundertsten Mal gelang es ihr nicht. Eine Uhr, die eigentlich hätte laufen müssen, hatte ohne

Grund ihren Dienst verweigert – und die Familie Altendieck damit ins Unglück gestürzt. Sie konnte kaum ermessen, was das wirklich bedeutete. Doch sie wusste, dass es ungerecht war. Und dass sie sich damit nicht abfinden würde!

Gesche war so in ihre Gedanken vertieft, dass sie fast frontal gegen die Gestalt rannte, die um eine Ecke gestürzt kam. Sie setzte dazu an, eine Entschuldigung zu stammeln – und verstummte. Das war Friedrich! Aber sie hätte ihn fast nicht erkannt ... Bleich wie ein Geist war er, mit einem gehetzten Blick, der mal hierhin und mal dorthin wanderte.

«Gesche», keuchte er. «Was tust du hier?»

«Spazieren gehen», erwiderte sie trotzig. «Drinnen benehmen sich alle wie toll. Friedrich, was ist nur los?»

«Vielleicht ist es gut, dass ich dich hier treffe ...», murmelte ihr Bruder, ohne eine Antwort zu geben. Er hielt sich den Arm. War er verletzt? Dann wandte er sich ihr ganz zu. «Gesche, ich muss fort», sagte er fest. Sein Blick wanderte wehmütig die Straße hinunter, dorthin, wo einige Häuser weiter der Eingang zu ihrem Zuhause lag. «Ich komme nicht mehr heim. Ich habe etwas Schreckliches getan und kann nicht in der Stadt bleiben.»

«Aber Friedrich!», rief sie erschrocken. «Was redest du da?»

Er schaute ihr ernst in die Augen. «Ich habe mitbekommen, was du mit Großvater in den letzten Monaten und Jahren getrieben hast. Ich weiß, dass du einiges von unserer Kunst verstehst. Du hast Uhrmacher-Hände und einen wachen Verstand.»

Zu jedem anderen Zeitpunkt wäre sie vor Stolz über das Lob ihres Bruders zersprungen. Doch jetzt hatte sie einfach nur Angst.

«Du kennst Vaters Uhr», fuhr Friedrich fort. «Du weißt, wie kunstvoll die Konstruktion ist.»

«Aber sie hat nicht funktioniert ...», flüsterte Gesche tonlos.

«Das ist nicht Vaters Schuld!» Friedrichs Augen funkelten wild. «Jemand hat sein Uhrwerk verpfuscht. Das wird uns allerdings niemand glauben. Hemeling wird dafür sorgen, dass der Rat gegen uns ist ... Und der, der es getan hat, kann nicht mehr gestehen.»

Gesche hörte ihm zu, ohne zu begreifen.

«Sag Vater, dass es nicht seine Schuld war», beschwor Friedrich sie eindringlich. «Sag ihm, dass sein Werk so vollkommen war, wie es sein sollte. Neid hat ihn gestürzt, kein Mangel an Kunstfertigkeit.» Er ballte mit einem verzweifelten Seufzen die Fäuste. «Und sag ihm, dass mir leidtut, was ich getan habe. Dass ich dem Namen Altendieck nicht länger Schande machen werde ...»

Er wandte sich ab.

«Friedrich!», rief Gesche. «Was soll das? Was hast du vor?»

«Ich gehe fort aus Bremen», erwiderte Friedrich mühsam gefasst. «Ich kenne einen Kapitän, der keine Fragen stellt. Wenn man entdeckt, was ich verbrochen habe, werde ich schon auf See sein, unterwegs nach England. Ich gehe nach London, wo Großvater in der Fleet Street gelernt hat. Erzähl das Vater und Clara, aber sonst niemandem! Pass auf dich auf, Gesche. Und auf Vater.»

Er küsste sie auf die Stirn. Das hatte er noch nie gemacht ... Noch während Gesche sich wunderte, wandte er sich auch schon von ihr ab.

«Friedrich!», rief sie verzweifelt. Er blieb stehen und warf einen Blick über die Schulter zurück. «Pass auch auf dich auf», schluchzte sie. «In London», ergänzte sie noch leise, und es hörte sich vollkommen unwirklich an. Heute Morgen waren die Altendiecks noch in eine goldene Zukunft als Ratsuhrmacher-Familie aufgebrochen. Nun war die Welt ein Chaos, in dem alles zugrunde ging.

«Das werde ich», sagte er ernst. «Und nun geh rein zu den anderen, Gesche. Sie brauchen dich. Du bist stark wie Mutter.»

Damit verschwand er in der Dunkelheit.

Gesche blieb mitten auf der Straße stehen und starrte ihm hinterher, starrte in die Gasse, die ihren Bruder verschluckt hatte. Erst, als sich irgendwo die schweren Schritte eines Nachtwächters näherten, wandte sie sich um und eilte heim.

Sie betrat das Haus wieder über den Hof. Großvater war nicht mehr in der Werkstatt, er musste auf seine Kammer gegangen sein. Auch in der Diele war niemand. Nur aus der Küche hörte Gesche gedämpfte Stimmen.

«Wann hast du sie denn zum letzten Mal gesehen?», fragte Lisa alarmiert.

«Sie war mit Großvater in der Werkstatt. Bei Vaters Plänen ...», erwiderte Clara.

Offensichtlich vermisste man Gesche inzwischen. Aber noch betrat sie nicht die Küche, um ihr Verschwinden aufzuklären. Stattdessen ging sie langsam einige Schritte über die Diele, sodass sie direkt vor Hora stand, der Familienuhr mit der stolzen Signatur «N. Altendieck. Bremen 1735». Das Zinnschiffchen tanzte auf den Wellen. Wie das Schiff, das Friedrich nach England bringen würde.

«Hora», sagte sie leise, aber fest. «Der Name Altendieck wird nicht untergehen. Wir werden die feinsten Uhren von Bremen bauen. Unsere Kunst wird gelobt werden, an der Weser und darüber hinaus. Das verspreche ich.»

Sie musterte die Uhr, als könnte sie ihr eine Antwort geben. Leise und gleichmäßig tickte Hora vor sich hin. Das Geräusch klang beruhigend, fand Gesche. Sie nickte Hora zu. Dann schlurfte sie in die Küche, um sich ihr verdientes Donnerwetter abzuholen. Und von Friedrich zu erzählen ...

Die Uhr blieb im Dämmerlicht der Diele allein zurück. Dumpf schlug sie die Stunde.

Zweiter Teil

1775

Die Altendiecks

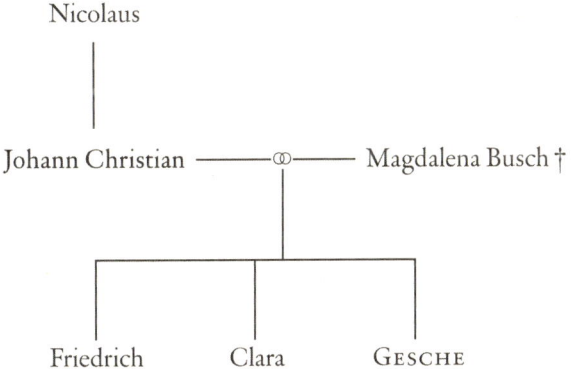

Erstes Kapitel

«Das ist ein recht hübsches Stück», sagte die Frau Meister Ohlandt und betrachtete ausgiebig die Kleidertruhe, deren Deckel mit einem Blumenstrauß bemalt war. Kornblumen und Mohn, umkränzt von einem Rankenmuster.

«Die Truhe gehörte zur Aussteuer unserer Mutter», erwiderte Clara. Es sollte stolz klingen, doch Gesche hörte die Trauer heraus.

Sie befand sich zusammen mit ihrer Schwester in Vaters Schlafkammer, wo die Truhe schon immer in derselben Ecke gestanden hatte, seit Gesche ein kleines Mädchen gewesen war; ein unverrückbarer Teil ihrer Kindheit, so wie der Turm des Doms oder die Weser. Die Ohlandt'sche – eine üppige Frau in einem nicht weniger üppigen Rüschenkleid – musterte das Möbelstück kritisch von allen Seiten, wobei sie nicht davor zurückschreckte, sich umständlich zu verrenken, um auch die hintersten Winkel zu prüfen. Die Tür des Zimmers war sittsam geöffnet, schließlich gehörte es sich nicht, dass eine Dame in den Schlafkammern fremder Häuser verschwand. Unten wartete der alte Reineke, Meister Ohlandts Hausknecht, darauf, die Truhe bei Gefallen auf seinem Buckel abzutransportieren. Clara hielt sich beflissen an Frau Ohlandts Seite, um ihr den Kauf schmackhaft zu machen, während Gesche die Besucherin mit verschränkten Armen beobachtete.

«Hach», machte die Ohlandt'sche schließlich. «Wirklich

ein vortreffliches Stück. Aber Truhen sind einfach nicht mehr *à la mode*. Wer es sich leisten kann, lässt sich einen präsentablen Kastenschrank schreinern.»

Gesche verdrehte innerlich die Augen. Meister Ohlandt war Bremens angesehenster Hutmacher, und seine Frau wusste aus Prinzip nur Dinge zu schätzen, die *à la mode* waren.

«Wir können Euch mit dem Preis gewiss entgegenkommen», sagte Clara.

«Niemand zwingt Euch, die Truhe zu nehmen, wenn sie Euch nicht fein genug ist», sagte Gesche fast gleichzeitig. Ihre Schwester warf ihr einen warnenden Blick zu. Die Ohlandt'sche aber bekam große Augen. Dann lachte sie gekünstelt, als hätte Gesche einen mäßig gelungenen Witz gemacht, und wurde von einer Sekunde auf die andere plötzlich ernst.

«Es muss schrecklich sein für zwei junge, ansehnliche Mesdemoiselles wie Euch, wenn die Not im Haus so groß ist, dass Ihr liebgewonnenen Hausrat verkaufen müsst», flötete sie mit triefendem Mitleid in der Stimme.

«Besten Dank», brummte Gesche. «Wir kommen zurecht.»

«Wie geht es denn Eurem werten Herrn Vater?»

«Der arbeitet», erwiderte Clara unbehaglich.

Hoffentlich reparierte er gerade die defekte Wanduhr des Seekapitäns, die man ihnen vor einigen Tagen gebracht hatte – einer der seltenen Aufträge, die er überhaupt noch bekam. Und das wahrscheinlich auch nur, weil die Bücher der anderen Uhrmacher derzeit voll waren. In letzter Zeit brauchte Vater endlos lange, selbst für kleinere Arbeiten. Oft saß er einfach nur reglos da und starrte durch das Fenster auf den Hinterhof – wie ein Automat, den jemand in einer dunklen Ecke vergessen hatte, nachdem seine Feder abgelaufen war. Auch die Qualität seiner Arbeiten hatte deutlich nachgelassen ...

«Er arbeitet. Gewiss», sagte die Ohlandt'sche in einem Tonfall, in dem kaum verhohlener Zweifel mitschwang. «Wie dem auch sei. Ich suche einige schöne Stücke für meine Charlotte, die ja demnächst einen eigenen Haushalt begründen wird. Möglicherweise nehme ich die Truhe, wenn ich noch etwas dazu finde ... Vielleicht die nette Uhr auf der Diele?»

«Unverkäuflich», knurrte Gesche.

«Sie hat einen sentimentalen Wert», erklärte Clara.

Die Ohlandt'sche nickte verständnisvoll. «Von manchen Dingen mag man sich natürlich selbst dann nicht trennen, wenn ein Unheilsstern über der Familie aufgegangen ist. Wirklich furchtbar ...»

«Nicht furchtbarer, als in den Angelegenheiten anderer Leute zu wühlen, weil die eigenen zu langweilig sind», erwiderte Gesche. Sie hatte plötzlich das Gefühl, am puderigen Geruch der werten Frau Ohlandt zu ersticken.

Diese blinzelte ungläubig, als hinter ihrer Stirn die Erkenntnis herandämmerte, was Gesche gerade zum Ausdruck gebracht hatte.

«Hach», machte sie empört. Dann noch einmal «Hach», es fiel ihr wohl nichts Besseres ein. Sie rauschte aus dem Zimmer und die Treppe hinunter, noch ehe Clara irgendeine angemessene Entschuldigung anbringen konnte. «Reineke! Komm, wir gehen.»

«Na wunderbar», schimpfte Clara, als die Tür hinter der Frau Meisterin Ohlandt und ihrem Hausknecht ins Schloss gefallen war. «Wir hätten das Geld für die Truhe gebrauchen können, Gesche.»

«Ich weiß», gab Gesche unwillig zu. «Aber nicht von der Ohlandt'schen! Die war doch nur hier, um hinterher brühwarm herumerzählen zu können, wie schlecht es uns geht, den vernachlässigten Töchtern des halbverrückten Uhrmachers ...»

«Ja, vermutlich», brummte Clara. «Trotzdem wird Lisa diese Woche noch mehr Wasser in die Suppe schütten müssen.»

Das geschah in letzter Zeit häufiger: Eine Streiterei mit Clara endete damit, dass sie sich irgendwie gegenseitig zustimmten. Die Tage, da sie sich an den Zöpfen gezogen und um den Küchentisch gejagt hatten, waren endgültig vorbei. Nicht, dass sie deswegen immer einer Meinung gewesen wären ...

«Ich gehe dann mal Lisa helfen», seufzte Clara.

«Und ich bringe Großvater sein Essen», fügte Gesche hinzu.

«Tu das. Aber mach ihn nicht zu wirr im Kopf mit deinen Zahnrädern! Er braucht vor allem Ruhe.»

Kurze Zeit später saß Gesche in Großvaters Kammer und tunkte Brotstückchen in die Brühe, um ihn damit zu füttern. Nicolaus Altendieck hatte seinen Platz unten in der Werkstatt schon lange aufgegeben. Auch er hatte das Desaster mit der großen Uhr im Rathaus niemals ganz verwunden und sich schließlich vor einigen Jahren auf seine Kammer zurückgezogen, die er praktisch nicht mehr verließ.

Gesche kümmerte sich um ihn, so gut sie es vermochte, und las ihm weiterhin aus seinen Büchern vor, wie sie es schon als kleines Mädchen getan hatte. Inzwischen hatte sie die Schriften der alten Meister selbst studiert und musste Großvater keine neugierigen Fragen nach schwierigen Wörtern mehr stellen. Aber es tat ihr gut, immer wieder die Bücher von Christiaan Huygens und anderen bedeutenden Gelehrten für Großvater zur Hand zu nehmen. Es schärfte das Denken und erinnerte sie zugleich an die Zeit, als die Altendiecks noch eine angesehene Familie von Uhrmachern gewesen waren.

«Was macht deine Arbeit an der Zylinderhemmung nach Tompion und Graham?», fragte Großvater mit rauer Stimme, als er schließlich keine weichen Brotklumpen mehr essen mochte.

«Ich denke, ich habe die Konstruktion inzwischen durchschaut», erwiderte Gesche lächelnd und zog ein Notizbüchlein hervor. Vater hatte es früher verwendet, während er an seiner großen Uhr gearbeitet hatte. Nach dem Vorfall im Rathaus hatte es monatelang nutzlos herumgelegen. Schließlich hatte Gesche es an sich genommen – und ihre eigenen Entwürfe darin festgehalten.

«Schau, ich habe jetzt raus, wie die Passagen im Zylinder angeordnet sein müssen.»

Sie hielt Großvater die Skizze dicht vor das Gesicht, denn um seine Sehkraft war es zunehmend schlechter bestellt. Auf dem Papier war ein Zahnrad zu erkennen, dessen Zähnchen in ein zylinderförmiges Stück Metall mit Aussparungen griffen. Diese hemmten regelmäßig den Lauf das Rades, ganz so, wie es auch der Anker tat, den Großvater der staunenden Gesche einst erklärt hatte. Gesche hatte alles bewusst etwas größer gezeichnet, damit Großvater es erkennen konnte.

«Eine feine Arbeit», lobte dieser. «Die Konstruktion könnte man auch gut in einer tragbaren Uhr mit Spiralfeder verwenden ...»

«Ja, das ist die Idee», erwiderte Gesche. Es hatte sich im Laufe der Jahre ein Spiel zwischen Großvater und ihr entwickelt, dass Großvater ihr immer komplexere uhrmacherische Herausforderungen stellte, für die Gesche sich dann eigene Lösungen überlegte – zumeist nur auf dem Papier, denn mit der Ausstattung von Vaters Werkstatt sah es nicht mehr gut aus.

Sorgfältig erklärte sie Großvater den Aufbau ihrer Skizze – und merkte schließlich an seinen regelmäßigen, rasselnden Atemzügen, dass er eingeschlafen war. Behutsam deckte sie ihn zu. Dann brachte sie die Schale mit der Brühe in die Küche zurück.

«Hilfst du mir gleich mit der Wolle?», fragte Clara, die hier immer noch mit Lisa werkelte. Seit Vaters Aufträge nicht mehr flossen, wie sie sollten, hatte sie Spinnarbeiten ins Haus geholt, um einige Münzen dazuzuverdienen. Die Räder knarzten nun bis spät in die Abendstunden hinein, und Gesche hasste ihre primitive Mechanik und die einschläfernde Stupidität der Arbeit mit Inbrunst. Aber irgendwie musste nun einmal das Brot bezahlt werden. Also spann sie sich zusammen mit ihrer Schwester die Finger blutig, als sei sie ein armes Mägdelein aus irgendeinem Märchen.

«Ja, natürlich», erwiderte sie, ohne Clara direkt anzusehen. «Ich muss vorher nur noch etwas erledigen.»

«Gesche!» Claras Ton war streng. «Du sollst dich nicht herumtreiben. Unser Ruf ist ruiniert genug.»

«Es ist wichtig», rief Gesche, die schon halb auf der Diele war. «Für die Familie», fügte sie leise hinzu.

«Natürlich», schnaubte ihre Schwester. «Für die Familie.»

Clara zog mit ärgerlichem Schwung die Küchentür zu. Und Gesche schlüpfte aus dem Haus, das in letzter Zeit irgendwie gleichermaßen zu eng und zu leer war.

Die Sommersonne glitzerte auf der Weser, als Gesche durch die Ansgaritränkpforte die Hafenanlagen der Schlachte betrat. Die Seilwinden der Wuppen arbeiteten knarrend. Jeder der langen Hebelarme war in einer anderen Farbe angestrichen – die gelbe Wuppe neben der grünen Wuppe, die rote neben der bunten. Mittendrin erhob sich auch eine schwarze Wuppe, die zwischen den anderen Winden hervorstach wie ein Pfarrer im Ornat aus der Gemeinde.

Am mächtigsten war allerdings der große, mechanische Kran, angetrieben von zwei Tretmühlen, in denen mehrere breitschultrige Hafenarbeiter schwitzten, während gerade Steinblöcke von einem Lastenkahn gehoben wurden. Die gleichermaßen kunstvolle wie brachiale Konstruktion hatte Gesche schon immer fasziniert.

Sie sah Küstensegler, leichte Galioten und sogar stolze Fleuten mit drei Masten, die in zwei oder drei Reihen am Kai lagen und darauf warteten, abgefertigt zu werden. Im Vorbeigehen erkannte Gesche den Herrn Schlachtvogt, einen stämmigen Mann mit lauter Stimme, der das Gedränge der Schiffe gestenreich zu dirigieren versuchte. An seinem Gürtel hing statt eines Degens das reichverzierte Amtsbeil, mit dem er nach alter Sitte die Taue unrechtmäßig festgemachter Schiffe zu kappen hatte.

Man sagte, dass die Weser zusehends versandete und flacher wurde, sodass die wirklich großen Segler inzwischen draußen, im neuen Hafen von Vegesack, festmachen mussten. An diesem geschäftigen Tag bemerkte Gesche jedoch nicht viel davon, dass der Schlachtehandel angeblich abnahm. Sie musste immer wieder ausweichen, wenn die Maskopsträger, wie man die Schauerleute nannte, Waren über den Kai schleppten – sei es nun Tabak und Baumwolle für die Packhäuser der Kaufleute oder sei es der Torf, den die kleinen Schiffe der Moorfahrer als Brennstoff heranschafften. Nicht zu reden von der Butter, dem Käse und anderen Dingen, die die friesischen und holländischen Seeleute für die Bürger von Bremen über das Meer brachten. Gesche knurrte der Magen beim Anblick der Leckereien, die bald auf den Märkten der Stadt zum Verkauf stehen würden. In früheren Tagen war der Altendieck'sche Tisch immer reich gedeckt gewesen. Heute war sie froh um jedes Blättchen Braunkohl, das neben dem Abort auf dem Hinterhof gedieh.

Trotzdem fühlte Gesche sich frei, während sie so an den Anlegestellen entlangging. Das Schlachte-Treiben war für sie so etwas wie das schlagende Herz der Handelsstadt. Das Gefühl, dazuzugehören, das sie hier hatte, ging ihr in ihrem Zuhause nur zu leicht verloren. Hier draußen strebte die Zeit tüchtig der Zukunft entgegen, während sie im Altendieck'schen Haus erstarrt zu sein schien.

Routiniert wich Gesche den Zudringlichkeiten mancher Matrosen und Träger aus, während ihr Blick aufmerksam über die Reihen der Schiffe glitt. Aufgeregt beschleunigte sie ihre Schritte, als sie eine bestimmte Galionsfigur am Bug einer Galiot entdeckte: eine hölzerne Frau im grünen Kleid, die keck auf den Horizont deutete – nun ja, im Moment eher auf das Hinterteil des Kahns, der vor ihr dümpelte. Das war die *Dorothea*! Sie verkehrte zumeist zwischen Norddeutschland, den Niederlanden und England. London gehörte zu den Städten, die sie regelmäßig anlief ...

In den letzten Jahren hatte Gesche sich immer wieder an der Schlachte aufgehalten und dabei viele der Schiffe kennengelernt, die London zu ihren Zielen zählten. Sie kannte inzwischen auch auf den meisten von ihnen den einen oder anderen Seemann – und jeden einzelnen hatte sie gebeten, sich nach dem Verbleib von Friedrich Nicolaus Altendieck in London zu erkundigen.

Die Antworten, die sie bislang erhalten hatte, waren allerdings mehr als unbefriedigend. Niemand hatte etwas von Friedrich gehört – London war eine mächtige Stadt, um ein Vielfaches größer als Bremen, und da mochte es wohl angehen, dass jemand in ihrem Gewühl verschwand.

Trotzdem verschlang Gesche gierig jede Geschichte, die man ihr aus England und seinen zahlreichen Kolonien zutrug. Geschichten von einem berüchtigten Raubmörder, den man am Galgen von Tyburn hingerichtet hatte, und von einem verwegenen Soldaten, der durch unwahrscheinliche Umstände die Tochter eines Lords geheiratet hatte. Von den Entdeckungen eines unermüdlichen Naturforschers und von den Abenteuern eines Kapitäns, der ein Piratenschiff zwischen den karibischen Inseln befehligte. Törichterweise fragte sie sich dann immer, ob jener geheimnisvolle Bursche, dessen Geschichte sie da hörte, vielleicht ihr Bruder Friedrich war, in einem fremden Land, unter einem falschen Namen ... Nur etwas Konkretes erfuhr sie nie. Doch Gesche blieb beharrlich.

«Fokke!», rief sie, als sie einen der Matrosen erkannte, die gerade von Bord der *Dorothea* gingen. «Wieder mal im Lande?»

«Wenn das nicht das hübsche Fräulein Gesche ist», grinste Fokke, ein großer, bärtiger Mann mit rötlichem Haar. Er kam aus Geestendorf, einem Örtchen an der Wesermündung, und war nur wenige Jahre älter als Gesche, hatte aber schon mehr Häfen gesehen, als Bremen Gassen besaß. Während sie ihr ganzes Leben in den schützenden Mauern der Stadt verbracht hatte ...

«Ihr kommt wohl gerade aus England?», fragte Gesche hoffnungsvoll.

Fokkes Grinsen wurde noch breiter. «Gewiss», sagte er.

«Du hast die Sache mit deinem Bruder also immer noch nicht aufgegeben?»

«Nein», erwiderte Gesche. «Aufgeben liegt mir nicht.» Zufrieden registrierte sie, dass Fokke ihre Suche nach Friedrich nicht vergessen hatte. Sie mochte den Seemann wegen seiner robusten, unkomplizierten Herzlichkeit.

Es hatte einmal eine Zeit gegeben, in der es unmöglich gewesen wäre, dass sie sich als Tochter eines Stadtbürgers und Handwerksmeisters an der Schlachte herumtrieb und mit den Seeleuten sprach, mit ihnen gar per Du verkehrte ... Es hätte ihren Ruf ruiniert, wenn man sie dabei beobachtet hätte. Nun aber war sie die verwilderte Tochter eines verschrobenen Mechanikus, und niemand interessierte sich mehr für ihren Ruf, der ohnehin schon tiefer gesunken war als das flachste Niedrigwasser. Gesche nahm es pragmatisch und nutzte die Freiheiten, die ihr das einbrachte.

«Also?», fragte sie Fokke.

«Tscha», brummte dieser nachdenklich. «Leider kann ich dir nichts von Friedrich sagen. In London hab ich nichts von ihm gehört und in Bristol ebenso wenig.»

Gesche seufzte enttäuscht. «Trotzdem danke», murmelte sie. Wieder keine Nachricht, wie schon bei so vielen Versuchen zuvor. Aus dem Augenwinkel bemerkte sie, wie Fokke sie mitleidig musterte. Sie war jedoch nicht in der Stimmung, jemanden zu trösten, weil er sie nicht trösten konnte.

«Dein Bruder ist doch Uhrmacher wie dein Vater, oder?», fragte Fokke plötzlich.

«Ja, warum?»

«Dann könnte er in London ja vielleicht ein Vermögen machen», sagte er mit einem Grinsen.

«Worauf willst du hinaus?», fragte Gesche skeptisch.

«Die hohen Herren von der britischen Admiralität suchen nach jemandem, der ihnen eine vernünftige Schiffsuhr baut.»

Interessiert horchte Gesche auf. «Du meinst ein Seechronometer?»

«Was weiß ich, wie die Gelehrten sowas nennen. Jedenfalls wäre ihnen so eine Uhr 20 000 Pfund Sterling in Silber wert.»

«20 000 Pfund?», wiederholte Gesche entgeistert.

«Das ist eine Menge Geld», bestätigte Fokke. «Davon kannst du gewiss drei Kriegsschiffe ausrüsten – samt Kanonen, Segeln und allem.»

Gesche schüttelte ungläubig den Kopf. Die 425 Taler für die große Uhr im Rathaus waren nichts dagegen!

«Das ist doch wieder nur eine Geschichte», sagte sie misstrauisch. «So wie die sprechenden Galionsfiguren oder dieses Bisterk Ding, das bei Helgoland aus dem Meer steigt und sich auf die Türschwelle legt, wenn die See einen Angehörigen verschlungen hat.»

«Das ist keine Geschichte», sagte Fokke beleidigt. «Die Sache ist so wahr wie das Evangelium.»

«Warum sollte jemand solch eine Summe für ein Seechronometer bezahlen?» Nicht, dass eine gute Uhr das nicht wert gewesen wäre – aber nach Gesches Erfahrungen waren die meisten Menschen zu ignorant, um das zu erkennen. Gerade jene, die reich genug waren, um es sich leisten zu können.

«Weil ein Kapitän auf hoher See die genaue Uhrzeit braucht, um den Längengrad zu bestimmen», erklärte Fokke. «Und die Briten mit ihren Besitzungen in der Karibik, in Indien und sonstwo haben viele Schiffe auf See. Sie haben einmal eine ganze Flotte verloren, weil ein Admiral sich im Längengrad geirrt hatte – mehrere Kriegsschiffe mit Hunderten von Seeleuten und Soldaten an Bord sind vor den Scilly-Inseln aufs Riff gelaufen, quasi in Sichtweite von England. Seitdem suchen sie nach einer vernünftigen Schiffsuhr. Vielleicht baut dein Bruder ihnen ja eine. 20 000 Pfund in Silber hätte man schließlich ganz gerne ...»

«Wenn das so einfach wäre, hätte sich gewiss schon jemand das Geld geholt», konstatierte Gesche. 20 000 Pfund. Was sie mit so viel Geld alles tun könnte!

«Es haben genug Leute versucht», erwiderte Fokke. «In den Tavernen von London habe ich von jemandem gehört, der den Längengrad ohne Uhr bestimmen wollte. Dafür mit einem Hund.»

«Mit einem Hund?» Die Sache wurde immer merkwürdiger.

«Ja! Irgendein gelehrter Kerl hat ein Wunderpulver erfunden, Sir Kenelm Digby, wenn ich mich richtig erinnere. Mit diesem Pulver kann man angeblich Wunden heilen – auf die Entfernung. Einfach, indem man einen Verband damit bestreut, der mit der Wunde Berührung hatte.»

«Was hat das mit Längengraden zu tun?»

«Die Sache ist nicht ganz schmerzlos. Der Patient schreit vor Qual auf, während das Pulver auf den Verband aufgetragen wird und seine Wunde sich bessert. Also muss man nur einen Hund verwunden, seine Wunde verbinden und ihn später mit auf das Schiff nehmen. Der Verband bleibt aber an Land zurück. Jeden Tag um Punkt zwölf Uhr streut jemand etwas von dem Wunderpulver darauf. Der Hund an Bord heult vor Schmerzen auf, und der Kapitän weiß genau, wie spät es in der Heimat ist. Den Rest kann er sich ausrechnen.»

«Und das hat funktioniert?», fragte Gesche zweifelnd. Es kam ihr reichlich unsinnig vor.

«Offenbar nicht, sonst hätten die Briten jetzt lauter jaulende Bordhunde. Also brauchen sie wohl immer noch eine Uhr. Falls ich deinen Bruder bei der nächsten Reise treffe, erzähle ich ihm davon.»

«Ja, tu das», sagte Gesche und seufzte. «Vielleicht könntest du ...»

«Holla, Fokke, wie heißt denn deine kleine Mademoiselle?»

Zwei weitere Matrosen traten zu ihnen und musterten Gesche mit anzüglichen Blicken.

Fokke wandte sich seinen Schiffskameraden zu. «Die lasst ihr mir schön in Ruhe», brummte er.

«Ich muss sowieso gehen», sagte Gesche, die inzwischen ein Gefühl dafür entwickelt hatte, wem sie an der Schlachte trauen durfte – und wem nicht. «Danke, Fokke. Hat mich gefreut, dich mal wiederzusehen.»

«Ich halte die Augen nach deinem Friedrich offen», erwiderte er. «Und ihr beide nehmt die Augen von ihr, sonst schließe ich sie für euch!»

Gesche ließ die Seeleute stehen und eilte über den Josephsgang zurück in Richtung Ansgarii-Kirche. Wieder hatte sie keine Nachricht von ihrem Bruder erhalten. Und trotzdem ging sie diesmal beschwingt nach Hause. 20 000 Pfund in Silber für eine exakte Schiffsuhr, ein Seechronometer. Was für eine Herausforderung! Nicht nur des Geldes wegen. Vor allem auch wegen der Anerkennung, die ein Uhrmacher zwangsläufig erhalten würde – und das weit über die Mauern der Stadt hinaus, überall, wo englische Schiffe fuhren.

Früher wäre Vater der Richtige gewesen, die Sache anzugehen. Sie erwog sogar, ihn darauf anzusprechen. Doch nein. Er würde nur gramvoll den Kopf schütteln. Gesche seufzte. Wenn eine Uhr den Stern der Altendiecks wieder zum Leuchten bringen sollte, müsste sich jemand anderes darum kümmern.

Zweites Kapitel

Der Uhrmachermeister Johann Christian Altendieck ordnete seine Werkzeuge. Das war eigentlich nicht nötig, denn in seiner Werkstatt hatte noch nie Unordnung geherrscht. Doch die einfachen, aber präzisen Handgriffe taten seinen Fingern gut und lenkten seinen Geist ab.

Trübe fielen die Sonnenstrahlen durch das Fenster auf den Arbeitstisch. War das Licht an einem Sommernachmittag früher auch schon so grau gewesen? Früher ... Johann seufzte.

Früher war es eine Eigenart von seinem Sohn Friedrich gewesen, ständig mit dem Werkzeug zu hantieren, auch wenn es gerade gar nichts zu tun gab. Seine tatendurstigen Hände hatten keine Ruhe vertragen. Friedrich, der schon seit vielen Jahren nicht mehr in dieser Werkstatt gewesen war ... Dennoch musste Johann jeden Tag an ihn denken. Friedrich hatte große Uhrmacher-Pläne gehabt – die niemals verwirklicht worden waren.

Stattdessen bemühte man die Altendieck'sche Werkstatt inzwischen nur noch für unbedeutende Reparaturen, wenn die anderen Uhrmacher von Bremen gerade keine Zeit hatten. Vorbei waren die Tage, da man ihm unverheiratete Töchter angetragen hatte. Und auch für Clara und Gesche interessierte sich kein tüchtiger Standesgenosse, obgleich sie schmucke junge Frauen in einem guten Alter waren. Ein Nachfolger war nicht in Sicht, und so würde die Werkstatt wohl zusammen mit Johann sterben – wenn nicht zuvor. Johann seufzte erneut in sich hinein.

In derselben Nacht, in der Friedrich damals verschwunden war, hatte jemand den jungen Uhrmacher Carl Greven erschlagen. Der Rat hatte natürlich Ermittlungen in dieser Sache angestellt. Johann hatte mit schlechtem Gewissen, aber wahrheitsgemäß beteuert, dass er nichts darüber wusste. Er hatte ja nur schlimme Vermutungen … Schließlich hatte man die Angelegenheit auf sich beruhen lassen, es war eine von vielen Bluttaten, wie sie unter den Zechern in den Gassen bei der Schlachte vorkamen.

Der ehrenwerte Herr Ratsuhrmacher Albert Greven hatte damals vor Wut getobt. Er war fest davon überzeugt, dass Friedrich etwas mit dem gewaltsamen Tod seines Sohnes zu tun hatte – weswegen hätte er sonst aus der Stadt verschwinden sollen? Seither setzte Greven all seinen Einfluss daran, den Stern der Altendiecks noch weiter zum Sinken zu bringen – mit Erfolg.

Johann hängte den Fischbein-Bogen, der seine Drehbank antrieb, an seinen Platz. Es gab nichts mehr zu ordnen.

Seufzend wandte er sich wieder der unangenehmen Aufgabe zu, von der er sich mit der Räumerei ablenken wollte: seinen Zahlen. Die Einnahmen und Ausgaben der Altendieck'schen Werkstatt waren in sorgfältigen Kolonnen in einem großen, leicht vergilbten Buch eingetragen. Die Spalte mit den Einnahmen war im Laufe der Jahre immer leerer geworden, die Spalte mit den Ausgaben noch immer viel zu voll, obwohl sie schon sparten, wo es nur ging.

Johann ging die letzten Eintragungen durch und zählte resigniert die Reihen zusammen. Er wusste nicht, welche konkrete Zahl dabei herauskommen würde. Doch er wusste, worauf es hinauslief: Es würde nicht reichen. Der Sommer ging bald in den Herbst über, und Johann hatte keine Ahnung, wie er im Winter das Haus heizen sollte. Nicht zu reden von den nötigen Vorräten ... Jahr für Jahr stand es schlechter um seine Werkstatt, und nun war ein neuer Tiefpunkt erreicht.

Auf dem Arbeitstisch, neben dem Abrechnungsbuch, lag die Uhr von Kapitän Janssen noch immer halb auseinandergenommen herum. Es wäre nicht weiter schwierig, die Einzelteile zu einem funktionierenden Ganzen zusammenzufügen. Doch Johann konnte sich kaum dazu aufraffen. Die wenigen Münzen, die der Auftrag einbrachte, würden sowieso keinen Unterschied machen, und weitere Arbeit war nicht in Sicht.

Er schob das grausame Buch beiseite und betrachtete nachdenklich sein gutes Handwerkszeug. Vieles davon war noch von seinem Vater Nicolaus und etwas in die Jahre gekommen – aber alles gut gepflegt und voll funktionstüchtig. Was wohl einer der anderen Meister dafür zu zahlen bereit wäre?

In seinem Rücken knarrte die Tür, und jemand kam herein. Gesche, das erkannte Johann schon am forschen Gang. Seine jüngere Tochter war außerdem die Einzige, die sich außer ihm noch zuweilen in der Werkstatt aufhielt, seit Vater bettlägerig in seiner Kammer blieb und Friedrich verschwunden war. Sie murmelte einen Gruß und trat dann zu dem Tischchen, das sie einst zusammen mit ihrem Großvater als Arbeitsplatz mit Skizzen und Büchern eingerichtet hatte. Gesche bestand darauf, dass dies noch immer ihr Platz war.

Am Anfang hatte Johann gar nicht mitbekommen, dass sein Vater dabei war, sie in die Kunst der Uhrmacherei einzuführen – so sehr war er in sein großes Werk vertieft gewesen. Als es ihm dann schließlich klargeworden war, hatte er Vater gewähren lassen. Es machte ohnehin keinen Unterschied, und ein Verbot hätte lediglich bedeutet, sich täglich mit Gesches Dickkopf herumschlagen zu müssen.

«Clara sucht dich», murmelte Johann, ohne sich umzudrehen. «Sie sitzt schon lange am Spinnrad.»

Er mochte sich nicht, wie er das so sagte. Gesches Faszination für die Mechanik erschien ihm als etwas Gutes, Wertvolles. Sie erinnerte ihn an die Durchsetzungskraft ihrer Mutter – und an Agathes Begeisterungsfähigkeit. Doch es war inzwischen keine Zeit mehr für kindliche Grillen, es ging um den schieren Broterwerb. Etwas, das eigentlich Johanns Aufgabe gewesen wäre. Etwas, dem er schon lange nicht mehr gewachsen war.

«Ich gehe gleich zu ihr», erwiderte Gesche geistesabwesend, während sie offenbar in einem von Vaters Büchern blätterte.

«Was tust du denn da?» Jetzt drehte Johann sich doch um.

Gesche schaute aus einem zerlesenen Band von Huygens auf, den sie letztens auf dem Tischchen hatte liegen lassen. «Ich suche alles, was in unseren Büchern über die Zeitmessung auf See zu finden ist», sagte sie etwas zögerlich. In ihrem Blick lag scheue Überraschung. Hatte er sich ihr in letzter Zeit wirklich so selten zugewandt?

«Ein komplexes Thema», entgegnete Johann mit einem schwachen Lächeln. «Warum fragst du nicht einmal deinen Großvater? Er liebt es doch, über solche Dinge zu reden.»

«Das werde ich tun.» Mit dem Buch in der Armbeuge eilte Gesche zur Tür. Nach einigen Schritten wurde sie langsamer und schaute Johann noch einmal an. «Ich habe da nämlich ein neues Werk im Sinn ...», sagte sie vorsichtig.

Johann nickte ernst. «Ich weiß, dass du vieles im Sinn trägst, Gesche», sagte er. «Vergiss nur nicht, dass deine Schwester Hilfe braucht. Sie arbeitet hart.»

Ein Hauch von Enttäuschung flackerte im Blick seiner Tochter auf. «Gewiss nicht.» Dann schlüpfte sie hinaus.

Johann seufzte schwer. Er wandte sich wieder seinem Arbeitstisch zu und starrte auf die halb zerlegte Uhr, deren Einzelteile ein stummer Vorwurf waren. Verstohlen schielte er nach jener Schublade, in der er noch immer törichterweise die Briefe von Agathe aufbewahrte. Seine Finger bewegten sich fast von selbst, zogen die Lade auf, nahmen den ersten Brief zur Hand. Der Anblick von Agathes feiner, klarer Handschrift versetzte ihm einmal mehr einen Stich.

... sehne ich die Töne jener Menuette herbei, die Deine Kunstfertigkeit aus kaltem Metall erklingen lässt ...

Damals war er ein anderer Mann gewesen. Ein anderer Uhrmacher. Heute hingegen ... Er setzte dazu an, zum nächsten Brief zu greifen. Dann hielt er plötzlich inne. Ärgerlich stopfte er die Papiere in die Schublade zurück. So durfte es nicht weitergehen!

Clara spann Wolle. Gesche ging ihren eigentümlichen Studien nach, wenn sie sich nicht gerade irgendwo herumtrieb. Lisa mühte sich damit ab, den Haushalt mit dem Kärglichen zu bekochen, was noch verfügbar war. Und er hockte hier und träumte davon, seine Lebensuhr zurückzudrehen ...

Doch das würde nicht geschehen. Die Zeit schritt unerbittlich voran, einem Winter zu, der Kälte und Hunger ins Altendieck'sche Haus bringen würde. Seine Töchter kämpften tapfer dagegen an – tapfer und vergeblich. Es war seine Pflicht, endlich etwas zu unternehmen!

Ruckartig schob Johann den Stuhl weg und stand auf. Er würde nie wieder der angesehene Uhrmachermeister sein, der er einmal war. Aber er musste sich zumindest darum kümmern, dass Clara und Gesche gut versorgt waren! Seufzend verließ er die Werkstatt.

⚙︎

«Ein Seechronometer?» Großvater Augen blitzten ungewöhnlich wach, als er das Wort aussprach.

«Ja.» Gesche musterte ihn gespannt. «Was weißt du darüber?»

«Einiges. Ich kenne die Ausschreibung der Briten, sie läuft schon seit Jahrzehnten. Seit anno 1714, wenn ich mich nicht irre. Es geht allerdings nicht unbedingt um eine Uhr. Ihnen wäre jede Methode recht, ihr Problem zu lösen. Man hat auch schon diverse Vorschläge dafür entwickelt. Aber eben noch keinen überzeugenden.»

Gesche musste an den Hund und das Wunderpulver denken, erwähnte Fokkes alberne Geschichte aber nicht. Sie hoffte darauf, dass Großvater das Thema mit ein wenig mehr Gelehrsamkeit angehen würde – nicht mit seltsamen Gerüchten.

«Was hat es denn genau mit dieser Ausschreibung auf sich?», fragte sie, um möglichst am Anfang anzufangen.

Großvater holte tief Luft. «Wie du ja gewiss schon gelesen hast, wird die Position eines Schiffes auf See durch die Längen- und Breitengrade bestimmt», erklärte er. «Die Breitengrade verlaufen parallel zueinander von einem Pol zum anderen – die Kreise an den Polen sind kleiner, die am Äquator entsprechend weiter. Aber ihr Abstand zueinander ist immer gleich. Man kann den Breitengrad leicht anhand der Gestirne bestimmen und weiß dann, wo man sich in Nord-Süd-Richtung befindet. Das bereitet den Seeleuten keine Probleme.»

«Im Gegensatz zu den Längengraden», sagte Gesche.

«Genau. Sie verlaufen nicht parallel. Nahe den Polen ist ihr Abstand zueinander gering, zum Äquator hin wird er entsprechend größer. Ein Grad geographischer Länge entspricht demnach nicht überall gleich vielen Meilen. Um den Längengrad, also deine Position in Ost-West-Richtung, bestimmen zu können, musst du zum einen wissen, wie spät es gerade an Bord ist. Das können Seeleute leicht herausfinden, etwa durch den Sonnenstand. Zum anderen musst du die genaue Uhrzeit im Heimathafen kennen – oder an einem anderen definierten Ort. Wenn du weißt, dass du zum Beispiel drei Stunden Zeitabweichung zur Heimat hast, kannst du dann die Zeit in die geographische Entfernung umrechnen.»

«Ein Seechronometer ist demnach eine Uhr, die mir anzeigt, wie spät es im Heimathafen ist?», fragte Gesche.

«So ähnlich», erwiderte Großvater. «Bei der Abreise stellst du die Uhr auf die Zeit eines Ortes als Nullpunkt ein, dessen Längengrad dir exakt bekannt sein muss. Die Briten wählen Londoner Zeit und setzen den nullten Meridian beim Observatorium von Greenwich an. Viele Seekarten verorten den Null-Meridian auch bei Ferro, der westlichsten Kanareninsel. Und die Franzosen natürlich mitten in Paris. Das bleibt sich gleich, solange du nur einen festen Bezugspunkt hast. Unterwegs ermittelst du dann die aktuelle Ortszeit des Schiffes und setzt sie mit der Londoner Zeit in Beziehung, die deine exakte Schiffsuhr anzeigt. Und aus dem Abstand kannst du dann errechnen, wie weit westlich oder östlich von London sich dein Schiff gerade befindet, also auf welchem Längengrad.»

«Verstehe», murmelte Gesche halb verwirrt und halb fasziniert. «Eine simple Uhr genügt demnach als Navigationsinstrument.»

«Im Prinzip ja. Aber eben eine Uhr, die allen Widernissen und Unbequemlichkeiten einer langen Seereise trotzen muss – dem Schlingern des Schiffes, tropischen Stürmen, der Feuchtigkeit, dem Salz, der Kälte. Ohne dabei an Genauigkeit einzubüßen! Danach suchen die Briten noch immer. Und verlieren unterdessen Jahr für Jahr Schiffe, die durch fehlerhafte Navigation auf See verschwinden.»

«Aber es wurden schon Lösungen vorgeschlagen, sagst du?»

«Ja, min Deern. An diesem Problem wird seit Hunderten von Jahren gearbeitet. Der große Italiener Galilei wollte zum Beispiel das Längengrad-Problem durch die Beobachtung der Monde lösen, die den Planeten Jupiter umkreisen. Er hatte entdeckt, dass sie in regelmäßigen Zeitabständen vom Schatten des Jupiters verdunkelt werden, und das auch noch sehr häufig im Jahr. Also legte er Tabellen an, aus denen man den Turnus dieser Verdunkelungen ablesen konnte.»

«Es scheiterte daran, dass der Jupiter mit seinen Monden nicht so einfach zu beobachten ist?», mutmaßte Gesche.

«Gewiss. Galilei hat sogar eine Art Helm konstruiert, der es dem Träger erleichtern soll, ihn anzupeilen. Man verwendet das Verfahren noch heute zur Landvermessung. Aber auf einem schwankenden Schiff ist das mehr als herausfordernd.»

«Eine Uhr abzulesen ist nicht schwierig», sagte Gesche. «Wenn sie denn funktioniert.»

«Darum glaube ich auch, dass eine gut gefertigte, robuste Mechanik die Lösung des Längengrad-Problems ist», sagte Großvater, «und nicht irgendeine hochdiffizile Himmelsbeobachtung. Das sehen viele gelehrte Herren allerdings anders und versuchen weiterhin, den Längengrad über den Winkelabstand des Mondes zu gewissen Fixsternen und ähnliche Kompliziertheiten zu errechnen.»

«Danke. Das hat mir sehr weitergeholfen.»

«Hast du konkrete Pläne?», fragte Großvater neugierig.

«Ich denke, ich werde ein Seechronometer konstruieren», erwiderte Gesche halb verlegen und halb trotzig.

«Das wird gewiss eine reizvolle Übung.»

«Ich habe nicht vor, nur zu üben», erklärte Gesche bestimmt. «Ich werde ein Chronometer bauen. Ein besseres als alle anderen! Wollen doch mal sehen, ob dieses kleine Seefahrtsproblem noch lange besteht ...»

«Daran haben sich schon viele kluge Köpfe vor dir versucht», stellte Großvater bedächtig fest.

«Ich will keine neue Methode erfinden, sondern eine Uhr konstruieren, die den Ansprüchen auf See genügt.» Gesche verschränkte die Arme. «Immerhin bin ich die Tochter von Johann Christian Altendieck, der die große Uhr im Bremer Rathaus gebaut hat.»

«Und die Tochter von Magdalena Altendieck, die stets alles vollbracht hat, was sie sich in den Kopf gesetzt hat», ergänzte Großvater mit der Andeutung eines Schmunzelns.

«Und nicht zuletzt die Enkelin von Nicolaus Christoph Altendieck», schloss Gesche ernst, «der mir alles beigebracht hat, was er weiß.»

«Dann solltest du es wohl versuchen.»

«Man müsste nur wissen, wie sich die Uhrwerke auf See verhalten, wodurch genau sie unzuverlässig werden ...», überlegte Gesche.

«Ich habe mir im Laufe der Jahre den einen oder anderen Gedanken dazu gemacht», sagte Großvater, dessen Lächeln breiter wurde. «Hast du Interesse, einem alten Mann noch ein wenig länger zuzuhören?»

«Unbedingt!»

Drittes Kapitel

Die nächsten Wochen waren fordernd für Gesche. Clara hatte ein strenges Auge darauf, dass sie ihren Teil zum Broterwerb am Spinnrad beitrug, und Gesche gab sich alle Mühe, ihre eisern schuftende Schwester nicht zu enttäuschen. Für Ausflüge zur Schlachte, um nach Friedrich zu fragen, blieb keine Zeit.

Stattdessen schlich sie sich bei jeder Gelegenheit hinauf zu Großvater, um mit ihm über ihr Seechronometer zu *phantasieren* – so nannte er es jedenfalls zunächst. Als jedoch immer detailliertere Skizzen in Gesches Notizbuch entstanden, durchgestrichen wurden und durch noch feinere Darstellungen ersetzt wurden, nahm er das Wort nicht mehr in den Mund und sprach zu Gesches Befriedigung nur noch von *planen*. Solide Planung war allerdings auch bitter nötig! Denn obgleich sich Gesche hervorragend auf die Kunst ihrer Familie verstand, war die Sache anspruchsvoller als alles, woran sie sich zuvor versucht hatte.

Eines Nachmittags erzählte Großvater Gesche die erstaunliche Geschichte des Engländers John Harrison. Dieser war im Jahre 1693 als der fünfte Sohn eines einfachen Tischlers in der Grafschaft Yorkshire geboren worden, fernab von London und der Welt der Gelehrten und Mechaniker. Er erlernte das Handwerk seines Vaters und war dafür prädestiniert, ein einfaches, wenig bemerkenswertes Leben zu führen, einer unter vielen, die keine nennenswerten Spuren im Fluss der Zeit hinterlassen würden.

Doch der junge John war ehrgeizig und wissbegierig. Er lieh sich ein naturphilosophisches Lehrbuch vom Pfarrer aus und fertigte eine Abschrift an, studierte die Schriften des großen Sir Isaac Newton, lernte Gambe zu spielen, dirigierte den örtlichen Kirchenchor. Und er wurde Uhrmacher. Einfach so. Ohne einen Meister und ohne eine Werkstatt, in der er ausgebildet wurde. Er brachte sich die Kunst selbst bei, getrieben von seinem Wissensdurst.

«Das geht?», fragte Gesche ungläubig, als Großvater an diesen Punkt der Erzählung angelangt war.

«Offensichtlich, min Deern. John Harrison hat es jedenfalls gemacht.»

«Aber wie konnte er ohne Werkstatt überhaupt Uhren bauen?»

«Mit dem, was er als Tischler zu bearbeiten gelernt hatte: aus Holz.»

Als Gesches Augen sich zweifelnd weiteten, berichtete Großvater von Harrisons «getischlerter» Uhr, gefertigt aus Eichenholzrädern und Buchsbaumzapfen; lediglich die Verbindungsteile waren aus Metall. Die Räder waren so geschnitten, dass die Holzmaserung ihre Stabilität verstärkte. Das Werk musste zudem nicht mit Öl geschmiert werden, da Harrison für einige Bauteile Hölzer gewählt hatte, die von selbst Fett absonderten.

«Ein findiger Kopf arbeitet mit dem, was er hat», sagte Großvater. «Und nicht mit dem, was er sich wünscht.»

Gesche nickte enthusiastisch und nahm sich umso fester vor, ihr Seechronometer zu bauen – und wenn sie es aus den Einzelteilen des verhassten Spinnrads zusammenzimmern musste! «Was genau hat John Harrison mit den Längengraden zu tun?», fragte sie.

«Nun, er machte sich im Lauf der Jahre einen Namen als Uhrmacher – und das nicht nur mit Holzteilen. Von ihm stammt etwa die bekannte Grashopper-Hemmung.» Gesche nickte. Großvater hatte ihr die Konstruktion bereits erklärt. «Natürlich blieb es nicht aus, dass ein Tüftler wie er sich auch mit dem Längengrad-Problem befasste. Er reichte im Lauf der Jahre mehrere verschiedene Konstruktionen für Schiffsuhren von größter Genauigkeit beim *Board of Longitude* ein, wie die Briten ihre Kommission zur Lösung des Längengrad-Problems nennen. Eine von ihnen wich während der gesamten Überfahrt von England nach Jamaica nur fünf Sekunden von der eingestellten Londoner Ortszeit ab! Trotzdem verweigert man ihm immer noch die Anerkennung. Jedenfalls, soweit ich weiß.»

«Aber warum?»

«Vermutlich, weil die hochgelehrten Herren in der Kommission es nicht verknusen können, dass der Sohn eines Tischlers aus Yorkshire ein Problem gelöst haben soll, an dem jeder andere gescheitert ist. Sie halten daran fest, dass irgendein großer Geist für das Problem eine brillante astronomische Lösung finden wird. Eine simple, gut gebaute Uhr ist ihnen wohl zu popelig.» Großvater schnaubte.

«Aber ... hat dann John Harrison das Problem nicht bereits gelöst?», fragte Gesche vorsichtig. «Braucht es überhaupt noch eine Uhr?»

«Er hat das Problem prinzipiell gelöst», erwiderte Großvater. «Doch wenn es schon eine Uhr sein muss, dann bitte schön eine solche, die die Briten auf all ihren Schiffen einsetzen können, von Kalkutta bis Boston. Harrisons Uhren sind hochkomplexe, kostbare Einzelstücke und zu diffizil, um sie zu vertretbaren Kosten in Massen zu produzieren. Es braucht eine einfachere, robuste Konstruktion, die diesen Anspruch erfüllt. Da müsste man ansetzen, wenn man zu dem Problem etwas Neues beitragen will.»

«Weißt du etwas darüber, wie Harrison bei seinen Konstruktionen gearbeitet hat?»

«Ein wenig», schmunzelte Großvater. Und er begann zu erzählen.

Das Gespräch zog sich über die nächsten Tage hin, immer wieder unterbrochen von den freudlosen Stunden am Spinnrad. Gesche erfuhr davon, dass die Temperaturschwankungen auf See den gleichmäßigen Gang eines Pendels behindern konnten, dessen Metall sich in Hitze und Kälte ausdehnte und zusammenzog. Harrison jedoch hatte ein temperaturunabhängiges Pendel entwickelt, indem er Stäbe aus Stahl und Messing für die Konstruktion verwendete, die über unterschiedliche Wärmeausdehnungen verfügten: Bimetall. Später war er ganz von einer Pendel-Lösung abgekommen und hatte es stattdessen mit Konstruktionen versucht, die eher übergroßen Taschenuhren ähnelten.

Gesche saugte alles in sich auf, was sie über den großen Engländer und seine nicht minder großen Entwürfe erfahren konnte. Hinter ihrer Stirn vermischte sich das alles mit dem, was Großvater ihr beigebracht hatte. Mit dem Wissen aus seinen Büchern und mit ihren eigenen Ideen, die zwischen den Erfindungen der Vergangenheit heranwuchsen wie zarte Blumen in uraltem Gemäuer.

Schon bald wurden ihre Skizzen konkreter und präziser. Sie wurden mit immer mehr Einzelheiten versehen, detailliert und kunstfertig gezeichnet – und gnadenlos wieder verworfen.

Verbissen produzierte Gesche einen Entwurf nach dem anderen. Den ganzen Spätsommer und Herbst über reduzierte sie so Vaters alte Papiervorräte, immer wieder unterbrochen von ihren ebenso ärgerlichen wie lebensnotwendigen Pflichten im Haus.

Es war auch in diesen Monaten, dass Gesche das erste Mal wirklichen Hunger kennenlernte. Vaters Einkünfte aus den gelegentlichen Reparaturen hatten nicht ausgereicht, um ihre Speisekammer angemessen zu füllen, und die Spinn-Aufträge, die Clara ins Haus geholt hatte, brachten nur wenige spärliche Münzen ein. Oft standen alle hungrig vom Küchentisch auf, vor allem die beiden Schwestern, die sich heimlich darauf geeinigt hatten, stets etwas von ihrem Anteil Großvaters Portion zuzuschlagen.

Umso verbissener stürzte sich Gesche auf ihre Entwürfe, wann immer ihr dafür Zeit blieb. Es wurde zusehends seltener, dass sie eine mühsam erstellte Skizze mit einem grimmig dahingeworfenen Strich quer über das Blatt vernichtete.

Als sich langsam erste Eisblumen an den Fenstern zeigten, machte sich Gesche daran, ihre Ideen in Vaters Werkstatt umzusetzen. Leider hatte er seinen Vorrat an Materialien lange nicht mehr aufgestockt, und was sie hier an alten, gebrauchten Kleinteilen vorfand, war nicht annähernd geeignet für das Präzisionswerk, das ihr vorschwebte. Doch man musste mit dem arbeiten, was man hatte! Und das tat Gesche. Sie teilte ihre Stunden zwischen dem Spinnrad, dem Skizzenbuch und der Werkstatt auf, während die Schlafkammer, die sie mit Clara teilte, sie immer seltener sah.

Es war an einem klirrend kalten Wintermorgen, dass Vater sie beide zu sich rief. Und zwar nicht in die Werkstatt, sondern nach nebenan. In die gute Stube, die sie in den letzten Jahren kaum genutzt hatten. Gesche und Clara schauten sich an. Sie wussten beide, dass das etwas zu bedeuten haben musste. Und so, wie der Winter bislang verlaufen war, wahrscheinlich nichts Gutes ...

Vater saß am Ofen mit den niederländischen Kacheln. Sie zeigten kleine Schiffe auf See, schmucke Windmühlen und Bauern bei der Arbeit, säuberlich in Blau auf Weiß gemalt. Der Ofen war nicht befeuert, denn sie hatten kaum Brennstoff im Haus, verbreitete aber dennoch eine gewisse Gemütlichkeit. Damit war er in der Stube inzwischen allein – die dekorativen Zinnkrüge auf dem Bord hatten sie verkauft, ebenso wie die silbernen Kerzenleuchter.

Auch Vater strahlte nicht gerade zufriedenen Wohlstand aus. Sein Haar war ergraut, seine Wangen wirkten eingefallen, und der Rock hing zu locker um seine Schultern.

Als Gesche und Clara ihm gegenüber am Tisch Platz nahmen, lächelte er ihnen müde zu. Gesche bemühte sich, die kleine Geste zu erwidern.

«Clara», sagte Vater leise. «Gesche. Wo sind die beiden Mädchen geblieben, die sich durch das Haus gejagt haben? Ich habe das Gefühl, ich habe mich einmal umgedreht – und ihr seid zu jungen Frauen geworden.»

Gesche seufzte. Sie wusste, dass das nicht stimmte. Vater hatte sich keineswegs nur für einen Moment umgedreht. Er hatte sich jahrelang in seiner Werkstatt versteckt.

«Glaubt nicht, dass ich nicht mitbekäme, wie es um uns steht», fuhr Vater fort. «Ich weiß wohl, wie ihr euch mit dem Spinnen abmüht, die Finger klamm vor Kälte. Und wie ihr euch selbst weniger Suppe nehmt, damit euer Großvater genug hat ... Das sollte so nicht sein. Und Gott ist mein Zeuge, dass ich mich dafür schäme, wie ihr in meinem Hause heranwachsen müsst.»

«Wir kommen zurecht», sagte Clara sanft. «Wir werden die Widrigkeiten gemeinsam durchstehen. Irgendwie.»

Wieder rang sich Vater ein Lächeln ab. «Das ist lieb von dir, Clara», sagte er. «Aber nun wird sich bald alles ändern. Ihr werdet nicht mehr hungern und frieren müssen.»

«Hast du einen größeren Auftrag bekommen?», fragte Gesche hoffnungsvoll.

Vater schüttelte knapp den Kopf. «Der alte Greven weiß das zu verhindern. Ich habe mich in den letzten Wochen in der Stadt umgehört. Unser Ruf mag nicht mehr der beste sein, aber ich war doch erfolgreich.» Er schwieg kurz. «Der Kaufmann Egbert Gödeken ist bereit, es mit euch zu versuchen», sagte er dann.

«Wie bitte?», fragte Gesche verständnislos. «Was versuchen?»

«Er wird euch in sein Haus aufnehmen», erklärte Vater. Seine Stimme zitterte ein wenig, obwohl er sich hörbar bemühte, klar und fest zu sprechen. «Euch beide. Ihr könnt also zusammenbleiben. Gödekens Handel läuft gut, sein Haushalt ist reich. Er kann zwei tüchtige Dienstmägde gut gebrauchen. Es wird gewiss nicht wenig Arbeit geben, allerdings werdet ihr bei Gödekens ganz bestimmt nicht hungern.»

«Nein!», entfuhr es Gesche, ehe sie darüber nachdenken konnte. Dienstmägde wurden die Mädchen, die als Töchter von Seeleuten und Fischern auf den Gassen des Schnoor-Viertels aufwuchsen. Manchmal gingen auch Mädchen aus den umliegenden Dörfern bei einer Familie in Stellung oder die viertgeborenen Kinder kleiner Handwerker. Aber doch nicht sie, Gesche und Clara Altendieck! Was sollte dann aus Großvater werden? Sie gehörten hierher, in dieses Haus, zu Hora, die gemütlich auf der Diele tickte …

«Nein?», wiederholte Vater. Es klang eher matt als streng. «Ich fürchte, das ist nicht an euch zu entscheiden. Ich kann euch nicht mehr so ernähren, wie ich es sollte. Und nun müsst ihr auch noch frieren. Es wäre eine Sünde, euch unter diesen Bedingungen hierzubehalten, damit ihr zusammen mit meinem Haus vor euch hin schimmelt. Bei Gödekens werdet ihr es besser haben. Das ist alles, was ich euch noch bieten kann.»

«Ich kann hier nicht weg!», rief Gesche verzweifelt. «Großvater ...»

«Lisa wird ein Auge auf ihn haben. Und Gödeken wohnt bei der Martini-Kirche, das ist ja kein Weg.»

«Aber mein Seechronometer ...»

«Gesche!», rief Clara plötzlich streng. «Ich weiß, wie sehr du deine Basteleien liebst. Aber merkst du nicht, was Vater bei der ganzen Sache durchmacht? Er hat recht. Wir müssen uns darum kümmern, unseren Unterhalt zu verdienen.» Sie straffte sich und reckte das Kinn vor. Ihre Hände aber zitterten. «Wann ist der Herr Gödeken bereit, uns in seinen Haushalt aufzunehmen?»

«Schon kommende Woche», erwiderte Vater leise. «Ich habe ihm bereits zugesagt.»

«Das ist gut», sagte Clara. «Wir werden dir dort keine Schande machen, Vater. Komm, Gesche. Wir haben noch zu tun.»

Gesche ließ sich starr vor Schock von ihrer Schwester mitziehen. Mit ausdruckslosem Gesicht blickte ihr Vater ihnen nach.

Erst auf der Diele kam Gesche wieder zu sich. Sie machte sich grob von ihrer Schwester los. «Clara! Wie konntest du so etwas sagen? Ich ...»

Sie verstummte, als sie die Tränen bemerkte, die über Claras Wangen liefen.

«Meinst du, ich will hier weg?», flüsterte ihre Schwester leise. Sie schaute hinauf zum Ziffernblatt der Standuhr. «Ich bin auch hier zu Hause. Bei Großvater. Bei Hora. Aber es geht eben nicht anders. Der Winter hat noch gar nicht richtig angefangen, und es fehlt schon an allen Ecken und Enden. Wir schaffen es nicht mehr allein ...»

Man muss mit dem arbeiten, was man hat – und nicht mit dem, was man sich wünscht. Doch wenn das Verfügbare so dürftig war, bekamen Großvaters Worte plötzlich einen bitteren Beigeschmack.

«Du hast recht», sagte Gesche beklommen. «Wir schaffen das nicht allein. Aber wir stehen es zusammen durch!»

Schweigend gingen die beiden Altendieck-Schwestern zum Spinnen – noch unter ihrem eigenen Dach. Gesche trieb das Rad verbissen an, während sie ihren Gedanken nachhing. Dann würde sie eben Dienstmagd im Haushalt irgendeines Kaufmannes werden, der nicht wusste, wohin mit seinem Geld! Aber das würde nicht das Ende sein. Irgendwie würde sie ihren Weg gehen – so, wie es John Harrison als Tischlergeselle aus Yorkshire geschafft hatte.

Viertes Kapitel

Das Haus des Kaufmanns Egbert Gödeken lag im Martini-Kirchspiel, unweit der Schlachtpforten. Es war ungleich prachtvoller als das Haus der Familie Altendieck, mit einem hoch aufragenden Giebel, den verspielte Schneckenmuster wie die Lockenperücke eines Gecken zierten. Gleich darunter war eine Luke mit einer Seilwinde angebracht, welche Waren auf die Speicherböden hinaufziehen konnte, die die oberen Stockwerke des Hauses bildeten. Gödeken selbst lebte mit seiner Familie im ersten Stock, wo die Fassade das Bild eines stolzen Handelsseglers zierte. Im Erdgeschoss lagen vorne die repräsentativen Konторräume, von denen aus der Kaufmann seinen Handel betrieb – und hinten die weitaus weniger repräsentative Küche.

Diese war das neue Reich von Gesche und Clara, seit sie eines grauen Morgens Teil des Gödeken'schen Haushalts geworden waren. Swantje, die handfeste Köchin, hatte die Schwestern in Empfang genommen und schon am ersten Tag zwischen Töpfen, Pfannen und Pökelfass voll eingespannt. Sie war unerbittlich, wenn es um die reibungslosen Abläufe in ihrer Küche ging, erwies sich jedoch als umgänglich, solange sie nur über das Tun und Lassen der Leute in der Nachbarschaft schwatzen konnte.

Clara hatte schon bald heraus, dass man die gestrenge Herrin des Herdes durch neugierige Nachfragen gnädig stimmen konnte. Gesche hingegen ließ sich nicht gerne auf dieses Spiel ein, bohrte die olle Swantje doch nur zu gerne nach Details zum *Unglück der Altendiecks*, wie sie den verfluchten Vorfall im Rathaus mit seinem langen Nachspiel nannte, als wäre es der Titel irgendeines Schauerstücks.

Gesche hielt sich lieber an den alten Hausknecht Gert. Er war ein grimmiger, fast schon unheimlicher Mann mit nur einem Auge im schiefen Gesicht, das zudem noch beständig vom Rauch seiner Tabakspfeife umnebelt war. Er hatte im Krieg gedient und dabei so Schreckliches gesehen, dass ihm das Auge schier herausgefallen war – zumindest laut Swantje, die ihnen das gleich am ersten Abend anvertraut hatte. Gesche zog es dennoch vor, mit Gert zu arbeiten; er beschränkte sich darauf, kurze Anweisungen zu knurren, und redete keinen Unsinn. Eigentlich redete er überhaupt nicht viel.

Seine Schweigsamkeit tat Gesche gut, denn so konnte sie sich bei den diversen Hausarbeiten zumindest gedanklich mit ihrem Chronometer beschäftigen. Abends war sie meist zu erschöpft dafür, wenn sie endlich in die kleine Kammer stolperte, die man Clara und ihr als Schlafplatz zugewiesen hatte.

«Hier können wir es uns doch gemütlich machen», hatte Clara bei ihrer Ankunft gesagt und einen hübschen Kerzenleuchter aus Messing auf die Kleidertruhe gestellt, den sie von zu Hause mitgebracht hatte – ein Teil von Mutters alter Aussteuer, den zu verkaufen sie nicht über sich gebracht hatten.

«Ich will es mir aber nicht gemütlich machen», hatte Gesche trotzig geantwortet. «Ich bin hier nicht zu Hause, und ich werde hier auch ganz bestimmt nicht als Dienstmagd alt und grau werden.»

So hatte sie es seither gehalten: Sie tat alles, was man ihr auftrug, und war so höflich und freundlich, wie man es eben zu

Fremden war. Doch die Schürze, die sie jetzt trug, konnte sie nicht wirklich zu einer Dienstmagd machen. Sie gehörte nicht hierher.

Bei den Gödekens war alles anders als daheim. Die Wohnräume waren mit edlen Möbelstücken eingerichtet: Es gab mit Intarsien geschmückte Kommoden und Kastenschränke, feine Porzellanteller, die zur Zierde auf Wandborden standen, und sogar ein flämisches Cembalo, auf dessen Innendeckel tanzende Musen gemalt waren. An den tapezierten Wänden standen Polsterstühle bereit, die man nach Bedarf zu Sitzgruppen zusammenstellen konnte. Und auf einer Anrichte im Speisezimmer thronte das detailverliebte Modell einer Fleute unter vollen Segeln, Symbol für den Handel, der auf den Wellen der Nordsee regelmäßig neuen Reichtum ins Haus spülte.

Zwei Uhren gab es hier, die Gesche gleich am ersten Tag kritisch musterte. Unten im Kontor hing eine Wanduhr mit glänzend poliertem Ziffernblatt und der Signatur «Greven à Bremen», die Gesche zusammenzucken ließ. Die mächtige Standuhr in der guten Stube der Familie hingegen war ein vornehmes Modell aus England, glatt und unnahbar. Gesche vermisste Hora.

Die Familie Gödeken selbst sahen Clara und Gesche vor allem bei den gemeinsamen Mahlzeiten, die alle Mitglieder des Haushalts im Speisezimmer einnahmen: der Kaufmann Gödeken mit Frau und Kindern ebenso wie das Hausgesinde und auch die Handelsgehilfen aus dem Kontor. Wer unter einem Dach lebte, bildete eine Haus- und Tischgemeinschaft, bei der alle vom gleichen Wurzelgemüse aßen, das Swantje gerne und reichlich auftrug – wenn auch die Silbergefäße mit dem Salz und dem Pfeffer auf der Tischseite der Herrschaften standen.

Der Kaufmann Egbert Gödeken war ein stiller Mann mit

einer Vorliebe für elegante, tiefblaue Justaucorps-Röcke. Er war wenige Jahre älter als Vater, aber noch nicht so ergraut wie er. Gödeken hatte «die jungen Damen Altendieck» etwas zerstreut in seinem Hause willkommen geheißen und sich seither nicht mehr um sie gekümmert.

Frau Margriet Gödeken hingegen, die gebürtige Tochter eines Handelsherrn aus Antwerpen, die das Cembalo zu spielen verstand, beachtete die Schwestern sehr viel mehr. Und meist waren es missbilligende Blicke, die sie ihnen über ihre spitze Nase hinweg zuwarf, wenn sie wieder einmal Geschirr und Speisen nicht vornehm genug aufgetragen hatten.

Schon bald fragte sich Gesche, ob sie wohl Lisa immer genug beachtet hatte. Gödekens zehnjähriger Sohn Herman behandelte Clara und Gesche jedenfalls so gleichgültig, wie man vielleicht ein neues Möbelstück betrachtete, das einen nicht besonders interessierte. Dafür lief die kleine, lockenköpfige Annegret Gödeken Gesche gerne durch das Haus nach, wenn sie zu tun hatte, und stellte alle möglichen Fragen.

«Warum bist du jetzt hier? Hattest du zu Hause auch ein Bett? Hast du schonmal Schmalzkuchen gegessen?»

Zunächst fand Gesche das ziemlich lästig. Dann aber kamen Fragen wie «Warum fällt mein Ball eigentlich immer nach unten?» und «Woher weiß die Uhr, welche Stunde sie schlagen muss?» Gesche gewann Freude daran, der kleinen Annegret dieses und jenes zu erklären, wie es einst Großvater für sie getan hatte – und ihr großer Bruder Friedrich, nach dem sie inzwischen schon länger nicht mehr geforscht hatte.

Klein Georg, das jüngste von Gödekens Kindern, lag noch in seiner reichbeschnitzten Wiege. Und Caroline, seine älteste Tochter, war schon außer Haus mit einem Kaufmannssohn verheiratet. Einmal die Woche kam sie mit ihrem Mann zu einem Familienessen. Dann musste es stets eine festgelegte Speisenfolge geben, auf die Frau Margriet Gödeken größten Wert legte. Swantje zeigte den Altendieck-Schwestern bei einer dieser Gelegenheiten, wie man «Mäuse» backte: Getrocknete Zwetschgen wurden weich gekocht und ihres Kerns beraubt, den man durch eine süße Mandel ersetzte. Dann wurden sie in dicken Eierkuchenteig gehüllt und in reichlich Butter ausgebraten. Offenbar eine Leckerei, die Caroline besonders schätzte. Mit Wehmut dachte Gesche an die gefüllten Krullkuchen, die Lisa einst an Feiertagen für Clara und sie gebacken hatte.

Diese kleinen, fremden Rituale waren es, die ihr am deutlichsten zeigten, was das hier nicht war: ihr Zuhause.

Dennoch durchschaute sie rasch die Mechanismen, die den Gödeken'schen Haushalt am Laufen hielten, und nahm ihren Platz als Rad in seinem Werk ein. Und funktionierte.

Mal ging sie Swantje in der Küche zur Hand, mal hängte sie auf dem Hinterhof Wäsche auf. Und immer wieder schickte sie der Hausknecht Gert mit einer großen Zinnkanne zum Ratskeller, um guten Rheinwein für den Herrn Gödeken zu besorgen.

Viele Hausangestellte der Kaufleute und Ratsherren von Bremen kamen regelmäßig hierher und holten beim Kellermeister den Anteil ihrer Herrschaften von den flüssigen Schätzen ab, die in den Gewölben unter der Stadt lagerten. Jeder der hohen Herren hatte sein eigenes Kerbholz, in das der Schankknecht eine weitere Kerbe schnitzte, wenn wieder etwas bestellt wurde. Diese Art, für später anschreiben zu lassen, galt als vornehm und standesgemäß, bewies man damit doch, einen guten Namen zu tragen, in den Vertrauen gesetzt wurde.

Gesche musste ziemlich oft mit der Zinnkanne in den Ratskeller hinabsteigen. Der Kaufmann Gödeken hatte eine Vorliebe für guten Wein und andere Köstlichkeiten, was man seiner hageren Gestalt freilich kaum ansah. Oft ließ er sich abends noch eine große Schüssel Austern an den Tisch bringen. Da solche luxuriösen Völlereien unter den ehrbaren Bürgern von Bremen als verpönt, wenn nicht gar als verdächtig galten, musste Gesche hinterher immer noch einmal aus dem Haus – um die Schalen der Austern im Schutz der Dunkelheit in der Weser zu entsorgen.

So ging der Winter ins Frühjahr über, und die beiden Schwestern arbeiteten weiter im Haus der Gödekens, während die Weser Fluten von Schmelzwasser der Nordsee entgegentrug. Sie taten auch weiterhin Tag für Tag wie fügsame Automaten ihren Dienst, als aus dem Frühling schließlich der Sommer wurde. Gelegentlich, wenn sie Ausgang hatten, besuchten sie Vater und Großvater. Doch das waren seltene, kostbare Gelegenheiten. Gesche kam kaum noch dazu, mit Großvater über ihre Entwürfe zu sprechen. Und auch in ihrem Skizzenbuch tat sich frustrierend wenig, denn ihre Pflichten ließen es viel zu selten zu, dass sie über Räder und Kräfte nachdachte, geschweige denn etwas Brauchbares zu Papier brachte, woraus vielleicht einmal ein Seechronometer erwachsen mochte.

Es war im Spätsommer, ein Dreivierteljahr nach Claras und Gesches Einstand, als Swantje verkündete, dass die Herrschaften ein Gastmahl für einige befreundete Kaufmannsfamilien und reisende Handelsleute als Ehrengäste zu geben gedachten. Damit begannen besonders arbeitsreiche Tage, denn in der Küche wollten Aalsuppe und Hechtpasteten zubereitet werden, gebratene Lerchen und Bruststücke vom Ochsen, dazu Mandelmus und Zimt-Würmer mit Rosenwasser.

Am Nachmittag kurz vor dem Gastmahl mussten die Dienstmägde die Tafel feierlich eindecken. Gesche kam dabei unter anderem die Aufgabe zu, vier Tafelaufsätze aus feinem Porzellan auf dem Tisch zu platzieren. Sie zeigten die Kontinente als Frauengestalten: Asien, Afrika und Amerika im exotischen Gewande und Europa als gütige, aber strenge Königin, die mit ihrem Zepter huldvoll über ihre Geschicke wachte. Schließlich trugen Handelswaren aus den fremdländischen Kolonien entscheidend zum Reichtum der Gödekens bei. In der Folge hatte Gesche alle Hände voll zu tun, die neugierige Annegret von den bunt bemalten, aber zerbrechlichen Figuren fernzuhalten, während sie gleichzeitig das Silberbesteck unter dem tadelnden Blick der Hausherrin auflegte.

Als sie schließlich am Abend zusammen mit Clara bei Tisch servierte, war sie bereits rechtschaffen müde, obwohl das Gastmahl kaum begonnen hatte. Allerlei Handelsherren waren mit ihren Gemahlinnen erschienen, auch Reisende aus England, Schweden und den Niederlanden.

Es war eigentümlich für Gesche, ihre Gespräche kreuz und quer über den Tisch mitzubekommen, die vom Wein immer lebhafter wurden, während sie selbst kein Teil davon war. Mit ihrem schlichten Dienstmädchen-Kleid und der Schürze schien sie eher zur Ausstattung des Raumes zu gehören, wie die Kerzenleuchter und die Anrichte. Sie tat ihren Dienst und erfüllte ihren Zweck, gleich dem Salzfässchen und den Servierplatten, wurde aber ansonsten weniger beachtet als die Porzellan-Damen auf dem Tisch, die zumindest anerkennend kommentiert worden waren.

Wenn man einmal von dem rotgesichtigen Kerl absah, der immer zudringlicher nach ihr zu greifen versuchte, sobald sie sich beim Servieren über den Tisch beugte. Irgendwann gab er sich nicht mal mehr Mühe, seine Berührungen zufällig wirken zu lassen. Gesche musste sich zusammennehmen, um ihm nicht mit der Bratengabel Manieren beizubringen.

«Ist dir die Frau aufgefallen?», fragte Clara sie plötzlich, während sie nach unten in die Küche gingen, um den nächsten Gang abzuholen.

«Welche Frau?», erwiderte Gesche missmutig. «Ich hatte genug mit den Pranken eines Mannes zu tun.»

«Der olle Haveman? Das ist ein rechter Lastersack, der wird als Nächstes wohl die Königin Europa auf dem Tisch betasten», schimpfte Clara. «Nein, ich meine die Dame, die gegenüber von Frau Margriet sitzt. Sie starrt mich immer so seltsam an, wenn ich auftrage. Und dich auch! Achte mal darauf. Ich kenne sie bestimmt, aber ich weiß nicht, woher.»

«Hm», brummte Gesche, die keine besondere Lust hatte, sich mit der illustren Abendgesellschaft zu beschäftigen. Trotzdem hielt sie Ausschau, wen Clara gemeint haben könnte, als sie die Platte mit den frisch gebackenen Zimt-Würmern auftrug.

Es war eine Frau in Vaters Alter, vielleicht etwas jünger, die eine dunkle Witwenhaube über angegrauten Korkenzieherlocken trug. Ihr Gesicht war nicht ohne Schönheit, doch abgehärmt. Und Clara hatte recht! Die Dame beobachtete sie unverhohlen mit ihren wachen, grünen Augen. Als sie bemerkte, dass Gesche ihren Blick erwiderte, wandte sie sich ab und beugte sich über den Tisch zu Frau Margriet, um sie etwas zu fragen.

«Jetzt habe ich es auch gesehen», sagte Gesche beim nächsten Weinholen zu Clara. «Sie starrt uns an. Aber ich habe keine Ahnung, warum.»

Sie fuhren damit fort, bei Tisch zu bedienen. Als Gesche

gerade mit der Weinflasche herumging, drehte Haveman sich zu ihr, ein Grinsen auf seinem breiten, rotglänzenden Gesicht. Sie verspannte sich. Doch ehe seine Hände nach ihr greifen konnten, sagte die Dame mit den Korkenzieherlocken etwas zu ihm.

«Herr Haveman, habt Ihr eigentlich ein passendes Pferdegespann für Eure neue Kutsche gefunden?»

Haveman wandte sich ihr zu und brummte eine nicht sehr verständliche Antwort. Dankbar zog Gesche sich vom Tisch zurück, während die Dame ihr noch einen forschenden Blick schenkte.

Das Gastmahl dauerte bis weit in die Nacht und kostete Gesche ihre verbleibenden Kräfte. Als schließlich die Tafel aufgehoben und der Speiseraum grob aufgeräumt war, taumelten Clara und sie müde in ihre kleine Schlafkammer.

Mit schmerzenden Fingern holte Gesche im Licht von Claras Kerzenleuchter ihr Notizbüchlein hervor, um noch einmal die Chronometer-Skizzen durchzugehen. Auch wenn sie in den letzten Tagen keinen Strich daran getan hatte, wollte sie zumindest ein paar Gedanken dazu mit in die Nacht nehmen – anstelle der Erinnerung an Havemans Pranken und der Aussicht darauf, so etwas während ihres gesamten Lebens als Dienstmagd erdulden zu müssen.

Doch die Linien verschwammen vor ihren müden Augen zu einem sinnleeren Chaos, als hätte sie selbst zu viel Wein getrunken. Das ging so einfach nicht! Frustriert schmiss sie das kostbare Büchlein in die Ecke und fegte dabei fast ihre Waschschüssel vom Tisch.

«Gesche...» Clara stand plötzlich neben ihr. «Was ist?»

Gesche merkte, wie gegen ihren Willen wütende Tränen aus ihren Augen quollen.

«Das verstehst du nicht», knurrte sie unwillig und bückte sich, um ihr Büchlein wieder an sich zu nehmen.

«Ist es wegen der Uhr, die du bauen willst?», fragte Clara.

Gesche schaute ihre Schwester an. Sie erwiderte ihren Blick ernst und ohne Spott.

«Es ist ein Seechronometer», brummte sie schließlich und wischte die Tränen mit dem Ärmel fort. «Aber was kümmert es dich? Du weißt doch: Ich kann keine Uhrmacherin werden.»

Sie imitierte den Tonfall, den Clara einst ihr gegenüber verwendet hatte, als sie mit ihrer Ausbildung bei Großvater begonnen hatte. Gesche vergaß nicht so leicht.

«Jetzt bist du aber ungerecht», beschwerte sich Clara. «Ich habe keine Rübe, um mich zu wehren.»

«Und ich keinen Putzlappen», erwiderte Gesche und musste lächeln.

«Dir ist es wirklich ernst damit, oder?», fragte Clara leise.

«Ja.» Gesche stockte kurz, ehe sie fortfuhr. «Weißt du, ich glaube wirklich an meine Konstruktion. Ich bin kurz davor, eine Lösung zu finden, die funktionieren könnte. Für diese Ausschreibung der Engländer. Dann hätten wir wieder Geld – und einen guten Ruf ...» Sie seufzte. «Aber ich komme einfach nicht dazu, den Entwurf zu beenden, Clara. Geschweige denn, irgendetwas auszuprobieren. Seit wir bei Gödekens sind, gibt es immer so viel zu tun, und ich verwandle mich mehr und mehr in die Dienstmagd, die ich nicht sein will.»

Clara runzelte die Stirn und starrte eine Weile nachdenklich vor sich hin. «Versprichst du mir, dass die Uhr gut wird?», fragte sie plötzlich.

Gesche schaute sie irritiert an. «Sofern ein Mensch so etwas versprechen kann: ja», entgegnete sie. «Aber was macht das für einen Unterschied? Ich kann sie ja nicht bauen.»

«Ich werde dir die Zeit verschaffen, die du brauchst», sagte Clara entschlossen. «Der gute Name Altendieck ist es wert, dass du es versuchst.»

«Wie soll das gehen?»

«Ich arbeite mehr», sagte Clara. «Damit du auch mehr arbeiten kannst. An deiner Uhr, natürlich.»

«Aber das funktioniert doch nicht ...»

«Wie man Swantje beschwatzt, weiß ich ganz gut», sagte Clara. «Und Gert brummt meist nur einen Befehl und kümmert sich nicht weiter um uns. Sag mir einfach, was er dir aufträgt. Ich sorge dafür, dass es erledigt wird. Das kann ich eh besser als du mit deinen feinen Uhrmacherhänden, die in Küche und Keller nicht recht taugen.»

«Du bist auch nur ein Mensch, Clara», sagte Gesche gerührt, aber skeptisch.

«Das lass meine Sorge sein», erwiderte Clara. «Bau du nur deine Uhr.»

Gesche schaute ihre Schwester mit großen Augen an. Dann beugte sie sich vor und umarmte Clara stumm. Clara erwiderte die Umarmung. Schließlich drückte sie Gesche sanft von sich.

«Jetzt ist gut», sagte sie, ohne wirklich streng zu klingen. «Schlaf nun, Gesche. Du wirst in der nächsten Zeit viel zu tun haben.»

Fünftes Kapitel

Clara hielt sich an ihr Versprechen. Plötzlich schien sie überall zugleich zu sein: in der Küche, um Swantje zur Hand zu gehen, und auf dem Hof, um die Hühner zu versorgen. Im Kontor, um auszufegen, und in der Stube, um den Ofen anzuheizen. Wann immer man an Gesche herantrat und ihr eine Anweisung gab, schnappte ihre Schwester es auf, schickte Gesche in ihre Kammer und kümmerte sich darum, dass die Sache erledigt wurde.

Gesche hatte nicht die geringste Ahnung, wie Clara das mit nur zwei Händen und zwei Beinen anstellte, aber es gelang ihr irgendwie. Mit einem Mal hatte Gesche wieder Zeit. Natürlich konnte ihre Schwester ihr nicht sämtliche Arbeit abnehmen, die anfiel – oft genug mussten sie beide zugleich anpacken. Doch es reichte aus, um ihr regelmäßig die eine oder andere kostbare Stunde für sich zu verschaffen.

Sie verbrachte diese auf dem Bett über ihren Skizzen kauernd, während sie ihre Konstruktion immer feiner ausarbeitete. Und dort saß sie auch abends, wenn Clara völlig ausgelaugt auf ihr Lager fiel, und arbeitete verbissen weiter.

Schließlich erreichte sie den Punkt, an dem es nur mit Papier und Stift nicht mehr weiterging. Sie musste ihr Werk greifbar vor sich sehen, um ihre Ideen auszutesten. Doch das konnte sie hier, im Gödeken'schen Haus, nicht tun. Eine Dienstbotenkammer war eben keine Werkstatt.

«Du wirst bald weitermachen können», stellte Clara lapidar fest, als ihr Gesche von diesen Schwierigkeiten berichtete. Und wieder fügte es sich wie durch Zauberhand so, wie ihre Schwester es wollte.

Gesche bekam plötzlich vermehrt Ausgang. Immer wieder schickte Swantje sie aus dem Haus. «Damit du dich um deinen kranken Großvater kümmern kannst», sagte die Köchin und zwinkerte ihr zu. Verdattert, aber dankbar nahm Gesche das Geschenk an.

«Wie hast du das nur gemacht?», fragte sie Clara schließlich misstrauisch. «Swantje hat mich aus ihren Klauen entlassen – aber dafür schaut sie mich ständig so sonderbar an und scheint darauf zu warten, dass ich ihr irgendetwas erzähle.»

«Ich habe ihr anvertraut, dass du einen Liebsten hast», erwiderte Clara schuldbewusst. «Bei Swantje wirkt das besser als alles andere. Und kann man deine Arbeit nicht im weitesten Sinne so nennen? Vermutlich wirst du ihr allerdings bald Details von euren heimlichen Treffen berichten müssen, sonst platzt die Gute uns noch vor Neugier mitten in der Küche.»

«Jetzt hätte ich gerne einen nassen Lappen, um ihn dir an den Kopf zu schmeißen», brummte Gesche.

«Kümmere dich lieber um deine Uhr.»

Das tat Gesche! Bei jeder sich bietenden Gelegenheit eilte sie ins Ansgarii-Viertel zum Haus ihrer Familie. Hier sah sie tatsächlich nach Großvater – und zog sich anschließend in Vaters Werkstatt zurück. Dieser runzelte die Stirn, ließ sie aber gewähren. Ob er in ihrer Arbeit etwas sah, was er bei sich selbst verloren glaubte? Gesche traute sich nicht, mit ihm darüber zu reden. Sie tat einfach, was zu tun war.

Leider verliefen ihre Versuche, die Skizzen Wirklichkeit

werden zu lassen, nicht besonders befriedigend. Das Haus war noch immer gut mit Werkzeug ausgestattet, aber es fehlte ihr an hochwertigem Material für passende Rädchen und Teile. Das Werk, das sie zu erschaffen gedachte, war viel zu diffizil, um es mit den herumliegenden Resten von Vaters früheren Arbeiten anzugehen. Gesche versuchte immer wieder, etwas zusammenzuimprovisieren – und scheiterte ebenso regelmäßig. So wurde aus dem Sommer langsam Herbst, Regenwolken zogen über die Dächer von Bremen hinweg, und Gesche teilte ihr Leben weiterhin verbissen zwischen den notwendigen Arbeiten im Gödeken'schen Haus und den vergeblichen Mühen in der Altendieck'schen Werkstatt auf.

Die Glocke zur Frühpredigt klang schrill und blechern. Noch schwieg der Chor der übrigen Glocken, der nachher voll und wohltönend die Herrschaften zum regulären Gottesdienst rufen würde, schließlich durften sie nicht vorzeitig geweckt werden. Die Hausmägde und Knechte hingegen sollten den Sonntag wohlversorgt mit erbaulichen Belehrungen beginnen und konnten sich um das Haus und das Sonntagsessen kümmern, wenn die Herrschaften zu ihrem Kirchgang aufbrachen.

Gesche und Clara eilten durch die dunklen, regenfeuchten Gassen. Die beiden Schwestern waren spät dran, denn sie vermochten sich einfach nicht daran zu gewöhnen, die Frühpredigt zu besuchen. Als sie noch zu Hause gewohnt hatten, hatten sie stets den Sonntagsgottesdienst in der Ansgarii-Kirche besucht. Nun ging es in morgengrauer Dunkelheit nach St. Martini bei der Schlachte. Glücklicherweise lag die Kirche wenigstens in der Nähe des Gödeken'schen Hauses.

«Swantje hätte uns ruhig rechtzeitig wecken können», beschwerte sich Gesche.

«Hat sie doch getan», erwiderte Clara. «Du hast nur so lange gebraucht, endlich aus der Kammer zu kommen – wahrscheinlich, weil du wieder ewig lange bei Kerzenlicht gearbeitet hast. Swantje und Gert sind vermutlich schon in der Kirche.»

Gesche erwiderte nichts. Was sollte sie vorbringen, wenn Clara einfach nur recht hatte?

Sie bogen im Eilschritt um eine Straßenecke, als eine Kutsche in rascher Fahrt von hinten herangerattert kam, beleuchtet von einer Laterne am Kutschbock. Die beiden wichen zur Seite aus. Sobald das Gefährt etwa auf ihrer Höhe war, wurde es langsamer und hielt schließlich ganz an. Die Tür öffnete sich einen Spalt, und jemand schaute zu ihnen hinaus.

«Clara und Gesche Altendieck?», fragte eine Frauenstimme.

Irritiert blieben sie stehen. Gesche brauchte einen Moment, um im Laternenlicht etwas zu erkennen. Sie sah, dass auf dem Bock ein rotblonder Mann mit einem breitkrempigen Hut hockte. Die Frau, die aus dem Inneren der Kutsche herausschaute, trug eine dunkle Witwenhaube und hatte tiefgrüne, fragende Augen. Gesche erkannte die Dame, die damals bei Gödekens Gastmahl zugegen gewesen war.

«Was wollt Ihr von uns, gute Frau?», fragte Clara misstrauisch.

«Ich hege lediglich den Wunsch, mit Euch zu reden», antwortete die Dame beschwichtigend. «Erweist Ihr mir die Ehre, zu mir in den Wagen zu kommen?»

«Wem würden wir denn diese Ehre erweisen?», erwiderte Gesche kühn, was ihr einen tadelnden Stoß von Claras Ellenbogen einbrachte.

Die Frau zögerte kurz. «Mein Name ist Agathe Hemeling», sagte sie dann.

Clara und Gesche schauten sich an. Hemeling. Diesen Namen hatte Gesche lange nicht mehr gehört. So hieß der Ratsherr, der Vater den Auftrag für den Bau der großen Uhr erteilt hatte – und der dann im Rathaussaal, vor den versammelten Honoratioren der Stadt, Schimpf und Schande über ihn gebracht hatte. Von seiner Frau wusste sie fast nichts.

«Was wünscht Ihr von uns?», fragte Clara kühl, die Gesches Vorbehalte offenbar teilte. «Wir müssen jetzt eigentlich in die Frühpredigt.»

«Das ist mir bewusst», erwiderte die Frau. «Und ich werde Euch auch gewiss nicht lange aufhalten. Ich möchte nur ... reden.»

Für einen Moment zögerte Gesche. Schließlich gab ihre Neugier jedoch den Ausschlag. «Wir nehmen Eure Einladung an», entschied sie spontan.

«Und die Frühpredigt?», warf Clara ein.

«Wir schleichen uns nachher einfach rein.»

Clara folgte ihr seufzend, als Gesche ins Kutscheninnere stieg. Sie setzten sich der Hemeling'schen gegenüber. Von draußen schloss der rotblonde Knecht die Tür. Das Fahrzeug setzte sich jedoch nicht in Bewegung.

«Zunächst muss ich mich für die ungewöhnlichen Umstände dieses Zusammentreffens entschuldigen», begann die Hemeling'sche schließlich. «Es erschien mir als die einzige Möglichkeit, ungestört mit Euch sprechen zu können.»

«Worum geht es denn nun?», fragte Gesche ungeduldig.

«Ich erinnere mich, Euch bei einem Gastmahl im Hause Gödeken gesehen zu haben. Ihr habt uns damals beobachtet, nicht wahr?»

«Ja, das habe ich in der Tat», erwiderte die Hemeling'sche ein wenig verlegen. «Es lag an Euren Augen. Rauchgrau. Altendieck-Grau, bei Euch beiden. Da hatte ich gleich den Verdacht, dass Ihr die Töchter von Johann Christian Altendieck seid. Und Frau Gödeken hat mir dies dann bestätigt.»

«Es geht um unseren Vater?», fragte Clara vorsichtig.

Die Hemeling'sche lächelte traurig. «Ihr müsst wissen, dass ich seine Arbeit bewundere und eine Weile sehr genau verfolgt habe. Und ich hatte keine Ahnung, dass Ihr in Anstellung seid! Johann Altendieck war ein bedeutender Uhrmacher. Ich wusste, dass dieser schreckliche Vorfall ihn tief gestürzt haben muss. Doch dass es so tief war ...» Sie verstummte.

«Euer Mann war mit seinem scharfen Tadel nicht unschuldig an diesem Sturz», konnte sich Gesche nicht verkneifen zu sagen.

«Das trifft leider zu», erwiderte die Hemeling'sche mit ausdruckslosem Gesicht. «Vermutlich noch viel mehr, als Ihr glaubt.»

Sofort musste Gesche an die Ungeheuerlichkeiten denken, von denen Friedrich ihr in jener Nacht gehetzt berichtet hatte. «Das glauben wir sehr wohl», sagte sie knapp. «Aber warum kommt Ihr nach so vielen Jahren damit zu uns?»

«Ich verfüge erst seit kurzem über gewisse ... Freiheiten», murmelte die Hemeling'sche und zupfte ihre Witwenhaube zurecht.

Gesche erinnerte sich. Der Tod des gestrengen Ratsherrn Abraham Hemeling gehörte zu den Ereignissen, die Swantje beim Kochen wortreich kommentiert hatte. Angeblich war er auf den Stufen zum oberen Saal des Schütting gestorben, vis-à-vis mit dem Complimentarius. Das war eine hölzerne Gestalt in einer alten Ritterrüstung, die am Eingang des Saales stand und Neuankömmlinge begrüßte, indem sie den Arm hob und ihr Visier öffnete. Vater hatte Gesche die mechanische Konstruktion, die über eine verborgene Druckplatte in den Treppenstufen funktionierte, vor Jahren einmal gezeigt.

Als Hemeling nun diese Stufen hochgeeilt war, hatte er mitten auf der Treppe die Nachricht erhalten, dass unlängst eine überaus wichtige Handelsdelegation eingetroffen sei. Gleichzeitig hatte man ihn darüber informiert, dass es Zollprobleme mit einer Schiffsladung Tabak gäbe, während in seinem Kontor ein schwerreicher Kaufmann aus Danzig ungeduldig auf ihn warte. Der Ratsherr hatte sich der Entscheidung, was als Erstes zu tun sei, entzogen, indem er einfach tot umgefallen war. Angeblich war er auf die Stufen mit dem Mechanismus gestürzt, sodass der Complimentarius minutenlang seinen Arm zu einer Art letzten Gruß erhoben hielt, bis man seinen Körper endlich weggebracht hatte.

«Lasst mich offen zu Euch sprechen», fuhr die Witwe Hemeling fort. «Da Abraham und mir keine Kinder geschenkt wurden, hat mein Neffe Martin die Geschäfte und Besitzungen meines Mannes übernommen und lässt es sich damit gutgehen. Ich interessiere ihn nicht besonders, und er lässt mich gewähren. Im Moment glaubt er, dass ich unterwegs zu einer Base bin, die ihm genauso gleichgültig ist. Also habe ich nun gewisse Möglichkeiten ...» Sie zog eine lederne Börse hervor und setzte dazu an, sie ihnen zu übergeben.

«Danke, aber wir benötigen keine Almosen», sagte Gesche.

Clara räusperte sich und schenkte ihr einen warnenden Blick.

«Es ist nicht meine Absicht, Euch zu beschämen», erwiderte die Witwe Hemeling traurig. «Geld ist die eine Sache, an der es mir in meinem Leben nie gemangelt hat. Es wird nicht reichen, um Eurer Familie wieder auf die Beine zu helfen, fürchte ich. Doch die größte Not vermag es vielleicht zu lindern ...»

Unwillig schüttelte Gesche den Kopf.

«Gesche», flüsterte Clara eindringlich. «Denk an den Längengrad!»

«Den Längengrad?», fragte die Witwe Hemeling verwirrt.

«Ein gelehrtes Problem, mit dem sich meine Schwester derzeit beschäftigt», erwiderte Clara etwas zögerlich.

«Ich habe davon gelesen», sagte die Witwe Hemeling, die plötzlich eifrig klang. «Die Engländer haben eine Art Kommission gebildet ... Es wurden wohl schon die abstrusesten Lösungen angedacht. Jemand hat vorgeschlagen, auf den Meeren fest verankerte Schiffe zu platzieren, die dann die Mittagsstunde durch einen Kanonenschuss anzeigen sollen. Das muss man sich einmal vorstellen: überall Schiffe, von Küste zu Küste bis Amerika, und jeden Tag Kanonendonner ... Der Vorschlag hätte auch aus Bremen stammen können.»

Gesche musste gegen ihren Willen lächeln. Sie wusste, worauf die Witwe Hemeling anspielte. Der Rat der Stadt hatte eine gewisse Vorliebe dafür, Feierlichkeiten lautstark mit Salutschüssen zu begehen. An hohen Festtagen wurden alle 130 Geschütze auf den Wallanlagen der Stadt zugleich losgebrannt, und in alten Zeiten hatte es sogar auf dem Turm von St. Ansgarii eine Feldschlange, eine leichte Kanone, für solche Anlässe gegeben – bis die Turmmauern bei einem Schuss einen Riss bekommen hatten. Bremen hatte ein spezielles Verhältnis zu seinen Türmen.

Nachdenklich musterte Gesche die Witwe Hemeling. Sie hatte sich eigentlich vorgenommen, die Hemeling'sche nicht zu mögen. Doch die Begeisterung, mit der sie über ein Thema der Wissenschaft sprach, machte das sehr schwer für sie.

«Inwiefern beschäftigt Ihr Euch mit dem Längengrad-Problem, Gesche?», erkundigte sich die Witwe neugierig.

Seufzend entschied sie sich, ehrlich zu sein. «Mein Großvater hat mich in der Familienkunst ausgebildet», sagte sie. «Und ich arbeite gerade an einem Chronometer. Es geht um eine Schiffsuhr mit exaktem Gang, die das Problem der Längengrad-Bestimmung auf See lösen soll. Das wäre gewiss praktischer als zahllose Kanonenschiffe. Und weniger laut.»

Die Hemeling'sche lachte unterdrückt. Ein leises Geräusch, das doch einen gewissen Übermut erahnen ließ, der ihr einmal zu eigen gewesen sein mochte. «Würdet Ihr mir von Eurer Konstruktion erzählen?»

Gesche holte ihr Skizzenbüchlein hervor, das sie stets bei sich trug, und erklärte ihren Entwurf in groben Zügen. Die Witwe Hemeling folgte ihren Worten aufmerksam und stellte gelegentlich Zwischenfragen. Ihr Gesicht zeigte eine seltsame Mischung aus Neugier, Freude und sentimentaler Trauer, die Gesche nicht zu deuten vermochte.

«Bitte, nehmt diese Börse», sagte die Hemeling'sche schließlich mit einem warmen Lächeln. «Für Eure Uhr. Euer Plan ist es wert, dass man ihn unterstützt. Ich kann vielleicht nicht viel tun – aber ich tue, was ich kann.»

Gesche zögerte.

«Habt vielen Dank», sagte da Clara und nahm den schweren Beutel entgegen.

«Es wird aber noch eine Weile dauern, bis aus der Idee Wirklichkeit werden kann», fügte Gesche rasch hinzu.

«Nehmt Euch die Zeit, die Ihr braucht.» Die Witwe Hemeling seufzte. Für einen Moment wirkte sie unsicher. Dann griff sie noch einmal in ihre Tasche und holte einen zusammengefalteten Brief hervor. «Würdet Ihr das wohl Eurem Vater übergeben, wenn Ihr ihn das nächste Mal seht?»

Gesche nickte beklommen. War da nicht mal etwas mit Briefen gewesen? Vorwürfe, die Friedrich Vater gemacht hatte?

«Danke», sagte die Witwe Hemeling ernst. «Mir rinnt die Zeit leider gerade davon – ich muss dringend weiter zu meiner langweiligen Base in der Neustadt, ehe ich vermisst werde. Und auf Euch wartet die Frühpredigt ... Ich freue mich, dass wir miteinander sprechen konnten. Es war mir eine Ehre, dass ich Johanns Töchter kennenlernen durfte.»

Clara und Gesche verabschiedeten sich von der Witwe und ließen sich dann von ihrem Knecht aus dem Wagen helfen. Verwirrt schauten sie der Kutsche hinterher, die in Richtung Weserbrücke davonfuhr.

«Verstehst du, was das sollte?», murmelte Gesche mit dem Brief in der Hand.

«Nein», erwiderte Clara. «Wenn ich auch manches vermute. Aber das bleibt sich gleich. Wichtig ist, dass es mit deiner Uhr weitergeht, Gesche! Die Gelegenheit müssen wir einfach nutzen. Dass du so wenig Sinn für das Praktische hast ... Du meintest doch, dass die alten Teile in Vaters Werkstatt niemals ausreichen würden.»

Die beiden machten sich eilig auf den Weg in Richtung Martini-Kirche, um sich zumindest noch gegen Ende der Frühpredigt sehen zu lassen. Gesches Herz klopfte mit jedem Schritt stärker, je mehr sie realisierte, was eben geschehen war. Als hätte man ihre innere Feder nachgezogen. Nach der langen Zeit war sie etwas rostig – und es fühlte sich dennoch herrlich an!

«Ich könnte wirklich hochwertiges Material gebrauchen», sagte Gesche beim Gehen. Und nahm sich zusammen, um sich in Gedanken nicht zu sehr forttreiben zu lassen. «Aber wir benötigen auch Geld für Großvater, damit er endlich wieder etwas Vernünftiges zu essen bekommt.»

«Dann geben wir einen Teil des Silbers an Lisa», bestimmte Clara. «Aber der Rest ist für die Uhr.»

«Also gut», entgegnete Gesche. «So machen wir's!»

Beschwingt eilten die beiden auf St. Martini zu.

Sechstes Kapitel

Das Hemeling'sche Silber erfüllte seinen Zweck bestens. Endlich bekam Gesche das gute Messing, das sie für ihre Konstruktion brauchte. Schon bald summte Vaters Drehbank wieder, wann immer Gesche zu Hause war, wurde Teil an Teil gefügt, während der Herbst dem Winter wich und Schneeflocken durch die Gassen tanzten.

Vater selbst war erstarrt, als Gesche ihm den Brief der Witwe Hemeling überreicht hatte. Taktvoll hatte sie sich umgewandt, während er mit zitternden Händen den Umschlag geöffnet hatte, und ihn in seiner Werkstatt allein gelassen, versunken in Erinnerungen, die Gesche nur erahnen konnte.

Sie bemühte sich, sich ganz auf ihre Arbeit zu konzentrieren. Denn schon bald zeigte sich, dass nicht alles, was als Zeichnung gut aussah, auch in der Wirklichkeit funktionierte. Gesche musste neu ansetzen, ihre Pläne korrigieren, weitere Teile fertigen. Immer wieder ging sie hinauf zu Großvater, um ihn um Rat zu bitten. Er wirkte munter, während er ihre Fragen beantwortete und mit zusammengekniffenen Augen begutachtete, was sie ihm zeigte – nur um dann umso schwächer auf sein Kissen zurückzusinken.

Vater schaute gelegentlich, was Gesche so trieb, kommentierte ihre Arbeit aber kaum. Er schien ganz mit den weiteren Briefen beschäftigt zu sein, die gelegentlich auf geheimnisvolle Weise ins Haus gelangten. Fast lebte er stärker in seiner eigenen Welt als der alte Nicolaus. Gesche ließ ihn gewähren und konzentrierte sich auf ihre Arbeit.

So kam schließlich der Frühling heran, mit seinen frischen Regenschauern und ersten, zögerlichen Blüten. Swantje spannte Gesche wieder stärker für alle möglichen Besorgungen ein, als das Kaufmannshaus aus seiner Winterruhe erwachte. Gesche stapfte unwillig durch die Stadt, wenn es irgendwas zu holen galt. Doch dann zwang sie sich, auch diese stupiden Tätigkeiten als Teil ihres Werks zu sehen. Schließlich trug jeder erledigte Auftrag dazu bei, dass sie bald wieder an ihrer Konstruktion arbeiten konnte. Irgendwie griffen alle Rädchen ineinander, auch die, bei denen man das nicht vermutete …

An einem trüben Vormittag im April lief Gesche wieder einmal auf Swantjes Geheiß hin durch Bremen. Sie überquerte den Domshof, vorbei am Palatium, dem ehemaligen Sitz des Bischofs, bog in eine Seitenstraße ein und hielt auf das vornehme Kaffeehaus *Zum Arabischen Stern* zu, das sich in einem Eckhaus befand. Nur hier gab es offenbar ein spezielles Konfekt, das der Kaufmann Gödeken ganz besonders schätzte. Swantje hatte anzüglich gelacht, während sie Gesche den Auftrag erteilt hatte, es zu holen. Auf ihre misstrauische Nachfrage hin hatte die Köchin ihr erklärt, dass die besagten Kügelchen neben Feigen, Datteln, Nüssen und Honig auch die zermahlenen Teile irgendeines spanischen Insekts enthielten, von dem sich der Herr Gödeken wohl einen besonderen Segen für seine Manneskraft versprach. Kopfschüttelnd hatte Gesche sich auf den Weg gemacht.

Kaffeegeruch wehte ihr schmeichelnd entgegen, als sie in die Wärme der Gaststube trat. Auf einem ovalen Tisch in der Mitte des Raumes stand ein großer, silbern glänzender Kaffeepott mit mehreren Zapfhähnen, aus dem sich die Gäste selbst bedienen konnten.

Bremen war stolz darauf, dass in der Stadt vor rund hundert Jahren das erste Kaffeehaus in den deutschen Landen seine Pforten geöffnet hatte, und wenn der anregende Trank sich seither auch weit verbreitet hatte, würde hier immer seine erste Heimat bleiben.

Neben dem Kaffee wurde im *Stern* ein scharfer Kornbrand in großen Gläsern ausgeschenkt, und Pfeifenrauch hing schwer in der Luft. Vor der Theke, wo allerlei süße Naschereien verkauft wurden, hatte sich eine kleine Schlange aus Bürgern und Dienstboten gebildet, in die Gesche sich seufzend einreihte. Beim Warten fiel ihr Blick auf die Standuhr, die an einer Wand des Raumes aufragte. Die Verzierungen ihres Kastens erinnerten an kleine Zwiebeltürmchen. Stolz erkannte sie, dass die Uhr eine Altendieck-Tochter mit Großvaters Signatur war. Etwas schien mit ihr jedoch nicht zu stimmen, denn ein junger Mann stand am geöffneten Gehäuse und werkelte daran herum.

Schließlich konnte Gesche ihre Neugier nicht mehr bezähmen. Sie trat aus der Reihe heraus, woraufhin sofort ein frecher Bursche nachrückte. Gesche jedoch ging zu der Uhr und warf einen Blick über die Schulter des Arbeitenden.

«Das Werk muss mal wieder vernünftig gereinigt und geölt werden, vor allem die Zapfen, dann blockiert es nicht länger», stellte sie fest. «Und ich würde prüfen, ob der Abfall der Hemmung noch richtig eingestellt ist.»

Der Mann drehte sich zu ihr um. Er hatte ein weiches Gesicht und hellbraune, fast schon orangefarbene Augen. Sein dunkles, volles Haar bildete einen Kontrast zu seiner ungewöhnlich blassen Haut.

«Und das vermag eine Dienstmagd auf einen Blick zu sagen?», fragte er, nachdem er sie von Kopf bis Fuß gemustert hatte. «Ihr scheint ja eine verkleidete Pallas Athene zu sein.»

«Ja, das vermag sie», erwiderte Gesche im gleichen Tonfall. «Und Ihr vermögt Euch Arbeit zu sparen, wenn Ihr auf sie hört und die Uhr nicht wie ein verkleideter Polyphem mit groben Händen traktiert.»

«Vielleicht verklemmt das Werk auch, weil es unsauber gearbeitet ist?», sagte der junge Mann, und Gesche war sich nicht sicher, ob es eine Frage oder eine Feststellung war.

«Gewiss nicht», erwiderte sie. «Dies ist ein Altendieck-Werk. Einen schönen Tag noch und gutes Gelingen.» Sie drehte sich ärgerlich um und stellte sich wieder ans Ende der Schlange, die inzwischen ein Eckchen länger geworden war.

«Niehus.» Der junge Mann folgte Gesche. Sie schenkte ihm einen irritierten Blick. «Ich heiße Andreas Niehus.» Er verbeugte sich galant.

Gesche schaute wieder weg und konzentrierte sich darauf, ihn zu ignorieren. Einige Leute guckten bereits kritisch. Sie würde nun bestimmt nicht auch noch in aller Öffentlichkeit ein Geplänkel mit irgendeinem Andreas anfangen! Ihr Mundwerk lief eh schneller als das Werk ihres Gehirns; die beiden sollten dringend einmal getaktet werden …

Aus dem Augenwinkel bemerkte sie, dass sich der junge Mann mit den orangenbraunen Augen kopfschüttelnd umdrehte und wieder der Uhr zuwandte. Gesche gab sich alle Mühe, nicht weiter auf ihn zu achten. Falls er Großvaters solider Arbeit irgendeine plumpe Gewalt antat, wollte sie es jedenfalls nicht mitbekommen!

Die Schlange schleppte sich quälend langsam durch den von Kaffeeduft erfüllten Raum. Viele der Anstehenden schienen es zu genießen, so lange in der Wärme zu bleiben, und hielten nebenbei ein Schwätzen. Gesche jedoch wippte auf den Fersen und wartete darauf, dass sie endlich an die Reihe kam. Sie spürte, dass dieser Kerl ihr gelegentlich prüfende Seitenblicke zuwarf.

Es dauerte eine kleine Ewigkeit, bis man ihr endlich das Tütchen mit dem geheimnisvollen Konfekt aushändigte. Gesche floh regelrecht aus dem Kaffeehaus! An der Tür blickte sie noch einmal zu der Altendieck-Uhr. Orangebraune Augen schauten zurück. Gesche wirbelte herum und stieß fast den älteren Herrn um, der gerade hereinkam, bevor sie in die Aprilkälte hinauslief.

Die nächsten Tage brachten Sonnenschein und einen fernen Hauch des Sommers mit sich. Gesche vergrub sich dennoch in der Werkstatt, wann immer es ihre Zeit zuließ. Zusammen mit Großvater hatte sie inzwischen herausgearbeitet, dass sie vor allem auf eine Erfindung des großen John Harrison zurückgreifen würde: die *remontoir d'egalité*, wie man jenen besonderen Zwischenantrieb nannte, der für einen konstanten Gang der Uhr und deren besondere Genauigkeit sorgte.

Gesche ging gerade die Konstruktion im Geiste durch, als sie in die Straße vor dem Gödeken'schen Haus einbog. Es war früher Abend, und sie trug eine schwere Zinnkanne voll Moselwein. Abrupt wurde sie aus ihren Gedanken gerissen, als plötzlich jemand vor ihr elegant seinen Dreispitz zog.

«Junge Frau Altendieck – ich muss mich entschuldigen!»

Perplex schaute sie auf den braunäugigen Mann, mit dem sie vor einigen Tagen im *Arabischen Stern* aneinandergeraten war. Sie erkannte ihn sofort wieder.

«Ihr hattet vollumfänglich recht», fuhr er fort. «Eine einfache Reinigung und etwas Öl genügten, um das Werk wieder funktionstüchtig zu machen. Bitte verzeiht, dass ich der Arbeit Eures werten Herrn Großvaters Unrecht tat.»

«Habe ich doch gesagt», stammelte Gesche perplex. Dann straffte sie sich. «Aber woher kennt Ihr meinen Namen?»

«Bitte verzeiht meine Aufdringlichkeit», erwiderte der Mann. Andreas, wie sich Gesche gut erinnerte. «Ich habe mich ein wenig umgehört. So viele Uhrmacher gibt es ja nicht in Bremen … Ich selbst bin erst seit kurzem in der Stadt und bei Meister Wille untergekommen. Ursprünglich stamme ich aus Lübeck.»

Gesche nickte. Das war nicht ungewöhnlich. Immer wieder kamen reisende Wandergesellen aus aller Welt nach Bremen – manche von den Ufern der Elbe oder aus dem Hannöverschen, andere gar aus Kopenhagen oder Riga.

«Nun denn», sagte sie. «Ich muss gehen. Meine Herrschaft wartet auf ihren Wein. Herr Niehus.»

«Noch einen Moment, bitte», erwiderte der junge Mann. «Ich konnte bei unserem kleinen Disput nicht übersehen, dass Ihr in der Kunst Eurer Familie ungewöhnlich bewandert seid. Und ich suche jemanden, der mich in die Besonderheiten der bremischen Uhrmacherei einführt. Meister Wille und sein Altgeselle sind da leider nicht sehr mitteilsam … Würdet Ihr mir vielleicht diese Ehre erweisen? Man sagt Erstaunliches über die Arbeiten Eurer Familie.»

Gesche spürte einen kalten Stich. Wenn dieser Andreas Niehus sich unter den Uhrmachern nach ihnen erkundigt hatte, hatte man ihm mit Gewissheit von der Blamage im Rathaus erzählt. Vielleicht hatte er sein Wissen sogar direkt von Hinrik Greven, der angeblich kurz davorstand, die Nachfolge seines Vaters anzutreten – ein äußerst eifriger Dummschwätzer.

Niehus musste gemerkt haben, dass ihr Blick sich verfinsterte. Denn er beeilte sich, nachzusetzen: «Ich habe nicht nur Gutes gehört, aber ich gebe nichts darauf, was die Leute so an Unsinn erzählen. Und ich verstehe, wenn Ihr mich für dreist haltet – doch ich musste Kairos einfach festhalten, wenn er mir schon so nah vor der Nase vorüberläuft.»

Kairos. Der Gott der günstigen Gelegenheit. Die Erwähnung dieses Namens berührte etwas in Gesche.

«Also schön», seufzte sie, unsicher, ob sie nicht gerade einen Fehler beging. «Vielleicht kann ich Euch ja beizeiten das eine oder andere berichten ...»

«Das ist mehr, als ich zu hoffen gewagt hätte», erwiderte Andreas Niehus und verbeugte sich erneut.

So kam es, dass Gesche einige Tage später wieder im *Arabischen Stern* zu Gast war – diesmal nicht als brave Dienstmagd für eine Besorgung, sondern als junge Frau, die mit einem Mann am Tisch saß. Bei Gödekens glaubte man, dass sie zu Hause ihren Großvater besuchte; dort nahm man an, dass sie bei Gödekens diente. Selbst Clara wusste nichts davon, dass sie hier mit Andreas Niehus zusammensaß. Und Gesche hatte ihr gegenüber ein schlechtes Gewissen. Schließlich schuftete Clara, damit sie mit ihrem Chronometer weiterkam – und nicht, damit sie sich mit fremden Herren in Kaffeehäusern herumtrieb wie eine Person von zweifelhaftem Ruf.

Schnell stellte sie fest, dass Andreas Niehus sehr gerne sprach. «Vierzehn Portionen!», berichtete er gerade über seiner dampfenden Kaffeetasse. «Adolf Friedrich von Schweden hat vierzehn gefüllte, in Milch eingelegte Küchlein als Dessert gegessen. Und das, nachdem er vorher schon ordentlich zugelangt hatte ... Danach war ihm jedenfalls gar nicht gut. Und am nächsten Tag brauchte Schweden dann einen neuen König. Seitdem sitzt sein Sohn Gustav auf dem Thron. So hat man es mir wahrhaftig berichtet, als ich bei einem Meister in Greifswald in Schwedisch-Pommern war.»

«Ihr seid wohl viel herumgekommen?»

«Mir liegt eine gewisse Unruhe im Blut, fürchte ich.» Sein Tonfall war halb amüsiert und halb entschuldigend. «Wie sieht es bei Euch aus?»

«Ich habe stets nur in Bremen gelebt», erwiderte Gesche nicht ohne Bitterkeit. Sie mochte ihre Heimatstadt! Doch wenn sie als Mann zur Welt gekommen wäre, hätte sie sich jetzt schon als Wandergesell auf den Weg gemacht, um etwas von selbiger zu sehen. So, wie es Großvater einst getan hatte. «Zumindest kenne ich mich dadurch mit den Gepflogenheiten der hiesigen Meister aus», fuhr sie rasch fort, ehe ihr Gegenüber eine weitere Anekdote aus dem Hut ziehen konnte. «Darüber wollten wir doch eigentlich sprechen, nicht wahr?»

«Ja, gewiss», erwidere Niehus ein wenig überrascht.

«Da sind natürlich zuerst die Turmuhren von Bremen zu nennen», begann Gesche. «Um die haben sich früher die Schmiede und Schlosser gekümmert. Und die Türme waren sich nicht immer einig, welche Stunde sie schlagen sollten. Der Rat hat schließlich den Meister Lübbecke von außerhalb damit beauftragt, die Uhren monatlich zu regulieren, sodass sie die gleiche Zeit anzeigen …»

Gesche erzählte ihm Geschichten von den Bremer Uhrmachermeistern, von ihren Auseinandersetzungen mit dem Schmiedeamt, von ihrer Arbeitsweise und ihren besonderen Erzeugnissen. Zunächst verfolgte Niehus ihren Bericht mit einer amüsierten Miene, was Gesche ärgerte. Dann aber weiteten sich seine Augen zunehmend vor Erstaunen, je mehr Details über die kunstfertigen Konstruktionen hiesiger Uhrmacher sie nannte. Sie registrierte es mit Befriedigung und fügte gleich noch einige besonders genaue Erklärungen hinzu.

Gelegentlich stellte Niehus neugierige Rückfragen. Daran erkannte Gesche zwei Dinge: Er hatte solide Kenntnisse in der Uhrmacherkunst. Doch sie waren keineswegs so solide wie Gesches Wissen. Ihre Befriedigung wuchs.

Als sie gerade eine Pause machte, um einen Schluck Kaffee zu nehmen, beugte Andreas Niehus sich plötzlich zu ihr vor.

«Warum erwähnt Ihr nicht eines der bedeutendsten Wunder von Bremen?», fragte er. «Die große Uhr im Rathaussaal? Das Werk Eurer Familie?»

Gesche setzte ihre Tasse etwas zu heftig ab. Das unschöne Klirren führte dazu, dass sich einige Leute an den Nebentischen zu ihr umdrehten.

«Jetzt stellt Ihr Euch dumm», sagte sie kühl. «Unmöglich, dass Ihr diese Geschichte nicht kennt, wenn Ihr Euch nach meiner Familie erkundigt habt.»

«Ich habe eine Version gehört», erwiderte Andreas Niehus zurückhaltend. «Sie war in der Tat nicht sehr schmeichelhaft für die Altendiecks. Doch sie stammte von einem Neidmaul, auf dessen Meinung ich nicht viel gebe.»

Gesche schnaubte verächtlich. Er hatte vermutlich wirklich mit Hinrik Greven gesprochen.

«Mich interessiert Eure Sicht», fuhr Niehus fort. «Ich habe gerade in einer halben Stunde mehr von Euch gelernt als zuvor in einer Woche. Ich glaube nicht, dass einer Familie, die Euch hervorgebracht hat, solch ein technischer Fauxpas passiert ist.»

Gesche musterte Niehus misstrauisch. Seine orangebraunen Augen leuchteten. Sie suchte nach Anzeichen, dass er seinen Spott mit ihr trieb, doch sein weiches, etwas blasses Gesicht sah ehrlich interessiert aus. Und was hatte er da gerade über sie gesagt …?

«Das ist eine traurige Geschichte», entgegnete sie schließlich vorsichtig. «Da es keine Beweise gibt, werde ich auf niemanden zeigen. Doch das Malheur war keineswegs die Schuld meines Vaters. Missgunst hatte ihre Hand im Spiel. Und sie hat dafür gesorgt, dass ich nun bei einem Kaufmann in Stellung bin.»

«Ich verstehe», murmelte Niehus nachdenklich. «Die menschlichen Verhältnisse sind verworren wie der Knoten des Gordios, nicht wahr?»

«Mmh», machte Gesche nur. Danach wollte ihr Gespräch nicht mehr so recht in Gang kommen. Andreas Niehus erzählte farbenfroh und begeistert von den Theaterstücken, die er in anderen Städten gesehen hatte, von Lustspielen und Tragödien und der unerhörten *Emilia Galotti* auf einer Bühne in Braunschweig, doch Gesche war zu missmutig, um seinen Ausführungen zu folgen. Als Niehus dann noch sein Bedauern darüber äußerte, dass die freie Stadt Bremen ja leider noch kein Schauspielhaus besaß, fühlte sie sich einmal mehr gefangen im eigenen Leben und brummte, dass sie langsam gehen müsse.

Niehus bezahlte ihre Zeche großzügig und ließ sich noch ein Tütchen Konfekt für Gesche geben. Sie betrachtete es misstrauisch, doch es handelte sich um harmlosen kandierten Ingwer nach englischer Art.

«Ihr lebt sehr mondän für einen Wandergesellen», konnte sie sich nicht verkneifen zu sagen, als Niehus seine Börse wieder verschwinden ließ.

Er zuckte mit den Schultern. «Wie weit jemand auch wandern mag, dorthin, wo eines jeden Menschen Weg schließlich hinführt, kann man kein Silber mitnehmen.»

Er bot Gesche an, sie nach Hause zu geleiten, doch sie lehnte ab. Es war schon kühn genug, dass sie sich hier getroffen hatten. Da musste man sie nicht auch noch beim Gödeken'schen Haus mit einem fremden Mann sehen …

Mit Nachdruck stürzte Gesche sich in den nächsten Tagen in ihre Arbeit, putzte bei Gödekens das Haus und stand dann wieder daheim an der Werkbank, wann immer Clara es ihr ermöglichte. Gelegentlich dachte sie an Herrn Andreas Niehus und seine bunten Erzählungen – mal neidisch auf sein Wanderleben, mal verärgert über die Belustigung, mit der er sie zunächst betrachtet hatte. Und mal mit dem Wunsch, ihn wiederzusehen, noch mehr Geschichten zu hören und von ihrer Uhrmacherei zu berichten. Was er wohl dazu sagen würde, dass sie an einem Seechronometer arbeitete?

Siebtes Kapitel

«Wie lange wirst du eigentlich noch brauchen?», fragte Clara interessiert, als sie neben Gesche die Obernstraße in Richtung der Ansgarii-Kirche entlangschlenderte. Die Frühjahrswärme lockte nicht nur die Menschen, sondern auch die Gerüche der Stadt hervor. Schweineherden auf der Sögestraße trugen ihren Teil ebenso dazu bei wie die offenen Fenster von Bäckereien und die Körbe auf den Köpfen der Fischweiber.

Kinder jagten sich über die Straße, Hunde bellten, Fuhrwerke ratterten. Alles folgte seinem geschäftigen Gang; Bremens Getriebe lief rund und zuverlässig. Clara und Gesche konnten sich heute Zeit lassen, denn bei Gödekens gab es gerade nicht viel zu tun, und Swantje hatte ihnen beiden Ausgang gegeben – ein seltenes Vorkommnis.

«Was meinst du?», sagte Gesche, die geistesabwesend zwei Zimmerleuten auf Wanderschaft mit dem Blick gefolgt war.

«Na, wie lange du noch brauchen wirst.» Clara schüttelte den Kopf, als sie Gesches fragenden Blick bemerkte. «Mit deinem Seechronometer, natürlich.»

«Ach so», murmelte Gesche. «Ich weiß nicht. Einige Monate noch, nehme ich an. Das hängt davon ab, ob alles so funktioniert, wie ich es mir denke.»

Clara musterte sie mit einem scharfen Seitenblick. «Was ist bloß los mit dir?», fragte sie.

«Was soll denn sein?»

«Ich habe nach deinem großen Werk gefragt», erklärte Clara. «Für gewöhnlich würdest du die Gelegenheit nutzen und mir lang und breit von irgendwelchen Rädchen erzählen, die du Menuett tanzen lässt. Doch jetzt kommt eine Antwort, die eigentlich keine ist – und dann gar nichts mehr. Du hast doch irgendetwas!»

«Unsinn.»

«Glaube nicht, dass andere Leute dumm sind, nur weil sie keine Chronometer bauen.»

«Hm.»

Clara ließ die Sache vorerst auf sich beruhen, denn inzwischen hatten sie ihr Zuhause fast erreicht. Wie Gäste klopften sie an die vordere Eingangstür und wurden schließlich von einer strahlenden Lisa hereingelassen.

«Hier», sagte Clara und überreichte Lisa das Bündel mit den Küchenresten, das ihnen Swantje mitgegeben hatte. «Ein Fleischknochen für Großvaters Brühe ist dabei. Und ein paar Neunaugen-Pastetchen, die Vater so gerne mag! Wir müssen darauf achten, dass er genug isst.»

«Oh, Johann wird schon essen», erwiderte Lisa geheimnisvoll. «Mag sein, dass sich nun manches ändert ...»

Und sie verschwand in der Küche, noch ehe jemand etwas fragen konnte. Gesche und Clara schauten einander an. Dann gingen sie nach hinten in die Werkstatt, um Vater zu begrüßen.

Dieser war gerade an seinem Arbeitstisch über eine halb zerlegte Wanduhr gebeugt. Ein junger, dunkelhaariger Mann stand neben ihm und musterte das Werk ebenfalls intensiv. Als die beiden Frauen eintraten, wandte er sich um. Orangebraune Augen schauten Gesche entgegen.

«Ah, die jungen Damen Altendieck!» Andreas Niehus verbeugte sich galant.

«Was tut *Ihr* hier?», fragte Gesche entgeistert. Sie spürte, dass Ihr Herz einen Hüpfer tat, ein Mechanismus, der aus dem Takt geraten war. Auch wenn sie sich gar nicht sicher war, ob sie sich wirklich freute, ihn zu sehen.

«Ihr kennt euch?», fragte Clara überrascht.

«Clara, Gesche …» Inzwischen hatte sich Vater etwas steif vom Tisch erhoben. Seine Bewegungen erinnerten Gesche immer stärker an Großvater. «Dies ist Andreas Niehus, ein Uhrmacher aus Lübeck. Ich habe ihn als Gesellen ins Haus genommen.»

Niehaus verbeugte sich noch einmal. «Wir hatten bereits durch eine glückliche Fügung das Vergnügen», sagte er in Gesches Richtung. «Und ich bin sehr erfreut, auch Euch kennenzulernen, Clara. Eure Schwester hat nur Gutes von Euch erzählt.»

Sofern sie überhaupt von Clara erzählt hatte … Gesche runzelte die Stirn.

«Ein Geselle?», fragte Clara ungläubig. «Verzeiht, Herr Niehus …»

«Andreas. Wir leben schließlich gewissermaßen unter einem Dach.»

«… aber hältst du das für klug, Vater? Vermag die Werkstatt das zu tragen?»

«Du hast ja recht, Clara», brummte Vater unwillig. «Aber in letzter Zeit kamen einige kleinere Aufträge herein. Vielleicht hat man uns ja weiterempfohlen?»

Gesche musste unwillkürlich an die Witwe Hemeling denken. Für einen Moment brodelte es freudig in ihr. Wurden die Zeiten endlich wieder besser? Dann fielen ihr die wenigen Arbeiten ein, die Vater in den letzten Jahren übernommen hatte. Werke, die viel zu spät fertig geworden waren oder gar ihren Dienst verweigerten, weil er nicht sorgfältig gearbeitet hatte. Und sie ließ die Schultern sinken. Auch die besten Empfehlungen konnten einen Meister nicht retten, wenn seine Arbeit nicht für sich selbst sprach.

«Ich weiß ja, dass meine Augen und Finger nicht mehr so viel taugen wie früher», sagte Vater leise, als hätte er Gesches Gedanken gelesen. «Aber dafür geht mir jetzt ja der gute Andreas zur Hand.»

«Ich verspreche, dass ich pflegeleicht bin, nicht übermäßig viel verzehre und funktioniere wie ein gut geöltes Rädchen», erklärte Niehus, den Clara immer noch mit skeptisch vorgerecktem Kinn musterte.

«Wart Ihr nicht bei Meister Wille im Dienst, Herr Niehus?», fragte Gesche, die immer noch nicht ganz verwunden hatte, den jungen Mann jetzt hier, in ihrem Zuhause, vor sich zu sehen.

«Andreas, wirklich, wenn es Euch recht ist. Es gab gewisse Unstimmigkeiten mit der Frau Meisterin ...» Er verdrehte die Augen. «Doch glücklicherweise bin ich dadurch nicht allzu tief gefallen. Ich wusste ja bereits durch eine sehr ausführliche persönliche Empfehlung, an welchen exzellenten Meister ich mich stattdessen wenden musste.»

«Dann freue ich mich, dass Ihr nun hier seid ... Andreas», sagte Gesche spontan und merkte erst beim Aussprechen, dass sie es tatsächlich so meinte. Erleichtert strahlte er sie an.

Clara schaute misstrauisch von ihr zu Andreas und wieder zurück. «Ich gehe dann mal Lisa in der Küche helfen», sagte sie. Mit einem überdeutlichen Wir-reden-noch-miteinander-Blick in Gesches Richtung rauschte sie aus dem Raum.

Etwas ratlos schaute Vater ihr hinterher. «Wir waren gerade dabei, uns die alte Uhr von Hedwig Carstens anzusehen. Du weißt schon, die Mutter von Gewürzhändler Carstens», murmelte er etwas verlegen – vermutlich, um überhaupt etwas zu sagen.

Andreas räusperte sich. «Würdet Ihr mich vielleicht noch einen Augenblick entschuldigen, Meister Altendieck?»

«Wofür denn?», erwiderte Vater überrascht.

«Ich würde gerne Eure werte Tochter ein paar Dinge zu dem Werk fragen, das ich hier entdeckt habe ...»

Und er ging in die Ecke mit dem kleinen Tisch, den Großvater einst für Gesche in die Werkstatt gestellt hatte. Dort lagerten die diversen Entwürfe für ihr Seechronometer – und der halb zusammengebaute Mechanismus.

«Die Konstruktion ist einfach faszinierend», fuhr Andreas fort und beugte sich über das Tischchen. «Die Lagerung auf beweglichen Rollen, um die Reibung gering zu halten ...»

Gesche spürte, wie ihre Wangen rot wurden. Sie hatte sich vor kurzem erst ausgemalt, wie es wohl wäre, Andreas ihr Seechronometer zu präsentieren. In ihrer Vorstellung hatte sie ihn jedoch dazu eingeladen. Stattdessen hatte er sich bereits damit vertraut gemacht, als Gesche noch nicht einmal anwesend gewesen war, und blätterte nun neugierig durch ihre Entwürfe. Merkwürdig fühlte sich das an ...

«Meine Gesche interessiert sich sehr für die Wissenschaften», erklärte Vater. «Das hat sie von Nicolaus, ihrem Großvater. Das Chronometer ist ihre neueste Studie. Auch wenn die Zeiten es gerade nicht gut mit uns meinen, gelingt es ihr irgendwie, ihre Interessen zu pflegen – hingebungsvoll wie eine junge Adelsdame.»

Vater klang stolz, und Gesche wusste, dass seine Aussage

gut gemeint war. Trotzdem gefiel ihr der Vergleich nicht besonders.

«Mit Verlaub, Meister Altendieck», sprach da Andreas. «Ich denke nicht, dass Gesches Betätigung mit der irgendeines Fräuleins verglichen werden kann, das sich im Gesang übt oder französische Briefe schreibt. Und eine *Studie* würde ich eine voll funktionsfähige Schiffsuhr nicht nennen. Wäre *Meisterstück* nicht angemessener?»

Gesche wurde noch röter. Sie musste aussehen wie ein Hummer auf dem Fischmarkt! *Meisterstück* hatte er gesagt. Und *Gesche*.

«Gewiss», sagte Vater, der leicht verwirrt wirkte. «Ich bin sicher, dass Gesche nach dem Essen ihre Arbeit gerne erklärt.»

«Mal schauen», murmelte Gesche. Eigentlich hatte sie es Andreas übelnehmen wollen, dass er ihr Werk in ihrer Abwesenheit erforscht hatte. Aber der Umstand, dass er den Wert ihrer Arbeit erkannt hatte, milderte ihren Groll beträchtlich. «Allerdings werde ich noch viel daran tun müssen, bis es die Bezeichnung *Meisterstück* auch nur im Entferntesten verdient», ergänzte sie schnell.

Sie setzte sich an ihr Tischchen, während Vater und Andreas wieder an der Carstens'schen Uhr arbeiteten. Der junge Uhrmacher warf ihr gelegentlich Schulterblicke zu. Ihm war anzusehen, dass er sich deutlich lieber mit Gesches Chronometer beschäftigt hätte als mit einer angerosteten Wanduhr. Gesche aber versuchte, sich auf ihre Arbeit zu konzentrieren.

Zum Essen gab es die Neunaugen-Pasteten aus dem Gödeken'schen Hause. Gesche kümmerte sich unterdessen um Großvater und sorgte dafür, dass er etwas Brühe zu sich nahm. Er stellte ihr einige Fragen zum Chronometer, die er schon letzte Woche gestellt hatte, und schlief über der Antwort ein.

Entsprechend nachdenklich war sie, als sie damit begann, Andreas nach dem Essen ihre Konstruktion zu erläutern. Doch er folgte ihren Ausführungen so aufmerksam, dass sie immer lebhafter redete und sich schon bald ganz im feinen und doch endlos großen Kosmos ihres Räderwerks verlor.

«Jetzt würde ich Euch gerne beeindrucken», sagte Andreas schließlich, «und davon erzählen, wo ich auf meinen Reisen etwas Vergleichbares gesehen habe. Doch mir fällt einfach nichts ein.»

Sie unterhielten sich bis zum Abend, bis Gesche und Clara wieder zurück zu Gödekens mussten. Gesche lief die Obernstraße reichlich beschwingt entlang.

«Eine glückliche Fügung also?», fragte Clara sie von der Seite.

«Wie bitte?»

«Der werte Herr Niehus. Ihr kennt euch durch eine glückliche Fügung, hat er gesagt.»

«Ja», erwiderte Gesche schuldbewusst. «Er reparierte gerade eine Standuhr, als ich etwas im Kaffeehaus abholen musste.» Das war die reine Wahrheit. Nur eben nicht die ganze.

«Soso», murmelte Clara skeptisch.

Gesche schwieg beklommen. Sie mochte nicht zugeben, dass sie sich heimlich mit Andreas getroffen hatte, während ihre Schwester ihr den Rücken freigehalten hatte.

«Und?», fragte Clara plötzlich. «Ist er gut?»

«Wie meinst du das?», entgegnete Gesche irritiert.

«Ob der Herr Niehus ein guter Uhrmacher ist, gütiger Gott!»

«Oh … doch, schon. Er versteht sich auf das Handwerk», murmelte Gesche.

Clara schnaubte. «Das klingt nicht sehr überzeugt.»

«Na ja, er ist ja auch noch kein Meister. Aber ich bin froh, dass Vater nun Hilfe hat.»

«Hm», machte Clara und musterte Gesche eindringlich. «Wir werden sehen.»

Auch im nassgrauen Herbst arbeitete Gesche noch an ihrem Chronometer, während sich draußen Regenpfützen auf dem buckeligen Straßenpflaster ausbreiteten. Sie zog sich in Vaters Werkstatt zurück, sobald ihr der Dienst Zeit dafür ließ. Andreas kam bei diesen Gelegenheiten immer an ihren Arbeitsplatz, um ihr Werk zu verfolgen und ihr ein wenig zur Hand zu gehen.

Zunächst hatte Gesche ihn dabei mit gespielter Strenge zurechtgewiesen; immerhin war es seine Aufgabe, Vater zu helfen. Doch dieser hatte nur mit einem unbestimmbaren Lächeln abgewinkt und seinen Gesellen gewähren lassen. So kam es, dass bald vier Hände an dem feinen Mechanismus arbeiteten, und wenn auch Gesche den Takt der Arbeit vorgab, fügte sich Andreas doch geschickt hinein.

Es war an einem Oktobertag, als Gesche, gerade ins Altendieck'sche Haus gekommen, die Werkstatt betrat – und Andreas sich plötzlich tief vor ihr verbeugte.

«Was soll die Förmlichkeit?», fragte sie halb belustigt und halb verärgert. Andreas verstand sich wunderbar darauf, sich wie ein vornehmer Galan aufzuführen. Doch er neigte dazu, sich in dieser Rolle allzu ernst zu nehmen.

«Ich habe ein Geschenk für dich, werteste Dame Altendieck», sagte er feierlich. Das Du hatte sich irgendwann von selbst zwischen Federn und Rädchen bei ihnen eingeschlichen.

Andreas überreichte Gesche einen glänzenden Gegenstand. Es war eine Art gewölbte Kuppel aus Messing, mit einer runden Aussparung in der Mitte. Sie erkannte sofort, was das sein sollte.

«Eine Gehäuse-Abdeckung», flüsterte sie. Dann fiel ihr das Spruchband auf, das in verschnörkelten Buchstaben auf das Metall geraviert war: «Altendieck à Bremen», eingerahmt von geschwungenen, stilisierten Meereswellen.

«Unten ist noch Platz für die Jahreszahl», erklärte Andreas. «Sobald wir wissen, wann das große Werk vollendet sein wird, werde ich sie ergänzen.»

«Es ist wunderschön», flüsterte Gesche. «Hast du das selbst graviert?»

«Traut mir das die Dame Altendieck etwa nicht zu?»

«Doch, gewiss!», beeilte sich Gesche zu sagen. «Es ist … einfach nur schön.»

Heimlich musste sich Gesche eingestehen, dass sie die hauchfeine Arbeit in der Tat kaum mit Andreas in Verbindung gebracht hätte. Seine Hände waren anscheinend mit schnörkelig-hübschen Dingen weitaus geschickter als mit mechanischen Werken.

«Aber das Material war sehr teuer», sagte sie dann leicht vorwurfvoll.

«Keine Sorge», erwiderte Andreas. «Das stammt nicht aus der Werkstatt deines Vaters. Ich habe es selbst bezahlt.»

Sie musterte ihn skeptisch.

Er lächelte. «Erfreuliche Umstände versetzten mich in die Lage dazu.»

«Dann danke ich dir von Herzen, Andreas!» Gesche musterte ihn neugierig. «Hast du solch kunstvolle Gravur-Arbeiten bei deinem Meister Stagnelius in Lübeck gelernt?»

«Es gibt gewiss angenehmere Themen als den alten Stagnelius – oder Lübeck, was das betrifft», erwiderte Andreas, und sein Lächeln hatte plötzlich einen verkrampften Zug. «Komm. Lass uns nach dem Chronometer schauen.»

Sie widmeten sich der gemeinsamen Arbeit, wann immer Gesche sich von Gödekens davonstehlen konnte. Schließlich mischte sich ein schneidender Hauch von Winter in die Herbstluft, und die Tage wurden zunehmend kürzer.

An einem dunklen Novemberabend war Gesche gerade dabei, sich in ihrer kleinen Dienstbotenkammer in die Konstruktionsskizzen zu vertiefen. Sie hatte in ihrem Büchlein weit zurückgeblättert und staunte darüber, wie sehr sich die ersten Entwürfe von dem Werk unterschieden, das nun immer mehr zu metallischem Leben erwachte. Es lag wahrhaft ein weiter Weg hinter ihr! Und hoffentlich noch ein viel weiterer vor ihr …

Sie blätterte sich gerade zu den neueren Skizzen durch, als plötzlich die Tür aufflog und Clara mit ungewohnter Heftigkeit in die Kammer gestolpert kam.

Gesche fuhr zusammen. Sie wollte eine spitze Bemerkung machen – da sah sie Claras Gesicht und ließ es bleiben.

«Gesche», sagte Clara tonlos. «Lisa ist unten an der Tür. Wir müssen sofort nach Hause. Großvater …»

Klamme Kälte griff nach Gesches Herz. «Ich … ich komme.»

In den nächsten Stunden funktionierte sie völlig mechanisch. Sie warf ihr Mantelet über und folgte ihrer Schwester zur Haustür, wo sie sich steif von Lisa umarmen ließ. An ihrer Seite eilten Clara und Gesche durch die Straßen nach Hause. Gesche hörte Lisa erzählen, wie Großvater in den letzten Tagen immer schwächer geworden und kaum noch aufgewacht war. Dass diese Nacht seine letzte in diesem Jammertal sein würde, das hätte der Herr Doktor Thiessen gesagt …

Daheim eilten sie gleich hinauf in Großvaters Kammer, wo Vater bereits an dessen Bett saß. Seltsam unbeteiligt nahm sie wahr, wie grau und eingefallen Nicolaus Altendieck aussah, wie schwach sich sein Brustkorb hob und senkte, als wäre die Kraft seiner inneren Feder nahezu verbraucht.

Sie setzte sich auf einen Hocker an sein Bett. Vater und Clara wechselten sich bei ihrer Wacht ab, versuchten auch Gesche zu überreden, ein wenig Schlaf zu suchen. Doch sie schüttelte nur den Kopf und blieb sitzen, bis Nicolaus Altendieck sich plötzlich noch einmal aufzubäumen schien – und schließlich alle Spannung verlor. Seine Wege hatten ihn in die Ardennen und nach Paris geführt, nach Den Haag und nach London. Jetzt endeten sie auf seinem schlichten Lager unter einem der Dächer von Bremen.

Seltsame Aktivität brach um Gesche herum aus. Lisa bestand darauf, dass man ein Fenster öffnete und alle Spiegel verhängte. Vater war plötzlich verschwunden, vermutlich verkrochen in seiner Werkstatt. Clara murmelte gepresst, dass jemand die Aufbahrung vorbereiten musste – und lief los, um irgendetwas Praktisches und Vorausschauendes zu erledigen. Nur Gesche blieb dort zurück, wo ihr Platz war. Wo er es schon immer gewesen war, seit sie Großvater als Mädchen aus seinen Büchern vorgelesen hatte.

Sie starrte auf die sterbliche Hülle ihres Großvaters. Diese schien nur noch wenig mit dem Mann zu tun zu haben, der den Namen Nicolaus Altendieck getragen hatte, gleich einem Gehäuse ohne eine Mechanik dahinter.

Lange saß sie so da, bis sie endlich mit einem tauben Gefühl im ganzen Körper aufstand und die Treppe in die Diele hinunterschlich. Hier tickte Hora unbarmherzig vor sich hin. Wie von selbst hielten Gesches Schritte auf die Uhr zu. Schließlich stand sie ihr gegenüber und schaute auf das Zifferblatt, wie sie es als Kind so oft getan hatte.

«N. Altendieck. Bremen 1735»

Die Signatur verschwamm vor ihren Augen.

Hinter ihr klappte die Haustür. Dann war plötzlich jemand da. Andreas stand neben ihr und nahm sie in die Arme.

«Es tut mir so leid», flüsterte er.

Gesche antwortete nicht. In diesem Moment zerbrach ihre Taubheit, und sie ließ ihren Tränen freien Lauf, während sie sich an Andreas klammerte. Sein Geruch stieg ihr in die Nase, er roch nach Nacht und Regen und zudem ein wenig nach Alkohol. Doch die Wärme seines Körpers umfing sie wie eine schützende Decke. So standen sie vor Hora auf der Diele des Altendieck'schen Hauses und bewegten sich nicht, während die Zeiger mit gnadenloser Unaufhaltsamkeit vorankrochen, dem unabwendbaren Ende aller Dinge entgegen.

Achtes Kapitel

Nicolaus Christoph Altendieck wurde auf dem Friedhof von St. Ansgarii beigesetzt, wie schon so mancher Altendieck vor ihm. Es wurde eine würdige Bestattung. Dafür hatte der Beutel Silber gesorgt, den ein rotblonder Knecht verstohlen im Altendieck'schen Haus abgegeben hatte, zusammen mit einem Brief für Vater.

Gesche war es gleich, unter was für einem Stein die sterbliche Hülle ihres Großvaters begraben lag. Genauso gleich wie die Predigt, die Wahl der Grabinschrift oder die vielen Hände, die es zu schütteln galt. All dies verband sie nicht mit Nicolaus Altendieck, und er selbst hätte es wohl auch eher lästig gefunden.

Für Gesche lebte die Erinnerung an Großvater in seinen Büchern und seinen Uhren – und in dem Wissen, das sie ihm verdankte. Statt regelmäßig Blumen auf dem kalten Erdboden abzulegen, pflegte sie lieber das Werk von Hora besonders gewissenhaft und sorgte dafür, dass ihr Ziffernblatt stets glänzte. Wann immer Horas Rechenschlagwerk zur vollen Stunde die ersten Töne von *Nun danket alle Gott* erklingen ließ, musste sie die Tränen unterdrücken.

Stärker aber noch als mit der Pflege des Vergangenen konnte Gesche Großvater mit der Gestaltung des Zukünftigen ehren. Davon war sie überzeugt. Und so steckte sie alle Kraft und allen Willen in die Vollendung ihres Chronometers.

Auch Andreas trug seinen Teil zu ihrem Werkstück bei. Seit jenem stummen Moment im Angesicht von Hora hatte sich etwas zwischen ihnen verändert. Was zuvor im Verborgenen gewirkt hatte, war nun ans Tageslicht gekommen. Immer wieder berührten sich ihre Hände wie zufällig bei der Arbeit, immer wieder suchte Gesche Andreas' Blick und versank in der sanftbraunen Wärme seiner Augen.

So verging der Winter, und der Frühling taute heran. An einem der ersten lauen Tage des Jahres fing Andreas sie auf ihrem Weg von Gödekens nach Hause ab, um sie wieder ins Kaffeehaus einzuladen. Gesche war zunächst empört über diese Verzögerung ihrer Arbeit – immerhin hätte sie die Zeit auch in der Werkstatt verbringen können –, doch es tat ihr gut, einfach nur mit Andreas über Kunst und Theater, Uhrmacherei und die Städte des Nordens zu reden, ohne dabei halb in ihr Werk versunken zu sein.

An einem Tag kurz danach zog Andreas sie in eine dunkle Ecke unter der Treppe der Altendieck'schen Diele für einen ungestörten Moment zu zweit – und für einen langen Kuss. Als sich die Tür der Küche öffnete und Lisa herausgeeilt kam, lösten sich die beiden rasch voneinander. Gesche blieb verwirrt und mit klopfendem Herzen zurück – und mit dem leisen Wunsch nach mehr.

«Ich hatte das übrigens nicht als Aufforderung gemeint», sagte Clara eines Abends, als sie in der Gödeken'schen Mägdekammer auf ihren Betten saßen. Clara hatte dunkle Ringe unter den Augen, wie nur allzu oft in den letzten Monaten.

«Was hast du gemeint?», fragte Gesche abwesend.

«Als ich Swantje sagte, dass du einen Liebsten hast und öfter Ausgang brauchst», erklärte Clara. «Ich meinte damit nicht, dass du dir wirklich einen suchen sollst.»

«Ach, du ...», brummte Gesche und senkte etwas beschämt den Kopf.

«Hast du vor, noch weiter an deiner Schiffsuhr zu arbeiten? Sonst kannst du mir gerne wieder mehr im Haushalt zur Hand gehen. Ich schufte jedenfalls nicht für zwei, damit du Zeit mit Herrn Niehus verbringen kannst.»

«Natürlich arbeite ich weiter an meiner Uhr!», rief Gesche empört. «Wie kannst du etwas anderes denken?»

Clara zog eine Augenbraue hoch. «Machst du deine Skizzen neuerdings im Kopf? Ich habe dich lange nicht mehr in dein Büchlein schauen sehen.»

Seufzend musste Gesche sich eingestehen, dass sie gerade ein wenig geträumt und an die Länder gedacht hatte, die Andreas schon bereist hatte.

«Wenigstens kann der Herr Niehus deine Abende nicht zu sehr einnehmen», ergänzte Clara etwas spitz. «Nach allem, was Lisa erzählt, ist er oft unterwegs und kommt erst sehr spät heim.»

«Die Unrast liegt ihm eben im Blut», erwiderte Gesche unwillig.

«Solange es nur die Unrast ist», knurrte Clara und drehte sich zur Wand.

Gesche löschte die Kerze. Warum konnte Clara *Herrn Niehus* bloß noch immer nicht leiden? War es, weil er sich um Gesche bemühte, obgleich Clara doch die Ältere war und eigentlich zuerst einen Mann finden sollte? Aber in einer Sache hatte sie tatsächlich recht, auch wenn Gesche das niemals zugegeben hätte: Sie musste sich wirklich mehr zusammennehmen! Das Chronometer durfte nicht hinter ihren Träumereien zurückstehen.

Als Andreas ihr einige Tage später auflauerte, um sie zu

einer weiteren Tasse Kaffee zu entführen, packte Gesche ihn kurzentschlossen am Ärmel und schleifte ihn unter minimalen Erklärungen mit sich bis zum Haus der Altendiecks.

«Ich nehme an, das war ein Nein zu meiner Einladung?», sagte Andreas halb empört und halb belustigt, als die beiden sich schließlich auf der Diele wiederfanden.

«1777», antwortete Gesche entschlossen.

«Wie bitte?»

«Graviere diese Zahl auf das Gehäuse. Wir werden das Chronometer noch in diesem Jahr fertigstellen. Ab jetzt wird es keine Verzögerungen mehr geben!»

«Und keinen Kaffee», seufzte Andreas. Doch er folgte Gesche gehorsam in die Werkstatt.

Das Frühjahr brachte wieder viel Arbeit in Haus und Hof mit sich, doch Clara verdoppelte ihre Anstrengungen, damit auch Gesche die ihren verdoppeln konnte. Schließlich fügte sich Rädchen an Rädchen, tanzten die Kräfte so, wie sie es vorgesehen hatte. Schon bald schlossen Gesche und Andreas gemeinsam das Messing-Gehäuse um den filigranen Mechanismus. Nur das mit Glas eingelegte Sichtfenster lag noch frei und gewährte einen Blick auf das Ziffernblatt, das in Kürze die Londoner Ortszeit von Greenwich anzeigen würde. Gemeinsam zogen sie die letzten Schrauben am Gehäuse fest.

«Fertig!», sagte Andreas schließlich feierlich.

Gesche sagte nichts. Sie starrte auf das kleine, metallisch glänzende Gebilde, in dem das Herzblut vieler Monate lag, die Entbehrungen im Dienst der Gödekens, die Sehnsucht nach Friedrich im fernen London und die Erinnerung an Großvater.

«Nein.» Johann Altendieck verschränkte die Arme vor der Brust. Er wusste wohl, dass die Geste eher trotzig als entschlossen wirkte. Doch die Kunst der hausväterlich-strengen Autorität hatte er noch nie beherrscht, und er wollte sichergehen, dass er sich unmissverständlich ausdrückte.

«Was meinst du mit *nein*, Vater?», fragte Gesche entgeistert. Sie stand neben Andreas mitten in der Werkstatt, dem Arbeitstisch gegenüber, an dem Johann gerade saß. Die beiden wirkten ein wenig wie Kinder, die etwas zu beichten hatten – oder eine große Bitte auf dem Herzen, etwa einen Freimarkt-Besuch. Doch darum ging es nicht. Es ging um das Objekt, das Gesche in den Händen trug: ein rundes Gehäuse, das in warmen Metalltönen schimmerte. In seinem Inneren schnurrte leise das Räderwerk. Johann betrachtete das Chronometer mit einer Mischung aus Bewunderung und Bedauern.

«Ich werde mich nicht auf ein weiteres Abenteuer einlassen», erklärte er. Dabei versuchte Johann, sachlich und bestimmt zu klingen, doch er merkte selbst, dass seine Stimme einen bitteren Beiklang hatte. Über dieses Thema würde er niemals ohne Gram sprechen können. «Wir Altendiecks haben schon einmal höher hinausgewollt, als gut für uns ist», fuhr er fort. «Es hat zu einem umso tieferen Fall geführt. Diesen Fehler werde ich nicht noch einmal begehen.»

«Aber mein Chronometer ist voll funktionsfähig!», rief Gesche, deren Stimme noch immer erstickt vor Ungläubigkeit klang. «Es erfüllt die Anforderungen des *Board of Longitude*!»

«Wir haben es ausführlich getestet», warf Andreas ein.

«Du musst das Chronometer dem Komitee vorstellen», beschwor ihn Gesche eindringlich, «und der Welt zeigen, was die Altendiecks wirklich vermögen! Ich kann es ja schlecht selbst präsentieren…»

Johann spürte, dass er beide Fäuste ballte, erfüllt von Wut auf sich selbst. Es tat ihm endlos leid, seine Gesche so enttäuscht zu sehen. Aber es ging nun einmal nicht anders! Er hatte diese Sache viel zu lange laufen lassen – zunächst, um Gesche einen Trost in all den Widernissen zu gewähren. Später dann, um ihr Zeit mit Andreas zu gönnen, an dem sie anscheinend Gefallen gefunden hatte und der ja vielleicht ein ganz respektabler Nachfolger wäre. Doch Gesche hatte das alles zu ernst genommen, hatte immer noch nicht begriffen, dass sie einfach kein Uhrmachermeister war. Er musste es jetzt beenden, ehe noch mehr Schaden daraus erwuchs.

«Ich freue mich, dass du mit deiner Konstruktion zufrieden bist, Gesche», sagte er betont ruhig. «Und wenn du magst, werde ich sie selbst testen und schauen, ob sie sich vielleicht für eine ansehnliche Summe verkaufen lässt. Aber ich werde nicht als kleiner, bremischer Uhrmacher vor das *Board of Longitude* treten und die letzten Trümmer unseres guten Rufes auch noch einreißen, indem ich mich dort lächerlich mache.» Gesche setzte dazu an, etwas zu sagen, doch Johann hob die Hand und fuhr ein wenig lauter fort: «Und schon gar nicht jetzt, wo wieder der eine oder andere Auftrag hereinkommt. Vielleicht wird in der Werkstatt eines Tages wieder ausreichend Arbeit anfallen, um davon ein bescheidenes Leben zu führen. Dann werde ich Gott dankbar sein und mich gewiss nicht beschweren. Wir Altendiecks sind Kleinschmiede und Werkzeugmacher, die sich ein wenig auf die Uhrmacherei verstehen, Gesche. Du solltest lernen, damit zufrieden zu sein, dass wir die geringsten unter den bremischen Uhrmachern sind. Jedes Rädchen hat seinen Platz im Getriebe, und es ist gefährlich, daraus hervorzubrechen.»

Auf Gesches Gesicht spiegelte sich der Schmerz, den auch

Johann bei jedem der Worte empfand. Er zwang sich dennoch, sie auszusprechen, tat es für Gesche, die er vor ihrem eigenen Sturkopf bewahren musste. Sollte sie ihn ruhig dafür hassen – so, wie er sich selbst oft genug hasste.

Johann bemerkte, dass Gesche unwillkürlich in jene Ecke schaute, wo sein Vater einst seinen Platz gehabt hatte, zu ihrem kleinen Arbeitstisch – gerade so, als wäre Nicolaus Altendieck immer noch dort, um sich für ihre abenteuerlichen Ideen auszusprechen.

«Nein», sagte Johann noch einmal. «Diesmal nicht, Gesche. Nicht für Kairos, nicht für deinen Großvater.» Er seufzte tief. «Deine Mutter hätte gewollt, dass ich mich um euch kümmere, so gut es eben geht – und die Familie nicht in irgendwelche absurden Abenteuer laufen lasse.»

«Das kannst du nicht tun, Vater!» Gesches schrie nun fast. «Weißt du, wie viel Arbeit in dem Chronometer steckt, wie viele Ideen von Großvater und mir, wie viel …» Gesches Stimme brach. Andreas legte ihr die Hand auf den Arm, doch sie wich unwillig aus.

«Ich muss das sogar tun», sprach Johann streng. «Für unsere Familie – und zu deinem Schutz.»

Plötzlich erschien Clara neben Gesche und Andreas. Sie hatte das Gespräch offenbar von der Diele aus verfolgt.

«Vater», sagte sie ruhig. «Lass uns doch einen Versuch mit Gesches Schiffsuhr wagen.»

Johann dachte daran, wie seine Töchter ihn damals gemeinsam bedrängt hatten, den Auftrag des Rates anzunehmen. Claras ruhige Bitte bewegte ihn fast mehr als Gesches wütende Leidenschaft, denn seine ältere Tochter verlangte nur selten etwas von ihm. Gerührt betrachtete Johann, wie die beiden Schwestern beieinanderstanden. Er spürte den Impuls, sich ihrem Einvernehmen anzuschließen und sie in kindlichen Jubel ausbrechen zu lassen, indem er ihrem Ansinnen nachgab. Doch das durfte er nicht. Um ihretwillen musste er stark sein, musste verhindern, dass sie sich in falsche Hoffnung ergaben.

«Genug jetzt!», sagte er mit einer Härte in der Stimme, die ihn selbst erschreckte. «Ich will nichts mehr davon hören. Andreas, kommst du? Wir haben noch einiges zu erledigen. Und Lisa kann gewiss auch etwas Hilfe gebrauchen.»

Gesche starrte ihn an, als sähe sie einen Geist vor sich. «Das kannst du nicht ernst meinen ...», flüsterte sie.

Johann schwieg mit verkniffenen Lippen.

Wütend wandte Gesche sich ab und rauschte aus dem Raum. Clara warf ihrem Vater einen langen, ernsten Blick zu und folgte schließlich ihrer Schwester. Johann schloss kurz die Augen, ehe er sich wieder seinem Reparaturauftrag zuwandte. Er arbeitete schweigend, denn es gab nichts mehr zu sagen.

Neuntes Kapitel

«Das ist nicht das Ende.» Gesche sprach so ruhig wie möglich, als würde sie eine Selbstverständlichkeit feststellen. Doch innerlich wurde sie umhergeworfen wie das Schiffchen aus Zinn, das Horas Werke beständig auf den Wellen tanzen ließen. «Ich werde mein Chronometer dem *Board of Longitude* vorstellen. Wenn Vater sich weigert, werde ich es selber tun. Schließlich trage auch ich den Namen Altendieck!»

Sie lief rastlos in der Küche auf und ab. Clara stand beim Arbeitstisch und musterte sie besorgt. Auf der Ofenbank brütete Andreas vor sich hin. Im Hintergrund werkelte Lisa und gab sich alle Mühe, das Gespräch der jungen Leute zu überhören, die sich konspirativ in ihrem Reich versammelt hatten. Eigentlich hätten Clara und Gesche schon wieder zu Gödekens aufbrechen müssen. Doch das, was vorhin in der Werkstatt geschehen war, ließ ihnen keine Ruhe.

«Gesche», sagte Clara seufzend. «Du weißt, dass das nicht geht. Wie willst du als Hausmagd vor die gelehrten Herren treten?»

«John Harrison tat es als Tischler vom Lande», erwiderte Gesche trotzig.

«Und als Mann», stellte Clara lapidar fest.

Gesche holte Luft, um etwas Empörtes zu erwidern. Und schwieg. Clara hatte recht. Ihre Schwester und diese ärgerliche Angewohnheit, vernünftig zu sein. Darin war sie einfach so verdammt gut! Es war unwahrscheinlich genug, dass man ihr bei der Kommission ihren Stand verzieh. Dass man über ihr Geschlecht hinwegsah und ihre Arbeit ernst nahm, war schlichtweg unmöglich.

Wütend betrachtete sie das Chronometer, das nun auf dem Küchentisch lag und ziemlich deplatziert aussah. Ein vollendeter Mechanismus, der tat, was er sollte – wenn denn der Uhrmachermeister Johann Christian Altendieck ihn stolz präsentieren würde. Als Werk der Dienstmagd Gesche Altendieck war er nicht einmal einen Blick wert.

«Du bist ein Mann!», rief Gesche plötzlich und wandte sich an Andreas, der bislang geschwiegen hatte. «Und noch dazu ein Uhrmacher.»

«Aber kein Altendieck!», schnappte Clara sofort.

«Das muss ja niemand wissen», erwiderte Andreas mit einem schlauen Grinsen und nickte Gesche zu. «Mir gefällt die Idee. Das könnte funktionieren ...»

«Aber ich müsste dabei sein, wenn du das Chronometer vorführst, oder zumindest in der Nähe», warf Gesche rasch ein. «Um noch mal alles feinzujustieren, bevor es untersucht wird.»

«Ihr seid hier, in Bremen – und nicht in London, wo dieses famose Komitee offenbar tagt», warf Clara bissig ein. «Die Sache klappt doch hinten und vorne nicht.»

Gesche tigerte grimmig in der Küche umher. Die Arbeit an ihrem großen Werk hatte sie so sehr beschäftigt, dass sie sich kaum mit den praktischen Fragen seiner Präsentation befasst hatte. Schließlich war sie davon ausgegangen, dass der erfahrene Uhrmachermeister Johann Altendieck sich darum kümmern würde, wenn es erst einmal so weit war ...

Andreas sprang plötzlich von der Ofenbank auf. «Gesche,

was würdest du sagen, wenn ich alles Notwendige dafür in die Wege leite?»

«Dafür müsstet Ihr schon ein rechter Hexenmeister sein, Herr Niehus», höhnte Clara.

«Lasst es nur meine Sorge sein, wie ich diese Hexerei vollbringe, werte Mademoiselle Altendieck», erwiderte er. «Also, Gesche: Was würdest du sagen, wenn ich es möglich mache, dass das *Board of Longitude* deinen Entwurf begutachtet? Würdest du alles tun, was dafür notwendig ist? Auch, wenn es ein wenig unkonventionell wäre?»

«Aber ja!», rief Gesche, ohne lange nachzudenken. Und sie spürte tief in ihrem Inneren, dass sie es mehr als ernst meinte. Clara verdrehte die Augen.

«Ich hatte nichts anderes erwartet», sagte Andreas lächelnd. Dann wandte er sich an Clara. «Fräulein Clara, ich weiß wohl, dass Ihr nicht immer mit mir einer Meinung seid. Doch nun benötige ich Eure Hilfe. Ohne Euch kann ich das Werk Eurer Schwester nicht an den Ort bringen, an den es angemessenerweise gehört.»

Gesche schaute Clara eindringlich an. Diese ließ den Blick misstrauisch zwischen ihr und Andreas hin- und herwandern. Schließlich seufzte sie schicksalsergeben.

«Mal schauen», brummte sie. «Das ist alles, was ich zusagen kann.» Sie warf Gesche einen warnenden Blick zu. «Und selbstverständlich wird eine Altendieck nichts Unschickliches tun.»

«Was hast du denn vor?», fragte Gesche ungeduldig, ohne weiter auf Clara einzugehen.

«Ich merke gerade, wie weit die Zeit schon fortgeschritten ist», sagte Andreas bedeutungsvoll. «Gewiss werden mir die beiden jungen Damen Altendieck die Ehre erweisen, dass ich sie noch zur Haustür geleite.» Er warf einen vielsagenden Blick zu Lisa, die schon seit Ewigkeiten dieselbe Pfanne polierte.

So verließen sie die Küche und traten auf die Diele, wo Hora einsam vor sich hin tickte.

«Sorge dafür, dass dein Chronometer transportfertig ist», flüsterte Andreas Gesche zu. «Denk auch an ein wenig Werkzeug, falls du etwas reparieren oder nachjustieren musst. Und pack alles ein, was du für eine Reise brauchst. Hast du ein hübsches Kleid?»

«Nein», erwiderte Gesche verdattert. «Keines, das mir noch passt.»

«Macht nichts», lächelte Andreas. «Die englischen Schneider sind gut, sagt man.»

«Als wenn Ihr das Geld für eine solche Reise hättet, Herr Geselle», fauchte Clara.

«Überlasst diese Hexerei nur mir», wiederholte Andreas ungerührt. «Wenn Ihr selbst ein wenig hexen mögt, Fräulein Clara, dann sorgt dafür, dass Gesche möglichst lange entschuldigt ist. Sie könnte zum Beispiel krank im Bett liegen – bei Gödekens, falls ein Altendieck fragt, oder bei Altendiecks, falls jemand von den Gödekens sich erkundigt. Das dürfte für eine Weile vorhalten.»

Schnaubend wandte Clara sich von ihm ab.

Aber sie hat nicht nein *gesagt*, dachte Gesche mit banger Hoffnung.

«Halte dich von jetzt an immer bereit, Gesche», beendete Andreas seine Ausführungen. «Ich werde noch gewisse Vorkehrungen treffen, doch dann muss es schnell gehen. Deine Konstruktion kommt vor die Kommission, dafür werden wir sorgen. Auf bald!»

Und er entließ die beiden ins Abenddunkel der Straßen.

Clara sprach auf dem ganzen Weg zu Gödekens kein Wort mit Gesche. Sie bemerkte es kaum. Mit klopfendem Herzen dachte sie an das, was vor ihr lag: eine Reise zum *Board of Longitude*! Jedenfalls, sofern Andreas wirklich ein solcher Zauberer war, wie er behauptete.

Die nächsten Tage vergingen in quälender Normalität. Jetzt, da das Chronometer gebaut war und nutzlos herumlag, gab es nichts mehr, worauf Gesche hinarbeiten konnte. Sie war einfach nur ein Dienstmädchen, das tat, was man ihm auftrug – mit Swantje kochen und Wäsche waschen, im Haus putzen und für Besorgungen kreuz und quer durch Bremen laufen. Andreas ließ nichts von sich hören, und auch, als Gesche das nächste Mal Ausgang hatte, war er nicht im Altendieck'schen Haus anzutreffen.

«Wandergesellen wandern eben», erwiderte Vater bitter, als sie ihn darauf ansprach. «Er hat sich verabschiedet und ist weitergezogen. Vermutlich gab es hier nicht genug zu lernen.»

Gesche hatte die Nachricht mit noch mehr Herzklopfen aufgenommen. Hatte Andreas den Haushalt verlassen, um seine geheimnisvollen Vorbereitungen zu treffen? Oder war er verschwunden, weil seine Ankündigungen doch nicht mehr als Prahlerei gewesen waren? Claras Blick sagte überdeutlich, dass sie genau das glaubte. Doch Gesche weigerte sich, so etwas zu denken. Ihr Chronometer gehörte vor die Kommission, und Andreas hatte es versprochen.

Heimlich suchte sie einige Sachen zusammen und verstaute auch das Chronometer in Mutters alter Schmuckschatulle, die sie großzügig auspolsterte. Sie packte alles in ein Felleisen, einen festen Lederranzen, den Vater einst in seiner (nicht sehr ausgedehnten) Zeit als Wandergeselle verwendet hatte und der seither unbenutzt in einer Truhe ruhte. Das Ding war nicht besonders formschön und roch muffig, doch es erfüllte seinen Zweck. Auf ihrem Rücken nahm Gesche den Ranzen mit zum Gödeken'schen Haus und brachte ihn schließlich in einer Ecke ihrer Mägdekammer unter.

Clara schüttelte skeptisch den Kopf, wenn ihr Blick auf das Gepäckstück fiel. Gesche aber schwieg hoheitsvoll dazu. Sie war bereit und würde sich nicht durch Kleingläubigkeit davon abbringen lassen, das Notwendige zu tun. Auch wenn das Notwendige vorerst darin bestand, das Kontor des Kaufmanns Gödeken zu fegen, seine Wäsche zu waschen und abends erschöpft ins Bett zu sinken.

«Gesche!» Es war noch dunkel, als sie die Stimme ihrer Schwester hörte und eine Berührung an der Schulter spürte. Unwillig drehte sich Gesche zur Wand. «Gesche!» Clara ließ nicht locker.

«Was ist denn?», murmelte sie ungnädig.

«Andreas ist hier», flüsterte Clara. «Er will dich abholen.»

Sofort war Gesche hellwach. «Ich komme!», rief sie und schwang sich aus dem Bett, um sich anzuziehen. «Wie spät ist es?», fragte sie, während sie sich ihr Kleid überzog.

«Früher Morgen», erwiderte Clara mit einem nervösen Blick zur Kammertür. «Ich war dabei, den Ofen in der Küche anzuheizen, als er an der Hintertür geklopft hat. Swantje werkelt auch schon irgendwo herum. Beeil dich!» Sie zögerte. «Wenn du das wirklich tun willst», ergänzte sie leise.

«Ja», erwiderte Gesche, ohne nachzudenken. «Das will ich.» Dann bemerkte sie die Angst und Sorge, die Clara nur schlecht hinter ihrer Skepsis verbarg. Und sie umarmte ihre Schwester fest. «Ich komme wieder», flüsterte sie. «Versprochen.»

«Dann los», raunte Clara und streifte Gesches Arme entschlossen ab. «Ehe dich jemand sieht.»

Gesche kleidete sich fertig an, schwang den Lederranzen über die Schulter und eilte an Claras Seite zur Hintertür. Irgendwo im Haus polterten nun auch schon Gerts schwere Schritte.

«Die Dame Altendieck!», strahlte Andreas, der an der Tür wartete. «Dank dir habe ich das Privileg, dass die Sonne heute für mich ein Stündchen früher aufgeht als für den Rest von Bremen.»

Gesche hätte Andreas fast nicht erkannt. Er trug einen eleganten, lavendelfarbenen Justaucorps-Rock mit einem Rüschenhemd, dazu einen Dreispitz und sogar einen Gehstock mit silbernem Knauf. Er sah mehr wie ein junger Edelmann aus als wie ein Handwerksgeselle – wenn man davon absah, dass seine Habe in einem großen Leinensack zu seinen Füßen lag und offenbar kein Diener bereitstand, um das Gepäck für ihn zu tragen.

«Darf ich es wagen, mit dir einen kleinen Spaziergang in die weite Welt zu unternehmen?», fragte Andreas und reichte Gesche die Hand wie zum Tanze.

Gesche starrte perplex die vornehme Erscheinung an, in die Andreas sich verwandelt hatte.

«Nun geh schon!» Clara schubste Gesche mit sanfter Gewalt nach draußen, wo sie mechanisch Andreas' Hand ergriff.

Gesche drehte sich zu ihrer Schwester um. «Und du wirst ...?»

«Ich werde sagen, dass du nach Hause geholt wurdest, weil

Vater krank ist und gepflegt werden muss», erklärte Clara. «Und anschließend wirst du krank sein und gepflegt werden.»

«Besten Dank, Fräulein Clara», sagte Andreas und zog den Hut vor ihr.

«Ich tue das nicht für Euch, Herr Niehus», erwiderte Clara kühl. Sie trat einen Schritt auf Andreas zu und fixierte ihn intensiv. «Ihr werdet meine Schwester wohlbehalten wieder hierher nach Bremen bringen», sagte sie mit ruhiger Stimme, die gerade darum bedrohlich klang.

«Gewiss», lächelte Andreas verkniffen.

Dann nahm Clara Gesche noch einmal kurz und fest in den Arm. «Gute Reise, Gesche», flüsterte sie. «Komm bald wieder.»

Im nächsten Moment schlug sie abrupt die Tür zu, als sich Schritte im Haus näherten. Gesche hatte das Gefühl, dass gleichsam die Tür zu ihrem bisherigen Leben hinter ihr zugefallen war. An Andreas' Seite schlüpfte sie vom Hinterhof auf die Straße hinaus. Dann gingen sie in Richtung der Schlachte.

«Ich hätte dich fast nicht erkannt», stellte Gesche unterwegs fest.

«Meine Hexereien brauchen ihre Zeit», erwiderte Andreas. «Aber dann sind sie wirkungsvoll. Oder hast du mir das wieder nicht zugetraut?» Er hob die Augenbrauen.

«Unsinn», erwiderte Gesche etwas zu rasch. «Ich habe allerdings keine Vorstellung, wie du es angestellt hast ...»

Andreas lächelte nur in sich hinein. Kurz vor der Schlachtpforte hielt er noch einmal. «Einen Moment, bitte ...» Er kramte in seinem Tuchsack herum und zog schließlich ein dunkles, mit einer dünnen Fellborte versehenes Mantelet hervor. «Das ist vermutlich etwas warm für die Jahreszeit – aber es wird dich kleiden, bis wir etwas Besseres aufgetrieben haben.»

Er legte das Mantelet um Gesches Schultern. Es war eine Spur zu weit, doch es erfüllte seinen Zweck: Zumindest für einen flüchtigen Blick war nun verhüllt, dass eine junge Frau im Gewand einer Dienstmagd an der Seite dieses mondänen Mannes ging.

«Du bist übrigens meine Schwester», sagte Andreas. «Gesche und Andreas Altendieck. So sind wir als Passagiere eingetragen.»

Als sie die Pforte durchschritten und die Hafenanlagen betraten, klopfte Gesches Herz in banger Erwartung. Auch in den frühen Morgenstunden herrschte hier schon lärmende Geschäftigkeit. Die Wuppen knarrten, der mechanische Kran schepperte schwer, dazwischen erklangen die rauen Stimmen der Maskopsträger.

Gesche war es gewohnt, dass sie ständig jemandem ausweichen musste, wenn sie hierherkam, um nach Friedrich zu fragen. Doch heute war das anders. Andreas, bewehrt mit Dreispitz und Gehstock, schritt mit solch selbstverständlicher Gelassenheit quer über den Kai, ohne nach rechts und links zu schauen, dass jedermann ihm respektvoll Platz machte. Staunend hielt sich Gesche an seiner Seite.

«Da vorne ist es», sagte Andreas und zeigte auf eine schmucke, dreimastige Galiot. Ihre Reling war meerblau gestrichen, als Galionsfigur schaute ein goldener Löwenkopf grimmig von ihrem Bug – ein Kennzeichen holländischer Segler, wie Gesche von ihren Besuchen hier wusste. Der Namenszug *Triton* prangte in glänzenden Buchstaben daneben.

«Und dieses Schiff wird uns nach London bringen?» Gesche wagte kaum, es wirklich auszusprechen – gar zu unwirklich fühlte sich alles an, als könnte es sich jederzeit wie ein Traumgebilde in Luft auflösen.

«Ja. Die Überfahrt ist schon bezahlt.»

Sie gingen an Bord, wo es nicht weniger geschäftig zuging als auf dem Kai. Der Bootsmann, ein stämmiger Kerl mit struppigem Bart, gönnte den Passagieren kaum einen zweiten Blick. Er wies einen Schiffsjungen an, sie zu ihrer Kabine zu bringen, ehe er wieder ein Kommando mit seiner furchtbar durchdringenden Pfeife blies. Mit zittrigen Knien stieg Gesche in den Bauch des Schiffes hinab, wo ihr Andreas schließlich einladend die Tür zu ihrer Unterkunft aufhielt. Es war ein winziger, fensterloser Verschlag, noch kleiner als die Mägdekammer der Gödekens. Gesche schätzte, dass sich das Zimmerchen, in das kaum zwei Schlaflager passten, nahe am Heck des Schiffes befinden musste.

«Ich weiß, es ist kein Palast», erklärte Andreas. «Aber bis London wird es wohl genügen. Der Schiffszimmermann hat extra für uns die Wände eingezogen, damit wir ungestört nächtigen können.»

«Diese Kabine wurde für uns gebaut?», hakte Gesche verwundert nach.

«Ja», erwiderte Andreas mit einem stolzen Lächeln. Es gefiel ihm sichtlich, ihr weltmännische Erklärungen geben zu können. «Der Platz an Bord eines Handelsseglers ist viel zu wertvoll, um mit leeren Kabinen herumzuschippern, falls es mal nicht genug Passagiere gibt. Da ist es einfacher, bei Bedarf etwas zurechtzuzimmern und sonst den Raum für Fracht zu nutzen.» Er zog etwas aus seinem Tuchsack. «Hier. Auch das muss für die Überfahrt genügen.»

Es war ein hellblaues Kleid. Ein wenig abgetragen und knitterig schaute es aus, aber doch ansehnlicher als ihr Dienstmädchenkleid. «In London werden wir dann etwas Besseres finden.»

Gesche verschwand in der engen Kabine und warf sich rasch das Kleidungsstück über, während Andreas draußen wartete. Es passte nicht wirklich gut, war insbesondere an den Schultern zu weit, doch auf solche Dinge hatte sie noch nie Wert gelegt.

Entsprechend trug sie das Kleid trotz seiner Mängel mit erhobenem Haupt, als sie kurz darauf neben Andreas an Deck stand und beobachtete, wie die Stadt an ihnen vorbeizog und schließlich die Türme von Bremen hinter ihnen verschwanden. Sie standen auch noch dort, als sie die Wesermündung erreichten und bald die grüngraue Küste hinter ihnen zurückblieb, bis sich nur noch die kalte Nordsee um sie herum ausbreitete.

In Bremen hatte Clara Swantje sicher bereits erklärt, warum ihre Schwester nicht im Haus war. Sie würde das Kontor fegen und der Köchin zur Hand gehen. Vater würde in seiner Werkstatt hocken, die Fischweiber würden durch die Straßen ziehen, die Ratsherren im Angesicht der großen Uhr tagen. Alles würde wie immer sein – doch Gesche war nicht mehr da. Sie war mit ihrem Seechronometer auf dem Weg nach London! In Gesche purzelte alles durcheinander wie Rädchen, die sich von ihrer Platine gelöst hatten.

In ihrem Bauch aber stellte sich ein seltsames Gefühl ein, das sich zunehmend ausbreitete. Ihr war schlecht. Gesches Magen war das Schlingern des Schiffes nicht gewohnt.

Andreas, der zu ahnen schien, wie es ihr ging, nahm sie galant bei der Hand und versuchte, sie durch allerlei Plaudereien abzulenken. Er sorgte auch dafür, dass sie im Laufe des Tages ihre Mitreisenden kennenlernten, die sich nach und nach ebenfalls an Deck zeigten. Da waren zwei junge britische Edelmänner mit ihren Leibdienern, die gerade von ihrer Grand Tour durch die Hauptstädte Europas zurückkehrten. Sie schauten sich vielsagend an, als Andreas Gesche als seine Schwester vorstellte. Ein dicker Kaufmann im schwarzen Rock reiste mit ihnen, der irgendetwas Geschäftliches in London zu erledigen hatte. Und ein hochgeborenes Fräulein in der Begleitung einer Gouvernante und eines Pagen, das nur kurz seine blasse Nase an Deck sehen ließ und gleich wieder in der großen Heck-Kajüte verschwand, die Kapitän de Molijn – eine hagere Gestalt mit strengem Blick – ihr überlassen hatte. Gesche konnte sich in dieser Gesellschaft kaum mehr vorstellen, dass sie gestern noch die Ofenasche in der Gödeken'schen Küche geleert hatte, und war mehr als dankbar, Andreas an ihrer Seite zu haben. Ob ihr die jungen Edelmänner an der Stirn ansehen konnten, dass sie nicht von Stand war?

Doch sie führte heimlich etwas in ihrem Gepäck mit sich, das viel wertvoller war als rüschige Kleidung und alte Titel. Wenn das *Board of Longitude* ihrem Entwurf den Zuschlag gab, konnte sie sich ein eigenes Schiff leisten, mehr als eines, wenn sie wollte – und der Name Altendieck würde durch ihr Wirken geadelt werden!

Gesche schaute und staunte, während es in ihrem Bauch noch immer rumorte. Sie musterte die Reisenden und beobachtete die Seeleute bei ihrer gefährlichen Arbeit in der Takelage, blickte über die graue See und immer wieder in Andreas' warmbraune Augen.

Gleichermaßen aufgewühlt und verwirrt von zahllosen Eindrücken, Gedanken und Gesprächsfetzen auf Deutsch und Englisch, ließ sie sich einige Stunden später auf ihr Lager in ihrer kleinen Kabine fallen. Andreas kam hinzu und schloss den Türriegel hinter sich.

«Ich hoffe, sie enttäuscht dich nicht», sagte er und legte den

Dreispitz ab. «Die Welt außerhalb der bremischen Mauern, meine ich. In London zeige ich dir viel mehr davon.»

Gesches Wangen glühten. Sie war noch immer erregt von all dem Neuen – aber vor allem auch begierig. Nach mehr von der Welt. Und nach mehr von Andreas, an dessen Seite sie diese erforschen würde. Sie spürte, wie seine Hände nach ihr griffen, und gab sich ganz der Berührung hin. Ihre Gesichter kamen sich wie von selbst näher. Diesmal war ihr Kuss lang und unbeobachtet. Und es blieb nicht bei dem einen.

Als Andreas sich durch Gesches Kleid wühlte, fanden ihre Finger nicht weniger zielstrebig die Knöpfe und Ösen seiner Kleidung. Schon bald sank sein Rock neben ihrem Kleid zu Boden, während die *Triton* kühn auf den Wogen der Nordsee voranglitt, einem fernen, dunstigen Horizont entgegen.

ZEHNTES KAPITEL

Gleich beim Aufwachen spürte Gesche einen seltsamen Schwindel, wie von einem Fieber, und einen Knoten von Übelkeit in ihrem Bauch. Dann hörte sie ein hölzernes Knarren, als würde jemand eine schwere, schlecht geölte Tür aufstoßen. Gesche schreckte hoch.

Plötzlich war sie hellwach. Und erinnerte sich. Sie befand sich im Bauch eines Schiffes. Und sie war auf dem Weg nach London! Zusammen mit Andreas. Andreas ...

Suchend schaute sie sich um. Er war verschwunden. Neben ihr lag nur eine zerknüllte Wolldecke. Mit geröteten Wangen dachte sie an den letzten Abend. An die Wärme seiner Arme. Die Zukunft, die vor ihnen lag, verlockend und fremd zugleich.

Doch Andreas war fort. Das Schlaflager fühlte sich ohne ihn kalt und einsam an. Gesche hatte plötzlich das absurde Gefühl, er könnte sich aufgelöst haben wie ein Traum am Morgen, sie allein zurückgelassen haben auf einem Schiff, das sie mit jeder Sekunde, die verging, weiter von der Heimat fortbrachte. Unwillkürlich zog Gesche die Decke enger um ihre Schultern. Unsinn! Natürlich war Andreas nicht wirklich fort. Er war nur vor ihr aufgestanden und erledigte irgendetwas, das war alles.

Entschlossen streifte Gesche die Decke ab und erhob sich, um sich tagfertig zu machen. Sofort musste sie sich an einem

Balken abstützen. Der üble Knoten in ihrem Bauch schob sich zum Hals. Die *Triton* tanzte über die offene Nordsee, und sie beherrschte die Schritte dieses Tanzes nicht. Unwillkürlich dachte sie an die Belastungen, die ihr Chronometer aushalten musste. Die grauen Wellen dieses Meeres waren vermutlich nichts gegen die Stürme auf den weiten Ozeanen, auf die sich die Segler der Briten vorwagten, unterwegs zu fernen Kolonien oder zur Erforschung der *Terra Australis Incognita*.

Gesche öffnete ihren Lederranzen, holte vorsichtig Mutters Schmuckkästchen heraus und klappte den Holzdeckel zurück. Das Messinggehäuse ihres Chronometers glänzte ihr matt entgegen, graviert mit Andreas' Schriftzug «Altendieck à Bremen 1777». Das Zeigerwerk stand still und wartete geduldig darauf, seinen Dienst zu tun. Gesche zwang sich zu einem zuversichtlichen Nicken. Ihre Konstruktion war so gut, wie ein Altendieck-Werk nur sein konnte, und würde ihren Teil dazu beitragen, die Weltmeere zu bezwingen. Und sie, Gesche Altendieck, würde etwas kleiner anfangen und zunächst einmal irgendwie diese Fahrt über die Nordsee überstehen.

Sie schlüpfte in ihr Kleid, richtete flüchtig ihr Haar und machte sich schließlich auf die Suche nach Andreas. Vielleicht war er an Deck und ließ sich ein wenig den Wind um die Nase wehen … Doch bereits nach wenigen Schritten außerhalb der Kabine hörte sie seine Stimme. Er lachte. Das kam von dort vorne, aus jenem kleinen Raum, der als Messe eingerichtet war, in der die zahlenden Passagiere ihre Mahlzeiten einnehmen konnten. Eine andere Stimme antwortete etwas auf Englisch. Gesche folgte den Geräuschen und warf einen Blick in die Messe.

Süßlich-schwerer Tabaksrauch zog ihr entgegen. Andreas saß mit den beiden englischen Edelmännern am Tisch, offenbar in ein angeregtes Gespräch vertieft. In den Händen hielten sie Fächer aus Spielkarten im französischen Stil, auf dem Tisch stapelten sich Silbermünzen neben Weinbechern und Tonpfeifen. Gerade legte Andreas triumphierend eine weitere Karte ab, woraufhin die Engländer halb erstaunt und halb entnervt die Köpfe schüttelten.

«Andreas», entfuhr es Gesche. «Was machst du hier?»

Er wandte sich um. Seine hellbraunen Augen schauten sie für einen Herzschlag ertappt an. Dann kehrte das gewohnte Lächeln auf seine Züge zurück.

«L'Hombre spielen», erwiderte er auf Deutsch. «Diese beiden Gentlemen haben mich zu einer Partie eingeladen, und da konnte ich natürlich nicht ablehnen. Ich hoffe, du hattest eine gute Nacht? Auf See zu schlafen ist etwas gewöhnungsbedürftig.»

«Ist das Kapitän de Molijn recht?», fragte Gesche skeptisch mit einem Blick auf den Spieltisch.

«Ihm ist vor allem das Silber recht, das wir Reisenden ihm einbringen», grinste Andreas. «Mach dir keine Sorgen, Gesche. Warum ruhst du dich nicht noch ein wenig aus? Nachher können wir dann gemeinsam über das Meer schauen, das bald die Heimat deines Chronometers sein wird.»

«Ich bin nicht müde», erwiderte Gesche kurz angebunden. «Du findest mich an Deck.»

Sie wandte sich von der Messe ab. Einer der jungen Engländer sagte etwas in seiner Muttersprache zu seinem Gefährten, woraufhin beide auflachten. Gesche verstand nicht alles, aber dank Großvaters Unterricht mehr als genug. Die Edelmänner lachten über das Wort *sister*! Sie kannte und hasste diesen Tonfall. Anzüglich. Lustig nur für den, der nicht gemeint war.

Sie eilte zur Treppe, während Andreas in der Messe seine

Konversation mit den beiden Edelmännern fortsetzte. Ihre Ohren brannten.

Gesche kämpfte sich die Stufen hinauf und wunderte sich, warum ihr das so einen Stich versetzte. Irgendwie fühlte es sich wie ein Betrug an, dass sich Andreas davongeschlichen hatte, um mit den beiden Briten Karten zu spielen. Nach dieser Nacht ... Aber andererseits – warum sollte er nicht? Man hatte ihn eingeladen, sich auf der Fahrt die Zeit zu vertreiben, und er hatte die Einladung angenommen. Es war albern, wenn Gesche ihm deswegen grollte!

Doch das bittere Gefühl in ihrer Brust blieb, während sie die Matrosen beobachtete, die in der Takelage arbeiteten, ineinandergreifende Teile eines Werks, gesteuert von der Pfeife des Bootsmanns. Erschrocken klammerte sie sich an der Reling fest, als ein plötzlicher Windstoß ihr durchs Haar peitschte. Sie schaute sich um. Die Seeleute gingen unbeeindruckt weiter ihren Tätigkeiten nach, schienen die Bö nicht einmal bemerkt zu haben, während sie selbst das Gefühl hatte, fast fortgeweht worden zu sein. Sie war fremd hier, gehörte nicht zu den Mechanismen, die auf dem Schiff ringsum wie von selbst abliefen.

Vielleicht aber würde sich das bald ändern. Wenn ihr Chronometer erst auf zahllosen Schiffen im Einsatz war, würde der Gang seiner Zeiger seinen Beitrag leisten. In gewisser Weise wäre sie durch ihre Konstruktion unsichtbar auf jedem Schiff präsent, ein verborgener und doch essenzieller Teil des Ganzen.

Gesche musste lächeln – halb, weil sich die Vorstellung gut anfühlte, und halb, weil der Gedanke vielleicht doch etwas kindisch und hochmütig war. Da kam die nächste Bö, noch kräftiger als ihre Vorgängerin, und blies das Lächeln davon.

Am liebsten wäre sie wieder hinunter in ihre Kabine gegangen. Doch sie tat es nicht. Sie hatte Andreas gesagt, dass er sie hier oben antreffen würde. Und dabei würde es bleiben!

Gesche zwang sich, an Ort und Stelle zu verharren, während die *Triton* dem fernen Britannien entgegenstrebte. Ihre erste große Reise ... Sie musste an Großvater denken, wie er einst den Wegelagerern in den Ardennen entkommen war und viele andere Gefahren überstanden hatte. Und sie dachte an die Wunderdinge, die Andreas von seinen Reisen in fremde Städte erzählt hatte. Ihr eigenes Abenteuer lag nun vor ihr, und sie würde es meistern. Sie war die Enkelin von Nicolaus Altendieck und würde nicht hinter ihm zurückstehen!

Es dauerte viele weitere Böen, bis Gesche endlich Schritte hinter sich hörte und Andreas' Nähe spürte. Sie verspannte sich, als er ihre Schultern berührte, wie um fürsorglich ihr Mantelet zurechtzuzupfen. Dann ließ sie sich für einen Moment in seine warme Berührung fallen, ehe sie wieder sittsamen Abstand zwischen sie brachte.

«Da bin ich», lächelte Andreas. Sein Atem roch nach Wein. «Bitte entschuldige, dass ich nicht gleich für dich da war. Aber ich konnte zumindest einige wertvolle Erkundigungen über London einziehen. Du weißt ja selbst, wie wichtig eine gute Planung ist ... »

«Gewiss», erwiderte Gesche leicht unterkühlt und hätte am liebsten hinzugefügt, wie sehr sie die Weite des Meeres ängstigte, hinter der die noch viel gewaltigere Weite der Welt wartete. Doch sie tat es nicht. Stattdessen brachte sie ein Lächeln zustande. «Ich freue mich darauf, London mit dir zu erkunden», sagte sie. Und sie merkte, dass sie das wirklich tat.

Die Zeit an Bord verging in quälender Eintönigkeit, während die *Triton* tapfer mit widrigen Winden kämpfte. Immer wieder verschwand Andreas mit den beiden jungen Engländern zum Kartenspielen. Einmal wandte sich das Edelfräulein an Gesche, um ihr neugierige Fragen auf Französisch zu stellen. Aber sie wurde sofort von ihrer Gouvernante zurückgerufen, die Gesche einen Seitenblick zukommen ließ, mit dem man vielleicht einen nassen Straßenhund betrachten würde. Ansonsten kümmerte sich niemand um sie.

Wenn Gesche nicht an Deck war, konzentrierte sich darauf, noch einmal die Konstruktionspläne ihres Seechronometers durchzugehen, die sie dem *Board of Longitude* präsentieren wollte. Doch das war auf dem Schiff durchaus herausfordernd, und sie wünschte sich einfach nur ein Ende der Überfahrt herbei.

Als Andreas abends zu ihr in die Kabine kam und sie in seine Arme schloss, war das mehr als nur tröstliche Erleichterung. Es war die Hingabe an einen Moment, der erfüllt war von Wärme und Lebendigkeit, inmitten der grauen Weite des Meeres, in der man sich nur zu leicht verloren fühlte.

Gesche stand an Andreas' Seite an der Reling, als endlich der dunkelgrüne Umriss der englischen Küste vor ihnen auftauchte, umspielt von den weißen Segeln der Fischerboote. Gemeinsam verfolgten sie, wie die *Triton* in die Mündung des Flusses Themse einfuhr und sich dort zwischen zahllosen weiteren Schiffen behaupten musste, die allesamt entweder dasselbe Ziel hatten oder gerade von dort aufgebrochen waren. Leichte Küstensegler waren ebenso darunter wie schwere Ostindienfahrer und mächtige Kriegsschiffe der britischen Krone, stolz beflaggt mit dem Union Jack im Obereck eines blauen Tuches und mit ebenso stolzen Namen wie *Ajax* oder *St. George*.

«Die sind gewiss unterwegs zu den amerikanischen Kolonien, wo es gerade einen Aufstand gibt», erklärte Andreas fachmännisch. «Die beiden Gentlemen haben mir davon erzählt. Aber schau dir nur die Stückpforten dieser Linienschiffe an, sie müssen mehr Kanonen als Ratten an Bord haben. Die werden dem Spuk wohl bald ein Ende machen, auch wenn die Franzosen sich auf die Seite der Aufständischen schlagen.»

«Gewiss», murmelte Gesche benommen. Ferne Dinge, von denen die Wichtigtuer Bremens in den Kaffeehäusern zu schwadronieren pflegten, eingehüllt in ihren Tabakrauch, waren plötzlich real geworden und zum Greifen nah.

Sie passierten die Werftanlagen von Deptford und schließlich das weite, künstlich ausgehobene Becken des Greenland Docks, wo in stinkenden Kesseln Wal-Blubber zu Tran gekocht wurde. Gesche erinnerten die Anlagen auf tröstliche Weise an Bremen, dessen Walfänger stets mit reichem Fang aus dem Nordmeer heimkehrten.

Als dann jedoch endlich die Häuser der City of London am Themse-Ufer auftauchten, nahm Gesche Abstand von weiteren Vergleichen mit der Heimat. Staunend schaute sie über das Häusermeer, dessen mehrstöckige Gebäude zumeist mit der schmalen Giebelseite zum Fluss hin standen. Aus Aberhunderten von Schloten stieg Rauch in den Himmel, und zahlreiche Kirchtürme wuchsen aus den Dächern empor – mal zu einer schmalen Spitze zulaufend und mal mit verspielten Zinnen verziert wie die Miniatur einer Burg. Über allem aber ragte eine gewaltige weiße Kuppel auf, die zur Mutter aller Kirchen gehören musste.

London war eine Metropole, die Bremen ohne weiteres gleich mehrmals in sich hätte hineinschlingen können, ohne dass sie danach wesentlich größer gewirkt hätte. Gesche hatte das gewusst, schließlich hatte sie sich oft genug nach der Stadt und nach Friedrich erkundigt. Doch erst jetzt wurde ihr klar, was es wirklich bedeutete.

Irritierender noch als die schiere Größe Londons war das Gedränge auf der Themse, das mit jeder Meile landeinwärts zugenommen hatte. Segelschiffe aller Art schoben sich träge durch das Wasser und kämpften darum, einen der begehrten Anlegeplätze zu ergattern – oder von dort wieder fortzukommen. Sie manövrierten beängstigend dicht aneinander vorbei. Und ständig versperrten sie einander den Weg. Rufe und Flüche in einem Dutzend Sprachen hallten kreuz und quer über die Themse, und selbst der stoische Kapitän de Molijn hatte alle Ruhe fahrenlassen und war wild gestikulierend dabei, einen Platz für die *Triton* zu erkämpfen. Es war, als hätte diese riesige, rußumhüllte Stadt eine geheime magnetische Anziehungskraft, die Schiffe aus aller Welt an exakt diesen Punkt zusammenrief – und sie dann dem Chaos überließ.

«Den Schlachtvogt von Bremen würde hier der Schlag treffen», stellte Gesche fest, die bislang geglaubt hatte, dass es an der Schlachte lebhaft zuging.

«Dies ist der Pool of London», erwiderte Andreas grinsend. «Vermutlich gibt es auf keinem anderen Fluss der Welt so viel Schiffsverkehr. Inzwischen kommen mehr Schiffe, als die Themse tragen kann. Man überlegt wohl, weitere künstliche Docks zu bauen, etwa auf der Isle of Dogs – das ist die Halbinsel, die wir gerade umschifft haben.»

Nach einer Ewigkeit des sinnlosen Manövrierens wandten sich die jungen Edelleute, die ungeduldig an Deck auf und ab liefen, schließlich an den Kapitän, der die *Triton* daraufhin in der Flussmitte ankern ließ. Er sorgte dafür, dass ein Beiboot die beiden Männer samt ihren Leibdienern zur nächsten Anlegestelle am südlichen Themseufer brachte. Andreas trat rasch an de Molijn heran und sprach ein paar Worte mit ihm. Dann kam er wieder zu Gesche zurück.

«Wir sind die Nächsten», sagte er beiläufig, als wäre es eine Selbstverständlichkeit, die gleichen Extravaganzen wie Personen von Stand zu genießen.

Gesche hielt den Lederranzen mit dem Chronometer dicht an sich gepresst, während sie sich eine Weile später vorsichtig in dem schwankenden Boot auf den Themsewellen niederließ. Die Seeleute tauchten kräftig die Riemen ein und suchten mit geduldiger Ruhe einen Weg durch den regen Verkehr auf dem Fluss. Schließlich erreichten sie eine Treppe an der Kaimauer, und Gesche betrat zum ersten Mal englischen Boden, den Ranzen noch immer schützend umschlungen. Das feste Gestein unter ihren Füßen fühlte sich unwirklich an.

Nur wenig später überquerte sie zusammen mit Andreas die stolze London Bridge in Richtung des Nordufers. Im Gegensatz zur hölzernen Weserbrücke in Bremen war die große Brücke von London aus festem Stein errichtet. Sie schien den Fluss wie eine wundersame Grenze zweizuteilen: Flussabwärts drängten sich die mächtigen Segler um die Anlegestellen – flussaufwärts war die Themse weit und frei, einmal abgesehen von diversen kleinen Ruderbooten und Flusskähnen. Die Bögen der Brücke waren zu niedrig für große Seeschiffe, und weiter als bis zu diesem Punkt konnte kein Segler die Themse hinauffahren.

Auf der Brücke selbst herrschte dichter Verkehr. Doch im Gegensatz zu dem anstrengenden Gewimmel auf dem Fluss waren die hoch beladenen Fuhrwerke hier zu zwei Reihen geordnet, die die Brücke jeweils in eine Richtung überquerten.

«Das hat der Bürgermeister von London schon vor vielen

Jahren so eingerichtet», erzählte Andreas auf Gesches fragenden Blick hin. «Die Wagen, die in Richtung Southwark fahren, bleiben auf der Ostseite der Brücke, die Wagen unterwegs in die City of London auf der Westseite. Wenn alle sich hübsch links halten, kommen sie sich nicht in die Quere. Vielleicht sollte man das auf die ganze Stadt ausweiten.»

«Woher weißt du das? Warst du schon einmal hier?», erwiderte Gesche skeptisch. Andreas hatte nie etwas davon verlauten lassen.

«Nein», gab er nach einer kurzen, nachdenklichen Pause zu. «Aber ich habe meine Mitspieler über alles Mögliche ausgefragt. Man erfährt viel, wenn man sich ein bisschen Neugier erlaubt …»

«Aha.» Bei Andreas hörte sich immer alles so an, als hätte er es selbst erlebt. Gesche nahm sich vor, künftig genauer nachzuhaken.

Am Nordufer bogen sie in ein Gewirr verwinkelter Gassen ein, die von hohen Backsteingebäuden gesäumt wurden. Das Straßenleben erinnerte Gesche an Bremen – auch hier priesen die Fischfrauen lautstark ihre Ware an, jagten sich schmutzige Kinder über die Gassen, ließen sich reiche Bürger in Pferdedroschken fahren. Doch alles war lauter, dichter gedrängt, schneller.

Gesche bestaunte die blattgoldgeschmückte Kutsche eines Adligen, die dicht an ihr vorüberrauschte, und musste plötzlich einem alten, zahnlosen Seemann ausweichen, der aus einem Pub gestolpert kam. Als sich bettelnde Kinder mit großen Augen an sie hängten, zog Andreas sie weiter. Sie wusste nicht, wo sie zuerst hinschauen sollte, und hatte das Gefühl, zu plump und langsam zu sein für das Gewimmel auf den Straßen, wo sich jeder ganz selbstverständlich bewegte – außer ihr.

Die Häuser, an denen sie vorüberkamen, wirkten auf Gesche anders als in Bremen, deutlich neuer und einheitlicher. Sie brauchte einen Moment, um den Grund zu realisieren.

«Das wurde alles nach dem großen Brand gebaut», sagte sie halb zu sich und halb zu Andreas. Großvater hatte ihr mehrmals davon erzählt, wenn er über seine Londoner Zeit gesprochen hatte. Vor gut hundert Jahren war die Innenstadt von London einem schrecklichen Feuer zum Opfer gefallen, das seinen Ursprung wohl in einer Bäckerei gehabt hatte.

Großvater hatte es besonders empörend gefunden, dass dennoch ein Uhrmacher als schuldig gesprochener Brandstifter gehängt worden war – einfach, weil er katholisch war und aus Frankreich stammte. Er war schon tot gewesen, als sich herausstellte, dass er erst zwei Tage nach dem Brand in die Stadt gekommen war.

«Ah ja, der Brand von London», erwiderte Andreas wissend. «Meister Wren, der die Paulskathedrale neu aufbaute, hatte ursprünglich vor, eine völlig andere Stadt auf den Trümmern zu errichten – mit breiten, schnurgeraden Straßen und freien Plätzen. Aber letztendlich wurde alles wieder so verwinkelt erbaut wie vorher, weil die Londoner sich nicht über die Grundstücke und Besitzverhältnisse einig wurden und überhaupt die Stadt lieber so wollten, wie sie einmal war.»

«Das hätte bei uns in Bremen ebenso passieren können», erwiderte Gesche. «Hast du das auch von deinen Gentlemen?»

«Ja.»

Sie fragten sich durch, bis sie schließlich auf die Thames Street einbogen. Hier lag nahe der Allerheiligenkirche der Stalhof oder Steelyard, wie die Briten es nannten: ein großes Gelände mit Kontorgebäuden und Lagerhäusern, das sich bis zum Themse-Ufer hinunterzog, wo es über eine eigene Anlegestelle mit Verladekran verfügte. Der Stalhof war ein Stück Norddeutschland mitten in London, denn das Areal wurde seit den alten Tagen der Hanse von den freien Städten Bremen, Hamburg und Lübeck gemeinsam betrieben und diente als Quartier und Handelszentrum für ihre Kaufleute. Der Stalhof war die einzige fremde Enklave, die das stolze London mitten in seinem Herzen duldete, ein steingewordenes Zeugnis dafür, wie eng verflochten und unzertrennbar der Handel zwischen Britannien und den deutschen Landen seit Jahrhunderten war.

Goldene Weintrauben hingen als Wirtshausschild an einem Gebäude des Stalhofs über der Straße und verkündeten, dass hier der Rheinwein ausgeschenkt wurde, den nach Großvaters Erzählungen nicht nur die deutschen Kaufleute zu schätzen wussten. Andreas jedoch steuerte ein Gasthaus auf der Straßenseite gegenüber an, dessen Schild ein sehr lebendig aussehendes Wildschwein mit weißem Fell und wutschnaubendem Blick zeigte.

«Das *White Boar Inn* wurde mir empfohlen», erklärte er. «Die Wirtsleute beherbergen häufig deutsche Reisende.»

Gesche schlurfte erschöpft neben ihm her. Sosehr sie sich auch Mühe gab, all ihre Eindrücke mit Großvaters Erzählungen in Verbindung zu bringen und einordnen zu können – wenn sie ehrlich war, fühlte sich das alles ganz anders an, als sie es sich von Bremen aus jemals vorgestellt hätte. Ein wenig kam sie sich vor wie ein kleines Mädchen, das verloren zwischen den Fuhrwerken, Tieren und trampelnden Füßen einer belebten Straße herumstolperte und den Weg nach Hause nicht fand.

Sie ließ Andreas alle Formalitäten mit der Wirtin erledigen, unter deren Haube prachtvolle rote Locken hervorschimmerten, und folgte kurz darauf ihm und einem Hausmädchen die Treppe zur Galerie hinauf, wo die Schlafkammern des Gasthauses lagen. Schließlich warf sie sich erschöpft auf das niedrige, altersschwach knarzende Bett, das ihr fürs Erste als Lager dienen würde. Andreas verriegelte die Tür. Von draußen drang noch immer der Lärm der Straßen zu ihnen herein, jemand schrie irgendetwas. Doch alles war gedämpft und wohltuend weit weg.

Gesche schloss die Augen. Sie war dankbar, dass sie London endlich erreicht hatten, dass der Boden unter ihr nicht mehr schwankte und sie an dem Ort war, wo hoffentlich bald kundige Augen ihr Werk begutachten und wertschätzen würden. Doch vorerst war sie am dankbarsten darüber, London für eine Weile aussperren zu können.

Elftes Kapitel

Gleich am nächsten Tag machte Andreas sich auf den Weg. Nachdem sie zusammen eine warme, Porridge genannte Getreidegrütze zum Frühstück gegessen hatten, nahm er einige von Gesches Konstruktionsskizzen in einer Ledermappe mit und bestieg eine Mietdroschke, die ihn hinaus nach Greenwich bringen sollte, zum königlichen Observatorium.

Gesche blieb nervös im *White Boar Inn* zurück. Sie würde Andreas erst später begleiten, wenn hoffentlich eine Anhörung stattfand. Jetzt musste sie darauf vertrauen, dass sie alles getan hatte, was möglich war, um ihren Entwurf überzeugend zu gestalten. Das sagte sie sich immer wieder. Sie hatte zu Hause in Bremen sogar neue Skizzen angefertigt, viel ausführlicher und detaillierter, als sie selbst es gebraucht hätte. Andreas hatte den Zeichnungen Beschriftungen in seiner gestochen schönen Handschrift hinzugefügt und sich dabei genau an Gesches Anweisungen gehalten. Die Entwürfe sahen so aus, als seien sie einem kostbaren Buch für die gehobenen Stände entnommen, präzise und dennoch edel verschnörkelt. Der Entwurf musste einfach Eindruck machen! Gesche stapfte trotzdem rastlos in ihrem kleinen Zimmer herum.

Vielleicht wäre es doch klug gewesen, gleich das fertige Chronometer zu präsentieren ... Aber nein. Darüber hatten sie oft genug gesprochen.

«Eine gute Inszenierung muss gesteigert werden, auf einen Höhepunkt hin», hatte Andreas gesagt. «Du ermordest schließlich nicht gleich im ersten Akt deinen Rivalen. Erst die Pläne, dann der Apparat. Messing glänzt schöner als Papier, dem können sich auch alte Gelehrte nicht entziehen.»

Gesche hatte ihm zögerlich zugestimmt. Ihr Chronometer war kein Theaterstück, doch Andreas wusste zweifelsohne, wie man etwas verkaufte. Und ihr war es vor allem recht, dass die kostbare Konstruktion nicht zu viel durch die Gegend gekarrt wurde. Auf den Schiffen der Royal Navy würde sie hoffentlich noch weit genug herumkommen.

Schließlich hielt es Gesche auf ihrem Zimmer nicht mehr aus. Sie lief die Treppe zum Schankraum hinunter und huschte auf die Straße. Wie gestern war es belebt, hektisch und laut. Fuhrwerke ratterten, Straßenverkäufer krakeelten, irgendwo zischte die Esse einer Schmiede. Gesche drückte sich vorsichtig am Straßenrand entlang. Sie hatte das Gefühl, dass man ihr weithin ansah, wie fremd sie hier war, eine willkommene Beute für jedweden unlauteren Gesellen. Doch niemand beachtete sie. Abertausende von Menschen waren hier mit sich selbst beschäftigt.

Eine Edeldame wurde in einer Sänfte durch die Straßen getragen. Ein Trupp Soldaten in roten Röcken marschierte mit geschulterten Musketen vorüber. An einer Straßenecke führte ein braungebrannter Seemann stolz seinen sprechenden Papagei von den Westindischen Inseln vor. London war nicht nur größer als Bremen. Es war auch bunter. Das wurde Gesche mit jedem Detail mehr bewusst, das sie in sich hineinsaugte. Alles war fremd, wie die Gerüche der Straßenküchen, manchmal auch verstörend, wie die zahllosen zerlumpten Bettler in den Eingängen der Gassen. Aber auch faszinierend! Schon bald begann sie, ihren Streifzug zu genießen. War es Großvater auch so ergangen, als er damals in London angekommen war? Bestimmt war er auch in diesen Straßen am Themseufer rund um den Stalhof unterwegs gewesen!

Ob Andreas wohl schon in Greenwich war? Sie wusste, dass heute noch gar nichts entschieden wurde. Es ging lediglich darum, einen Antrag darauf zu stellen, dass das *Board of Longitude* eine Sitzung einberief, um den Entwurf zu begutachten. Dennoch war Gesche mulmig zumute. Was, wenn sie sich weigerten? Hoffentlich machte Andreas seine Sache gut!

Um sich abzulenken, schaute sie sich den Stand eines alten Straßenhändlers an, der Ingwer-Konfekt feilbot. Gesche erinnerte sich gut an das Naschwerk, das Andreas ihr im Kaffeehaus *Zum Arabischen Stern* gekauft hatte. Schließlich nahm sie ihren Mut zusammen und sprach den Alten an, dessen Perücke wie ein Vogelnest aussah. Sie brauchte einen Moment, um das, was aus seinem zahnlosen Mund kam, mit dem Englisch ihrer Bücher in Verbindung zu bringen. Trotzdem blieb sie beharrlich, bis sie den Stand schließlich mit einem Tütchen Konfekt in der Hand und einem stolzen Gefühl in der Brust wieder verließ. Sie würde sich hier in London zurechtfinden, so wie einst Großvater! Da war sie sich ganz sicher. Nachdenklich verlangsamte sie ihre Schritte. Ob auch Friedrich in der Stadt zurechtgekommen war, damals nach seiner Flucht? Nun, das würde sie herausfinden. Wenn sie schon einmal in London war, wollte sie sich natürlich auch nach ihrem Bruder erkundigen! Entschlossen marschierte sie zum Gasthaus zurück.

Andreas traf am späten Nachmittag ein. Gesche musste sich sehr zusammennehmen, um ihn nicht sofort mit tausend Fragen zu bestürmen, während er noch Mantel und Dreispitz ablegte.

«Und?», fasste sie schließlich alle Hoffnung in einem Wort zusammen.

«Bitte entschuldige, dass ich erst jetzt wiederkomme», begann Andreas und ließ sich auf seinem Bett nieder. «Ich musste Ewigkeiten in einem Vorzimmer warten, bis man endlich Zeit für mich fand.»

Seinem Gesicht war deutlich anzusehen, was er davon hielt, dass man ihm diese Geduldsprobe aufgezwungen hatte.

«Und?», setzte Gesche nach. Wenn er nicht gleich zur Sache kam, würde sie es aus ihm herausschütteln!

«Schließlich hat mich Reverend Nevil Maskelyne empfangen, der königliche Hofastronom und Direktor des Observatoriums. Ein rundlicher Kerl mit einer großen Nase, wirkte zunächst recht freundlich. Als dann aber die Rede auf eine mechanische Uhr und die Längengrade kam, hat er plötzlich ein verkniffenes Gesicht bekommen.» Andreas machte eine vage Handbewegung. «Ich habe den dringenden Verdacht, dass der Herr Hofastronom eine andere Lösung für das Längengrad-Problem bevorzugen würde, er sagte etwas von der Mondbeobachtung … Nun ja. Er hat sich die Entwürfe jedenfalls angesehen, wenn auch nicht besonders gründlich. Und schließlich sogar etwas gebrummt, das entfernt anerkennend klang.»

Gesche nickte mit gerunzelter Stirn. Irgendwie ärgerte es sie, dass der Herr Maskelyne Andreas anerkennend angebrummt hatte und nicht sie, die Schöpferin des Entwurfs!

«Er sagte, dass er die anderen Mitglieder der Kommission von der Einreichung in Kenntnis setzen würde», fuhr Andreas fort. «Mit einem von ihnen wird er wohl heute in einem Club zu Abend essen, mit den anderen korrespondieren. Sie werden es uns wissen lassen, wenn sie sich entschließen, dein Chronometer zu begutachten. Maskelyne riet mir, nicht zu viel Hoffnung in die Sache zu setzen, denn es hätten sich schon viele daran versucht.»

«Und?» Jetzt war Gesche wirklich drauf und dran, Andreas am Kragen zu packen.

«Nichts und», erwiderte dieser ungerührt. «Das war's. Ich war keine halbe Stunde im Büro des Herrn Hofastronomen, dann wurde ich auch schon wieder hinauskomplimentiert. Sein Sekretär hat sich unsere Unterkunft notiert. Wir werden beizeiten informiert, ob und wann das *Board of Longitude* deine Konstruktion zu prüfen gedenkt.»

Gesche nickte ausdruckslos. Sie hatte keine Ahnung, ob das gut oder schlecht war. Gut, weil man sich mit ihrem Anliegen beschäftigen würde? Oder schlecht, weil sich niemand davon beeindruckt gezeigt hatte? Aber was hatte sie auch erwartet? Das man ihr sofort überschwänglich danken, Tausende von Pfund auszahlen und ein Denkmal errichten würde? Natürlich nicht. Aber ein klein wenig gehofft hatte sie schon, dass ihr Entwurf jemanden begeistern würde ...

«Wir können also nur abwarten», sagte Andreas in ihr Schweigen hinein. «Umso besser. Dann habe ich mehr von London. Und von dir.»

In den nächsten Tagen streiften Gesche und Andreas durch die Stadt. Sie besuchten die Paulskathedrale, bestaunten das Monument, das man im Andenken an das große Feuer errichtet hatte, und drängten sich durch die Menschenmengen auf den Hauptstraßen und Märkten, zuweilen verharrend, um die wappengeschmückten Kutschen hoher Herrschaften passieren zu lassen.

Auf Gesches Drängen hin gingen sie zudem in die Fleet Street. Dorthin, wo Großvater einst für einige Zeit bei einem englischen Uhrmacher gelernt hatte. An Friedrichs Stelle hätte sie versucht, hier eine Arbeit als Geselle zu finden, mit Nicolaus Altendieck als Referenz ...

Das Ladengeschäft von Meister Edward Charlton befand sich tatsächlich noch immer vor Ort. Der jetzige Inhaber hieß John Charlton, wie ein sauber gemaltes Schild am Eingang verkündete, und mochte wohl ein Enkel oder Urenkel des alten Charlton sein, von dem Großvater stets gerne erzählt hatte.

Mit klopfendem Herzen trat Gesche an Andreas' Seite durch die schwere Tür zum Geschäft. Hier waren gleich mehrere goldglänzende Kaminuhren auf rotem Samt ausgestellt, an der Wand tickten stolze Standuhren wie die aufragenden Türme eines Schlosses im Takt vor sich hin. Kritisch hob Gesche die Augenbrauen, als sie eine von ihnen genauer musterte, bei der irgendetwas nicht ganz richtig zu sein schien.

Ein junger Mann mit einer vornehmen weißen Puderperücke war gerade dabei, einen stattlichen Kaufmann und seine in Seide gehüllte Frau zu beraten. Gesche schaute an sich herab und fühlte sich plötzlich furchtbar fehl am Platz in ihrem abgetragenen Kleid. Andreas berührte sie beruhigend am Arm. Als der Kaufmann schließlich zurücktrat, um mit seiner Frau Rücksprache zu halten, passte er den jungen Mann direkt ab.

«Bitte verzeiht», sagte er mit einer Verbeugung. «Mein Name ist Andreas Altendieck, ich stamme aus Bremen. Wir haben eine Frage. Es geht um ...»

«Bedaure», erwiderte der junge Mann mit einem abschätzigen Blick auf Gesche. «Hier ist momentan viel zu tun. Wenn Ihr nicht vorhabt, eine Uhr zu erstehen, muss ich Euch bitten zu gehen.»

«Aber wir ...», setzte Gesche an. Doch da winkte der Kaufmann, und der Mann eilte wortlos zu seinem Kunden hinüber.

«Komm», sagte Andreas, noch während Gesche dem englischen Uhrmacher empört hinterherstarrte. «Dieser Laden ist nicht ganz unsere Kragenweite. Unsere Börse ist nicht schwer genug, um hier ernst genommen zu werden.»

Widerstrebend ließ sie sich von ihm nach draußen führen.

«Wir hätten warten können, bis der Meister aus der Werkstatt kommt», sagte sie. «Der hochnäsige Laffe war bestimmt nur ein Geselle!»

«Vermutlich hätte er uns rauswerfen lassen», erwiderte Andreas. «Schon, um diesen Geldsäcken zu zeigen, wie exklusiv der Laden ist.»

Gesche warf einen wütenden Blick zurück. Vielleicht hatte Andreas recht. Aber sie würde wiederkommen! So leicht ließ sich eine Altendieck nicht abspeisen.

«Lass uns lieber nach einem guten Schneider schauen», schnaubte sie, um sich abzulenken. «Wenn ich dich zur Kommission begleiten will, brauche ich ein anständiges Kleid.»

Sie verbrachten den Rest des Nachmittags damit, mehrere örtliche Schneidereien zu besuchen. Andreas schien große Freude daran zu haben, Gesche in den verschiedensten edlen Stoffen zu bewundern. Und er machte sachkundige Anmerkungen bei der geschickten Auswahl von Accessoires. Nur wenn es daran ging, sich für ein konkretes Kleid zu entscheiden, schüttelte er stets den Kopf. «Das ist noch nicht das Richtige. Lass uns weitersuchen.»

So kehrten sie ins Gasthaus zurück, ohne etwas bestellt zu haben.

«Wir werden dich noch angemessen einkleiden», versprach Andreas am nächsten Tag bei einer Tasse Schokolade. «Aber vorher sollten wir uns gut umschauen, denn ich möchte mein Geld ungern dem Nächstbesten überlassen ...»

Und beim Umschauen blieb es vorerst. Schon bald verließ Andreas auch am Abend das Gasthaus, nachdem er Gesche dorthin zurückgebracht hatte. Und er kam erst spät in der Nacht wieder, wenn sie schon schlief.

«Erkundigungen», erwiderte er nur kurz angebunden, wann immer sie fragte, was er machte. Gesche seufzte dann in sich hinein. Ihr gefiel das nicht. Welche rechtschaffenen Menschen traf man vorwiegend des Nachts an? Doch andererseits war Andreas überaus gut darin, die Dinge in die rechte Bahn zu lenken. Ohne ihn wäre sie nicht hier. Und wenn er sie in seine Arme schloss, waren alle Sorgen vergessen.

Der Brief der Kommission traf an einem Vormittag ein, als Andreas gerade wieder einmal in der Stadt verschwunden war. Gesches Finger zitterten vor Aufregung, während sie das Siegel des Schreibens brach, das sie für ihren angeblichen Bruder in Empfang genommen hatte. Hastig überflog sie die Zeilen. Dann ließ sie sich erleichtert lachend auf das Bett zurückfallen.

Das *Board of Longitude* würde sich *honoured* fühlen, die neuartige Konstruktion des Herrn Andreas Altendieck aus Bremen einer näheren Prüfung zu unterziehen. In vierzehn Tagen sollte es so weit sein, dann würden acht Gutachter dafür in Greenwich zusammenkommen – Gelehrte, Astronomen, Offiziere der Admiralität und Vertreter des Parlaments.

Man würde ihr Chronometer begutachten. Man gab ihr eine Chance!

Gesche hatte plötzlich das Gefühl, dass ihr Flügel gewachsen waren, mechanische Flügel aus metallischem Federwerk, mit denen sie weit über die engen Mauern Bremens hinausgeflogen war. Als Andreas schließlich einige Stunden später in ihre Kammer geschlurft kam, sprang sie ihm gleich entgegen, um ihm den Brief unter die Nase zu halten. Er las ihn noch regennass, während Gesche an seinem Arm hing.

«In zwei Wochen!», rief sie wie ein kleines Mädchen, das sich auf den Freimarkt freute.

Andreas nickte knapp. «Das ist gut», erwiderte er. «Dann werden wir der Welt zeigen, was wir geleistet haben.»

Müde legte er seine feuchte Straßenkleidung ab. Er wirkte erleichtert, doch sein Gesicht blieb ernst.

«Wir müssen uns langsam um ein Kleid kümmern», sagte Gesche. Es fühlte sich merkwürdig an, dass ausgerechnet sie auf einer solchen Äußerlichkeit bestand. Doch der Gedanke, dass sie wegen fehlender Rüschen der Stunde ihres Chronometers fernbleiben musste, war absolut unerträglich!

«Natürlich. Das wird gemacht.»

An diesem Abend blieb Andreas besonders lange fort. Er kam erst spät in der Nacht zurück, schlief ein paar Stunden und machte sich schon wieder auf den Weg, nicht lange nachdem die Sonne aufgegangen war. Auf Gesches Frage, wohin es ihn schon wieder trieb, murmelte er nur etwas von «Sachen erledigen».

«Aber denk daran, dass wir noch einmal in Ruhe über das Chronometer sprechen müssen!», mahnte Gesche. «Schließlich darfst du dir keinen Fehler erlauben, wenn du erst einmal vor der Kommission sprichst. Ich kann ja schlecht neben dir stehen und dir alles ins Ohr flüstern...»

«Darum sollten wir uns gleich als Erstes kümmern», stimmte Andreas ihr sofort zu. «Sobald ich wieder da bin.» Und er verließ das Gasthaus.

Gesche blieb allein zurück. Sie machte sich Notizen und bereitete genau vor, was er sagen musste. Als sie damit fertig war, ging sie ungeduldig im Zimmer auf und ab. Es war spät, als Andreas endlich zurückkehrte. Gesche stürmte auf ihn ein, doch er hob nur in müder Abwehr die Arme.

So vergingen mehrere Tage. Andreas streifte durch die Stadt, am Tag wie in der Nacht, gab ausweichende Antworten und hielt sich eigentlich nur in ihrer Kammer auf, um zu schlafen.

Gesche war zum Abwarten verdammt. Es gab kaum etwas, das ihr schwerer fiel – immerhin war noch so viel zu tun! Sie mussten Andreas' Vortrag besprechen und das Kleid besorgen. Und noch etwas trieb sie um: Sie wollte endlich weiter nach Friedrich zu suchen. Aber das musste warten. Andreas konnte jederzeit zurückkommen, und dann mussten sie alles vorbereiten ... Doch nie hatte er die nötige Klarheit im Kopf, sich darum zu kümmern, wenn er spätabends in ihre Kammer stolperte.

Während Andreas herumstreifte, war Gesche wütend auf ihn. Sobald er dann endlich kam, zerstreute er ihre Sorgen mit seinen wohlgesetzten Worten und einem müden Lächeln. Schon bald, so versprach er, würden sie über das Chronometer sprechen können ...

Die Zeit von Trinkschokolade und kandidierten Früchten im Kaffeehaus war nun vorbei. Gesche aß die Grütze und den salzigen Fisch, den man im *White Boar* den Gästen vorsetzte. Das Kleid wurde nicht wieder erwähnt.

Sie nutzte die Zeit, um wenigstens einen Brief an Vater zu schreiben, der inzwischen gewiss bemerkt hatte, dass sie nicht mehr in Bremen war. Sie setzte dreimal von neuem an, versuchte, ihre Beweggründe zu erklären. Das Schreiben hielt sie zumindest beschäftigt.

Schließlich konnte Gesche den ungeduldigen Trotz nicht

länger ignorieren, der immer stärker in ihr aufstieg. Sie war doch keine Reisetruhe, die Andreas einfach so in seinem Herbergszimmer zurücklassen konnte! Wenn ihn Dinge umtrieben, die er nicht teilen mochte, dann war das seine Sache. Aber Gesche Altendieck würde sich nicht länger so behandeln lassen.

Sie zog sich das Mantelet über und eilte aus dem Gasthaus, um sich endlich jenen eigenen Besorgungen zu widmen, denen sie eigentlich schon lange nachgehen sollte. Im kühlen Sommerregen lief sie über die belebten Straßen und hielt sich in Richtung der Fleet Street. Inzwischen hatte sie die Sprache dieser fremden Stadt deutlich besser im Ohr als am ersten Tag, und sie hatte säckeweise Wörter und Phrasen aufgeschnappt, die bestimmt niemand in gelehrten Büchern abgedruckt hätte.

Nachdem sie sich zweimal verlaufen und etwas umständlich den Weg erfragt hatte, stand sie schließlich wieder vor dem Ladengeschäft von Meister John Charlton, aus dem man sie vor einigen Tagen so unhöflich hinauskomplimentiert hatte. Mal schauen, was dieser arrogante Geck heute sagte ... Entschlossen stieß sie die Tür auf und stolzierte hinein.

Diesmal war kein Kunde im Laden, die edlen Uhren tickten ungestört vor sich hin. Der junge Kerl mit der Perücke stand hinter einem Stehpult und war in irgendeine Schreibarbeit vertieft. Als Gesche hereinkam, hob er den Kopf und runzelte missbilligend die Stirn. Offenbar erkannte er sie wieder.

«Ich habe Euch doch schon gesagt ...», begann er.

Gesche ließ ihn nicht zu Wort kommen. «Diese Standuhr dort geht leicht nach», sagte sie und zeigte auf eines der Ausstellungsstücke. «Ich würde einmal einen Blick auf das Zeigerwerk werfen.»

Der Mann blinzelte perplex. «Wie meinen?»

«Das Zeigerwerk», sagte Gesche überdeutlich. «Prüft das Zeigerwerk, bevor Ihr diese Uhr einem Kunden verkauft.»

«Was versteht Ihr denn davon?»

«Genug. Das liegt in der Familie. Ich bin die Tochter, Enkelin und Schwester von Uhrmachern. Einer von ihnen ist vielleicht vor einigen Jahren hier gewesen ...» Sie trat an das Pult heran. Und erzählte hastig ihre Geschichte, ehe der Kerl zu Wort kommen und sie wieder des Ladens verweisen konnte. Von ihrem Bruder, der Bremen verlassen musste. Dass er ein großartiger Uhrmacher sei und Friedrich heiße. Und dass er möglicherweise hierhergekommen war, zu Meister Charlton, wo doch auch schon sein Großvater gearbeitet hatte, Nicolaus war sein Name gewesen, auch ein Altendieck, so wie sie ...

Die Strenge auf dem Gesicht des jungen Mannes wich immer mehr der Ratlosigkeit. Gesche hatte ihr Anliegen reichlich schnell vorgetragen und vermutlich in ihrer Aufregung auch den einen oder anderen englischen Begriff nicht ganz richtig verwendet.

Schließlich wurde sie angewiesen, kurz zu warten, und der Gehilfe holte endlich den Meister von hinten aus der Werkstatt. Er war ein großer Mann mit rundlichem Gesicht und kleinen, wachen Augen. Gesche zwang sich, noch einmal alles von vorne zu erzählen, diesmal etwas langsamer. Meister Charlton hörte ihr aufmerksam zu.

«Ein Uhrmacher aus Deutschland sagt Ihr, junge Dame?», fragte er schließlich.

«Ja. Es ist fast zehn Jahre her. Ich nehme an, dass er ziemlich verzweifelt gewirkt haben muss ...»

«Graue Augen? So wie Eure?»

«Ja!», rief Gesche begeistert. Erkannte er etwa ihre Augen wieder? Die Altendieck'schen Augen?

«Ich habe lange nicht mehr an ihn gedacht», sagte Charlton bedächtig. «Er war hier, auf der Suche nach Arbeit. Leider konnte ich ihm damals nicht behilflich sein. Mein Schwager George hatte gerade erst seinen Sohn zu mir ins Geschäft gegeben.»

«Oh ...»

«Er wollte es weiter versuchen. Ein tüchtiger Mann, so schien es mir.»

«Wisst Ihr, was aus ihm geworden ist?»

Charlton breitete die Arme aus. «London ist groß. Und vielleicht ist er auch weitergewandert, in eine andere Stadt.»

«Ich verstehe ...» Gesche wandte sich mit gesenktem Kopf ab.

«Junge Dame», brummte Charlton und schob seine Perücke zurecht. «Versucht es doch einmal bei der *Worshipful Company of Clockmakers*. Sie führen ein Verzeichnis aller Uhrmacher in der Stadt und in zehn Meilen Umkreis, wie es das Vorrecht unserer Gilde ist.»

Gesches Gesicht hellte sich auf. «Das werde ich tun. Habt vielen Dank!»

Sie verließ das Geschäft. Draußen atmete sie tief durch. Ihre Knie fühlten sich weich an, doch es tat gut, sich durchgesetzt zu haben! Zufrieden spazierte sie die Fleet Street hinunter und gönnte sich einige Häuser weiter eine Fleischpastete, die jedoch ziemlich merkwürdig schmeckte. Dann ging es heim zum Gasthaus.

An diesem Abend stellte sie keine ungeduldigen Fragen an Andreas, als er endlich zu nachtschlafender Zeit in ihre Kammer stolperte. Bis endlich der Tag der Anhörung gekommen war – Ende der Woche war es schon so weit! – würde sie sich um ihre eigenen Angelegenheiten kümmern. Altendieck-

Angelegenheiten. Mochte Andreas sich doch herumtreiben! Wahrscheinlich war es sowieso klüger, ihn erst kurz vorher in alles Nötige einzuweisen.

Gleich am nächsten Tag suchte sie sich ihren Weg zur Gildenhalle der Uhrmacher von London. Inzwischen hatte sie ein gewisses Geschick darin entwickelt, sich auf den überfüllten Straßen zu bewegen. Sie wich hochbeladenen Fuhrwerken ebenso gewandt aus wie den zudringlichen Griffen der Männer, die am hellen Tag an den Türen der Schenken herumstanden. Als sie schließlich vor den Schreiber der Gilde trat, erwartete sie ein weiterer missbilligender Blick, diesmal durch die dicken Gläser eines Zwickers.

Gesche war das mittlerweile gewohnt und ließ sich nicht irritieren. Sie erzählte noch einmal die Geschichte ihres Bruders, so ruhig und eindringlich wie möglich. Vielleicht war es ihre stille Entschiedenheit, vielleicht auch ihre abgekämpfte Erscheinung mit dem fremdländischen Akzent oder die schiere Ungewöhnlichkeit ihres Anliegens. Der Schreiber ließ sich jedenfalls tatsächlich breitschlagen, die Eintragungen in seinen dicken Büchern durchzugehen, wobei Gesche ungeduldig vor seinem mächtigen Schreibpult wartete. Während sein Finger die Listen entlangwanderte, murmelte er mit dünner Stimme vor sich hin.

«Altendieck, Frederic», sagte er schließlich. «Eingetragen für die Werkstatt von Master Willowe in der Lovat Lane.»

Gesches Herz tat einen aufgeregten Sprung.

«Allerdings nur für das Jahr 1768», fuhr der Schreiber fort und musterte Gesche streng durch seine Zwicker-Gläser. «Danach habe ich keinen Altendieck mehr in den Aufzeichnungen.»

«Das ist ja neun Jahre her ...» Gesches Gedanken überschlugen sich. Hatte Friedrich die Stadt also verlassen? Oder war er gar tot, dahingerafft von einer der Seuchenwellen, die immer wieder in grossen Städten wüteten?

«Ich ... ich danke Euch», murmelte Gesche benommen und verliess das Gildenhaus mit dem Kopf voller dunkler Befürchtungen. Aber noch wusste sie nichts Konkretes. Sie durfte nicht aufgeben!

Mit mehr Sorge als Hoffnung im Herzen taumelte sie durch die Stadt. Sie fragte sich zur Lovat Lane durch, die nahe der Kirche St. Mary-at-Hill bei jenem Hügel lag, auf dem sich die grauen Befestigungsanlagen des Towers erhoben.

Das Geschäft von Meister Ezekiel Willowe war deutlich kleiner als das von Meister Charlton, und die Uhren, die hier ausgestellt waren, wirkten weniger edel. Doch Gesche erkannte in ihnen solide Arbeit. Willowe selbst war ein kleiner, feingliedriger Mann, der offenbar zu wenig zu tun hatte – oder ein grosses Mitteilungsbedürfnis. Jedenfalls fand sich Gesche kurze Zeit später in einem Korbstuhl mit einer Tasse bitterem Tee wieder, den Mistress Willowe aus einem Kännchen mit Rosenmuster servierte.

«Ja, Euer Bruder war tatsächlich hier», erzählte der Meister, nachdem Gesche mit einem bangen Kloss im Hals ihre Geschichte wiederholt hatte. «Hat eine Weile für mich gearbeitet. Und er hat es auch gut gemeint, war ein fleissiger Junge. Aber ...» Willowe warf einen traurigen Blick in seine Tasse. «Er war nicht der Richtige für die Werkstatt. Seine Arbeiten waren fahrig, nicht präzise genug für solides Räderwerk. Ich musste ihm ständig auf die Finger schauen, und er hat es selbst gemerkt. Schliesslich hat er seinen Dienst aufgekündigt, ehe ich es tun musste.»

«Nein!», entfuhr es Gesche, und ihre Tasse klapperte.

«Nein», wiederholte sie dann leise. «Das kann nicht Friedrich gewesen sein. Er war ein hervorragender Uhrmacher, ein Altendieck ...» Erschrocken verstummte sie, als sie bemerkte, dass sie in der Vergangenheitsform sprach.

Willowe musterte sie mit einem melancholischen Hundeblick. «Er hatte zweifelsohne Ahnung von Uhren», sagte er leise. «Doch ihm fehlte die innere Ruhe.»

«Er war schon immer rastlos», erwiderte Gesche. «Aber seine Arbeit hat das nie beeinträchtigt.»

Willowe schaute sie nur traurig an.

«Ich bedanke mich für Eure Zeit – und den Tee», sagte sie schließlich tonlos und setzte dazu an, aufzustehen.

In diesem Moment steckte Mistress Willowe ihren sommersprossigen Kopf durch die Tür. «Ezekiel», sagte sie tadelnd. «Mein Bruder hatte doch damals einen Rat für den jungen Mann. Warum erzählst du der Dame nicht davon?»

«Richtig», murmelte Meister Willowe. «Das hatte ich in der Tat vergessen. Frederic hatte einen guten Kopf für Zahlen und eine tadellose Schrift, war zudem gebildet. Das sind hervorragende Eigenschaften für einen Kontoristen. Mollys Bruder hat ihm darum empfohlen, es bei der *East India Company* zu versuchen. Ich weiß allerdings nicht, was daraus wurde.»

«Das werde ich herausfinden», erwiderte Gesche entschlossen.

Sie verließ den kleinen Laden um eine bange Hoffnung reicher. Als sie an diesem Abend ins *White Boar Inn* zurückkehrte, hätte sie einiges zu berichten gehabt. Doch Andreas ließ sich nicht sehen. Offenbar beabsichtigte er, seine täglichen Streifzüge direkt in sein nächtliches Herumtreiben übergehen zu lassen. Verstimmt ging Gesche schließlich schlafen.

Noch vor dem ersten Morgenlicht wurde Gesche vom Lärm

der Fuhrwerke auf den Straßen geweckt, wie sie es inzwischen gewohnt war. Schlaftrunken schaute sie sich um.

Sie war allein in der Kammer. Andreas war nicht nach Hause gekommen.

Zwölftes Kapitel

Gesche starrte auf das leere Bett. Sie atmete tief durch und versuchte, den Schrecken zurückzudrängen, der in ihr aufstieg. Andreas würde schon wiederkommen, hatte sich gewiss nur verspätet. Entschlossen sprang sie auf – und musste sich prompt wieder setzen, als plötzliche Übelkeit in ihr aufstieg. Gesche hatte kaum Zeit, nach ihrem Nachttopf zu greifen, bevor sie sich erbrach. Sie hasste es, wenn ihr Körper nicht so funktionierte, wie er sollte. Ein fehlerhafter Mechanismus, der unangemessen auf den Schock reagierte ... Sie straffte sich und biss die Zähne zusammen.

Rasch machte sie sich frisch und ging schließlich hinunter in die Schankstube, wo sie lustlos ein paar Löffel Grütze aß. Immer wieder schaute sie auf die Tür des Gasthauses. Doch kein Andreas kam übernächtigt und nach Alkohol riechend hereingeschlurft. Schließlich schob sie seufzend ihre Schüssel fort und ging wieder hinauf auf die Kammer.

Eigentlich hatte sie vorgehabt, sich heute weiter nach Friedrichs Verbleib zu erkundigen. Vielleicht war er ja wirklich bei der Ostindischen Handelsgesellschaft untergekommen? Doch die Präsentation vor dem *Board of Longitude* stand kurz bevor, und sie musste Andreas noch die wesentlichen Details ihrer Konstruktion einschärfen, sodass er sie im Traum herunterbeten konnte! Andreas vermochte einnehmend zu erzählen, aber bei dieser Gelegenheit war Genauigkeit von größter Bedeutung. Und egal, ob die Sache mit dem Kleid noch klappte oder nicht, eine Frau würden die englischen Gelehrten nie ernst nehmen.

Also wartete Gesche auf seine Rückkehr und verzichtete darauf, heute die Suche nach ihrem Bruder fortzusetzen.

«Friedrich ist schon fast zehn Jahre fort», murmelte sie, während sie durch das Fenster auf die Straße schaute. «Da werden ein paar Tage keinen Unterschied machen ...» Sie redete sich ein, dass das vernünftig war und gewiss auch Friedrichs Zustimmung gefunden hätte. Doch es fühlte sich dennoch schrecklich falsch an.

Immer wieder lief Gesche hinunter zur Wirtin, um zu fragen, ob sie etwas von Andreas gehört hatte. Vielleicht eine Nachricht? Doch sie schüttelte nur den roten Lockenschopf, wann immer sich Gesche im Gastraum zeigte. Schließlich ging sie hinaus, auf die Gassen, und erkundige sich bei den Straßenhändlern ringsum, fragte auch den Schankknecht der deutschen Weinstube des Stalhofs gegenüber. Doch niemand hatte den eleganten jungen Mann in den letzten Stunden gesehen, an dessen Seite sie bislang unterwegs gewesen war. Ihren Bruder, wie sie im Gespräch stets angeben musste, der Sittlichkeit wegen. Jetzt fehlten ihr schon zwei davon ...

Der Mittag verging, ebenso der verregnete Nachmittag. Als schließlich die Abenddämmerung die Kuppel der Paulskirche rot überflutete, machte Gesche sich ernsthafte Sorgen. Nun war Andreas schon weit länger als 24 Stunden unterwegs. War ihm etwas zugestoßen? Hatten ihm Straßenräuber aufgelauert? Oder Werber ihn zum Dienst in der Royal Navy gepresst? Gesche erschauderte bei dieser Vorstellung.

Und auch sie selbst stand vor Problemen. In dieser ganzen, absurd riesigen Stadt gab es niemanden, an den sie sich wenden konnte. Gewiss, vorerst könnte sie zumindest noch hier im *White Boar* wohnen. Doch die Münzen, die Andreas der Wirtin großzügig gezahlt hatte, würden nicht ewig vorhalten, und Gesches Handgeld reichte nicht aus, um ihren Lebensunterhalt längere Zeit zu bestreiten.

Wie sollte sie so Andreas finden? Oder ihr Chronometer vor die Längengrad-Kommission bekommen? Gar nicht davon zu reden, dass sie irgendwie auch wieder nach Bremen gelangen musste ... Was würde aus ihr werden, wenn Andreas nicht zurückkam? Auf den Straßen hatte sie genug junge Mädchen gesehen, die aus der Not heraus unsittliche Dienste anboten. Das durfte nicht ihr Schicksal werden!

An diesem Abend lag Gesche lange wach, bis sie schließlich in einen unruhigen Schlaf sank, eng zusammengerollt unter der dünnen Decke.

Als das Morgenlicht ins Zimmer fiel, war Andreas' Bett noch immer leer. Gesche betrachtete seine unangetasteten Decken gefasst. Sie hatte irgendwie geahnt, dass die vergehende Zeit nicht von selbst etwas ändern würde. Das tat sie selten. Gesche musste selbst tätig werden. Heute. In diesem Moment.

Sie ignorierte die Übelkeit, die wieder in ihr aufstieg, schlug ihre Decke zur Seite und machte sich tagfertig. Dann nahm sie ihren Lederranzen zur Hand, holte Mutters Schmuckkästchen hervor und vergewisserte sich noch einmal, dass ihr Chronometer dort war, wo es sein sollte. Schon bald würde es sich bewähren müssen! Sie brauchte nur noch jemanden, der es zu präsentieren vermochte ...

Dieser Jemand hätte Andreas sein sollen, ihr Mistreiter, der sie hierher nach London gebracht hatte. Doch nun war er fort, und die Sorge um ihn mischte sich mit ihrer Sorge um das große Projekt. Hatte sie irgendeinen Anhaltspunkt, um herauszufinden, was mit ihm geschehen war? Er hatte sich stets nur in vagen Andeutungen über seine «Besorgungen» und «Nachforschungen» geäußert. Wenn er nicht von selbst wiederauftauchte, konnte sie ihn nicht aus eigener Kraft aufspüren. Gesche seufzte in sich hinein.

Sie warf einen prüfenden Blick in den Spiegel. Für eine Frau war sie durchaus nicht klein. Und sie wusste, dass junge Damen sich manchmal als Männer verkleideten, um geschützt vor Nachstellungen reisen zu können. Selbst von Soldaten und Offizieren hatte sie gehört, die in Wahrheit Frauen gewesen waren, unerkannt neben ihren männlichen Kameraden. Wenn sie also ihre Haare hochsteckte und sich die Brüste einschnürte… Unwillig schüttelte sie den Kopf. Solche Grillen brachten sie nicht weiter.

Gesche nahm den Ranzen samt Chronometer an sich und verließ damit das Gasthaus. Diesmal eilte sie zur Leadenhall Street, die sich etwas nördlich vom Stalhof und weiter entfernt vom Themse-Ufer dahinzog. Es war eine breite Prachtstraße, gesäumt von stolzen Gebäuden, deren hohe Fenster missbilligend auf Gesche herabzublicken schienen. Als hätte jemand den Schütting vervielfacht und ein ganzes Stadtviertel damit zugestellt… Gesche kam sich mehr als fehl am Platz vor in ihrer abgetragenen Reisekleidung unter all den hohen Herren mit gepuderten Perücken, die hier ein und aus gingen oder sich in mehrspännigen Fuhrwerken fahren ließen. Dann reckte sie trotzig das Kinn vor. Eine Altendieck wurde gewiss nicht von weißem Puder abgeschreckt!

Schließlich stand sie vor dem *East India House*, wo die *East India Company* ihren Hauptsitz hatte – der mächtigste Handelsbund der Welt, der neben einer riesigen Flotte selbst über eigene Armeen, Festungen und zahlreiche Niederlassungen verfügte. Die alten Elterleute der Hanse hätten neidvoll auf die Privilegien geschaut, die die *Company* inzwischen im britischen Reich besaß.

Die breite Fassade ihres Hauptgebäudes wirkte auf Gesche wie ein Königspalast. Seine strengen, weißen Säulen waren im Stil der antiken Welt gehalten und schienen allein durch ihre Existenz zu verkünden, dass Außenstehende in diesem ewigen Olymp des Handels nichts zu suchen hatten. Gesche schaute an den Säulen hinauf bis zu den zahlreichen Schornsteinen auf dem Dach. Auch dort drinnen arbeiteten nur sterbliche Menschen. Sie brauchte keine Angst vor ihnen zu haben. Gesche atmete tief durch und ging auf das zweiflüglige Eingangsportal zu.

In der gekachelten Halle dahinter stieß sie auf eines jener blankpolierten Stehpulte, die offensichtlich überall als Hindernis aufgestellt waren, um den Leuten das Leben schwerzumachen. Die kleine Gestalt mit der Perücke dahinter hob abwehrend die Hand, bevor sie auch nur ein Wort sagen konnte.

«Bedaure, doch die Räume der *Company* sind nicht öffentlich zugänglich.»

Gesche straffte sich. Sie beschloss, einfach so zu tun, als wäre ihr Anliegen eine Selbstverständlichkeit. «Ich möchte zu Friedrich Altendieck», sagte sie fest. Dabei wusste sie noch nicht einmal, ob Friedrich dem Rat des Uhrmacherschwagers überhaupt gefolgt war…

Der Schreiber hinter dem Pult musterte Gesche mit einem milden Anflug von Interesse und versuchte offenbar einzuordnen, ob er sie kennen sollte. War das ein gutes Zeichen? Doch sein Gesichtsausdruck verfinsterte sich sogleich wieder. Gesche seufzte innerlich. Warum war sie nicht als respektabler

Mann von Stand geboren worden? Das hätte so vieles einfacher gemacht …

«Bedaure», wiederholte der Schreiber noch einmal mit Nachdruck. «Wenn Ihr einen Mitarbeiter zu sprechen wünscht, so benötigt Ihr seine Einladung zu einem Termin. Und Ihr solltet nicht ohne Begleitung in der Stadt herumlaufen, als fremdländische junge Dame, wenn die Bemerkung gestattet ist.»

«Besten Dank für diesen weisen Rat», knurrte Gesche ungeduldig. «Könnt Ihr mir wenigstens sagen, ob Friedrich Altendieck hier arbeitet? Denn er würde mich ganz bestimmt sehen wollen!»

«Bitte entfernt Euch nun aus dem Gebäude», entgegnete der Schreiber ungerührt. «Es wäre doch unschicklich, wenn Crispin Euch hinausgeleiten müsste, nicht wahr?»

Ein grobschlächtiger Kerl, der weiter hinten in der Halle Lampentran nachfüllte, schaute interessiert in ihre Richtung. Gesche schenkte ihm einen finsteren Blick, ehe sie sich wortlos umwandte und die Halle verließ. Alles in ihr drängte danach, einfach an dem Schreiber vorbeizulaufen und das verdammte Gebäude nach Friedrich abzusuchen. Aber es würde mehr schaden als nützen, wenn sie sich hier unmöglich machte …

Also rauschte sie hinaus, die Lippen fest aufeinandergepresst; sie war sich selbst nicht sicher, ob sie Entschlossenheit oder Verzweiflung fühlte. Vermutlich beides. Gesche überquerte die Leadenhall Street und fixierte das *East India House* von der anderen Straßenseite aus.

Im Geiste ging sie ihre Möglichkeiten durch. Einmal hatte Andreas den Namen eines Ortes erwähnt: Soho. Doch das war ein ganzes Stadtviertel, so riesig wie alles hier in London. Ihre Chancen, ihn zu finden, waren verschwindend gering.

Blieb nur noch Friedrich, der wahre Bruder anstelle des falschen. Auch wenn er vielleicht schon gar nicht mehr in London lebte, falls er überhaupt noch am Leben war ... Doch hatte der Kerl im *East India House* bestritten, dass Friedrich dort arbeitete? Nein, keineswegs! Er hatte sogar kurz überlegt, als Gesche diesen Namen nannte.

Nun, sie würde es herausfinden!

Entschlossen ging Gesche die Leadenhall Street auf und ab und beobachtete das *East India House*, achtete genau darauf, wer durch sein Portal herauskam oder hineinschlüpfte. Mal schaute sie im Stehen, mal schlenderte sie umher, als käme sie zufällig hier vorbei. Vielleicht hielt man sie mit ihrem Ranzen für eine ungeschickte Straßenhändlerin. Oder für eine verwirrte Heimatlose, was der Sache erschreckend nahekam ...

Gesche war es egal. Stur behielt sie das Gebäude im Auge, als wäre sie ein steinerner Wasserspeier, dessen einzige Aufgabe darin bestand, auf die Straße zu starren.

Schon nach ein, zwei Stunden hatte sie einen Blick dafür entwickelt, wer sich dem *East India House* als Außenstehender näherte – diese Personen pflegten beklommen an den Säulen hinaufzustarren, bevor sie eintraten, und wirkten oft erleichtert, wenn sie wieder ans Tageslicht kamen. Sie waren für Gesche uninteressant.

Umso mehr achtete sie auf jene Leute, die sich mit gelassener Selbstverständlichkeit bewegten, als wären sie ein Teil des stolzen Gebäudes. Es waren fast allesamt gut gekleidete Männer mit Perücke und Dreispitz – oder nicht minder penibel hergerichtete Dienstboten. Mal stolzierten sie zu Fuß davon, den Degen an der Seite, mal hielten sie eine Mietdroschke an oder ließen gar eine eigene Kutsche vorfahren.

Diese Männer beobachtete Gesche besonders eindringlich,

bemühte sich, ihnen unauffällig unter den Hut zu starren. Sie musste sich zusammennehmen, um nicht zu direkt zu schauen. Wenn man den Eindruck bekam, dass sie hier anrüchige Dienste anbieten wollte, würde man sie vermutlich davonjagen, und ihre Mühe wäre vergeblich gewesen ...

Die Mittagszeit war schon vorbei, und in Gesches Bauch breitete sich drängender Hunger aus, doch sie wagte nicht, ihren Posten zu verlassen. Immer wieder schweiften ihre Gedanken ab. Hoffentlich aß ihre Familie in Bremen jetzt gerade etwas Gutes. Wie es wohl Clara erging? Wie lange hatte sie ihr Fehlen erklären können? Mit Wehmut und einem Anflug von Schuldgefühl dachte Gesche an ihre Schwester – und erstarrte. Gerade war ein junger Mann mit strohblondem Haar an ihr vorbeigegangen. Konnte er das gewesen sein? Sie nahm all ihren Mut zusammen und sprach ihn an.

«Verzeiht! Seid Ihr vielleicht Friedrich Altendieck?» Der Herr drehte sich zu ihr um. Ein fremdes Gesicht mit grünen Augen schaute sie verständnislos an.

«Entschuldigung ... Ein Irrtum ...», stammelte Gesche. Der Fremde warf ihr noch einen eindringlichen Blick zu. Dann ging er kopfschüttelnd weiter. Gesche aber schalt sich selbst. Der Mann war kaum älter, als Friedrich damals gewesen war! Sie musste ihn sich um zehn Jahre gealtert vorstellen, vielleicht würde sie ihn gar nicht mehr erkennen ...

Frustriert nahm sie ihre Wacht wieder auf. Die Stunden zogen ebenso wie die Passanten vorüber. So langsam verlor sie das Gefühl für die Zeit, die in grausamer Gleichförmigkeit erstarrt zu sein schien. Menschen, die nichts mit ihr zu tun hatten, gingen im *East India House* aus und ein. Gesche lief entnervt die Straße entlang, ließ einmal mehr ihren Blick über die Säulen schweifen. Bis plötzlich rauchgraue Altendieck-Augen ihren Blick erwiderten. Wenn auch nur eine Sekunde lang, für den Hauch eines Augenblicks. Der stattliche Mann mit dem tiefblauen Justaucorps-Rock, zu dem sie gehörten, wandte sich ab und eilte aus dem Portal des *East India House*.

Gesche starrte ihm fassungslos hinterher. Dann konnte sie nicht mehr an sich halten.

«Friedrich?» Sie rief es quer über die Straße, sodass die Leute den Blick wandten. Es war ihr gleichgültig. Sie raffte ihr Kleid zusammen und rannte auf die Gestalt im blauen Rock zu, die erstarrt war und ihr entgegenschaute. Ein Fuhrknecht fluchte, als sein Pferd mitten auf der Straße vor Gesche scheute. Sie bekam es kaum mit, hielt nicht eher an, bis sie vor dem Mann auf der anderen Seite stand.

Fast hätte sie ihn nicht erkannt. Er wirkte noch immer kraftvoll, allerdings zeichnete sich der Ansatz eines Bäuchleins unter der Weste mit den Silberknöpfen ab. Sein Gesicht zierten nur ein paar kaum wahrnehmbare Augenfältchen, jedoch hatte er einen müden Zug um den Mund. Von seinem strohblonden Haar war nichts zu sehen, denn er trug eine vornehme Perücke *à la mode*, mit einem umwickelten Zopf im Nacken und gerollten Löckchen rings um das Gesicht. Zusammen mit dem stolzen Dreispitz machte ihn das zu solch einer honorigen Erscheinung, dass Gesche sich kaum traute, die letzten drei, vier Schritte an ihn heranzutreten.

«Friedrich?», fragte sie noch einmal leise.

Der Mann zog die Brauen zusammen, musterte sie von Kopf bis Fuß. Seine Augen weiteten sich in ungläubigem Staunen.

«Gesche!»

«Friedrich …» Sie flüsterte seinen Namen nur noch, fühlte gleichermaßen endlose Erleichterung und Fassungslosigkeit. Dann ließ sie sich gehen, sprang völlig undamenhaft auf ihn zu und schloss ihn fest in die Arme, als könnte er sich jederzeit in nichts auflösen. Sie vergrub ihr Gesicht an seiner Schulter, im trocken duftenden Stoff seines guten Rocks. Ringsum kam halblautes Gemurmel auf der Straße auf. Gesche beachtete es nicht.

Schließlich – nach viel zu kurzer Zeit! – trat Friedrich einen Schritt zurück. Er betrachtete sie eingehend, als könne er immer noch nicht glauben, dass er sie vor sich sah. Seine Augen glänzten feucht. Er versuchte zu sprechen, verhaspelte sich, setzte mit einem Räuspern noch einmal an.

«Gesche ...» Er rang nach Worten. «Wo ist Vater?» Suchend schaute er sich um.

«In Bremen», erwiderte Gesche. Das klang plötzlich so fremd, als hätte sie *auf Galileis Jupitermonden* gesagt.

Friedrich starrte sie noch immer an. «Was tust du hier?», fragte er. «Und wie hast du mich gefunden? Bist du etwa allein in London?»

Sein Mund schien Mühe zu haben, die deutschen Silben zu formen, als lägen sie ihm unvertraut auf der Zunge.

«Nein ... Doch. Mit Andreas, aber er ist verschwunden, ich weiß nicht, was mit ihm geschehen ist. Und übermorgen ist schon das Vorsprechen vor dem *Board of Longitude*, und ich muss noch ...»

Gesche verstummte atemlos. Friedrich würde wohl kaum ein Wort von alledem begreifen. Es war ihr ganz allein gelungen, ihn in London ausfindig zu machen, da wollte sie jetzt nicht vor ihm stehen, als wäre sie völlig verwirrt! Auch wenn sie nichts anderes war ...

«Ist etwas geschehen?», fragte Friedrich plötzlich ernst. «Brauchst du Hilfe?» In seinem Blick schimmerte jene Tatkraft auf, die Gesche von ihm kannte. Sie musste zwischen den

Tränen lächeln. Friedrich war noch immer Friedrich. Etwas zu tun, half ihm darüber weg, dass ihm die Worte fehlten.

«Ja, ich brauche Hilfe», erwiderte sie so ehrlich, wie sie nur sein konnte. «Aber das ist eine lange Geschichte.»

«Dann erzähl sie mir in aller Ruhe», sagte Friedrich. «Am besten bei uns zu Hause, bei einem guten Essen.»

«Nur zu gerne», erwiderte Gesche dankbar. Doch sie bewegte sich nicht vom Fleck, schaute einfach nur ihren Bruder an, der ihren Blick ähnlich gebannt erwiderte, während sich die Passanten an ihnen vorbeischoben.

«Es war nicht leicht, dich zu finden», fuhr sie schließlich leise fort und wusste selbst nicht recht, ob es erleichtert oder vorwurfsvoll klang.

«Ich bin froh, dass du es geschafft hast», entgegnete Friedrich. Er lächelte zum ersten Mal. «Und ich hätte wissen müssen, dass du mich finden würdest, Gesche Altendieck. Wer, wenn nicht du? Komm. Wir gehen heim.»

Er winkte eine Mietdroschke heran. Am Arm ihres Bruders bestieg Gesche das Fahrzeug. Friedrich war an ihrer Seite. Es fühlte sich an wie ein Traum.

Dreizehntes Kapitel

Friedrich wohnte etwas außerhalb, in einem Haus, das Gesche zunächst für eine Art Palast hielt, der sich mit breiter Front an der Straße entlangzog. Doch dann erkannte sie, dass das Gebäude mehrere Eingänge hatte, die jeweils in einen eigenen Wohnbereich führten. Man musste zur Haustür einige Stufen hinaufsteigen. Eine schmalere Treppe, gesichert durch einen Gitterzaun, führte daneben in den Keller hinab, wo die Wirtschaftsräume und Dienstbotenkammern lagen. Doch das erfuhr Gesche nur beiläufig von Friedrich, während sie in den ersten Stock gingen.

Hier empfing ihr Bruder sie in seinem *drawing room*, der offenbar so etwas wie eine gute Stube darstellte. An der Wand öffnete sich ein prachtvoller Kamin, dem gegenüber ein geschwungenes Polstersofa thronte. Es gab ein rundes Teetischchen mit mehreren Stühlen und ein gut gefülltes Bücherregal. Von der Decke hing ein ausladender Kerzenleuchter, an den Wänden ein gerahmter Spiegel neben einem Seidendruck, der fremdländische Bambuspflanzen zeigte. Gesche wusste nicht, wohin sie zuerst schauen sollte. Nach der spartanischen Enge des Gasthauses und dem allgegenwärtigen Schmutz der Straßen hatte sie das Gefühl, in eine Zauberwelt aus Goldrahmen und Kristallvasen gestolpert zu sein.

Während sie sich noch atemlos im Raum umblickte, war plötzlich Lärm aus dem Treppenhaus zu hören. Dann kamen auch schon zwei kleine, dunkelhaarige Wirbelwinde hereingestürmt. Die beiden Jungen stoppten überrascht ab, als sie Gesche entdeckten.

«Nur keine Angst», sagte Friedrich lächelnd. «John, Tobias – das ist eure Tante Gesche.»

Vier große Augen starrten sie an, zwei rauchgraue und zwei grüne.

«Und das ist Phillis, meine Gattin.» Er trat an die Seite einer schmalen Frau mit länglichem Gesicht, die gleich hinter den Kindern hereingekommen war. Unter ihrem Kleid zeichnete sich als deutliche Rundung ab, dass dem Haus bald weiterer Segen bevorstand.

Gesche staunte vermutlich noch mehr als die überrumpelte Phillis, auf deren Gesicht sich rasch ein Lächeln zeigte. Sie hatte irgendwie nie daran gedacht, dass Friedrich inzwischen einen eigenen Hausstand haben könnte, eine Familie ...

Dann brach ein wahres Feuerwerk aus Begrüßungen und Fragen über Gesche herein, aus weichen Polstern, heißem Tee und Pastetchen und kurz darauf auch Abendessen.

Friedrich hatte ein Dienstmädchen namens Beth im Haus, das das Essen für die Familie auftrug. Gesche kam es wie ein dumpfer Traum vor, dass sie vor kurzem noch das Gleiche bei Gödekens getan hatte. An der Wand hing ein gekrümmtes Schwert, das aus Indien stammte, wie der kleine John atemlos erzählte (wobei er dafür getadelt wurde, noch einen Bissen im Mund zu haben). Phillis lächelte viel, musterte Gesche aber immer wieder besorgt. Ob Clement sich um ein heißes Bad kümmern solle? Wer war Clement? Gesche war überwältigt, sprachlos – und dankbar um das Bad, das den Straßenstaub Londons von ihr herunterwusch. Und fast noch dankbarer war sie für das schlichte, saubere Kleid, das Phillis für sie herausgelegt hatte und mit dem sie schließlich in den *drawing room* zurückkehrte. Der Stoff duftete nach Lavendel und nicht nach den Anstrengungen einer Reise. Das erschien ihr wie ein unerhörter Luxus.

Phillis entschuldigte sich, um unterstützt von Beth die Kinder ins Bett zu scheuchen. Gesche blieb – endlich! – mit Friedrich allein zurück. Er schenkte ihr einen Fingerbreit Brandy aus Jerez in ein Kristallglas ein, ehe er sich mit einem eigenen Glas zu ihr auf das Sofa setzte. Gesche nippte ein wenig und spürte der trockenen Schärfe des Alkohols auf ihrer Zunge nach. Dann schaute sie Friedrich nachdenklich an. Er hatte inzwischen die Perücke abgelegt. Das raspelkurze Haar darunter verlieh seinem Schädel einen markanten Umriss.

«Du bist ein wohlhabender Mann», sagte sie schließlich, ohne es bewundernd klingen zu lassen. Es war eher eine Feststellung, der Versuch, die Sache richtig einzuordnen.

Friedrich zuckte mit den Schultern. «Die *Company* fordert alles, was du an Kraft und Zeit aufbringen kannst», sagte er. «Aber sie versilbert es auch.» Nachdenklich schwenkte er seinen Brandy. «Früher bist du in einem Betrieb aufgewachsen, hast dein Handwerk erlernt und dann dort ausgeübt, bis dein Sohn es von dir übernahm. Doch wir leben in einer neuen Zeit, und dein Platz wird immer mehr durch das bestimmt, was du leistest – nicht durch das Haus, in dem du geboren wurdest.»

«Du bist also Kontorist?»

«Das kann man so sagen. *Clerk* nennen es die Engländer, auch wenn niemand von uns wirklich zum Klerus gehört. Ich bin eine von vielen Händen, die dafür sorgen, dass die *East India Company* weiterhin Wohlstand ins Land bringt. Das ist gerade nicht ganz einfach. In Indien lehnt sich das Reich Maratha gegen uns auf, und die Franzosen lauern auf ihre Chance –

gerade jetzt, da die Rebellion in den amerikanischen Kolonien viele Kräfte bindet ...»

Gesche verfolgte seine Ausführungen mit großen Augen. Bei *Handel* hatte sie bislang an dicke Männer mit großen Perücken gedacht, die sich in ihren Kontoren über Zahlenkolonnen beugten. Was Friedrich da erzählte, klang eher nach einem ausgewachsenen Krieg.

«Doch genug davon», sagte er und stellte entschieden sein Glas ab. «Bitte entschuldige, dass ich nur an die Arbeit denke. Viel wichtiger ist, dass wir uns heute endlich wiedersehen! Was genau tust du in London, Gesche?»

Wortlos öffnete Gesche den Lederranzen, den sie die ganze Zeit an ihrer Seite behalten hatte, auch wenn seine rohe Robustheit an diesem Ort unpassend wirkte. Sie holte das Schmuckkästchen hervor, schlug den Deckel zurück und platzierte schließlich das Chronometer auf dem Tisch.

Friedrich wich unwillkürlich etwas zurück, während er den Gegenstand mit gerunzelter Stirn betrachtete. Für einen Moment sah er so aus, als hätte Gesche ein widerliches Insekt mit langen Beinen in seinen *drawing room* gebracht. Dann beugte er sich vor und musterte das Chronometer. «Eine Schiffsuhr, zweifelsohne meisterlich verarbeitet», sagte er. «Vaters Werk?»

«Nein», erwiderte Gesche. «Das Seechronometer ist von mir.»

Friedrich schaute sie mit einer erhobenen Augenbraue an. Sie zog die zusammengefalteten Konstruktionspläne aus dem Ranzen und reichte sie ihm. Zunächst machte er keine Anstalten, nach dem Papier zu greifen. Dann seufzte er, streckte die Hand aus und entfaltete den ersten Bogen.

Angespannt verfolgte Gesche, wie ihr Bruder die Pläne mit

einer seltsamen Mischung aus Faszination und Widerwillen im Blick überflog. Schließlich faltete er das Papier wieder zusammen und platzierte es sorgfältig neben dem Chronometer auf dem Teetischchen, als sollte es von einem niederländischen Maler als Stillleben festgehalten werden.

«Ich bin beeindruckt», sagte Friedrich schlicht. «Und ich würde es nicht glauben – wenn ich nicht wüsste, dass Großvater dir vermutlich mehr beigebracht hat als jedem anderen Altendieck.»

Gesche blinzelte erstaunt. So hatte sie das noch nie betrachtet! Hatte Friedrich damit recht?

«Und nun bist du also nach London gekommen, um deine Konstruktion zu verkaufen?», fragte er. «Aber doch nicht allein?»

«Nein», erwiderte sie. «Zusammen mit Andreas. Vaters Geselle.» Ihre Wangen röteten sich. «Leider ist er verschwunden, wohin auch immer. Und übermorgen tagt schon das *Board of Longitude*! Ich will das Chronometer nicht verkaufen, Friedrich ...»

«... du willst damit das Längengrad-Problem für die britische Admiralität lösen!», ergänzte ihr Bruder ungläubig. «Gesche, das ist doch ... Und Vater hat dich wirklich allein mit diesem Andreas nach London geschickt?»

«Na ja ...» Sie leerte ihren restlichen Brandy mit einem Zug. Dann sprach sie es aus. «Vater weiß nicht, dass ich hier bin. Obwohl, inzwischen musste Clara es vielleicht schon zugeben.»

Friedrich stand wortlos auf, holte die Karaffe und schenkte ihnen beiden nach, diesmal mehr als einen Finger breit. «Erzähl», sagte er schlicht.

Und Gesche erzählte.

Sie erzählte von den Erkundigungen, die sie über Friedrichs Verbleib an der Schlachte angestellt hatte, und von der Idee mit dem Chronometer. Von der gemeinsamen Arbeit mit Großvater erzählte sie und von seinem Dahinscheiden in einer diesigen Novembernacht. Von der Zeit als Dienstmagd bei Gödekens und den übermenschlichen Anstrengungen Claras, die Gesche erst die Gelegenheit zur Arbeit an ihrem Werk gegeben hatten. Und von Andreas – allerdings nur das, was nötig war.

Als sie schließlich fertig war, hatte Friedrich seinen Brandy schon lange heruntergestürzt. Ungläubig schüttelte er den Kopf.

«Gesche», sagte er. «Ich sollte dich sofort auf ein Schiff verfrachten und zurück zu Vater schicken!»

«Dafür müsstest du mich für die gesamte Überfahrt in eine Reisetruhe sperren», erwiderte Gesche spitz. «Ich werde meinen Entwurf der Kommission vorführen, Friedrich!»

«Ich könnte die Truhe von vier Rotröcken bewachen lassen», fuhr Friedrich fort. «Und du würdest doch irgendwie durch den Kanal zurückgeschwommen kommen. Ich weiß, Gesche. So warst du schon damals, wenn du etwas unbedingt wolltest. Zum Beispiel auf den Freimarkt ...»

Sie schauten sich an. Beide mussten plötzlich lächeln.

«Also», sagte Friedrich dann und wurde wieder ernst. «Du hast keine Ahnung, wo dieser Andreas sich aufhalten könnte?»

Gesche gefiel der abschätzige Beiklang nicht, mit dem Friedrich den Namen aussprach.

«Nicht so richtig», erwiderte sie zögerlich. «Andreas ist sehr gut darin, Dinge zu organisieren. Aber manchmal tut er das auf ziemlich undurchsichtigen Pfaden. Ich glaube, er erwähnte einen Ortsnamen – Soho.»

Friedrich schnaubte verächtlich. «Soho also», brummte er grimmig. «Verstehe. Ich weiß jemanden bei der *Company*, der sich dort auskennt. Wir werden Andreas schon auftreiben. Und für den Fall, dass er sich doch noch im *White Boar* sehen lässt, schicke ich gleich Clement mit einer Nachricht dorthin.»

Gesche wartete ungeduldig, während Friedrich hinunter ins Untergeschoss ging, um seinen Hausdiener auf den Weg zu schicken.

«So», sagte er, als er wieder hereinkam. «Bis zu eurem Termin bei der Kommission bist du selbstverständlich mein Gast. Aber danach musst du zurück nach Hause.»

«Natürlich.»

«Ich werde dir etwas Unterstützung für die Familie mitgeben. Ich hatte keine Ahnung, wie schlecht es um euch steht ...»

Gesche erwiderte nichts. Sie sagte nicht, wie sehr Friedrichs Tatkraft ihrem gebrochenen Vater gefehlt hatte. Oder dass er sich ja hätte erkundigen können, er hatte im Gegensatz zu Gesche schließlich gewusst, wo sie zu finden waren. Stattdessen betrachtete sie nachdenklich das Chronometer auf dem Tisch. «Altendieck à Bremen 1777», graviert in Andreas' schnörkeliger Schrift.

«Friedrich», setzte sie vorsichtig an, «glaubst du, dass Andreas etwas passiert ist?»

«Das möge Gott verhindern», erwiderte Friedrich. «Londons Gassen sind gefährlich bei Nacht.»

«Wenn er nicht rechtzeitig für die Anhörung zurück ist ...» Gesches Stimme stockte. Vielleicht war es nicht richtig, dass sie an ihr Werk dachte, solange Andreas in Gefahr war. Aber es war ihre einzige Chance, und auch Andreas hätte gewollt, dass Gesche die Gelegenheit ergriff!

Friedrich breitete schicksalsergeben die Arme aus. «Dann hast du alles Menschenmögliche versucht, Gesche», sagte er. «Viele wären nicht so weit gekommen. Nach London...»

«Nein.» Gesche schüttelte den Kopf. «Alles habe ich nicht versucht. Friedrich – wenn Andreas nicht rechtzeitig wieder da ist, musst du das Chronometer dem *Board of Longitude* vorführen! Du bist auch ein Altendieck. Und ein Uhrmacher!»

Friedrich starrte sie an, als hätte sie sich spontan in ein Gespenst verwandelt. «Das ... das kann ich nicht», stammelte er.

«Friedrich, bitte! Denk an den guten Namen unserer Familie!»

«Es geht nicht!», sagte Friedrich mit erhobener Stimme.

«Aber warum nicht?»

«Meine Arbeit lässt das nicht zu.»

Friedrich sprach plötzlich abgehackt, ohne Gesche anzusehen. Misstrauisch musterte sie ihn.

«Und so ein wichtiger Kontorist wie du ist nicht in der Lage, wenige Stunden für eine dringende Familienangelegenheit zu opfern?», fragte sie.

Friedrich atmete schwer durch. «Ich kann nicht», flüsterte er. «Gesche, ich bin kein Uhrmacher.»

«Was soll das heißen? Du hast doch sogar an der großen Rathausuhr mitgebaut!»

Friedrich mied noch immer ihren Blick. Gesche hielt inne und runzelte nachdenklich die Stirn.

«Weshalb hast du bei Meister Willowe gekündigt?», fragte sie leise.

Friedrich presste die Hände zusammen, als müsste er seine Finger zur Ruhe zwingen, die rastlos nach einer Betätigung suchten. Wie früher, wenn er die Werkzeuge auf dem Arbeitstisch herumgeräumt hatte. Sein Blick geisterte durch den Raum, als wäre dort irgendwo eine Antwort zu finden. Schließlich wandte er sich wieder an Gesche.

«Ich konnte mich einfach nicht mehr auf die Werke einlassen», sagte er. «Immer musste ich dabei an das denken, was in Bremen geschehen ist. Die Blamage im Rathaus. Der Spott. Und ... Ich konnte euch nicht beschützen ...» Seine Stimme brach.

«Aber was hättest du auch tun sollen?», erwiderte Gesche sanft.

Friedrich schnaubte ungnädig. «Ich hätte bleiben können. Aber ich habe herausbekommen, wer Vaters Uhr sabotiert hat. Er hat es mir gegenüber zugegeben! Und dann ...»

«Was ist geschehen?» Gesche schlang die Arme um sich. Sie hatte sich über die Jahre manches zusammengereimt, was ihr nicht besonders gefiel.

«Ich habe Schuld auf mich geladen. Unverzeihliche Schuld, des Namens Altendieck nicht würdig», sagte Friedrich tonlos. «Ich sehe noch immer Carl Grevens Gesicht vor mir, blutüberströmt ...» Er starrte ins Leere. «Du musst doch mitbekommen haben, was passiert ist!»

«Schon», sagte Gesche vorsichtig. «Aber eines weiß ich sicher – du würdest niemals etwas Schändliches tun.»

«Oh doch!», fuhr Friedrich auf. «Er hat mich angegriffen, mit seinem Dolch. Und ich habe zugeschlagen.»

Für einen Moment vergrub er das Gesicht in den Händen. Gesche musterte ihn mit klopfendem Herzen und zugeschnürtem Hals.

«Niemand war da, der gesehen hätte, was wirklich passiert ist», sagte Friedrich schließlich leise. «Also musste ich fort. Als ich in London ankam, habe ich versucht, als Uhrmacher zu arbeiten. Ich habe es wirklich versucht. Aber es geht nicht. Mir zittern die Hände, wenn ich ein Räderwerk zusammenfügen soll. Wir haben noch nicht einmal eine Kaminuhr!»

Unwillkürlich blickte Gesche sich zum Kamin um, auf dessen Sims nur ein Trockenblumenstrauß und einige Porzellanfiguren von galanten Edelfräulein standen. Sie hatte gleich das seltsame Gefühl gehabt, dass dieser Stube etwas fehlte …

«Bei der *East India Company* habe ich mein Auskommen gefunden», fuhr Friedrich fort. «Da geht es nur darum, was ich tue – nicht, wer ich bin oder woher ich komme. Über meine Arbeit konnte ich dieses ganze Elend vergessen. Und dass Phillis mich erhört hat, ist ein Glück, das ich nicht verdiene. Aber ein Uhrmacher bin ich nicht mehr. Darum wollte ich euch auch niemals wieder unter die Augen treten. Was ist schon ein Altendieck ohne ein Händchen für Räderwerk?»

«Friedrich …» Gesche spürte, dass Tränen in ihr aufstiegen. «Bereust du, dass ich dich gefunden habe?»

«Aber nein!», rief Friedrich ehrlich bestürzt. «Es tut so gut, dich wiederzusehen. Ich kann fast Tante Lisas Krullkuchen riechen – oder Hora ticken hören.»

«Früher fandest du es albern, wenn ich die Uhr so genannt habe», erwiderte Gesche.

«Da war ich selbst noch albern», sagte Friedrich mit einem wehmütigen Lächeln.

«Du müsstest keine Uhr bauen.» Gesche straffte sich. «Nur ihre Konstruktion erläutern. Wahrscheinlich könntest du es sogar besser als Andreas.»

«Aber Gesche …»

«Ich werde nicht mit Kairos und seiner Stirnlocke anfangen», fuhr Gesche unbeirrt fort, «auch wenn die Gelegenheit in der Tat einmalig ist. Noch werde ich fragen, was Großvater oder sonst jemand getan hätte. Das weißt du alles selbst gut genug. Ich möchte dir nur eines sagen: Ich habe sehr lange an diesem Chronometer gearbeitet. Und es wird dem *Board of Longitude* vorgeführt werden. Wenn du mir nicht helfen kannst, werde ich es selbst tun. Und so, wie ich bin, vor die Herren der Kommission treten.»

«Gesche», keuchte Friedrich. «Das kannst du nicht machen! Du als junge Dame ... Das wäre ein Skandal!»

«Glaubst du, dass ich mich nicht traue?», fragte sie ruhig.

«Als du das das letzte Mal gefragt hast, wärest du fast in die Weser gesprungen», erwiderte Friedrich.

«Ich hätte mich getraut.»

«Und es wäre dumm gewesen!»

«Mag sein. Aber du hast meine Frage nicht beantwortet: Glaubst du, dass ich mich nicht traue?»

Seufzend ließ sich Friedrich auf das Sofa zurücksinken. «Ich kenne die Konstruktionspläne doch kaum», murmelte er.

«Das ließe sich binnen weniger Stunden ändern», erwiderte Gesche. Sie musste sich zusammenreißen, um nicht zu triumphierend zu klingen. Sie hatte ihn! Friedrich besaß eine schnelle Auffassungsgabe, da machte sie sich keine Sorgen.

«Also schön», seufzte Friedrich. «Erklärst du mir deine Wunderuhr?»

«Mit dem größten Vergnügen!», grinste Gesche.

«Irgendwie kommt mir die Idee mit der Reisetruhe plötzlich doch attraktiv vor ...»

«Konzentrier dich lieber auf die Pläne», erwiderte Gesche streng und entfaltete das Papier. Als Phillis wieder zu ihnen stieß, waren die beiden Altendieck-Geschwister schon tief in die Welt der Räderwerke vertieft.

Vierzehntes Kapitel

Der nächste Tag verflog mit eiligen Vorbereitungen. Während Friedrich zum *East India House* fuhr, ging Gesche zusammen mit Phillis die Kleider in ihrem Schrank durch. Friedrichs Frau war schmaler als Gesche, doch es blieb keine Zeit mehr, um etwas komplett Neues schneidern zu lassen.

«Master Fordby wird mir aber gewiss den Gefallen nicht abschlagen, kurzfristig etwas für dich anzupassen, meine Liebe», erklärte Phillis, während Gesche etwas ratlos die vornehmen Kleider betrachtete. «Und ich kann die guten Stücke momentan ohnehin nicht tragen ...»

Gesche nickte dankbar. Nachdem sie sich schließlich für ein orangefarbenes Seidenkleid mit weitem Rock entschieden hatten – «Passt ganz hervorragend zu deinen Augen, meine Liebe!» –, ließ Phillis den Hausknecht Clement anspannen, und sie fuhren zu Edmond Fordbys Schneiderwerkstatt in die City. Der kleine, quirlige Mann umtanzte Gesche eifrig, um den Stoff an ihr zu drapieren. Dann kratzte er sich nicht minder eifrig das schüttere Haar, als Phillis die knappe Frist für ihren Auftrag nannte. Doch sie wies freundlich darauf hin, dass sie vielleicht bald eine Reihe hübscher kleiner Kleidchen benötigen würde, und Fordby sagte schließlich seufzend zu.

Gesche lächelte ihre Schwägerin an. Friedrich konnte sich wirklich glücklich schätzen.

Im Anschluss bestand Phillis darauf, sich noch nach dem

einen oder anderen passenden Accessoire umzuschauen. «Ich weiß schon, du bist wie Frederic und legst keinen Wert auf das Äußere, meine Liebe. Aber einen Eindruck machst du so oder so, wenn du mit ihm nach Greenwich gehst – lass uns einen guten daraus machen!»

Sie besuchten das Geschäft eines Perückenmachers. Die Frisuren bei Hofe waren derzeit so aufwendig hochgesteckt, dass das Eigenhaar der wenigsten Frauen dafür ausreichte, und auch bei den wohlhabenden Bürgerinnen erfreuten sich hohe Perücken zunehmender Beliebtheit. Gesche ließ sich dazu überreden, solch einen Lockenturm aufzusetzen, bestäubt mit roasafarbenem Puder.

«*Formidable!*», schwärmte der Ladenbesitzer.

Doch Gesche schaute so entgeistert drein, als sie sich damit im Spiegel betrachtete, dass selbst Phillis lachen musste. Kichernd verließen die beiden Frauen das Geschäft unverrichteter Dinge.

«Vielleicht sollten wir auf ländliche Schönheit setzen, meine Liebe, wie bei einer kleinen Schafhirtin», überlegte Phillis, als sie zum nächsten Geschäft gingen. «Glücklicherweise ist Beth sehr geschickt mit dem Lockeneisen.»

«Bekomme ich dann auch einen Krummstab und ein Blumenkörbchen?», konnte sich Gesche nicht verkneifen.

Phillis schnaubte nur.

«Wobei, für Werkzeuge wäre solch ein Korb vielleicht ganz praktisch...»

Sie gaben den Einkaufsbummel schließlich auf und kehrten nach Hause zurück. Dort machte sich Gesche gleich daran, einmal mehr ihr Chronometer genau zu inspizieren. Sie öffnete vorsichtig das Gehäuse und überprüfte das feine Geflecht aus Rädern und Metallfedern. Die Konstruktion hatte die letzten Wochen unbeschadet überstanden, wie sie gehofft hatte. Schließlich verschraubte sie das Gehäuse wieder. Dem großen Moment des kleinen Apparats stand nichts mehr entgegen.

Clement kehrte später am Tag zum zweiten Mal vom *White Boar Inn* zurück. Mit höflichem Bedauern teilte er mit, dass Andreas Altendieck dort noch immer nicht gesehen worden sei. Gesche sackte in sich zusammen, als sie die Nachricht vernahm. Andreas war schon viel zu lange fort, als dass sie noch an einen ausgedehnten Streifzug glauben mochte. Was war nur mit ihm geschehen? Würde sie ihn überhaupt noch einmal wiedersehen?

Sie war froh und dankbar, dass Friedrich nach ihm suchen ließ. Um sich abzulenken, stürzte sie sich ganz in die Vorbereitungen. Doch eine dumpfe Unruhe blieb ...

Nachdem Friedrich am Abend heimgekehrt war und die Familie gegessen hatte, setzte sich Gesche mit ihm zusammen, um noch einmal seine Erklärungen zum Chronometer durchzugehen. Zufrieden hörte sie zu, wie er seinen Vortrag mit einer angenehmen, selbstbewussten Stimme probte. Er hatte in der Tat sehr rasch alles Notwendige begriffen.

Mit kribbelnder Aufregung im Bauch legte Gesche sich schließlich schlafen. Sie musste an Vater und Clara in Bremen denken, die nichts davon wussten, dass der große Tag unmittelbar bevorstand. Und die sich vermutlich nicht einmal vorstellen konnten, dass sie sich unter Friedrichs Dach aufhielt ... Schon bald würde sie ihnen davon erzählen können. Und hoffentlich würde sie weitere frohe Botschaften im Gepäck haben!

Gesche hatte keine Ahnung, wie lange sie geschlafen hatte. Oder ob sie überhaupt geschlafen hatte ... Hinter den Vorhängen dämmerte der Morgen gerade erst heran, doch irgendein Geräusch im Haus musste sie geweckt haben. Heute war der Tag! Sie schwang sich aus dem Bett – und spürte auch schon, wie die Übelkeit gnadenlos in ihr aufstieg. Ihr blieb nur ein beherzter Griff nach dem Nachttopf. Mit der verfluchten Spuckerei würde es hoffentlich bald vorbei sein, wenn sie erst einmal die Anhörung hinter sich hatte ...

Gesche zwang sich dazu, es etwas langsamer angehen zu lassen, während sie sich fertig machte. Doch auf dem Weg hinunter in den Speiseraum lief sie bereits wieder ungeduldig über die Stufen. Dort war Beth gerade dabei, alles für das Frühstück herzurichten.

«Warte, ich helfe dir rasch», rief Gesche, und noch ehe Beth protestieren konnte, hatte sie schon mit geübten Dienstmagd-Händen das Besteck eingedeckt. Beim Frühstück bettelten John und Tobias darum, einen Blick auf Tante Gesches Uhr werfen zu dürfen, und Gesche erlaubte es ihnen schließlich, wobei sie das Gerät sorgsam auf ihrem Schoß behielt.

Friedrich hatte dafür gesorgt, dass er heute nicht ins *East India House* musste, und vertiefte sich stattdessen den Vormittag über mit Altendieck'scher Sorgfalt in die Pläne. Gesche hätte ihn nur zu gerne dabei unterstützt, doch Phillis zeigte sich gnadenlos und entführte sie stattdessen für eine gefühlte Ewigkeit in die Welt der Kleider, Puderdöschen und Parfumfläschchen.

«Der erste Eindruck mag oberflächlich sein, aber das sind die Menschen schließlich auch. Wir überlassen nichts dem Zufall, meine Liebe.»

Schließlich durfte Gesche sich in einem großen Spiegel betrachten, der von hölzernen Putten getragen wurde. Das orangefarbene Kleid, das Meister Fordby noch gestern geliefert hatte, umhüllte ihren Körper perfekt. Es gewährte einen Blick auf ihre Schlüsselbeine und ließ doch die Schultern sittsam verhüllt. Eine kleine Schleife fiel am Ausschnitt über ihre Brust, ähnlich kunstvoll-zufällig wie die Locken, die Beth lange mit dem Eisen gedreht und schließlich hochgesteckt hatte, sodass nur einzelne Strähnchen absichtsvoll hervorlugten.

«Und?», fragte Phillis gespannt.

«*Formidable!*», antwortete Gesche. Und obwohl sie dabei den nasalen Tonfall des Perückenmachers imitierte, meinte sie es von Herzen ehrlich. Mehr noch als das herrliche Kleid aber berührte sie der Umstand, wie bereitwillig Phillis zur Mitstreiterin für ihren kühnen Plan geworden war.

Das Mittagessen hielt Gesche kaum noch aus.

«Sei froh, dass die Kommission am Nachmittag tagt», beruhigte Friedrich sie. «Dann sind die hohen Herren hoffentlich satt und zufrieden – und nicht besonders streitlustig. Man sagte mir, dass die Krokodile am Ganges ein ähnliches Verhalten zeigen ...»

Inzwischen kam auch Clement heim, der noch ein letztes Mal im *White Boar* nach Andreas gefragt hatte. Wieder nichts. Schließlich machte der Hausknecht Friedrichs offenen Einspänner bereit, und sie brachen auf. Friedrich trug einen vornehmen Justaucorps-Rock und seine frisch gepuderte Perücke mit dem umwickelten Zopf – ganz ein Herr von Stand auf dem Weg zu einem wichtigen Termin. Das Chronometer führte er in einer schlichten Ledertasche bei sich, die er auf dem Sitz zwischen sich und Gesche abgestellt hatte. Phillis winkte ihnen von der Haustür aus nach, während die Kutsche sich ratternd in Bewegung setzte.

Obgleich das königliche Observatorium von Greenwich

einige Meilen flussabwärts lag, fuhren sie zunächst in die City of London hinein. Denn die mächtige London Bridge bot die nächste Gelegenheit, die Themse zu überqueren – ab hier kamen bis zur Flussmündung keine Brücken mehr, um die Schifffahrt nicht zu behindern. Auf der Brücke mussten sie sich linker Hand in die lange Reihe der schleppend langsamen Fuhrwerke einordnen, die Richtung Southwark unterwegs waren.

«Nur die Ruhe», sagte Friedrich, während Gesche nervös auf dem Sitz herumrutschte. «Wir sind rechtzeitig aufgebrochen. Und die hohen Herren werden auf der Brücke genauso lange brauchen. Wie schnell du auch immer in London unterwegs bist – sobald du die Themse überqueren musst, gerätst du in eine Art Vorhölle.»

Endlich folgten sie der Landstraße am Fluss entlang, vorbei am Pool of London, auf dessen Wasser noch immer Schiffe aus hundert Häfen ihr merkwürdiges Ballett aufführten. Sie passierten die Deptford-Werften sowie die Trankochereien des Greenland Docks und erreichten schließlich jenen weitläufigen Park, der das königliche Observatorium umschloss.

Gesches Herz klopfte, während sie eine der schnurgeraden Alleen entlangratterten, auf den grünen Hügel mit dem Gebäude der Sternwarte zu, das eher einem kleinen Schloss glich. Nervös legte sie ihre Hand auf die Tasche mit dem Chronometer. Friedrich lächelte ihr beruhigend zu. Er war es, der im Namen der Familie Altendieck dem *Board of Longitude* die Konstruktion präsentieren würde, als ihr Erfinder auftreten würde. Gesche war nur seine Schwester, die ihm zu seinem großen Tag begleitete, gewissermaßen das Zierwerk seines Auftritts.

Für einen Moment spürte sie pochenden Ärger über diese Ungerechtigkeit, einen Stich von Eifersucht. Doch natürlich war sie selbst nun ungerecht. Sie hatte Friedrich mit mehr oder weniger sanfter Gewalt dazu gebracht, das hier zu tun. Sie durfte darüber nicht böse sein. Das Chronometer war das, was zählte – nicht die Hände, die es geschaffen hatten. Das Chronometer und der gute Name Altendieck ...

Solche Gedanken wälzte Gesche in sich herum, bis der Einspänner schließlich vor dem gelb getünchten Gebäude mit seinen zuckergussartigen Verzierungen hielt. Sie ließ sich von Clement aus dem Wagen helfen – mit diesem Kleid war das auch nötig! – und ging dann an Friedrichs Seite zum Eingang hinüber. Etwas abseits war ein älterer Herr auf einer Bank in ein Buch vertieft. Er schaute interessiert zu ihnen auf.

Am Eingangsportal wurden sie von einem Hausdiener in Empfang genommen, der sie in ein schlicht ausgestattetes Vorzimmer geleitete. Die Herrschaften möchten sich noch etwas gedulden, die Kommission würde ihre Sitzung gewiss bald eröffnen ...

Gesche und Friedrich nahmen auf Polsterstühlen an der Wand Platz und warteten. Immer wieder wanderte Gesches Blick zu der zweiflügeligen Tür, hinter der das Sitzungszimmer liegen musste. Dort würde sich das Schicksal ihres Chronometers entscheiden! Diese Tür bildete zugleich die magische Grenze, an der es für Gesche nicht weiterging. Die hohen Herren würden Friedrich nach Gesches Konstruktion befragen, während sie irgendwo in den Vorräumen bangen musste. Eigentlich hätte sie genauso gut zu Hause bleiben können. Doch wenn sie eh mit den Gedanken in Greenwich war, konnte sie auch gleich körperlich hier sein. Vielleicht würde sie das etwas weniger zerreißen ...

Schließlich näherten sich schwere Schritte, und ein rundlicher Mann mit einer üppigen Lockenperücke erschien im Vorzimmer. Nevil Maskelyne, der königliche Hofastronom, gab sich die Ehre. Er begrüßte Gesche mit der gebührenden Höflichkeit – und ohne eine Spur von Interesse. Dann wandte er sich verbindlich an Friedrich, der Andreas' Abwesenheit entschuldigte und sich als derjenige Altendieck vorstellte, der die Konstruktion dem Komitee präsentieren würde. Maskelyne lobte das Chronometer, «das gewiss ein tüchtiges Stück Mechanik und einen Beitrag zu den Wundern unserer neuen Zeit darstellt». Wenn auch zweifelhaft sei, ob die großen Fragen der Wissenschaft tatsächlich durch Räderwerk zu lösen wären ...

Sein Tonfall war nicht unfreundlich, doch bestenfalls gönnerhaft und schlimmstenfalls herablassend.

Schließlich nahm der königliche Hofastronom Friedrich am Arm und führte ihn in den Sitzungsraum, dessen Tür ein Hausdiener vor ihnen aufschwingen ließ. Gesche blieb allein zurück, mit einem letzten Schulterblick von Friedrich, der wohl Zuversicht ausstrahlen sollte.

Zerstreut lehnte Gesche die Erfrischungen ab, die der Diener ihr anbot. Von der Eingangshalle her näherten sich weitere Schritte. Nach und nach kamen die hochgelehrten Herren herein mit ihren feinen Gehröcken und Perücken, mit Degen und den blauen Uniformen der Royal Navy, mit blitzenden Zwickern und alten grauen Gesichtern. Gesche wurde begrüßt und mit nichtigen Komplimenten überhäuft, während sie zugleich Titel und Gesichter miteinander in Verbindung zu bringen versuchte ... Dann schlossen sich die Flügeltüren hinter dieser geballten Ansammlung ordengeschmückter Wichtigkeit. Hatte Gesche sich dafür so aufwendig in erstickenden Stoff schnüren lassen? Egal! Ihr Chronometer war dort drinnen, bei den Herren der Längengrad-Kommission.

Die Sitzung des *Board of Longitude* hatte begonnen.

Fünfzehntes Kapitel

Unruhig lief Gesche im Vorzimmer umher, wobei sie den strengen Blick des Hausdieners ignorierte. Sie konnte jetzt unmöglich sittsam auf einem Stuhl sitzen, während dort drinnen über ihre Konstruktion debattiert wurde! Für einen Moment erwog sie ernsthaft, sich der Tür zu nähern, um nach den gedämpften Stimmen dahinter zu lauschen – so, wie sie es früher gerne auf der Altendieck'schen Diele getan hatte. Doch sie bezweifelte, dass der Hausdiener sie gewähren lassen würde …

Also zwang sie sich seufzend dazu, der Tür nicht zu nahe zu kommen, vermied es sogar, in diese Richtung zu schauen. Sie bewunderte die Porträts bedeutender Astronomen an den Wänden, ohne sie wirklich zu sehen, betrachtete ein nichtssagendes Blumengesteck auf einem Tisch, zählte die Kerzenleuchter im Raum …

Schließlich hielt sie es nicht länger aus – sie ging nach draußen, um irgendwie den Kopf freizubekommen! Einfach nur ein paar Schritte durch den Park, der den Hügel mit dem Observatorium umgab. Doch ihr geplantes Flanieren wurde ein halbes Rennen, als wäre sie ein Automat, der von einer zu stark gespannten Feder angetrieben wurde. Das Schoßhündchen einer feinen Dame bellte ihr irritiert hinterher. Gesche zwang sich anzuhalten und ließ sich auf einer steinernen Bank nieder.

Mit nervösen Fingern holte sie das Notizbüchlein hervor, in

das sie ihre persönlichen Skizzen für ihr Werk gezeichnet hatte. Sie blätterte nach hinten, zu den neueren Entwürfen, auf denen der Aufbau des Chronometers schon deutlich zu erkennen war. Welchen Teil Friedrich wohl gerade der Kommission erläuterte? Und ob man ihn bitten würde, das Gehäuse zu entfernen? Sie konzentrierte sich ganz auf die Zeichnungen, die inzwischen so etwas wie ein Zuhause für sie waren, ein tragbarer Kosmos aus Kräften und Bewegungen in ihrer Tasche.

«Bemerkenswert», sagte plötzlich eine Männerstimme.

Gesche fuhr zusammen. Vor lauter Aufregung hatte sie nicht bemerkt, dass sich jemand ihrer Bank genähert hatte. Es war ein älterer Herr in einem rotbraunen Rock, nicht besonders groß und vielleicht um die 50 Jahre alt. Sie hatte ihn bei ihrer Ankunft schon bemerkt, mit einem Buch auf einer Bank sitzend. Ein Lächeln lag auf seinem schmalen Gesicht, seine Augen blitzten lebendig. Er stand etwas vorgebeugt, um einen Blick in Gesches Büchlein werfen zu können. Unwillkürlich zog sie ihre Notizen schützend an sich.

«Bitte verzeiht», sagte der Neuankömmling. «Unter den Unarten, mit denen ich meine Mitmenschen plage, wird die Neugier stets den ersten Platz einnehmen.» Er zeigte ihr entschuldigend ein sperriges Buch, das er unter dem Arm getragen hatte. Sie konnte die Worte «mechanische Kräfte» im Titel entziffern. Nun war es an Gesche, sich interessiert vorzubeugen, um einen neugierigen Blick auf das Buch zu werfen. Vermutlich war der Herr einer der Gelehrten am Observatorium.

«Chronometrie ist ein Thema, bei dem ich nur schwer an mich halten kann», fuhr er fort. «Zumal Eure Skizzen zweifelsohne ein Seechronometer zeigen. Doch ich hatte keinesfalls vor, die werte Dame aufzuschrecken, und werde Euch nun nicht länger belästigen.»

Er setzte dazu an, sich abzuwenden.«Und ich hatte nicht vor, Euch zu vertreiben!», sagte Gesche rasch. Sie war dankbar um die Ablenkung, und außerdem faszinierte es sie auch, wie viel der Herr aus einem flüchtigen Blick in ihre Aufzeichnungen herausgelesen hatte. Einladend rückte sie auf der Bank ein wenig zur Seite. Ihr Gegenüber zögerte kurz mit gerunzelter Stirn, als müsste er etwas im Kopf ausrechnen. Dann nickte er und setzte sich etwas steif neben sie.

«Ich nehme an, Ihr gehört zu jenem armen Kerl, der heute vor der Kommission vorspricht?», fragte er in einem Tonfall, der gleichermaßen besorgt wie belustigt war.

«Ja», erwiderte Gesche leicht verwirrt. «Gesche Altendieck ist mein Name. Ich komme aus der freien Stadt Bremen, und mein Bruder spricht gerade vor dem *Board of Longitude*.»

«Ich habe wieder einmal vor lauter Mechanik meine Manieren vergessen», brummte der Herr und erhob sich noch einmal, um sich angemessen zu verbeugen.

«Harrison», stellte er sich vor.

Harrison … Harrison! Gesche bekam große Augen. Der Herr lachte, wobei sich ein Geflecht aus feinen Fältchen an seinen Schläfen bildete.

«*William* Harrison», sagte er. «Zweifellos würde es Euch mehr beeindrucken, wenn ich *John* gesagt hätte. Doch dem Allmächtigen hat es gefallen, meinen Vater im letzten Jahr nach einem langen Leben zu sich zu holen.»

Er setzte sich wieder neben Gesche.

«Ihr seid also der Sohn von John Harrison?», fragte sie nach und kam sich dabei irgendwie einfältig vor. «Des Mannes, der als Erster das Längengrad-Problem gelöst hat?»

Harrison lächelte in sich hinein. «Ein wenig bin ich ihm dabei zur Hand gegangen», sagte er. «Ungefähr, seit ich ein

Werkzeug halten kann. Bei uns in der Familie gehört es gewissermaßen dazu, sich in Getriebe und Rädchen zu vertiefen.»

«Genauso wie bei uns», bestätigte Gesche spontan. Dann zügelte sie sich. «Ich habe bei meinem Chronometer natürlich auch auf die Ideen Eures Vaters zurückgegriffen. Etwa die *remontoir d'egalité* als Zwischenantrieb für das Hemmungsr...» Erschrocken verstummte sie. *Mein Chronometer* hatte sie in der Aufregung gesagt... Sie schaute Harrison verlegen an.

Dieser lächelte weiter, als wäre nichts geschehen. «Darf ich Eure Skizzen noch einmal sehen?»

«Ähm... ja, natürlich!» Gesche gab ihm das Büchlein.

Harrison las eine Weile darin, wobei er jede Seite so sorgfältig umblätterte, als würden seine Finger eine delikate Mechanik betätigen. Schließlich reichte er es Gesche zurück.

«Ein solider Entwurf», lobte er. «Ich wünsche Eurem Bruder viel Glück mit seiner Konstruktion.» Er zwinkerte ihr zu.

«Danke», murmelte Gesche verdattert. Dann runzelte sie die Stirn. «Warum habt Ihr ihn vorhin einen armen Kerl genannt?»

«Ich nenne jeden einen armen Kerl, der als Mechanikus vor das *Board of Longitude* treten muss», erwiderte Harrison noch immer lächelnd, doch mit verhärtetem Blick. «Ich habe meinem Vater nicht nur bei seiner Arbeit geholfen, sondern auch bei seinen Anstrengungen, die Kommission von ihrem Nutzen zu überzeugen. Zweimal habe ich mit dem Chronometer meines Vaters den Atlantischen Ozean bis zu den Kolonien in der Karibik überquert, um die Herren zu beeindrucken. Das Wetter war abscheulich, die Vorräte verdorben, ich selbst war von Seekrankheit geplagt. Das Chronometer aber lief nach Monaten auf See noch immer genau, abgesehen von etwa zwei Minuten Abweichung. Damit erfüllte es die Vorgaben der

Kommission! Doch hat das gereicht? Nein, natürlich nicht.» Er seufzte. «Aber Ihr kennt die Geschichte gewiss, ich will Euch nicht langweilen ...»

«Ich kenne sie nur zum Teil», sagte Gesche und dachte an die Erzählungen ihres Großvaters über den jungen Tischler aus Yorkshire.

Harrison räusperte sich. «Nevil Maskelyne und andere Astronomen der Kommission beharrten auf ihrer Methode der Monddistanz und machten Vater mit immer neuen Nachforderungen das Leben schwer», erzählte er. «Allerdings konnte Vater das auch selber ganz gut. Er war das, was man gemeinhin einen Querkopf nennt. Zum einen war er der größte Kritiker seiner eigenen Werke, und er pflegte sehr genau darzulegen, was an seinen Erfindungen noch nicht zu seiner Zufriedenheit lief – selbst wenn das eigentlich niemand hören wollte. Zum anderen war er überaus direkt und hatte keine Hemmungen, jemanden vor den Kopf zu stoßen, wenn er sich im Recht fühlte. Damit macht man sich bei gewissen Herren nicht unbedingt beliebt.»

«Seine Erfindung wurde also nicht honoriert?», fragte Gesche mitfühlend.

«Die Sache war ziemlich verfahren. Schließlich gestand man Vater das halbe Preisgeld zu, freilich ohne dabei wirklich zuzugeben, dass er sämtliche Auflagen erfüllt hätte. 10 000 Pfund Sterling sind gewiss eine schöne Summe. Aber Vater ging es um mehr – um Anerkennung. Also wandte ich mich für ihn direkt an den König. Und George III. gewährte mir eine Audienz auf Windsor Castle.» Harrison erzählte das so beiläufig, als hätte er sich mit einem alten Bekannten getroffen. «Glücklicherweise ist er ein Mann der Wissenschaft – und weniger halsstarrig als gewisse andere Gelehrte!» Er warf einen

Blick über die Schulter zur Sternwarte hinüber. «Der König selbst hat schließlich ein Exemplar von Vaters Chronometer in seinem privaten Observatorium in Richmond getestet, seinen Gang über mehrere Wochen beobachtet. Es lag verschlossen in einem Kästchen, und nur drei Männer besaßen einen Schlüssel dazu: des Königs Astronom, Dr. Demainbray, der König selbst – und meine Wenigkeit.»

Gesche betrachtete den kleinen, faltigen Mann im erdbraunen Rock mit immer größeren Augen. «Der Test hat den König gewiss beeindruckt?», fragte sie.

«Der Test verlief katastrophal!», rief Harrison so laut, dass sie zusammenzuckte. «Die Uhr spielte völlig verrückt! Ging vor oder nach, wie es ihr gerade passte. Vater und ich waren ratlos – und beschämt, wie Ihr Euch denken könnt.»

Gesche nickte stumm.

Doch Harrison lächelte schon wieder, als er fortfuhr: «Schließlich fiel dem guten George ein, dass er in einem Schrank neben der Uhr einige dicke Magnetsteine aufbewahrte – Gott schütze seine Geistesschärfe. Als er die Magneten schließlich entfernt hatte, lief die Uhr tadellos. Fehlertoleranz: eine Drittelsekunde pro Tag.»

«Das lässt sich hören», konstatierte Gesche beeindruckt.

«Etwas in der Art sagte der König auch. Er wandte sich mit dem Fall direkt an das Parlament, über die Köpfe der Kommission hinweg – und noch im selben Jahr erhielt Vater weitere 8750 Pfund. Nicht ganz der ausgelobte Preis, aber doch recht nah dran. Nur dass die zweite Zahlung nicht von der Kommission stammte, sondern eher eine Art milde Gabe des Parlaments zur Honorierung von Vaters lebenslangen Bemühungen darstellte. Während seiner letzten drei Lebensjahre war er jedenfalls ein reicher Mann – und, noch wichtiger, ein anerkannter Erfinder. Selbst der grosse Captain James Cook prüfte Vaters Chronometer auf seinen Fahrten und äusserte sich lobend darüber.»

«Ich freue mich, dass Eure Geschichte ein gutes Ende genommen hat!», sagte Gesche ehrlich.

«Ich war noch nicht fertig», erwiderte William Harrison, und sein Lächeln verschwand. «Wie Ihr ja wisst, sucht das *Board of Longitude* weiterhin nach einer alternativen Lösung – weil sich die diffizile Konstruktion meines Vaters nicht kostengünstig genug herstellen lässt, um die gesamte Royal Navy damit auszurüsten. Die Kommission hat jedoch die Anforderungen an ein Chronometer als Lösung noch einmal drastisch verschärft. Jeder Entwurf muss jahrelange Prüfungen nach dem Gutdünken der hohen Herren über sich ergehen lassen. Mein Vater hatte es schon nicht leicht – aber wer nach ihm kommt, steht vor einem schier unüberwindlichen Gebirge aus kleinlichen Bestimmungen. Ein weiterer Schachzug jener, die eine astronomische Lösung des Problems einer mechanischen deutlich vorziehen.» Er hüstelte. «Maskelyne.»

«Ich verstehe», sagte Gesche, und ihr Hals fühlte sich wie zugeschnürt an.

Harrison lächelte schief. «Ich muss gestehen, dass ich nicht wirklich zufällig hier bin. Als man mir zutrug, dass es wieder jemand mit einer Uhr versucht, trieb mich die Neugier her. Sie ist eben meine Schwäche. Aber ich will auch dem armen Tropf beistehen, wenn die Kommission mit ihm fertig ist. Es ist eine Schande, wie ehrbare Uhrmacher an diesem Ort behandelt werden!» Er schnaubte. «Eigentlich hatte ich vor, Euren Bruder abzufangen, aber ich glaube, bei Euch bin ich schon an der richtigen Stelle. Ganz egal, was sie dort drinnen über Eure Konstruktion sagen – eine gute Arbeit bleibt eine gute Arbeit, auch ohne Preisgeld oder das Lob irgendwelcher mondsüchtiger Gelehrter!» Harrisons Wangen waren gerötet – er hatte sich in Rage geredet.

Gesche hingegen umklammerte fest ihr Notizbuch. Plötzlich war ihr schwindelig, als wäre sie wieder an Bord der *Triton*. Das Klappern von Hufen riss sie aus ihren Gedanken.

«Sie lassen schon die Kutschen der Herrschaften vorfahren», sagte Harrison nachdenklich. «Das scheint eine kurze Sitzung gewesen zu sein.» Er erhob sich von der Bank. «Es war mir ein Vergnügen, junge Dame. Bitte entschuldigt mich nun. Ich habe kein Interesse an höflicher Konversation mit Reverend Maskelyne. Denkt einfach immer daran: Gute Arbeit bleibt gute Arbeit.» William Harrison verbeugte sich noch einmal, um dann langsam die schnurgerade Allee entlangzuwandern.

Gesches Kehle war selbst für einen Abschiedsgruß zu trocken. Der Boden unter ihr schien noch immer zu schwanken wie Horas Zinnschiffchen, das schon seit Jahrzehnten vergeblich seinem Hafen entgegenschaukelte. Harrisons Warnung ließ sie Schlimmes ahnen; doch vielleicht sah er die ganze Sache einfach viel zu schwarz, weil man seinem Vater so übel mitgespielt hatte. Schließlich hatte er ihre Konstruktion gelobt … Ihr Chronometer war eine kunstvolle Kreation, es hatte eine reelle Chance – welchen Sinn hatte sonst überhaupt diese ganze Ausschreibung?

Gesche ertappte sich dabei, dass sie Harrison noch immer hinterherstarrte. Inzwischen war die erste Kutsche beim Observatorium vorgefahren. Die Anhörung war tatsächlich vorbei!

Gesche sprang auf, raffte ihr Kleid zusammen und eilte den Hügel hinauf auf das Gebäude zu. Sie musste mit Friedrich sprechen, musste wissen, wie alles gelaufen war …

Ihr Bruder kam ihr bereits am Eingangsportal entgegen, das Gesicht verschlossen. Die Tasche mit dem Chronometer und den Plänen trug er bei sich.

«Friedrich!» Mit banger Erwartung trat sie an ihn heran. «Wie war es?»

Noch immer verzog er keine Miene. «Reverend Maskelyne lässt seine besten Empfehlungen an meine liebreizende Schwester ausrichten», sagte er. «Er fand die Konstruktion des Chronometers höchst bemerkenswert, und seine Kollegen äußerten sich ähnlich. Sie haben mich sogar fast ausreden lassen. Dann warf jemand ein, dass der Entwurf zwar tüchtig ausgeführt sei, aber nicht ganz das, wonach die Kommission suche.» Gesche spürte einen Stich in der Brust. «Ab da kamen eigentlich nur noch Phrasen. Eine praktische Erprobung des Chronometers auf einem Schiff der Royal Navy hielt niemand für nötig. Maskelyne hat dann noch die Gelegenheit genutzt, um über seine Mondtabellen zu schwadronieren. Wie einfach es sei, sie in großer Zahl drucken zu lassen – im Gegensatz zu einer teuren Uhr. Das war es im Wesentlichen. Hier.» Er drückte Gesche ein gesiegeltes Schreiben in die Hand. «Darin steht, dass das *Board of Longitude* den Vorschlag von Andreas Altendieck wohlwollend zur Kenntnis genommen hat. Mehr nicht. Das war's.»

«Das ... das kann doch nicht wahr sein ...», flüsterte Gesche. Ihr Entwurf war gut! Er funktionierte und war mit Material gebaut, das nicht unmäßig teuer war. Er hatte mehr verdient als herablassendes Wohlwollen ... Und doch hatte Harrison mit seiner düsteren Einschätzung recht behalten.

«Wird ... wird es eine weitere Anhörung geben?», fragte sie mit zitternder Stimme. «Haben wir noch eine Chance?»

«Nein.» Friedrich presste die Lippen zusammen. «Und das

ist vielleicht sogar gut so. Sonst hättest du ihnen noch ein zweites Chronometer von gleicher Bauart zur Ansicht überlassen müssen sowie alle deine Aufzeichnungen. Und das umsonst. Ich hatte nicht den Eindruck, dass hier irgendjemand bereit ist, Geld dafür zu bezahlen.»

Gesche hatte das Gefühl, ins Nichts zu stürzen. Das Zinnschiffchen war auf See gekentert, verloren ohne das Geheimnis des Längengrads. Es gab kein Preisgeld, niemand würde den Namen Altendieck mit neuem Respekt aussprechen – und sie würde eine Dienstmagd bei Gödekens bleiben, bis sie alt und grau war. Wenn man sie dort überhaupt noch wollte, nachdem sie mit einem Wandergesellen fortgelaufen war …

«Oh Friedrich, ich …» Sie konnte die Tränen nicht länger zurückhalten.

Ihr Bruder drückte sie an sich. «Ich weiß, Gesche.» Seine Stimme klang endlich nicht mehr verschlossen. «Mir tut das auch unendlich leid. Ich habe dort drinnen mein Bestes gegeben. Aber die Kommission ist berüchtigt …»

«Das Chronometer ist gut», presste Gesche hervor.

«Ein weiteres Altendieck-Meisterwerk, neben Hora und der großen Rathaus-Uhr», erwiderte Friedrich. «Mehr, als ich geleistet habe. Mehr, als sonst jemand in Bremen geleistet hat! Du bist die Erste in der Stadt, die ein Seechronometer gebaut hat. Das kann dir niemand nehmen.»

Gesche ließ sich von Friedrich zu seinem Einspänner führen, wo Clement schon auf sie wartete. Mechanisch bestieg sie den Wagen und nahm neben Friedrich Platz. Während der gesamten Fahrt hielt sie die Tasche mit dem Chronometer an sich gepresst, als würde sie über ein krankes Kind wachen.

Unbeteiligt ließ sie die grauen Straßenzüge von London an sich vorbeiziehen, unbeteiligt ertrug sie die Flüche der Fuhrknechte auf der London Bridge und den Gestank der engen Gassen nördlich davon. Sie machte sich nicht die Mühe, die Tränen fortzuwischen, die ihr über die Wangen liefen. Alles war bedeutungslos. Sie befand sich auf einer sinnlosen Fahrt zu einem sinnlosen Ziel. Genauso gut hätten sie immer so weiterfahren können, Gesche wäre es egal gewesen. Friedrich saß schweigend neben ihr und warf ihr zuweilen besorgte Seitenblicke zu, die sie ignorierte.

Als sie schließlich bei seinem Haus vorfuhren, erwartete Phillis sie schon direkt an der Tür. Ihr Lächeln verblasste, sobald sie die Gesichter der beiden sah. Im *drawing room* erklärte ihr Friedrich in knappen Sätzen, was geschehen war.

Phillis hingegen sparte daraufhin nicht an Worten! «Diese überfressenen Toren hätten auch abgelehnt, wenn der weise König Salomo persönlich ihnen eine Lösung präsentiert hätte», schimpfte sie. «Jeder einzelne von ihnen ist doch selber bloß auf das Preisgeld aus – und natürlich gönnt keiner von ihnen einem anderen den Ruhm, etwas Brauchbares entdeckt zu haben! Lieber lassen sie weiterhin Jahr für Jahr brave englische Seeleute ersaufen…»

Das ging eine ganze Weile so weiter. Gesche bekam kaum etwas davon mit, und sie aß auch nichts. Im Gegenteil – einmal musste sie sogar aus dem Raum stürmen, um sich zu übergeben. Sie schaffte es nicht zum Nachttopf auf ihrer Kammer und musste die Peinlichkeit erdulden, dass Beth die Spuren auf der Treppe beseitigte. Gesche wollte der jungen Frau helfen, doch Phillis zog sie mit sich, um ihr Tee einzuflößen, der ihren Magen beruhigen sollte. Alles erschien Gesche plötzlich zu viel: Friedrichs düsteres Schweigen, die fragenden Augen ihrer beiden Neffen, Phillis' Empörung und Sorge, das stille Mitleid in Beths Seitenblicken…

Sie wollte einfach nur weg, sich verkriechen in ihrem Bett, wäre am liebsten so klein geworden, dass ihr das Messinggehäuse ihres Chronometers als Versteck hätte dienen können. Einen anderen Zweck erfüllte das Ding jetzt ohnehin nicht mehr!

Gerade setzte sie dazu an, sich zu entschuldigen, als plötzlich Clement hereinkam und leise mit Friedrich sprach. Dieser nickte grimmig.

«Ich muss dringend noch einmal weg!», verkündete er. «Phillis, Gesche – bitte wartet nicht auf mich mit dem Zubettgehen.»

«Frederic», sagte Phillis besorgt. «Was ist denn geschehen?»

Doch Friedrichs Schritte polterten schon die Treppe hinab. Kurz darauf klappte die Haustür. Gesche lauschte bang, konnte aber nichts mehr hören. Der Vorfall hatte sie aus ihren gramvollen Gedanken gerissen. Was mochte ihren Bruder bewogen haben, so spät noch einmal aus dem Haus zu gehen? Irgendein Notfall im *East India House*?

Dann hallte plötzlich ein Name in Gesche wider wie ein machtvoller Stundenschlag: Andreas.

Sechzehntes Kapitel

Londons Straßen lagen in tiefer Dunkelheit, kaum erhellt von der schmalen Mondsichel hoch über den Schornsteinen. Nur wenige öffentliche Plätze waren mit Laternen beleuchtet. Auf den verwinkelten Gassen hingegen war jeder Bürger für sein eigenes Licht verantwortlich – und für seine eigene Sicherheit.

Für Friedrich Altendieck war das Grund genug, sich zu nachtschlafender Zeit nach Möglichkeit in den schützenden Mauern seines Hauses aufzuhalten. Heute jedoch war er am späten Abend unterwegs, und er bewegte sich noch dazu immer tiefer ins Herz von Soho, einem Viertel, das er sonst selbst bei Tageslicht mied. Erinnerungen an seine letzte Nacht in Bremen stiegen unwillkürlich in ihm auf.

Es ging vorbei an Spelunken, aus denen trunkener Lärm tönte, und grellgeschminkten Frauen, die ihm schlüpfrige Einladungen nachriefen. Friedrich beschleunigte seinen Schritt und hielt den Blick strikt auf den breiten Rücken des Mannes geheftet, der vor ihm ging.

Ezra McDaniel war ein großer, vierschrötiger Kerl, schlecht rasiert und mit zahllosen knotigen Narben auf der Haut. Sie mochten von irgendwelchen exotischen Krankheiten stammen, die er sich in verborgenen Winkeln der Welt zugezogen hatte. Im *East India House* erzählte man sich Erstaunliches über McDaniel. Er hatte angeblich in Bengalen gekämpft und in der

Navy gedient, und man sagte ihm nach, dass er für mehrere Jahre als *highwayman* durch Schottland gestreift war – als Räuber und Wegelagerer. Das machte McDaniel nicht gerade zu der Art von Person, der Friedrich gerne in einer dunklen Gasse begegnet wäre.

Dennoch folgte er nun mehr oder weniger entschlossen dem Lichtschein seiner Laterne, denn heute ging McDaniel einer anderen Profession nach: Er war ein *thief-taker*, ein berufsmäßiger Diebesfänger, der gegen Bezahlung Kriminelle aller Art festsetzte. Er hatte schon mehr als einmal erfolgreich für die *East India Company* gearbeitet und Lumpengesindel aufgespürt, das sich am Eigentum der Gesellschaft bereichern wollte. Ein guter *thief-taker* musste stets mit einem Fuß im Morast des Verbrechens stehen, um seine spezielle Klientel aufspüren zu können. Das brachte ihm nicht unbedingt das Vertrauen der ehrbaren Bürger ein, und auch Friedrich ertappte sich immer wieder dabei, dass er sich nervös nach Anzeichen einer Falle umschaute.

Hinter ihnen liefen zwei handfeste Gestalten, die McDaniel als Verstärkung mitgebracht hatte, ohne sie Friedrich namentlich vorzustellen. Der eine war ein stämmiger Rotschopf, der andere ein kleiner Kerl mit Wieselgesicht. Alle drei trugen nicht nur Degen an der Seite, sondern auch Pistolen im Gürtel unter ihren Röcken. Friedrich war beim Anblick der Waffen zunächst erschrocken. Doch dann schalt er sich: Natürlich ging niemand unbewaffnet auf Diebesjagd. In der verwegenen Schar kam er sich ziemlich unpassend vor. Er konnte nur hoffen, dass seine Begleiter wussten, was sie taten.

London hatte keine eigenen Polizeitruppen, wie sie etwa in den großen Städten Frankreichs üblich waren. Es taten lediglich acht wackere Konstabler unter dem blinden Richter Sir

John Fielding in der Bow Street Dienst. Meist mussten es die Bürger der Stadt selbst in die Hand nehmen, wenn sie Opfer eines Verbrechens geworden waren und die Täter zur Rechenschaft ziehen wollten – und sich dafür an Menschen wie Ezra McDaniel wenden, die sich von den Verbrechern zumeist nur darin unterschieden, dass sie von der Seite des Gesetzes bezahlt wurden.

Die Männer passierten das *White House*, von dem selbst Friedrich schon gehört hatte – eines der berüchtigtsten Hurenhäuser von Soho. Dann bogen sie in einen Hinterhof ein, bis McDaniel schließlich vor einer unscheinbar wirkenden Tür zum Stehen kam. Dahinter war Lärm zu hören, als würde eine größere Ansammlung Menschen johlen und grölen.

«Hier ist es, Master Altendieck», brummte der *thief-taker*. «Wollt Ihr die Kerle, die Eurem Verwandten Ärger machen, nach Old Bailey bringen oder Euch selbst um sie kümmern?»

«Ich wünsche lediglich, dass mein Verwandter da so schnell wie möglich herausgeholt wird», erwiderte Friedrich.

Es gelang ihm nicht, das Wort *Verwandter* ohne Widerwillen auszusprechen.

«Wie Ihr meint», grinste McDaniel. «Dann wollen wir mal.»

Er klopfte lautstark an die Tür. Sie wurde einen Spaltbreit geöffnet, und ein stiernackiger Glatzkopf starrte ihnen entgegen. Sein Gesicht verzog sich, als er den Besucher erkannte.

«Ezra!», spuckte er aus. «Du bist hier nicht mehr willkommen, seit du Littlewood hochgenommen hast. Duncan sagt ... Uagh!»

Er kam nicht dazu, seinen Satz zu beenden. McDaniels Arm schnellte vor, griff durch den Türspalt und knallte den Glatzkopf hart gegen den Rahmen. Friedrich zuckte zusammen.

Benommen versuchte der Mann, sich zu orientieren – und starrte auf die blanke Degenklinge des Rotschopfs, der ihm inzwischen entgegengetreten war. «Immer mit der Ruhe», knurrte dieser.

Sie trieben den überrumpelten Türsteher vor sich her und betraten einen großen Schankraum, in dem Tabakrauch, Schweiß und Branntweingestank sich zu etwas verbanden, das einem das Gefühl gab, in eine Wand zu laufen. Friedrich begleitete die *thief-taker* mit hochgezogenen Schultern. Immer wieder mischte sich Knurren und Bellen in den allgegenwärtigen Lärm der Zecher, einmal auch ein schmerzerfülltes Jaulen, das sofort mit anfeuerndem Grölen quittiert wurde.

Dies war mehr als eine fragwürdige Schenke, wenn es auch an Fusel keinen Mangel gab. Mit Abscheu warf Friedrich beim Gehen einen Blick in die *Pit* – die Grube in der Mitte des Raumes. Zwei gedrungene Hunde umkreisten sich dort wütend, halb ineinander verbissen und angetrieben von zwei schmutzigen Kerlen, während ein dritter Mann hektisch als eine Art Schiedsrichter umhersprang. Die Zuschauer kommentierten jede Bissattacke mit Jubel oder Buhrufen, manche beugten sich dabei so weit nach vorne, dass sie fast in die Grube fielen. Die meisten von ihnen trugen einfache, abgetragene Kleidung, doch Friedrich entdeckte auch einige Herren von Stand unter ihnen, deren dunkle Mäntel ihren Status nur unzureichend verbargen.

Kopfschüttelnd wandte er sich ab. Hundekämpfe zählten zu jenen Vergnügungen Londons, denen er nichts abgewinnen konnte. Doch die Kämpfe hatten zahlreiche begeisterte Anhänger, und es gab Hunde, die eigens für den Einsatz in der Pit gezüchtet wurden – Pit Bulls nannten die Briten sie.

McDaniel und seine Leute stießen den Glatzkopf zielstrebig quer durch den Raum, bis zu einer Tür, die offenbar zu einem Hinterzimmer führte. Mit einem kräftigen Tritt öffnete McDaniel sie, schubste den Türsteher hinein und folgte ihm dichtauf.

«Duncan!», rief der Glatzkopf aus. «Ich konnte sie nicht aufhalten. Ich ...»

Ein hagerer Mann im purpurroten Rock, der eine blonde Lockenperücke trug und mit zwei weiteren Männern an einem Tisch saß, griff sofort an seinen Gürtel – und erstarrte, als er sah, dass McDaniels bereits seine Pistole gezogen hatte. Auch seine beiden Kumpane rührten sich nicht. Der Wieselgesichtige schloss die Tür zum Schankraum. Friedrich atmete schwer durch. Nun konnte er nur hoffen, dass McDaniel sein Geld wert war.

«Ezra! Bei allen Teufeln, was soll das?», fluchte der Blondgelockte. «Wir haben keine Händel mit der *Company*!»

«Dann stört es euch bestimmt auch nicht, wenn ich hier meine Arbeit mache, Duncan», erwiderte McDaniel ungerührt. Er wandte sich an seine Begleiter: «Nehmt ihnen die Waffen ab und sperrt sie in einen Zwinger!»

Erst jetzt gewahrte Friedrich, dass sich im hinteren Teil des Raumes mehrere Holzverschläge befanden. In einigen bellten wütende Hunde, in einem Metallkäfig wuselten Dutzende von Ratten durcheinander. Und in einem Zwinger in der Ecke hockte ein kleiner Schwarzbär mit räudigem Fell, das ihm büschelweise ausfiel. Friedrich hatte gehört, dass in der Grube zuweilen auch mehrere Hunde auf einen Bären gehetzt wurden, oder es wurde darauf gewettet, wie viele Ratten ein Hund in einer bestimmten Zeit totzubeißen vermochte.

Duncan und seine Spießgesellen zeterten empört, als McDaniels Begleiter sie durch den Raum zerrten und schließlich in einen leerstehenden Käfig stießen. McDaniel stand zufrieden daneben. «Und nun hat dieser hohe Herr einige Fragen an euch, die ihr besser beantwortet», verkündete er.

«Ich fasse mich kurz», sagte Friedrich rasch. Es machte ihn nervös, im Mittelpunkt dieser finsteren Versammlung zu stehen. Doch zumindest hatte er durch seine Arbeit für die *Company* gelernt, mit Autorität zu sprechen. «Wo ist der Mann, den Ihr gefangen haltet?»

Duncan zog indigniert die Nase kraus. «Welcher Mann?»

«Ich rede von Eurem Gefangenen», sagte Friedrich fest. «Ein Deutscher, dunkles Haar ...»

«Lasst gut sein», unterbrach ihn McDaniel mit einem gefährlichen Grinsen. «Ich glaube, der gute Duncan begreift nicht, wie ernst Ihr es meint.» Er ging langsam, fast schlendernd, auf den Käfig zu. «Glücklicherweise spreche ich die Sprache, die er versteht.»

Duncan wich unwillkürlich einen Schritt zurück. «Im Keller», zischte er widerwillig.

McDaniel nickte seinen Begleitern zu, woraufhin der Wieselgesichtige nach unten verschwand.

«Aber Euer Freund schuldet uns Geld!», fuhr Duncan empört auf.

«Ich wundere mich, dass er dann nicht schon mit einem Messer im Bauch in der Themse schwimmt», bemerkte der *thief-taker* schmunzelnd.

«Dies ist ein ehrbares Etablissement!», rief Duncan und straffte sich, als würde er eine Rede vor dem Parlament halten. Es hätte überzeugender gewirkt, wenn er sich nicht zusammen mit drei Spitzbuben in einem Hundezwinger befunden hätte. «Wir würden selbstverständlich niemals Hand an den ältesten und einzigen Sohn eines deutschen Grafen legen.»

Friedrich hob die Augenbrauen. Sohn eines Grafen? «Wie lange haltet Ihr ihn hier schon fest?»

«Drei Tage», erwiderte Duncan so hoheitsvoll wie möglich. «Dauert halt etwas, bis ein Brief in Deutschland ankommt.»

«Drei Tage. Dann ist seine Schuld abgegolten», entschied Friedrich.

«Das ist ungeheuerlich!», beschwerte sich Duncan mit hochrotem Kopf, der sich farblich unschön mit seinem Purpurrock biss. «Habt Ihr eine Vorstellung, wie viel Geld Euer Freund hier verwettet hat?»

«Es steht Euch frei, einen Prozess anzustrengen», sagte Friedrich ungerührt. «Gegen die *British East India Company*. Ich hoffe, Ihr kennt einen guten Advokaten.»

Auf der Kellertreppe waren Schritte zu hören. Der Wieselgesichtige kam zurück. Er hatte einen jungen Mann bei sich, dessen schmutziger, zerknitterter Justaucorps-Rock vermutlich einmal elegant gewesen war. Sein bräunliches Haar war zerzaust, seine ebenso braunen Augen schauten sich ängstlich um, als erwartete er, dass jeden Moment noch größeres Unheil über ihn hereinbrach.

Friedrich nahm den Mann beiseite und zog ihn in eine Ecke des Raumes. Instinktiv duckte dieser sich von ihm weg.

«Ihr seid Andreas Niehus, nehme ich an?», fragte er ihn auf Deutsch. «Und jetzt behauptet bloß nicht, Euer Name sei Altendieck!»

«J... ja», stotterte der junge Mann. Dann weiteten seine Augen sich. «Ja!», wiederholte er mit Nachdruck. «Niehus, Andreas Niehus. Schickt Gesche Euch? Ist sie hier irgendwo?»

«Als ob ich meine Schwester jemals in solch eine Umgebung bringen würde!», zischte Friedrich.

«Natürlich nicht», murmelte Niehus kleinlaut.

Friedrich musterte ihn missbilligend. «Was hat es damit auf sich, dass diese Leute Euch für einen Grafensohn halten?»

«Ich musste doch irgendwie am Leben bleiben!», sagte Niehus verzweifelt. «Also habe ich einen überaus reichen Vater ins Spiel gebracht, der mich auslösen würde, wenn ich ihn erst kontaktiert hätte ...»

«Verstehe», knurrte Friedrich. «Offenbar wart Ihr überzeugend.» Dann wandte er sich auf Englisch an McDaniel: «Er ist es. Wir können gehen.»

«Gut», brummte der *thief-taker*. «War mir mal wieder eine Freude, Duncan, alter Junge.» Er ging in Richtung der Tür.

«Lass uns wenigstens hier raus!», rief ihm Duncan nach.

«Seid froh, dass wir euch nicht zu den Tieren gesperrt haben», erwiderte McDaniel verächtlich.

Duncan schleuderte vor Wut seine blonde Lockenperücke auf den Boden und offenbarte einen prachtvollen Kahlschädel, der dem seines Türstehers in nichts nachstand. Er brüllte ihnen Schimpfworte hinterher, als sie der Reihe nach das Zimmer verließen.

Vorne, im Schankraum, ging es inzwischen hoch her. Offenbar bestand unter den Gästen Uneinigkeit über den Ausgang des letzten Hundekampfes, denn rund um die Pit war eine massive Schlägerei ausgebrochen. Jeder schien auf jeden einzuprügeln, und gerade stürzte jemand in die Grube. Die Schankknechte hatten alle Hände voll zu tun, das Schlimmste zu verhindern, während die Buchmacher schon dabei waren, Wetten auf diesen neuen Kampf anzunehmen. Kein Mensch beachtete die kleine Gruppe, die schließlich das Etablissement verließ und auf die dunkle Straße hinaustrat.

«Lief mal wieder alles reibungslos. Wie wär's mit einer kleinen Erfolgsprämie?» McDaniel drehte sich grinsend zu

Friedrich und Andreas um, während er sie durch Soho führte und seine Begleiter ihnen den Rücken deckten.

«Ihr werdet nach dem üblichen Satz der *Company* bezahlt werden», erwiderte Friedrich geistesabwesend. Er hatte für diese Sache tief in seine private Börse gegriffen. Doch Gesche war es wert, das und viel mehr. Im Gehen wandte er sich an Andreas.

«Und Ihr habt einiges zu erklären, Niehus», sagte er.

Siebzehntes Kapitel

«Wo bist du gewesen?» Gesche legte alle Irritation, alle Unsicherheit und alle Angst der letzten Tage in diese eine Frage.

Andreas senkte den Kopf. Seit Friedrich ihn aus der nächtlichen Dunkelheit hereingebracht hatte wie einen geisterhaften Besucher, hatte er Gesche nicht in die Augen geschaut. Nun hockte er hier, am Teetisch in Friedrichs *drawing room*, und sah einfach nur deplatziert aus: eine abgerissene Erscheinung im zerknitterten Rock, die scharf nach Schweiß und Tieren roch, zwischen Wandspiegel und Silberleuchtern.

Außer ihm und Gesche saß nur Friedrich mit am Tisch. Er thronte wie ein grimmiger Hofrichter über der kleinen Gesellschaft. Der Rest des Haushalts schlief bereits, zumindest offiziell. Gesche war sich sicher, dass Phillis auf irgendeine Weise alles mitbekommen würde, was in ihrem Hause geschah.

«Ich ... ich wurde aufgehalten, Gesche!», sagte Andreas mit matter Stimme. «Darum konnte ich dir nicht beistehen. Es war keine Absicht ... Ich hatte vor, dein Chronometer für dich vor dem *Board of Longitude* zu präsentieren, so wie wir es besprochen hatten. Das musst du mir glauben! Es tut mir von Herzen leid, wie alles gekommen ist ...»

«Was ist geschehen?», fragte Gesche mit zugeschnürter Kehle. Es fühlte sich seltsam an, Andreas diese Fragen zu stellen. So, wie sich dieser ganze Abend seltsam anfühlte, dieser ganze Tag ...

«Man hat mich gefangen gehalten», berichtete Andreas und schaute sie zum ersten Mal direkt an. Seine hellbraunen Augen schimmerten. «In einem dunklen Keller. Es waren kriminelle Elemente, die keine Skrupel kennen ...»

«Erzählt ihr, wie es dazu gekommen ist», befahl Friedrich, den Andreas' bejammernswerte Erscheinung nicht zu rühren schien.

Andreas seufzte tief. «Ich hatte Schulden bei ihnen», flüsterte er.

«Spielschulden», sprach es Friedrich deutlich aus. «Und Wettschulden aus Hundekämpfen.»

«Aber warum?», fragte Gesche ehrlich verwirrt. «Warum beschäftigst du dich mit solch windigen Dingen, so kurz vor der Anhörung? Waren *das* deine dringenden Besorgungen?»

«Irgendwo musste das Silber doch herkommen», rief Andreas und klang nun regelrecht empört. «Das alles hat Geld gekostet, Gesche: die Überfahrt, das Zimmer im Gasthaus, die Einkäufe ... Ich bin nur ein einfacher Wandergeselle, wie du so gerne betonst. Aber ich habe mir schon immer zu helfen gewusst. Und in Bremen hat es dir nichts ausgemacht, dass du nicht viel über meine Hexereien wusstest ...»

«Ich dachte, du würdest nebenbei vielleicht als Bönhase arbeiten», sagte Gesche. So nannte man jene Handwerker, die illegal an den Ämtern vorbei ihre Dienste anboten und zuweilen über den Bön, den Dachboden, fliehen mussten. «Aber du hast unsere Reise wirklich durch Glücksspiel finanziert?» Plötzlich fühlte sie sich furchtbar naiv.

«Fortuna hat es eben schon immer gut mit mir gemeint», sagte Andreas und versuchte so etwas wie ein Lächeln.

Friedrich räusperte sich streng. «Die ganze Wahrheit, Niehus», knurrte er.

Andreas schaute auf den Tisch, der mit Rankenwerk und bunten Vögeln *à la chinoise* bemalt war. «Ich habe sehr geschickte Finger», erklärte er leise. «Sie sind auch mit Würfeln und Karten geschickt. So konnte ich mir auf meinen Reisen bislang stets ein kleines Auskommen verschaffen.»

«Aber hier in London gibt es offenbar Leute mit noch geschickteren Fingern», sagte Friedrich höhnisch. «Und das Auskommen hat plötzlich nicht mehr gereicht.»

«Also habe ich es mit den Hundewetten versucht», murmelte Andreas. «Da kannst du an einem Abend ein Monatseinkommen gewinnen ...»

«Da es jedoch keine gezinkten Hunde gibt, hat der Herr Niehus verloren», schloss Friedrich. «Außerdem könntet Ihr noch erwähnen, dass Euch neben Glücksspiel und Hundekämpfen auch der Branntwein und die Gesellschaft zweifelhafter Damen nach Soho geführt haben, wenn wir schon bei der Wahrheit sind.»

Andreas sagte nichts. Stumm schaute er auf das Rankenwerk des Tisches, als wäre darin eine geheime Botschaft verborgen.

«Andreas ...», flüsterte Gesche und starrte den jungen Mann an, als sähe sie ihn zum ersten Mal. In gewisser Weise tat sie das ja auch – hatte sie ihn zuvor wirklich gekannt?

«Hast du darum nie über Lübeck gesprochen?», fragte sie. «Weil du die Stadt wegen solcher schmutzigen Händel verlassen musstest?» Plötzlich fügte sich eines zum anderen, wie die Teile eines hässlichen Räderwerks. «Ist das der Grund für deine ständigen Reisen von Stadt zu Stadt? Deine *innere Unrast*? Und hat dich Meister Wille in Bremen darum so schnell vor die Tür gesetzt? Weil er herausgefunden hat, was du abends so treibst? *Unstimmigkeiten mit der Frau Meisterin*, wie?»

Andreas blickte zögerlich zu ihr auf. «Es tut mir leid, dass du auf diese Weise erfahren musst, was für ein erbärmlicher Tropf ich bin.» Gesche wandte sich ab. Sie mochte ihm jetzt nicht in die Augen schauen. «Das Geld rinnt mir eben leicht durch die Finger. Und ich habe nie der süßen Verlockung des Augenblicks widerstehen können.» Er seufzte schwer. «Aber bitte glaube mir, dass ich es mit dir stets ernst gemeint habe!», fuhr er mit erhobener Stimme fort. «Du bist die faszinierendste Frau, die ich kenne. Dein Chronometer ist unglaublich. Es war ein Vergnügen, mit dir daran zu arbeiten. Und unsere gemeinsame Reise – was für ein herrliches Abenteuer!»

Gesche erhob sich vom Tisch. «Ich glaube dir, dass du es ernst gemeint hast, Andreas», sagte sie leise. «Dir war es sehr ernst damit, eine Uhrmacher-Werkstatt zu finden, die heruntergekommen genug ist, um es mit dir zu versuchen. Die du vielleicht sogar übernehmen könntest, da es ja keinen männlichen Erben gibt und die Tochter des Meisters dich anschmachtet. Das wäre ein Leben gewesen, nicht wahr? Tagsüber die Werkstatt und abends die Spelunken an der Schlachte, mit genug Geld zum Verprassen ...»

Sie atmete schwer durch. Plötzlich war ihr schwindelig, und sie musste sich an der Stuhllehne festhalten. Doch es gelang ihr, nicht zusammenzubrechen.

«Ich ziehe mich jetzt zurück», sagte sie so würdevoll wie möglich. Sie war stolz darauf, dass dabei keine Tränen in ihr aufstiegen. Die hatte sie vorhin alle schon für etwas Wichtigeres geweint. «Gute Nacht, Friedrich.» Mit unsicheren Schritten ging sie zur Tür.

«Gesche!», rief ihr Friedrich besorgt hinterher.

Andreas sagte nichts. Zusammengesunken hockte er am Tisch, das Gesicht in den Händen verborgen, und tat sich leid.

Im Treppenhaus erschien sofort Phillis mit einem Nachtlicht, als wäre sie rein zufällig noch wach. «Warte ... Ich geleite dich in die Kammer, meine Liebe.»

Auf dem Weg nach oben schimpfte sie unentwegt auf «die Männer». Nicht nur auf Andreas, dieses «zweifelhafte Subjekt», sondern auch auf ihren selbstgerechten Ehemann Frederic, der «dieses lächerliche Tribunal abhalten musste», statt Gesche alles etwas schonender beizubringen. Gesche konnte ihr kaum folgen und hatte für ihre Schwägerin nur ein schwaches Nicken übrig. Schließlich schloss sie die Kammertür hinter sich – und spuckte sofort bittere Galle in ihren Nachttopf.

Gesche kroch ins Bett, zog die Beine an den Körper und wickelte die Decke eng um sich. Dann presste sie die Augen zusammen, um sich in Schlaf und Vergessen zu stürzen. Das verschmähte Chronometer lag unbeachtet auf ihrem Nachttisch. Immerhin konnte es jetzt nicht mehr schlimmer kommen.

Drei Tage später lief die schmucke Galiot *Elisabeth* von London in Richtung Hamburg aus, die unterwegs auch an der Weser in Bremen haltmachen würde. Friedrich hatte eine Schiffspassage für Gesche gebucht und zudem dafür gesorgt, dass ein Clerk der *Company* mit dem Reiseziel Hamburg an Bord war und ein Auge auf sie haben würde.

Phillis, die Gesche die letzten Tage über besorgt beobachtet hatte, hatte eine kleine Reisetruhe gepackt, in der sich nicht nur jenes orangefarbene Kleid befand, das Gesche in Greenwich getragen hatte, sondern auch diverse weitere Kleidungsstücke – und, gut versteckt, eine stattliche Geldbörse, die Friedrich ihr mitgegeben hatte, «für die nächste Zeit, bis sich bei euch in Bremen alles geregelt hat.» Außerdem Briefe für Vater, Clara und Tante Lisa. Und das Seechronometer, das sie noch immer mit großer Sorgfalt behandelte. Warum auch immer.

Friedrich brachte Gesche mit seinem Einspänner zur Anlegestelle am Pool of London und wachte selbst darüber, dass sie wohlbehalten an Bord ging.

«Ich bin so froh, dass du nach London gekommen bist», sagte er mit Tränen in den Augen, als sie sich an der Gangway zum letzten Mal gegenüberstanden. «Jetzt weiß ich, dass der Name Altendieck bei dir in guten Händen ist, Gesche. Das ist so wertvoll für mich ...»

Sie erwiderte irgendetwas Verlegenes. Der Misserfolg vor der Kommission nagte an ihr, und jeder Gedanke an Andreas beschämte sie zutiefst. Dass sie sich so in ihm getäuscht hatte ...

Seit jenem grauenhaften Abend hatte sie ihn nicht mehr gesehen. Friedrich hatte Andreas unten, in einem Dienstbotenzimmer, übernachten lassen und anschließend mit ein wenig abgetragener Kleidung und einigen Münzen fortgeschickt. Wie einen Fremden – den Mann, der vor kurzem noch neben ihr geschlafen hatte ... Der Gedanke schnürte Gesche die Brust zusammen. Vor allem aber empfand sie Wut. Nicht nur auf Andreas. Auf sich selbst. Fast war sie dankbar dafür, dass ihr weitere peinliche Gespräche erspart geblieben waren.

Lange stand sie an Deck der *Elisabeth* und winkte Friedrich zu, der an der Kaimauer zurückblieb. Sie verharrte auch dort, als ihr Bruder hinter der Flussbiegung an der Isle of Dogs verschwunden war und das Schiff sich die überfüllte Themse hinab in Richtung Nordsee quälte. In ihrer Kabine würde ihr genauso übel sein wie hier oben, da konnte sie auch noch einmal die Häuser von London und der umliegenden Orte an sich vorüberziehen lassen, während die Kuppel der Paulskirche immer kleiner wurde.

Vielleicht würde bald irgendein Bewohner dieser riesigen Stadt einen Einfall haben, der das Problem um die Längengrade endgültig in die Knie zwang und Britannien zur unangefochtenen Herrin der Meere machte. Doch Gesche würde das nicht sein. Sie fuhr dem guten alten Bremen entgegen. Und vermutlich einem Leben als Dienstmagd, wenn Friedrichs Geld erst einmal aufgebraucht war ... Die Vorstellung war so frustrierend, dass sie ein Aufschluchzen unterdrücken musste.

Denkt einfach immer daran: Gute Arbeit bleibt gute Arbeit. Die Worte von William Harrison gingen ihr durch den Kopf, während sie Greenwich und den baumbestandenen Hügel mit dem Observatorium passierten. Nun klangen sie für Gesche wie Hohn. Ja, sie hatte ein gutes Chronometer gebaut. Doch hier, in London, interessierte das niemanden. Egal. Nun fuhr sie ja nach Bremen ...

Gesche atmete tief durch, als sie einen letzten Blick auf die Stadt warf. Dann wandte sie sich ab – und erstarrte. Dort drüben, an Deck, stand eine Gestalt in einem grauen Rock und drehte sich gerade zu ihr um. Hellbraune Augen schauten groß und betreten. Andreas! Was tat der hier? Warum war er auf diesem Schiff?

«Gesche!» Er rief ihren Namen quer über das Deck. «Ich hatte keine Ahnung, dass du auch ...»

Sie lief ohne ein Wort an ihm vorbei und die Treppe hinunter, bis sie die Tür ihrer Kabine hinter sich zuschlagen konnte. Dort ließ sie sich auf ihr Schlaflager fallen und versuchte, ihren galoppierenden Herzschlag wieder unter Kontrolle zu bringen.

Er ist nur auf dem Weg zurück nach Deutschland, genau wie ich, sagte sie zu sich selbst. *Weiß der Himmel, wo er schon wieder das Geld herhat ... Ich werde ihn einfach nicht beachten. Das alles hat keine Bedeutung.*

Und doch war die Aussicht nicht gerade angenehm, auf dem beengten Schiff jemandem tagelang ausweichen zu müssen. Vermutlich verschanzte sie sich am besten in ihrer Kabine. Das war vielleicht eh das Klügste, so, wie sie sich gerade fühlte ...

Wieder einmal beugte sie sich über den Nachttopf und entleerte ihren Magen. Die verdammte Spuckerei wollte einfach nicht von ihr weichen! Halb rechnete sie damit, dass gleich Andreas anklopfen und sie in diesem beschämenden Zustand antreffen würde. Doch draußen tat sich nichts. Er hatte offenbar doch so etwas wie minimalen Anstand. Sie konnte noch immer nicht fassen, dass ihr der Kerl einmal so nah gewesen war! Viel zu nah ...

Gesche atmete schwer durch und horchte in sich hinein. Sie versuchte, sich einzureden, dass die Übelkeit von der Schiffsreise kam. So, wie sie sich zuvor eingeredet hatte, dass es an der Sorge um Andreas lag, an der Aufregung über das Wiedersehen mit Friedrich, am Frust über die Entscheidung der Kommission. Vielleicht auch am englischen Essen oder am Inselklima ...

Doch wenn sie ehrlich war, wusste sie, dass das nicht stimmte.

Sie war während der letzten Zeit wie in einem Fiebertraum von Tag zu Tag gehetzt, hatte nicht auf sich oder ihren Körper geachtet. Und auch nicht darauf, wann sie das letzte Mal ihre Monatsblutung gehabt hatte.

Gesche zog die Knie an den Leib und umklammerte sie mit den Armen. Zitternd schaukelte sie hin und her, während Tränen über ihre Wangen liefen. *Guter Hoffnung* war sie. Die Umschreibung ließ sie bitter auflachen. Niemals war die Hoffnung weiter entfernt gewesen!

Durch einen Schleier aus Tränen starrte sie auf die Reisetruhe, die ihr Chronometer in sich barg, ihr kunstvolles Werk. *Das* hätte ihre Zukunft sein sollen! Nun brachte sie nicht nur einen Misserfolg nach Hause, sondern auch noch ein uneheliches Kind. Damit würde sie nicht einmal mehr als Magd in einem anständigen Hause taugen …

Lange saß sie so da und weinte in sich hinein.

Dann riss sie sich zusammen und zwang sich nachzudenken. Sie wusste, dass es Möglichkeiten gab, etwas an ihrem Zustand zu ändern. Swantje hatte in der Gödeken'schen Küche davon erzählt. Doch sie hatte auch von einer Dienstmagd berichtet, die daran zugrunde gegangen war, krepiert an irgendeiner inneren Verschmutzung ihres Blutes. Das kam vor, gar nicht so selten …

Sie war verdammt, wie auch immer sie sich entschied. Eine Sünde war das eine wie das andere. Und Andreas würde weiterhin unbehelligt in der Welt umherziehen und tun, was ihm beliebte …

Das war der Moment, in dem Gesche endgültig ihren Glauben an die Gerechtigkeit verlor – jedenfalls an eine Gerechtigkeit, die sie nicht mit ihrer eigenen Kraft schuf! Entschlossen wischte sie die Tränen weg und richtete sich mit zitternden Beinen auf.

Sie verließ ihre Kabine und ging wieder hinauf an Deck. Direkt auf der Treppe kam ihr Andreas entgegen. Er zuckte zusammen, als er sie sah. Gesche packte ihn am Arm.

«Dich habe ich gesucht», sagte sie. «Komm. Wir müssen reden.»

«Gesche. Ich ... wir ...» Er wirkte mehr als verwirrt.

Umso besser.

Sie zog ihn hinter sich her und in ihre Kabine, ehe der Kerl, den Friedrich auf sie angesetzt hatte, etwas davon mitkriegen konnte.

«Setz dich», befahl Gesche.

Gehorsam ließ sich Andreas auf das Bett fallen, die einzige Sitzgelegenheit. Gesche blieb lieber stehen. Aus großen Augen schaute er sie an, ohne eine Spur seiner weltmännischen Selbstsicherheit.

«Andreas», begann sie, «wärest du gerne Uhrmachermeister mit einer eigenen Werkstatt und einem gutgehenden Geschäft?»

«Wie ...? Ja, natürlich», erwiderte er überrumpelt.

«Gut», fuhr Gesche sachlich fort. «Dann heirate mich. Alles Weitere ergibt sich daraus.»

«Gesche!» Seine Augen wurden noch größer. «Heißt das ... du hast mir verziehen?»

«Ich habe gar nichts verziehen. Ich glaube, dass du von Anfang an auf Vaters Werkstatt aus warst, mit mir als netter Dreingabe. Für deine Verhältnisse warst du mir gegenüber vielleicht sogar ehrlich. Wie dem auch sei. Ich biete dir an, deinen Willen zu bekommen. Natürlich im Rahmen gewisser Bedingungen.»

«Bedingungen?»

«Ja.» In Gesches Kopf arbeitete es. Ihre Zukunft entfaltete sich vor ihrem inneren Auge wie die Konstruktionsskizze eines komplexen Apparats.

Sie war die Erste in Bremen, die ein Seechronometer gebaut

hatte – das hatte Friedrich gesagt. Es war vermutlich nur eine Phrase gewesen, um ihr Trost zu spenden. Aber er hatte recht! In ihrer Heimatstadt stellte niemand sonst Seechronometer her. Und die Schiffe der bremischen Kaufleute fuhren beständig weiter über die Meere, trieben selbst Handel mit den rebellischen amerikanischen Kolonien, die Friedrich solche Sorgen bereiteten …

«Hör zu, Andreas», fuhr sie fort. «Das sind meine Forderungen: Der Name der Werkstatt wird weiterhin Altendieck sein – nicht Niehus. Wir werden Altendieck'sche Uhrwerke herstellen, und zwar insbesondere für Seechronometer nach meinem Entwurf. Um genau zu sein: Ich werde sie herstellen, du wirst dafür sorgen, dass ich die Hände dafür frei habe. Und du wirst sie verkaufen, denn das kannst du gut. Nenne dich meinetwegen Meister, doch der Ruhm unserer Werke wird auf den Namen Altendieck fallen.»

Weitere Chronometer nach ihren Skizzen herzustellen, allesamt ausgestattet mit guten Altendieck-Werken, wäre nicht besonders schwierig. Die Hauptarbeit war geleistet. Dadurch hatte sie einen Vorsprung, den die anderen bremischen Uhrmacher so schnell nicht aufholen würden, auch nicht der stolze Ratsuhrmacher Hinrik Greven. Der Name Altendieck war noch nicht verloren.

«Ich verstehe», erwiderte Andreas beeindruckt. «Du wärest eine wunderbare Handelsherrin, Gesche. Die Bedingungen klingen annehmbar, denke ich … Seechronometer für Bremen also?»

«Und noch etwas», fuhr Gesche unbeeindruckt fort. «Wenn du durch dein Betragen in irgendwelchen Kaschemmen oder andere Gaunereien dem Ruf unserer Familie schadest, wird es dir schlecht ergehen.»

«Natürlich», sagte Andreas schnell.

Gesche schnaubte nur. «Vielleicht denkst du, dass du tun kannst, was du willst, wenn du erst einmal mein Ehemann und Herr der Werkstatt bist. Doch du weißt, dass meine Familie hinter mir steht. Altendiecks halten zusammen. Und ich bleibe in Kontakt mit Friedrich. Wenn du irgendetwas Ehrenrühriges tust, wirst du es bereuen. Dafür wird mein Bruder sorgen. Dafür werde ich sorgen. Also pass auf.»

Andreas atmete schwer aus. «Ich denke, jetzt verstehe ich dich wirklich», sagte er. «Vermutlich wäre es sicherer, abzulehnen und mit dem nächsten Schiff nach St. Petersburg zu fahren oder noch weiter weg. Aber ...» Er lächelte schief. «Eine eigene Werkstatt – und dann auch noch dich an meiner Seite! Kein vernünftiger Mann würde da ablehnen. Willst du meine Frau werden, Gesche?»

«Ich will, dass du mein Mann wirst.»

«Das werte ich als ja.» Andreas lächelte vorsichtig. «Soll ich einmal schauen, ob der Kapitän ein Fläschchen Rheinwein oder etwas anderes aus seinem Vorrat zum Feiern entbehren kann? Das wäre dem Anlass doch angemessen!»

«In Bremen wird es mehr als genug Feiern geben», sagte Gesche. «Und mehr als genug Anlass, dich zu betrinken. Jetzt entschuldige mich bitte. Ich brauche ein wenig Zeit für mich.»

«Selbstverständlich, meine werte Verlobte.» Andreas verbeugte sich galant und verschwand aus ihrer Kabine.

Gesche ließ sich auf dem Bett nieder. Andreas' Geruch hing noch leicht in der Luft. Sie erschauderte. Doch alles in allem hatte sie keine schlechte Vereinbarung getroffen. Der gute Ruf ihrer Familie würde nicht beschmutzt werden, und sie würde weiterhin ihrer Kunst nachgehen. Andreas wusste, dass sie darin besser war als er. Er würde sich die Gelegenheit nicht entgehen lassen, von ihrem Können zu profitieren – und hoffentlich seinen Charme nutzen, um ihren Uhren einen angemessenen Platz in der Welt zu verschaffen. Gedankenverloren starrte sie an die Decke. Sie hatte ihm nicht verraten, welcher Umstand ihre Entscheidung herbeigeführt hatte. Das hatte noch Zeit. Erschöpft ließ sie sich zurücksinken.

Du kannst keine Uhrmacherin werden, hatte Clara ihr einst gesagt, als sie noch kleine Mädchen in Lisas Küche gewesen waren. *Höchstens eine Frau Meisterin, wenn du einen Uhrmacher heiratest und ihm den Haushalt führst.*

Dann sollte es eben so sein. Aber auf ihre ganz eigene Art.

Der Stern der Altendiecks würde wieder emporsteigen und weithin leuchten – ein Name, der für exzellente Seechronometer stand. Sie würde halten, was sie sich als junges Mädchen im Angesicht von Hora geschworen hatte. Darauf kam es an. Diese grimmige Gewissheit spürte Gesche tief in sich, während die Wellen der Nordsee sie vorantrugen, der freien Stadt Bremen entgegen.

Die Altendiecks

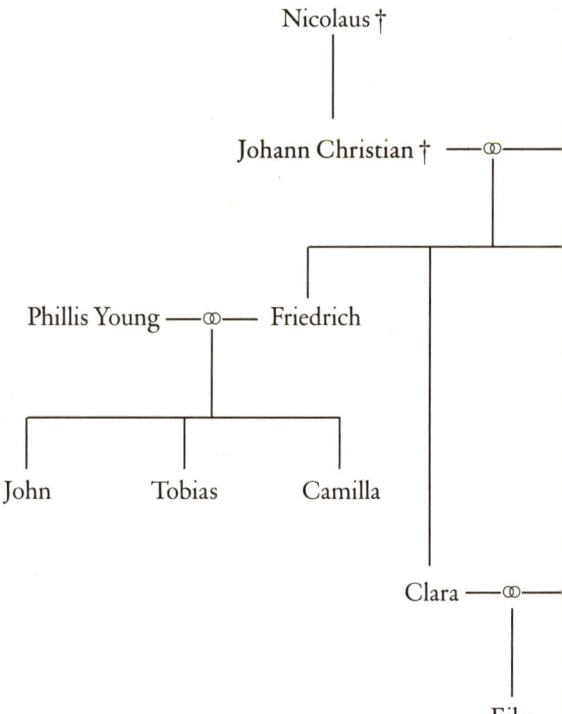

Dritter Teil

1810

Magdalena Busch †

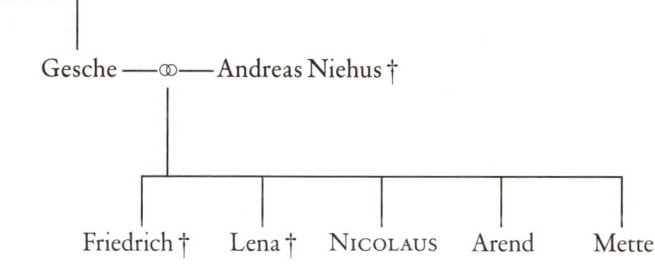

— Jakob
  Matthiesen

Erstes Kapitel

Nicolaus Christian Niehus bahnte sich seinen Weg durch die abendlichen Hafengassen des Unterlandes. Mit seiner eher schmalen Gestalt konnte er gegen die stämmigen Seeleute, Fischer und Soldaten, die hier in großer Zahl unterwegs waren, nicht wirklich ankommen, und so verlegte er sich darauf, ihnen mehr oder weniger geschickt auszuweichen und keinen Streit durch Rempeleien zu provozieren.

Die Insel war zweifellos überfüllt. Dieser Felsen in der Nordsee namens Helgoland wurde tagtäglich von mehreren hundert Schiffen angelaufen, seit die englische Flagge über ihm wehte. Kaufleute aus London, Hamburg und Nicolaus' Heimatstadt Bremen unterhielten hier provisorische Kontore in winzigen Fischerbuden und versuchten irgendwie, den Handel mit Britannien fortzusetzen, den Kaiser Napoléon Bonaparte durch die große Kontinentalsperre untersagt hatte.

In seiner Jugend hatte Nicolaus ein Buch von Alexandre Exquemelin über Bukaniere und Seeräuber gelesen, die im letzten Jahrhundert zwischen den karibischen Inseln ihr Unwesen getrieben und dort regelrechte Piratenstädte gegründet hatten. Es kam ihm so vor, als sei Helgoland zu einer Art Tortuga der Nordsee geworden; eine Zuflucht für verwegene Gestalten, die im Schatten des Oberland-Felsens zusammenkamen, um dem mehr oder minder ehrbaren Gewerbe des Schmuggelns nachzugehen.

Er hörte Wortfetzen in Friesisch und Englisch auf den Gassen, in Deutsch, Dänisch und Niederländisch. Die meisten Menschen trugen die einfache, wetterfeste Kleidung des Küstenvolks. Doch dazwischen waren auch immer wieder vornehme Herren im Gehrock und mit hohen, steifen Kastorhüten unterwegs, die man eher in den großen Hafenstädten verortet hätte. Viele Männer trugen ihr Haar bürgerlich-kurz, im Geist der großen Revolution, die Europa erschüttert hatte, als Nicolaus noch ein Kind gewesen war. Gelegentlich sah er jedoch auch Zöpfe und Perücken im Stil der alten Zeit.

Die Welt war im taumelnden Wandel begriffen, schlingerte wie das Schiffchen aus Zinn, das Nicolaus als kleiner Junge so gerne auf der Altendieck'schen Familienuhr Hora bewundert hatte, dem Meisterwerk seines Urgroßvaters, dessen Namen er geerbt hatte. Dieser Wandel erfüllte Nicolaus gleichermaßen mit banger Sorge und Faszination.

Er musste sich an eine Hauswand drücken, als ein Trupp Soldaten in den roten Uniformröcken der *King's German Legion* vorübermarschierte. Helgoland war der wichtigste Rekrutierungsort für Soldaten aus den französisch besetzten deutschen Gebieten, die sich England im Kampf gegen Bonaparte anschließen wollten. Die meisten stammten aus dem Kurfürstentum Hannover, das noch vor Bremen besetzt worden war.

Es gelang Nicolaus endlich, an den Soldaten vorbeizuschlüpfen, hin zu jener Branntweinbude, die sein Ziel war. Der dicke Walfisch auf dem Schild über der Tür war nur angedeutet, doch der unbekannte Maler hatte ihm mit wenigen gekonnten Strichen einen verschmitzten Gesichtsausdruck verliehen. Er nahm sich vor, bei seinen eigenen Arbeiten künftig stärker auf die Wirkung zu achten, die sich mit schlichten Mitteln erzielen ließ.

Nicolaus hatte die Bude mit ihren roh gezimmerten Tischen kaum betreten, als sich auch schon eine rundliche, rotgesichtige Gestalt von einer Holzbank erhob und ihm zuwinkte.

«Nicolaus! Hier drüben!»

«Toby!» Ein Grinsen schlich sich wie von selbst auf seine Lippen. Er mochte seinen Vetter aus London, obwohl er nicht oft Gelegenheit hatte, ihn zu sehen. Toby trug einen roten Anzug, der aussah, als sei er etwas zu kurz für seine füllige Gestalt. Doch Nicolaus wusste, dass das so gedacht war. *Spencer* nannten die Engländer solch ein Kleidungsstück, nach einem Lord, dem einst die Rockschöße am Kamin abgebrannt waren – und der daraufhin den kurzen Rest seines Anzugs zur neuesten Mode erklärt hatte.

Nicolaus schob sich durch den überfüllten Raum, um sich neben Toby zu setzen. Dieser hatte glücklicherweise einen Platz für ihn freigehalten. Sein Vetter war fast fünfzehn Jahre älter als er und ging auf die 40 zu. Sein kurzes, enganliegendes Haar wurde langsam schon schütter. Doch er hatte jene rauchgrauen Altendieck-Augen, die als unverkennbares Merkmal der Familie galten – und die Nicolaus selbst nicht besaß. Er war das älteste der Altendieck-Geschwister, geboren und zum Mann herangewachsen, nachdem seine Mutter schon zwei Kinder sehr früh verloren hatte. Und er ähnelte seinem Vater …

«Schön, dass du mal wieder auf der Insel bist», begann Toby leutselig. «Ich habe alles dabei.» Er klopfte auf die Ledertasche, die er auf seinem Schoß balancierte.

«Das ist gut!» Nicolaus nickte zufrieden. «Gibt es etwas Neues aus London?»

«Mein Vater schimpft unentwegt über Bonaparte und die Blockade», erzählte Toby grinsend. «John dient nach wie vor auf der *Unicorn*, und mein Schwesterchen Camilla ist guter Hoffnung, wahrscheinlich ist es im Frühjahr so weit.» Er verzog das Gesicht. «Aber ihr Mann ist solch ein eitler Laffe! Handelt mit teurem Musselin-Stoff und kleidet sich selbst, als sei er der König von sonstwo, wie dieser Geck Beau Brummell mit seinen albernen Halstüchern … Ich finde ja immer noch, dass du dich ruhig um deine Cousine hättest bemühen können, Nick.»

Nicolaus hob abwehrend die Hände. «Danke, aber mit der Heiraterei habe ich es wirklich nicht eilig.»

Tatsächlich hasste er es sogar, wenn ihn die Leute ständig darauf ansprachen. Seit letztem Winter war das noch schlimmer geworden, seit die Altendieck'sche Werkstatt ihm offiziell gehörte …

«Tut mir leid mit deinem Vater», sagte Toby, als hätte er Nicolaus' Gedanken gelesen. «Wir haben den Brief deiner Mutter erst vor wenigen Wochen erhalten. Und das, obwohl sie ihn vor mehr als einem halben Jahr geschrieben hat. Es kommen leider kaum noch Nachrichten durch. Und auf diesem Felsen erfahre ich schon dreimal nichts von der Familie.»

Toby war als eine Art Mittelsmann für Onkel Friedrich auf Helgoland. Dieser bekleidete eine nicht unbedeutende Position in der *East India Company*. Die Londoner Altendiecks hatten die handwerkliche Tradition der bremischen Altendiecks aufgegeben und waren eher merkantil orientiert.

«Es war ein schneller Tod nach einer schweren Krankheit.» Nicolaus wusste, dass seine Mutter es so erklärt hatte. Tatsächlich war diese Krankheit eine große Schneewehe an der Ansgaritränkpforte gewesen, in die der ehrbare Uhrmachermeister Andreas Niehus nach einem durchzechten Abend in den Schenken der Schlachte gestürzt war. Man hatte ihn erst am nächsten Morgen gefunden, blau und steifgefroren. Zu Hause hatte sich noch niemand Sorgen gemacht, war er doch dafür bekannt, sich oft erst zur Unzeit einzufinden. Mutter hatte es glücklicherweise mit Fassung getragen. Nun ruhte Nicolaus' Vater neben seinem Großvater Johann, seinem Urgroßvater Nicolaus und weiteren Altendiecks auf dem Ansgarii-Kirchhof.

«Wie läuft es bei euch mit den Franzosen?», fragte Toby, offenbar halb aus Neugier und halb, um Nicolaus abzulenken.

«Wie soll es da schon laufen? Sie halten die Stadt besetzt und erheben Abgaben für ihre Soldaten. Immer wieder ziehen neue Truppen der Grande Armée durch, aber es sind nicht nur Franzosen, sondern auch Holländer, Deutsche, Italiener ... Dank der neuen Zölle, die die Franzosen auf alle Waren erheben, ist der Tabakhandel stark zurückgegangen. Die Zuckerraffinerien arbeiten inzwischen mit Rüben, weil sie kein Rohr mehr aus den Kolonien kriegen. Und Mutter bekommt ihr englisches Ingwer-Konfekt nicht mehr. Das macht sie mürrisch.»

Toby grinste. «Das ist das Schlimmste?»

Nicolaus erwiderte das Grinsen. «Du kennst sie nicht. Aber das Schlimmste ist natürlich, dass ich immer wieder über die launische See hierherkommen muss, um gewisse Dinge zu besorgen.»

«Dafür hast du ja mich, Vetter Nick.» Toby schlug die Klappe seiner Ledertasche auf und holte drei runde Metallgebilde heraus, die er vorsichtig auf die Tischplatte legte. Es waren Uhrwerke, betrieben von gespannten Stahlfedern und auf Präzision ausgelegt. Die Werke von Seechronometern. Sie stammten aus englischer Produktion und beruhten auf den Arbeiten der großen Uhrmacher John Arnold und Thomas

Earnshaw, denen es gelungen war, die Konstruktion von Seechronometern so stark zu vereinfachen, dass sie sich in größerer Stückzahl produzieren ließen.

«Ich hoffe, sie erfüllen eure Ansprüche», sagte Toby. «Du weißt ja, ich kenne mich nicht aus. Das ist das Metier von euch bremischen Altendiecks ...»

Obgleich Nicolaus durch seinen Vater ein gebürtiger Niehus war, hatte es sich eingebürgert, dass man stets von der Altendieck-Familie sprach. Vielleicht lag das daran, dass die Uhrmacherwerkstatt Altendieck ihren alten Namen beibehalten hatte, vielleicht aber auch an Mutter, die es mit der ihr eigenen Hartnäckigkeit durchgesetzt hatte.

«Sie sehen jedenfalls gut aus», murmelte Nicolaus, während er ein Uhrwerk nach dem anderen sorgfältig studierte. Er war natürlich ausgebildet in der Familienkunst. Offiziell von seinem Vater, doch es verstand sich von selbst, dass Mutter den größten Anteil daran gehabt hatte.

Sie hätte an diesen englischen Arbeiten gewiss einiges auszusetzen gehabt. Ihrem gnadenlosen Blick für Perfektion entging nichts – das war nicht nur bei feinem Räderwerk der Fall. Für Nicolaus hingegen sahen alle drei Werke gleichermaßen in Ordnung aus. Er hatte aber auch noch nie die beinahe obsessive Begeisterung verstanden, mit der Mutter und sein Bruder Arend sich in diese kleinen, beweglichen Metallteile vertiefen konnten.

Schließlich nickte er zufrieden. «Danke, Toby. Ich nehme alle drei.» Er zog die Börse hervor, die Mutter ihm mitgegeben hatte.

Sein Vetter nahm das Geld entgegen und zählte es grob durch. Etwas verlegen schaute er zu Nicolaus auf. «Ich fürchte, das reicht nicht, Nick. Die Manufakturen haben ihre Preise noch weiter angezogen. Du weißt ja, schlechte Zeiten und so ...»

«Mehr habe ich leider nicht dabei», erwiderte Nicolaus ehrlich. «Auch bei uns laufen die Geschäfte nicht gerade gut.»

Die Herstellung von Seechronometern hatte die Familie Altendieck-Niehus wohlhabend gemacht. Mutters abenteuerliche London-Reise als junge Frau war inzwischen Stoff für zahlreiche Familienlegenden. Daneben konstruierten die Altendiecks auch weiterhin repräsentative Uhren für die Kaufleute von Bremen, doch beide Geschäftszweige waren derzeit vertrocknet.

Seit die Stadt besetzt war und keiner wusste, wie es weiterging, saßen bei niemandem mehr die Münzen locker genug, um seine Stube mit einer stolzen Standuhr zu verschönern. Und die Seeblockade hatte die Nachfrage nach Seechronometern auch nicht gerade verstärkt.

«Dann nehme ich einfach nur zwei Werke», sagte Nicolaus, um Toby nicht noch weiter in Verlegenheit zu bringen.

«Unsinn», knurrte sein Vetter. «Du nimmst alle drei mit, Nick. Das Geld kannst du mir ja später geben, wenn es bei euch wieder besser läuft.»

«Danke», murmelte Nicolaus verlegen. «Das sollten wir dann aber festhalten.»

Toby zuckte mit den Schultern, kritzelte hastig einige Zeilen auf ein Stück Papier und hielt schließlich Nicolaus die Feder für die Unterschrift hin.

Dieser zögerte kurz. Mutter hielt nichts von Schulden. Oft hatte sie mit Vater darüber gestritten, wenn dieser im Begriff war, ein Geschäft mit fremdem Geld zu finanzieren. Oder irgendwelchen Prunk anschaffen wollte, etwa eine vornehm glänzende Berline als Familienkutsche.

Aber er war nicht Mutter! Und schließlich stand sein Name bereits auf dem Werkstattschild. Kurz entschlossen unterschrieb er Tobys Schriftstück.

«Sehr gut», brummte sein Vetter. «Ich wünsche viel Erfolg damit.»

Nicolaus verpackte die Uhrwerke vorsichtig für den Transport nach Bremen. Daheim, in der Altendieck'schen Werkstatt, würde er ihre Konstruktion nach Mutters Skizzen verfeinern und sie schließlich in ein glänzendes Messinggehäuse schließen, das er zuvor mit aufwendigen Gravuren verziert hatte. Diese Arbeit machte ihm besondere Freude.

Mutter schätzte es nicht, wenn er englische Werke zu eigenen Chronometern ausbaute. Vielleicht wurmte es sie, dass deren Vorreiter einst eine Prämie des *Board of Longitude* bekommen hatten – eine Auszeichnung, die ihr verwehrt geblieben war.

In einer Hinsicht hatte sie allerdings recht: Solche Schiffsuhren waren nicht annähernd so kunstvoll wie jene Einzelstücke, die Arend mit Mutters Unterstützung nach ihren eigenen Plänen in mühevoller Feinarbeit zu schaffen pflegte. Ein echtes Altendieck-Chronometer war eine Klasse für sich und hatte seinen Preis.

Mit jenen Rohwerken hingegen, die fleißige Hände in einer englischen Manufaktur zusammengefügt hatten, konnte Nicolaus einfachere Chronometer herstellen, die auch für die weniger Begüterten erschwinglich waren. So hatte Vater es schon gehalten, und Mutter hatte diesem Argument widerwillig zugestimmt.

Den wichtigsten Grund für diese Art zu arbeiten allerdings hatte Nicolaus noch niemandem verraten: Er mochte sich schlichtweg nicht so tief in die Verflechtungen des Räderwerks versenken, wie es für den Bau von echten Altendieck-Chronometern notwendig gewesen wäre.

«Hier», sagte Toby schließlich und reichte Nicolaus einige Papiere. «Das sind Briefe von Vater.»

«Ich habe auch etwas für euch dabei.» Nicolaus kramte die Schriftstücke hervor, die Mutter ihm für ihren Bruder mitgegeben hatte, und reichte sie Toby. Für einen Moment saßen die beiden schweigend beieinander.

«Schon eigentümlich, dass wir an so verschiedenen Orten der Welt leben und uns auf diesem Eiland im Nirgendwo treffen», sagte Nicolaus schließlich. «Während unsere Eltern im selben Hause im Ansgarii-Viertel aufgewachsen sind.»

«Und jetzt liegt auch noch eine lausige Kontinentalsperre zwischen uns», stimmte ihm Toby zu. «Aber das kann uns nicht aufhalten.»

«Nein.» Nicolaus lachte. «Mutter würde notfalls durch die Nordsee nach London schwimmen, um Kontakt zu euch zu halten.»

Sie redeten noch eine Weile über dies und das, während an den Tischen ringsum Matrosen, Handelsleute und Soldaten lärmten. In drei Tagen würde Nicolaus schon wieder auf dem Weg nach Bremen sein, der Enge der Altendieck'schen Werkstatt entgegen. Toby hingegen würde noch länger auf dieser Schmuggler-Insel ausharren, die Interessen seiner britischen Gesellschaft vertreten und die belebten Straßen von London vermissen. Sie lebten wahrhaft in seltsamen Zeiten. Irgendwie war niemand dort, wo er eigentlich sein sollte.

Zweites Kapitel

Winterlich trübe Wolken hingen über den Dächern von Bremen. Dadurch wurde es noch früher dunkel, als es in dieser Jahreszeit ohnehin der Fall war, sodass Nicolaus nur wenige kostbare Stunden Tageslicht blieben. Umso entschlossener war er, sie zu nutzen.

Er tauchte die Pinselspitze ein und formte sorgfältig die Schaumkronen der Wellen unter dem Bug des Schiffes, das vor ihm über die Leinwand glitt. Das Gemälde, das unter seinen Händen Gestalt annahm, zeigte die *Möwe*, einen Segler aus der Walfangflotte der bremischen Grönland-Compagnie. Sein Kapitän war Jakob Matthiesen, Nicolaus' Onkel und Ehemann seiner Tante Clara. Sie bewohnten ein schmuckes Haus draußen in Vegesack, wo viele Kapitäne der Stadt sich nahe dem neuen Hafen niedergelassen hatten.

Nicolaus hatte dort im Frühjahr Skizzen der *Möwe* erstellt, die er nun zu einem Seestück in Öl ausbaute. Für solche Betätigungen hatte er sich ein winziges Atelier in der Schlafkammer eingerichtet, die einstmals sein Urgroßvater und Namenspatron bewohnt hatte. Momentan war die *Möwe* auf dem Nordmeer unterwegs, offiziell, um Wal-Blubber zur Herstellung von Tran zu beschaffen. Doch auch Onkel Jakob gehörte zu jenen Kapitänen, die in letzter Zeit erstaunlich oft Helgoland anliefen und die Insel mit interessanter Fracht wieder verließen. Er wurde täglich mit seinem Schiff zurückerwartet.

Nicolaus verlor sich ganz im geschmeidigen Spiel der Wellen, im Auf und Ab ihrer Kämme, die sich wie Pferdeköpfe mit Mähnen hoben und senkten. Fast war er versucht, tatsächlich die Umrisse von Pferden in ihre Formen einzufügen, als sei die See von geisterhaften Wesen der Tiefe beseelt wie in den alten Erzählungen der Küstendörfer. Nicht die Vernunft hielt ihn davon ab, sondern lediglich die Zweifel an seiner Kunstfertigkeit – Pferde waren nicht gerade einfach ...

Er war noch immer in sein gemaltes Meer vertieft, als er Schritte auf der Treppe hörte.

«Nicolaus», rief Arend auf halbem Wege die Stufen hinauf. «Du wirst in der Werkstatt gebraucht!» Seine Stimme klang eher amüsiert als dringlich, aber das war normal. Arend klang immer amüsiert.

«Ja, ich komme», erwiderte Nicolaus missmutig. Er hasste es, aus jenem besonderen Fluss gerissen zu werden, in dem seine Hände fast von selbst ganze Welten aus den unförmigen Farbflecken auf seiner Palette entstehen ließen. Seufzend machte er sich daran, die Staffelei beiseitezustellen und seine Utensilien wegzuräumen.

Alle wussten, dass er sich gelegentlich zurückzog, um sich seinen Bildern zu widmen, wenn es die Lage in der Werkstatt halbwegs zuließ – so gesehen hatten ihm die Repressionen der Besetzung sogar gewisse Vorteile gebracht. Arend akzeptierte das als weitere Schrulligkeit seines an Schrulligkeiten nicht gerade armen älteren Bruders und lächelte schief darüber, wie er es stets tat.

Mutter hingegen war der Ansicht, dass man sich in einer Uhrmacherwerkstatt immer nützlich machen konnte: Wenn gerade kein größerer Auftrag anlag, konnte man stattdessen daran herumtüfteln, bestehende Konstruktionen zu verbessern. Das erste Altendieck'sche Chronometer, das nun unter einer Glaskuppel in der guten Stube ruhte, hatte sie angeblich neben ihrer Anstellung als Hausmädchen bei einem reichen, genusssüchtigen Kaufmann konstruiert. Dabei hatte sie offenbar verlernt, was Muße war.

Nicolaus brachte seine Pinsel zum Auswaschen in die Küche, wo Tante Henriette gerade etwas aus dem gut gefüllten Pökelfass fischte. Sie war eine entfernte Cousine von Mutter aus dem nahen Flecken Syke und führte den Altendieck'schen Haushalt.

«Oh nein, jetzt stinkt meine gute Küche schon wieder nach deinen öligen Farben», schimpfte sie, ohne sich umzudrehen. Tante Henriette ließ nie ein Wort ungesagt, das sie auch aussprechen konnte.

«Ich bin sicher, dass du den Gestank bald durch die Wohlgerüche aus dem Ofen übertünchen wirst», erwiderte Nicolaus, ehe er zur Tür hinausschlüpfte. Ein Kompliment kostete nichts und entwaffnete mehr als Widerworte, das hatte er von Vater gelernt. Leider verstand er sich nur auf diese Kunst, wenn er sich halbwegs sicher fühlte; in fremder Gesellschaft neigte er dazu, über seine Zunge zu stolpern. Ganz im Gegensatz zu Arend, der sich überall so souverän benahm, als wäre er zu Hause.

Nicolaus wischte sich die Finger nachlässig an den Rockschößen ab und betrat die Werkstatt. Der Raum war wie immer tadellos aufgeräumt und erstklassig ausgestattet, ein Tempel der Mechanik, den Mutter nach ihrem Geschmack eingerichtet hatte. Lediglich die Werkbank selbst stach daraus hervor, denn dort lagen Werkzeuge und Rädchen ohne erkennbare Ordnung durcheinander. Arend erzeugte stets einen Nimbus des Chaos um sich, wenn er konzentriert arbeitete und dabei alles, war er gerade nicht brauchte, einfach irgendwo ablegte. Mutter ließ ihn stirnrunzelnd gewähren, denn die Ergebnisse überzeugten sie. Auch jetzt war Arend schon wieder in ein Werk vertieft und schaute nicht auf, als Nicolaus hereinkam.

Mutter hingegen saß auf ihrem Thron, wie ihre Kinder es nannten: ein gepolsterter Stuhl an der Hinterwand der Werkstatt, der sich gut im Salon eines Kaufmanns gemacht hätte, wenn sein Bezug weniger zerschlissen gewesen wäre. Von hier aus wachte sie über alles, was in ihrer Werkstatt und im Altendieck'schen Hause geschah. Und in Bremen, dem Kaiserreich der Franzosen und dem Rest der Welt, so ergänzte Arend jedenfalls gerne mit einem Grinsen.

Sie war eine strenge Frau mit hageren Zügen, die ihr Haar unter einer Witwenhaube zurückgebunden hatte. Dennoch schauten einige blonde Strähnen vorwitzig daraus hervor. So penibel Mutter auch ihre Werkstatt und ihren scharfen Geist in Ordnung hielt – sie hatte nie besonderes Interesse daran gehabt, sich selbst zurechtzumachen, und bevorzugte schon immer schlichte, dunkle Kleider, an denen man kaum die Herrin eines wohlhabenden Bürgerhauses erkannte. Abfällige Seitenblicke pflegten jedoch an der Art abzuprallen, wie sie sich stolz aufrecht hielt, und so war die Witwe Altendieck in der Nachbarschaft allgemein respektiert (den Namen Niehus hörte man nur selten in ihrer Gegenwart).

Gerade zeichnete sie die Skizzen irgendeines Räderwerks im Licht einer Tranlampe. Sie war dabei über ein abgenutztes, niedriges Tischchen gebeugt, das neben ihrem Thron irgendwie schäbig aussah. Dennoch weigerte sie sich beharrlich, es gegen ein hübscheres Möbelstück einzutauschen, hatte Urgroßvater Nicolaus sie doch an diesem Tisch in die Familienkunst eingeführt.

Im Gegensatz zu Arend schaute sie sofort auf, als Nicolaus eintrat. «Da bist du ja», sagte sie und legte ihr Schreibzeug beiseite. «Dein Bruder ist gerade dabei, sich um die Earnshaw'sche Hemmung zu kümmern. Du willst dir sicher noch die Details ansehen, bevor er alles wieder zusammenbaut.»

Nicolaus seufzte innerlich. Er wusste, dass Mutter das nicht böse meinte. Es lag nur einfach außerhalb ihres Vorstellungsvermögens, dass jemand kein Interesse daran hatte, der denkbar beste Uhrmacher zu werden. Abgesehen davon, dass nicht jeder über ihre Energie verfügte ...

«Ja, Mutter», brummte er lustlos und trottete zur Werkbank hinüber, wo ihn Arend schon feixend erwartete. Nicolaus' jüngerer Bruder war schmalschultrig, strohblond und hatte rauchgraue Altendieck-Augen. Man sagte ihm nach, erstaunliche Ähnlichkeit mit seinem Großvater Johann zu haben, wenn man einmal von dem schiefen Lächeln absah, das wohl eher ein Niehus-Erbe war.

«Armer Nicolaus», grinste Arend und rückte ein Stück für ihn zur Seite. «Dabei schwappt dir die bleigraue Nordsee vermutlich noch durch die Adern. Du bist ja gerade erst von deiner Helgoland-Reise zurückgekommen.»

Nicolaus setzte sich neben ihn. Er war in der Tat noch etwas erschöpft. Die Winde waren auf der Überfahrt nicht gerade freundlich gewesen.

«Es obliegt dem Meister selbst, sich um neue Werke zu kümmern», hatte Mutter vor seinem Aufbruch festgestellt. «Wenn es denn schon welche aus England sein müssen ...»

Das war die offizielle Begründung, warum Nicolaus gefahren war. Die inoffizielle war weniger schmeichelhaft: Sein Fehlen machte sich in der Werkstatt schlichtweg nicht so schmerzlich bemerkbar. Arends geschickte Hände waren es, die den größten Teil der Altendieck-Werke ins Leben riefen, unabhängig davon, wessen Name draußen an der Tür stand.

Und solche Schmuggelfahrten waren nun einmal nicht nur unbequem, sondern auch durchaus gefährlich. Die See war launisch, und die Franzosen hatten ein wachsames Auge darauf, dass ihre Kontinentalsperre nicht unterlaufen wurde. Ihre Soldaten kontrollierten die Nordseehäfen mit eisernem Griff, doch nach seiner Niederlage gegen Lordadmiral Nelson bei Trafalgar hatte Bonaparte nicht mehr genug Schiffe zur Verfügung, um auf See eine ähnlich dichte Blockade zu errichten. So gelang es manch findigem Kapitän, die Küsten des Kontinents mit britischen Waren zu erreichen.

Glücklicherweise war die Reise ohne größere Komplikationen verlaufen.

Wenn erst einmal kein Krieg mehr herrschte, würde Nicolaus losziehen, um die Welt mit den offenen Augen eines Reisenden kennenzulernen, nicht mit den nervösen Blicken eines Schmugglers. Das nahm er sich fest vor. Er würde all jene Orte bereisen, die einst sein Urgroßvater und Namenspatron aufgesucht hatte …

«Du könntest wenigstens so tun, als würdest du meinen Handgriffen gebannt folgen.»

Arends augenzwinkernder Tadel riss Nicolaus aus seinen Gedanken. Im Hintergrund seufzte Mutter auf ihrem Thron. Nicolaus zwang sich zur Aufmerksamkeit. Es hatte zwischen den beiden Brüdern nie besondere Rivalität darum gegeben, wer der bessere Uhrmacher war. Obgleich Arend der Jüngere war, hatte er in der Werkstatt schnell eine tonangebende Rolle übernommen, und Nicolaus dachte gar nicht daran, sie anzufechten. Vielleicht brauchte man ja auch rauchgraue Altendieck-Augen, um das Gefüge der Kräfte und Rädchen in ihrer

Feinheit derart zu durchblicken. Nicolaus' hellbraune Augen schauten lieber in die Weite.

Es bestand so etwas wie eine stille Übereinkunft zwischen den Brüdern, dass sie ihr Leben wie auf verschiedenen Inseln verbrachten und sich zuweilen aus der Ferne zuwinkten. Was Arend nicht daran hinderte, beständig ironische Kommentare über Nicolaus' kauzigen Lebenswandel zu machen. Dieser ließ es mit sich geschehen und war froh, wenn er Zeit in seinem kleinen Atelier für sich hatte. Einzig der Umstand, dass Mutter so unverhohlen Arend als Nachfolger vorgezogen hätte, fühlte sich zuweilen bitter an für Nicolaus. Doch er konnte sie verstehen …

Während er sich halb in seinen Gedanken verlor und halb seinem Bruder zur Hand ging, klappte in der Diele die Tür nach draußen. Rasche, energische Schritte näherten sich der Werkstatt. Nicolaus brauchte sich nicht umzudrehen, um zu wissen, dass Mette heimgekommen war.

Seine Schwester war das jüngste der drei Geschwister. Sie war einige Jahre nach der großen Revolution geboren worden, und irgendwie schien sie den Aufruhr im Blut zu haben, in den die Welt seither geraten war. Das Weltgeschehen verfolgte sie jedenfalls mit größter Hingabe.

«Die Franzosen machen jetzt Ernst!», rief sie atemlos in der Tür zur Werkstatt. «Es gibt Hausdurchsuchungen nach britischen Waren überall in Bremen!»

Nicolaus zuckte so heftig zusammen, dass er fast Arends Werkstück vom Tisch gestoßen hätte.

«He, nun pass doch auf …»

«Hausdurchsuchungen?», fragte er alarmiert.

«Ja. Sie durchforsten die ganze Stadt. Beim Kaufmann Mertens haben sie karrenweise englisches Tuch beschlagnahmt.» Mettes Wangen glühten hochrot. Das taten sie oft, denn Mette war eine temperamentvolle Person, die sich nur zu leicht erregte – im Guten wie im Schlechten. Klein, stämmig und unverwüstlich stand sie in der Tür, mit aschblondem Haar und – wie konnte es anders sein? – grauen Altendieck-Augen. Ihr schlichtes Alltagskleid, das wie geschaffen war für einen unverfänglichen Marktbesuch, war am Rock ganz zerknittert. Sie war gerannt und hatte es offensichtlich hochgerafft. Der Korb mit ihren Einkäufen, der an ihrem Arm baumelte, war nur halb voll. Sie war ohnehin vor allem zum Markt gegangen, um sich mit den neuesten Gerüchten auszustatten, Lebensmittel waren dabei nur eine Nebensache.

«Sie durchforsten die ganze Stadt?», fragte Arend ungläubig. «Jedes Haus?»

«Jedenfalls die Geschäfte, die früher Kontakte nach England pflegten», erwiderte Mette. «Das schließt uns mit unserer Londoner Verwandtschaft wohl ein.»

«Dann sollten wir uns vorbereiten», sagte Mutter und erhob sich entschlossen von ihrem Thron, «bevor uns diese englischen Werke noch Ärger einbringen.» Sie schenkte Nicolaus einen strengen Blick.

«Wo würden sie bestimmt nicht suchen?», überlegte Mette. «Draußen in der Abort-Grube?» Sie zeigte durchs Fenster in den Hinterhof-Garten, zum Holzverschlag des heimlichen Gemachs.

«Dann kannst du auch gleich mit einem Hammer draufhauen, damit man die Werke für ein Stück Schrott hält», kommentierte Arend.

Nicolaus, der bislang geschwiegen hatte, musste plötzlich grinsen. «Ein Uhrwerk tarnt man am besten als Uhrwerk», sagte er.

«Das klingt gefährlich nach deinem Vater», erwiderte Mutter skeptisch.

Nicolaus aber hatte sich schon einen Schraubenzieher geschnappt und die englischen Werke vor sich auf dem Tisch ausgebreitet. Wenn es darauf ankam, konnte auch er zügig und präzise arbeiten. Arend pfiff anerkennend durch die Zähne, als er realisierte, was sein Bruder vorhatte. Rasch ging er ihm zur Hand.

Sie waren kaum fertig geworden, da klopfte es auch schon schwer an der Eingangstür. Nicolaus trat auf die Diele hinaus und öffnete selbst. Arend kam an seine Seite.

Draußen stand ein Ratsdiener in der würdigen schwarzen Tracht des bremischen Rathauses samt Perücke neben einem großen, kräftigen Mann in Uniform – ein Douanier, ein Zollbeamter des Kaiserreichs. Ein Trupp Soldaten mit tiefblauen Röcken und hohen Tschako-Hüten hielt sich hinter ihnen bereit. Auf der anderen Straßenseite wartete ein Fuhrwerk, auf dem sich Stoffballen, Kleidungsstücke, Kisten mit Tee und andere Waren wild durcheinandergeworfen stapelten. Offenbar war man in anderen Häusern bereits fündig geworden. Eine Horde Kinder bestaunte das Geschehen aus der Entfernung.

«Wir sind auf der Suche nach britischen Schmuggelwaren», kam der Douanier gleich zur Sache. «Das Kaiserreich wird nicht länger hinnehmen, wie seine Blockade in den norddeutschen Städten unterlaufen wird!»

Arend beugte sich ein wenig vor und drehte den Kopf nach oben, wie um nach dem Ladenschild ihrer Uhrmacherwerkstatt zu sehen. «Soweit ich weiß, gibt es hier Uhren», sagte er unschuldig. «Von Schmuggelwaren steht dort leider nichts, Monsieur.»

Nicolaus seufzte in sich hinein. Arend riskierte eher Kopf und Kragen, als die Gelegenheit für eine freche Bemerkung verstreichen zu lassen ...

Der Douanier schnaubte nur und gab ein Handzeichen, woraufhin sich die Soldaten in Bewegung setzten und ins Altendieck'sche Haus strömten, als wäre es eine gefallene Festung des Feindes.

Die Durchsuchung folgte einer seltsamen Routine: Die Soldaten warfen beiläufig Töpfe und Pfannen, den Inhalt von Kleidertruhen und Schränken durcheinander, offenbar mit dem Ziel, den Hausrat möglichst großflächig auf dem Boden zu verteilen. Der Douanier und der Ratsdiener folgten ihnen mit unbewegten Mienen und betrachteten zuweilen einen Gegenstand genauer. Der Ratsdiener warf sogar einen Blick in Horas Uhrenkasten.

Als der Trupp sich der Tür zur Werkstatt näherte, stellte Mutter sich ihnen entgegen, hoch aufgerichtet mit ihrer strengen Witwenhaube, als wäre sie ihrem eigenen Familienporträt entsprungen. «Meine Herren», sprach sie freundlich, aber bestimmt. «Gerne gewähren wir Ihnen einen Einblick in das Schaffen unserer Familie. Ich muss Sie jedoch bitten, sich in dem feinmechanischen Kabinett, das sich hinter dieser Tür befindet, mit äußerster Behutsamkeit zu bewegen.»

Der Auftritt verfehlte seine Wirkung nicht. Die Soldaten – junge Bengel und zugänglich für mütterlichen Tadel – hielten sich in der Werkstatt tatsächlich zurück, während der Douanier und der Ratsdiener den Raum mit einem Gehabe begutachteten, als besichtigten sie eine Kunstkammer.

«Allesamt solide Altendieck-Arbeit», kommentierte Nicolaus, während sie sich über jene drei Stücke beugten, die auf dem Tisch lagen. Jedes einzelne wurde von einem messingglänzenden Gehäuse mit kunstvollen, rankenartigen Verzierungen und der Signatur «Altendieck à Bremen» umschlossen. Die beiden Beamten nickten nur. Mette, die sich im Hintergrund hielt, schaute unschuldig zur Zimmerdecke.

Dann war die Hausdurchsuchung endlich vorbei, und der Trupp zog weiter durch die Straßen von Bremen, gefolgt von den neugierigen Kindern, die offenbar enttäuscht waren, dass der Halt bei den Altendiecks keine aufregenden Funde ergeben hatte.

Nicolaus beobachtete noch kurz, wie sie sich entfernten, bevor er die Tür schloss und sich zum Rest seiner Familie in die Küche gesellte.

«Sie hätten die Blauröcke ruhig noch zum Aufräumen hierlassen können», moserte Tante Henriette, während sie ihre Töpfe zusammensammelte.

«Gefunden haben sie jedenfalls nichts», entgegnete Mette und verschränkte stolz die Arme vor der Brust.

«Das ist wohl wahr», murmelte Mutter. «Aber musstest du diese ... Dinger aus der englischen Manufaktur *solide Altendieck-Arbeit* nennen, Nicolaus?»

«Was hast du denn?», erwiderte er. «Das stimmte doch: Alle drei Gehäuse, die ich für unsere Chronometer graviert habe, sind eine solide Altendieck-Arbeit. Oder gefallen sie dir etwa nicht mehr?»

Mutter schüttelte nur den Kopf. Vielleicht würde sie ja in nächster Zeit weniger darüber schimpfen, wenn Nicolaus lieber feine Verzierungen gravierte, als an der eigentlichen Konstruktion des Werks zu arbeiten. Und vielleicht würde die Weser demnächst rückwärts fließen und süßen Moselwein statt Wasser führen.

«Na ja», brummte Tante Henriette, die immer noch ihre

Pfannen zusammensuchte. «Sobald ich das Gröbste aufgeräumt habe, mache ich uns endlich die Aalsuppe, die es schon längst hätte geben sollen. Möchte bloß wissen, was die Franzosen mit dem ganzen Zeug vorhaben, das sie beschlagnahmt haben.»

«Neue Uniformen für ihre Soldaten?», überlegte Nicolaus, der an die Tuchballen auf dem Fuhrwerk denken musste.

Mette schüttelte den Kopf. «Kriegt ihr denn gar nicht mit, was die Leute so erzählen? Das soll alles verbrannt werden, mit Stumpf und Stiel! Als Mahnung.»

«Wer würde so etwas mit völlig intakten Waren tun?», fragte Mutter empört. «Das klingt für mich genauso unsinnig wie die Geschichten von diesen fliegenden Luftschiffen, mit denen die Franzosen angeblich den Kanal nach England überqueren wollen. Oder, noch absurder, wie der Tunnel, den sie drunter durchgraben wollen. Darauf würde ich nichts geben.»

«Wie auch immer», brummte Mette unbestimmt. Sie wagte nicht, Mutter direkt zu widersprechen. Doch es war überdeutlich – zumindest für Nicolaus –, dass sie nicht wirklich klein beigab. In ihrer Sturheit war sie Mutter eindeutig am ähnlichsten.

«Und wir können nun endlich unsere Arbeit wieder aufnehmen, bevor es Essen gibt.» Mutter schob ihn und Arend in Richtung Werkstatt.

Nein, korrigierte sich Nicolaus und seufzte in sich hinein. In ihrer Sturheit war Mutter *niemand* ähnlich.

Drittes Kapitel

Wenige Tage später musste Gesche feststellen, dass Mette keineswegs übertrieben hatte. Ihre Tochter sagte nichts dazu und trug auch ihre Nase nicht besonders hoch. Doch allein dieser Glanz von grimmiger Zufriedenheit in ihren Augen zeigte Gesche, dass Mette stolz darauf war, ihr gegenüber recht behalten zu haben. Gesche verzichtete ihrerseits darauf, es zu kommentieren. Zum einen hegte sie stillen Respekt dafür, dass zumindest eines ihrer Kinder über einen gewissen Kampfgeist verfügte – wenn Mette auch noch weniger an Uhrwerken interessiert war als Nicolaus. Zum anderen war Gesche auch schlichtweg zu empört, um sich mit Familienstreitigkeiten aufzuhalten.

Sie hatte es nicht glauben können, als Mette ihr von der Proklamation des Kommandanten erzählte, und sie konnte es immer noch nicht glauben, als sie die zahlreichen Fuhrwerke auf den Straßen sah, die stadtauswärts ratterten. Schließlich hielt sie es nicht länger aus. Sie musste sich das selbst ansehen!

Gemeinsam mit Nicolaus, Arend und Mette machte sie sich auf den Weg zur Bürgerweide vor den Toren der Stadt. Nur die gute Henriette blieb zurück, um das Haus zu hüten.

Auf den Straßen waren zahlreiche Schaulustige, die allesamt das gleiche Ziel hatten. Manche Bürgerfamilien sahen aus, als wären sie zu einem Sonntagsspaziergang aufgebrochen. Doch es waren auch Fischersleute und einfaches Volk aus dem Schnoor unterwegs, Herumtreiber und Besenbinder, Kaufherren und Gelehrte – halb Bremen war auf den Beinen!

Schon nach kurzer Zeit trafen sie auf Meister Ludwig Hannecke, der Gesche in ein Gespräch verwickelte. Er war ein rundlicher, gutmütiger Uhrmacher, dessen Tochter Amalia einen ganz passablen Eindruck machte und zudem in rotwangiges Gekicher verfiel, wann immer Nicolaus in der Nähe war. Leider überhörte ihr Sohn stets alle Andeutungen, die Hannecke in diese Richtung machte, und schickte stattdessen Arend vor, um mit Amalia freundliche Konversation zu betreiben – sehr zu deren Missvergnügen. Gesche seufzte in sich hinein. Sie musste sich wirklich um alles kümmern …

Dann passierten sie die Stelle, wo bis vor wenigen Jahren das Herdentor einen Durchlass durch die Stadtmauern gewährt hatte. Inzwischen hatte der Rat die veralteten Wallanlagen aus der Altvorderenzeit abtragen lassen, und ein Landschaftspark im englischen Stil zog sich nun am Rande der Altstadt entlang, wo ehemals mächtige Bastionen den Feinden getrotzt hatten. In diesem Park befand sich auch das neu errichtete Stadttheater. Die Bäume der Grünanlagen waren noch jung und wirkten etwas verloren auf dem Rasen; es würde noch einige Jahre dauern, bis sie den Spaziergängern Schatten spendeten.

Gesche betrachtete den Park mit gemischten Gefühlen. Sie war stolz darauf, dass ihre Heimatstadt den Bürgern den Luxus öffentlicher Gärten gewährte – und doch fühlte sich Bremen ohne die Mauern, die Gesche ihr Leben lang behütet hatten, seltsam ungeschützt an, wie ein Uhrwerk ohne Gehäuse.

Die Bürgerweide lag rund eine Meile außerhalb der Stadt inmitten des weiten, offenen Umlandes, in das sich gelegentlich Gehöfte und Dörfchen mit ihren langgestreckten Fachwerkhäusern duckten. Sie hatte ihren Namen in alter Zeit erhalten, als Gräfin Emma von Lesum die Weide den bremischen Bürgern zum Geschenk gemacht hatte. Sie war angeblich bereit gewesen, ihnen ein Stück Land zu überlassen, so groß, wie es ein Mann an einem Tag umwandern könnte. Ihr habgieriger Schwager jedoch wählte dafür einen Mann ohne Beine aus, um die Bremer um ihre Schenkung zu bringen. Der Ausgewählte machte sich schließlich kriechend auf den Weg – und umrundete auf wundersame Weise bis zum Sonnenuntergang ein großes, fruchtbares Stück Land, das seither der Stadt als Allmende gehörte, auf der jeder Bürger einige Stück Vieh halten durfte.

Gesche kannte diese Geschichte noch von Großvater aus ihrer Kindheit. Für sie war die Bürgerweide ein weiteres Symbol für die Unabhängigkeit der freien Stadt Bremen, die das Land dem Adel des Umlandes abgetrotzt hatte – eine Unabhängigkeit, die mit der französischen Besatzung zu einem abrupten Ende gekommen war.

Eine dünne Schneeschicht bedeckte die Weide, aus der allerorts braune Halme hervorschimmerten. Zahllose Menschen trampelten über den gefrorenen Boden. Größere Trupps von Soldaten waren aufgezogen. Die meisten von ihnen trugen die blauen Röcke und stolzen Adler-Insignien der Grande Armée, doch es waren auch einheimische Soldaten des Rates in bremischer Montur darunter. Sie hatten einen weitläufigen Kreis abgesteckt, in dessen Mitte ein großes Feuer brannte und Wogen von Hitze durch die kaltklare Winterluft schickte. Das Volk hielt sich jenseits des Kreises und beobachtete mit großen Augen die Ungeheuerlichkeit, die sich hier abspielte.

«Sie haben es wirklich getan», murmelte Arend ungläubig.

«Sage ich doch», konnte sich Mette nun nicht mehr verkneifen.

«Und das am Nikolaustag», flüsterte Nicolaus.

Gesche sagte nichts. Sie starrte auf die Flammen, in denen Baumwollzeug und große Spulen mit Garn verbrannten, lange Kniestrümpfe und gute Gehröcke. Gerade warf ein Soldat ganze Arme voll bestickter Kleider verschiedener Farben ins Feuer. Allesamt Erzeugnisse der mechanischen Webmaschinen und Manufakturen von England.

Im bequemen Abstand zum Feuer stand eine Gruppe Honoratioren, um den ordnungsgemäßen Ablauf des Ganzen zu begutachten. Gesche erkannte General Boyer de Rébeval, eine strenge Gestalt mit goldgeschmücktem Kragen und Schulterklappen, unter dessen hohem Zweispitz braune Locken hervorschimmerten. Er hielt sich mit steinerner Miene aufrecht, als sei er sein eigenes Kriegerdenkmal, und verfolgte unbewegt, wie ein Kleidungsstück nach dem anderen den Flammen übergeben wurde. Umso geschäftiger war die kleine Abordnung von Ratsherren an seiner Seite, die alle Hände voll damit zu tun hatten, in irgendwelchen Schriftstücken gegenzuzeichnen, was genau hier verbrannt wurde. Als wenn es noch irgendeine Rolle gespielt hätte, wovon genau die Asche stammte ...

Gerade wurde der Wagen, der die Tuchwaren gebracht hatte, weggefahren, und sogleich ratterte ein weiteres Fuhrwerk in den Kreis ein. Die Soldaten griffen sich Kisten und Kästen von der Ladefläche, um sie ebenfalls den Flammen zu übergeben. Eine Schatulle sprang auf, und ein Satz feiner, chirurgischer Klingen und Instrumente ergoss sich in das brennende Chaos. Daneben landete achtlos ein Teleskop aus Messing, die Linse bereits gesprungen vom Transport.

«Nein.» Das war das erste Wort, das Gesche sprach, seit sie sich den Schaulustigen auf der Bürgerweide angeschlossen hatten. «Ich werde jetzt dafür sorgen, dass das hier ein Ende hat.»

Stoffe und Kleider waren schlimm genug – aber Instrumente der Wissenschaft und Erzeugnisse der Mechanik waren blasphemisch! Entschlossen setzte sie sich in Bewegung.

«Mutter!» Nicolaus war plötzlich an ihrer Seite. «Was soll das? Wo willst du hin?»

«Zu General de Rébeval, natürlich», erwiderte Gesche ungerührt. «Jemand muss ihm sagen, dass er diesen Wahnsinn beenden soll. Offenbar hat unser feiner Rat nicht den nötigen Mumm dafür.»

«Mutter!» Nun war auch Arend auf ihrer anderen Seite erschienen. «Das geht doch nicht. Das kannst du nicht machen!»

«Nein?», fragte Gesche mit gefährlicher Ruhe, während sie immer weiter auf den Kreis der Soldaten zumarschierte. «Kann ich nicht?» So etwas hatte sie sich noch nie gerne sagen lassen. «Wollt ihr mich etwa daran hindern? Du, Arend? Oder du, Nicolaus?»

Ihre Söhne schauten sich hilflos an. Dann ertönte plötzlich eine weitere Stimme: «Gesche! Halt!»

Eine ältere Frau in einem schlichten Kleid und mit einer ausladenden Haube auf dem Kopf trat ihr entgegen, die Hände streng in die Hüften gestemmt.

«Clara», sagte Gesche und blieb tatsächlich stehen. «Was tust du hier draußen?»

«Dasselbe wie ihr», entgegnete ihre Schwester. «Zuschauen.»

Ihr Ehemann Jakob, der vor einigen Tagen endlich für den Winter von seinen Fahrten zurückgekehrt war, kam hinter ihr dringetrottet. Er war ein stämmiger blonder Mann in einem dunklen Rock mit Silberknöpfen, den man nie ohne seine lange Tonpfeife im Mundwinkel antraf. Für gewöhnlich beschränkte er sich darauf, einen Schritt hinter Clara zu stehen und zu schweigen.

«Zuschauen reicht heute nicht!», sagte Gesche so laut, dass die Leute sich zu ihnen umdrehten. «Wenn niemand etwas tut, machen die Franzosen immer so weiter! Und du wirst mich auch nicht aufhalten, Clara.»

«Als wenn ich das jemals gekonnt hätte», erwiderte ihre Schwester. «Aber ich gebe dir zwei Dinge mit. Erstens: Denk an dein Geschäft.»

«Und zweitens?», fragte Gesche, die sich widerwillig beruhigte.

«Schau einfach mal in ihre Gesichter.»

Clara deutete auf die Reihen der Soldaten, die den Platz mit dem Feuer umstanden. Gesche folgte ihrem Wink. Viele der Männer hatten erschreckend junge Züge, die Älteren wirkten müde und abgekämpft. Und sie alle betrachteten das Feuer mit einem Ausdruck, der irgendwo zwischen Abscheu, Wut und Abstumpfung lag. Nun bemerkte Gesche, dass ihre Uniformröcke zwar schmuck waren, mit Goldborten und rotem Ärmelsaum, jedoch häufig auch zerschlissen und abgetragen wirkten. Sie hätten jetzt, im aufziehenden Winter, ebenso gute Verwendung für das Tuch gehabt wie die Leute von Bremen ...

Gesche seufzte entnervt. Der französischen Obrigkeit war es genauso gleich wie allen anderen Mächtigen, was mit den einfachen Leuten geschah. Manche Dinge änderten sich offenbar nie. Sie warf dem General de Rébeval und den Ratsherren an seiner Seite einen wütenden Blick zu. Dann wandte sie sich ab.

«Es bringt ja doch nichts», brummte sie. «Du hast recht.»

Clara war die Einzige, die das gelegentlich von ihr zu hören bekam.

Nicolaus und Arend atmeten sichtlich auf. Mette, die neben ihrem Onkel Jakob stand, sah hingegen ausgesprochen zufrieden mit sich aus. Natürlich, Clara war von Gesches Tochter aufgetrieben worden, während Gesches Söhne erfolglos versucht hatten, sie umzustimmen ...

Gerade wandte Mette sich ihrem Cousin Eike zu, Claras Sohn, der kein Jahr älter war als sie. Ein umtriebiger junger Mann, den sein Vater als Handelsgehilfen bei der Grönland-Compagnie untergebracht hatte. Die beiden steckten in letzter Zeit viel zusammen. Gesche fragte sich, ob sie das näher beobachten sollte ...

«Das ist alles derartig sinnlos», sagte sie schließlich, um überhaupt etwas zu sagen. «So viele gute Waren, die einfach verbrennen!»

Jakob nahm seine Pfeife aus dem Mund. «Das ist ein Leuchtfeuer», murmelte er. Und rauchte weiter, als ob er nichts gesagt hätte.

«Stimmt», erwiderte Nicolaus nachdenklich. «Ein Leuchtfeuer, dessen Flammenschein bis nach London reichen soll. Die Engländer werden wissen, wie es gemeint ist.»

«Die Mächtigen von Frankreich geben den Mächtigen von England ein Zeichen», sagte Clara, «und ihre einfachen Soldaten dürfen dafür frieren.»

Sie blieben nicht mehr lange auf der Bürgerweide. Während sich eine gewaltige Rauchwolke in den Winterhimmel türmte, ging die Familie schweigend nach Bremen zurück, den vertrauten Umrissen der Kirchtürme entgegen.

Viertes Kapitel

Das Feuer auf der Bürgerweide brannte noch mehrere Tage lang. Nicolaus bekam das Ende dieses seltsamen Fanals nicht mehr mit. Denn er fuhr hinaus zu Meister van Campen, einem Marinemaler, der sich nördlich der Stadt niedergelassen hatte. Es war die letzte Möglichkeit in diesem Jahr, sich für einige Zeit mit dem zu beschäftigen, was ihm wirklich am Herzen lag. Und Nicolaus war entschlossen, sie zu nutzen.

Morgendliches Dunkel lag noch über der Stadt, als er sich auf der Diele den Mantel überzog und einen Wolfsfelltornister mit einigen Habseligkeiten um die Schultern legte. An der Wand tickte Hora leise vor sich hin, sonst war alles still im Haus. Nicolaus wollte gerade den Riegel zurückschieben, da hörte er oben eine Tür knarren, und Mette kam im Nachtkleid die Treppe heruntergehuscht.

«Warte», flüsterte sie. «Ich habe noch etwas für dich.»

Nicolaus seufzte in sich hinein. Er hatte halb damit gerechnet, dass sie ihn wieder abfangen würde.

«Hier», sagte seine Schwester und drückte ihm ein eng zusammengefaltetes Stück Papier in die Hand. «Das muss zu Ottilie Bracke nach Lehe, wie beim letzten Mal. Pass gut auf, dass es keiner zu sehen bekommt. Besonders nicht – du weißt schon.»

Er nahm das Schriftstück entgegen. «Wieder etwas, das du mit Eike ausgeheckt hast?»

Ihr Cousin verkehrte draußen in Vegesack mit gewissen Leuten, die die französische Besetzung nicht hinnehmen wollten, und hatte auch Mette in die entsprechenden Kreise eingeführt. Sie nutzte nun jede Gelegenheit, diese gemeinsame Sache voranzutreiben, sammelte eifrig Gerüchte und hielt Kontakt zu diesem und jenem. Ein gefährliches Spiel, das Nicolaus nicht besonders gefiel. Doch er kannte Mette zu gut, um sie nicht zu unterstützen. Sie würde sonst auf eigene Faust vorgehen oder sich andere, zweifelhafte Hilfe suchen.

«Es ist wichtig», beharrte Mette, ohne ihm direkt zu antworten.

«Na gut. Ich werde dafür sorgen, dass deine Frau Bracke es bekommt. Aber du weißt, dass ich nicht ganz bis Lehe hinausfahre. Enno wird es dann für sie mitnehmen.»

«Das muss genügen. Danke, Bruder.»

Nicolaus versteckte das hochgeheime Schreiben zwischen den Farben in seinem Tornister, während Mette wieder ins Bett hinaufschlich. Dann verließ er das Haus. Im leichten Schneetreiben eilte er durch die Straßen, bis er auf das abfahrbereite, mit Kisten beladene Fuhrwerk traf. Enno, ein Fuhrknecht mit rundem Gesicht und breitkrempigem Hut, rutschte auf dem Bock ein wenig zur Seite.

«Fertig für die Reise, Meister Niehus?», fragte er gut gelaunt. Fuhrleute waren es gewohnt, noch vor dem Morgengrauen aufzustehen und sich um ihre Tiere und ihr Gefährt zu kümmern, ehe sie sich bei Tagesanbruch auf die Fahrt begaben. So zumindest erklärte sich Nicolaus Ennos gute Laune. Er selbst unterdrückte ein Gähnen und murmelte so etwas wie eine Begrüßung. Ratternd fuhren sie vor das Wachhaus, das dort an der Straße stand, wo sich bis vor kurzem noch das Ansgarii-Tor erhoben hatte. Eine Abordnung französischer und bremischer Soldaten unterzog das Gefährt einer gründlichen Inspektion. In Nicolaus' Tornister warfen sie nur einen flüchtigen Blick. Dann ging es endlich aufs freie, offene Land hinaus, während sich die Morgensonne durch die Schneewolken kämpfte und ein frischer Wind über die breiten Rücken der Zugpferde fauchte. Trotz Kälte und Geruckel fühlte Nicolaus sich merkwürdig frei.

«Bleiben Sie wieder für mehrere Tage fort?», fragte Enno während der Fahrt. Er war mit seinem Wagen öfter in Richtung Norden unterwegs, um Waren nach Lehe und in die anderen Orte an der Wesermündung zu bringen. Nicolaus fuhr gelegentlich mit ihm mit, wenn es ihm gelang, sich von der Arbeit in der Werkstatt freizumachen.

«Ja, ich werde einige Tage bleiben», erwiderte er, inzwischen etwas wacher. «Ich schließe mich dir an, wenn du auf der Rückfahrt nach Bremen bist, wie üblich. So habe ich ein wenig Zeit für Studien …»

«Ich dachte immer, Herrschaften gehen für Studien nach Göttingen, Helmstedt oder Leipzig», brummte Enno, «vielleicht auch nach Paris. Aber in die Nordseemarsch an der Wesermündung – das ist mir noch nicht untergekommen.»

Nicolaus lächelte nur in sich hinein. Für die Studien, die er mit Meister van Campen betreiben würde, war das genau die richtige Umgebung. Mutter gefiel es natürlich gar nicht, dass er alle paar Monate die Werkstatt für mehrere Tage verließ, um «seine Grillen zu fangen», wie sie es nannte. Doch damit würde sie leben müssen! Dies war die größte Freiheit, die er sich jemals erkämpft hatte, gegen den ausdrücklichen Widerstand der Frau Meisterin Gesche Niehus, geborene Altendieck.

Er war bis heute erstaunt, dass ihm das überhaupt gelungen war. Nach Arends Vermutung hatte Mutter sich aus purer

Überraschung über seine Vehemenz geschlagen gegeben. Nicolaus hingegen hatte den Verdacht, dass sie ihn gewähren ließ, um diesen ungewöhnlichen Anfall von Entschlossenheit weiter zu fördern. Zumal mit Arend eh die größte Stütze für ihr Geschäft in der Stadt zurückblieb. Jedenfalls war es ein Geschenk, das er nur zu bereitwillig annahm!

Er genoss die Freiheit der Landschaft, die sich weiß und flach unter dem unermesslichen grauen Winterhimmel erstreckte, während Bremen immer weiter hinter ihnen zurückfiel. Die Grenzen der Stadt waren wie ein gewaltiges Gehäuse um ein Uhrwerk, in dem zahllose Schicksale als Rädchen ihren Dienst taten. Sie erfüllten beständig ihre Funktion im Getriebe, zu Zwecken, die über den Kopf des Einzelnen hinausgingen. Mutter lebte ganz in dieser Welt. Für sie war der Kosmos eine Maschine, die man mit Vernunft durchschauen, verstehen und lenken konnte.

Nicolaus hingegen liebte die Moore, Haine und Marschen, wo nichts von solchem Räderwerk zu spüren war und das Herz weit wurde. Hier konnte seine Seele bei Tag mit den Möwen und Brachvögeln über den weißen Stämmen der Birken dahingleiten und am Abend tief in die Lieder und Geschichten eintauchen, die man in den Bauernkaten aus alter Zeit weitertrug.

Er griff in seinen Tornister und holte das Büchlein heraus, in dem er seit einiger Zeit mit Begeisterung las. *Heinrich von Ofterdingen*. Die Geschichte eines jungen Sängers, der nach der blauen Blume der Poesie suchte. Das Ticken der Uhr in der elterlichen Stube des Romanhelden Heinrich erinnerte ihn an Hora in der Altendieck'schen Diele, und natürlich sah er auch sich selbst in dem Jüngling, der auf der Suche nach jener Wunderblume in die Welt aufbrach. Nur, dass Nicolaus' Blume nicht blau war, sondern alle Farben hatte, die er auf der Palette zu mischen vermochte ...

Schließlich packte er das Buch wieder ein. Es erschien ihm unpassend, seine Nase zwischen staubigen Seiten zu vergraben, während rings um ihn das Land vorüberzog, dessen Freiheit er eigentlich gesucht hatte.

Enno zog unterdessen einen Kanten Brot hervor und kaute nebenbei darauf herum. Der kärgliche Imbiss des Fuhrmanns erinnerte Nicolaus daran, wie sehr Bremens Handel und Wirtschaft in den letzten Jahren unter der Kontinentalsperre gelitten hatten. Seine Familie merkte es durch den Verlust diverser Bequemlichkeiten – wie sehr mussten es da erst die einfachen Leute spüren, die keine Bequemlichkeiten hatten, auf die man verzichten konnte!

Ein wenig schuldbewusst holte er die kalten Pastetchen hervor, die Tante Henriette ihm gestern eingepackt hatte, und teilte sie mit Enno.

Der Fuhrmann war angenehm schweigsam, sodass Nicolaus in Ruhe seinen Gedanken nachhängen konnte, während die Meilen und Stunden unter ihren Rädern dahinzogen. Schließlich, als der Abend schon herandämmerte, tauchten hinter einem Wäldchen mit winterlich-kahlem Gesträuch die Dächer des Dorfes auf, das Nicolaus' Ziel war. Dünne Rauchfahnen schraubten sich von dort in den grauen Himmel, und Krähen krächzten, während sie die Allee zum Ort entlangratterten, vorbei an den ersten Gehöften und schließlich auch an der Dorflinde, wo die Alten einst Gericht gehalten hatten. Ennos Fuhrwerk kam an der Mündung eines schmalen Seitenwegs zum Stehen, der von der Straße wegführte, auf ein niedriges Haus im Schutz dorniger Hecken zu. Nicht weit dahinter lag der Weserdeich.

«Dann wünsche ich angenehme Studien, Herr Niehus», sagte Enno, und seinem runden, gleichmütigen Gesicht war nicht anzusehen, ob er dabei irgendeinen Spott im Sinn hatte.

Nicolaus, der bereits vom Bock gesprungen (und im Schnee fast ausgerutscht) war, kramte in seinem Wolfsfelltornister und reichte dem Fuhrmann schließlich seine Bezahlung und Mettes Brief hinauf.

«Wieder an die Bracke in Lehe?», brummte Enno.

«Per Express bitte», präzisierte Nicolaus und gab noch einige Münzen dazu. Mutter bestand darauf, dass sie in diesen schweren Zeiten das Geld beisammenhielten. Doch Nicolaus fand, dass einen das nicht daran hindern durfte, großzügig zu sein.

«Vielleicht sollte ich mich den Thurn und Taxis als Postillon andienen», erwiderte Enno schmunzelnd. «Ich komme dann in einigen Tagen wieder vorbei, Meister Niehus.»

Er tippte sich an den Schlapphut und setzte sein Fuhrwerk in Bewegung. Nicolaus blickte kurz dem Wagen hinterher, der schwerfällig den Weg entlangrumpelte und dabei breite Furchen im Schnee hinterließ. Dann lief er den Seitenweg entlang, rasch und fröhlich, wie ein Junge, der aus der Lateinschule kam.

Ehe er das Haus betrat, machte er einen Umweg, um einmal auf den Deich zu steigen. Breit und träge zog sich die von Eiskrusten gesäumte Weser auf ihren letzten Meilen bis zum Meer dahin, wie ein gewaltiges Wesen in der Winterruhe, in der bereits die ferne Wildheit der Frühjahrshochwasser anklang. Nicolaus freute sich darauf, hier im Sommer wieder helle Segel dahingleiten zu sehen. Doch auch im Griff des Winters berührte ihn der Flusslauf auf eine ganz eigene Weise, weit und eng zugleich, wie die Schwingen seiner Seele im viel zu begrenzten Raum seines Körpers …

Nachdenklich wandte er sich ab. Er versuchte, die Böschung hinunterzugehen – und kam halb rutschend unten an. Notdürftig wischte er sich den Schnee von der Kleidung und klopfte schließlich an die tiefgrün bemalte Tür des Hauses.

Feeke, die rotwangige Haushälterin, tat ihm auf. «Sieh an, der junge Herr aus der Stadt mal wieder.»

«Ja», erwiderte Nicolaus lächelnd. «Ich konnte zum Glück für einige Tage fliehen, ehe das Jahr zu Ende geht.»

«Ein Glück ist vor allem, dass Sie es nur sind, Herr Niehus», erzählte Feeke, während sie ihn einließ. «Drüben bei Blömers hatten sie letztens französische Marodeure auf dem Hof. Die fetteste Sau haben sie mitgenommen! Wenn es denn wirklich Franzosen waren ... Heutzutage denkt ja jeder, der eine Uniform trägt und einen Säbel zu halten vermag, er kann einfach irgendwo an die Tür klopfen und fordern, was ihm beliebt ...»

So redete sie vor sich hin, während sie Nicolaus nach hinten führte, in Meister van Campens Werkstatt. Es war ein Raum mit großen, freundlichen Fenstern, die über einen weiß erstarrten Garten schauten. An den Wänden hingen alte und neue Arbeiten des Meisters. Die meisten waren Seestücke und zeigten verschiedenste Schiffe auf den Wellen – mal als brüchige, hölzerne Hoffnung inmitten von Sturmdunkel, mal als stolze Welteroberer, die dem Horizont entgegenstrebten. Was auf den ersten Blick wie eine einförmige Anhäufung von Segelwerk und Wasser wirkte, war in Wahrheit ein vielfältiges Universum, in dem jedes Gemälde eine eigene Geschichte erzählte.

Besonders gut gefiel Nicolaus allerdings ein Selbstporträt, das der Meister in jungen Jahren von sich angefertigt hatte. Darauf war er an einem Tisch zu sehen, auf dem eine Taschenuhr und eine langstielige Rose mit leicht angewelkten Blütenblättern lagen. Nicolaus wusste natürlich, dass dies klassische Symbole der Vergänglichkeit im Stil der alten Zeit waren. *Memento mori.* Doch für ihn verkörperten die Uhr und die Blume die Kluft zwischen Uhrmacherei und Kunst, die er in seinem Leben zu überbrücken versuchte, wie der rhodische Koloss bei den alten Griechen, der mit jedem Fuß auf einem anderen Ufer balancierte und dabei auch noch seine Fackel gerade halten musste ...

An einem der Fenster stand der Meister Marinus van Campen und schaute über den verschneiten Garten. Als er sich zu Nicolaus umdrehte, erschien ein erfreutes Lächeln auf seinem Gesicht. «Nicolaus Niehus!»

«Meister van Campen», erwiderte Nicolaus und fühlte, wie die Anstrengung der Herfahrt von ihm abfiel. Es tat einfach gut, in die Malerwerkstatt hereingebeten zu werden und zu schauen, wie weit die winterliche Küstenlandschaft schon gediehen war, die gerade auf der Staffelei entstand. Meister van Campen beobachtete schmunzelnd, wie Nicolaus sein Bild begutachtete.

Er war hochgewachsen und langbeinig, sodass er in seinem grauen Hausmantel ein wenig an die Reiher in den Moorwiesen erinnerte. Eine spitze Nase, bekrönt von einem Zwicker, prägte sein schmales Gesicht. Sein krauses Haar war inzwischen ziemlich schütter. Nicht gerade das, was man landläufig *schön* zu nennen pflegte.

Und doch schaute Nicolaus Meister van Campen gerne an. Das lag vor allem an seinen Händen – fein und mit langen, sensiblen Fingern. Sie führten den Pinsel mit einer Behutsamkeit, als wäre er ein empfindliches Lebewesen, und berührten auch jeden anderen Gegenstand mit einer geradezu weihevollen Achtsamkeit, und sei es ein fleckiger Farblappen. Nicolaus vermisste den Anblick dieser Hände, wenn er in Bremen war.

«Ich hatte in diesem Jahr nicht mehr mit Ihnen gerechnet», sagte Meister van Campen. «Haben Sie keine Sorge, hier draußen bei uns einzuschneien?»

«Ich kann nicht sagen, dass mich diese Vorstellung schrecken würde», erwiderte Nicolaus. «Sie wissen ja, ich bin dankbar um jede Minute, die ich vor der Leinwand verbringen kann.» Er überlegte kurz. «Haben Sie eigentlich schon einmal versucht, Pferde aus Wellen zu formen?»

«Das klingt sehr nach einer krausen Idee aus Ihren neumodischen Büchern», lachte van Campen. «Erzählen Sie mir doch davon ...»

Und Nicolaus berichtete dankbar, wie seine stolze *Möwe* in Bremen vorankam – oder besser gesagt, die Wellen unter ihrem Bug, in die er sich seit Tagen vertieft hatte wie ein Wassermann. So hielten sie es immer, wenn Nicolaus bei van Campen zu Besuch war: Erst erzählte er von seinem Fortkommen. Dann ging er dem Meister bei dessen Arbeiten zur Hand und ließ sich schließlich bei Übungen anleiten, die seiner eigenen Technik zugutekommen sollten.

Nicolaus hatte van Campen vor einigen Jahren in Bremen kennengelernt, im Haus des Kaufmanns Herman Gödeken, dessen vornehme englische Standuhr just den Geist aufgegeben hatte, als seine gelangweilten Töchter Louise und Auguste vor van Campens Leinwand Porträt saßen. Er war mit dem Maler bei einer Tasse Kaffee in der Küche ins Gespräch gekommen, und Nicolaus hatte von seinen Gravierarbeiten und dilettantischen Zeichenversuchen berichtet. Es hatte sich wie von selbst ergeben, dass er zu so etwas wie van Campens Schüler geworden war, dessen Mühen er mit etwas Geld ausglich.

Van Campen stammte aus dem alten Brügge und hatte schon an allen möglichen Orten gelebt, ehe er hier, in diesem Nest am Weserstrand, eine Witwe geheiratet hatte und sesshaft geworden war. Inzwischen war er selbst Witwer und verbrachte den Großteil seiner Zeit in seinem Atelier. Er arbeitete mit derselben gleichmütigen Selbstverständlichkeit vor sich hin, wie auch die Wolken über den Himmel zogen oder das Wasser dem Meer entgegenfloss – ob er nun eine der gelegentlichen Auftragsarbeiten fertigte oder eins seiner eigenen Gemälde. Nicolaus beneidete ihn von Herzen um dieses Leben.

Während sie vor van Campens aktueller Arbeit standen, berichtete Nicolaus von dem Walfisch, den er über der Tür der Branntweinbude auf Helgoland gesehen hatte. Von dem verschmitzten Lächeln, das aus drei rasch hingeworfenen Strichen bestand.

«Sie erzählen lebhaft, wenn Sie auf Reisen waren», merkte van Campen an. «Ich kann Ihnen nur empfehlen, sich auf diesem Wege weiterzubilden, sobald es die Umstände erlauben.»

Und er deutete auf eines seiner älteren Werke, das etwas abseits hing. Es zeigte ebenfalls Schiffe, doch waren sie nicht auf grauen Wellen unterwegs, sondern lagen in einem Hafen vor Anker, über dem sich weiß getünchte Gebäude terrassenartig zwischen Gärten erhoben.

«Italien», murmelte Nicolaus, und die Vorstellung, in den Blumendüften jener fernen Gestade zu schwelgen, ließ sein Herz schneller schlagen. Die Werke der alten Meister zu studieren, die Kuppeln der Kirchen zu bewundern und zwischen den geborstenen Säulen des verblassten römischen Ruhmes zu wandeln ... Doch wie sollte das wohl angehen! Eine gelegentliche Reise an die Weserdeiche war alles, was er sich mit wahrem Löwenmut erkämpft hatte. Die fernen Alpen zu überqueren erschien da ähnlich aussichtsreich wie eine Reise zum Mond mit jenem abenteuerlichen Luftgefährt, das die Gebrüder Montgolfière in Frankeich entwickelt hatten.

«Es tut mir leid», sagte van Campen plötzlich. «Ich weiß, dass Sie viele Verpflichtungen in Bremen haben, Nicolaus. Und dass Sie Ihr Handwerk zu Recht ernst nehmen. Das war taktlos dahergesagt.»

Die Selbstverständlichkeit, mit der der Meister einen dicken Strich durch seine Träumereien zog, schmerzte Nicolaus. Doch dann berührte van Campen ihn mit seinen Engelsfingern aufmunternd an der Schulter. Und Nicolaus errötete, während ein ferner Hauch der Wärme Italiens ihn erfüllte.

«Es ist jedenfalls gut, dass ich gelegentlich hierherkommen kann», sagte er und meinte es mehr als aufrichtig.

«Wir sollten die Zeit nutzen», erwiderte der Meister.

Und das taten sie.

Fünftes Kapitel

Fünf viel zu kurze Tage verbrachte Nicolaus bei Meister van Campen, seinen Farben und Bildern. Dann ratterte Ennos Fuhrwerk aus Richtung Lehe heran, und durch den knirschenden Neuschnee ging es zurück, auf die vertrauten Türme von Bremen zu – natürlich wieder mit einem geheimen Brief für die ungeduldige Mette.

Weihnachten kam und ging, ebenso der Jahreswechsel. Das Jahr 1810 wandelte sich zu 1811. Nur eine einzelne Ziffer, die es ab jetzt bei der Korrespondenz der Werkstatt und den Signaturen auf den Chronometern zu bedenken galt. Und doch änderte sich damit alles. Denn mit Wirkung zum ersten Januar 1811 gehörte die ehemals freie Stadt Bremen zum Kaiserreich der Franzosen. Aus der zeitweiligen Besetzung war eine dauerhafte Einverleibung geworden.

«*Département des Bouches-du-Weser*», wiederholte Nicolaus verständnislos, nachdem die stets gut informierte Mette die Details der unfassbaren Nachricht auf den Tisch gebracht hatte. «Was soll denn das bedeuten?»

«Das Département der Wesermündung», erklärte Mette atemlos. «So nennt das Kaiserreich das Gebiet hier. Sie haben Bremen großzügigerweise zu seiner Hauptstadt erklärt. Unsere Nachbarn sind das Département der Elbe-Mündung mit der Hauptstadt Hamburg und das Département Ober-Ems mit der Hauptstadt Osnabrück. Alles französisch.»

Sie ließ die Arme sinken. Mette neigte zum ausschweifenden Gestikulieren, wenn sie erregt war. Und es gab wenige Themen, über die sie sich nicht erregen konnte.

Nicolaus saß zusammen mit Mutter und seinen Geschwistern in der guten Stube beim Tee, während der Ofen mit den weiß-blauen Holländerkacheln gemütlich vor sich hin bollerte. Diesen Brauch hatte Mutter einst nach englischem Vorbild in der Familie eingeführt. Seitdem war die Stube nicht nur an besonderen Feiertagen geöffnet, sondern auch für die regelmäßige Teestunde.

Als Nebeneffekt kam dabei Mutters erstes Chronometer zur Geltung, das hier auf einem Wandbord ausgestellt war. Darüber hingen einige gerahmte Pläne, die Nicolaus' Großvater vor über 40 Jahren für die große Rathausuhr gezeichnet hatte. Gerade interessierte sich jedoch niemand für die einstigen Meisterwerke der Familie oder den Tee. Alle hingen gebannt an Mettes Lippen, die ausbreitete, was sie auf den Straßen in Erfahrung gebracht hatte.

«Das kann nicht sein.» Mutter sprach mit Bestimmtheit. «Bremen ist seit Jahrhunderten frei, hat mehr als einen Krieg in Freiheit überstanden, sich niemals mehr als nötig eingemischt.»

«Und doch ist es so!», rief Mette. «Ich war am Rathaus. Vor dem Roland stapelt sich ein großer Haufen lackiertes Holz. Sie reißen das alte Ratsgestühl heraus! Es wird keine vier Bürgermeister für die vier Kirchspiele mehr geben. Nur einen *maire* für die ganze Stadt. Er untersteht dem Präfekten des Départements, einem Grafen von Arberg, einst Kammerherr des Kaisers. Bremen ist nun eine *bonne ville de l'Empire français*.»

«Das kann nicht sein ...», wiederholte Mutter. Für einen Moment befürchtete Nicolaus, dass sie aufstehen und zum Rathaus eilen würde, um dem Präfekten die Meinung zu sagen. Doch sie saß einfach nur vor ihrer unangerührten Teetasse und starrte vor sich hin.

«Und warum *bonne ville*?», fragte Nicolaus, um das Schweigen nicht zu drückend werden zu lassen. «Soll das irgendein Lob sein?»

Mette zuckte ratlos mit den Schultern.

«Es ist ein Ehrentitel», warf Arend ein, der noch nichts gesagt hatte. «Bislang haben ihn kaum vierzig Städte im ganzen Kaiserreich. Ihre Bürgermeister gehören zu den Würdenträgern, die den Thron-Eid des Kaisers bezeugen – wenn Bonaparte denn irgendwann mal einen Nachfolger hat. Bremen steht damit auf einer Stufe mit Städten wie Bordeaux, Strasbourg oder gar Paris.»

«Woher weißt du das?», fragte Mette misstrauisch. «Steht das in den französischen Büchern, die du liest?»

«Da steht manches drin», erwiderte Arend schulterzuckend. «Ich nehme an, dass damit auch der Code civil in Bremen gelten dürfte. Das wäre nicht mal das Schlechteste.»

Nicolaus schaute seinen Bruder prüfend an. Ihm fiel plötzlich auf, dass er keine Ahnung hatte, was Arend las – oder dass er überhaupt etwas las. Er war in der letzten Zeit offensichtlich sehr mit sich selbst beschäftigt gewesen.

«Mit dem Code civil meinst du das Gesetzbuch der Franzosen, nicht wahr?» Mutter verschränkte die Arme. «Was soll daran besser sein als altes, bremisches Recht?»

Arend schaute sie direkt an. «Freiheit», sagte er. «Und Gleichheit. Für alle – egal, als was du geboren wurdest. Handwerker oder Kaufmann, Fischer oder Bauer, Christ oder Jude. Auch für alle Gewerbetreibenden! Dann wären wir das Hin und Her mit dem Schmiedeamt los.»

«Freiheit und Gleichheit, soso. Gilt das auch für eine Frau

Meisterin, sodass sie eine Werkstatt nach eigenem Ermessen führen kann?», fragte Mutter lauernd.

«Freiheit und Gleichheit für alle männlichen Bürger», murmelte Arend und senkte den Blick.

«Aha.»

«Jedenfalls ist eine Besetzung durch Soldaten eine merkwürdige Art, jemandem die Freiheit zu bringen», sagte Mette.

Das Jahr nahm seinen Lauf und brachte zahlreiche Veränderungen für Bremen mit sich. Das war schon rein äußerlich daran zu erkennen, dass das alte Wappen der Stadt an die neuen heraldischen Regeln des napoleonischen Reiches angepasst wurde. Wo vormals ein weißer Schlüssel auf rotem Felde zu sehen war, prangte nun ein schwarzer Schlüssel auf Gelb, darüber ein rotes Band mit drei gelben Bienen nebeneinander.

«Warum um alles in der Welt Bienen?», echauffierte sich Mette. «Sind wir eine Stadt von Kaufleuten oder von Imkern?»

«Die Bienen stehen für Fleiß und die bürgerlichen Tugenden», dozierte Arend. «Jede *bonne ville* trägt sie im Wappen.»

Nicolaus hatte nichts gegen die Bienen, fand das neue Wappen aber insgesamt zu bunt. Das sagte er jedoch nicht. Er hatte das Gefühl, dass es die ewige Diskussion nicht wirklich vorangebracht hätte, die zwischen seinen beiden Geschwistern seit dem Anschluss der Stadt an das Kaiserreich ausgebrochen war. Und auch Mutter verhielt sich ungewöhnlich still und beobachtete mit verkniffenem Mund, wie die vertraute Stadt ihrer Kindheit einer Veränderung nach der anderen unterworfen wurde.

Auf einmal wurde alles Mögliche gezählt und vermessen.

Bevölkerungslisten wurden von französischen Beamten angelegt, Geburten und Sterbefälle systematisch verzeichnet.

«Das ist die Grundlage einer effizienten Verwaltung», sagte Arend.

«Der Kaiser braucht Soldaten und will schauen, wie viele er aus Bremen herauspressen kann», sagte Mette.

Im Laufe des Frühjahrs waren im Umland plötzlich allerorts kleine Trupps von Ingenieuren zu sehen, die alles genau kartographierten.

«Es soll eine neue Straße geben», berichtete Mette, die regelmäßig ihre diversen Quellen befragte. «Eine Heerstraße, die über Sebaldsbrück schnurgerade bis ganz nach Paris führt! Und in die andere Richtung nach Osten, bis nach Hamburg.»

«Bremen wird an das Straßensystem des Reichs angeschlossen», erklärte Arend. «Ich habe gestern im Ratskeller mit einem der Vermesser gesprochen. Sie planen sogar einen Kanal, der von der Trave bis an die Seine reicht! Dann wird Binnenhandel über die Flüsse quer durch Europa möglich sein.»

«Sie sollen lieber die Nordsee wieder für den Handel mit England öffnen», sagte Mutter düster. «Bevor Bremen ganz am Boden liegt. Kein Tabak, kein Zuckerrohr, keine Baumwolle ... Dafür zigtausend Taler pro Monat aus der Stadtkasse für Truppensold und Unterbringung. Wenn die Kaufleute ihren Reibach nicht machen, setzen auch unsere Uhren Staub an.»

«Ist doch wunderbar für den Kaiser», erwiderte Mette schnippisch. «Je mehr junge Männer ohne Brot und Lohn darben, umso mehr Soldaten für ihn.»

Es erging das Dekret, alle Häuser der Stadt zu nummerieren. Die Zahlen waren deutlich sichtbar auf der Fassade anzubringen.

«Ich habe mich in Bremen schon immer zurechtgefunden,

auch ohne dass alles voller Nummern ist», beschwerte sich Mutter. «Und ich werde unser Haus auch weiterhin ohne Nummer finden.»

«Wir könnten unsere Hausnummer auf dem Abort anbringen», überlegte Mette. «Der hat doch auch eine Fassade. Oder wir malen sie vorne auf und schaffen dann ein neues Ladenschild an, das sie zufällig verdeckt.»

Arend machte sich nicht die Mühe, das zu kommentieren.

Das Frühjahr ging in den Sommer über. Wenn die Arbeit es zuließ, erlaubte Nicolaus es sich, zu Meister van Campen hinauszufahren. Die warme Jahreszeit brachte jedoch auch ein besonderes Fest mit sich. Am neunten Juni wurde im ganzen Reich die Taufe des kaiserlichen Prinzen gefeiert: Napoléon-François-Joseph-Charles Bonaparte, König von Rom nach dem Recht der Geburt.

«Jetzt gibt es schon zwei davon», kommentierte Mette die Nachricht lakonisch. Dennoch besuchte sie zusammen mit ihren Brüdern die Feierlichkeiten, und auch Cousin Eike aus Vegesack schloss sich ihnen an.

Schon früh am Morgen wurde zur Feier des Tages aus allen Rohren Salut geschossen, wie es auch schon in den alten Tagen des freien Bremen üblich gewesen war. Der Präfekt und die anderen Mächtigen der Stadt fuhren mit 25 geschmückten Kutschen zur Ansgarii-Kirche, wo das Tedeum als Segenswunsch für den Thronfolger gesungen wurde. Während die hohen Herrschaften unter sich tafelten, wurden auf den öffentlichen Plätzen Belustigungen für das Volk angeboten.

Nicolaus und die anderen kamen an einem Stand vorüber, an dem allerlei Leckerbissen verlost wurden, von einem Fässchen Bier über helle Brotlaibe nach französischer Art bis hin zu geräuchertem Schinken.

Noch während Mette mit hochgezogenen Augenbrauen die Auslage betrachtete, zog sich Nicolaus plötzlich einen Schritt hinter sie zurück.

«Was ist denn los?», fragte sie überrascht.

«Amalia im Anmarsch», grinste Arend und nickte die Strasse hinunter. Dort näherte sich die Uhrmachertochter Amalia Hannecke in Begleitung ihres Bruders Christian – beide in Festtagsgarderobe und offenbar bester Stimmung.

«Und dort drüben wird gleich zum Tanz aufgespielt», murmelte Nicolaus gequält. Dabei war die junge Hannecke'sche durchaus eine nette Deern – doch ihre Andeutungen über Liebe, Verlobung und Heirat in jedem zweiten Satz waren auf die Dauer anstrengend. Zumal Mutter ihre Verbindung sehr gern sehen würde ...

«Dann lasst uns schauen, was da hinten los ist», sagte Arend und schob Nicolaus etwas gönnerhaft in eine andere Richtung, dorthin, wo sich wagemutigere Festbesucher ihren Gewinn durch eigenes Geschick erkämpften: Man hatte hohe Kletterstangen aufgerichtet, an denen verschiedene Preise hingen, ganz oben bekrönt von einem Kranz. Hier konnte man sich einen Hut mit Schleife, eine silberne Zigarrendose oder einen kunstvoll beschlagenen Pfeifenkopf herunterholen. Wer den Kranz von ganz oben herabbrachte, erhielt sogar einige blitzende Napoleonsd'or als Preisgeld.

Nicolaus blieb zusammen mit den anderen stehen, um den mehr oder weniger erfolgreichen Stangen-Erstürmern eine Weile zuzuschauen. Erleichtert bemerkte er, dass Amalia und Christian Hannecke vorüberflanierten, ohne ihn zu bemerken.

Seit einer Weile ging ein nieseliger Sommerregen auf das Fest nieder, eine bremische Spezialität, an der auch die Franzosen nichts geändert hatten. Ihre Soldaten und Gendarmen waren vielerorts am Rande der Plätze zu sehen, als müssten sie notfalls mit dem Bajonett dafür sorgen, dass sich auch alle gut amüsierten. Unter einem Baldachin stimmte ein Orchester seine Instrumente für die Tanzmusik. Nicolaus wollte gerade vorschlagen weiterzugehen, ehe es hier zu laut wurde, als er einen kräftigen Schlag auf die Schulter spürte, der sich eher brachial als freundschaftlich anfühlte.

«Sieh an, der junge Herr Niehus!»

Plötzlich stand Wilhelm Ludwig Greven vor ihm, der Sohn vom ollen Ratsuhrmachermeister Hinrik Greven. Er war kleiner als sein älterer Bruder Gottlieb, doch nicht minder kräftig gebaut. Ein schmaler Schnauzbart nach soldatischer Art zierte sein Gesicht. Sein Gehrock hatte einen hohen, steifen Kragen, wie es wohl gerade der neueste Chic war, sein Spazierstock wurde von einem silbernen Knauf bekrönt. Das junge Fräulein an seiner Seite – sie trug ein blaues Kleid mit einer Taille knapp unter der Brust und wallende, blonde Locken – schien ebenfalls nach modischen Gesichtspunkten ausgewählt zu sein.

«Willst du es einmal mit der Kletterstange versuchen, Niehus?», fragte Wilhelm mit einem bierselig-provokanten Lächeln. «Oder sind deine Künstlerhände eher für die Lostrommel geschaffen? So einen feinen Schinken könntet ihr doch gewiss gut gebrauchen …»

«Zu ärgerlich», erwiderte Arend, ehe Nicolaus etwas sagen konnte. «Bis eben fühlte sich die Unterhaltung noch halbwegs kultiviert an.»

Grevens Begleiterin lachte albern auf – und verstummte, als sie bemerkte, dass niemand mit ihr lachte.

«Willst du es vielleicht probieren, Arend?», fragte Wilhelm spöttisch und klopfte dem Angesprochenen mit dem Knauf seines Stockes vor die Brust. «Du könntest diesen schwachbrüstigen Franzmännern zeigen, was ein Bremer zu erringen vermag.» Nicolaus zuckte zusammen, als er drei Gendarmen bemerkte, die gerade vorbeikamen. Wilhelm aber lachte nur verächtlich und warf den Franzosen noch eine Beleidigung hinterher. «Aber ein Altendieck taugt ja vermutlich noch weniger als ein Franzose», knurrte er schließlich.

Nicolaus straffte sich. Er war der Hausvater der Altendiecks, ob es ihm passte oder nicht. Es lag an ihm, endlich etwas zu sagen! «Warum versucht ein tüchtiger Kerl wie du es nichts selbst?», sprach er und ärgerte sich, dass seine Stimme längst nicht so ruhig wie die von Arend klang. «Ach ja, vermutlich würde dabei dein feiner Rock zerreißen. Gewiss eine französische Arbeit?»

«Pass nur auf, Niehus», knurrte Greven. Dann zog er seine Begleiterin weiter, in Richtung der Tanzfläche aus Holzbohlen, die üppig mit blau-weiß-roten Bändern geschmückt war.

«Nette Erwiderung, Bruder.» Arend grinste Nicolaus an, der verlegen auf seine Finger schaute.

«Der Kerl schwingt freche Reden gegen die Franzosen und tut nicht das Geringste», stellte Mette stirnrunzelnd fest.

«Er kann sich ein großes Mundwerk leisten», murmelte Eike leise, der bislang mit einem grimmigen Blick geschwiegen hatte.

«Wie meinst du das?»

«Schaut mal.» Eike zeigte hinüber zu einem Stand mit Bierausschank, wo Nicolaus nun Gottlieb Grevens massige Gestalt entdeckte. Er unterhielt sich gerade bei einem Krug Bier mit einem vornehmen silberhaarigen Herrn, den Nicolaus nicht kannte. «Dieser reizende Herr ist Kommissar bei der *haute police*, der kaiserlichen Geheimpolizei», erklärte Eike leise. «Und Greven drückt sich auffällig oft in seiner Nähe herum, während es seinen Geschäften trotz der schlechten Zeiten ebenso auffällig gut geht. Ein Schelm, wer sich dabei etwas denkt.» Ebenso wie Mette verkehrte Eike mit gewissen Leuten, die etwas gegen die Besetzung hatten – und er hielt sich stets gut informiert.

«Die Grevens waren seit jeher gut darin, sich die Gunst der Mächtigen zu verschaffen», knurrte Nicolaus. «Dann kann Wilhelm natürlich große Töne spucken und sich als teutonischer Krieger geben, der offen über die Franzosen schimpft – während sein Bruder durch seine Kontakte zu ebendiesen schützend die Hand über ihn hält.»

«Lasst uns weitergehen», seufzte Mette. «Mir ist nicht nach Tanzmusik.»

Als das Feuerwerk zur Geburt des Thronfolgers den Himmel über der Stadt entflammen ließ, waren sie schon längst wieder zu Hause.

Und das Jahr hörte nicht auf, Neuigkeiten über Bremen auszugießen. Die alten Zunftgesetze fielen, wie Arend es vorausgesagt hatte. Nun konnte jedermann ein Handwerk ausüben, der zuvor gegen Geld ein Patent dafür erworben hatte – ohne Mitglied irgendeiner Zunft zu sein, nach deren Gesetzen er sich Geselle oder gar Meister nennen durfte. Das galt natürlich ebenfalls für die Uhrmacher. Nicolaus rechnete fest damit, dass Mette genau darüber reden würde, als sie pünktlich zur Teestunde von einem ihrer Marktgänge zurückkehrte. Stattdessen brachte sie eine völlig neue Nachricht, die ihre Wangen vor Empörung rötete: «Sie wollen den Roland abbauen!»

«Wie bitte?» Mutter hätte fast ihre Tasse fallen gelassen, und auch Nicolaus schaute ungläubig. Der Roland von Bremen war seit ältesten Zeiten der Beschützer der Stadt! Es hieß, dass Bremen niemals fallen würde, solange seine steinerne Riesengestalt sich auf dem Marktplatz erhob. Angeblich wurde sogar in den labyrinthischen Gewölben des Rathauskellers ein Ersatz-Roland aufbewahrt für den Fall, dass dem Original etwas Unvorhergesehenes zustoßen sollte.

Aber auf gemeine Art machte es Sinn. Wenn Nicolaus die Aufgabe gehabt hätte, Bremen in irgendein Reich einzugliedern, hätte er auch beim Roland angesetzt. Er stand für alles, was den Freiheitssinn dieser Stadt ausmachte.

«Man muss etwas unternehmen.» Mutter setzte ihre Tasse so heftig ab, dass der Tee überschwappte.

«Ist schon geschehen», beruhigte Mette sie atemlos. «Jedenfalls vorerst.»

«Wie meinst du das? Nun erzähl doch schon, Kind!», forderte Mutter.

«Also», begann Mette. «Ich kenne jemanden, der jemanden von den Ratsdienern kennt ... Und der hat mir erzählt, dass der Herr Wichelhausen den Roland offenbar gerettet hat.»

Wilhelm Ernst Wichelhausen war ein örtlicher Jurist, der zum *maire* der Stadt berufen worden war. Nach allem, was Nicolaus so hörte, eine undankbare Aufgabe, da er ständig zwischen den Anordnungen des Präfekten und den Belangen der Bürger stand wie ein Amboss, auf den man mit zwei Hämmern zugleich einschlug.

«Wichelhausen hat die Franzosen davon überzeugt, dass St. Roland der Schutzheilige unserer Stadt und die Statue sein Heiligenbild ist. Und dagegen konnten sie als gute Katholiken dann nicht viel sagen ...» Mette lehnte sich triumphierend zurück.

«Nun ja. Wenigstens etwas. Wenn sie doch nur den Seehandel wieder freigeben würden», sagte Mutter ohne Hoffnung.

Nicolaus musste ihr beipflichten. Langsam machte sich der

Rückgang ihrer Verkäufe immer schmerzlicher bemerkbar. Er war inzwischen längst fertig damit, die drei englischen Werke zu überarbeiten und in glänzendes Messing einzufassen, doch alle drei ruhten noch immer ohne Käufer in der Werkstatt.

Schon bald stellte sich heraus, dass Mette mit ihrer Geschichte vom Schutzpatron eine unfreiwillige Prophezeiung ausgesprochen hatte. Bremen würde in der Tat bald einen Schutzheiligen brauchen, denn über Europa zogen sich zunehmend dunkle Sturmwolken zusammen. Es hieß, Zar Alexander würde den Handel mit britischen Waren in den russischen Häfen erlauben und so die große Kontinentalsperre gegen England unterlaufen – und dass Napoléon langsam die Geduld mit ihm verlor. Soldaten zogen durch die Stadt, und das Gerücht kam auf, dass alle deutschen Gebiete des Reiches ihre Truppenkontingente zu erhöhen hatten.

Schließlich erging auch in Bremen eine offizielle Proklamation: Die Stadt hatte zusätzliche Soldaten für die Grande Armée zu stellen. Die Volkszählungen und Hausnummern erfüllten ihren Zweck. Schon bald gab es Listen mit jungen, unverheirateten Männern, die für den Kriegsdienst eingezogen wurden.

Einer der Namen, die darauf standen, lautete «Niehus».

Sechstes Kapitel

Gesche ging die Bücher der Werkstatt durch. Wieder und immer wieder. Sie hatte bei Tageslicht begonnen und brauchte inzwischen eine Tranfunzel.

Kolonnen von Zahlen zogen unter ihrem müden Blick dahin wie namenlose Soldaten, mit der Feder eingetragen in ihrer peniblen Schrift. Sie hatte die Bücher geführt, seit Vater dazu nicht mehr in der Lage gewesen war. Es war jetzt schon ein gutes Vierteljahrhundert her, dass er im Winter dem Fieber erlegen war, noch vor der großen Revolution … Natürlich hätte diese Arbeit eigentlich Andreas als Meister der Werkstatt erledigen müssen – aber dann hätte sie ihre Einnahmen auch gleich den Schankwirten der Schlachte schenken können.

Sie kannte ihre Zahlen. Und sie wusste, dass das Geld nicht reichen würde.

Einhundertfünfundsiebzig. So viele junge, unverheiratete Männer musste allein die Stadt Bremen für die zwei Bataillone stellen, die das Département der Wesermündung auszuheben hatte. Aus sämtlichen umliegenden Kantonen kamen weitere Männer – aus Achim und Lilienthal, Ottersberg und Rotenburg, außerdem noch aus Syke, Thedinghausen und Verden. Für alle hatten die Beamten des Präfekten eine exakte Zahl von Soldaten ausgerechnet, die sie dem Kaiser schuldeten, gemessen an der neu erfassten Einwohnerzahl. Die einzelnen Rekruten waren durch das Los bestimmt worden. Freiheit und

Gleichheit für alle. Die Freiheit, in einen Krieg mit ungewissem Ausgang zu ziehen ...

Und dann war da noch eine weitere Zahl. Zweitausend. So viele französische Franken würde eine Remplacierung kosten – einen jungen, gesunden Ersatzmann zu finden, der für Arend ins Feld zog, was sich die Verwaltung durch eine Sondergebühr vergolden ließ. Zweitausend Franken, die Gesche nicht aufbringen konnte, sooft sie auch ihre Bücher durchging. Die Familie lebte bereits seit Monaten von den Rücklagen, die sie für schlechte Zeiten beiseitegelegt hatte, und dieser Notgroschen war fast aufgebraucht. Einmal hatte sie schon neues Material auf Pump ordern müssen. Diese verfluchten Schmuggler verlangten absurde Preise für die Waren, die sie über das Meer herbeischafften ...

Seufzend machte sie sich daran, noch einmal ihre Zahlen zu prüfen, als könnte es die Kraft ihres Willens bewirken, dass sie sich plötzlich auf magische Weise veränderten. Sie hatte bereits zwei Kinder viel zu früh verloren, vor vielen Jahren, bevor Nicolaus geboren worden war. Sie hatte nicht vor, noch eines zu verlieren!

Draußen, auf der Diele, ging die Haustür, jemand kam herein. Das war Nicolaus, sie erkannte seine schlurfenden Schritte. Seufzend schaute sie von den Büchern auf, die sie auf ihrem kleinen Tischchen ausgebreitet hatte. Nicolaus betrat die Werkstatt, er trug seinen guten Gehrock und in der Hand den hohen Kastorhut, den er nur für besondere Gelegenheiten entstaubte – wie für einen Gang auf das Rathaus.

«Du warst lange fort», sagte Gesche und versuchte, nicht zu hoffnungsvoll zu klingen.

Nicolaus schüttelte den Kopf. «Nichts zu machen», sagte er. «Die Gänge der Ratskanzlei sind voll von Leuten, die Widerspruch gegen die Einberufung einlegen wollen. Aber das Los hat entschieden, und dabei bleibt es. Man kann sich auf der Rekrutierungsliste zurückstellen lassen, wenn man einen guten Grund hat. Etwa Familie, die von einem abhängig ist. Aber ...» Er stockte.

«Das geht nicht, weil *du* da bist», führte Gesche seinen Gedanken bitter zu Ende. «Die Werkstatt hat einen männlichen Erben. Arend ist dadurch frei, ins Feld zu ziehen.»

Ihr Sohn senkte den Kopf und starrte auf den Hut, dessen Krempe er mit beiden Händen umklammert hielt.

«Nicolaus ...», fügte Gesche rasch hinzu. «So habe ich das nicht gemeint!»

«Aber es stimmt doch!» Ärgerlich schleuderte Nicolaus seinen Hut auf den Arbeitstisch. «Alles wäre einfacher, wenn nicht ich der Ältere wäre, sondern Arend!» Erregt ging er im Raum auf und ab. «Dann könnte ein vernünftiger Uhrmacher die Werkstatt weiterführen, ich bin nicht so wichtig ...» Er wandte sich abrupt Gesche zu. «Und weißt du was, Mutter? Ich habe den Beamten auf dem Rathaus sogar gefragt, ob ich für Arend einspringen kann! Kann ich nicht. Ich bin knapp zu alt. Sie nehmen nur Soldaten bis fünfundzwanzig. Schade, ich weiß.»

Gesche musste plötzlich an Friedrich denken. Wie Nicolaus so wütend vor ihr stand, der ganze Körper angespannt, als sei er eine Feder, die ihre Kraft irgendwie entladen musste ... Ihr Sohn hatte vielleicht nicht viel von seinem Onkel. Aber wenn es durchkam, dann mit einer Kraft, die so gar nicht zu seinen hellbraunen Niehus-Augen passte.

«Nun rede keinen Unsinn», sagte sie rau. «Hier wird niemand geopfert, und niemand opfert sich! Altendiecks halten zusammen. Irgendetwas findet sich schon.»

Nicolaus nickte stumm, ohne sie anzusehen.

«Außerdem *bist* du ein vernünftiger Uhrmacher», schloss Gesche. «Ich habe dich ausgebildet.»

Dann warf sie einen besorgten Blick hinauf zu den Deckenbalken. Arend war oben, auf seiner Kammer. Ob er ihren Disput mitbekommen hatte?

«Was machen deine Zahlen?», fragte Nicolaus in die beklommene Stille hinein.

«Wenn du deine Arbeit ernster nehmen würdest, wüsstest du es», murmelte Gesche. «Ich habe keine Ahnung, wie ich ...»

Wieder tat sich etwas an der Tür. Henriette ließ Mette und Eike herein. Nicolaus trat einen Schritt zur Seite, als sie in die Werkstatt kamen. Beide wirkten erschöpft. Sie waren lange in der Stadt unterwegs gewesen, um ihre Kontakte nach dem Vorgehen bei der Konskription zu befragen. Konskription. Einschreibung. So nannten sie es, wenn jemand zum Heeresdienst gezwungen wurde. Als wenn das eine freie Entscheidung wäre ...

«Die Leute denken sich alles Mögliche aus, um der Konskription zu entgehen», begann Mette. «Die meisten versuchen es mit irgendeiner Krankheit, die man nicht gut sehen kann. Schwerhörigkeit, ein Schaden an der Lende, erbliche Blödsinnigkeit ...»

«Oder sie geben an, bereits verheiratet zu sein und nur noch die Papiere beschaffen zu müssen», ergänzte Eike. «Aber das nützt alles nichts. Die Beamten sind genauso wenig dumm wie die Ärzte des Heeres.»

«Manche zeigen einen bleibenden Schaden wie fehlende Finger an», fuhr nun Mette wieder fort. «Mit einer erstaunlich frischen Narbe ... Aber auf Selbstverstümmelung stehen zwei

Jahre Zwangsarbeit und eine hohe Geldstrafe, hat man mir gesagt.»

«Das kommt sowieso nicht in Frage!», rief Gesche entschieden dazwischen. Zerstörte Hände waren das Letzte, was ein Uhrmacher sich leisten konnte.

«Und wenn Arend einfach ... nicht da wäre?», fragte Nicolaus vorsichtig. «Vielleicht könnten wir ihn mit einem Schmuggler nach Helgoland schicken.»

«Das kommt wohl auf den Dörfern öfter vor», sagte Mette. «Der junge Rekrut ist verschwunden, hockt vermutlich in irgendeinem Hühnerstall, und seine Eltern haben keine Ahnung, wo er sich aufhalten könnte. In solchen Fällen haftet seine Familie mit Leib und Gut.»

«Und selbst wenn wir das versuchen wollten ...», sagte Eike düster. «Ich habe gerade auf der Straße einen überaus unauffälligen Kerl gesehen, der zu Gottlieb Grevens Freunden bei der Geheimpolizei gehört. Greven hat ihnen womöglich einen Hinweis gegeben, dass wir nicht so leicht klein beigeben. Davonschleichen ist da kaum möglich.»

«Und natürlich wurde Wilhelm Greven, unser teutonischer Held, nicht ausgelost», knurrte Nicolaus und nahm seinen Hut wieder auf.

Mutter rieb sich müde die Schläfen. «Ihr habt alle getan, was ihr konntet. Lasst euch von Henriette etwas zu essen geben. Und fragt Arend, ob er auch möchte. Er kann nicht ewig dort oben hocken. Eike, du schläfst am besten wieder bei uns, für Vegesack ist es heute doch zu spät.»

«Und du?», fragte Mette besorgt.

«Ich werde noch einmal alles durchrechnen.» Aufgeben war noch nie ihre Art gewesen, und so würde sie es weiterhin halten. Die jungen Leute warfen ihr besorgte Blicke zu, doch niemand wagte, ihr zu widersprechen. Schließlich fiel die Werkstatttür hinter ihnen zu.

Gesche vertiefte sich ein letztes Mal in die Bücher. Doch diesmal nahm sie Zahlen in ihre Rechnung auf, an die sie bislang noch nicht zu denken gewagt hatte. Was wäre wohl die gute Drehbank wert? Und was ihre alte Vorgängerin, mit der Vater noch gearbeitet hatte? Wie viel für die feinmechanischen Werkzeuge? Welcher Uhrmacher könnte Interesse daran haben? Vielleicht irgendein Patentmeister, der sich gerade erst nach den neuen Gesetzen niedergelassen hatte?

Und dann war da noch ihr altes Meisterstück, das erste Altendieck-Chronometer. Auch wenn es derzeit nur einen Bruchteil seines Wertes einbringen würde … Gab es in der Stadt irgendeinen wohlhabenden Sammler, der an so etwas Interesse haben könnte? Vielleicht der Präfekt selbst, irgendein Kaufmann oder Beamter? Grimmig rechnete sie Zahl für Zahl zusammen. Und starrte schließlich matt auf das Ergebnis.

Es war möglich, Arend durch eine Remplacierung vor dem Kriegsdienst zu bewahren. Sie musste dafür nur alles verkaufen, was die Familie Altendieck als Uhrmacher brauchte und ausmachte. Sämtliche Werkzeuge. Ihr Chronometer. Ihr gesamtes Geschäft. Alles, was sie seit London aufgebaut hatte. Selbst Hora, die auf der Diele unbeirrt den Herzschlag des Hauses tickte.

Gesche setzte wieder die Feder an. Und ließ die Hand sinken. Sie wusste nicht, was sie tun wollte. Eine doppelte Linie unter die Rechnung setzen, um das Ergebnis festzuhalten – oder einen dicken Tintenstrich einmal quer über die Zahlenreihen ziehen und die Überlegung verwerfen, als hätte sie niemals existiert.

So saß sie an jenem niedrigen Tisch, an dem Großvater sie

einst die Kunst gelehrt hatte, erstarrt wie eine Steinfigur an irgendeiner Kirche. Sie wagte es nicht, die Feder noch einmal anzusetzen. Aus Angst vor der Entscheidung, die ihr Strich auf das Blatt bannen würde. Gesche saß einfach nur da, während Tränen über ihre Wangen liefen.

Mit einem Quietschen öffnete sich die Tür. Sie schaute nicht auf, als sich ihr leise Schritte näherten. Dann stand Arend neben ihr, blass im Gesicht, aber gefasst. Schweigend schaute er auf Gesche herab, überflog die Rechnung mit dem Blick. Dann nahm er ihr sanft die Feder aus der Hand. Und strich die Aufstellung entschlossen durch. Zweimal, mit einem dicken X aus glänzender Tinte.

«Es ist nur für einige Jahre, Mutter», sagte er. «Dann komme ich wieder, und in der Zwischenzeit müsst ihr auch ein Auskommen haben.»

Gesche erwiderte nichts. Wortlos streckte sie die Hände aus und umschlang ihren Jungen, der sich zu ihr herabbeugte, vergrub sich in seinen Armen. Lange verharrte sie so, zum ersten Mal seit vielen Jahren an einer Schulter, deren Stärke sie annehmen konnte.

Siebtes Kapitel

Arends Examen, wie man die Musterung nannte, verlief den Erwartungen entsprechend. Er war gesund, kräftig und besaß keine erkennbaren Makel. Schon kurze Zeit später trug er den blauen Rock eines Füsiliers im 128. Linienregiment.

«Das sieht doch ganz schmuck aus», sagte er mit einem leicht verkniffenen Lächeln, als er sich zu Hause verabschiedete. «Die hübschen Mesdemoiselles werden mich umschwärmen wie die Schmetterlinge. Ich heirate noch vor dir, Bruder.»

«Wenn du dafür eine Uniform brauchst, sei dir das gegönnt», erwiderte Nicolaus nicht minder bemüht.

Und so verschwand Arend zu seinem Regiment.

Plötzlich war es merkwürdig leer im Altendieck'schen Haus. Mutter war wortkarg und mürrisch, Mette stürzte sich in ihre Erkundigungen. Nicolaus hingegen hatte kaum noch Zeit, einen Pinsel in die Hand zu nehmen, geschweige denn zu Meister van Campen hinauszufahren. Mutter bestand darauf, dass er Arends Platz in der Werkstatt einnahm – und Nicolaus setzte sich so verbissen an die Arbeit, als ob er Arend damit irgendwie nützen könnte.

Obwohl sich Horas Zeiger mit dem üblichen Gleichmut bewegten, schien der Lauf der Zeit sich in der Welt beschleunigt zu haben. Truppen zogen in die Stadt und wieder fort, man munkelte Düsteres über das angespannte Verhältnis zu

Russland. Neben Soldaten wurden nun auch Arbeiter für die große Heerstraße angeworben, die in diesem Sommer Gestalt anzunehmen begann. Schnurgerade sollte sie sich durch das Land gen Paris ziehen, quer über nie bezwungenes Heideland und Moore, angelegt von Hunderten schwitzender Gestalten unter den wachsamen Augen französischer Beamter.

Als der Sommer gerade in den Herbst überging, brachte ein Ratsdiener ein Schreiben für den Herrn Meister Niehus. Nicolaus überflog die Zeilen stirnrunzelnd in der Werkstatt.

«Was ist es denn nun schon wieder?», fragte Mutter, die ihn von ihrem Thron aus beobachtete.

«Wir bekommen eine Einquartierung», erwiderte Nicolaus ein wenig ratlos. «Ein Offizier, weil wir ihn als wohlhabendes Bürgerhaus standesgemäß versorgen können. Wir haben ihm bei 50 Reichstalern Strafe ein Mittagessen mit Fleisch, ein Abendessen mit Bier und eine tägliche Ration Kornbrand zu stellen.»

«So, ein wohlhabendes Bürgerhaus», schnaubte Mutter. «Dann sollen sie endlich den Seehandel öffnen, damit wir das wieder werden können, statt unsere letzten Ersparnisse irgendeinem Offizier in den Rachen zu schieben.»

Mette war noch wesentlich weniger angetan von dieser Vorstellung. «Die ganze Stadt ist doch sowieso schon voller Soldaten», schimpfte sie, als sie aus der Küche dazukam. «Warum dann auch noch bei uns zu Hause? Bestimmt kommt so ein dicker, schnauzbärtiger Kerl, der uns die ganze Zeit herumkommandiert!»

«Und bestimmt hat er auch ständig ein Fässchen Bordeaux-Wein unter dem Arm», vervollständigte Nicolaus schmunzelnd die Karikatur. «Und summt ohne Unterlass die Marseillaise. Nun warte doch erst einmal ab.»

«Wenn du mich fragst, haben wir schon viel zu lange abgewartet», brummte Mette und verschwand zu Tante Henriette.

Im Stillen war auch Nicolaus nicht so gelassen, wie er sich gab. Französische Obrigkeit im Haus konnte leicht weitere Repressionen bedeuten – gerade wenn man daran dachte, wie oft Mette mit Eike und seinen gefährlichen Kontakten unterwegs war. Umso wichtiger, dass sie die Sache mit Bedacht angingen ...

Gleich am nächsten Morgen machte Nicolaus sich daran, sein Atelier in Großvaters alter Schlafkammer zu räumen. Der Herr Offizier brauchte natürlich sein eigenes Zimmer, das war das Mindeste, wenn sie den 50 Reichstalern Strafe entgehen wollten. Er lehnte die Leinwände mit seinen bisherigen Malversuchen in eine Ecke, weil er keinen besseren Ort dafür wusste, und deckte sie mit einem Leinentuch ab. Tante Henriette kam hinzu und half ihm, das Zimmer ein wenig herzurichten. Sie waren kaum fertig, als es unten auch schon an der Tür klopfte.

Nicolaus und Henriette schauten sich bedeutungsvoll an. Dann ging Nicolaus hinunter in die Diele, um dem Gast selbst aufzutun.

Auf der Straße stand ein junger Mann mit dichten, dunklen Haaren unter dem federgeschmückten Tschako-Hut. Er hatte eine schmale Nase und große, hellblaue Augen. Am roten Streifen auf den Epauletten erkannte Nicolaus ihn als Lieutenant.

«Meister Niehus», sprach er in klarem, leicht französisch gefärbtem Deutsch. «Ich bin Laurent de Montdidier und sehr erfreut, in Ihrem Haus Quartier nehmen zu dürfen.»

«Ich auch», erwiderte Nicolaus überrumpelt. «Erfreut, meine ich natürlich. Nicolaus Niehus, Meister der Uhrmacherwerkstatt Altendieck. Kommen Sie doch herein ...»

Der Lieutenant de Montdidier folgte ihm auf die Diele. Hier stand Mutter schon bereit, um den aufgezwungenen Gast streng zu mustern. Montdidier begrüßte sie mit einer höflichen Verbeugung, ehe er sich zu Hora umwandte.

«Diese Uhr stammt gewiss aus Ihrer eigenen Werkstatt?», fragte er.

«Von meinem Urgroßvater», erwiderte Nicolaus und wunderte sich, dass er ein wenig verlegen war. Dieser Lieutenant hatte so eine eigentümlich intensive Art, einen anzuschauen...

Mutter schnaubte nur.

«Derselbe, der die große Uhr im Rathaus gebaut hat, die ich schon bewundern durfte?»

«Nein, das war mein Großvater.»

«Überaus bemerkenswert.»

Mutter schnaubte wieder, doch es klang eine Spur freundlicher – sofern man das über ein abfälliges Schnauben sagen konnte.

«Henriette!», rief sie dann. «Zeig doch dem Herrn de Montdidier seine Unterkunft. Das Mittagessen wird selbstverständlich bald serviert werden, mit Fleisch, ganz nach den Bestimmungen.»

Montdidier hob abwehrend die Hände. «Bitte keine Umstände», sagte er. «Mir genügt auch ein wenig Fisch. Oder eine Gemüsesuppe. Oder, wie sagt man, Braunkohl...» Bei Letzterem hatte er seine Gesichtszüge nicht ganz unter Kontrolle.

Nicolaus musste grinsen. Die hiesige deftige Küche war offenbar nicht jedermanns Sache.

Der Lieutenant verschwand hinter Henriette nach oben, den unpraktisch hohen Hut unter dem Arm. Nicolaus und Mutter schauten ihm beide nach, vermutlich in sehr unterschiedliche Gedanken versunken. Da ging auch schon die Tür zur Küche auf, und Mette streckte den Kopf heraus.

«Und?», fragte sie. «Wie ist er?»

«Himmelblau», antwortete Nicolaus spontan, ohne nachzudenken.

Zwei irritierte Blicke aus unterschiedlichen Richtungen trafen ihn. Nicolaus wurde rot.

«Er hat himmelblaue Augen», präzisierte er kleinlaut. «Und scheint sehr umgänglich zu sein.»

«Hrm.» Damit war für Mette alles gesagt, und sie verschwand in der Küche.

Das Mittagessen verlief merkwürdig. Montdidier sprach über seine Eindrücke von Bremen und verglich die Stadt mit Quakenbrück im Département Ober-Ems, wo er zuvor stationiert gewesen war. Mutter antwortete einsilbig und ließ alle Begeisterung für Rathaus und Dom, den Park der Wallanlagen und die Weine des Ratskellers an sich abprallen. Mette schien ihre Zunge verschluckt zu haben und löffelte einfach nur still vor sich hin. Nicolaus hingegen versuchte, ein wenig auf den Lieutenant einzugehen, doch Mutters strenge Seitenblicke brachten ihn ebenso zum Stottern wie Montdidiers Augen, die ihn offen und interessiert musterten, wann immer er eine Belanglosigkeit zum missglückten Tischgespräch beitrug.

Alle wirkten erleichtert, als die Tafel endlich aufgehoben wurde und der Lieutenant zu seinen Pflichten aufbrach.

«Umgänglich», wiederholte Mutter Nicolaus' Beschreibung, nachdem die Haustür hinter Montdidier zugefallen war. «Unsere Küche ist ihm jedenfalls nicht fein genug. Er hat ja kaum etwas gegessen.»

«Wenn er ordentlich zugelangt hätte, würdest du ihm stattdessen vorwerfen, uns die Haare vom Kopf zu fressen.»

«Und dieses ständige Gerede ... Ich dachte, sein Mund geht gar nicht mehr zu.»

«Sonst hättest du ihn arrogant und verschlossen genannt. Der Lieutenant versucht einfach nur, höflich zu sein. Da könnten wir ihm ruhig entgegenkommen.»

«Wir können über Höflichkeit reden, wenn er die Höflichkeit aufbringt, nicht in anderer Leute Häuser einzudringen und ihre Zimmer zu besetzen», erwiderte Mutter grimmig. «Während Arend jetzt vermutlich in irgendeinem Heerlager friert ...» Sie schüttelte den Kopf. «Komm. Wir haben zu arbeiten.»

Seufzend folgte ihr Nicolaus in die Werkstatt. Er wusste selbst nicht so recht, warum er den jungen Offizier verteidigte und dabei sogar Mutter widersprach. Er tat es einfach aus dem Bauch heraus, wie damals, als er die Studienreisen zu Meister van Campen durchgesetzt hatte. Weil es sich richtig anfühlte.

Im Laufe der nächsten Tage spielte sich eine gewisse Routine ein. Lieutenant Laurent de Montdidier wurde bei der Familie Altendieck-Niehus verköstigt und schlief abends unter ihrem Dach, war tagsüber jedoch unterwegs, um seinen Pflichten nachzukommen.

«Vielleicht ist der Spuk ja bald vorbei, wenn seine Einheit weiterzieht», überlegte Mette.

«Nein», erwiderte Nicolaus, der seine Konversationsversuche entgegen dem mütterlichen und schwesterlichen Widerstand nicht aufgegeben hatte. «Er ist bei den Truppen, die hier stationiert sind, um das Département zu halten.»

«Hrm.» Mette sagte das in letzter Zeit ziemlich oft.

Es war an einem verregneten Herbstabend, als Mutter sich an Nicolaus wandte: «Hol bitte den Herrn de Montdidier zum Essen herunter. Es ist alles nach Vorschrift angerichtet.»

Das meinte sie wortwörtlich, denn sie hatte Tante Henriette angewiesen, sich penibel an die Anweisungen zur Einquartierung zu halten. So stand jeden Abend das obligatorische Glas Schnaps für den Lieutenant bereit, auch wenn er den scharfen Brand bereits am ersten Tag dankend abgelehnt hatte.

Nicolaus ging hinauf zur Kammer, wohin sich Montdidier nach dem Dienst zurückgezogen hatte. Er klopfte leise an. «Das Essen ist aufgetragen.»

«Ich komme gleich, besten Dank», ertönte es von drinnen.

Nicolaus war schon wieder halb auf der Treppe, als er die Stimme des Lieutenants noch einmal hörte. «Könnten Sie wohl die Zeit entbehren, kurz zu mir hereinzukommen?», fragte Montdidier.

«Ja, gewiss», erwiderte Nicolaus verunsichert. Mit einem kribbeligen Gefühl im Bauch öffnete er die Tür – und erstarrte auf der Schwelle. Montdidier stand mitten im Zimmer, leger in Hemd und Hosen ohne seinen Rock gekleidet. Der offene Kragen zeigte seinen Hals und die Andeutung seiner Schlüsselbeine.

Nicolaus wandte den Blick von ihm ab – und sah erst jetzt, was im Raum passiert war. Montdidier hatte die Kammer in eine Art Galerie verwandelt.

Auf dem Rasiertisch stand Nicolaus' Bild von Onkel Jakobs *Möwe* an der Wand gelehnt, auf dem Bett seine Versuche mit Blumen und Stillleben, unter dem Fenster der Segler im Sturm, bei dem die Proportionen bestenfalls halb stimmten. Er hatte alle Bilder im Raum verteilt, die Nicolaus unter einem Tuch in der Ecke verstaut hatte!

«Danke, Meister Niehus», sprach Montdidier aufgeräumt. «Sagen Sie mir doch – von wem stammen diese Studien und Werke?»

Nicolaus wusste nicht, was er erwidern sollte. Er spürte, wie heiße Röte über seine Wangen kroch. Noch nie zuvor hatte sich jemand anders als Meister van Campen für seine Bilder interessiert, deren Unvollkommenheit ihm nur zu schmerzlich bewusst war. Es fühlte sich an, als wäre er nackt auf einer feinen Gesellschaft erschienen. Entblößt, den urteilenden Blicken der anderen ausgeliefert ...

«Die ... die Bilder sind von mir», sagte er leise, ehe das Schweigen gar zu peinlich wurde.

«Tatsächlich?» Montdidiers Lächeln wurde etwas breiter. «Ihre Familie ist vielseitig talentiert! Wie schaffen Sie das alles, neben der Uhrmacherei?»

Nicolaus trat mit weichen Knien zu Montdidier ins Zimmer. War das gerade tatsächlich ein Lob gewesen?

«Ich habe die Zeit nicht wirklich», antwortete er. «Aber ich nehme sie mir gelegentlich einfach.»

Montdidier nickte, und sein Lächeln bekam einen traurigen Zug, als er sich abwandte. «Ich verstehe», sagte er. «Vielleicht hätte ich das auch tun sollen.» Dann schaute er Nicolaus wieder direkt an. «Ich mag vor allem Ihre Wellen. Sie sind kraftvoll, als wären sie lebendige Wesen.»

«Oh ...» Nicolaus hätte nicht gedacht, dass jemand außer ihm selbst das erkennen könnte. «Ja, ich dachte dabei an Pferde, mit den Schaumkronen als Mähne. Aber mein Lehrmeister findet die Idee schrullig, glaube ich.»

«Sie haben einen Lehrmeister?» Montdidier klang ernsthaft interessiert.

«Marinus van Campen», erwiderte Nicolaus, nun weniger nervös. «Er malt vor allem Seestücke – oder Porträts von reichen Bürgerstöchtern, wenn er Geld braucht. Er wohnt außerhalb, nördlich der Stadt ...»

«Nicolaus!» Mettes Stimme hallte über die Diele. «Wo bleibst du denn? Die Suppe wird kalt und das Bier warm.»

«Pardon», sagte Montdidier sofort. «Ich wollte Sie nicht ungebührlich aufhalten. Ich mache mich rasch etwas zurecht und geselle mich dann zu Ihnen.»

Nicolaus' Knie waren noch immer weich, als er die Treppe hinunterging. Dabei hatte lediglich ein Gast einige seiner Arbeiten bewundert ... Und doch hatte er das Gefühl, dass eben, in der alten Kammer seines Urgroßvaters, etwas Bedeutendes geschehen war.

Achtes Kapitel

Das Gespräch in der kurzlebigen Galerie, die Montdidier aus Nicolaus' Werken geschaffen hatte, hallte lange in ihm nach. Jetzt fiel es ihm noch schwerer, dem jungen Offizier unbefangen zu begegnen. Er hatte das Gefühl, dass sie etwas Heimliches miteinander geteilt hatten, etwas, das er vor der Welt verborgen halten musste.

Aber da war noch mehr, das über bloße Verlegenheit hinausging. Montdidiers Lob hatte in Nicolaus die Entschlossenheit entfacht, die Malerei wieder aufzunehmen. Er war nicht mehr bei Meister van Campen gewesen, seit Arend eingezogen worden war, hatte keinen Pinsel mehr in der Hand gehabt und sich zusehends in sein Schicksal als unfreiwilliger Knecht der Räderwerke eingefunden. Das musste sich ändern!

Ich habe die Zeit nicht wirklich. Aber ich nehme sie mir gelegentlich einfach. Das hatte er zu Montdidier gesagt. Es war lange überfällig, dass er das tatsächlich wieder einmal tat. Schon bald war eine Abmachung mit dem Fuhrmann Enno getroffen. Noch bevor der Oktober vorüberging, würde Nicolaus ihn auf seiner nächsten Fahrt Richtung Lehe begleiten.

«Du bist wie dein Vater!», rief Mutter wütend aus, als er ihr am Vortag des Aufbruchs seinen Entschluss mitteilte. «Luftschlösser bauen und dann einfach weglaufen, wenn andere dich brauchen.»

Nicolaus hatte damit gerechnet, dass sie so reagieren würde. Und doch tat es weh, ihre Worte zu hören.

«Mag sein, dass ich Vater ähnlich bin», erwiderte er mit zitternder Stimme. «Ich habe ja auch keine Altendieck-Augen, daran erinnerst du mich oft genug. Aber dann sollte ich ihm auch nacheifern! Und kunstfertig war er, daran kannst selbst du nicht herumkritteln.»

«Aber er war unzuverlässig und pflichtvergessen», schnaubte Mutter. «Dein Platz ist in der Werkstatt, Nicolaus! In deinem Alter hatte ich schon mein Chronometer konstruiert.»

«Dir könnte es auch der alte Christiaan Huygens mit all seiner Erfindungsgabe nicht recht machen», knurrte Nicolaus. «Da brauche ich es gar nicht erst zu versuchen. Ich fahre jedenfalls morgen.»

Er rauschte aus der Werkstatt und schlug die Tür hinter sich zu, ehe er Mutters empörte Erwiderung vernehmen konnte. Hinaus auf die Gasse ging es und die Obernstraße hinunter, in Richtung Dom und Marktplatz, wo die Flagge des französischen Kaiserreichs herbstnass vom Schütting herabhing, den die Franzosen nun als Justizpalast nutzten.

Ziellos lief er über die Straßen und Plätze, vorbei an Stadtvolk und Soldaten, Bettlern und Gendarmen. Er ging hinunter zu den knarrenden Wuppen der Schlachte und überquerte die Weser in Richtung Neustadt. Im Herbstregen streifte er durch die Parks der Wallanlagen und näherte sich erst am späten Nachmittag – nicht ohne Widerwillen – wieder dem Altendieck'schen Haus.

Mette fing ihn gleich an der Tür ab. «Gut, dass du da bist», sagte sie. «Komm rasch, ehe der Franzose nach Hause kommt.»

Sie zog ihn die Treppe hinauf zu Nicolaus' Schlafkammer.

«Was ist denn los?»

«Nicht so laut. Mutter soll nichts merken.» Sie schloss die Tür der Kammer hinter ihnen und zeigte auf eine zugenagelte Holzkiste, die aus irgendeinem Grund auf seinem Bett lag. «Hier. Kannst du das morgen mitnehmen, wenn du zu deinem Maler fährst?»

«Bitte was?»

«Ob du das mitnehmen kannst!», wiederholte sie ungeduldig. «Du weißt schon. Für die Leute in Lehe.»

«Und was soll das sein?»

«Sachen.» Sie mied seinen Blick.

«Gefährliche Sachen?», bohrte Nicolaus nach. «Sachen, die den Franzosen nicht in die Hände fallen dürfen?»

«Ja.»

Er seufzte entnervt. «Mette, was denkst du dir! Wir haben einen Offizier im Haus, und du schaffst hier … Sachen an. Weißt du, was uns deshalb passieren könnte?»

«Darum muss das Zeug ja nach Lehe! Wieder zu Ottilie Bracke. Also, nimmst du es nun mit?»

«Ein Briefchen kann ich in meinem Tornister verstecken», erwiderte er. «Aber eine ganze Kiste – wie soll das gehen? Das entdecken die Soldaten am Wachhaus doch sofort.»

«Enno hat einen doppelten Boden in seinem Fuhrwerk», stellte Mette beiläufig fest, als würde sie über das Wetter sprechen. «Er macht häufig Schmuggelfahrten. Für ein paar Münzen kannst du die Kiste dort sicher unterbringen.»

«Woher weißt du …?»

«Eike. Also, tust du's?»

«Habe ich eine Wahl? Ich will so was nicht in meinem Haus haben, schon gar nicht, solange ein Gast hier ist!»

«Danke, Nicolaus!», strahlte Mette. «Ich wusste, ich kann auf dich zählen.»

So kam es, dass Nicolaus am nächsten Morgen ein ziemlich mulmiges Gefühl im Bauch hatte, als er sich auf dem Kutschbock neben Enno dem Wachhaus näherte. Die Soldaten untersuchten das Gefährt routiniert, wie sie es bislang immer getan hatten. Nicolaus hatte die Hände gefaltet und krallte die Finger ineinander. Jeden Moment könnte der Kerl auf der Ladefläche seine Kameraden rufen, weil ihm dieser verdächtige Hohlraum aufgefallen war ...

Jetzt sprang der Soldat vom Wagen und ging auf den schnauzbärtigen Sergent zu, um leise einige Worte mit ihm zu wechseln. Der Unteroffizier nickte. Dann erteilte er Enno den Wink zur Weiterfahrt.

Als sie das Wachhaus passiert hatten, atmete Nicolaus erleichtert aus.

«Sie sind zu nervös, Meister Niehus.» Enno schmunzelte, ohne den Blick von der Straße zu nehmen. «Das ist verdächtiger als jeder Hohlraum.»

«Mag sein», erwiderte Nicolaus. «Aber es ist ja auch das erste Mal, dass ich mit Schmuggelware im Wagen fahre.»

«Nein», erwiderte Enno. «Ist es nicht.»

Sie erreichten das van Campen'sche Haus wie üblich am frühen Abend. Enno bekam wieder einige Extramünzen dafür, seine geheimnisvolle Fracht sicher nach Lehe zu bringen. Nicolaus aber ließ sich von der beständig schwatzenden Feeke ins Haus führen, wo eine Tasse Tee mit Meister van Campen auf ihn wartete. Schon bald standen die beiden im Abendlicht vor der Staffelei und setzten ihre Unterhaltung vom letzten Mal fort, als hätten sie sie niemals unterbrochen.

Nicolaus lächelte in sich hinein. Es fühlte sich gut an, wieder hier zu sein und zu tun, was er wirklich wollte. Für manche Dinge lohnte es sich zu kämpfen.

Den nächsten Tag verbrachte er vertieft in seine Skizzen. Unter Meister van Campens Anleitung versuchte er, eine Taube in einem Käfig möglichst lebensecht festzuhalten. Der Vogel legte leider keinen besonderen Wert darauf, sich porträtieren zu lassen. Als sie am Nachmittag gerade eine Teepause einlegen wollten, kam Feeke ins Zimmer gestürzt.

«Herr van Campen», rief sie alarmiert. «Da ist ein französischer Soldat auf der Straße, ein Reiter! Er ist vom Pferd abgestiegen und kommt zum Haus.»

Nicolaus' Herzschlag setzte für einen Moment aus. Sofort dachte er an Mettes Kiste. Enno war mit seiner gefährlichen Ware von Soldaten gestellt worden! Er hatte seinen Auftraggeber verraten, und jetzt waren sie auf dem Weg zu ihm ...

«Ich glaube, ich muss fort», murmelte er mit zugeschnürter Kehle. Er sah sich hektisch um. Was sollte er tun? Einfach hinten aus dem Haus laufen? Oder versuchen, dem Soldaten das Pferd zu stehlen? Vielleicht konnte er so zurück in Bremen sein, bevor man seine Familie ...

«Nicolaus», sagte van Campen verwirrt und rückte sich den Zwicker zurecht. «Ich verstehe nicht ...»

Feeke reagierte schneller. «In den Schweinekoben!», rief sie und fasste Nicolaus am Arm, um ihn nach hinten zu führen. Als sie auf der Diele waren, klopfte es bereits an der Haustür.

«Ich komme gleich!», rief Feeke, während sie Nicolaus in die Küche schubste und die Tür hinter ihm zuwarf. Geduckt lief er am Herd vorbei zur Hintertür. In seinem Rücken konnte er hören, wie Feeke die Tür öffnete und mit jemandem sprach. Die Stimme des Fremden kam ihm bekannt vor. Er erstarrte in der Bewegung. War das ...? Ja, das war der Lieutenant Laurent de Montdidier!

«... möchte den Meister keinesfalls stören ...», hörte er ihn sagen. Das klang nicht wie die barsche Forderung nach Einlass für eine Hausdurchsuchung. Nicolaus zwang sich zur Ruhe. Wenn man ihn wirklich festsetzen wollte, würde gewiss ein Trupp Gendarmen kommen und nicht ein einzelner Offizier. Vermutlich bestand die einzige Gefahr darin, dass er sich gerade in seiner Panik höchst verdächtig verhielt. Er atmete tief durch. Dann öffnete er die Küchentür und trat auf die Diele hinaus.

«Herr Niehus!», rief Montdidier, als er ihn sah. «Ich hatte gehofft, Sie anzutreffen.» Er stand in der Haustür, in voller Reisemontur mit dem Offiziersmantel über der Uniform, während Feeke ihn unwillig musterte.

«Ich bin für meine Studien bei Meister van Campen», erwiderte Nicolaus vorsichtig.

«Ich weiß, Ihre Frau Mutter hat es erwähnt», sagte Montdidier. «Und da mich ein Befehl an einen Ort nördlich von hier führt, dachte ich, dass ich in diesem Hause Nachtrast nehmen könnte. Natürlich nur, sofern Ihr Meister dies erlaubt ...» Nicolaus warf einen prüfenden Blick aus dem Fenster. Es war noch ziemlich hell draußen.

«Kommen Sie ruhig herein», sagte van Campen, der in diesem Moment zu ihnen trat. «Einen Schlafplatz für Sie haben wir, nur einen Stall für Ihr Pferd nicht. Aber Sie können es gewiss drüben bei Meyers unterbringen.»

Nicolaus spürte, wie sich ein Lächeln auf sein Gesicht stahl, während Feeke eher missmutig dreinschaute. Montdidier aber trat ein und legte sein Reisegepäck ab. Nachdem er sein Pferd zu den Nachbarn gebracht hatte, schloss er sich für den restlichen Nachmittag Nicolaus und Meister van Campen im Atelier an. Er studierte Nicolaus' Taubenskizzen und folgte van Campens Ausführungen aufmerksam, wobei er gelegentlich Nachfragen stellte.

Dann erbat sich der Lieutenant einen Bleistift, um selbst zu skizzieren. Fasziniert beobachtete Nicolaus, wie er Wolken auf ein Stück Papier warf, in denen man die Umrisse von Seevögeln mit ausgebreiteten Schwingen erahnen konnte. Es war eine Antwort auf seine Wellenpferde, Bewegung vom Wasser in die Luft transferiert.

«Das machen Sie nicht zum ersten Mal, Lieutenant», sagte van Campen und fuhr sich mit seinen schmalen Fingern durch das Kraushaar, während er die Zeichnung musterte.

«Ich hatte etwas Unterricht, daheim in der Picardie und später in Paris», erwiderte Montdidier und senkte den Blick verlegen auf das Blatt. Für einen Moment schwieg er. Dann schaute er plötzlich zu Nicolaus auf. «Das letzte Tageslicht verebbt langsam. Wollen wir vielleicht die Zeit bis zum Abendessen für einen kleinen Spaziergang nutzen und ein paar Eindrücke sammeln?», fragte er. «Aus der Natur lernt es sich doch am besten. Das bezieht sich natürlich nicht auf Ihren Unterricht, Meister van Campen ...»

«Nur zu, ich gebe Ihnen da ganz recht», erwiderte dieser. «Ich werde hier unterdessen ein wenig Ordnung schaffen. Sie wissen ja, wann Feeke das Abendessen aufträgt, Herr Niehus.»

Nicolaus nickte nur. Auf der Diele warfen er und Montdidier sich die Mäntel über, bevor sie in die Abenddämmerung hinaustraten. Schweigend gingen sie nebeneinanderher, über einen matschigen Feldweg und schließlich hinauf auf die Deichkrone. Träge zog die Weser an ihnen vorüber, die weite graue Fläche gekräuselt vom Wind. Nicolaus fragte sich, wie viele Schicksale der Fluss im Vorbeiziehen gesehen hatte, wie viele Träume und heimliche Gedanken er mit sich trug, dem Vergessen im endlosen Meer entgegen.

Montdidier räusperte sich. «Es tut mir leid, dass ich Sie in Verlegenheit gebracht habe, als ich Ihre Arbeiten betrachtete. Ich hätte ihnen sagen sollen, dass mein Interesse an der Kunst mehr als bloße Neugier ist.»

«Das ... ist schon in Ordnung», erwiderte Nicolaus, der sich seltsam vorkam in der ungewohnten Rolle, dass man sich bei ihm entschuldigte. «Aber warum haben Sie es nicht erwähnt?»

Für einen Moment starrte Montdidier schweigend über den Fluss. «Es auszusprechen hätte bedeutet, es vor mir selbst zuzugeben», sagte er leise.

«Was zuzugeben?»

Montdidier zögerte kurz. «Zuzugeben, wie wichtig mir die Malerei ist ...» Er blickte auf seine blanken Stiefelspitzen.

Nicolaus spürte sein Herz schlagen. «Dann geht es Ihnen ganz wie mir», sagte er, ehe er es sich anders überlegen konnte. «Ich ... ich bin Maler. Und doch habe ich es noch nie zuvor ausgesprochen. Denn mein Platz ist in der Werkstatt, bei den Uhren.»

«Das Handwerk Ihrer Familie.» Montdidier seufzte wissend. «So ist es auch bei mir. Die Montdidiers sind Soldaten, seit Jahrhunderten. Wir haben schon den Valois gedient, dann den Bourbonen – erst mit dem Schwert an der Seite in glänzenden Rüstungen, später in der Offiziersuniform. Dann kam die Revolution, unser Schloss wurde niedergebrannt. Und doch erging es uns glimpflich, im Vergleich zu vielen anderen. Aus der Republik wurde schließlich ein Kaiserreich, und der Kaiser braucht Soldaten für sein riesiges Heer. Alle, die er kriegen kann – auch die vom Adel der alten Zeit. Er vergibt ja selbst Adelstitel mit vollen Händen ...»

«Aber Sie sind kein Soldat?», fragte Nicolaus sanft.

«Es heißt, ich hätte die Hände meiner Mutter», erwiderte Montdidier. «Sie hat mir das Zeichnen beigebracht. Doch mein Vater hält nichts von solchen weibischen Betätigungen, wie er es nennt. Für ihn kam nur die Militärakademie in Frage.»

Unwillkürlich schaute Nicolaus auf Montdidiers Finger. Sie waren lang und feingliedrig. Er spürte den Drang, danach zu greifen, Montdidiers Hand zu halten. Aber das war natürlich Unsinn! Was sollte er von ihm denken?

Der Lieutenant fuhr unterdessen fort: «Ich habe heimlich weiterhin Unterricht genommen, von dem Handgeld, das die anderen Kadetten in den Weinschenken durchbrachten. Man sagte mir, dass ich Talent hätte. Das mag sein oder auch nicht. Jedenfalls wurde ich das Einzige, was ein Montdidier werden kann. Und ich habe mich schließlich damit abgefunden.»

Nicolaus nickte beklommen. Montdidier hatte ihm gerade seine eigene Geschichte erzählt – man musste lediglich die Namen und Orte austauschen, aus französischem Landadel hanseatische Handwerker machen. Und das Ende dieser Geschichte gefiel ihm nicht besonders.

«Ich glaube, ich verstehe, was Sie meinen», sagte Nicolaus vorsichtig. «Es fühlt sich ... hoffnungslos an. Sich mit einem Platz abzufinden, auf den man nicht wirklich gehört ...»

«Ich dachte zumindest, dass ich mich damit abgefunden hätte.» Montdidiers Stimme war nur noch ein Flüstern. «Als ich aber Ihre Arbeiten auf der Kammer entdeckte, an diesem unwahrscheinlichsten aller Orte – da wurde die Glut wieder entfacht, die ich unter kalter Asche vergraben glaubte.» Er errötete. «Bitte verzeihen Sie das pathetische Bild.»

«Mir ging es doch ganz genauso!», rief Nicolaus heftig. «Als Sie meine Bilder hervorholten, sie betrachteten und auf sich wirken ließen wie in einer Ausstellung ... Da haben Sie meine Werke in gewisser Weise zum Leben erweckt. Denn dafür sind Bilder doch da, dass sie betrachtet werden ...»

Montdidier schaute Nicolaus aus seinen großen, hellblauen Augen an, während er ihm aufmerksam zuhörte.

«Ich fühlte mich zum ersten Mal ernst genommen in dem, was mir wichtig ist», fuhr Nicolaus fort. «In diesem Moment vermochte ich nicht viel zu sagen. Aber von da an konnte ich nicht mehr ignorieren, was ich wirklich bin. Dass ich jetzt hier stehe, den Kopf voller Bilder, die gemalt werden wollen, verdanke ich nur Ihnen.»

«Und ich verdanke Ihnen, dass ich hier stehe», erwiderte Montdidier lächelnd. «Ohne Ihr Beispiel hätte ich mich nicht zu Meister van Campen gewagt.»

Nicolaus schmunzelte. «Ich hatte mich schon gewundert über die kurzen Tagesritte in der Grande Armée, als Sie am Nachmittag nach Quartier fragten.»

«Warum weiterreiten, wenn man das Ziel schon erreicht hat?», erwiderte Montdidier.

Schweigend standen die beiden nebeneinander auf der Deichkrone und blickten über die Weserfluten, die machtvoll vorüberzogen. Als Montdidier einen Schritt näher herantrat, berührten sich ihre Handrücken. Wie von selbst umfassten sich ihre Finger. Nicolaus zuckte zusammen. War das richtig? Durfte das sein? Dann hörte er auf, darüber nachzudenken, und ließ es einfach zu. Es fühlte sich gut an, Montdidiers kühle Hand in der eigenen zu spüren, während stumm der Mond über ihnen aufging. Gut und lebendig.

Neuntes Kapitel

Die folgenden Wochen und Monate waren erfüllt von einem seltsamen Zauber, als hätte Nicolaus sich in eine jener geisterhaften Zwischenwelten verirrt, von denen die alten Volkssagen berichteten. Er arbeitete tagsüber in der Werkstatt, mit geübten, leidenschaftslosen Handgriffen, und ließ Mutters tadelnde Bemerkungen an sich abgleiten. In Wahrheit war seine Arbeit nur ein Warten auf den Abend, wenn Laurent nach Hause kam, wie er Montdidier inzwischen nannte.

Beim Abendessen bot sich zwar nicht viel Gelegenheit für ernsthafte Unterhaltungen, da stand die Missbilligung von Mutter und Mette zwischen ihnen, doch Nicolaus und Laurent fanden genügend Anlässe, Zeit allein miteinander zu verbringen. Immer wieder bat der Lieutenant Montdidier darum, dass Nicolaus ihn für irgendeine vorgeschobene Besorgung durch Bremen führte, und Mutter konnte schlecht etwas dagegen sagen.

Nicolaus tauschte sich bei diesen kostbaren Gelegenheiten ausgiebig mit Laurent aus, genoss die Gegenwart einer verwandten Seele – und war doch auch verunsichert. Sein Herz schlug viel zu schnell, wann immer Laurents himmelblaue Augen auf ihn blickten – blau wie die Blume des Heinrich von Ofterdingen! Nie zuvor hatte Nicolaus so etwas gespürt. Es ließ ihn unbeschwert über aller Mühsal schweben und machte ihm zugleich Angst.

Laurent schien es ähnlich zu gehen, wenn er etwas verlegen den Blick von ihm abwandte. Doch sobald sie erst einmal über ihre Malerei sprachen, waren alle Zweifel vergessen, und sie genossen ihre Vertrautheit.

So ging der graukalte Winter vorüber, und der Frühling des Jahres 1812 kam mit den üblichen frischen Regenschauern heran. Für gewöhnlich war dies die Jahreszeit, in der die Leute aufatmeten, hinter dem Ofen hervorkrochen und die Freiheit draußen genossen. Doch dieser Frühling war anders.

Es waren nicht nur die Flüsse mit ihrer Schmelzwasserflut in Bewegung gekommen, sondern auch die Heere Europas, die nun nicht länger im Winterquartier verharrten. Das Kaiserreich der Franzosen suchte den direkten Konflikt mit dem Zarenreich, das wurde nun unübersehbar. Truppen aus allen Ländern unter der direkten oder indirekten Herrschaft Napoléons zogen nach Osten – aus Frankreich und Italien, Norddeutschland und dem Rheinbund, aus Preußen und der Schweizerischen Eidgenossenschaft, aus Litauen und dem Großherzogtum Warschau.

Als die Nachrichten sich in den Kaffeehäusern verbreiteten, ballte sich Furcht wie eine eiserne Faust um Nicolaus' Herz zusammen. Würde auch Laurent sich bald den Heeren anschließen, die sich im Osten sammelten? Sofort drückte ihn sein schlechtes Gewissen nieder. Arend war es, um den er sich Sorgen machen musste! Er zog als einfacher Füsilier im 128. Linienregiment in den Krieg.

«Ich werde in Bremen bleiben», erklärte Laurent schließlich, während er an einem Frühlingsabend an Nicolaus' Seite durch die Stadt ging. «Meine Einheit gehört zu den Truppen, die das norddeutsche Hinterland sichern. Damit habe ich es wohl ziemlich gut getroffen …»

«Ich bin dankbar dafür», erwiderte Nicolaus und schämte sich für das warme Gefühl von Erleichterung, das sich in ihm ausbreitete. «Bienen», brummte er rasch, um sich abzulenken. Sie kamen gerade an jenem Torhaus vorbei, wo einstmals das Herdentor die Stadt beschirmt hatte. Ein Schild mit dem neuen Wappen der *bonne ville* Bremen prangte auf der Fassade.

«Gefällt dir euer neues Wappen etwa nicht?», fragte Laurent bemüht darum, gelöst und scherzhaft zu klingen.

«Na ja», erwiderte Nicolaus. «Das alte war schlichter.»

«Hast du dir Napoléons Bienen schon mal auf dem Kopf vorgestellt?», fragte Laurent.

Mit einem Stirnrunzeln ließ sich Nicolaus auf die kleine Übung ein – und schnaubte überrascht. «Das sieht aus wie…?»

«Ja. Im Prinzip sind es umgedrehte Fleur de Lys. Die Zeichen der alten Monarchie – wenn auch auf den Kopf gestellt…»

Sie gingen weiter, am Wasser entlang in den Wallanlagen-Park, der als englischer Garten angelegt war und kunstvoll eine natürliche Landschaft nachahmte. Nicolaus mochte die Anlagen. Sie holten die Natur in die Stadt, alles wirkte offen und weit, wo zuvor die alten, grimmigen Wälle Bremen nach außen abgeschottet hatten. Schließlich ließen sie sich nahe der alten Gießhausbastion auf einer Bank nieder. Und schwiegen.

Nicolaus war ein wenig nervös, wie immer, wenn er so neben Laurent saß. Einerseits genoss er es, an seiner Seite seinen Gedanken nachzuhängen und zu wissen, dass in Laurents Kopf Ähnliches vor sich gehen mochte. Dass auch er Bilder in sich hineinsog, die er irgendwann in Farbe bannen würde.

Doch andererseits fragte Nicolaus sich, ob auch Laurent diese seltsame Anziehung spürte. Dieses Kribbeln, wann immer sich ihre Hände wie zufällig berührten. Er wünschte sich, wieder Laurents Finger zu umfassen, so wie damals auf dem Weserdeich. Ob es Laurent genauso ging? Natürlich konnte er ihn unmöglich fragen – geschweige denn einfach so nach seiner Hand greifen, hier und jetzt, mitten in Bremen. Also beschränkte er sich darauf, neben Laurent zu sitzen, die Vertrautheit zu spüren und seine Gedanken schweifen zu lassen.

Doch statt über ein Bild des Parks nachzudenken und darüber, welche Farben er benutzen würde, drängten sich Sorgen über die düsteren Nachrichten aus dem Osten in seinen Kopf. Sie zerstörten die Leichtigkeit der Frühlingstage. Nicolaus hatte das Gefühl, dass er zu Unrecht hier neben einer geliebten Seele saß, während sein Bruder irgendwo in der grausamen Welt ins Feld zog.

«In Italien sind die Blumen jetzt vermutlich schon in voller Blüte», sagte Laurent schließlich nachdenklich.

«Und sie duften gewiss intensiver», ergänzte Nicolaus. «Ich freue mich darauf, es auf unserer Grand Tour zu erleben.» Er schwieg kurz. «Sobald erst wieder bessere Zeiten sind», ergänzte er leise.

Das war eine Träumerei, mit der sie im tiefen Winter begonnen hatten: eine gemeinsame Reise in den Süden, um die alten Meister vor Ort zu studieren – und die blütenschwere Fülle der Ferne in sich aufzunehmen.

«Zwei junge Edelmänner auf der Fahrt zu den Wurzeln der Schönheit», hatte Laurent geschwärmt.

«Oder ein junger Edelmann und sein bürgerlicher Diener?», hatte Nicolaus mit einem schiefen Lächeln erwidert.

«Unsinn! Wir teilen den Adel des Geistes.»

So kühn hatten sie gescherzt, während die Welt noch im Griff der kalten Jahreszeit gelegen hatte. Nun – im Angesicht der Wirklichkeit, die sich dort draussen zusammenbraute – erschienen ihre Träumereien leer und albern.

Nicolaus schreckte auf, als sich ein Pärchen auf dem Kiesweg näherte. Er erkannte Wilhelm Greven mit seinem Soldatenschnauzer, wie immer in feinen Zwirn gehüllt und mit dem Silberkopf-Gehstock in der Hand. Seine Begleiterin war diesmal eine schlanke, brünette Schönheit mit grossen Augen. Als die beiden an Nicolaus und Laurent vorübergingen, schaute Wilhelm demonstrativ in eine andere Richtung und sagte etwas zu seinem Fräulein. Nicolaus konnte deutlich ein Wort heraushören: Kollaborateur.

Laurents Miene verfinsterte sich. «Unsere Freundschaft ist nicht gut für das Ansehen deiner Familie», sagte er, nachdem Wilhelm um eine Wegbiegung verschwunden war. «Wir sollten uns nicht so öffentlich zeigen.»

«Darüber hat gewiss nicht der Greven zu urteilen!», erwiderte Nicolaus heftig. «Denk an seinen älteren Bruder, den feinen Herrn Ratsuhrmacher! Er umgibt sich beständig mit ominösen Freunden von der *haute police*, denen er gewiss zuarbeitet.»

«Die tragen aber keine auffällige Uniform», erwiderte Laurent mit bitterer Vernunft. «Und er hat in ihnen mächtige Verbündete, vor denen auch die Beamten des Präfekten Angst haben. Das kann ich als einfacher Lieutenant nicht leisten, fürchte ich.»

«Gleichheit und Brüderlichkeit», knurrte Nicolaus grimmig.

«Freiheit, nicht zu vergessen», ergänzte Laurent traurig.

Nicolaus hatte inzwischen erfahren, dass Laurent hinter den Idealen der Revolution stand, trotz seiner adligen Herkunft. «Man muss sich nur ein paar Stunden von meinem Herrn Vater, dem Baron de Montdidier, herumkommandieren lassen», hatte er grimmig gesagt. «Das macht jeden zuverlässig zum Republikaner.»

Doch als Soldat hatte er schon zu oft gesehen, wie wenig von Idealen übrig blieb, wenn Menschen auf Menschen trafen, mochten diese Ideale auch im Code civil des Kaiserreichs verankert sein. Ganz abgesehen davon, dass Napoléons Empire immer weniger der Republik glich, der es einmal entwachsen war …

Die beiden Männer waren schweigsam, als sie schließlich zum Altendieck'schen Haus zurückgingen.

Auch im Sommer wollte sich keine Leichtigkeit einstellen. Es war Mette, die schließlich die Nachricht nach Hause brachte, der die Welt entgegenzubangen schien.

«Die Grande Armée hat in Litauen bei Kaunas die Memel überquert», berichtete sie atemlos, als sie von einem Marktbesuch mit Eike zurückkam. «Schon am 24. Juni. Sie stoßen immer tiefer ins russische Landesinnere vor.»

«Der Krieg hat begonnen», sagte Mutter, die mit ausdruckslosem Gesicht auf ihrem Thron kauerte. «Und Arend ist mittendrin.»

Laurent bestätigte ihren Bericht, als sie an diesem Abend beim Essen zusammensaßen. «Der Kaiser hat fast 500 000 Mann aus ganz Europa zusammengezogen», erklärte er. «Dazu kommt dann noch der Tross aus Handwerkern, Köchen, Marketendern und dergleichen. Er wird wahrscheinlich in Eilmärschen vorandrängen, um die russische Hauptstreitmacht so schnell wie möglich zu stellen.»

«Hoffentlich siegen sie, und die Soldaten können bald nach Hause zurückkehren», murmelte Mette mit bleichem Gesicht. Nicolaus hörte zum ersten Mal, dass sie dem Kaiser etwas Gutes wünschte.

Die nächsten Wochen waren erfüllt von bangem Abwarten. Bald trafen erste Briefe aus dem Feld in Bremen ein. Von Arend war keiner darunter. Doch das bedeutete gar nichts, sagte sich Nicolaus. Viel Post ging gewiss auch verloren, ganz abgesehen davon, dass man auf dem Vormarsch durch Russland wohl kaum zum Schreiben kam. Mette und Eike sorgten jedenfalls dafür, dass im Altendieck'schen Hause schnell bekannt wurde, was die Briefe berichteten.

Von schweren Gewittern und Regenfällen war die Rede, die den Vormarsch empfindlich ausbremsten. Von verdorbenem Wasser und einem dünn besiedelten Land, dessen Früchte bereits die russischen Heere genährt hatten, sodass für die anrückenden Invasoren nur der karge Hunger blieb. Von einer Kavallerie-Einheit, die fast komplett bei einer Flussüberquerung ertrunken war. Von der Ruhr und der Sonnenhitze, von den Kadavern krepierter Pferde entlang der Marschroute und von verzweifelten Deserteuren, die reihenweise erschossen wurden.

«Das Land selbst scheint sich Napoléons Truppen zu widersetzen», sagte Mette beklommen. «Sie verlieren Tausende Soldaten, ohne auch nur eine Schlacht geschlagen zu haben.»

Mutter wurde zunehmend schweigsamer und ging grimmig ihrer Arbeit nach. Als versuchte sie, zu einer Maschine zu werden, der Sorge, Angst und Schmerz nichts mehr anhaben konnten ...

Die Mitteilungen wurden spärlicher. Vermutlich lag das daran, dass die Armee immer tiefer in das gewaltige Zarenreich vorstieß. Vielleicht aber auch daran, dass inzwischen Verbote erlassen worden waren, über die Schrecken des Marsches zu berichten.

Laurent trug Nicolaus dennoch alle Nachrichten zu, die ihn erreichten. So erfuhr er, dass die Grande Armée Ende Juli die Stadt Witebsk erreicht und eingenommen hatte. Hier zögerte der Kaiser, und es schien, als wolle er mitten im verlustreichen Feldzug pausieren – zumindest für dieses Jahr. Doch die Stadt war arm an Vorräten, die eigenen Lager Hunderte von Meilen entfernt. Schließlich blieb nur die Wahl zwischen Rückzug – oder einem forcierten Vormarsch auf das russische Kernland um Moskau.

«Ich muss wohl kaum fragen, wie Napoléon sich entschieden hat», sagte Nicolaus leise.

Laurent nickte nur beklommen.

Im August fiel Smolensk unter dem Ansturm der Invasoren. Im September folgte die Schlacht von Borodino, bei der fast 100 000 Soldaten beider Seiten auf dem Feld blieben. 100 000 Soldaten. Mehr als dreimal so viele Menschen, wie es in Bremen mit allen Frauen, Kindern und Greisen gab, dachte Nicolaus.

Die russischen Heere waren zum Rückzug gezwungen, die Grande Armée erreichte Moskau, dessen Bürger in aller Eile die Flucht ergriffen. Die Stadt brannte, Soldaten und Marodeure plünderten, Napoléon schlief in den Sälen des Kremls.

«Er hat es tatsächlich geschafft», knurrte Eike ungläubig, als sie die Nachricht bei einem Stück Kuchen besprachen. Tee aus den Kolonien war derzeit entweder nicht aufzutreiben oder absurd teuer.

«Ob Arend jetzt in Moskau ist?», fragte Mette bang.

Mutter sagte nichts.

Dann änderten sich die Nachrichten. Was zunächst wie ein Triumph geklungen hatte, stellte sich immer mehr als Pyrrhussieg heraus.

«Der Kaiser sitzt mit seinen Truppen in den Trümmern einer halb verbrannten Stadt», erklärte Laurent, «mitten im Feindesland, mit nicht einmal der Hälfte der Soldaten, mit denen er einst aufgebrochen ist. Und ringsum sammeln sich die Reste der russischen Heere neu, während Zar Alexander sich weigert, mit ihm zu verhandeln ...»

Die Meldungen wurden verwirrender. Im Oktober hieß es plötzlich, Napoléon sei in Russland gefallen und einer seiner Generäle hätte in Paris seine Nachfolge angetreten. Dann sagte man wieder, jener General sei ein Verräter und Putschist und inzwischen hingerichtet, der Kaiser wohlauf und siegreich wie eh und je.

Doch eine Nachricht machte immer häufiger die Runde, wurde schließlich auch von Laurent bestätigt: Der große Napoléon war auf dem Rückzug! Die Grande Armée – oder das, was von ihr übrig war – hatte Moskau verlassen und marschierte nach Westen, den Grenzflüssen entgegen. Sie hatte schwer beladene Fuhrwerke voller Raubgut dabei – und ließ auf ihrem Weg Tausende von Verwundeten und Sterbenden zurück, an denen die geschundene Bevölkerung schreckliche Rache übte.

Der Winter setzte ihnen ähnlich hart zu wie die Angriffe der russischen Heere. Nachdem im Juli die fiebrige Sommerhitze ihren Blutzoll gefordert hatte, klagte nun die bittere Kälte ihren Anteil ein.

Schließlich brachte Laurent die Nachricht, die Nicolaus mit bangem Hoffen erwartete: «Sie sind nicht mehr in Russland. Am 14. Dezember hat die Grande Armée die Memel nach Westen überquert.»

«Und?», fragte Nicolaus bang.

Laurent zögerte, bevor er antwortete. «Marschall Murat meldet an einsatzfähigen Soldaten 4300 Franzosen und etwa 850 Angehörige der Hilfstruppen.»

Nicolaus keuchte auf.

«Es werden gewiss noch weitere Truppenreste nachkommen», versuchte Laurent diese vernichtenden Zahlen zu relativieren. «Die Armee wurde auf dem Marsch auseinandergerissen. Viele sind auch in Gefangenschaft geraten …»

Nicolaus hörte ihm kaum zu. Arend könnte einer der wenigen Soldaten sein, die die Memel überquerten. Ebenso, wie er einer von den Hunderttausenden sein konnte, die in Russland geblieben waren.

Der Winter hielt Bremen in seinem Griff, derselbe Winter, der in Russland unzählige Menschen dahingerafft hatte – Franzosen wie Preußen, Russen wie Schweizer. Doch Gesche verbrachte ihn in der Wärme des Altendieck'schen Hauses, während Arend … Sie konnte den Gedanken nicht zu Ende führen.

Seit Monaten tat sie nichts anderes, als auf Nachricht zu warten. Ihre Hände verrichteten ihre Tätigkeiten von selbst, doch ihr Herz blieb kalt dabei.

Wieder einmal wechselte das Jahr, aus 1812 wurde 1813. Für Gesche hatte es keine Bedeutung. Man berichtete ihr, dass das Königreich Preußen nicht mehr länger Napoléons Vasall sei, sich gar mit Russland verbündet hätte. Dass es in Hamburg und Lübeck Aufstände gegen die geschwächte französische Besatzung gegeben hätte. Dass russische Truppen auf dem Weg nach Westen wären.

Dann trug ihr Mette zu, dass der bremische Präfekt von Arberg Gendarmentruppen in der Stadt zusammenziehen ließ und dreißig angesehene Männer aus allen Ständen mit ihrem Leben dafür haften mussten, dass in Bremen alles ruhig blieb. Vor kurzem noch hätte Gesche diese Unverschämtheit über alle Maßen aufgeregt. Nun seufzte sie einfach nur schwer. Und wartete.

Nach und nach erreichten die Truppen aus den deutschen Landen die Garnisonen, von denen sie einst aufgebrochen waren. Von mehreren tausend jungen Männern kehrte oft nur eine Handvoll gebrochener Gestalten zurück.

Es war ein kühler Morgen mit klarem, kräftigem Sonnenlicht, das schon den nahenden Frühling erahnen ließ, als Nicolaus und Mette zu ihr in die Werkstatt kamen. Mit banger Sorge schaute sie auf.

«Mutter», sagte Nicolaus leise. «Gestern sind die Reste des 128. Linienregiments eingetroffen.» Er musste schlucken. «Arend war nicht dabei.»

Etwas in Gesche erstarb, als wäre ihr Herz ein verklemmtes Getriebe aus Metall.

«Sie haben in Russland schwere Verluste erlitten», sagte Mette mit rauer Stimme.

«Vielleicht kommen noch Nachzügler», fuhr Nicolaus rasch fort. «Einige wurden gewiss auch gefangen genommen. Eike erkundigt sich bereits nach Arend. Und auch der Lieutenant de Montdidier hört sich um. Das ... das muss noch nichts bedeuten, Mutter ...»

«Natürlich nicht.» Gesche straffte sich. «Wir werden auf Arend warten, bis er heimkehrt. Altendiecks geben nicht auf.» Sie schaute ihren Kindern forschend ins Gesicht. In Nicolaus' orangebraunen Niehus-Augen schimmerten Tränen.

Mette hielt tapfer das Kinn vorgereckt, doch ihre Lippen zitterten.

«Habt ihr nichts zu tun?», fragte Gesche barsch. «Euer Bruder soll eine prosperierende Werkstatt vorfinden, wenn er zurückkommt!»

«Natürlich, Mutter», flüsterte Nicolaus. Langsam und steif ging er hinüber zum Arbeitstisch.

Mette verharrte noch einen Moment länger. «Ich lasse es dich sofort wissen, wenn Eike etwas herausfindet», sagte sie leise, ehe sie sich aus der Werkstatt zurückzog.

Gesche blieb auf ihrem Polsterstuhl sitzen, die Hände so fest ineinander verkrampft, dass es weh tat. Sie zwang sich dazu, sich gerade zu halten. Denn sie war es, von deren Verlässlichkeit jetzt alles abhing.

Ihr Sohn Nicolaus war begabt und ein guter Mann, aber auch verträumt und verletzlich wie sein Großvater Johann, mit einem Kopf voller Niehus'scher Grillen. Mette hingegen hatte mehr von ihrer Stärke abbekommen. Doch sie war hitzköpfig wie ihr Onkel Friedrich und voreilig wie Andreas. Da brauchte es jemanden, der einen klaren Kopf behielt. Für die Zukunft der Altendieck'schen Uhrmacherwerkstatt. Die Zukunft der Familie.

Wenn sie alles aufgegeben hätten, das verfluchte Geschäft und auch alles andere, dann ... Es kostete Gesche jedes Quäntchen Kraft, das sie aufbringen konnte, die Aufstellung mit den Verkaufspreisen für ihre Werkzeuge, ihr Chronometer und Hora aus ihrem Kopf zu verbannen. Erst viel später, allein auf ihrer Kammer, weinte sie die Tränen, die sich tief in ihr angestaut hatten.

Zehntes Kapitel

Schließlich beendete die Märzsonne den strengen Griff des Winters. Die Wärme schien das gefährliche Brodeln anzuheizen, das allerorts unter den Leuten von Bremen herrschte. Die verächtlichen Blicke auf die französischen Soldaten nahmen zu, ebenso wie die geflüsterten Beleidigungen. Auch von geworfenen Steinen hörte man, sogar von Drohbriefen an die Adresse des Präfekten.

«Wir werden uns nicht mehr oft sehen können», sagte Laurent zu Nicolaus, als er einige Habseligkeiten in seiner Schlafkammer zusammensuchte. Die Bilder standen wieder verdeckt unter ihrem Tuch in der Ecke, als wäre damit gleichsam die Leidenschaft weggepackt und zur Seite geräumt, die die beiden Männer miteinander geteilt hatten. «Präfekt von Arberg zieht Militär in der Stadt zusammen, rund um seine Residenz an der Domsheide. Alles ist in Alarmbereitschaft, ich werde wohl fortwährend Dienst tun.»

«Ich verstehe», erwiderte Nicolaus beklommen. «Hoffentlich ist das alles bald vorbei.» Er bemühte sich, optimistisch zu klingen, doch angesichts der dunklen Wolken, die sich über Bremen zusammenzogen, fiel es ihm schwer.

Laurent lächelte traurig über diesen Trostversuch. Dann schloss er Nicolaus fest in die Arme. Dieser spürte wieder dieses Kribbeln, stärker als jemals zuvor. Am liebsten hätte er Laurent nie wieder losgelassen.

Es tat gut, seine Nähe zu spüren. Zu wissen, dass es jemanden gab, in dessen klarblauen Augen die gleiche Begeisterung für die Schönheit der Welt strahlte. Jetzt jedoch waren diese Augen seltsam stumpf, als die Männer sich widerstrebend voneinander lösten und Laurent Nicolaus ernst anschaute.

«Der Präfekt hat seine Geliebte mit all seinen Wertsachen aus der Stadt fortgeschickt», sagte er. «Und bei Brinkum haben Aufständische ihre Kutsche überfallen und geplündert. Sie ist gerade so mit dem Leben davongekommen. Es heißt, man hätte sich an ihr vergangen. Daran magst du erkennen, wie sehr alles außer Kontrolle ist. Die Situation in Bremen könnte schon bald explodieren. Pass also gut auf deine Familie auf, Nicolaus.»

Er nickte nur beklommen. Sofort musste er wieder an Arend denken, auf den niemand aufgepasst hatte. Schweigend gingen sie hinunter, und als Laurent aufbrach, um sich dem Militäraufgebot des Präfekten anzuschließen, blieb Nicolaus an der Haustür stehen und schaute ihm hinterher.

«Da geht er hin», sagte Mette mit grimmiger Zufriedenheit, die an ihn herangetreten war. Sie hatte die Fäuste triumphierend in die Hüften gestemmt, als hätte sie den Soldaten persönlich aus dem Haus gejagt.

«Hrm», antwortete Nicolaus nur.

Gerüchte kamen in der Stadt auf, dass russische Truppen sich von Osten näherten, dass sie bereits das Hamburgische erreicht hätten. Es wurden Wetten darauf abgeschlossen, ob die Kosaken in Bremen Ostern feiern würden, nachdem sie die Franzosen vertrieben hätten.

Doch statt der Kosaken kam eine amtliche Mitteilung des Kaisers. Es hieß, er habe nicht vor, auch nur ein winziges Dorf seiner hanseatischen Départements aufzugeben, auch dann nicht, wenn die Russen schon mitten in Montmartre stünden. Die Bürger sollten sich vielmehr darauf einstellen, dass er sie beizeiten mit seinem Besuch beehren werde.

Einige junge Männer in Bremen begannen daraufhin sogar, Übungen zu Pferde abzuhalten, um den Kaiser angemessen willkommen heißen zu können – oder um sich auf den Befreiungskampf vorzubereiten, wie manche munkelten.

«Christian Hannecke ist auch dabei», erzählte Mette, als sie beim Abendessen beisammensaßen. «Sein Vater hat extra ein neues Pferd für ihn angeschafft. Und natürlich macht Wilhelm Greven ebenfalls mit.»

«Der lässt auch keine Gelegenheit aus, sich zu präsentieren», brummte Nicolaus. «Der Kaiser ist ihm da als Publikum vermutlich gerade gut genug.»

«Napoléon kann nicht einsehen, dass er verloren hat», sagte Eike finster. Er war zusammen mit Tante Clara für einige Tage aus Vegesack gekommen, um Mutter beizustehen. Nicolaus war sehr dankbar darum, konnte sie doch mit ihr reden wie niemand sonst.

«Möchte noch jemand etwas Suppe?», fragte Tante Clara mit einer gehobenen Augenbraue.

«Aber wenn die Russen ihm das nicht beibringen konnten», fuhr Eike fort, ohne auf seine Mutter einzugehen, «wird er es vielleicht bald in Bremen lernen ...»

«Eike!», rief Tante Clara empört. «Nun ist es aber mal gut mit diesen gefährlichen Reden.»

Ihr Sohn erwiderte nichts. Er tauschte nur einen grimmig-wissenden Blick mit Mette.

Noch immer ließen die russischen Truppen auf sich warten. Stattdessen kamen weitere Franzosen. Eine größere Streitmacht unter den Generälen Morand und Saint-Cyr erreichte am 21. März die Stadt. Gleich am selben Tage wurde der Belagerungszustand über Bremen ausgerufen. Der Präfekt musste das Kommando direkt an die militärischen Führer abgeben, die sofort damit begannen, ihre Soldaten ausschwärmen zu lassen, um alle Unruhe im Keim zu ersticken. Mette, die ihren Einzug genau beobachtet hatte, erzählte zu Hause empört von den «unverschämten Besatzern».

«Nicolaus», sagte sie einige Zeit später, als sie vom Markt nach Hause kam. Die kärglichen Einkäufe in ihrem Korb waren kaum mehr als ein Vorwand für ihre Erkundigungen. «Wir müssen dringend reden.»

«Worum geht es denn?»

«Nicht hier. Komm!» Sie zog ihn in die gute Stube, wo sich gerade niemand aufhielt.

Nicolaus verschränkte die Arme vor der Brust. Ihm gefiel das wildentschlossene Blitzen in Mettes Blick nicht.

«Nicolaus», setzte seine Schwester wieder an. «Du musst noch einmal hinaus zu Meister van Campen! Eike hat Enno schon ausfindig gemacht, er hat morgen eine Fuhre nach Norden. Du könntest direkt mitfahren.»

«Was soll das? Geht es wieder um irgendeinen Brief?»

«Nein.» Sie schüttelte den Kopf. «Keine Briefe. Aber eine wichtige Lieferung für unsere Freunde in Lehe! Sie muss aus der Stadt, ehe die Soldaten hier alles kontrollieren. Für dich würde Enno sie gewiss mitnehmen. Und man kennt dich und weiß, dass du gelegentlich dort hinausfährst. Die Soldaten am Wachhaus werden dich als respektablen Bürger sicher nicht allzu gründlich durchsuchen.»

«Mette ...»

«Diesmal sind es drei Kisten. Eike wird dir dabei helfen, sie zu verladen und ...»

«Mette!» Nicolaus musste sich zusammennehmen, um nicht zu schreien. «Ich werde nichts dergleichen tun. Verdammt, sie haben den Belagerungszustand ausgerufen! Diese Generäle suchen doch nur nach einem Vorwand, um an irgendjemandem ein Exempel zu statuieren. Sie wollen die Ordnung des Kaisers mit harter Hand durchsetzen, sonst wären all diese Truppen nicht hier. Wir müssen den Kopf unten halten, mehr können wir nicht tun. Also werdet um Gottes Willen diese Kisten los! Schmeißt sie am besten in die Weser.»

Mette schaute ihn mit großen Augen an. Offenbar war sie so klare Worte von ihm nicht gewohnt. Dann jedoch reckte sie wütend das Kinn vor. «Es geht aber nicht nur um uns und unsere bequeme Sicherheit. Es geht um die Freiheit von Bremen! Um unsere Freiheit. Denk nur an Arend! Und es werden immer mehr Leute, die das auch so sehen ...» Sie beugte sich eindringlich vor. «Hier in der Stadt ist es zu gefährlich. Aber draußen, in den kleinen Orten an der Wesermündung, sind aufrechte Leute bereit dazu, das Notwendige zu tun! Wir müssen sie unterstützen, so gut wir können.»

«Das ist doch Wahnsinn!», erwiderte Nicolaus ärgerlich. «Napoléon kann es sich nicht leisten, nach seiner Niederlage in Russland Schwäche zu zeigen. Die anderen Großen Europas stürzen sich sonst wie ein Rudel Hyänen von allen Seiten auf ihn. Wer sich innerhalb seines Reiches gegen ihn erhebt, wird niedergeschlagen.»

«Wenn alle so ängstlich denken wie du, ist das vielleicht wirklich so», sagte Mette verächtlich. «Aber nicht, wenn wir an einem Strang ziehen! Die Franzosen wissen das, sonst hätten sie nicht die alten Bourbonen stürzen können.» Sie ging einen Schritt auf ihn zu. «In Hamburg gab es bereits einen Aufstand», sagte sie beschwörend. «Auch in Friesland zündelt es. Lass uns daraus einen Flächenbrand machen! Ich weiß aus sicherer Quelle, dass die Engländer uns Soldaten zur Unterstützung schicken werden. Auf der Nordsee kreuzen bereits Fregatten mit Rotröcken, die auf ihren Einsatz warten. Bitte verdirb nicht alles mit deinen Zweifeln. Jeder muss etwas beitragen!»

Obgleich Mette kleiner als Mutter war, wirkte sie plötzlich ähnlich raumeinnehmend wie sie, als hätte ihre Entschlossenheit sie wachsen lassen.

Nicolaus wich unwillkürlich einen halben Schritt zurück – und hielt ärgerlich mitten in der Bewegung inne. «Nein!», wiederholte er noch einmal. «Mutter hat diese Werkstatt nicht aufgebaut, damit wir alles in einem kriegerischen Abenteuer niederbrennen. Dafür ist Arend nicht in Russland geblieben...» Es tat weh, es auszusprechen.

Mette aber schnaubte nur verächtlich. «Dann eben nicht», zischte sie. «Verkriech dich, wenn du musst. Oder versteck dich hinter deinem Franzosen. Ich werde tun, was nötig ist.» Sie wandte sich ab, um nach draußen zu eilen.

Ohne nachzudenken, packte Nicolaus sie am Arm. «Du bleibst hier! Ich habe nicht vor, auch noch meine Schwester zu verlieren. Ich verbiete dir, dass du dich auf solche Unternehmungen einlässt!»

«Du ... *verbietest* es mir?», fragte Mette fassungslos.

«Allerdings! Ich bin der Meister dieser Werkstatt und Vorstand dieses Hauses und trage die Verantwortung für dich. Und ich erwarte, dass du das respektierst.»

«Wenn du Respekt willst», fauchte Mette. «Solltest du dich

vielleicht zuerst wie ein Meister benehmen! Wo sind die Meisterwerke, die du gefertigt hast? Wo ist die Frau Meisterin, die du nach Hause geführt hast? Wo deine Kinder, dein Nachfolger? Du hast mir gar nichts zu sagen!» Sie riss sich los und rannte aus der Stube, wobei sie die Tür hinter sich zuschlug.

Fassungslos starrte Nicolaus dorthin, wo sie eben noch gestanden hatte. Dann hörte er eine weitere Tür zufallen. Nicolaus lief auf die Diele und riss die Haustür auf. Er sah gerade noch, wie Mette in einer Seitengasse verschwand. Ein Trupp Soldaten in blauen Uniformröcken marschierte vorüber, der Sergent schaute fragend in seine Richtung. Frustriert schloss Nicolaus die Tür wieder. Es hatte keinen Sinn, ihr kopflos zu folgen.

Mutter streckte den Kopf aus der Werkstatt, die Augenbrauen missbilligend erhoben.

«Sag jetzt nichts!», fuhr Nicolaus sie an. Dann stürmte er die Treppe hinauf und in Laurents Kammer, wie er sein altes Atelier inzwischen nannte. Wütend riss er das Tuch von den Bildern in der Ecke, packte die Leinwand, die die *Möwe* zeigte, und stellte sie unsanft auf dem Bett ab. Ohne innezuhalten, öffnete er eine Schublade, nahm ein altes Rasiermesser heraus und zog die Klinge einmal quer über das Bild. Die *Möwe* zerriss unter dem scharfen Metall. Ihr Umriss wurde ebenso zerfetzt wie die Wellen des Meeres, die noch immer keine Pferde waren.

Nicolaus warf das Messer in die Ecke und ließ sich auf das Bett fallen, das Gesicht in den Händen vergraben.

Pass gut auf deine Familie auf...

Er war nicht der Mann, den es dafür brauchte, die Altendiecks sicher durch diese schweren Zeiten zu führen. Nicht der Meister, den Mutter sich als Nachfolger wünschte.

Schmerz mischte sich in ihm mit Wut über sich selbst. Doch am mächtigsten war jenes Gefühl, das sich immer stärker in den Vordergrund drängte: Angst um seine Schwester.

Elftes Kapitel

Mette kam bis zum Abend nicht nach Hause, und auch, als Tante Henriette alles für die Nacht abschloss, war sie noch immer nicht wieder zurück.

«Vermutlich läuft sie den ganzen Weg bis zu Eike nach Vegesack, die sture Deern», sagte Mutter mit rauer Stimme. Es sollte wohl missbilligend klingen, doch Nicolaus hörte vor allem Sorge heraus.

«Ja, vermutlich», erwiderte er, ohne so recht daran zu glauben. Er schlief nur schlecht, hatte beständig ein Ohr auf die Haustür unten, an der sich jedoch nichts tat. Am nächsten Morgen war Mette noch immer nicht zurück. Was, wenn seine Schwester selbst nach Lehe aufgebrochen war, um zu tun, was nötig war – oder was sie zumindest dafür hielt?

Er ging rüber zu Asendorfs, deren jüngster Sohn Georg flink und gut zu Fuß war. Einige Münzen sorgten dafür, dass er sich mit einer Nachricht zu Matthiesens auf den Weg nach Vegesack machte – Nicolaus musste herausfinden, wo Mette war. Hoffentlich war sie nur bei Tante Clara, wie Mutter vermutet hatte. Er selbst blieb im Haus zurück und versuchte vergeblich, sich auf seine Arbeit zu konzentrieren.

Beim Mittagessen sagte Mutter wenig und ließ sich keine Sorge über Mette anmerken. Doch sie war zu klug, um nicht mitbekommen zu haben, dass ihre Tochter in die Pläne irgendwelcher Widerständler verstrickt war …

Nicolaus konnte an nichts anderes denken, während er am Nachmittag in der Enge der Werkstatt hockte. Hatte Mette sich wirklich auf dem Weg nach Norden gemacht, um ihre höchst wichtige Lieferung selbst nach Lehe zu bringen? Vielleicht zusammen mit Eike? Hatten sie einen Fuhrmann gefunden, der ihrer Sache nahestand? Oder waren sie gar zu Fuß mit einem Handkarren oder einer Kiepe auf dem Rücken unterwegs? Zuzutrauen wäre es Mette. In ihrer Sturheit war sie wie Mutter, die angeblich damals, in London, Onkel Friedrich gefunden hatte, indem sie einfach stundenlang vor dem *East India House* gewartet hatte – ohne zu wissen, ob er überhaupt darin war!

Als Georg Asendorf gegen Abend erschöpft zurückkehrte, hatte er eine Notiz von Tante Clara dabei. Sie schrieb, dass Mette nicht bei ihr in Vegesack sei und Eike ebenfalls verschwunden. Dass sie sich große Sorgen mache, ob Nicolaus wisse, was es mit alledem auf sich habe ...

Er fürchtete, dass er das tat. Die beiden waren tatsächlich nach Lehe gegangen. Unruhig lief Nicolaus auf der Diele auf und ab. Und wenn Mette aus lauter Sturheit den Franzosen direkt in die Arme spazierte?

Aber Mette war nicht dumm und Eike ebenso wenig. Sie würden auf sich aufpassen, zumal Lehe nicht in Ostindien oder Pennsylvania lag, sondern an der verdammten Wesermündung. Mutter hatte es bis nach England geschafft, gegen den Willen seines Großvaters. Da würde Mette schon bis Lehe kommen, ohne dass ihr etwas passierte. Schließlich war sie deutlich tatkräftiger als Nicolaus, dessen Aktivitäten sich darauf beschränkten, sich Sorgen zu machen.

Solche Gedanken kreisten in seinem Kopf herum, als es plötzlich an der Haustür klopfte. Rasch öffnete er. Auf der

Straße stand Laurent in voller Uniform. Der unerwartete Anblick verdrängte für einen Moment seine Sorgen und ließ ihn lächeln.

Laurents Züge aber blieben ernst. «Nicolaus», sagte er leise. «Ich bin erleichtert, dich zu sehen. Ich sollte eigentlich gar nicht hier sein.»

«Was ist denn los?» Ein banges Gefühl stieg erneut in Nicolaus auf. Arend? Mette?

«Darf ich kurz hereinkommen?», fragte Laurent. Nicolaus trat rasch einen Schritt beiseite, und Laurent schlüpfte ins Haus, wobei er die Tür hinter sich schloss. Nun standen sie sich auf der Altendieck'schen Diele gegenüber, während im Hintergrund Hora vor sich hin tickte.

«Hast du vor, in den nächsten Tagen zu Meister van Campen zu fahren?», fragte Laurent.

«Nein, eigentlich nicht», erwiderte er und musste daran denken, dass er jetzt schon dort wäre, wenn er Mettes Lieferung übernommen hätte.

«Gut.» Laurent wirkte erleichtert. «Ich hatte befürchtet, dass dich das Frühlingslicht hinauslocken könnte. Und ich hätte es nicht ertragen, dich in Gefahr zu wissen.»

«Gefahr? Was meinst du?»

Doch Laurent schüttelte den Kopf. «Bleib in der Stadt in Sicherheit, zusammen mit deiner Familie. Vielleicht solltet ihr noch deine Tante Clara aus Vegesack holen…» Er wandte sich zum Gehen.

Nicolaus fasste ihn an der Schulter. «Laurent, bitte!», sagte er eindringlich. «Was ist geschehen?»

«Es gibt einen bewaffneten Aufstand an der Wesermündung», erwiderte Laurent leise. «Dort herrscht offener Aufruhr gegen das Kaiserreich. Der General Saint-Cyr ist mit den ersten Truppen bereits losgezogen, um die Sache zu beenden. Meine Einheit wird heute noch aufbrechen, um sich seinen Soldaten anzuschließen. Also bleib auf jeden Fall hier in Bremen! Auf bald, Nicolaus.»

«Warte!» In Nicolaus' Kopf überschlug sich alles. Im Norden tobte ein Aufstand – und seine Schwester war vermutlich mittendrin!

«Mette ist in Lehe», sagte er, ohne nachzudenken. Dann erst wurde ihm klar, dass er trotz allem mit einem Vertreter der Besatzungsmacht sprach. «Sie besucht eine Freundin», fügte er hastig hinzu.

Laurent schaute ihn erschüttert an. «Gerade dort ist der Aufstand losgebrochen», flüsterte er. «Ich hoffe sehr, dass deine Schwester vernünftig genug ist, aus der Stadt zu fliehen.»

«Kannst du nach ihr Ausschau halten?», fragte Nicolaus verzweifelt. «Falls sie doch noch dort ist?»

Dann hätte sie zumindest *einen* Franzosen auf ihrer Seite ...

«Nicolaus, ich ziehe ins Feld», erwiderte Laurent ernst. «Es wird Kämpfe geben.» Er seufzte. «Aber ja, ich werde tun, was möglich ist.»

«Danke», stammelte Nicolaus. Dann erst wurde ihm wirklich klar, was Laurent gesagt hatte. Er hatte eine Schlacht vor sich, konnte verwundet oder gar getötet werden ...

«Pass auf dich auf», sagte er mit rauer Stimme.

«Gewiss», entgegnete Laurent.

Für einen Moment standen sie einander angespannt gegenüber, während Hora unbeirrt vor sich hin tickte.

Plötzlich war Nicolaus alles egal. Er trat einen Schritt vor und schloss Laurent in seine Arme – verzweifelt und leidenschaftlich. Für den Bruchteil einer Sekunde versteifte Laurent sich überrascht. Dann erwiderte er die Umarmung heftig. Ihre

Lippen fanden sich wie von selbst zu einem Kuss. Einem Kuss, der die Zeit stillstehen ließ ...

Nach einer viel zu kurzen Ewigkeit lösten sie sich wieder voneinander. Laurents himmelblaue Augen waren noch immer ganz nah.

«Du musst wiederkommen», flüsterte Nicolaus.

Laurent schluckte. «Aber gewiss.»

Dann verließ der Lieutenant Laurent de Montdidier das Altendieck'sche Haus. Nicolaus stand mit weichen Knien an der Haustür und starrte ihm hinterher. Ein Teil von ihm schwelgte in der Wärme des Kusses, die noch immer in ihm nachhallte. Ein anderer Teil war erfüllt von kalter Furcht um Laurent – und um Mette. Entschlossen wandte Nicolaus sich um und eilte durch die Diele.

«Was ist denn nur los, in drei Teufels Namen?», fragte Henriette erschrocken, die gerade aus der Küche kam. «Du siehst aus wie dein eigenes Gespenst!»

«Henriette», sagte Nicolaus im Vorübergehen. «Würdest du mir ein wenig Proviant einpacken? Ich muss fort.»

Henriette wurde noch bleicher. «Was hast du bloß vor?»

Nicolaus erwiderte nichts. Er ging zurück in die Werkstatt und ignorierte Mutters fragenden Blick. In seinem Kopf rasten ungebremst die Rädchen seiner Gedanken.

Laurent war Soldat, der Krieg sein Handwerk. Nicolaus konnte nichts tun, um ihn davor zu bewahren – wenn man einmal von Gebeten absah. Mette aber war seine Schwester. Seine starke, kluge, dickköpfige Schwester. Sie war in eine Sache hineingeraten, aus der binnen kurzem blutiger Wahnsinn werden konnte. Schon bald würden die französischen Soldaten gegen die Aufständischen vorrücken. Und Mette war eine von ihnen.

Nicolaus würde seine Schwester da rausholen. Mutter durfte nicht noch ein Kind verlieren. Das war er ihr schuldig. Und das war er Arend schuldig.

«Mutter», sagte er fest. «Ich muss so schnell wie möglich aufbrechen. Und ich werde mindestens zwei Tage fort sein.»

Sie schaute ihn forschend an, die Stirn gerunzelt. Nicolaus straffte sich, bereit, es hier und jetzt auszutragen.

«Gut», sagte Mutter knapp. «Ich werde so lange ein Auge auf die Werkstatt haben.»

Perplex blinzelte Nicolaus. Er hatte das Gefühl, gegen eine Tür angerannt zu sein – nur dass die plötzlich jemand vor ihm aufgerissen hatte. Entsprechend brauchte er einen Moment, um seine Balance wiederzufinden.

«Gut», echote er überrumpelt. «Ich bin dann bald wieder zurück.

«Sei vorsichtig», sagte Mutter leise, als er aus der Werkstatt ging. «Und bring Mette heim», fügte sie noch leiser hinzu.

Nicolaus aber eilte nach oben, packte ein paar Dinge zusammen und warf sich den Gehrock über. Er hatte noch einige Reisevorbereitungen außer Haus zu treffen. Vorbereitungen, die ihm nicht gefallen würden. Doch es war nötig, wenn er Mette finden wollte, bevor General Saint-Cyrs Soldaten es taten.

Das Stadthaus der Uhrmacher-Familie Hannecke in der Jakobistraße unterschied sich nicht wesentlich vom Altendieck'schen Haus – wenn man einmal davon absah, dass neben der Eingangstür ein Steinrelief in die Wand eingelassen war, das einen grimmigen Saturnus mit Sense als Symbol der unerbittlich verrinnenden Zeit zeigte. Hanneckes waren einmal deutlich wohlhabender als die Altendiecks gewesen, bevor Mutter mit ihren Seechronometern so erfolgreich wurde, und es war ihnen noch immer wichtig, einen gewissen Status nach außen zu repräsentieren. Darin waren sie direkte Konkurrenten der Grevens, was sie wiederum zu natürlichen Verbündeten der Altendiecks machte; so hatte es jedenfalls Mutter einmal erklärt.

Dennoch war Nicolaus mulmig zumute, als er sich in der Abenddämmerung dem Saturnus näherte, um schließlich an die Tür zu klopfen, die der Sensenträger bewachte. Der alte Hausknecht, der ihm öffnete, sah nicht wesentlich freundlicher aus als die Steinfigur.

Noch ehe er Nicolaus nach seinem Begehr fragen konnte, ertönte aus der Diele hinter ihm eine helle, aufgeregte Stimme: «Lass ihn rein, Anton! Das ist Nicolaus Niehus.»

Der Knecht trat wortlos beiseite und gab den Blick auf eine kleine, robuste Frau frei, die ein geblümtes Kleid mit hoher Taille im Empire-Stil trug. Ihre rötlichen Locken waren zu einem kunstvollen Knoten aufgetürmt, der jedoch aussah, als könnte er die Mähne kaum bändigen. Auch ihre Wangen leuchteten rötlich, als Amalia Hannecke Nicolaus am Arm griff und in ihr Elternhaus zog.

«Guten Abend», stammelte Nicolaus unsicher. «Ich ...»

«Nicolaus!», strahlte Amalia. «Wie schön, dass Sie uns endlich einmal beehren! Vater hat Sie ja schon so oft eingeladen ... Leider haben wir schon zu Abend gegessen. Aber Ihr Besuch war ja auch nicht angekündigt. War er doch nicht, oder?» Plötzlich schaute sie besorgt.

«Nein, nein», beruhigte sie Nicolaus. «Ich komme unangemeldet – und mit einem außergewöhnlichen Begehr.»

Amalias Wangen näherten sich noch stärker ihrer Haarfarbe an. «Nein, wirklich? Was denn für ein Begehr? Hat es vielleicht etwas mit dem Ball im Schauspielhaus zu tun, der ...»

«Atmen», sagte Ludwig Hannecke, als er die Diele betrat. «Vergiss das Atmen nicht, Amalia.»

Er war ein kleiner, rundlicher Mann mit silbergrauen Locken und ausladenden Koteletten, dessen Augen schalkhaft blitzten. Seine Frau ruhte schon seit einigen Jahren auf dem Ansgarii-Kirchhof, und Nicolaus wusste, dass er sich mehrmals vergeblich um Mutter bemüht hatte – und nicht abgeneigt war, seine Ambitionen durch die Verkuppelung der nächsten Generation fortzusetzen.

«Meister Hannecke.» Nicolaus verbeugte sich hastig. «Bitte verzeihen Sie die späte Störung. Doch ich komme mit einer dringenden Frage ...»

«Wollen wir dafür nicht in die gute Stube gehen?», unterbrach Hannecke ihn schmunzelnd. «Oder habt ihr jungen Leute es eilig?»

Amalia kicherte. Nicolaus hingegen schaute betreten auf seine Stiefelspitzen. «Ich weiß nicht recht, wie ich es sagen soll ...»

Hannecke schnaubte. «Nur frisch heraus damit, mein junger Freund.»

«Na schön.» Nicolaus holte tief Luft. «Es geht mir um Ihr Pferd, Meister Hannecke.»

Amalias Gesicht erstarrte. Dann fielen ihre Mundwinkel herab wie zwei Vögel, die man vom Himmel geschossen hatte. Auch ihr Vater stutzte überrascht.

«Mein ... Pferd?»

«Ja. Ihr Sohn, Christian, ist doch Mitglied bei dem freiwilligen Korps, das Reiterspiele für den Besuch des Franzosenkaisers einübt, nicht wahr?»

«Schon», brummte Hannecke. «Soll ich ihn fragen, ob sie noch Mitstreiter gebrauchen können?»

«Nein. Ja. Vielleicht … Es geht mir wirklich um das Pferd, das Sie für diesen Anlass angeschafft haben, ein kräftiges Tier, sagt man. Ich muss überraschend zu einer überaus wichtigen Reise aufbrechen und wäre Ihnen wirklich mehr als verbunden, wenn ich das Pferd für einige Tage ausleihen dürfte …»

Hannecke schaute ratlos zu Amalia, deren Lippen zitterten. Nicolaus hatte ein schlechtes Gewissen.

«Und wenn es nicht zu unverschämt ist, möchte ich Sie auch um die Ehre ersuchen, Ihre Tochter Amalia zum Ball im Schauspielhaus auszuführen», sagte er rasch. «Sobald ich die besagte Reise hinter mich gebracht habe, die leider keinen Aufschub duldet.»

Für einige Sekunden sagte niemand etwas. Nur die drei Wanduhren tickten vor sich hin, die hinten neben der Tür zur Stube hingen – drei Meisterwerke aus drei Hannecke-Generationen.

Schließlich war es Amalia, die das Schweigen brach. «Wie überaus reizend von Ihnen, Nicolaus», sagte sie mit einem leicht säuerlichen Lächeln. «Wie könnte man solch ein artig vorgetragenes Anliegen ablehnen? Vater wird Ihnen auch die kleine Bitte Christians Pferd betreffend gewähren, nicht wahr?»

«Natürlich», murmelte der alte Hannecke kopfschüttelnd. «Wir Uhrmacher müssen doch zusammenhalten. Und nun bleiben Sie noch auf ein Gläschen Wein und erzählen von Ihrer geheimnisvollen Reise, Nicolaus.»

Amalia hakte sich bei ihm unter, und lautlos seufzend ließ Nicolaus sich von ihr in die gute Stube führen. Es folgte eine Stunde voller ausweichender Antworten. Ludwig Hanneckes

Redseligkeit näherte sich mit jedem Glas Amalias an, die ihrerseits auffällig still geworden war und das Beisammensein damit verbrachte, Nicolaus aus der Nähe zu bewundern. Nicolaus hingegen hatte keinen Sinn für feine Konversation, er musste die ganze Zeit an Mette denken und war froh, als die Höflichkeit es ihm endlich erlaubte, sich zu entschuldigen.

Daraufhin brachte Anton, der alte Hausknecht derHanneckes, den Rappen herbei, den Christian für die Reiterspiele angeschafft und hochtrabend Bukephalos genannt hatte – nach dem legendären Pferd Alexanders des Großen.

In dieser edlen Gesellschaft machte Nicolaus sich im Abenddunkeln auf den Weg. Nach Norden, nach Lehe ...

Bei den Wachhäusern, die die Straße aus der Stadt flankierten, wurde Nicolaus peinlich genau durchsucht. Er trug nichts Verdächtiges bei sich, keine Waffe, keinen ominösen Brief, und doch hatte er ein mulmiges Gefühl im Bauch. Die Soldaten wirkten überaus angespannt. Ein junger Kerl hielt seine Muskete so fest umklammert, als könnte jederzeit ein grimmiger Feind aus einem Busch gesprungen kommen. Nicolaus zwang sich zur Ruhe. Wenn er jetzt selbst Nervosität zeigte, machte das alles nur noch schlimmer. Er musste so schnell wie möglich hinaus aus der Stadt. In Richtung des Aufstands, doch ohne Verdacht zu erregen.

«Das ist der junge Niehus», hörte er schließlich einen bremischen Soldaten zum Sergent des Wachtrupps sagen. «Der reist regelmäßig zum Haus eines alten Malers hinaus. Hat wahrscheinlich ein Liebchen auf dem Dorf ...»

Das war seine Rettung. Der Sergent winkte ihn mit einem anzüglichen Grinsen durch, und wenig später fand sich Nicolaus auf der offenen Landstraße wieder, mit den Kirchtürmen von Bremen in seinem Rücken. Bukephalos bewegte sich ausdauernd und gehorsam voran, ein gut ausgebildetes Tier. Leider war Nicolaus nicht gerade ein gut ausgebildeter Reiter, er hatte nur als Junge einige Male auf einem Pferd gesessen. So hockte er ziemlich verkrampft im Sattel, während er im schwachen Mondlicht die Straße entlangtrabte.

Die Welt zog in schwarzen Schattenrissen vorüber, konturlos und fremd, als wäre er der einzige Mensch inmitten unerforschter Weiten aus Dunkelheit. Glücklicherweise hielt sich das Pferd sicher auf dem Weg, strebte kraftvoll und verlässlich voran – schneller als Ennos Fuhrwerk, schneller als die französische Infanterie, aber immer noch viel zu langsam. Nach einiger Zeit schmerzte Nicolaus' Gesäß von der ungewohnten Beanspruchung, doch er biss die Zähne zusammen und ritt einfach immer nach Norden, seiner Schwester entgegen. Meile für Meile durch die Nacht, getrieben von verzweifelter Hoffnung und voller Sorge, irgendwo kampierenden Franzosen in die Arme zu reiten.

Der Morgen dämmerte bereits heran, als er die Dächer des Dörfchens vor sich sah, das Meister Marinus van Campen zu seinen Bewohnern zählen durfte. Er warf den Häusern einen wehmütigen Blick zu und setzte dazu an, weiterzureiten – in Richtung Lehe, das die Franzosen hoffentlich noch nicht erreicht hatten.

Da bemerkte er Bewegungen vor sich auf der Straße. Mehrere Reiter mit hohen Hüten – Soldaten! Sie kamen ihm entgegen. General Saint-Cyr musste einige Kavalleristen ausgeschickt haben, um die Straße zu sichern. Vermutlich suchten sie aber auch die Umgebung nach Unterstützern der Aufständischen ab …

Nicolaus lenkte sein Tier zur Seite und hielt auf das Dorf zu, hinüber zu jenem Häuschen beim Weserdeich, in dem er in friedlicheren Tagen so viele anregende Stunden verbracht hatte. Er band Bukephalos an einem Weidezaun an und klopfte schließlich an van Campens Tür.

«Herr Niehus!», rief die Haushälterin Feeke, als sie ihm auftat. «Mit Ihnen hätten wir nun gar nicht gerechnet. Was machen Sie in diesen unruhigen Zeiten hier draußen? Etwa Schiffe malen? Haben Sie nicht mitbekommen, was in Lehe los ist?»

«Doch, doch», murmelte Nicolaus. «Darum bin ich hier. Und ich habe Anlass, den Kavalleristen nicht begegnen zu wollen, die gerade auf der Landstraße unterwegs sind. Dürfte ich wohl kurz bei Ihnen Zuflucht nehmen?»

«Kommen Sie nur herein», sagte Meister van Campen ernst, der nun hinzutrat. «Allerdings wird es wohl nicht bei dieser Handvoll Reiter bleiben. Wir haben schon mehrere Trupps durchkommen sehen. Die Franzosen scheinen es darauf anzulegen, die Landstraße zu kontrollieren.»

«Das ist nicht gut ...» Nicolaus knetete ratlos seine Hände. Er war kein verwegener Kerl, der einfach so eine Blockade feindlicher Soldaten durchbrechen konnte. Wie sollte er nur zu Mette durchkommen?

«Warum erzählen Sie uns nicht, was Sie bedrückt?», fragte van Campen, der ihn stirnrunzelnd musterte. «Vielleicht können wir helfen.»

Nicolaus nickte unglücklich, weil er nichts anderes zu tun wusste.

So kam es, dass er sich wenig später in van Campens Atelier wiederfand, mit einer Tasse Tee in der Hand, den der Meister irgendwo gehortet haben musste. Van Campen schaute seinen Schüler mit großen Augen an, als dieser ihm den Grund seiner verzweifelten Reise erläuterte.

«Meine Schwester ist vermutlich in Lehe», berichtete Nicolaus, «zusammen mit meinem Cousin. Bei den Aufständischen ... Und die Franzosen sind fest entschlossen, den Widerstand niederzuschlagen! Ich muss sie da rausholen. Irgendwie. Mein Bruder ist schon in Russland geblieben, und wenn jetzt auch noch Mette ...»

Die Stimme versagte ihm. Einerseits tat es gut, einmal die Dinge erzählen zu können, die sich in den letzten Tagen ereignet hatten. Doch andererseits traten sie ihm dadurch auch erst in ihrer schrecklichen Realität ins Bewusstsein, wurden zu Wirklichkeit, indem sie Sprache wurden.

Feeke, die bei ihnen im Atelier geblieben war, legte ihm mitfühlend eine Hand auf die Schulter.

«Was für eine schlimme Geschichte, Herr Niehus!», rief sie. «Meine Base hat mir aus Lehe berichtet. Angeblich haben die Aufständischen die Küstenbefestigungen an der Wesermündung eingenommen und dabei alle Kanonen erbeutet, die dort aufgestellt waren. Sie haben sich damit bei Geestendorf verschanzt, und mit Waffen und Munition, die man ihnen geliefert hat. Die Brücke über die Geeste haben sie eingerissen, da ist kein Durchkommen mehr.»

«Aber ich muss irgendwie zu den Aufständischen!», rief Nicolaus verzweifelt. Dann also nach Geestendorf.

«Vielleicht ist Ihre Schwester gar nicht mehr dort, Nicolaus», sagte van Campen begütigend.

«Nein.» Nicolaus schüttelte grimmig den Kopf. «Sie kennen Mette nicht. Sie ist stur wie unsere Mutter ... Eine französische Streitmacht reicht nicht aus, um sie von etwas abzubringen. Ich muss sie nach Hause holen.»

Der alte Maler seufzte traurig. «Sie sind nur ein sterblicher Mensch, Nicolaus. Wenn Sie nach Geestendorf gehen, könnte

Ihre Mutter nur zu leicht alle drei Kinder verlieren. Nicht alles liegt in unserer Hand …» Er zeigte vielsagend auf sein Jugendporträt, auf die Taschenuhr und die verwelkende Rose. Alles war eitle Vergänglichkeit, nicht mehr als fragiler Schaum im mächtigen, unerbittlichen Strom der Zeit …

«Unsinn!» Feeke sagte das so scharf, dass Nicolaus und van Campen überrascht zusammenzuckten.

«Wenn der Herr Niehus seine Schwester retten will, sollten eine kaputte Brücke und ein paar uniformierte Raufbolde auf der Straße ihn nicht aufhalten. Auch Sie sind schließlich der Sohn Ihrer Mutter, oder nicht?»

«Feeke», sagte van Campen bedächtig. «Ich weiß nicht, ob …»

«Wir machen das folgendermaßen», sagte Feeke. «Sie warten noch ein wenig hier und philosophieren mit dem Meister über trübselige Dinge, Herr Niehus. Ich gehe rüber ins Dorf und hole meinen Neffen Hinrik. Er kennt alle Schleichwege in der Marsch und im Moor, hat auch einen eigenen Torfkahn … Der wird Sie schon nach Lehe bringen, wenn es drauf ankommt. Oder eben nach Geestendorf, je nachdem.»

Nicolaus schaute sie mit großen Augen an. «Danke», flüsterte er. «Wenn ich mich irgendwie erkenntlich zeigen kann …»

«Hinrik hilft Ihnen gern, dafür werde ich sorgen – mit Ihrer Erlaubnis, natürlich», sagte sie mit einem Blick auf Meister van Campen. Dieser winkte nur müde ab. Seine Haushälterin machte sich auf den Weg.

Nicolaus blieb mit dem Meister im Atelier zurück und versuchte, sich ein wenig auszuruhen. Nachdenklich ließ er den Blick über die Seestücke an der Wand schweifen, blieb schließlich bei einer Seeschlacht mit brennenden Schiffen und Pulverdampf hängen. Dieses Genre hatte ihn nie besonders gereizt.

Und doch war er, ein einfacher Uhrmacher – und Maler! – aus Bremen, nun auf dem Weg mitten in eine Schlacht.
Sie lebten wahrlich in aufgewühlten Zeiten.

ZWÖLFTES KAPITEL

«... und dann sind die Bauern auf die Befestigungen losmarschiert!» Der Mann, mit dem zusammen Mette eine schwere Platte aus zusammengenagelten Holzlatten aus der Scheune trug, redete unentwegt. Hans nannten die anderen ihn. In besseren Zeiten bockte man solche Platten zu Tischen auf, wenn es im Dorf eine Hochzeit zu feiern galt. Nun dienten sie als Blockaden gegen den Feind.

«Weißt du, wir haben hier an der Wesermündung gleich zwei Befestigungen – eine drüben in Blexen, am anderen Ufer, und eine hier, bei Geestendorf», fuhr Hans fort. «Die Mauern stammen noch aus der Zeit, als das hier alles schwedisch war. Die Schweden wollten damals eine Festungsstadt bauen, Karlstadt. Die Franzosen haben die Reste einfach übernommen und dort eine Garnison eingesetzt.»

Sie schleppten die Platte hinüber zur Straße an der Geeste-Brücke. Aus den umliegenden Bauernhäusern brachten Männer und Frauen alles Mögliche heran, was sich als Barrikade verwenden ließ – Bänke und Tische, alte Truhen und ausgehängte Türen. Man hatte bereits zwei Leiterwagen auf der Straße quergestellt, die kleineren Stücke sollten die Lücken ringsum abdichten.

Der Ort Geestendorf erstreckte sich etwas entfernt von Lehe am südlichen Ufer der Geeste, die hier in die Weser mündete und von einer hölzernen Brücke überspannt wurde.

Nördlich des Flusses lagen noch einige Höfe und Gebäude. Hier würden sich die Aufständischen verschanzen, hinter dem Schutz der Geeste, und die Franzosen erwarten.

«Jedenfalls, als unsere Leute den Befestigungen immer näher kamen, gab der französische Kommandant den Befehl, auf sie zu feuern!»

Sie stellten die Platte ab. Mette fand es ein wenig anstrengend, dass Hans unentwegt redete – zumal man bei einem wettergegerbten Torfstecher mit erdbraunen Händen wie ihm eigentlich ein weniger loses Mundwerk erwartet hätte. Doch sie verstand, dass es vor allem die Nervosität war, die seine Zunge löste. Der Feind war auf dem Weg hierher – wie sollte man da nicht nervös sein?

«Aber der Korporal an der Kanone kommt aus der Gegend hier. Und der hat dann gerufen: *Auf meine Landsleute schieße ich nicht!* Die ganze Besatzung hat sich ihm angeschlossen – und die französischen Offiziere rausgeschmissen. Die durften dann zu Fuß nach Bremen schlurfen, um dem Präfekten Meldung zu machen. Unsere Leute haben die Befestigungen eingenommen, ohne auch nur einen Schuss abzugeben – hier und auch drüben in Blexen.»

Sie gingen zurück zur Scheune, um sich diesmal eine Bank zu greifen. Eike kam ihnen zusammen mit zwei Bauernsöhnen entgegen. Sie trugen Holzkisten mit Munition zu den Barrikaden. Solche Kisten, wie sie auch Mette in den Ort geschmuggelt hatte, zu der Predigerswitwe Ottilie Bracke, die sie sicher für den richtigen Zeitpunkt verwahrt hatte. Für diesen Zeitpunkt.

«Und wie kamen die Rotröcke her?», fragte Mette, während sie zusammen mit Hans die Bank heraustrug. Dabei nickte sie rüber zu den englischen Soldaten, die sich den Aufständischen angeschlossen hatten. Einige von ihnen halfen dem Landvolk dabei, eine leichte Kanone aus der Küstenfestung in Richtung Brücke auszurichten. Ein simpler Schafstall mit Feldsteinmauern diente ihnen als improvisierte Geschützstellung.

«Die hat eine englische Fregatte hier abgesetzt, die plötzlich in der Wesermündung aufgetaucht ist», erklärte Hans. «He, Hein, wie hieß noch gleich das englische Schiff?»

«Das war die *Indomitable*!», erwiderte ein vollbärtiger Kerl, der gerade zusammen mit anderen Männern einen weiteren Wagen herbeirollte. Es war der örtliche Leichenwagen, glänzend-schwarz lackiert und bekrönt von einem düsteren Baldachin. Doch die Straße blockieren konnte er wie jedes andere Gefährt auch.

«In-domi-was? Nee, kann ich mir nicht merken», brummte Hans. «Es sind leider nicht viele Rotröcke, gerade mal 50. Aber es kommen bestimmt noch mehr! Die Briten müssen uns einfach unterstützen – jetzt, da wir die Franzosen endlich rauswerfen...»

«Das hoffe ich», murmelte Mette, während sie die Bank absetzten. Denn Unterstützung konnten sie wahrlich gebrauchen. Sie hatte in Bremen gesehen, mit wie vielen Soldaten die Franzosen in der Stadt eingezogen waren. Die Aufständischen hingegen waren ein loser Haufen von Bauern, Fischern und Torfstechern, die sich hier aus den umliegenden Dörfern versammelt hatten. Die meisten Bewohner waren aus dem Ort geflohen. Nur einige wenige waren entschlossen, an der Seite der Aufständischen die Stellung zu halten – darunter auch vereinzelte Frauen wie Mette.

Sie war zusammen mit Eike gestern Abend in Geestendorf eingetroffen. Da waren die Aufständischen gerade dabei gewesen, auf Anraten der britischen Soldaten die Geestebrücke abzureißen. Die Gebäude am Nordufer hatten sie als Verteidigungsstellung ausgewählt. Die zerstörte Brücke würde hoffentlich genügen, um die Franzosen für eine Weile aufzuhalten. Zwar war die Geeste kein besonders breiter oder tiefer Fluss, aber doch gewiss unangenehm zu überqueren, wenn man dabei beständig von Musketenfeuer aus den Barrikaden eingedeckt wurde, die am Nordufer errichtet worden waren.

Das war der Plan, und seit ihrer Ankunft war Mette verbissen damit beschäftigt, alles für die Schlacht vorzubereiten. Nun war es schon bald Mittag, und sie half noch immer mit, wo sie nur konnte. Die körperliche Anstrengung tat ihr gut, denn so konnte sie den Gedanken verdrängen, dass ihre Strategie erschreckend verzweifelt klang. Aber vielleicht hatte Hans ja recht, und weitere Briten waren schon auf dem Weg hierher ...

Diese Hoffnung konnte allerdings den bangen Klumpen nicht kleiner machen, der sich in ihrer Brust festgesetzt hatte. Eigentlich hatte sie nur vorgehabt, irgendetwas zu tun, statt lediglich hilflos die Fäuste zu ballen. Und nun baute sie Barrikaden auf, während die Franzosen schon auf dem Weg hierher waren. Jeder einzelne Schritt hatte sich richtig angefühlt. Und doch hatte die Summe dieser Schritte sie hierhergeführt, mitten in die Vorbereitungen zur Schlacht hinein ...

Ein scheppernedes, dissonantes Geräusch riss sie aus ihren Gedanken. Die Sturmglocke auf dem Kirchturm läutete!

«Soldaten im Anmarsch!», rief Hans grimmig. «Es geht los! Auf die Posten!»

Ringsum ließen alle liegen, was sie gerade schleppten und heranwuchteten. Jeder lief an den Platz, den man ihm zugewiesen hatte. Es sollte eine präzise militärische Formation ergeben, aber für Mette sah es verdächtig nach Chaos aus, bis endlich alle Männer vorne bei den Barrikaden waren, wo ihre Musketen bereitlagen. Wie ein Uhrwerk, dessen Teile knirschten und nicht zueinander passten. Mutter hätte das gar nicht gefallen. Mette runzelte die Stirn. Wie kam sie nur gerade jetzt darauf? Für Gedanken an ihr altes Leben war nun wahrlich keine Zeit!

Sie schnaubte unwillig, während auch sie ihre Position einnahm: hinter einem der zwei Leiterwagen, wo Eike mit Hans und einigen anderen Torfstechern in Deckung lag, die Musketenrohre auf das gegenüberliegende Ufer gerichtet. Ein besonders verwegener Kerl war sogar auf ein Hausdach geklettert und hatte sich hinter eine Gaube gekauert. Mette selbst würde zusammen mit Jan, einem jungen Burschen aus dem Dorf, die Flinten nachladen. Zwei waren bereits vorbereitet, sodass sie nur noch ausgetauscht werden mussten. Mehr überzählige Waffen gab es leider nicht, aber hoffentlich konnten sie die Schussfrequenz trotzdem hoch halten. Mette schüttelte den Kopf über sich selbst. Dass sie, die behütete Bürgertochter aus Bremen, einmal ernsthaft mit Waffen hantieren würde!

«Wenn ihr Soldaten mit Vollbart seht», sagte Eike gerade, «dann sind das französische Sappeure – Zimmerleute im Kriegsdienst. Die müsst ihr euch vornehmen, ehe sie eine neue Brücke improvisieren ...»

Mette erschauderte. Eike klang seltsam fremd für sie, wie er so über das Kämpfen sprach. *Euch vornehmen*, sagte er. *Niederschießen*, meinte er.

Sie riss sich zusammen und konzentrierte sich auf ihre Aufgabe. Sie musste jetzt ihren Verbündeten beistehen. Und sie würde es gut machen! Mette stellte sich die Kiste mit den Patronen, deren Hüllen aus gewachstem Papier bestanden, bereit, gleich neben den beiden Ersatzmusketen, die schon geladen bereitlagen. Sie hatte das Nachladen heute Morgen ausführlich geübt, und die simplen Handgriffe würden ihr keine Schwierigkeiten bereiten.

Auch wenn sie keine Uhrmacher-Hände besaß, wie Mutter oft geseufzt hatte, während sie Mette als kleines Mädchen mit irgendwelchen Rädchen gequält hatte ... Sie konnte eben eher anpacken, wie Tante Clara. Und das tat sie nun hier. Mochte doch Nicolaus über den Rädchen sitzen und sich von Mutter herumkommandieren lassen, wenn er nicht gerade zu seinem Maler floh oder mit seinem Lieutenant durch die Stadt flanierte! Sie ging ihren eigenen Weg ...

Trommelklang unterbrach ihre grimmigen Gedanken, begleitet von stolzen Trompetenstößen – nicht sehr melodisch, aber laut. Die Franzosen kamen! Kolonnen von Soldaten in tiefblauen Röcken marschierten am südlichen Ufer der Geeste auf, die Musketen geschultert, sodass die scharfen Klingen ihrer Bajonette in der Sonne blitzten. Es waren viele, eine Reihe hinter der anderen, während Kavalleristen auf schnellen Pferden ihre Flanken sicherten. Weiter hinten, wo die Offiziere mit ihren federgeschmückten Hüten ritten, wehte ein blau-weiß-rotes Banner als Feldzeichen, stolz bekrönt von Napoléons goldenem Adler.

Als die Soldaten den flachen Deich am Flussufer fast erreicht hatten, ertönte plötzlich ein dumpfer Knall, und weit vor den Reihen der Franzosen spritzte die Erde auf. Die Kanone im Schafstall hatte ihren ersten Schuss abgegeben – und verfehlt. Kleine Stahlkugeln lagen nun im Gras verstreut, denn man hatte das Geschütz mit einer Kartätsche geladen: ein Blechzylinder, der zahlreiche Kügelchen in einem Gipsmantel enthielt und beim Einschlag zerplatzte, um seine tödliche Ladung über die gegnerischen Linien zu ergießen.

Der missglückte Schuss wirkte wie ein heimliches Startzeichen. Befehle wurden gebrüllt und Trompetensignale gegeben. Die Franzosen rückten im Eilschritt bis zum Deich vor. Ihre Linien nahmen Aufstellung, ihre Musketen senkten sich.

«Fire!», brüllte einer der Rotröcke. Mit furchtbarem Lärm feuerten die Männer hinter den Barrikaden ihre Waffen ab, Fischer neben Bauern, Torfstecher neben britischen Soldaten – unter ihnen auch Eike. Pulverrauch hing plötzlich in der Luft, durchzogen von schweflig-metallischem Gestank. Mette versuchte, trotz ihrer tränenden Augen etwas zu erkennen. Die Reihen der Franzosen standen noch immer unbeeindruckt auf der Deichkrone. Doch lag da drüben nicht eine einzelne gekrümmte Gestalt in blau auf der Böschung? Ihre Kugeln hatten zumindest einen Soldaten erwischt! Plötzlich musste Mette an Arend denken, der ebenfalls solch einen blauen Rock getragen hatte, als er von zu Hause aufgebrochen war.

«Mette!» Eike rief ihren Namen. Hastig reichte sie die beiden geladenen Musketen nach vorne und nahm zusammen mit Jan zwei abgefeuerte Waffen in Empfang, die Läufe noch heiß vom Schuss. Hatte eine von ihnen getroffen? Hatte sie getötet?

Mette schob den Gedanken beiseite und bemühte sich, die erlernten Handgriffe so schnell wie möglich anzuwenden: Erst das Steinschloss öffnen, anschließend die Patrone greifen und das Papier mit den Zähnen aufbeißen. Ein wenig Pulver in die Pulverpfanne füllen, dann wieder schließen. Verärgert bemerkte Mette, dass ihre Finger dabei zitterten. Sie versuchte, sich zusammenzunehmen. Die Flinte hochkant stellen, das restliche Pulver von oben in den Lauf schütten, dann das Papier mit der Bleikugel, die es enthielt, hinterherstopfen. Den Ladestock unter dem Lauf hervorziehen und kräftig nachstoßen, bis alles festsitzt. Schließlich den Stock wieder zurückstecken. Jan war noch immer beschäftigt, als sie schon die Waffe nach vorne reichte.

Bang schaute sie hinüber zu den Franzosen auf der Deichkrone – eine lange Reihe von Gestalten, die aus der Entfernung gleich aussahen, wie die genormten Teile einer Maschine. Nur die unterschiedliche Statur und Körpergröße verrieten ihre Menschlichkeit – die Tschako-Hüte ragten mal höher und mal niedriger auf. Dahinter folgten weitere Umrisse, sie standen gestaffelt in mehreren Linien.

«*Apprêtez vos armes!*» Die Stimme eines Offiziers der Linie hallte über den Fluss.

«*Troisième rang!*» Die dritte Reihe rückte einen Schritt vor, durch Lücken, die die ersten beiden Reihen von Soldaten ihnen ließen.

«*Joue!*» Die dritte Reihe legte an, ein Bein im Ausfallschritt nach vorn gestellt.

«*Feu!*» Dutzende von Musketen knallten, als sie zeitgleich abgeschossen wurden. Kugeln heulten durch die Luft, ein Holzbalken des Leiterwagens zersplitterte unter einem Einschlag.

Irgendwo schrie jemand auf.

Mettes Herz hämmerte wie eine entfesselte Maschine. Man hatte auf sie geschossen! Die Schlacht hatte begonnen, und sie war mittendrin. So wie Eike und zahlreiche andere Menschen um sie herum … Der verwegene Kerl auf dem Dach rief irgendetwas Trotziges.

Mechanisch nahm sie eine weitere Muskete entgegen. Ihre Arme zitterten. Drüben, am anderen Ufer, trat die dritte Reihe zum Nachladen zurück.

«*Deuxième rang!*» Die zweite Reihe rückte vor.

«*Joue!*» Sie legte an.

«*Feu!*» Wieder knallten Schüsse, jagten Geschosse durch die Luft, schlugen Kugeln ein.

Plötzlich gab es ein klatschendes Geräusch ganz in der Nähe. Der verwegene Kerl war vom Dach gestürzt. Nun lag er außerhalb der Barrikaden im Gras, hielt sich den Bauch und schrie. Und hörte nicht auf zu schreien. Mette verschüttete ihr Pulver. Verbissen griff sie sich eine neue Patrone.

«*Premier rang!*»

Sie schaute nicht hin.

«*Joue!*»

Weitermachen, irgendwie weitermachen.

«*Feu!*»

Schüsse und Pulverdampf. Mette zwang sich dazu, einfach immer wieder dieselben mechanischen Handgriffe auszuführen. Sie durfte nicht denken, durfte nichts empfinden. Sie musste zur Maschine werden, so wie auch die französische Truppe wie eine einzige, tödliche Maschine mit zahllosen Händen agierte.

«*Troisième rang!*» Die Franzosen luden schnell und effektiv nach, standen in drei Reihen gestaffelt, die zeitversetzt feuerten. Die Aufständischen hingegen schossen vereinzelt, so wie sie und ihre helfenden Hände eben mit dem Nachladen fertig wurden. Zwischen den Fronten schrie der vom Dach gestürzte Kerl.

Dann ertönte wieder Kanonendonner. Der Schuss schlug im schrägen Winkel dicht vor den Füßen der aufgereihten Franzosen ein – und ergoss einen Hagel aus Splittern über sie. Das war eine der Kartätschen, die die Leute von Geestendorf selbst gemacht hatten, gefüllt mit alten Nägeln und anderem Metallschrott. Nun schrien auch die Franzosen, in deren Uniformröcke, Haut und Fleisch sich der scharfkantige Metallregen gebohrt hatte.

Wieder rückte eine Reihe vor, nahmen weitere Soldaten die Plätze der Gefallenen und Verwundeten ein – verschlissene Maschinenteile, die man ersetzte.

«*Feu!*» Die Musketen knallten.

Hans stöhnte auf und kippte zurück. Blut färbte sein blondes Haar, seine Augen starrten verwundert ins Nichts. Dicht vor Mette lag er auf dem Boden, eine Hand noch um seine Waffe verkrampft. Der Anblick war so grauenvoll, dass sie die Muskete fallen ließ, die sie gerade laden wollte. Sie wandte den Blick ab und atmete durch, musste dagegen ankämpfen, sich zu erbrechen. Neben ihr weinte der junge Jan leise in sich hinein. Er lud schon lange keine Waffen mehr nach, hatte einfach die Beine an den Körper gezogen und den Kopf zwischen den Knien verborgen, als könnte er alles aus der Wirklichkeit verbannen, was er nicht sehen musste. Es war verlockend, es ihm gleichzutun, diesen Wahnsinn aus Lärm, Gestank und Tod hinter sich zu lassen.

Doch Mette machte einfach weiter, versuchte zitternd, die Muskete aufzuheben, ohne den toten Hans dabei anzuschauen. Ihre Hände vollzogen von selbst die eingeübten Handgriffe, zwei seelenlose Maschinen, die mit ihrem Körper verwachsen waren.

«*Feu!*» Weitere Kugeln regneten auf die Barrikaden nieder. Fischer, Bauern und englische Soldaten fielen rings um sie. Jemand rief irgendetwas, es klang panisch. Dann hörte Mette hastige Fußschritte zwischen den Häusern – Schritte, die sich entfernten ... Es war, als hätte jemand einen geheimen Befehl gegeben. Immer mehr Menschen kamen in Bewegung, strebten fort von den Barrikaden und dem tödlichen Kugelhagel.

Jemand drängelte sich an ihr vorbei. Der Torfstecher, der eben noch an Eikes Seite gekniet hatte, schloss sich den Fliehenden mit kreidebleichem Gesicht an!

Ein Kanonenschuss donnerte, diesmal auf der anderen Seite des Flusses. Die Franzosen hatten ein Feldgeschütz in Stellung gebracht! Krachend fiel der Schafstall mit ihrer eigenen Kanone in sich zusammen, irgendjemand schrie unter den Balken. Alles löste sich in sinnlosen Schutt auf.

Mette fühlte sich merkwürdig taub und hohl, wie eine wandelnde Tote, obwohl noch keine Kugel sie aus dem Leben gerissen hatte. Schwer atmend klammerte sie sich an das Einzige, was jetzt noch einen Hauch von Struktur versprach. Sie griff nach der Muskete, zwang sich zum nächsten Handgriff. Das Steinschloss öffnen, dann die Patrone …

Eike stand plötzlich neben ihr, rüttelte sie hart an der Schulter.

«Mette!», brüllte er. «Wir müssen hier weg!» Sie schaute ihn groß an, versuchte zu begreifen, was er da sagte. Ihre Leute flohen, jenseits der Geeste richteten die Franzosen ihre Artillerie aus, während die Sappeure sich bereits daranmachten, die Brücke zu erneuern …

Abrupt erwachte Mette aus ihrer mechanischen Trance. Sie hatten verloren. Der Aufstand war gleich bei seiner ersten Bewährungsprobe gescheitert. Aber es hatte keine Bedeutung mehr inmitten des blutigen Tumults, der ringsum ausgebrochen war. Alles war aus den Fugen geraten, eine defekte Höllenmaschine, die sich selbst zerlegte und Menschen an beiden Ufern der Geeste dabei mit ins Verderben riss.

«Wir müssen zur Küstenbefestigung!», rief Eike. «Dort weht noch die britische Flagge! Vielleicht schicken sie uns Verstärkung …»

«Nein.» In all dem Verderben sah Mette nun klar. «Es wird niemand kommen. Die Franzosen werden bald in der Festung sein.»

«Wohin dann?»

«Premier rang!»

«Weg. Einfach nur weg ...»

«Joue!»

Sie nahm Eike an der Hand. Gemeinsam liefen sie geduckt von den Barrikaden fort, die inzwischen hauptsächlich mit Toten bemannt waren.

«Feu!»

Eine weitere Salve prasselte auf die Barrikaden nieder, ließ krachend Holz splittern.

Eike schrie auf.

Mette geriet ins Stolpern, als er neben ihr zu Boden ging. «Eike!» Entsetzt wandte sie sich zu ihm um. Ihr Cousin lag im Straßendreck und schaute aus schreckgeweiteten Augen zu ihr auf. Mit der Linken hielt er seinen rechten Arm umklammert. Mettes Herz setzte einen Schlag aus, als sie den tiefroten Fleck bemerkte, der sich unter seinem Ärmel ausbreitete.

«Lauf schon ...!», presste Eike zwischen zusammengebissenen Zähnen hervor. «Lauf! Bevor sie noch einmal schießen ...»

«Nein», erwiderte Mette. «Nicht ohne dich.» Sie spürte eine neue Kraft in sich. Eine Kraft, die nichts mehr mit der dumpfen Wut des Kampfes zu tun hatte. Jetzt ging es um ihre Familie!

«Nicht ...» Eikes schwacher Widerstand verebbte, als Mette ihn packte und auf die Füße zog. Sie hatte vielleicht keine Uhrmacher-Hände. Aber sie konnten tragen, was es zu tragen gab!

Schmerzerfüllt schrie Eike auf, als er sich auf Mettes Schulter abstützte. Dann stolperten sie weiter voran, wie ein groteskes Wesen mit vier Beinen, verletzt und verängstigt, in Panik davonstrebend. Sie waren langsamer als die anderen Aufständischen, die irgendwo vor ihnen Richtung Lehe flohen. Zu langsam, viel zu langsam. Schon bald würden die Soldaten in den Ort stürmen, erfüllt von der Hitze und Verzweiflung der Schlacht, würden grausam Rache nehmen für ihre von Kartätschen und Kugeln zerfetzten Kameraden.

Sie mussten hier weg! Verbissen schleppte sich Mette vorwärts, mit dem stöhnenden Eike auf ihrer Schulter.

In ihrem Rücken schrie noch immer der verwegene Kerl.

Dreizehntes Kapitel

Nicolaus war auf dem Weg in die Hölle. Er lief einen schlammigen Feldweg entlang, in Richtung Geestendorf. Dunkler Rauch stieg von einigen der Bauernhäuser auf, die sich vor ihm in die Landschaft duckten. Der Ort brannte! Nicolaus hielt dennoch verzweifelt darauf zu, während jeder vernünftige Mensch in eine andere Richtung gelaufen wäre.

Als Hinrik, der Neffe der Haushälterin Feeke, ihn mit seinem Torfkahn bis an eine geschützte Stelle am Weserdeich nördlich der Geeste-Mündung gefahren hatte, war noch kein Qualm zu sehen gewesen. Hinrik hatte ihm die Richtung gezeigt, war aber bei seinem Boot zurückgeblieben. «Wenn die Franzosen mich im Dorf sehen, schießen sie mich tot», hatte er lakonisch erklärt. «Alle Bauern und Torfstecher sind für die Soldaten jetzt Aufständische. Vielleicht haben Sie ja Glück mit ihrem feinen Gehrock, Herr Niehus, und man nimmt Sie nur als Geisel gefangen, wenn man Sie aufgreift...»

«Hauptsache, du wartest mit deinem Kahn auf mich, bis wir wieder da sind», hatte Nicolaus unwillig erwidert.

«Mache ich», hatte Hinrik gebrummt. «Sie haben ja noch die andere Hälfte von dem Geld, das Sie mir versprochen haben. Ich warte aber trotzdem nicht zu lange. Geld nützt mir nämlich nichts, wenn ich totgeschossen bin...»

Also hatte Nicolaus sich allein auf den Weg gemacht, durch Gesträuch und über matschige Wiesen.

Kurz nach seinem Aufbruch hatte er einen ersten dumpfen Knall gehört, der ihm durch Mark und Bein gegangen war. Die Schlacht hatte begonnen! Salven von Gewehrschüssen waren darauf gefolgt und hatten ihm den Weg ins Herz des Infernos gewiesen.

Mette.

Das war sein einziger Gedanke gewesen, als er in Richtung der Schlacht lief. Er hatte das Dorf noch nicht erreicht, als die Gewehrsalven verklungen waren. Stattdessen hatte der Wind ihm andere Geräusche entgegengetragen: Rufe, angsterfüllte Schreie und Pferdewiehern. Dazwischen immer wieder der scharfe Knall eines Schusses. Dann hatte er den Rauch aufsteigen sehen. Kaltes Grauen hatte sein Herz gepackt. Er war zu spät gekommen! Die Soldaten hatten die Aufständischen bereits überrannt.

Hinter den brennenden Häusern sah er, wie die französischen Kolonnen den Fluss überquerten. Für den Bruchteil einer Sekunde erwog er, einfach wieder umzukehren, so schnell wie möglich fort von diesem Schreckensort, von wo der Geruch nach Schwefel und Schießpulver herüberwehte. Er hatte es schließlich versucht, hatte getan, was er konnte. Doch Nicolaus verbot sich den Gedanken, noch ehe er richtig aufgekommen war.

Er war hier, um Mette heimzuholen – und er würde genau das tun! Der Sohn von Gesche Altendieck ließ sich nicht aufhalten. Also rannte er weiter in Richtung der Hölle vor ihm.

Plötzlich ertönten Rufe und Pferdegetrappel, ganz in der Nähe! Nicolaus erstarrte erschrocken. Dann kauerte er sich in ein Gebüsch, achtete nicht auf die Dornen, die nach seinem Rock griffen und seine Haut zerkratzten. Vorsichtig schaute er aus seinem Versteck hervor. Jenseits einer Wiese, auf einem

Feldweg, der zum Dorf führte, ritten einige französische Husaren in geschmückten Dolman-Röcken. Sie trieben eine Gruppe Männer vor sich her, die immer wieder stolperten und sich angstvoll vor den Schlägen duckten, die auf sie niedergingen. Sie alle trugen die schlichte Kleidung des Landvolks.

Nicolaus ballte verzweifelt die Fäuste. Die Soldaten trieben Männer aus den umliegenden Dörfern zusammen! Sie waren dabei, das Umland von Lehe zu sichern. Die Kämpfe waren endgültig vorbei. Er atmete einmal schwer durch. Dann befreite er sich aus dem Gebüsch und zwang sich, mit tauben Beinen Schritt für Schritt weiter auf Geestendorf zuzuhalten, während er sich hinter den Hecken hielt.

Als die Bauernkaten immer näher kamen, konnte er einzelne Stimmen aus den Schreien heraushören, irgendwo weinte auch jemand.

«Ich habe mein Lebtag noch kein Schießpulver angefasst!», rief ein Mann voller Angst. «Meine Hände sind schwarz vom Torf! Ich ...» Die Stimme erstarb in einem Gurgeln. Nicolaus erschauderte. Er musste sich zwingen weiterzugehen.

Zwischen den Häusern konnte er Gestalten erkennen, die herumliefen – uniformierte und andere. Er selbst war im Schutz der Hecke noch nicht entdeckt. Der Feldweg, dem er folgte, mündete hinter einer Bauernkate gleich beim Schweinekoben, eine wenig exponierte Lage. Die Tiere quiekten angsterfüllt in ihrem Holzverschlag. Nicolaus lief auf den Koben zu und duckte sich hinter seine hölzerne Wand.

Nun war er fast da – dort, wo er nicht sein sollte, wo gerade niemand sein sollte. Aber vor allem seine Schwester nicht!

Vom Koben aus lief er am Bauernhaus entlang in Richtung Straße. Plötzlich sah er eine Bewegung aus dem Augenwinkel – und eine stämmige Gestalt stellte sich ihm entgegen! Es war ein vollbärtiger Mann mit wildem Blick, der eine schwere Steinschlosspistole in der Faust trug. Entsetzt gewahrte Nicolaus, dass die Mündung auf seine Brust gerichtet war. Noch nie hatte jemand eine Waffe auf ihn gerichtet ...

Der Mann fixierte Nicolaus, die buschigen Augenbrauen zusammengezogen, und versuchte offenbar auszumachen, ob dieser merkwürdige Fremde im dornenzerfetzten Gehrock Freund oder Feind war. Er trug keine Uniform, nur die einfache Joppe eines Bauern.

«Ich bin kein Franzose!», sagte Nicolaus rasch mit gedämpfter Stimme und hob beschwichtigend die Arme. Der Mann musterte ihn weiterhin misstrauisch.

«Ich komme aus Bremen», beeilte Nicolaus sich fortzufahren, «und suche meine Schwester. Sie muss irgendwo bei den Aufständischen sein. Mette Niehus, sie ist mit ihrem Cousin Eike Matthiesen hier. Rauchgraue Augen!»

Er kam sich albern dabei vor, über Augenfarben zu reden, während die Mündung einer Pistole auf ihn zielte. Aber es war das Erste, was ihm in den Sinn kam.

Der Bärtige spuckte vor ihm aus. «Die beiden Städter sind geflohen», knurrte er. «Genau wie alle anderen.»

Nicolaus' Herz schlug schneller. Mette war wirklich hier – und sie befand sich auf der Flucht, lag nicht tot irgendwo im Dreck!

«Wohin geflohen? Können Sie mir das bitte sagen?», fragte er eindringlich. Es fühlte sich einfach nur grotesk an, Konversation mit diesem Mann zu betreiben, als würde er in der Stadt jemanden nach dem Weg fragen.

«Ihr Kerl ist angeschossen», sagte der Bärtige. «Habe die beiden irgendwo bei Bölkes Scheune herumhumpeln sehen.» Er nickte zu einem Gebäude, das etwas abseits stand.

«Danke!», rief Nicolaus erleichtert aus.

Der Bärtige wandte sich wortlos ab, um wieder um die Häuser zu streichen.

«He!», setzte Nicolaus noch einmal an. «Der Kampf ist vorbei. Sie sollten sich in Sicherheit bringen.»

Doch der Kerl mit der Pistole knurrte nur abfällig und schlich weiter.

Für einen Moment schaute Nicolaus ihm ratlos hinterher. Dann kehrte er um und lief entschlossen auf die Scheune am Ortsrand zu, die man ihm gewiesen hatte. Er konnte über die Hinterhöfe dorthin laufen und musste – Gott sei's gedankt – nicht auf die Straße zwischen den Häusern hinaus, von wo noch immer Geschrei und gelegentliche Schüsse zu hören waren. Er war mehr als dankbar, den plündernden Soldaten ausweichen zu können! Seine Schwester war eben eine kluge Frau. Klug, starrköpfig und endlos dumm, hierhergekommen zu sein.

An der Scheune hielt er kurz inne. Ringsum erstreckten sich Wiesen, weiter hinten begrenzt durch Hecken und Buschgruppen. Wenn Mette und Eike in diese Richtung weitergeflohen waren, hätten sie lange über ungeschütztes Gelände laufen müssen und wären vermutlich aufgegriffen worden. Noch dazu, wenn Eike verwundet war ...

Nein, das hätte Mette nicht getan – beschloss Nicolaus jedenfalls für sich. Sie mussten noch irgendwo in der Nähe sein.

Vorsichtig stieß Nicolaus eine niedrige Seitentür zur Scheune auf. Vor ihm lag die Tenne in dämmrigem Licht.

«Mette?», rief er gedämpft in den Raum hinein. Nichts tat sich. Enttäuscht wandte er sich wieder um. Es hätte ja sein können ...

Dann hörte er plötzlich eine Stimme: «Nicolaus?»

Sofort lief er hinüber in die Ecke, aus der die Stimme kam. Auf einem schmutzigen Lager aus Stroh, halb verborgen hinter einem Balken, lag dort Eike ausgestreckt. Sein rechter Ärmel war blutdurchtränkt, er hielt ihn mit schmerzverzerrtem Gesicht an sich gepresst. Neben ihm hockte Mette. Sie war gerade dabei, den Arm mit einem Leinentuch notdürftig zu verbinden. Ihr Gesicht war grau, ihre Augen umschattet. Ein metallisch-schwefliger Geruch ging von ihr aus. Als sie zu Nicolaus aufschaute, lag eine seltsame Mischung aus Müdigkeit und Schmerz in ihrem Blick, wie Nicolaus sie noch nie bei seiner tatkräftigen Schwester gesehen hatte.

«Wo kommst du denn her?», fragte sie ungläubig.

Er verzichtete darauf, ihre Frage zu beantworten. «Ich hole euch raus aus dieser Hölle», sagte er mit zitternder Stimme. «Ihr müsst hier weg! Bevor die Franzosen euch entdecken ...»

«Wir können aber nicht weg!», erwiderte Mette verzweifelt. «Die Soldaten sind überall. Und Eike kann kaum laufen mit seiner Wunde.»

«Ich habe ein Boot», erwiderte Nicolaus. «Nicht weit von hier, unten an der Weser. Kommt mit!»

Mette schaute ihn noch immer an, als wäre er ein bleiches Gespenst aus dem Grab. Dann nickte sie knapp. «Gut. Hilf mir mal!»

Nicolaus gönnte sich eine Sekunde der Erleichterung. Zumindest anpacken konnte sie noch immer ... Gemeinsam wuchteten sie Eike hoch, der einen Aufschrei unterdrückte. Dann führten sie ihn hinüber zur Tür, wobei er sich schwer auf Nicolaus' Schulter stützte.

«Wie bist du nur hierhergekommen?», fragte Mette, als sie die Scheunentür erreicht hatten.

«Du bist meine Schwester», erwiderte Nicolaus. «Ich wusste, dass du hier sein würdest. Und ich wusste, dass ich dich nach Hause hole ...» Er hatte keine Ahnung, ob er sie vor Erleichterung umarmen oder vor Wut über diesen gefährlichen Wahnsinn anschreien wollte.

«Verstehe», sagte Mette nur leise. «Danke, Nicolaus.»

Den Ton, in dem sie seinen Namen aussprach, hatte er so noch nie zuvor gehört. Doch ihm blieb keine Zeit, darüber nachzudenken.

«Wir müssen da rüber», sagte er und zeigte zu dem Schweinekoben, wo der Feldweg vom Hof abzweigte. «Dort geht es zum Boot.»

Sie beeilten sich, den Hof so schnell wie möglich zu überqueren, wobei Eike sich mühsam mit Nicolaus' Hilfe voranschleppte. Rauchschwaden trieben vom Ort zu ihnen rüber. Immer mehr Häuser gerieten in Brand! Verbissen kämpfte Nicolaus sich Schritt für Schritt über den schlammigen Untergrund vorwärts.

Sie hatten kaum die halbe Strecke zum Koben zurückgelegt, als Mette alarmiert nach links in Richtung der Dorfstraße deutete: «Soldaten!»

Nicolaus murmelte einen Fluch. Durch die Rauchschwaden konnte er erahnen, dass von dort mehrere Männer mit hohen Tschako-Hüten auf den Hof gelaufen kamen.

«Zum Haus», zischte Nicolaus. Vielleicht konnten sie sich hinter die Ecke des Gebäudes kauern ...

Doch da ertönte auch schon ein Ruf. Einer der Franzosen zeigte direkt auf sie. Zwei Soldaten näherten sich ihnen im Laufschritt, die Musketen mit den scharfen Bajonetten gesenkt.

«Lasst mich hier», stöhnte Eike, «lauft weg!»

«Nein», knurrte Mette.

Nicolaus sagte nichts. Sie hatten ohnehin keine Chance, den Bewaffneten zu entkommen.

Die beiden Franzosen hatten sie fast erreicht. Es waren ein älterer Mann mit Schnauzbart und gerötetem Gesicht und ein Jüngling, der seltsam gehetzt schaute. Der Ältere nickte grimmig. Sie hatten Eikes Wunde entdeckt! Konnten sich denken, dass er vor kurzem noch auf sie geschossen hatte …

«Bitte, meine Herren», setzte Nicolaus hilflos an. Der Jüngere trat auf sie zu, das Bajonett zum Stoß bereit.

Da ertönte wieder ein Ruf, eine befehlsgewohnte Stimme, drüben am Schweinekoben. Die Soldaten wandten sich um. Ein weiterer Mann mit Tschako-Hut war hinzugekommen. Er deutete in Richtung der Straße, sagte wieder etwas auf Französisch. Murrend schulterten die Soldaten ihre Musketen. Der ganze Trupp machte sich im Laufschritt auf den Weg, zurück auf die Dorfstraße. Und fort von Nicolaus und den anderen.

Mette atmete aus, während Tränen der Furcht über ihre Wangen liefen. Der Mann aber, der die Soldaten fortgeschickt hatte, trat auf sie zu. Es war ein Offizier in der Uniform eines Lieutenants. Und Nicolaus erkannte sein Gesicht. Noch nie war es ihm so schön vorgekommen wie an diesem Ort, inmitten von Ruß und Verzweiflung.

«Laurent!», rief er fassungslos.

«Nicolaus …», flüsterte der Lieutenant. «Was tust du hier? Du solltest doch in Bremen bleiben!»

«Ich hole meine Schwester heim», antwortete Nicolaus mit zitternder Stimme.

«Ach, Nicolaus», sagte Laurent sanft. «Ich habe dir doch versprochen, dass ich tue, was ich kann.» Er straffte sich. «Los jetzt! Lauft, rasch! Ich werde euch nicht lange beschützen können.»

«Danke», erwiderte Nicolaus ergriffen. Wie gern hätte er Laurent jetzt in die Arme genommen, ihn geküsst ... Das musste warten. Aber bald. Wenn das alles hier endlich vorbei war.

«Nun geh schon», drängte Laurent. «Ich will dich gesund wiedersehen, wenn ich ...»

Ein Schuss knallte scharf, aus nächster Nähe! Laurents Augen weiteten sich. Auf der Brust seines Uniformrocks breitete sich ein roter Fleck aus – dort, wo eine Kugel sein Fleisch zerfetzt hatte.

Nicolaus keuchte entsetzt auf, als Laurent zusammenbrach. Er sprang auf ihn zu, während sein Blick panisch umherzuckte – und den wilden, bärtigen Kerl von eben an der Hausecke erfasste. Seine Pistole rauchte noch, auf seinen Zügen lag grimmige Zufriedenheit. Sogleich zog er sich wieder zurück. Nicolaus aber beugte sich über Laurent, rief seinen Namen.

Dieser antwortete nicht. Seine großen, klarblauen Augen starrten leer in den mitleidlosen Himmel.

Mette entfuhr ein unterdrückter Schrei. Nicolaus bekam es kaum mit. Er konnte sich nicht von Laurents blassem Gesicht lösen, fein geschnitten und von dunklem Haar umkränzt. Und ohne Leben, wie ein Stück Vieh dahingeschlachtet.

«Nein ...», flüsterte er. «Nein ... Das darf nicht sein!»

Dieser verfluchte Krieg war unersättlich. Er hatte Arend in Russland gefressen und nun auch noch Laurent.

«Nicolaus?» Mette war an seine Seite getreten und sagte irgendetwas. Er beachtete sie nicht, starrte auf die Wunde, gerissen von der Waffe jenes Mannes, der ihm den Weg zu Mette gewiesen hatte. Er hatte ein lohnendes Ziel gefunden, einen Offizier – dabei war Laurent doch eigentlich Maler! Sie wollten zusammen nach Italien reisen, die alten Meister bewundern, von den neuen Meistern lernen – eine Grand Tour mit dem Geliebten, fort aus Bremens engen Mauern, fort aus der Picardie, der Welt entgegen!

«Nein!» Nicolaus konnte nicht länger an sich halten. Er warf sich über Laurents Körper, barg den Kopf an seiner Schulter, versuchte festzuhalten, was nicht mehr da war. Alles zu Ende. Der Herzschlag der Welt war verstummt, die Seele des Kosmos zu nichts verweht. Nicolaus weinte um Laurent und um sich und Laurent, er weinte um Wellenpferde und Wolkenvögel, um eine Zukunft, die es niemals wieder geben würde ...

«Nicolaus!» Mette rüttelte ihn hart an der Schulter. Der Geruch von Ruß und Rauch stieg ihm in die Nase. Auf der Dorfstraße schrie irgendjemand. Langsam und unwillig löste Nicolaus sich von Laurents lebloser Gestalt.

«Die Soldaten sind weg», sagte Mette eindringlich. «Wir müssen hier fort! Zu deinem Boot!»

Und Laurent zurücklassen? Er schaute auf sein bleiches Gesicht, dessen starre Augen seinen Blick nicht erwiderten.

Dann musste er an Mutter denken. Mutter, die Arend verloren hatte und auf Mettes Rückkehr bangte. Und er tat das, was er schon immer getan hatte, wenn er nicht gerade einen Pinsel in der Hand hatte: seine Pflicht.

Wortlos wandte er sich ab, lud sich mit Mettes Hilfe wieder Eike auf die Schulter.

«Es ... es tut mir so leid ...», flüsterte Mette. Ihre Stimme zitterte.

Nicolaus erwiderte nichts. Er kämpfte sich Schritt für Schritt voran, beladen mit Eikes Gewicht und dem Anblick des toten Laurent, den er nie wieder vergessen würde. Sie überquerten den Hof, vorbei an dem Schweinekoben, aus dem die

Tiere noch immer panisch quiekten. Dann ging es im Schutz der Hecken wieder hinüber zum Weserdeich.

Nicolaus ließ es mit sich geschehen, dass seine Füße ihn dorthin trugen, während er Eike stützte. Er war gekommen, um Mette hier rauszuholen. Und das würde er tun.

Schließlich erreichten sie den Kahn. Der ungeduldige Hinrik half dabei, Eike unterzubringen, bleich und halb bewusstlos, wie er war. Dann ging es auch schon die Weser hinauf in Richtung Bremen, fort von Geestendorfs brennenden Häusern.

Vierzehntes Kapitel

Gesche wartete. Sie saß in der Werkstatt an ihrem Tischchen und hatte einen Bogen Papier vor sich ausgebreitet, als wollte sie eine Konstruktionszeichnung anfertigen. Doch die Stifte lagen unbenutzt daneben, nicht mehr als der fadenscheinige Vorwand einer sinnvollen Beschäftigung.

Sie konnte sich jetzt unmöglich konzentrieren. Ihre Gedanken waren dort draußen, jenseits der schützenden Mauern des Hauses, bei ihren Kindern, die nun irgendwo in der dunklen Welt unterwegs waren. Arend in Russland verschollen, Mette in eine üble Sache involviert. Und Nicolaus auf dem Weg zu ihr. Vielleicht würde keiner von ihnen mehr nach Hause kommen. Dann würde Horas Ticken gleichmütig durch die Diele hallen, während das Haus ringsum tot und leer war.

Plötzlich hörte sie die Tür. Sofort sprang sie von ihrem Stuhl auf und eilte auf die Diele. Nicolaus und Mette standen mitten im Raum, grau und abgekämpft.

Wortlos lief Gesche ihrer Tochter entgegen und schloss sie in die Arme. Und ließ sie lange nicht wieder los.

Schließlich schaute sie auf, um mit Nicolaus zu sprechen. Er war nicht mehr da. Oben schlug gerade die Tür seiner Kammer zu.

«Laurent ...», sagte Mette beklommen. «Der junge Franzose. Er hat uns gerettet. Und dann ist er gefallen. Eike ist verwundet. Tante Clara kümmert sich in Vegesack um ihn.»

Gesche nickte mechanisch. Sorge und Schrecken stiegen wieder in ihr auf, und dennoch war ein Gefühl stärker als alle anderen: unendliche Erleichterung.

Schon bald trafen die ersten Berichte aus Lehe ein. Die französischen Truppen hatten den Aufstand vollständig niedergeschlagen und die Küstenbefestigungen wieder eingenommen. An die 150 Bauern, Fischer und Torfstecher waren in den Kämpfen getötet worden, zudem 80 als Rebellen erschossen, 15 Engländer als Kriegsgefangene genommen. Gesche erschauderte bei dem Gedanken, dass ihre Kinder mittendrin gewesen waren. Sechs Wagen mit verwundeten französischen Soldaten rollten in Bremen ein, doch die Verluste der Truppen beliefen sich lediglich auf 20 Mann. Unter ihnen Laurent de Montdidier, den Nicolaus offenbar nicht vergessen konnte.

Gesche sah nur wenig von ihrem Sohn. Wenn er herunter in die Werkstatt kam, erfüllte er dumpf seine Pflichten. Wie eine kunstlose Maschine, die stupide ihren Dienst tat. Doch die meiste Zeit hockte er oben in Großvaters alter Kammer und starrte eines seiner Bilder an – ein Schiff auf den Wellen, durch das ein scharfer Riss lief.

Mette hingegen hatte rasch wieder zu sich gefunden. Sie packte noch mehr im Haus mit an als sonst, was ihr offenbar guttat. Nur deutlich stiller war sie geworden, ihre scharfe Zunge weniger schnell bereit zu Spott.

Als sich Eikes schlecht versorgte Armwunde entzündete und zu eitern begann, ging Mette zu ihm nach Vegesack. Mehrere Nächte verbrachte sie an seinem Bett, half Clara, damit sie etwas Schlaf finden konnte. Schließlich kehrte sie mit müdem Gesicht in das Altendieck'sche Haus zurück.

«Der Herr Doktor konnte Eike retten», berichtete sie. «Seinen Arm allerdings nicht.»

Gesche tat es leid, aber wenigstens lebte er noch. Sie selbst hörte sich immer wieder nach Arend um. Mit trotziger Entschlossenheit hielt sie daran fest, dass auch ihr drittes Kind irgendwann noch heimkehren würde!

«Ein Schneidergeselle, der bei den preußischen Truppen in Russland gedient hat, ist in die Stadt gekommen», erzählte sie eines Abends beim Essen. «Bei den Männern, mit denen er die Memel überquerte, war einer aus dem Norden, mit grauen Augen. Das könnte er gewesen sein ...»

Mette sagte irgendetwas Beschwichtigendes. Nicolaus hörte teilnahmslos zu. Und verzog sich wieder auf die Kammer. Gesche entschied, dass es so nicht weitergehen konnte. Gleich am nächsten Morgen rief sie Nicolaus zu sich in die Werkstatt. Und versorgte ihn mit einem Haufen Arbeit. Ein neues Seechronometer, für das sie schon einen Abnehmer im Auge hatte. Es war nicht wirklich eine Lüge, sie würde es gewiss verkaufen können. Auf diese Weise hätte Andreas zumindest argumentiert. Gesche war es gleich. Ihr war wichtig, dass Nicolaus etwas zu tun hatte. Arbeit war die beste Möglichkeit, von quälenden Gefühlen loszukommen.

Und so stürzte sie sich neben Nicolaus auf das Werk. Ihr Sohn tat, was zu tun war. Doch er blieb dabei stumm und distanziert.

Dann kam der Abend, an dem Nicolaus tatsächlich freiwillig das Haus verließ. Ein Ball im Schauspielhaus stand an. Und Nicolaus führte Amalia Hannecke zum Tanzen aus, sehr zu Gesches Verwunderung. Er kam schon früh wieder heim und antwortete auf ihre Nachfragen nur einsilbig. Schließlich schlurfte er wieder hinauf in Großvaters Kammer, um auf das Bild zu starren.

Gesche sprach mit Meister Hannecke, und schon bald fühte Nicolaus Amalia ein weiteres Mal aus. Amalia kichere und rede viel, erzählte er hinterher, aber durchaus keine dummen Dinge. Eigentlich eine nette Person. Nicolaus wirkte nicht besonders enthusiastisch, doch Gesche hörte es dennoch gerne. Gewiss tat ihm die Ablenkung gut ...

In Frühjahr und Sommer trafen immer mehr Nachrichten in der Stadt ein, dass es im norddeutschen Raum verstärkt zu Gefechten kam: Die verbündeten preußischen und russischen Truppen rückten gegen die Franzosen vor. Mette berichtete, dass der russische General von Tettenborn Hamburg besetzt und dort eine Hanseatische Legion gegründet hatte, in der sich Freiwillige für den Kampf gegen die Besatzer zusammenfanden. Auch junge Männer aus den Schwesterstädten Lübeck und Bremen kamen dazu. Gesche runzelte unwillig die Stirn. Es waren schon zu viele in den Kampf gezogen!

Im Oktober wurde Napoléon bei Leipzig geschlagen, und von Tettenborn zog mit seinen Truppen in Bremen ein. Der Präfekt von Arberg floh aus der Stadt, der *maire* Wichelhausen musste sein Amt niederlegen, der Rat trat wieder im Rathaus zusammen. Nicolaus aber verkroch sich oben in der Kammer und ging nicht einmal auf die Straße, um die einziehenden Kosakenreiter zu bewundern. Gesche ließ ihn gewähren und arbeitete allein am Seechronometer weiter. Vielleicht war sie nicht die Richtige, um ihren Sohn zu trösten. Doch sie arrangierte weitere Treffen mit Amalia Hannecke. Denn sie hatte in ihrem Leben eine Erfahrung gemacht: Die Altendiecks hatten einfach kein Glück in der Liebe. Also musste sie eben ein wenig nachhelfen.

Nicolaus lachte bitter auf. Ein merkwürdiges Geräusch, fand er. Es war das erste Mal seit langer Zeit, dass er überhaupt lachte. «Was bitte hat Wilhelm Greven getan?», fragte er.

«Er hat sich der Hanseatischen Legion angeschlossen», wiederholte Mette, die ihm am Küchentisch gegenübersaß. «Er dient jetzt in der Jägerkompanie, die Heinrich Böse aufgestellt hat und selbst kommandiert. Du weißt schon, der Zuckerfabrikant.»

«Wilhelm Greven? Von den Grevens, die mit der *haute police* angebändelt haben, um sich mit den Franzosen gut zu stellen?»

«Welche Grevens denn sonst?», erwiderte Mette. «Jetzt, wo das Blatt sich gewendet hat, will er der Welt wohl zeigen, dass er ein wahrer teutonischer Held ist. Nicht, dass man seine Familie noch für Kollaborateure hält.»

Ein Stich ging durch Nicolaus' Brust. So hatte Wilhelm Greven ihn genannt, als er neben Laurent auf einer Bank in den Wallanlagen gesessen hatte. Er stand auf, um wieder hinauf in die Kammer zu gehen.

«Nicolaus, warte...»

Überrascht hielt er inne.

«Du... du vermisst Laurent sehr, nicht wahr?», fragte Mette unsicher.

Er schaute sie forschend an. In ihrem Blick lag keinerlei Missbilligung oder Verachtung. Nur Sorge.

«Ja», erwiderte er langsam. «Ich habe ihn sehr geliebt.»

Es tat gut, es auszusprechen. Nicht geweinte Tränen stiegen in ihm auf.

Mette sagte nichts. Sie trat an ihn heran und nahm ihn in den Arm, während er zu schluchzen begann. So standen sie eine ganze Weile in der Altendieck'schen Küche, während draußen, auf der Diele, Hora vor sich hin tickte. Schließlich lösten sie die Umarmung, ungelenk und ein wenig verlegen. Nicolaus wischte sich mit dem Ärmel über die Augen.

«Was sollen wir nun tun?», fragte Mette ratlos.

Mit einem schweren Seufzen richtete Nicolaus sich auf. «Das Nötige», sagte er.

Einige Wochen später, an einem kühlen, frischen Tag im April des Jahres 1814, reiste Nicolaus von Bremen nach Norden, der Wesermündung entgegen. Es war erst wenige Tage her, dass in der Stadt alle Kirchenglocken geläutet hatten, um den Sieg über Bonaparte zu feiern – die vereinigten Truppen seiner Feinde hatten Paris erreicht und eingenommen. Hier jedoch, im Marschland an der Weser, wo Schafe weideten und vereinzelte Höfe mit freundlich roten Backsteinmauern zwischen den Birkenwäldern verstreut waren, wirkten solche kriegerischen Nachrichten fern und unwirklich.

Nachdenklich ließ Nicolaus seine Gedanken schweifen, während er neben Enno auf dem Kutschbock des Fuhrwerks hockte. Lange verfolgte er eine einsame Möwe mit dem Blick, die hoch über ihm dahinglitt, und schreckte regelrecht auf, als das Gefährt plötzlich anhielt.

«Wir sind da», sagte der Fuhrmann Enno schmunzelnd. «Oder wollen Sie bis nach Lehe mitfahren, Herr Niehus?»

«Nein», erwiderte Nicolaus rasch. «Nein, ganz gewiss nicht.»

Er schaute zu dem Haus am Weserdeich hinüber, das sich in einiger Entfernung von der Straße zwischen die Hecken duckte. Für einen Moment hielt er nachdenklich inne. Dann griff er in die Tasche und holte einige Extra-Münzen für Enno hervor. Seit die lähmende Kontinentalsperre nicht mehr bestand, war eine gewisse Aufbruchsstimmung in Bremen zu spüren, und auch mit dem Verkauf der Altendieck'schen Seechronometer ging es wieder aufwärts.

Während der Fuhrmann das Geld zufrieden einsteckte, stieg Nicolaus vom Kutschbock. In früheren Zeiten war er meist ungeduldig gesprungen ...

Als Enno sich gerade anschickte, weiterzufahren, sprach Nicolaus ihn noch einmal an. «Bitte verzeih meine Aufdringlichkeit – aber ich muss das einfach fragen», murmelte er. «Fährst du wieder mit Ladung im doppelten Boden?»

Ennos Schmunzeln wurde zu einem Grinsen. «Ich fahre selten ohne, Herr Niehus», sagte er. «Aber nun, im Frieden, sind es keine gefährlichen Sachen mehr. Höchstens gefährlich für die vollen Taschen der Zollinspektoren.»

«Verstehe», murmelte Nicolaus. «Dann eine gute Fahrt noch!»

Er schaute dem Fuhrwerk eine Weile hinterher, das über die matschige Straße nach Norden rumpelte, jener Brücke bei Geestendorf entgegen, die man nun gemeinhin die Franzosenbrücke nannte. Schließlich wandte er sich um und ging langsam auf van Campens Häuschen zu.

«Herr Niehus!», rief Feeke überrascht, als sie ihm auftat. «Ich dachte schon, Sie würden gar nicht mehr kommen. Immer herein mit Ihnen!»

Während er seinen Mantel ablegte, musterte die alte Haushälterin ihn besorgt. «Ach, Herr Niehus», sagte sie. «Ich hoffe, es geht dem jungen Mann wieder besser, den Sie damals mitgebracht haben? Und ist Ihre Schwester wohlauf?»

Nicolaus hatte sich auf solche Fragen eingestellt – und zugleich davor gefürchtet. Er antwortete mit einigen kurzen Sätzen, verschwieg Eikes Arm und schlüpfte schließlich in van Campens Atelier.

Der Meister stand gerade vor seiner Staffelei und arbeitete, wie üblich, an einem Seestück. Die Wolken, die sich über dem weiten, grauen Meer ausbreiteten, hatten verdächtige Ähnlichkeiten mit den Konturen von Seevögeln. Als er Nicolaus erblickte, legte van Campen den Pinsel beiseite.

«Nicolaus», sagte er und rückte sich den Zwicker mit seinen schlanken Fingern zurecht. «Ich hatte mich gefragt, wann Sie Ihre Studien wieder aufnehmen würden. Nun sind ja hoffentlich bessere Zeiten für solche Betätigungen angebrochen ...» Er verstummte, als er in Nicolaus' Gesicht sah.

«Meister van Campen ...» Nicolaus stockte. Lange war ihm nichts mehr so schwergefallen. Noch war es nicht ausgesprochen. Noch konnte er einfach so weitermachen, wie er es bei jedem seiner Besuche getan hatte. Doch es musste sein. «Meister van Campen, ich bin gekommen, um mich zu verabschieden.» Nun war es heraus. «Ich werde meine Studien in der Malerei leider nicht fortsetzen. Meine Pflichten lassen das nicht mehr zu.»

Marinus van Campen schwieg. Er nahm seinen Zwicker ab und putzte ihn sorgfältig mit dem Ärmel. «Das kommt plötzlich», sagte er schließlich langsam. «Wenn auch nicht völlig unerwartet. Ich nehme an, es geht um die Pflichten in der Werkstatt Ihrer Familie.»

«Ja.» Nicolaus antwortete mit fester Stimme. Er war dieses Gespräch oft genug im Geiste durchgegangen. «Jetzt, da mein Bruder fort ist, ist meine Anwesenheit unabdingbar. Unser Geschäft muss weiterlaufen. Das ist das Wichtigste.»

«Wäre es unmoralisch von mir, zu versuchen, Sie umzustimmen?», erwiderte van Campen nachdenklich. «Genau das würde ich nämlich nur zu gerne tun. Um Ihr Talent täte es mir sehr leid, Nicolaus.»

«Danke, aber ich habe mich entschieden», erwiderte Nicolaus mit einem Kloß im Hals. «Auf mich warten auch noch andere Pflichten. Im Sommer werde ich heiraten.»

«So? Gratulation», sagte van Campen ohne Begeisterung. «Wer ist die Glückliche?»

«Amalia Hannecke. Die Tochter eines sehr tüchtigen Uhrmachermeisters. Eine nette Deern.»

«Nett?»

«Ja. Überaus nett.»

«Dann bleibt mir nichts anderes übrig, als Ihnen alles Gute zu wünschen», schloss van Campen mit einem traurigen Blick.

Nicolaus schaute zur Seite. Er hatte ein schlechtes Gewissen – dem Meister gegenüber, der an ihn geglaubt hatte, seine Geheimnisse mit ihm geteilt hatte. Aber auch den Arbeiten gegenüber, die nun unter einer Tuchplane zur Ruhe gebettet waren.

Nicht zu reden von all jenen Bildern, die niemals gemalt werden würden …

Doch das war nicht sein Weg. Mutter brauchte ihn. Die Altendieck'sche Werkstatt brauchte ihn. Und er war bereit, der Welt zu geben, was sie von ihm verlangte. Der Teil von ihm, dessen Seele nach Schönheit dürstete und in den Düften Italiens schwelgen wollte, war zusammen mit Laurent gestorben.

«Aber ich habe noch etwas für Sie», sagte Nicolaus plötzlich. «Ein kleines Geschenk …»

Er griff in seine Rocktasche und zog ein Büchlein hervor. *Heinrich von Ofterdingen.* Die Geschichte des jungen Sängers, der von der Blauen Blume träumte.

Van Campen nahm das Buch zögerlich entgegen. «Eine von den modernen Schriften, die Sie lesen?»

«Auch dafür werde ich künftig wenig Zeit haben.» Nicolaus lächelte matt. «Vielleicht hilft Ihnen das Buch bei der Suche nach den Wolkenvögeln, Meister van Campen. Mir scheint, als hätte ich da einige Schwingen auf Ihrem neuesten Werk entdeckt.»

Er nickte hinüber zur Leinwand. Der Meister trat einen Schritt beiseite, damit er besser schauen konnte.

«Sie beweisen wieder einmal ein gutes Auge für Details», sagte er. «Ich habe in der Tat mit den lebendigen Formen von Tieren in der Landschaft experimentiert. Die Skizze des jungen Lieutenants, der Sie einst begleitet hat, brachte mich auf die Idee.»

Nicolaus schluckte.

«Da fällt mir ein ... Ich glaube, ich habe auch etwas für Sie!» Meister van Campen ging hinüber zu seinem Schreibtisch und wühlte in einem Stapel Papier herum. Schließlich zog er einen kleinen Zettel hervor und brachte ihn Nicolaus. Mit banger Neugier schaute er auf das Blatt. Es war die Zeichnung, die Laurent einst mit einem Bleistift angefertigt hatte, an jenem unwirklich fernen Tag, als sie gemeinsam auf der Deichkrone den Mond betrachtet hatten.

«Ich dachte, Sie möchten es vielleicht behalten», sagte van Campen. «Als Erinnerung an Ihre Zeit im Königreich der Künste.» Er zwinkerte Nicolaus zu.

Doch dieser hörte ihn kaum. Gebannt betrachtete er die kühnen, dynamischen Körper der Vögel, von kunstfertigen Händen gezeichnet, die niemals wieder etwas Schönes erschaffen würden.

Und nun ... nun entdeckte er ein neues Detail zwischen ihnen, das ihm damals entgangen war. Unten in der Ecke, wo die Umrisse zweier Vögel zusammenstießen, waren die Linien etwas dicker aufgetragen und ergaben eine Art Knoten. Es waren zwei ineinander verschlungene Buchstaben, absichtsvoll zwischen den Schwingen versteckt: ein L und ein N.

Nicolaus' Hände zitterten. Er stand kurz davor, alle Pläne hinzuwerfen, sich einen Pinsel zu greifen und weiter an seiner Malerei zu arbeiten. Für die Blaue Blume. Und für Laurent! Aber dann kam ihm Mutter in den Sinn, die noch immer mit bitterer Entschlossenheit auf Nachrichten von Arend wartete.

Nicolaus faltete das Stück Papier sorgfältig zusammen. Er steckte es in seinen Gehrock, verwahrte es in seiner Weste dicht bei seinem Herzen.

«Danke», sagte er mit belegter Stimme. «Das bedeutet mir viel, Meister van Campen.»

«Ich hatte etwas in der Art vermutet», erwiderte der Meister. «Gehen wir ein wenig auf den Deich?»

«Sehr gerne.»

Seevögel kreisten hoch über der Weser, während Nicolaus ihre gezeichneten Brüder und Schwestern in der Tasche mit sich führte. So, wie auch Vögel über Bremen kreisten, über Geestendorf und über Lehe. Über dem fernen Paris, der Picardie und dem endlosen Russland. Nicolaus sehnte sich danach, mit ihnen zu fliegen und die Weite zu durchstreifen, bis er irgendwo im blaugrauen Nichts aufging.

Die Altendiecks

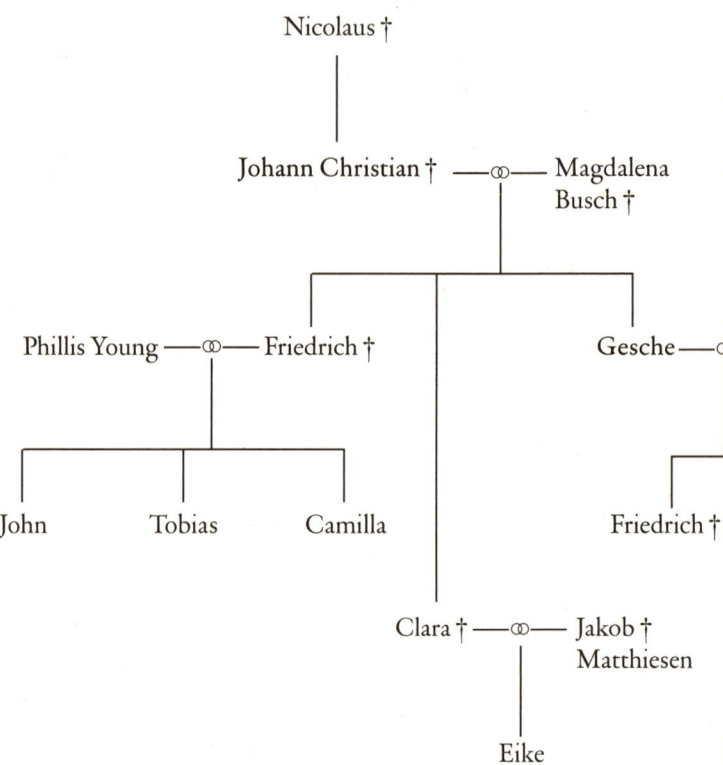

Vierter Teil

1833

–Andreas Niehus †

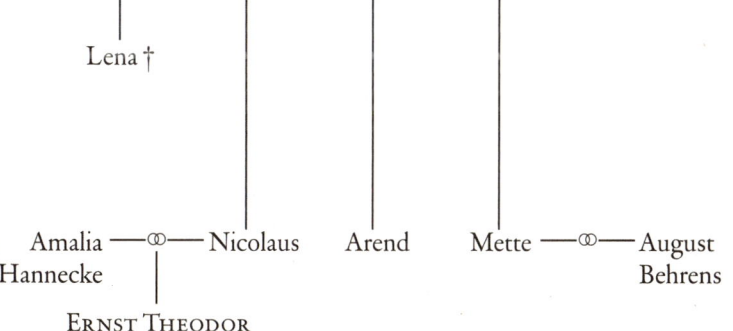

Erstes Kapitel

Der Tag, an dem Tante Mette in eine neue Welt aufbrach, war warm und trocken, beschienen von einer freundlichen Augustsonne. Ein dichter Wald aus Schiffsmasten ragte in den Morgenhimmel auf, während darunter, an der Kaimauer von Bremerhaven, die Leute wie Ameisen durcheinanderwuselten. Zwischen Matrosen und Schauerleute mischten sich wohlhabende Bürger mit Zylinder und Gehstock. Die meisten Passagiere jedoch waren arme Leute in schlichter, zerschlissener Kleidung, eine Masse aus Grau- und Brauntönen. Junge Männer ebenso wie Familien mit zahlreichen Kindern, die zwischen den Gepäckstücken herumliefen und von besorgten Müttern zusammengetrieben wurden.

Über der Menge erhob sich das Vollschiff *Saxonia*, ein stolzer Großsegler. Selbstzufrieden ruhte es an der Kaimauer, als sei es das Zentrum der Welt und das Festland nur ein Aussichtspunkt, von dem aus man seine Masten bewundern konnte.

Genau das tat Ernst Theodor Niehus gerade. Er hatte die Hände in die Jackentaschen gesteckt und die Schirmmütze leicht zurückgeschoben, während er den Kopf in den Nacken legte und zur Takelage der *Saxonia* hinaufschaute. Es erschien ihm, dem landgebundenen Städter, gänzlich unvorstellbar, dass diese umständliche Holzkonstruktion von der Größe des Rathauses sich überhaupt in Bewegung setzen konnte, geschweige denn das offene Meer zu überqueren vermochte.

Und doch würde das Schiff noch heute ablegen, in Richtung der Vereinigten Staaten von Amerika. Und es würde Tante Mette und Onkel August mitnehmen, einem neuen Leben entgegen, fern von Bremen.

Ernst würde Tante Mette vermissen. Er mochte ihre direkte Art und ihren bissigen Sinn für Humor. In das Abschiedsgefühl mischte sich jedoch auch ein Hauch von Neid. Er hätte nicht übel Lust, sich jenen Menschen anzuschließen, die hier und heute der Freiheit des fernen Westens entgegenstrebten.

Die ganze Familie war erschienen, um die Auswanderer zu verabschieden. Gleich neben Ernst stand Vater. Mit seinem altmodischen Kastorhut, dem Zwicker auf der Nase und dem ausladenden Koteletten-Bart war er ganz der wohletablierte Uhrmacher. Mutter hielt sich an seiner Seite, gehüllt in ein neues Kleid mit ausgepufften Ärmeln. Für gewöhnlich würde sie jetzt munter vor sich hin schwatzen und das Treiben am Pier kommentieren. Doch heute schwieg sie beklommen, die Augen feucht und die Hände um ihren kleinen Sonnenschirm verkrampft. Sie hatte ihre Gefühle schon immer offen durch die Welt getragen, und gerade war ihr der Abschiedsschmerz ins gerötete Gesicht geschrieben.

Großmutter stand etwas abseits, steif und unverwüstlich. Mit ihrem schwarzen Kleid und dem grauen Dutt unter der Witwenhaube stach sie aus der Menschenmenge hervor, die sich um sie herum respektvoll zu teilen schien. Obgleich sie sich auf einen Gehstock stützte, hielt sie sich hoch aufgerichtet, als wäre allein der Gedanke an Gebrechlichkeit eine persönliche Beleidigung. Es war schwierig genug gewesen, sie zu der Gehhilfe zu überreden. Doch nach Großtante Claras Tod vor drei Jahren hatten ihre Beine plötzlich die Kraft verloren, als wäre es ihr eine zu schwere Last, nun die letzte Altendieck ihrer Generation zu sein.

Onkel Eike, der eigentlich Ernsts Großcousin war, ein alleinstehender Kontorist mit graubraunen Locken, war gerade dabei, sich von Mette zu verabschieden, wobei es eher so aussah, als gäbe er sich alle Mühe, die Trennung hinauszuzögern. Es dauerte eine Weile, bis er sie schließlich freigab.

«Komm her, min Jung!» Tante Mette trat an Ernst heran und klopfte ihm robust auf den Arm, wie sie es schon getan hatte, als er noch ein kleiner Junge gewesen war. Inzwischen hatte er seinen achtzehnten Geburtstag schon hinter sich, doch manche Dinge änderten sich offenbar nie – wenn man davon absah, dass Tante Mette fortging und nicht wiederkommen würde. Auf ihren Lippen lag ein tapferes Lächeln, doch ihre Augen schimmerten feucht. «Pass auf dich auf. Und auf die Familie.» Sie beugte sich etwas vor. «Und sorge dafür, dass Nicolaus es nicht zu einfach hat», flüsterte sie verschwörerisch. «Er soll sich ja nicht langweilen ...»

«Das werde ich», erwiderte Ernst mit einem zittrigen Grinsen. Tante Mette würde ihm wirklich fehlen.

«Mach's gut, Ernst Theodor.» Onkel August streckte ihm die Hand entgegen, ein kleiner Mann mit schütterem Haar. «Wobei ... eigentlich könnte ich dir auch eben meine Lebensgeschichte erzählen. Es dauert wohl noch ein paar Stunden, bis Mette sich von deinem Onkel Eike losreißen kann.»

Er deutete schmunzelnd auf Mette und Eike, die noch einmal die Köpfe zusammengesteckt hatten.

Onkel August war eigentlich ständig dabei, sich liebevoll mit Tante Mette herumzustreiten, doch heute klang selbst sein Spott bemüht. Tante Mette verzichtete sogar darauf, etwas Spitzes zu erwidern, als sie wieder an seine Seite trat.

Die beiden hatten einen kleinen Kramladen in Bremen geführt, den Onkel August von seinem Vater geerbt hatte, bis zu mäßigen Geschäften auch noch ein fataler Lagerbrand hinzugekommen war. Danach hatten Mette und er sich für eine Weile mehr schlecht als recht über Wasser gehalten, gelegentlich unterstützt durch Vaters Geld, und schließlich eine Entscheidung getroffen: ein neues Leben in einer Neuen Welt. Ernst hatte den Verdacht, dass der Schritt vor allem auf Tante Mette zurückging, der Bremen schon immer etwas zu eng gewesen war – er konnte sie nur zu gut verstehen. Onkel August hatte so getan, als würden sie nach neuen geschäftlichen Herausforderungen suchen. Dabei war doch allgemein bekannt, dass kaum jemand ohne Not auswanderte ...

Dann war es auch schon so weit. Tante Mette umarmte Großmutter ein letztes Mal, die die Geste etwas steif erwiderte. Schließlich verfolgte Ernst zusammen mit seiner Familie, wie Tante Mette und Onkel August die Gangway der *Saxonia* heraufgingen – bis das hölzerne Ungetüm von einem Schiff sie verschluckte. Vater seufzte in sich hinein, Mutter bemühte ein Taschentuch. Ernst stand unbehaglich daneben. Es fühlte sich merkwürdig an zurückzubleiben, wenn man darauf brannte, ins Leben aufzubrechen.

«Lasst uns gehen», entschied Großmutter mit rauer Stimme, als die *Saxonia* sich eine knappe Stunde später schließlich auf die Wesermündung schob und Tante Mette, die bis zum Schluss winkend an der Reling gestanden hatte, nicht mehr zu sehen war. Ernst musste lächeln. Großmutter hatte gewiss das Bedürfnis, sich daheim in der Werkstatt zu vergraben. Harte Arbeit war ihre Antwort auf alles – insbesondere, wenn sie nicht weiterwusste. Das hatte er gelernt, während sie ihn mit geduldiger Strenge in der Familienkunst ausgebildet hatte.

Schließlich wandten sie sich ab und gingen die Hafenfront hinunter, Vater mit seinem Spazierstock voran, die übrige Familie hinterdrein. Zumindest verzichtete er heute darauf, seinen Hut als improvisierten Sonnenschirm auf den Stock zu spießen – für Ernst der Inbegriff des Biederen.

Sie kamen an einigen Baustellen vorüber, Lagerhäuser, die gerade errichtet wurden, zum Teil noch nicht mehr als hölzerne Skelette. Die Hafenlagen von Bremerhaven waren erst vor drei Jahren eröffnet worden, im Jahre 1830. Bremens Bürgermeister Johann Smidt hatte dem Königreich Hannover dafür ein Stück Land nördlich der Geeste-Mündung abgekauft. Ein dringend notwendiger Schritt, denn im Laufe der Jahre war nicht nur der alte Schlachte-Hafen immer weiter versandet, sondern auch der äußere Hafen von Vegesack durch die stark verengte Fahrrinne für größere Schiffe unzugänglich geworden. Bremerhaven an der Wesermündung jedoch bot selbst den mächtigsten Schiffen Raum.

Von hier aus betrieben die Kaufleute der Stadt schwunghaften Transatlantik-Handel mit den Vereinigten Staaten und anderen Übersee-Gebieten, und von hier aus brachen auch zahlreiche Menschen auf, um ihr Glück in der Neuen Welt zu versuchen. Die Zeiten änderten sich beständig, und an diesem bedeutenden Hafen spürte man ihren Pulsschlag besonders eindrücklich.

«Lasst uns doch einen Kaffee trinken», schlug Mutter vor. «Es dauert ja noch etwas, bis das Schiff zurück nach Bremen geht.»

Sie steuerten ein Kaffeehaus in der Nähe der Anlegestelle für die Flusskähne an, die zwischen Bremerhaven und der Schlachte verkehrten, und nahmen an einem der Tische Platz. Als der Kaffee serviert wurde, erzählte Mutter ausführlich von den Menschen am Kai, die sie beobachtet hatte. Von einem knorrigen Mann, dem die Tränen in den Augen standen, als er ein junges Paar verabschiedet hatte, und von einer Familie mit sieben Kindern, die allesamt gemeinsam auf dem Schiff verschwunden waren. Onkel Eike hingegen starrte stumm in seine Tasse, während Ernst nachdenklich in seinem Kaffee herumrührte.

«Ich wünschte, du würdest diese Schirmmütze wenigstens bei Tisch abnehmen», sagte Vater plötzlich und schaute ihn über seinen Zwicker hinweg an. «Damit siehst du aus wie ein Student – oder ein Zigarrenmacher.»

«Und ich wünschte, dass Tante Mette noch hier wäre – oder ich mit ihr auf dem Schiff», erwiderte Ernst bitter.

«Ernst Theodor ...», begann Vater.

«Nun hört doch auf zu streiten», brummte Großmutter.

Ungnädig wandte Vater sich seinem Kaffee zu. Ernst unterdrückte ein Grinsen. Großmutter hatte die Familie fest im Griff – doch sie respektierte Querköpfigkeit, was ihr wiederum Ernsts Respekt einbrachte.

«Ich muss in Bremen noch zu Schneider Thiede, das geänderte Kleid abholen», rief Mutter in die Stille hinein. «Am Freitag sind wir bei Willes eingeladen.»

Ernst horchte auf. Am Freitag?

«Bei mir geht das leider nicht», sagte er. «Ich bin da schon mit ein paar Freunden verabredet.» Bevor irgendjemand nachfragen konnte, ergänzte er rasch: «Wir treffen uns auf ein Bier.»

«Freunde?», fragte Vater misstrauisch. «Oder meinst du: gefährliche Leute mit fragwürdigen Ansichten?»

«Erstens schließt das eine das andere nicht aus», erwiderte Ernst. «Und zweitens ist das richtige Wort nicht *fragwürdig*, sondern *demokratisch* oder *liberal*.»

Es wäre einfacher gewesen, bei der harmlosen Version mit dem Bierchen zu bleiben. Doch irgendwie reizte Vaters Art zu fragen Ernst zum größtmöglichen Widerspruch.

«Demokratisch. Liberal», knurrte Vater. «Du weißt sehr wohl, wie gefährlich solche Wörter sind. Die Zensurbehörden sind mehr als misstrauisch in letzter Zeit.»

«Willst du dir denn beständig den Mund verbieten lassen?», fragte Ernst verständnislos.

«Ich habe jedenfalls nicht vor, meine Stimme für irgendwelche politischen Abenteuer zu erheben», erwiderte Vater streng. «Konzentriere dich lieber auf die Pflichten in deinem eigenen Hause. Verschwende deine Kraft nicht für die Kämpfe fremder Leute.»

«Aber ein vereinigtes und demokratisches Deutschland ...»

«Nicht so laut!» Vater schaute sich unwillig um. «Ich erlaube das nicht. Du wirst uns zu Willes begleiten, dabei bleibt es.»

Ernst fuhr auf. «Du kannst doch nicht ...»

«Ernst Theodor», sagte Großmutter leise, aber bestimmt. «Hör auf deinen Vater.»

Ernst schaute sie an. Sie erwiderte seinen Blick aus ihren rauchgrauen, von Falten umkränzten Augen, bis er sich schließlich unwillig abwandte.

«Meinetwegen», knurrte er.

Der restliche Besuch im Kaffeehaus verlief schweigsam.

Als sie schließlich aufbrachen, wartete am Kai die *Weser* auf sie, ein dampfbetriebener Raddampfer mit grün gestrichenen Bordwänden. Vater hatte bereits Fahrkarten für die Familie besorgt. Während die anderen in der Kajüte verschwanden, blieb Ernst lieber an Deck und nahm auf einer der Holzbänke Platz, die unter einem Sonnendach bereitstanden. Schnaufend und prustend setzte sich die *Weser* in Bewegung. Die mächtigen

Schaufelräder fraßen sich tüchtig ins Wasser, während der hohe Schornstein mit seiner kronenförmigen Spitze rußige Wolken ausspie. Ernst genoss es, wie der Schiffskörper unter der Kraft der Maschine vibrierte.

Als kleiner Junge war er immer sehr stolz darauf gewesen, dass die *Weser* fast genauso alt war wie er – sie war 1816 auf einer Werft bei Vegesack als erstes Dampfschiff aus deutscher Produktion gebaut worden, er selbst war 1815 geboren. Er mochte Technik, und nicht nur die Mechanik von Uhrwerken. War fasziniert, wie neue Erfindungen das Angesicht der Welt immer stärker veränderten und mit ihrer Kraft den Menschen erlaubten, ihr eigenes Schicksal zu formen.

Während das schnaufende Schiff sich die Weser hocharbeitete, ließ Ernst nachdenklich seinen Blick über die Landschaft am Ufer schweifen, wo eine Windmühle knarzend ihre Flügel drehte. Ein wenig erschrocken, zuckte er zusammen, als sich plötzlich jemand neben ihn setzte.

«Du gestattest doch?», fragte Onkel Eike.

«Ja, natürlich», entgegnete Ernst und rückte zur Seite.

Eike tat ihm leid. Mit Mette war jener Mensch verschwunden, mit dem sich der sonderbare Einzelgänger vermutlich am meisten verbunden gefühlt hatte. Etwas steif nahm er auf der Bank Platz. Ernsts Blick wanderte zum rechten Ärmel seines Gehrocks, der abgenäht war, wie bei allen Oberteilen von Eike. Er erinnerte sich noch gut an das Gespräch, in dem er den Onkel vor vielen Jahren nach seinem Arm gefragt hatte.

«Den hat mir der alte Franzosenkaiser Napoléon gestohlen», hatte Onkel Eike erwidert. In Ernst hatte das wilde Bilder heraufbeschworen – Onkel Eike im Zweikampf mit Napoléon Bonaparte, Säbel gegen Säbel, auf den Zinnen eines brennenden Schlosses ... Als er später erfuhr, dass es um eine Schusswunde aus einem unbedeutenden Geplänkel in den Befreiungskriegen ging, hatte ihn das schon ein wenig ernüchtert.

«Nimm es deinem Vater nicht übel», sagte Onkel Eike, während sein Blick über die Landschaft am Ufer schweifte. «Er meint es nicht böse. Wir haben nur in der Familie schlechte Erfahrungen gemacht, wenn es um junge Menschen geht, die sich auf gefährliche Dinge einlassen.»

Ernst brummte ungnädig. «Ich habe ja nicht vor, in einen Krieg zu ziehen», sagte er. «Aber ich werde mir auch nicht verbieten lassen, für meine Überzeugungen einzustehen.»

Für einen Moment sagte niemand etwas. Die *Weser* schnaufte, ihre Schaufelräder ratterten.

«Ich kann dich verstehen», sagte Onkel Eike plötzlich. «Weißt du, damals, als die Franzosen aus Bremen abgezogen sind – da dachte ich, dass nun alles besser wird. Dass die Mächtigen sich zusammenraufen, um etwas Neues zu schaffen, und dabei an die einfachen Leute denken. Die vielen Freiwilligen haben schließlich auch für ein vereintes Deutschland gegen Napoléon gekämpft, nicht für die Einzelinteressen irgendwelcher lokalen Machthaber.»

Ernst lachte bitter auf. «Aber es ist anders gekommen», sagte er.

«Allerdings», bestätigte Onkel Eike. «Was will man auch erwarten, wenn ein reaktionärer Knochen wie der Fürst von Metternich bei der Neuordnung Europas den Vorsitz über lauter nicht minder reaktionäre Gesandte führt … Und – schwups! – gibt es plötzlich überall wieder autoritäre Fürstenstaaten, in denen der kleine Mann nichts zu sagen hat. Im Deutschen Bund ist das jedenfalls so, in allen rund 40 Ländern. Als hätte es niemals so etwas wie eine Revolution gegeben.»

«Das ist einfach zu frustrierend», erwiderte Ernst. Ein wenig wurmte es ihn, dass er damals noch in den Windeln gelegen hatte, als so Großes entschieden wurde.

«Immerhin hat Johann Smidt in Wien ausgehandelt, dass Bremen eine freie Stadt geblieben ist – ebenso wie Hamburg, Lübeck und Frankfurt am Main», fuhr Onkel Eike fort. «Die Ratsherren nennen sich seitdem vornehm Senatoren, aber sonst hat sich nichts verändert. Wir haben die alte Stände-Ordnung und werden von zwei, drei Dutzend Kaufmannsfamilien regiert, die untereinander verbandelt sind, dazu kommt noch ein zahnloser Bürgerkonvent. Doch wir haben keine Möglichkeit, irgendetwas mitzuentscheiden oder zu verändern.»

Ernst schaute seinen Onkel überrascht an. Dieser blickte seinerseits über den Fluss. Die *Weser* war gerade dabei, auf der schmalen, versandeten Fahrrinne an einem Segelkahn vorbeizumanövrieren.

«Und du willst mir verbieten, zu Versammlungen zu gehen?», fragte Ernst. «Du könntest dort gut und gerne selber eine Rede halten, Onkel!»

Onkel Eike lächelte ein wenig verlegen. «Nur weil einer wenig sagt, heißt das nicht, dass er sich keine Gedanken macht», murmelte er. «Du hingegen sagst ziemlich viel, Ernst Theodor. Das ist gut, weil man manchmal eben laut werden muss. Aber auch schlecht, weil du damit viel verrätst und dich angreifbar machst.» Er senkte die Stimme. «Ich möchte nicht, dass du ein Opfer der Karlsbader Beschlüsse wirst.»

Vor fast 15 Jahren hatte in Mannheim der radikale Student Karl Ludwig Sand den konservativen Theatermenschen August von Kotzebue niedergestochen. Das hatten die Vertreter der Fürstenstaaten zum Anlass genommen, strenge Zensurgesetze gegen alle zu beschließen, die sich eine liberale, vielleicht gar demokratische deutsche Republik wünschten. Es gab Versammlungsverbote, Verbote der öffentlichen Meinungsäußerung, Überwachung der Presse und dergleichen mehr. Offiziell zum Schutz vor blutiger Revolution und napoleonischer Tyrannei. Ein Schelm, wer dabei an den Schutz der Vorrechte dachte, die die Mächtigen genossen, etwa die Senatoren von Bremen.

Sein Freund Gustav hatte Ernst einmal eine verbotene Karikatur gezeigt. *Der Denker-Club.* Das Bild zeigte eine Gruppe würdiger, gelehrter Herren, die in einem Salon lebhaft debattierten – und dabei allesamt Maulkörbe trugen. Besser konnte man die Situation in den deutschen Landen und in ganz Europa kaum zusammenfassen.

«Aber wenn du mir eigentlich zustimmst», sagte Ernst, «dann verstehe ich nicht, warum du trotzdem auf Vaters Seite stehst und seine Verbote gutheißt!»

Onkel Eike seufzte. «Es gibt nicht immer nur zwei Seiten, Ernst», sagte er. «Das habe ich einst geglaubt. Und es hat mich viel gekostet ...» Er verzog grimmig das Gesicht. «Aber wie dem auch sei – ich sorge mich lediglich um dich, ich verbiete nichts. Am Freitag also willst du deine Freunde treffen?»

«Ja», erwiderte Ernst grimmig. Er hatte vorgehabt, zusammen mit einigen Gleichgesinnten an einer Versammlung teilzunehmen. Gustav redete seit Tagen von nichts anderem.

Stattdessen musste er nun eine Gesellschaft beim Uhrmachermeister Wille besuchen. Gewiss würde Louisa Wille wieder auf dem Klavier vorspielen, ein furchtbares Geklimper, das ihre nicht minder anstrengende Mutter für vornehm hielt. Der alte Otto Wille würde ihn beiseitenehmen und ihn mit seinem schweren, süßen Pfeifentabak einnebeln, während er über Studenten, Turner und andere Chaoten schimpfte und nach jedem zweiten Satz mit einem gebrummten «Nicht wahr?» Zustimmung heischte. Das diente freilich dazu, ihn als potenziellen Schwiegersohn abzuklopfen ... Ernst erschauderte trotz der warmen Augustsonne.

«Nun, du verfügst über einen guten Zahlenverstand», sagte Onkel Eike mit einem listigen Lächeln. «Was wäre, wenn ich am Freitag deine Hilfe bräuchte, um einen Stapel Rechnungen im Kontor zu erledigen? Dein Vater wird mir das gewiss nicht ausschlagen und es mir auch nicht übelnehmen, wenn es etwas später wird. Und falls ich über dem ganzen Papierkram einschlafen sollte und du dich sonstwohin davonstiehlst, kann ich es auch nicht ändern. Ich wäre dann gewiss so beschämt, dass ich es deinen Eltern verschweigen müsste. Also, was denkst du? Willst du an meiner Seite den Kampf gegen endlose Zahlenkolonnen aufnehmen?»

Ernst musste breit grinsen. «Danke, Onkel Eike», sagte er, als wäre er noch ein kleiner Junge, dem man Zuckerwerk mitgebracht hatte.

Eike wurde wieder ernst. «Aber gib gut auf dich acht», sagte er.

«Keine Sorge», sagte Ernst übermütig. «Die bremischen Polizeidiener sind blind wie Maulwürfe.»

«Ich rede nicht nur von den Polizeidienern», erwiderte Eike. «Auch unter denen, die laut Freiheit rufen, gibt es manche, die vor allem ihre eigene Freiheit meinen. Und solche, die bereit sind, den Boden mit Blut zu tränken, damit ihre Vorstellung von Gleichheit oder Nation darauf gedeihen kann. Vergiss einfach beim Jubeln das Denken nicht.»

Ernst erwiderte nichts. Nachdenklich beobachtete er die Möwen, die mit zusammengelegten Flügeln auf den unruhigen Wogen der Weser hockten und sich auch von der schäumenden Wucht der Schaufelräder nicht beeindrucken ließen.

Zweites Kapitel

Gesche saß auf ihrem Thron in der Altendieck'schen Werkstatt und wachte über die Arbeit von Sohn und Enkel. Sie wusste wohl, dass ihre Kinder den Polsterstuhl so nannten, den sie für sich in diesem Raum aufgestellt hatte, und ihr einziger Enkel hatte den Begriff übernommen. Früher hatte sie darüber die Stirn gerunzelt. Sie war keine schwachbrüstige Adelsdame, die irgendwo herumsaß und sich bedienen ließ. Sie war eine Handwerkerin, Enkelin von Nicolaus Altendieck. Sie thronte nicht – sie tat etwas.

Doch irgendwann war sie dem Thron gegenüber nachsichtig geworden. Ihr war klargeworden, dass das Wort vermutlich ursprünglich von Arend stammte. Es war seine Art, so etwas zu sagen, und sie hatte genau vor Augen, wie er dabei schief lächeln würde. Ein wenig wie Andreas – doch ehrlich, ohne Schauspielerei.

Ihr Nicolaus hatte die 40 schon überschritten und ging auf die 50 zu – doch Arend sah sie noch immer als jungen Mann von 22 Jahren vor sich. Denn älter war er nicht gewesen, als Russland ihn verschluckt hatte. Der Thron war ein Teil seines Erbes in der Werkstatt, als wäre seine Stimme hier noch immer zu hören.

Außerdem musste sie sich eingestehen, dass die Bezeichnung von Jahr zu Jahr passender wurde. Schon lange saß sie kaum noch über Konstruktionen gebeugt, deren Feinheiten immer mehr vor ihren Augen verschwammen. Stattdessen hielt sie sich im Hintergrund und verfolgte, wie Nicolaus die Werkstatt führte und Ernst Theodor ihm dabei zur Hand ging. Sie thronte über dem Geschehen – da sollte ihr Sitz von ihr aus auch Thron genannt werden.

Ihr Enkel war inzwischen zu einem tüchtigen jungen Uhrmacher herangewachsen – der Letzte, den sie persönlich ausgebildet hatte, wie sie gelegentlich mit Wehmut dachte. Gerade verfolgte sie aufmerksam Nicolaus' und Ernsts Arbeit am Werk eines Seechronometers. Sie nahm mit Befriedigung zur Kenntnis, dass es keines von diesen seelenlosen, englischen Manufaktur-Werken war, sondern eine originäre Altendieck-Konstruktion. Darauf drängte Ernst in letzter Zeit immer öfter. Er experimentierte gerne herum und probierte neue Dinge aus – und sein Vater ließ sich darauf ein, wenn auch nicht ohne Widerwillen.

Gesche hingegen gefiel das überaus gut. Dank seiner Begeisterung war Ernst jetzt schon ein besserer Uhrmacher, als es Nicolaus jemals sein würde. Ihm fehlte nur noch Erfahrung. Aber das Talent der Familie, das einst die große Rathausuhr und das Altendieck-Seechronometer hervorgebracht hatte, das hatte er. Wie viel Zeit seit diesen Anfängen vergangen war …

Nachdenklich ließ sie den Blick zum Fenster hinausschweifen. Über den Dächern von Bremen zog die Abenddämmerung in satten Farben herauf, ein tiefes Orange, das an den Rändern in ein grünliches Blau überging. In ihrer Jugend hatte der Himmel niemals so ausgesehen. Doch Ernst kannte es gar nicht anders.

Denn es hatte mit dem Jahr ohne Sommer angefangen, in dem ihr Enkel gerade mal ein Jahr alt gewesen war, anno 1816. Ein schrecklich kaltes und dunkles Jahr, das den Leuten als *Achtzehnhundertunderfroren* im Gedächtnis geblieben war.

Selbst die soliden Einkünfte ihrer Werkstatt hatten kaum ausgereicht, um die gestiegenen Preise für einfachste Lebensmittel infolge der Missernten auszugleichen, in Süddeutschland hatte es regelrechte Hungersnöte gegeben.

Dieser Winter hatte auch ihren Bruder als Opfer gefordert. Friedrich Altendieck war in London einer Lungenentzündung erlegen. Der erste Altendieck ihrer Generation, der gegangen war.

In den Folgejahren war es besser geworden, doch der Himmel erstrahlte seither häufig in seltsamen Farben. Gesche hatte gelesen, dass manche Gelehrte Staubnebel im Verdacht hatten, die wie ein Schleier über den oberen Himmelsschichten lagen und das Licht der Sonne filterten. Das mochte so sein – oder auch nicht. Der Mechanismus des Kosmos besaß noch immer zahllose Rädchen, deren Funktion nicht annähernd erforscht war. Und immer, wenn man einen Blick hinter eine Abdeckung warf, um die wahren Zusammenhänge zu erkunden, erblickte man dahinter nur noch feinere Konstruktionen, die wieder durchschaut werden wollten. Gesche seufzte in sich hinein. Sie würde keine weiteren Abdeckungen öffnen und tiefer in die Mechanismen eindringen. Ihr Beitrag ruhte unter Glas. Ein Teil von ihr war wehmütig über die Entdeckungen und Erfindungen der Zukunft, die ihr entgehen würden. Ein anderer gönnte Ernst Theodor von Herzen die Gelegenheit, jene nächsten Schritte in eine Zeit zu gehen, welche ihm und seinen Kindern gehörte.

Nicolaus' Stimme riss sie aus ihren Gedanken.

«Denke daran, dass du morgen zu Onkel Eike ins Kontor musst», sagte er zu seinem Sohn, während sie die Werkzeuge zusammenräumten.

«Natürlich», erwiderte Ernst in seinem üblichen Tonfall,

in dem sich Trotz mit leicht entnervter Schicksalsergebenheit mischte.

«Frieda wird dir deinen guten Gehrock bereithängen. Du kannst dann gleich hineinschlüpfen, wenn du nach Hause kommst. Den Weg zu Willes kennst du ja.»

«Gewiss.»

Gesche verengte misstrauisch die Augen. Ernst folgte den Anweisungen seines Vaters sehr bereitwillig. *Zu* bereitwillig, fand sie. Für gewöhnlich schätzte er es gar nicht, wenn man über seinen Kopf hinweg plante, und er ließ keine Gelegenheit aus, bei solchen Anlässen eine spitze Bemerkung zu platzieren. Dass er heute darauf verzichtete, war verdächtig. Nicolaus hingegen schien nichts zu bemerken. Er brummte zufrieden irgendetwas in sich hinein.

In der Diele ertönte der kleine Gong, den ihre Hausmagd Frieda anschlug, um zum Essen zu rufen. Das war eine großbürgerliche Spielerei, die Gesches Schwiegertochter Amalia im Altendieck'schen Hause eingeführt hatte. Gesche mochte das Ding nicht besonders. Horas würdiges Ticken und die ersten Noten von *Nun danket alle Gott* waren die einzigen Klänge, die der Diele angemessen waren. Doch man musste die jungen Leute gewähren lassen. Jedenfalls bei den kleinen Dingen. Dann war es umso einfacher, einen Blick darauf zu haben, dass die großen nicht aus dem Ruder liefen.

Als die beiden Männer sich von der Werkbank lösten, ging Ernst zu Gesche hinüber, um ihr aufzuhelfen. Den Weg zur Küche würde sie dann selbständig mit ihrem Gehstock zurücklegen, das gebot schon ihr Stolz.

«Ernst Theodor», murmelte sie, während sie sich mit Hilfe seiner Hand hochzog und das übliche ärgerliche Stechen im Rücken spürte. «Was hast du vor?»

«Wie meinst du das, Großmutter?», fragte er und reichte ihr die Gehhilfe. Es war der alte, von einem geschnitzten Entenkopf bekrönte Stock, den schon ihr eigener Großvater Nicolaus verwendet hatte.

«Was hast du vor?», insistierte Gesche. «Morgen Abend, meine ich.»

Ernst schwieg kurz betreten. «Na, Onkel Eike im Kontor helfen», sagte er schließlich. «Und hinterher zu Willes. Das weißt du doch.»

Gesche musterte ihn streng, ohne etwas zu sagen.

«Na ja ... Onkel Eike meinte, dass es vielleicht länger dauern könnte», gestand Ernst.

«Aha», brummte Gesche. «Wenn du ihm helfen kannst, nur zu. Altendiecks machen das so untereinander.» Sie weigerte sich noch immer, von Niehus, Matthiesen oder einem der anderen Namen zu sprechen, die in die Familie gewandert waren.

«Natürlich, Großmutter.»

Gemeinsam gingen sie hinüber in die Küche. Von dort quoll ihnen der Dampf gekochter Kartoffeln entgegen. Gesche runzelte die Stirn. Noch so eine Neuerung. Früher waren die Erdäpfel in Bremen etwas Seltenes gewesen. Doch seit geraumer Zeit aßen sich selbst arme Fischer damit satt.

Sie warf Ernst einen prüfenden Seitenblick zu. Ihr Enkel schaute unschuldig geradeaus. Gerade deswegen hatte Gesche den Verdacht, noch nicht alles erfahren zu haben. Doch Ernst würde hoffentlich auf sich aufpassen.

Er war ein kluger Junge. Mit rauchgrauen Augen.

Drittes Kapitel

«Wer bist du, Fürst, daß ohne Scheu
Zerrollen mich dein Wagenrad,
Zerschlagen darf dein Roß?»

Heinrich Fautrier deklamierte die Verse mit einer tiefen, volltönenden Stimme. Sie erfüllte den Raum, ohne angestrengt zu wirken. Gebannt hörte Ernst zu, ebenso wie die anderen jungen Männer, die sich Schulter an Schulter zu Dutzenden drängten. Das Hinterzimmer des Kaffeehauses *Zum Palmbaum* war eigentlich viel zu klein für eine Versammlung dieser Größe, und der Raum war entsprechend aufgeheizt, die Luft verbraucht.

«Wer bist du, Fürst, daß in mein Fleisch
Dein Freund, dein Jagdhund, ungebleut
Darf Klau und Rachen haun?

Wer bist du, daß durch Saat und Forst,
Das Hurra deiner Jagd mich treibt,
Entatmet, wie das Wild? —»

Klar und überdeutlich sprach Fautrier Wort für Wort aus, jede Silbe der Beachtung wert. Zugleich brachte er es fertig, echte Empörung in seine Stimme zu legen, als hätte er tatsächlich einen tyrannischen Adligen vor sich, dem er seine Untaten ins Gesicht schleuderte. Vermutlich hatte er eine solide rhetorische Schulung erhalten, denn er war Pfarrer – und zugleich überzeugter Demokrat.

«Die Saat, so deine Jagd zertritt,
Was Roß, und Hund, und du verschlingst,
Das Brot, du Fürst, ist mein.

Du Fürst hast nicht bei Egg und Pflug,
Hast nicht den Erntetag durchschwitzt.
Mein, mein ist Fleiß und Brot!

Unter den Anwesenden waren keine Bauern, deren Felder die jagende Gutsherren zertrampelten und die ihr Recht an ihrem Ernte-Ertrag einforderten. Die Botschaft war dennoch klar. Insbesondere die Zigarrenmacher nickten grimmig. Im Kopf ersetzten sie gewiss Egge und Pflug mit Einlage und Deckblatt, aus denen sie ihre begehrten Waren formten. Sie stellten einen beachtlichen Teil jener einfachen Leute von Bremen, welche ganz unten standen, Welten entfernt von den vornehmen Senatoren, die die Geschicke der Stadt regierten.

«Ha! du wärst Obrigkeit von Gott?
Gott spendet Segen aus; du raubst!
Du nicht von Gott, Tyrann!»

Fautrier schwieg, um die Worte des Gedichts nachwirken zu lassen. Die Stille klang fast anklagender als sein Vortrag. Dann begann jemand zu klatschen, einzeln und verhalten. Rasch fielen alle Anwesenden mit ein, ein zustimmender, anhaltender

Applaus. Die Arbeiter und Handwerker wie Ernst klatschten in die Hände. Die Studenten trommelten mit den Fingerknöcheln auf die Holztäfelung, so auch Gustav, der neben Ernst saß.

Bremen besaß keine eigene Universität, lediglich ein kleines Seminar zur Heranbildung von Lehrern. Dennoch waren erstaunlich viele durchreisende Studenten zu der Versammlung im überfüllten Hinterzimmer erschienen. Der illustre Ruf des Redners hatte sie angelockt. Ernsts Freund Gustav hingegen hatte seine Studientage in Göttingen eigentlich schon hinter sich und war seit einigen Monaten als Jurist in Bremen tätig. Ernst war stolz darauf, dass Gustav neben ihm saß und ihn als Diskussionspartner schätzte. Nur zu gerne hätte er selbst eine Hochschule besucht …

«Bürger! Zigarrenmacher!»

Heinrich Fautrier setzte wieder zu sprechen an. Schlagartig wurde es still. Nur ein einzelner Zigarrenmacher jubelte noch einen Moment länger, wohl weil sein Berufsstand explizit angesprochen wurde. Sein Sitznachbar brachte ihn mit einem ungnädigen Zischen zum Schweigen.

«Es war im Jahre 1773, dass Gottfried August Bürger diese Zeilen schrieb.» Fautrier stand aufrecht in der Mitte des holzgetäfelten Raumes. Er war nicht besonders groß und zudem eine rundliche Erscheinung mit Hängebacken. Seine feine, silberne Brille wirkte irgendwie zu klein für das Gesicht. Dennoch empfand Ernst Ehrfurcht vor ihm, denn Fautrier sprach mit brennender Überzeugung.

«Seitdem sind mehr als 50 Jahre vergangen. 50 Jahre, die uns mehr als *eine* Revolution gebracht haben. Mehr als *eine* Hoffnung auf Freiheit.» Zustimmendes Gemurmel kam ringsum auf. Fautrier bezog sich nicht nur auf die große Revolution von 1789. Erst vor wenigen Jahren, im Juli 1830, hatten die Franzosen erneut revoltiert, den reaktionären Bourbonen-König Karl X. abgesetzt und den *Bürgerkönig* Louis-Philippe an die Spitze des Staates gehoben. Die Ereignisse hatten einen Funken geschlagen, der in ganz Europa Feuer des Widerstandes entfacht hatte – und weiterhin entfachen würde.

«Doch wurden unsere Hoffnungen auf Einigkeit und Freiheit jemals erfüllt?», fuhr Fautrier fort und schaute mit ernstem Gesicht in die Runde.

Dutzende von jungen Männern schauten zurück. In ihnen wogte die wütende Hitze der Begeisterung – und die Aufregung, etwas Verbotenes zu tun.

«Wurden sie erfüllt?», wiederholte Fautrier.

«Nein!», rief Gustav in den Raum.

«Nein», bestätigte Fautrier grimmig. «Wann immer sich ein warmer Lichtschein der Demokratie zeigte, wurde er schon bald wieder von der Finsternis der tyrannischen Adelsherrschaft erstickt. Und wie steht es hier, in Bremen? Das Volk dieser Stadt dient keinem Fürsten – doch auch hier thronen die wenigen Mächtigen auf den Buckeln der vielen Machtlosen. Thronen die Reichen auf den Buckeln der Armen.»

Die gemurmelte Zustimmung wurde lauter, steigerte sich zu grimmigen Rufen. Unwillkürlich schaute Ernst zur Tür, vor der ebenfalls Zuhörer standen. Konnte man sie draussen hören? Das Kaffeehaus hatte zwar bereits geschlossen, aber möglicherweise drang der Lärm gar bis auf die Strasse ...

«Doch auch in der Dunkelheit geben wir nicht auf – denn wir sind der Brennstoff, aus dem sich eine neue Flamme der Veränderung entzünden lässt! Wir sind ...»

«Frankfurt!», rief jemand ungeduldig. «Berichten Sie von Frankfurt!»

Ernsts Herz klopfte heftig. Auch er war begierig darauf,

von jenen Ereignissen zu hören, die im Frühjahr den Deutschen Bund erschüttert hatten. Zugleich war er ärgerlich über die Unterbrechung der Rede. Anderen im Publikum schien es ähnlich zu gehen. Manche stimmten lautstark in die Forderung ein. Andere zischten, verlangten nach Ruhe für den Redner.

Heinrich Fautrier aber hob beschwichtigend die Hände. «Ja, ich war in Frankfurt», sagte er. Sofort wurde es wieder still um ihn. «Ich war in Frankfurt, als die Aufrechten sich mutig erhoben – und verraten wurden!»

Zeitungen und Flugblätter hatten davon berichtet. Im April hatten Aufständische die beiden Polizeiwachen von Frankfurt am Main gestürmt, der Stadt, in der die Gesandten der deutschen Fürsten tagten. Ihr Ziel war es gewesen, erst Waffen zu erbeuten und dann ebendiese Gesandten gefangen zu nehmen und damit eine deutschlandweite Revolution gegen die Fürstenherrschaft zu entfachen.

«Sie wurden zusammengeschossen!», rief Fautrier. «Und in alle vier Winde verstreut. Manche flohen über das Meer in die Neue Welt.» Er machte eine kurze Pause. «Andere blieben, um den Kampf im Verborgenen weiterzuführen.»

Ernst wusste, dass Fautrier auf der schwarzen Liste der Bundeszentralbehörde stand, die alle Sympathisanten der Aufständischen mit inquisitorischem Eifer über die Grenzen der deutschen Lande hinweg verfolgte. Die Polizei würde ihn schon allein dafür festnehmen, dass er sich hier in Bremen aufhielt. Geschweige denn, dass er umstürzlerische Reden führte!

Die beschriebenen Blätter, die Ernst in der Hand hielt, knisterten, als er sie vor Aufregung zusammenknüllte. Er hatte einige Gedanken dazu niedergeschrieben, wie er sich eine republikanische Zukunft vorstellte. Onkel Eike hatte ihm dankenswerterweise die Gelegenheit dazu gegeben, während er ihm vorhin ein wenig im Kontor zur Hand gegangen war. Das demokratische Staatswesen, das ihm vorschwebte, verglich er in seinem Text mit einem großen Uhrwerk, in dem alle Teile gleichwertig etwas zum Gelingen des Ganzen beitrugen. *Gedanken eines jungen Uhrmachers zum Wesen der Republik* hatte er es genannt. Vielleicht würde er ja den Mut finden, seine Ideen heute in der Versammlung vorzutragen ... Doch ihm war schon aufgefallen, dass auch andere junge Männer Papier dabeihatten und offenbar Ähnliches planten.

«Es mag nun, zu Zeiten der Repression und der aufgescheuchten Bluthunde, nicht angeraten sein, unsere Ziele offen und erhobenen Hauptes zu verfolgen», fuhr Fautrier fort, «doch auch im Verborgenen lassen sich kraftvolle Samen der Freiheit ausstreuen, die in künftigen Tagen keimen werden und ...»

«Nein!», rief ein junger Zigarrenmacher. «Wir fordern *jetzt* Gerechtigkeit! Nicht erst, wenn wir alt und grau unsere Enkel auf den Knien wiegen!»

«Justitias Voranschreiten zu hemmen ist ein Verbrechen!», stimmte ihm ein Student zu.

«Wir sind bereit!» Ein kräftiger Kerl mit Lockenvollbart stand auf. «Unser starker Arm wird jene vertreiben, die uns die Mitbestimmung verwehren! Einheit und Freiheit!»

«Deutschlands Freiheit von den Franzosen wurde mit Blut erkauft!», brüllte der Zigarrenmacher. «Wir werden seine Einigkeit mit Blut erkaufen! Für ein vereintes Vaterland!»

Fautrier versuchte, wieder das Wort zu ergreifen, doch er wurde von den wütenden Stimmen übertönt. Ernst schaute sich unbehaglich um. Es gefiel ihm gar nicht, wenn gewisse Leute mit ihrem Blut-Gerede anfingen. Er musste dann immer an Onkel Eikes abgenähten Ärmel denken.

«Wer für eine gute Sache Blut fordert, denkt dabei nicht unbedingt an sein eigenes», hatte der Onkel vorhin noch im Kontor gesagt. Ernst nahm an, dass die Männer, die nach Gewalt schrien, genauso wenig einen echten Krieg erlebt hatten wie er.

«Wir müssen unverrückbar zusammenstehen! Für die Republik!»

Fautrier war es noch immer nicht gelungen, den Tumult zu bändigen.

«Nein! Für ein vereinigtes Kaiserreich!»

Nun begann das, was Ernst beinahe so sehr hasste wie die *Blut*-Schreierei. Alle beharrten darauf, dass sie am besten wussten, was gut für ihre Zukunft sei. Manche wollten allgemeines Wahlrecht für die Besetzung aller Staatsämter, andere lediglich ein Parlament, das den Monarchen an der Spitze bei der Gesetzgebung unterstützte. Sie ritten auf den Unterschieden herum und gingen sich fast schlimmer an die Gurgel, als es die Schergen der Bundeszentralbehörde vermocht hätten. Dabei wollten sie doch eigentlich alle dasselbe! Freiheit. Gleichheit. Und eine politisch vereinigte Heimat, in der man diese Werte leben konnte – unbesudelt von den Einzelinteressen der unzähligen Fürstenstaaten. Das war es auch, was Ernst auf seinen Papieren zum Uhrwerk-Staat niedergeschrieben hatte. Ehe er es sich anders überlegen konnte, sprang er von seinem Stuhl auf.

«Nun hört doch endlich auf!» Er war selbst überrascht, dass seine Stimme den Lärm durchdrang – und man sich ihm tatsächlich zuwandte. Er musste eine günstige Lücke in dem Gebrüll erwischt haben … Selbst Heinrich Fautrier schaute mit seinen kleinen, intelligenten Augen fragend in Ernsts Richtung.

«Die Streiterei bringt doch nichts», beeilte sich Ernst fortzufahren. «Lasst uns lieber gemeinsam nach Möglichkeiten suchen, unsere Forderungen durchzusetzen! Mit Vernunft, nicht mit blutiger Raserei ...»

«Hört seine schwachbrüstige Rede!», höhnte der Kerl mit dem lockigen Vollbart, der sich vorhin schon lautstark mit kämpferischem Getöse hervorgetan hatte. «Die Rede von einem, der fürs Vaterland nicht mit seinem Blut einstehen will und nach Gründen sucht, sich weiter zu verstecken!»

Ernst schluckte. Diejenigen, die die Wörter *Blut* und *Vaterland* in einem Satz verwendeten, waren die Schlimmsten. Er hob mit zitternden Händen seine Papiere, um daraus vorzulesen, ehe das Geschrei wieder aufkommen konnte.

«Der Lauf der Zeit, dessen unerbittliches Voranschreiten zahlreiche Veränderungen mit sich bringt, mag sich für das große Projekt des demokratischen Staates als Verbündeter erweisen. Denn wer sich in alten Zeiten feindselig gegenüberstand, wird in zukünftigen Tagen womöglich einig Seite an Seite streiten und ...»

Weiter kam er nicht. Sein Vortrag wurde von einem schrillen Pfeifen unterbrochen, das von der Straße kam. Gewiss war das einer von den Leuten, die draußen Schmiere standen! Dann drang auch schon die panische Stimme des Schankknechts durch die Tür: «Polizeidiener!»

Der Schreck traf Ernst wie ein Fausthieb. Die Versammlung war aufgeflogen!

Stühle wurden polternd umgestoßen, als Dutzende von jungen Männern zugleich aufsprangen.

«Meine Herren», durchdrang Fautriers Stimme das aufkeimende Chaos, «leider werden wir unser Treffen bei einer günstigeren Gelegenheit fortsetzen müssen. Habe die Ehre.»

Der pragmatische Sinn hinter seinen wohlgesetzten Worten war nicht schwer zu entschlüsseln: *Rette sich, wer kann!*

Die versammelten Streithähne zeigten eine bemerkenswerte Einigkeit bei dem Unterfangen, auf die einzige, viel zu kleine Tür des Hinterzimmers zuzustürmen. Nur fort von hier, bevor die Polizei eintraf ...

«Komm schon!» Gustav war als einer der Ersten aufgesprungen und zog Ernst am Arm. Sie strebten auf die Tür zu, als der vollbärtige Freund des Vaterlandes herangewalzt kam. Im Vorbeigehen rempelte er Ernst an. Das brachte diesem nicht nur eine schmerzende Schulter ein – auch die Papiere mit seinen gesammelten Gedanken regneten wie Herbstblätter auf den Boden.

«He!», rief er empört. Hatte der Kerl das mit Absicht gemacht?

Ernst bückte sich, um seine Aufzeichnungen vom Boden zu klauben. Das war gar nicht so einfach, wenn ständig irgendwelche Stiefel darauf herumtrampelten. Jemand trat ihm fast auf die Hand.

«Ernst!» Gustav hatte die Tür schon beinahe erreicht. «Wo bleibst du?»

«Geh schon mal!», rief Ernst ihm zu, der noch immer dabei war, seine Blätter an sich zu raffen. «Ich komme gleich ...»

Natürlich hätte er seine Papiere einfach aufgeben können. Aber die Polizei durfte sie auf keinen Fall in die Hände bekommen! Nun ärgerte ihn die Torheit, das Ganze mit *Gedanken eines jungen Uhrmachers* überschrieben zu haben. Wenn es der Obrigkeit gelang, das mit ihm in Verbindung zu bringen, hatte nicht nur er persönlich ein Problem. Die Sache würde auf seine Familie zurückfallen, er würde in die Festungshaft wandern, und der komplette Ruf der Altendieck'schen Werkstatt wäre ruiniert. Die Vorstellung von Großmutters Blick machte Ernst mehr Angst als jeder Polizeidiener.

Verbissen sammelte er Blatt für Blatt vom Boden auf, während der Raum sich beständig leerte. Gerade waren die Letzten dabei, sich durch die Tür zu schieben.

«Stehen bleiben!», ertönte eine raue Stimme von draußen. «Polizei!»

Endlich hatte Ernst das letzte Blatt erwischt! Sofort stürmte er aus dem Hinterzimmer in das kleine Treppenhaus. Eine steile Holztreppe führte nach oben, eine weitere Tür nach vorne, in den Gastraum des Kaffeehauses. Von dort waren laute Stimmen zu hören.

«Halt ihn fest!»

«So nicht, Bürschchen!»

«Lasst mich los, elende Staatsschergen!»

Ernst erstarrte in der Bewegung. Die Polizeidiener waren schon im Gastraum und nahmen Leute fest! Er warf einen hastigen Blick zurück in das Hinterzimmer. Es hatte keine weiteren Ausgänge. Der einzige Weg nach draußen war ihm versperrt. Da näherten sich auch schon schwere Schritte …

Ohne weiter nachzudenken, rannte Ernst in die einzige Richtung, die ihm noch offenstand. Nach oben, die steile Treppe hinauf. Während er über die Stufen hetzte, hörte er die Tür zum Gastraum klappen. Schritte hallten durchs Treppenhaus.

«Da oben läuft noch einer!», rief jemand.

«He, du! Stehen bleiben!»

Ernst dachte nicht daran, auf die Ordnungshüter zu hören. Er folgte weiter den Stufen und erreichte einen Treppenabsatz, von dem aus eine Tür ins Obergeschoss des Hauses führte. Ernst ignorierte sie. Er konnte sich wohl kaum in irgendeiner

Schlafkammer verkriechen. Stattdessen lief er die Treppe weiter hinauf, während unten schon die Schritte der Polizeidiener polterten.

Dann waren die Stufen plötzlich zu Ende, und vor Ernst lag eine niedrige Tür, die aus groben Holzbohlen zusammengezimmert war. Er versuchte, sie aufzustoßen, doch sie war verschlossen. Die Schritte auf der Treppe kamen näher. Verzweifelt warf Ernst sich gegen die Bohlen. Knarrend gab die Tür nach, und er stolperte in einen dunklen Raum.

Das musste der Dachboden des Hauses sein. Glücklicherweise gab es Lücken in den Tonziegeln des Daches, sodass silbergraue Strahlen von Abendlicht hereinfielen. In diesem Dämmerlicht erahnte er die dreieckige Form der Dachschrägen, durchzogen von Balkenwerk. Und er sah kleine huschende Umrisse, die sich eilig von ihm entfernten, tiefer in die Schatten des Gebälks hinein. Ratten.

Hastig schlug er die Tür zum Treppenhaus hinter sich zu und schob noch eine Holzkiste davor, die jemand hier oben eingelagert hatte. Doch er wusste selbst, dass das nicht lange halten würde. Rasch ließ er die Tür hinter sich und drang tiefer in den Raum ein. Er keuchte schmerzerfüllt auf, als er sich den Kopf an einem Querbalken stieß. Die Schritte auf der Treppe waren nun ganz nah herangepoltert. Vielleicht hatten die Polizeidiener ihn in der Falle. Vielleicht aber auch nicht …

Mit klopfendem Herzen eilte Ernst an dem gemauerten Kaminschacht vorbei, während es hinter ihm krachte und knarzte. Die Polizeidiener ruckelten schon an der Tür herum!

Hektisch suchte Ernst die Wand ab, vor der er stand – und entdeckte endlich einen niedrigen Durchgang, der weiter in die Dunkelheit führte. Die Holzpforte, die ihn einst verschlossen hatte, hing schief in den Angeln. Als die Polizeidiener gerade die Dachbodentür aufstießen, duckte Ernst sich durch die Öffnung hindurch. Er kam in einen weiteren Bodenraum voller Balkenwerk, Staub und Spinnenweben.

Erleichtert atmete er aus. Die Dachböden der Stadthäuser, die sich eine Mauer teilten, waren tatsächlich miteinander verbunden. Großmutter hatte recht mit ihren Geschichten über die Bönhasen, die unzünftigen Handwerker, die häufig auf diesem Wege vor der Obrigkeit fliehen mussten!

Hinter sich hörte er schwere Schritte auf dem Holzboden. Die Polizeidiener hatten noch nicht aufgegeben! Verbissen lief er weiter durch das Dämmerlicht voran.

Die bremischen Polizeidiener sind blind wie Maulwürfe. So hatte er vor wenigen Tagen noch geprahlt. Doch die Kerle waren hartnäckiger, als er gedacht hätte. Wobei sie ihn tatsächlich noch nicht gesehen hatten – und das sollte auch so bleiben!

Er lief zu einer Tür, die offenbar hinunter in das Haus führte, zu dem dieser Boden gehörte. Entschlossen drückte er die Klinge hinunter. Abgeschlossen! Und das Ding sah solider aus als die Holzbohlentür, die er im Kaffeehaus aufgestemmt hatte. Fluchend wandte er sich ab, lief weiter auf die Wand zu, wo ein Durchgang zum nächsten Dachboden führte.

«Stehen bleiben!», bellte jemand hinter ihm. «Du kommst hier nicht weg, Bursche!»

Doch Ernst war schon in den nächsten Bodenraum geschlüpft, versuchte hektisch, sich im Halbdunkel zu orientieren. Dort vorne war eine Bodenluke. Er sprang darauf zu, versuchte, sie zu öffnen. Auch sie war blockiert! Ernst rannte weiter, zum nächsten Durchgang, auf den nächsten Boden. Hinter ihm polterten noch immer Schritte, es mussten mindestens zwei sein ... Und sie blieben ihm auf den Fersen, wie Hunde, die eine Ratte hetzten.

Ernsts Zuversicht schlug immer mehr in Verzweiflung um. Es nützte ihm nichts, über die Böden zu rennen, wenn er nirgendwo fortkonnte. Irgendwann würden sie ihn eine Ecke treiben, und alles wäre umsonst gewesen ...

Wieder polterte er in einen neuen Bodenraum. Diesmal sah er einen Lichtschein, der unter der Tür nach unten hervorschimmerte. Dort brauchte er es gar nicht erst zu versuchen. Wenn das Treppenhaus beleuchtet war, würde er vermutlich direkt einem Hausbewohner in die Arme laufen.

Er blickte sich kurz um und hetzte weiter. Da hörte er eine leise Stimme.

«Hier herüber! Rasch ...»

Das kam von der Tür! Er bemerkte, dass sie sich einen Spaltbreit geöffnet hatte. Dahinter konnte er eine Gestalt erahnen, die eine Laterne trug. Ernst überlegte nicht lange. Er folgte dem Ruf und lief auf die Tür zu. Die Person trat beiseite, und Ernst drängte sich an ihr vorbei. Sofort wurde die Tür hinter ihm zugezogen und die Blende der Laterne zugeklappt. Er stand im Dunkeln.

«Danke», keuchte er. «Ich ...»

«Schscht!», machte es ungnädig.

Jenseits der Tür, auf dem Dachboden, waren nun Schritte zu hören. Sie waren ganz nah.

«Wo ist der Kerl hin?», knurrte jemand.

«Da drüben! Durch die Tür!», kam die Antwort.

Ernst blieb fast das Herz stehen. Sie hatten ihn gesehen!

Die Schritte polterten weiter vorwärts. Und entfernten sich. Ernst brauchte einen Moment, um zu begreifen. Die Kerle glaubten, dass er durch die Tür zum nächsten Dachboden geschlüpft war! Sie trampelten kopflos weiter voran.

Bang lauschte er, bis ihre Schritte verklungen waren.

«Die sind wir los», flüsterte es neben ihm.

Das Licht der Laterne flammte wieder auf, und Ernst schaute in das Gesicht einer jungen Frau. Sie war klein und von stämmiger Statur. Ihr brünettes Haar war zu zwei schneckenartigen Knoten aufgesteckt, die ihre Züge umrahmten. Auf ihrem Nasenrücken und auf den Wangen waren blasse Sommersprossen verstreut. In ihren tiefbraunen Augen lag ein fragender Ausdruck, der noch dadurch verstärkt wurde, dass ihr Mund leicht geöffnet war.

Ernst wich unwillkürlich einen Schritt zurück. Sie standen so dicht nebeneinander, dass er den Rock ihres Hauskleides an seinen Beinen spürte.

«Verzeihung», stammelte er. «Ich ...» Er wusste nicht, was er sagen sollte. Dann wurde ihm bewusst, wie er auf die junge Dame wirken musste – ein abgehetzter, mit Staub und Spinnenweben umhüllter Kerl, der von der Polizei über die Dachböden gejagt wurde!

«Bitte», setzte er erneut an, «Sie müssen mir glauben, dass ich keineswegs ein kriminelles Element bin!» Beschämt dachte er an die Zensurgesetze. «Jedenfalls nicht im Sinne eines Diebs oder Einbrechers, meine ich ...»

«Kommen Sie von der Versammlung im Hinterzimmer des *Palmbaums*?», unterbrach ihn die Frau ungeduldig.

«Wie? Ja, genau ...», erwiderte er verwirrt.

«Ich möchte alles über Heinrich Fautrier hören. Das sind Sie mir schuldig, nicht wahr?»

«Wenn Sie darauf bestehen ...», erwiderte Ernst, der nicht wusste, wie ihm geschah.

«Dann folgen Sie mir. Hier entlang.» Die junge Dame fasste ihn am Arm und führte ihn entschlossen durch eine Tür, die der Dachbodenpforte gegenüberlag.

Viertes Kapitel

Hinter der Tür lag eine kleine Kammer, in der es ein wenig rauchig roch. Vielleicht hatte man sie früher zum Räuchern verwendet. Nun jedoch diente sie einem völlig anderen Zweck. Ernst sah ein Wandregal, in dem Dutzende von Buchrücken nebeneinander aufgereiht waren – eine veritable Bibliothek, die er an diesem Ort nicht vermutet hätte. Daneben gab es nur noch ein kleines Tischchen und einen Stuhl mit gestreiftem Polsterbezug. Für mehr wäre in der Kammer auch gar kein Platz gewesen. Ernst wusste kaum, wo er überhaupt stehen sollte.

Die junge Frau aber schloss die Tür hinter ihnen und hängte die Laterne an einen Haken über den Tisch, auf dem ein aufgeschlagenes Buch wartete.

«Nehmen Sie doch Platz», sagte sie und deutete auf den Stuhl.

«Danke», erwiderte Ernst, der langsam die Sprache wiederfand. «Aber ich kann unmöglich die einzige Sitzgelegenheit beanspruchen. Setzen Sie sich nur, bitte.»

«Dann werden wir beide stehen», erwiderte die Frau. Sie sagte es nicht trotzig – es war einfach eine Feststellung. Beiläufig schob sie den Stuhl unter den Tisch und damit gleichsam den Streitpunkt beiseite.

«Mein Name ist Anna», sagte sie und schaute Ernst abwartend an. In ihrem Blick schien eine stumme Herausforderung zu liegen. Zugleich waren ihre Lippen zur Andeutung eines Schmunzelns gekräuselt.

«Ernst Theodor», erwiderte Ernst rasch und ärgerte sich über seine schlechten Manieren. Er spürte, wie Röte über seine Wangen kroch, was Annas Schmunzeln nur noch verstärkte.

«Ernst Theodor», wiederholte sie. «Wie der Schriftsteller? Ernst Theodor Amadeus Hoffmann?»

«Ja», gab Ernst zu. «Mein Vater schätzt seine Werke.» Er konnte bis heute nicht verstehen, warum der biedere Uhrmachermeister Nicolaus Niehus Hoffmanns fiebrige Nachtstücke mochte. Vermutlich irgendeine Laune aus seiner Jugendzeit.

«Das spricht für Ihren Vater», stellte Anna fest. «Doch nun zur Versammlung. Sie haben also heute Heinrich Fautrier sprechen gehört?»

«Wenn Sie mir zunächst noch eine Frage gestatten», sagte Ernst und wischte sich verstohlen einige Spinnweben vom Ärmel, «woher wissen Sie überhaupt davon?»

Anna zog die Augenbrauen hoch. «Ich weiß vieles», sagte sie. Für einen Moment badete sie mit sichtlichem Behagen in seinem perplexen Blick. Dann wurde sie wieder ernst. «Meine Eltern legen Wert darauf, mir die Bildung einer höheren Tochter angedeihen zu lassen», erzählte sie. «Mit Klavierstunden, Französisch und allem, was dazugehört. Also haben sie einen jungen Lehramtskandidaten als Hauslehrer angestellt, und der hat mir von Ihrer kleinen Versammlung erzählt.»

«Das klingt anstrengend», entgegnete Ernst, der sich an Großmutters Regiment erinnert fühlte.

«Immerhin durfte ich mir so in der alten Wurstekammer dieses kleine Kabinett einrichten», fuhr Anna fort und deutete auf das Bücherregal. «Für die höhere Bildung. Mutter wäre ein richtiger Salon lieber gewesen, doch dafür haben wir nicht genug Platz. Mir kommt das sehr entgegen. Hier oben habe ich meine Bücher und meine Ruhe. Wenn nicht gerade jemand quer über den Dachboden poltert ...»

«Die Störung bitte ich zu verzeihen!»

«Seien Sie nicht albern, das war ein Scherz. Ich bin froh, dass ich Ihnen helfen konnte. Als die Polizei unten auf der Straße aufgezogen ist, dachte ich mir schon, dass es etwas mit der Versammlung zu tun hat.»

Ernst verzog das Gesicht. «Jemand muss uns verraten haben», knurrte er grimmig.

Anna schaute ihn prüfend an. «Das mag sein», sagte sie. «Allerdings muss keine böse Absicht dahinterstecken.»

«Wie meinen Sie das?»

«Manch ein selbsternannter Freiheitskämpfer erzählt vielleicht etwas zu bereitwillig von seinen künftigen Heldentaten. Es war jedenfalls nicht besonders schwierig, meinem werten Herrn Hauslehrer Details über die besagte Versammlung zu entlocken.»

Ernst seufzte in sich hinein. Er musste daran denken, wie gerne auch er vielsagende Bemerkungen fallen ließ.

«Worum ging es denn nun in Fautriers Vortrag?», fragte Anna. Wieder dieser bohrende Blick – halb fasziniert und halb fordernd, als wäre Ernst verpflichtet, ihr eine gute Antwort zu liefen.

«Er sprach über ein freies und vereinigtes Deutschland ohne tyrannische Fürstenherrschaft», erklärte Ernst ehrlich. Die junge Dame hatte sicher eine gewisse Vorstellung davon, worum es bei der Versammlung ging, sodass sie dieses Geständnis kaum noch schockieren würde.

Tatsächlich kicherte sie nur belustigt. «Das hätte ich mir

fast gedacht. Aber was genau hat er gesagt? Wie will er vorgehen, um dieses hehre Ziel zu erreichen?»

«Die Polizei hat ihm keine Gelegenheit gelassen, seine Ausführungen zu entfalten.»

«Aber irgendetwas wird er doch erklärt haben.» Sie ließ nicht locker.

«Er hat ein Gedicht vorgetragen. Von Bürger.»

«Der Bauer an seinen durchlauchtigen Tyrannen?»

«Genau! Anschließend hat er zur Vorsicht gemahnt. Und dann ging die Debatte ein wenig durcheinander ...»

Anna lachte. «Das kann ich mir vorstellen. Bei dem herzigen Gedicht waren sich die Zuhörer gewiss noch alle einig. Aber sobald es konkret wird, sind sie sich spinnefeind, und jeder weiß es besser ...»

«Ja ...» Ernst kam sich irgendwie ertappt vor.

«Sie haben sich Aufzeichnungen gemacht?» Anna schaute auf seinen Hosenbund. Erst jetzt bemerkte Ernst, dass die Papiere, die er sich auf der Flucht irgendwie in die Kleidung gestopft hatte, dort hervorschauten.

«Nein. Das sind ein paar eigene Gedanken, die ich zu Papier gebracht habe. Ich hatte den ersten Satz zur Hälfte vorgetragen, als uns die werten Ordnungshüter beehrten.»

«Lassen Sie einmal sehen.»

Ehe Ernst protestieren konnte, griff Anna beherzt zu und zog die Papiere hervor. Halb gebannt und halb entsetzt verfolgte er, wie sie die Blätter ordnete und die Zeilen überflog. Vielleicht hätte sich Ernst doch besser den Polizeidienern gestellt ...

Auch beim Lesen war Annas Mund leicht geöffnet, als würde sie den Text in sich einsaugen.

«... sodass das Räderwerk des Staates fest ineinandergreift und einem

jeden seiner Kinder einen sicheren Platz bietet, an dem es zum Mechanismus der Republik beiträgt ...» Sie schaute auf. «Und Sie sind der junge Uhrmacher, der sich laut Überschrift Gedanken macht?»

«Ja, natürlich.» Er musste sich zusammenreißen, um nicht spontan den Namen der Altendieck'schen Werkstatt zu nennen. Doch das wäre in dieser absurden Situation vermutlich nicht sehr klug gewesen ...

«Nein, so etwas ...» Anna lächelte seltsam in sich hinein.

«Was ist denn?», fragte Ernst irritiert. «Haben Sie etwa ein Problem mit der Uhrmacherei?»

«Oh, durchaus nicht.» Sie lächelte weiter. «Also stehen Sie für eine Republik mit demokratischer Verfassung ein?»

«Das tue ich.» Ernst straffte sich.

«Warum?» Und wieder dieser Blick, als sei die ganze Person vor ihm eine einzige, herausfordernde Frage.

«Weil ich an das Prinzip glaube, dass jeder Mann eine Stimme hat», erwiderte Ernst. «Unabhängig davon, wo er geboren wurde – ob nun in einem Palast oder in einer Hütte.» Innerlich atmete er auf. Langsam erreichte das Gespräch ein Gebiet, auf dem er sich sicher fühlte.

«Jeder Mann eine Stimme ...», wiederholte Anna nachdenklich. «Und was ist mit den Frauen?»

«Wie bitte?» Seine Souveränität verschwand, als hätte sie ein plötzlicher Windstoß verweht.

«Was ist mit den Frauen?», wiederholte Anna. «Hat auch jede Frau eine Stimme?»

Ernst starrte sie an. Er hatte sich gerade darauf eingestellt, Anna mit seinen Ideen zur deutschen Republik zu beeindrucken, an denen er schon oft herumgefeilt hatte. Und dann stellte sie eine einzige Frage – und seine schöne Konstruktion zerfiel in ihre Bestandteile. Er hätte gerne eine kluge Antwort gegeben. Aber er konnte es nicht. Weil er sich noch nie Gedanken darüber gemacht hatte. Was ist mit den Frauen ...

Anna hob die Augenbrauen. «Dachte ich mir», sagte sie. Und wandte sich von ihm ab.

«Was dachten Sie sich?», fragte Ernst zunehmend hilflos.

«Dass der gemeine Revolutionär an sich nicht so revolutionär ist, wie er sich gerne gibt», erwiderte Anna, während sie mit dem Finger an den Büchern im Regal entlangfuhr. Schließlich zog sie einen bestimmten Band hervor. «Hier.»

Sie drückte Ernst das Buch in die Hand. Mechanisch schlug er es auf und schaute auf das Titelblatt.

«*Rettung der Rechte des Weibes mit Bemerkungen über politische und moralische Gegenstände*», las er, «*von Mary Wollstonecraft. 1793.*»

«Das nur als Hinweis darauf», sagte Anna, «dass ich nicht die Erste bin, die solche Fragen stellt. Und sie werden seit Jahrzehnten beständig überhört. Gleichgültig, wer nun gerade gegen wen revoltiert.»

Ernst blätterte durch die Seiten. *Das Weib ist ja in die Gesellschaft so innigst genau verwebt, hat auf dieselbe einen so starken wirksamen Einfluss, dass das Wohl und Wehe derselben durch seinen Charakter beinahe ganz bestimmt wird ...*

Als er von den Zeilen aufschaute, bemerkte er, dass Anna ihn musterte. Es irritierte ihn, wie sie ihn ansah – als würde sich ihr Blick tief in ihn bohren und alles in Frage stellen, was er war und sein wollte.

«Ich weiß nicht, was ich dazu sagen soll», stellte er schließlich ehrlich fest. «Vorher brauche ich Zeit zum Nachdenken. Aber ich bin sicher, dass sich in einer Republik, die auf Freiheit fußt, eine angemessene Lösung fände.»

«Das sind zumindest schöne Worte», erwiderte Anna und

nahm ihm das Buch wieder ab, «auch wenn sie nicht wirklich etwas aussagen.» Sie stellte den Band ins Regal zurück. Für einen Moment herrschte Schweigen.

«Ich denke, ich sollte nun gehen», murmelte Ernst schließlich beklommen. «Die Polizeidiener haben sich inzwischen gewiss verzogen.»

Anna nickte bedächtig, ohne den Blick von ihm zu nehmen. «Am besten führe ich Sie zur Hintertür, dann können Sie über die Höfe gehen. Wir sollten nur achtgeben, dass wir auf der Treppe niemandem begegnen. Meinen Eltern dürfte es nicht gefallen, dass ich fremde Herren empfange – insbesondere, wenn sie vom Dachboden kommen und voller Spinnweben sind.»

Ernst beeilte sich, weiteres klebriges Gespinst aus seinen Haaren zu pflücken. Anna verfolgte seine Bemühungen belustigt.

Schließlich spähte sie vorsichtig ins Treppenhaus. «Niemand zu sehen», sagte sie leise. «Kommen Sie. Ich bringe Sie hinunter.»

Vorsichtig gingen sie die Stufen hinab, die glücklicherweise von einem vornehmen Läufer aus englischem Stoff bedeckt waren, der ihre Schritte dämpfte. Die Türen, an denen sie vorbeikamen, waren mit aufwendigen Blumenmustern bemalt. Offenbar ein wohlhabendes Haus.

«Gehen Sie einfach geradeaus über den Hof», sagte Anna schließlich, als sie die Hintertür erreicht hatten. «Dann kommen Sie auf die Gasse. Lassen Sie sich bitte nicht fangen. Ich wünsche Ihnen noch viel Erfolg beim Revoltieren, Ernst!» Auf ihren Lippen lag ein feines Schmunzeln.

«Und ich wünsche Ihnen viel Erfolg beim Höhere-Tochter-Werden», erwiderte Ernst mit einer Verbeugung. «Aber vor allem bedanke ich mich für die Rettung. Für mich war es sehr bedeutsam, auch wenn es nicht die Rettung der Rechte des Weibes war ...»

Ihr Schmunzeln wandelte sich zu einem Lächeln, das ihre tiefbraunen Augen strahlen ließ. Ernst erwiderte es spontan. Es kostete ihn einige Mühe, sich loszureißen. Schließlich schlüpfte er auf den Hinterhof hinaus, in die Kühle der Nacht. Als er sich nach einigen Schritten umdrehte, stand Anna noch an der Tür und schaute ihm hinterher. Grüßend hob er die Hand. Dann verschwand er im Gewirr der Gassen.

Ernst erwachte nach einer sehr kurzen Nacht. Er wusste nicht, ob er überhaupt geschlafen hatte. In seiner Erinnerung hatte er sich vor allem rastlos auf dem Lager herumgewälzt, wenn ihn nicht gerade gesichtslose Polizeidiener durch seine Träume jagten. Immer wieder musste er an die Versammlung denken. Fragte sich, wer von seinen Mitstreitern wohl entkommen war und wer in Gefangenschaft geraten. Doch vor allem dachte er an Anna. An den fragenden Blick ihrer dunklen Augen, den halboffenen Mund, der beständig ein lautloses Warum zu formen schien ...

Zerknautscht und mit Kopfschmerzen schlurfte er schließlich hinunter zum Frühstück. Mutter fragte gleich, ob er sich krank fühlte. Vater machte ihm Vorhaltungen, dass er nicht noch bei Willes erschienen war. Glücklicherweise konnte Ernst darauf verweisen, dass Onkel Eike ihn bis spät in die Nacht hinein gebraucht hatte. Das hatte der Onkel ihm zugesichert. Großmutter schließlich sagte gar nichts und schenkte Ernst lediglich einen missbilligenden Seitenblick, bei dem er sich irgendwie durchschaut vorkam. Darauf verstand sie sich nur zu gut.

Gegen Mittag konnte er sich schließlich von der Arbeit losreißen, um rasch «etwas zu erledigen». Er hörte Vaters brummigen Kommentar kaum noch, als er aus der Haustür schlüpfte. Zielstrebig machte er sich auf in Richtung des *Palmbaums*, jenes Kaffeehauses, wo gestern Abend die Versammlung zu einem unschönen Ende gekommen war. Er steckte die Hände in die Jackentaschen, trug die Schirmmütze tief ins Gesicht gezogen – und war sich selber nicht sicher, ob er damit unauffällig oder seltsam aussah.

Am *Palmbaum* angekommen, hielt er kurz inne und sah sich um. Nichts deutete auf das hin, was hier in der Nacht geschehen war. Dann lief er raschen Schrittes durch die umliegenden Straßenzüge. Er suchte den Zugang zu einem bestimmten Hinterhof, den er leider nur im Dunkeln gesehen hatte. Denn Ernst wollte unbedingt wissen, zu welchem Haus er gehörte!

Unschlüssig streifte er umher. War es dort drüben gewesen, wo eine bauchige Regentonne neben der Tür stand? Oder zwei Häuser weiter, wo Unkraut in einem Gemüsebeet wucherte? Gestern Abend hatte alles ganz anders ausgesehen – und Ernst hatte nicht besonders auf seine Umgebung geachtet, halb aus Furcht vor den Polizeidienern und halb, weil ihm das Gespräch mit Anna durch den Kopf schwirrte. Wenn er sich bloß noch an irgendeine Besonderheit erinnern könnte! Doch so blieb ihm nichts übrig, als mit offenen Augen die Gegend abzugehen und auf ein plötzliches Wiedererkennen zu hoffen.

Nachdem er dreimal den Häuserblock umrundet hatte, musste er sich endlich eingestehen, dass er den Hinterhof beim besten Willen nicht finden konnte. Frustriert blieb er mitten auf der Straße stehen und ignorierte die Passanten, die ihm kopfschüttelnd ausweichen mussten. Dies war eine geschäftige Gegend, in der es neben Kaffeehäusern und Schenken auch Werkstätten und Bürgerhäuser gab. Ein Kramladen reihte sich an die Räume eines Buchhändlers, eine Goldschmiede an eine Schneiderei, selbst einen Uhrmacher gab es hier. Ernst verzog das Gesicht, als er den Namen «Wilhelm Greven, Ratsuhrmacher» über dem üppig verzierten Türrahmen entdeckte.

Ratlos schaute er sich in beide Richtungen um. Konnte er sich noch erinnern, durch wie viele Dachböden er gekommen war? Nein, auf der Flucht hatte er nicht darauf geachtet, zumal das Gewirr der Balken nicht gerade übersichtlich war.

Seufzend gab er es auf und wandte sich ab. Dann hielt er inne und eilte stattdessen auf den Laden des Buchhändlers zu. Einige Zeit später kam er mit einem dünnen Band wieder heraus, den er unter seiner Jacke verwahrte. Rasch machte er sich nun auf den Weg nach Hause. Er hatte genug getrödelt. In der Werkstatt gab es viel zu tun.

«Du kennst also ihren Familiennamen nicht?», fragte Gustav belustigt, als sie sich am Abend im *Goldenen Anker* gegenübersaßen. «Und du hast dir nicht gemerkt, wie das Haus aussieht?»

«Nein», knurrte Ernst und nahm einen Schluck aus dem Bierkrug. «Ich hatte Besseres zu tun. Etwa, vor unseren ungebetenen Besuchern davonzulaufen.»

Ein Vorteil des *Ankers* bestand darin, dass der Wirt ihrer Sache wohlgesinnt war und darauf achtete, dass gewisse Gespräche hier ungestört geführt werden konnten. Trotzdem war man besser vorsichtig nach allem, was am Vorabend geschehen war. Unter die Hafenarbeiter, Seeleute und Zigarrenmacher an den dichtbesetzten Tischen ringsum könnte sich nur zu leicht ein Spitzel der Bundeszentralbehörde mischen.

«Aber du bist entkommen», sagte Gustav beschwichtigend. «Ebenso wie ich. Lass uns darauf anstoßen.»

Sie hoben ihre Krüge, doch Ernst war nur halb bei der Sache. Er hatte von Gustav gehört, dass auch Heinrich Fautrier entfliehen konnte und inzwischen die Stadt verlassen hatte. Das war gut. Schlecht war hingegen, dass die Polizeidiener sieben der Ihren im Gastraum des *Palmbaums* festgesetzt hatten. Ernst wäre der Achte gewesen, wenn Anna sich nicht seiner erbarmt hätte.

«Ich werde sie wiedersehen», sagte er mehr zu sich selbst als zu Gustav.

«Gewiss», erwiderte dieser schmunzelnd. Er hatte ein spitzes Gesicht, das durch sein dünnes, silbriges Brillengestell akzentuiert wurde. Sein dunkles Haar wich an den Schläfen bereits zurück und deutete den gestrengen Gerichtsrat an, der der junge Jurist vielleicht einmal sein würde. «Und wie willst du das anstellen?»

«Das weiß ich noch nicht», brummte Ernst. «Aber mir wird schon etwas einfallen.»

«Du sagst, sie ist eine Anhängerin von Wollstonecraft?» Gustavs Schmunzeln wurde breiter.

«Das ist sie», erwiderte Ernst ein wenig unwillig. «Und sie erschien mir sehr klar in ihrem Denken.»

«Na hoffentlich.» Gustav trank noch einen Schluck Bier. «Aber sei lieber vorsichtig. Du weißt ja, mit dem klaren Denken ist das bei Weibern so eine Sache.»

«Wie bitte?» Ernst runzelte die Stirn.

«Ich habe gelesen, dass die Gebärmutter im Körper herumkriecht und Unheil anrichtet, wenn sie nicht regelmäßig mit Samen gefüttert wird – und das macht die Weiber dann hysterisch.»

Unwillig schüttelte Ernst den Kopf. «Das hat der Engländer Sydenham schon vor über hundert Jahren mit Recht angezweifelt!» Er war Großmutter sehr dankbar dafür, dass sie ihm eine solide naturwissenschaftliche Grundbildung hatte angedeihen lassen. Unwillkürlich grinste er, als er sich vorstellte, was sie mit jemandem anstellen würde, der bei ihr Hysterie konstatierte.

«Mag sein», erwiderte Gustav. «Sei trotzdem auf der Hut.»

«Hrm.» Ernst trank sein Bier aus – und begann zu überlegen.

Es dauerte drei Tage, bis er sich endlich von der Werkstatt lösen konnte, um erneut nach Anna Ausschau zu halten. Onkel Eike hatte sich dankenswerterweise bereiterklärt, noch einmal seine Hilfe im Kontor zu erbitten. Ernst schuldete ihm inzwischen einen richtig großen Gefallen, doch Eike winkte ab, als er ihn darauf ansprach.

Gleich am Vormittag machte Ernst sich auf den Weg und stand schon bald vor dem Kaffeehaus *Zum Palmbaum*. Entschlossen schaute er nach rechts und links die Straße hinunter. Es waren nur wenige Passanten unterwegs, irgendwo klapperte ein Fuhrwerk über das Kopfsteinpflaster. Dann ging er daran, seinen Plan umzusetzen. Er schlenderte die Straße auf und ab, beiläufig, als wäre er nur zufällig hier. Sein Blick schweifte über die Läden und Werkstätten; nebenbei musterte er jeden, der vorbeikam. Insbesondere, wenn es sich um junge Damen handelte. So streifte er auf der Straße herum. Und schaute.

Es war vielleicht nicht der differenzierteste aller Pläne. Doch Großmutter hatte angeblich Großonkel Friedrich auf diese Weise in London aufgetrieben. Warum sollte ihm das

Gleiche nicht im beschaulichen Bremen gelingen? Immerhin wusste er, dass Annas Familie nicht allzu weit vom *Palmbaum* entfernt wohnen konnte, er hatte auf seiner Flucht sicher keine größeren Entfernungen zurückgelegt. Irgendeines dieser Häuser musste es sein, in diesem Straßenzug. Und er würde herausfinden, welches.

So wurde es schließlich Mittag, und Ernst ging immer noch dieselbe Straße auf und ab, ohne etwas erreicht zu haben. Gelegentlich bog er für einige Schritte in eine Seitenstraße ein und beobachtete von dort unauffällig die Passanten. Doch er war viel zu ungeduldig, um still zu warten! Lieber bewegte er sich, ging dort auf und ab, wo Anna hoffentlich irgendwann erscheinen würde, auch wenn ihn der Goldschmied gegenüber schon misstrauisch musterte.

Schließlich wurde er zusehends hungriger, und so setzte er sich in den *Palmbaum*, um ein Stück Kuchen zu essen und sich mit einer Tasse Kaffee zu stärken. Für so etwas hatte Großmutter damals in London vermutlich kein Geld gehabt. Aber er musste ihr ja auch nicht in allem nacheifern.

Während er seinen Kuchen attackierte, schaute er immer wieder beiläufig aus dem Fenster. Und verschluckte sich fast. Dort drüben ging sie! Sie trug einen blumengeschmückten Hut und ein Sonnenschirmchen, sodass sie auf den ersten Blick gar nicht der Anna aus dem Kabinett glich – sie wirkte damenhafter und irgendwie gezähmt. Doch die Sommersprossen auf ihrer Nase waren unverkennbar!

Ernst sprang auf und lief auf die Straße. In diesem Moment bemerkte er den Kerl an ihrer Seite. Er war einige Jahre älter als Ernst und trug ein erdbeerrotes Halstuch zu einem abgetragenen Gehrock. Blonde Locken quollen unter seinem Zylinder hervor, den Gehstock führte er stolz wie einen Degen.

Anna war in ein Gespräch mit ihm vertieft und hatte Ernst offenbar noch nicht bemerkt. Mit zusammengepressten Lippen beobachtete er, wie das Paar in einem der Häuser verschwand.

Sie hatte einen Verlobten! Natürlich, warum auch nicht ... Ernst kam sich plötzlich furchtbar dumm vor. Seine Wangen glühten vor Scham. Beinahe wäre er wie ein braves Hündchen auf sie zugelaufen – dabei hatte sie doch gar keine Verwendung für ihn, mit diesem schicken Lockenkopf an ihrer Seite!

Am liebsten wäre Ernst einfach wütend nach Hause gestapft. Aber er wollte zumindest noch wissen, in welches Haus Anna gehörte, wenn er dafür schon einen halben Tag auf der Straße herumgelungert hatte!

Langsam ging er auf das Gebäude zu, in das sie mit ihrem Galan verschwunden war. Es lag vier Häuser neben dem *Palmbaum*. Auf der Flucht war ihm die Entfernung deutlich größer vorgekommen ... Als Ernst das Schild über der Eingangstür las, fühlte er sich endgültig vom Leben veralbert: «Wilhelm Greven, Ratsuhrmacher».

Ob die beiden einfach nur nach einer Uhr für das gemeinsame Heim schauten? Unsinn, das wäre ein gar zu großer Zufall. Ernst schoss durch den Kopf, wie seltsam Anna reagiert hatte, als er ihr seinen Beruf genannt hatte. *Nein, so etwas ...*, hatte sie gesagt und merkwürdig gelächelt.

Weil sie eine Uhrmachertochter war – eine Greven! Ein Spross jener Familie, die aus hochnäsigen Wichtigtuern und gefährlichen Trunkenbolden bestand, wenn man Großmutters und Vaters Geschichten Glauben schenkte. Jener Familie, mit der die Altendiecks seit Generationen in Fehde lagen ... Das war zu viel. Ernst wandte sich ab und lief mit großen Schritten davon, um diese unselige Gegend hinter sich zu lassen. Wut und Trotz saßen als harter Knoten in seiner Brust. Doch während er die Obernstraße entlang nach Hause hastete, spürte er, dass da noch mehr war. Trauer und Enttäuschung. Er würde das seltsame Gespräch im Bücherkabinett nicht so leicht vergessen. Es hatte etwas in ihm berührt, neue Gedanken zum Keimen gebracht.

Auch wenn er es mit Anna Greven geführt hatte.

Fünftes Kapitel

«Wie ist das eigentlich mit den Grevens?», fragte Ernst, als er zwei Tage später mit Vater in der Werkstatt saß und ihm beim Zusammenfügen eines Chronometers zur Hand ging. Vater überließ ihm mit seinen langen, geschickten Fingern gerne die diffizileren Verrichtungen. Er selbst kümmerte sich mit Vorliebe um die kunstvolle Gestaltung von Gehäusen und Einfassungen. Ernst war das sehr recht. Er mochte Arbeitsteilung.

«Die Grevens?», brummte Vater, ohne von dem Werk aufzusehen. «Was soll mit denen sein? Und wie kommst du gerade darauf?»

Diese Frage stellte Ernst sich auch. Anna ging ihm einfach nicht aus dem Kopf. Er hatte versucht, ihr böse zu sein, sich irgendwie von ihr betrogen zu fühlen. Doch es hatte nicht funktioniert. Schließlich hatte sie ihm nichts versprochen und erst recht nichts getan – und sie hatte ihn vor der Polizei gerettet. Dann hatte er versucht, einfach nicht mehr an sie zu denken, da sie doch sowieso unerreichbar für ihn war. Doch auch das war vergeblich. Dafür sorgte schon das Buch von Mary Wollstonecraft, das er glücklicherweise in einer verstaubten Ecke des kleinen Buchladens beim *Palmbaum* gefunden hatte und seither mit Interesse las. Zu gerne hätte er sich mit ihr darüber ausgetauscht, sich ihren bohrenden Fragen gestellt ...

«Och, ich weiß nicht», erwiderte er schließlich, und das war nur halb gelogen. Er wusste es wirklich nicht. «Die Uhrmacher von Bremen kennen sich untereinander, helfen sich manchmal auch gegenseitig aus. Die Altendieck-Niehus' haben gute Kontakte zu allen – nur zu den Grevens nicht. Ich kenne ein paar Geschichten, aber ...»

Er warf einen vorsichtigen Schulterblick in Großmutters Ecke. Sie saß an ihrem Tischchen und war eingeschlafen, das Kinn nach vorne gesunken, sodass die Witwenhaube ihre Augen verdeckte. Das passierte ihr in letzter Zeit öfter, doch sie weigerte sich, hinauf in ihre Kammer zu gehen, war in der Werkstatt präsent wie ein vererbtes Möbelstück. Ernst war jedenfalls dankbar für die Gelegenheit, Vater ungestört auszufragen.

«... aber ich dachte, vielleicht steckt noch mehr dahinter.»

«Mehr?», erwiderte Vater ungläubig, der erst jetzt aufschaute. «Der Opportunismus und die Hinterhältigkeit der Familie Greven reichen dir nicht? Gottlieb, der Älteste, hat sich in der Franzosenzeit bei der *haute police* beliebt gemacht. Wurde recht bald danach von der Schwindsucht dahingerafft. Jetzt ist Wilhelm Greven, sein Bruder, Ratsuhrmacher. Er spielt sich gerne als Held der Befreiungskriege auf. Hat in der Kompanie vom alten Böse gedient, aber nicht ein einziges Gefecht bestritten. Trotzdem stellt er seine Veteranen-Gedenkmünze aus und schwingt große Reden, dass man denken könnte, er habe Deutschland im Alleingang befreit. Da kannst du mit einem Stück nackter Wand eine angenehmere Konversation führen.»

«Mmh, verstehe», murmelte Ernst. Die demokratische Bewegung hatte ihre Wurzeln in den Befreiungskriegen, hatten viele Beteiligte doch gehofft, für eine veränderte und gerechtere Heimat zu kämpfen. Doch ebenso kam manche gefährliche Rede von Blut und Ehre aus dieser Richtung. «Und sonst?», hakte er nach. «Mit wem ist dieser Wilhelm Greven eigentlich verheiratet?»

«Irgendeine Beamtentochter, die gerne hoch hinauswill. Nach dem Namen darfst du mich nicht fragen ...»

Ernst nickte nachdenklich. Das passte zu dem, was Anna über ihre Studien als höhere Tochter berichtet hatte. Dass sie sogar einen eigenen Hauslehrer hatte ...

«Und ihre Kinder?», fragte er weiter. «Der junge Greven heißt doch Eduard, nicht wahr?»

«Ein Prahlhans wie der Alte», schnaubte Vater. «Und es gibt wohl noch eine Tochter – oder waren es zwei?»

«Dann haben sie ja durchaus Möglichkeiten, sich mit den anderen Familien zu verbinden», erwiderte Ernst in möglichst neutralem Ton. Vielleicht hatte Vater schon etwas über diesen blondgelockten Verlobten gehört ...

«Die Grevens hätten die Altendiecks fast ruiniert», war plötzlich Großmutters Stimme zu hören. Sie sprach leise, aber voller Grimm. «Sie haben das Werk deines Urgroßvaters verpfuscht, Ernst, und ihn damit zu einem gebrochenen Mann gemacht. Ich möchte diesen Namen nicht in dieser Werkstatt hören.»

Schuldbewusst zog Ernst den Kopf ein. Er hätte schwören können, dass Großmutter eben noch fest geschlafen hatte! Aber irgendwie war es unmöglich, dass in diesem Raum etwas ohne ihr Wissen geschah.

«Gewiss», sagte er versöhnlich. «Ich war einfach nur neugierig ...»

In diesem Moment näherten sich Schritte über die Diele, dann streckte auch schon Mutter ihren Kopf herein. «Nicolaus, es läuft doch gerade diese Ausstellung vom Kunstverein», sagte sie.

«Der Kunstverein?» Vaters Stimme hörte sich plötzlich seltsam hohl an.

«Ja», bestätigte Mutter. «Und der Schmiedeamtsmeister Balcke lädt uns ein, sie gemeinsam zu besuchen. Schon nächste Woche, zusammen mit einigen Zunftgenossen. Ich muss deinen guten Gehrock vorher noch mal bürsten.»

Für gewöhnlich hätte Vater so etwas wie «Danke, Amalia» als Antwort gebrummt, ohne von der Arbeit aufzusehen, und die Sache Sekunden später wieder vergessen. Doch jetzt starrte er nur wortlos ins Leere.

«Ist alles in Ordnung, Nicolaus?», fragte Mutter besorgt.

Vater räusperte sich. Es schien fast, als würde er etwas abschütteln. «Natürlich. Wir werden hingehen. Danke, Amalia.» Dann wandte er sich an Ernst. «Bei diesem Anlass kannst du dir selbst ein Bild machen. Eine gewisse Familie wird es sich nicht entgehen lassen, sich in gehobener Gesellschaft zu präsentieren.»

Mutters fragender Blick wanderte zu Ernst. Für einen Moment war er versucht, sich bei ihr nach Anna Greven zu erkundigen. Mit den familiären Details der anderen Uhrmacher kannte sie sich deutlich besser aus als Vater. Aber sie hatte ein gutes Auge für Menschen, insbesondere für Ernst. Gewiss hätte sie rasch durchschaut, was ihn bewegte. Also schüttelte er nur knapp den Kopf. «Nicht so wichtig. Gewiss komme ich mit zur Ausstellung.»

Seine Eltern tauschten einen erstaunten Blick. Offenbar überraschte sie seine Folgsamkeit. Schließlich hatte er in den letzten Monaten fortwährend darum gekämpft, möglichst viel Zeit mit seinen *gefährlichen* Freunden zu verbringen. Doch nach dem unrühmlichen Ende der Versammlung war nun erst einmal Zurückhaltung geboten.

«Wenn da mal nicht Eike wieder Hilfe im Kontor brauchen wird», murmelte Großmutter in den Moment des Schweigens hinein.

Ernst fühlte sich ertappt. «Ich werde mitkommen», wiederholte er und meinte es ehrlich. Denn schließlich würden sich auch die Grevens gewiss mitsamt ihren Kindern dort sehen lassen.

Der Kunstverein in Bremen war vor rund zehn Jahren gegründet worden, als Liebhaberprojekt einer Gruppe von Senatoren, Kaufleuten und Gelehrten. Ursprünglich hatten sie sich nur als geschlossener Kreis mit ihren privaten Sammlungen beschäftigt, so wie einst die Herrschaften vergangener Tage in ihren Wunderkammern geschwelgt hatten.

Doch schon bald waren die Mitglieder des Vereins dazu übergegangen, ihre Mittel zusammenzulegen, um auch die bremische Öffentlichkeit am Kunstgenuss teilhaben zu lassen. Die Ausstellung, die derzeit gezeigt wurde, war die zweite ihrer Art in der Stadt. Sie fand im Kapitelsaal des Doms statt, einem Anbau, den die Leute wegen seiner achteckigen Form gerne auch die *Glocke* nannten.

Mutter hatte Ernst für den Ausstellungsbesuch in seinen guten – und leider etwas zu engen – Gehrock gesteckt, die Schirmmütze hatte er gegen einen Zylinder tauschen müssen. Denn die Räume der Ausstellung standen nur Besuchern offen, die *anständig* gekleidet waren. Das schloss natürlich Tagelöhner und anderes einfaches Volk aus, worüber Ernst sich für gewöhnlich empört hätte. Heute jedoch hielt sich sein Protest in Grenzen. Immerhin bestand die Gelegenheit, *sie* wiederzusehen ... Auch wenn er sich fragte, was er sich überhaupt davon versprach.

So betrat er den Kapitelsaal schließlich mit gemischten Gefühlen, an der Seite seiner Eltern. Großmutter war zu Hause zurückgeblieben, weil «wenigstens einer von ihnen etwas Sinnvolles tun» sollte.

Betont gleichmütig schaute Ernst sich um. Grüppchen von Bürgerinnen und Bürgern in Sonntagstracht standen im Raum verstreut, die Damen in Kleidern mit weit aufgepufften Ärmeln, die Herren mit hohen Hüten. Einige betrachteten tatsächlich die Gemälde, die meisten schwatzten leise miteinander und gefielen sich dabei, elegant durch die Welt der Kultur zu flanieren. Ernst erkannte schon nach wenigen suchenden Blicken, dass Anna nicht hier war – und auch kein anderer Greven. Dem alten Greven und seinem Sohn war er schon mal begegnet, sodass er wusste, nach wem er Ausschau halten musste.

Dafür war der Amtsmeister Balcke bereits da, der sofort verbindlich an Vater herantrat und ihn in ein Gespräch verwickelte. Mutter nahm unterdessen eine eifrige Konversation mit seiner Frau auf, einer ebenso rundlichen wie freundlichen Person. Rasch trat Ernst etwas beiseite, ehe er auch eingespannt wurde. Die Familie Altendieck-Niehus galt als guter Umgang unter den bremischen Handwerkern. Ernst konnte sich kaum vorstellen, dass das einmal anders gewesen sein sollte, damals, bevor Großmutter ihr Seechronometer entwickelt hatte ...

Er schlenderte an der Wand entlang und ließ die Gemälde an sich vorüberziehen – weniger aus Interesse als vielmehr, um eine Beschäftigung vorzutäuschen. Wenn Grevens hier erschienen, wollte er nicht in der Konversation mit irgendeinem Bekannten von Vater feststecken.

Die Ausstellung war den alten Meistern der Niederlande gewidmet. Ernst sah Porträts von stolzen Herren mit Spitzbart und Federhut, Alltagsleben zwischen Hof und Küche, Stillleben aus überladenen Festtagstafeln und Ostindien-Fahrer unter vollen Segeln. Impressionen vergangener Tage, auf ewig in Farbe erstarrt. Ernst interessierte das alles nicht sonderlich. Warum sollte er zurückblicken, wenn er auch nach vorn schauen konnte? Auf die Möglichkeiten, die vor ihm lagen, vor seiner Familie, der Stadt, der Welt ...

Er passierte gerade ein Panorama von Schlittschuhläufern auf zugefrorenen Grachten – und wäre fast in seinen Vater gelaufen. Dieser hatte sich offenbar inzwischen aus dem Gespräch gelöst, deutlich rascher, als es sonst seine Art war. Nun stand er alleine für sich und betrachtete gebannt ein Gemälde. Es zeigte Schiffe vor einer windzerfurchten Küstenlandschaft, mit zahlreichen Seevögeln in der Luft.

Vaters Blick schien regelrecht in dem Bild zu versinken, als hätte er alles um sich herum vergessen. Er bemerkte nicht einmal, dass sein Sohn ihn eindringlich musterte. Schimmerte es da feucht in seinem Augenwinkel?

Ernst wagte es nicht, ihn anzusprechen. Er hatte das Gefühl, dass da plötzlich ein ganz anderer Mensch vor ihm stand als der biedere Uhrmachermeister Nicolaus Niehus, unter dessen strenger Hand er aufgewachsen war. Ein Mensch, in dem etwas vor sich ging, das Ernst nicht einmal erahnen konnte.

Respektvoll entfernte er sich wieder und überließ Vater seinen Gedanken. Langsam streifte er weiter an Bildern von Obstschalen entlang, deren Inhalt seit Jahrhunderten verschimmelt (oder gegessen) war, von jungen Frauen, deren Urenkel schon Greise waren ...

«Sieh an, der werte Herr Niehus.»

Ernst fuhr zusammen. Plötzlich stand Anna vor ihm! Ein spöttisches Schmunzeln lag auf ihrem sommersprossigen Gesicht. Sie trug ein leichtes, weißes Kleid, das mit grünen Rankenmustern bestickt war. Ihre Haare waren wieder zu Schnecken aufgesteckt, in die sie einige neckische Blüten aus Stoff gesetzt hatte.

«Anna! Ich meine ... Mademoiselle Greven», stotterte Ernst überrumpelt. Die seltsame Stimmung seines Vaters hatte ihn so beschäftigt, dass er die Ankunft der Familie Greven verpasst haben musste!

Anna kicherte. «Wir können gerne bei Ernst und Anna bleiben», sagte sie. «Zumal wir gerade unbeobachtet sind...»

Suchend schaute Ernst sich um. Dort hinten stand der Ratsuhrmacher Wilhelm Greven, stramm aufgerichtet mit seinem silbrig glänzenden Schnauzbart im Gesicht. Er hatte den Amtsmeister Balcke in Beschlag genommen und schien über irgendetwas furchtbar Wichtiges zu schwadronieren. Grevens Frau, eine kleine Person mit ausladenden Straußenfedern auf dem Hut, lächelte freundlich dazu. Sein Sohn Eduard schaute sich gelangweilt irgendeine Seeschlacht an; eine stämmige, robuste Erscheinung, weitaus weniger hager als sein Vater. Anna schien der Aufmerksamkeit ihrer Familie tatsächlich für einen Moment entronnen zu sein.

«Ich hatte mich schon gefragt, ob ich Sie wohl hier antreffe», fuhr sie fort.

«Das habe ich mich auch», entfuhr es Ernst spontan. Dann holten ihn die widersprüchlichen Gefühle der letzten Tage ein. «Ihr Herr Verlobter interessiert sich wohl nicht für Malerei?», fragte er spitzer, als er eigentlich beabsichtigt hatte.

«Mein Herr Verlobter?» Anna runzelte irritiert die Stirn.

«Der blondgelockte Jüngling, der Sie durch die Stadt zu

begleiten pflegt», erwiderte Ernst etwas unbehaglich. Das Gespräch nahm einen seltsamen Verlauf – und er war schuld daran ...

Anna schaute ihn aus großen Augen an, der Mund überrascht geöffnet. Dann lachte sie. «Ich nehme an, Sie sprechen von Herrn Pfeiffer, meinem Hauslehrer», sagte sie. «Meine Eltern können sich leider keinen alten, graubärtigen Professor leisten. Da muss es eben ein blonder Student tun ...»

«Ihr ... Hauslehrer?» Ernst fühlte Erleichterung in sich aufsteigen – und zugleich brennende Peinlichkeit.

Anna stemmte indessen empört die Arme in die Hüften. «Ihr Wissen über meine blondgelockte Begleitung legt allerdings nahe, dass Sie mich heimlich beobachtet haben, Ernst Theodor!»

Er senkte schuldbewusst den Kopf. «Ich wollte Sie wiedersehen, Anna», erwiderte er ehrlich. «Doch leider ist es mir beim besten Willen nicht gelungen, das richtige Haus zu finden. Also habe ich mich rund um den *Palmbaum* umgeschaut, ich hatte ja nicht viele Anhaltspunkte ... Bitte verzeihen Sie meine Indiskretion!»

«Verstehe», sagte Anna, und plötzlich brach das Schmunzeln hervor, das sich die ganze Zeit hinter ihrer Empörung verborgen hatte. «Ich hatte es da ein wenig leichter. Zu wissen, dass Sie ein bremischer Uhrmacher sind, aber noch nie bei uns zu Gast waren, genügte. Es gibt nur eine Familie, auf die das zutrifft.»

Betreten schaute Ernst an ihr vorbei. Nun hatte sie es ausgesprochen. Er stammte aus dem Altendieck'schen Haus, sie war eine Greven. Und doch lächelte sie noch immer ...

«Sie haben also schon in Ihrem Kabinett geahnt, wer ich bin?», fragte er ein wenig ratlos.

«Ja», erwiderte sie leichthin.

«Und das ... spielt für Sie keine Rolle?»

«Sie meinen, dass einer Ihrer Vorfahren einen meiner Vorfahren erschlagen hat?», fragte sie.

«Ihre Familie hat die große Rathausuhr sabotiert, das Meisterwerk meines Urgroßvaters!», entgegnete Ernst, ohne zu überlegen. Er kannte Großmutters alte Geschichten nur zu gut! Herausfordernd schaute er Anna an, erwartete, dass sie irgendeinen Widerspruch anbrachte. Doch sie schmunzelte noch immer.

«Und?», fragte sie dann.

Nur ein einziges Wort. Es genügte, um Ernst aus dem Konzept zu bringen. Er setzte zu einer Erwiderung an. Und schwieg verwirrt. Schließlich ließ er die Arme sinken.

«Und gar nichts», sagte er verhalten. «Sie haben recht. Das lehrt bereits dieser Ort.»

«Wie meinen Sie das?», fragte sie. Da war er wieder, der bohrende Blick, den er vermisst hatte.

«Haben Sie sich die Bilder angeschaut?», erwiderte Ernst. «Die Menschen auf ihnen, selbst die meisten Gegenstände ... es gibt sie schon lange nicht mehr. Sie sind nur Erinnerungen. Wir aber leben im Jetzt – nicht zur Zeit unserer streitenden Urgroßväter.»

«Klingt vernünftig», lächelte Anna. Dann musterte sie ihn eindringlich. «Sie wollten mich also wiedersehen?»

«Aber ja!»

«Warum?»

Sie war sehr gut darin, ihn mit einzelnen Worten ins Straucheln zu bringen. «Um unser Gespräch fortzusetzen», sagte er schließlich. «Wir hatten ja noch einiges zu klären. Die Republik und die Rechte des Weibes ...»

«Beim letzten Mal wirkten Sie nicht wirklich überzeugt.»

«Beim letzten Mal hatte ich vor allem noch nie darüber nachgedacht!»

«Und das hat sich geändert?»

«Selten trifft man eine starke Seele an, die Mut genug hat, sich eigene Grundsätze zu bilden», zitierte Ernst aus Wollstonecrafts Werk. «Was mich betrifft, bin ich noch dabei. Aber ich gebe mir Mühe und bin dankbar für Anregungen.»

«Sie wollen mich wohl beeindrucken?» Anna legte skeptisch den Kopf schief.

«Nein. Ich will mit Ihnen reden ...»

«Über die Republik?»

«Unter anderem.»

Annas Schmunzeln wurde zu einem Lächeln, das ihre Augen strahlen ließ. Hübsch sah das aus, inmitten ihrer Sommersprossen ...

«Anna!» Plötzlich trat Eduard Greven von hinten an sie heran. «Belästigt dich dieser ... Herr?» Die kurze Pause vor *Herr* reichte aus, um aus dem simplen Wort eine Beleidigung zu machen. Ernst wich unwillkürlich einen Schritt zurück. Eduard war ein kräftiger Kerl, dessen Gesicht an eine Bulldogge erinnerte – und irritierenderweise ähnlich üppig von Sommersprossen bedeckt war wie Annas Züge.

«Eduard», sagte Anna verärgert. «Wenn ich mich belästigt fühle, gebe ich dir schon Bescheid.»

Ihr Bruder beachtete sie nicht und fixierte Ernst weiterhin finster. «Sie lassen besser meine Schwester in Ruhe, Niehus», knurrte er.

Heiße Wut stieg in Ernst auf. «Mischen Sie sich nicht in die Angelegenheiten anderer Leute ein, Greven!», zischte er.

«Willst du mir drohen, Bürschchen?» Eduard straffte sich.

Er war kleiner als Ernst, aber sehr breit und massig, mit Armen, die eher zu einem Maskopsträger als zu einem Uhrmacher zu passen schienen. In einer direkten Auseinandersetzung sah Ernst wenig Chancen – aber deshalb war er noch lange nicht bereit, sich von diesem Kerl herumkommandieren zu lassen!

«Ich drohe niemandem», sprach er so hoheitsvoll wie möglich. «Ich beharre lediglich auf einem gewissen Maß an Höflichkeit, zu der Sie offenbar nicht fähig sind.»

Eduard Greven schnaubte wütend. Ernst trat provokant einen Schritt auf ihn zu. Ringsum drehten sich die Leute nach ihnen um. Am Rande realisierte er, dass sie gerade dabei waren, sich bei einer Ausstellung des Kunstvereins wie betrunkene Herumtreiber aufzuführen. Doch das war jetzt gleich…

«Sofort aufhören!» Wütend ging Anna dazwischen. «Was sollen diese Torheiten?»

Ihre Wangen glühten, was einen reizvollen Kontrast zu ihren Sommersprossen bildete.

«Gibt es Schwierigkeiten, Eduard?» Nun kam auch noch der alte Wilhelm Greven herüberstolziert. Er ging mit großen, ausladenden Schritten, als würde ihm der Kapitelsaal gehören, und führte den Gehstock wie einen Marschallstab.

«Keine Schwierigkeiten», brummte Eduard. «Nur ein kleiner Niehus.»

Ernst spannte sich an.

«Was ist denn hier los?» Von der anderen Seite näherte sich Vater. Sein Gesicht verzog sich, als er Wilhelm Greven gewahrte. Anna hingegen verdrehte seufzend die Augen, während die umstehenden Leute ihr Getuschel einstellten und zu angespanntem Schweigen übergingen.

«Meister Niehus», sprach Wilhelm kalt. «Sie sollten besser auf das Benehmen Ihres Sohnes achten. Solche Unverschämtheiten angesichts der ehrwürdigen Fresken, die hier ausgestellt sind, fallen sonst leicht auf unseren Berufsstand zurück. Das kann ich nicht dulden – als *Ratsuhrmacher*.» Er betonte jede einzelne Silbe des Wortes.

Vater schüttelte indigniert den Kopf. «Keine Sorge, Meister Greven», sagte er. «Wir achten in der Familie gut aufeinander. Kümmern Sie sich nur um Ihren eigenen Nachwuchs – angesichts der Ölgemälde, die hier ausgestellt sind, bei denen es sich übrigens keineswegs um Fresken handelt. Wo immer Sie dieses Wort auch aufgeschnappt haben mögen ...»

«Kommt, Kinder, wir gehen», knurrte Wilhelm Greven. «Ich hätte an diesem Ort mit besserer Gesellschaft gerechnet.»

«Wir sind ebenfalls ein anderes Niveau gewohnt», erwiderte Vater.

Eduard Greven schenkte Ernst einen letzten unheilverkündenden Blick, ehe er sich zusammen mit seinem Vater abwandte. Auch Anna schaute ihn noch an, halb wütend und halb traurig. Als sie nicht sofort mitkam, griff ihr Vater sie beiläufig am Arm.

«Habt ihr schon das Bild mit dieser *neuen Windmühle* betrachtet?», fragte sie laut, wobei sie Ernst einen eindringlichen Blick über die Schulter zuwarf. «Sie wirkt ganz herrlich *im Abendlicht* ...» Dann hatte ihr Vater sie auch schon fortgezogen.

Die Leute ringsum wandten sich wieder ab, manche kopfschüttelnd und manche mit indignierten Bemerkungen über die rüpelhaften Handwerker, die sich hierher verirrt hatten.

«Es tut mir leid», murmelte Ernst zerknirscht. «Ich hatte nicht vor, mich mit diesem frechen Kerl anzulegen.» Zugleich überlegte er fieberhaft, was der letzte Satz von Anna sollte. Sie hatte die Wörter so seltsam betont und ihn dabei angestarrt ...

«Ich trage dir nichts nach, Ernst Theodor», sagte Vater.

«Nun weißt du, warum wir die Grevens meiden. Allerdings solltest du wirklich daran arbeiten, weniger aufbrausend zu sein. Damit bringt man Leib und Leben nur zu leicht in Gefahr – oder zumindest den guten Ruf.»

«Ja, natürlich», erwiderte Ernst, ohne richtig hinzuhören. *Die neue Windmühle im Abendlicht*, hatte sie gesagt...

Nun näherte sich auch Mutter mit raschen Schritten und einem besorgten Ausdruck im Gesicht. Vater gab ihr mit einer beschwichtigenden Handbewegung zu verstehen, dass alles in Ordnung war. Sie nickte knapp und wandte sich Ernst zu. «Denke einfach daran, wo dein Platz ist, Ernst», sagte sie sanft und doch nicht ohne Strenge. «Und das ist im Altendieck'schen Haus.» Dabei musterte sie ihn seltsam, während Vater sich schon wieder den Gemälden zuwandte.

Ernst mochte es nicht, wenn Mutter so schaute. So, als wüsste sie mehr als man selbst.

«Ich sage ja, ich werde achtgeben», erwiderte er unwillig. «Nun mag ich mich noch ein wenig umschauen, wenn es recht ist...»

Auch er ging wieder an den Bildern entlang, vorüber an Tellern voll toter Fische und Kähnen am Ufer. Die neue Windmühle im Abendlicht... Keines der Gemälde zeigte solch ein Motiv. Ratlos ging er noch einmal herum. Auf halbem Wege stahl sich plötzlich ein Lächeln auf sein Gesicht. Die neue Windmühle im Abendlicht...

Er hatte nachher noch etwas vor.

Sechstes Kapitel

Inmitten des Parks, der Bremen dort umgab, wo in früheren Tagen steinerne Wälle die Stadt geschützt hatten, erhoben sich Windmühlen auf den Fundamenten der alten Bastionen. Eine von ihnen stand im Norden der Altstadt auf der Gießhausbastion, nahe der Stelle, an der einst das Herdentor in Richtung Bürgerweide geführt hatte. Man hatte sie vor fast zwanzig Jahren errichtet, kurz nach dem Ende der Franzosenzeit. Im letzten Sommer jedoch war dort ein Feuer ausgebrochen, das die Mühle fast vollständig zerstört hatte. Erst vor kurzem war ihre Nachfolgerin vollendet worden: eine stolze Holländermühle mit einem steinernen Unterbau und einer umlaufenden Galerie, die nun mächtig und gemütlich zugleich über den Stadtgraben schaute. Ernst näherte sich ihr, als der Abend herandämmerte.

Mutter hatte ihm noch einmal eingeschärft, dass er sich von gefährlichen Freunden fernhalten solle. Ernst hatte es ihr versprochen. Schließlich war nicht von gefährlichen *Freundinnen* die Rede gewesen ...

Er setzte sich auf eine Bank in Sichtweite der Mühle und ließ den Blick über den Park schweifen. Zwischen den Bäumen konnte er die Fassaden schmucker Bürgerhäuser hervorschimmern sehen, die sich am anderen Ufer des Stadtgrabens entlangzogen. Bremen wuchs beständig und hatte inzwischen längst die Grenzen seiner einstigen Befestigungen gesprengt.

Ein wenig nervös musterte er die Spaziergänger auf den Wegen. Gerade liefen einige Kinder an ihm vorüber, die einem Holzreifen hinterherjagten, begleitet von einem kläffenden Hund. Saß er auch exponiert genug, um gefunden zu werden?

Dann lächelte er, als eine ihm wohlbekannte Gestalt den Weg entlangkam, noch immer in das rankenbestickte Sommerkleid gehüllt. Er hatte Annas Hinweis richtig gedeutet! Am Abend an der Herdentorsmühle ...

Als sie die Bank fast erreicht hatte, erhob Ernst sich für eine Verbeugung. «Ich freue mich, dass wir uns noch einmal sehen», sagte er zur Begrüßung. «Das Ende unseres Gesprächs vorhin war leider etwas abrupt.»

«Woran gewisse anwesende Hitzköpfe nicht ganz unschuldig sind», erwiderte Anna säuerlich.

Verlegen senkte Ernst den Blick. «Ja, ich weiß», brummte er. «Aber Ihr Bruder ...»

«Sagen Sie jetzt nicht, dass er angefangen hat!», rief Anna und schaute in Richtung der spielenden Kinder, die sich inzwischen um den Reifen stritten.

«Er war zumindest sehr ... direkt.»

«Und Sie sind direkt darauf angesprungen. Wie hätten Sie denn reagiert, wenn ein Greven mit Ihrer nicht vorhandenen Schwester Umgang pflegt?»

Ernst seufzte. «Vermutlich ... direkt.»

«Immerhin geben Sie es zu.» Sie seufzte. «Und dann soll eine junge Dame sich auch noch geschmeichelt fühlen, wenn die Kerle sich um sie balgen wie die Möwen um ein Stück Brot. Natürlich, ohne auch nur einmal zuzuhören, was sie zu sagen hat ...»

«Ich habe zugehört, Anna. Sonst hätte ich nicht hierhergefunden.»

«Das lässt zumindest hoffen. Setzen wir uns doch.»

Sie nahmen gemeinsam auf der Bank Platz.

«Es tut mir leid, wenn ich Ihnen Unannehmlichkeiten bereitet habe», begann Ernst erneut. «Ehrlich gesagt, hatte ich Sorge, dass Ihre Familie Sie vielleicht gar nicht mehr ausgehen lässt ...»

«Vater hat Pfeiffer als Aufpasser auf mich angesetzt», entgegnete Anna. «Und mein Hauslehrer hat glücklicherweise nichts dagegen, wenn ich eigene Wege gehe, solange er die gleichen Freiheiten genießt.»

Der blondgelockte Jüngling wurde Ernst zusehends sympathischer. «Meine Eltern sorgen sich, dass ich mich mit Aufrührern treffe und gefährliche Reden schwinge, wenn ich abends ausgehe», erzählte er. «Also gebe ich mich tagsüber so vernünftig wie möglich, sodass sie nicht viel dagegen sagen können.»

«Das Privileg eines jungen Herrn», erwiderte Anna. «Bei mir würde man rasch von *Herumtreiben* sprechen.»

Ernst schaute nachdenklich über den Stadtgraben. Es war erst das dritte Mal, dass er mit Anna sprach – und jedes Mal hatte sie ihn mit wenigen Worten dazu gebracht, Dinge zu hinterfragen, die für ihn bislang selbstverständlich gewesen waren.

«Sagen Sie, Anna», begann er vorsichtig. «Jetzt, da ich ein wenig gelesen und mir einige Gedanken gemacht habe ... Wie denken Sie sich denn nun die Rolle der Frau in der Republik?»

«Wie schon?», erwiderte sie mit einem provokanten Schmunzeln. «Sie sollte die gleiche Rolle haben wie jeder Mann. Alle Menschen sollten frei und gleich sein. Und das Wort *Mensch* ist nicht gleichbedeutend mit *Mann*.»

«Aber was ist mit den Unterschieden zwischen Mann und

Frau? Die sind ja nun nicht zu leugnen. Und führen vielleicht dazu, dass man für verschiedene Dinge unterschiedlich geeignet ist...»

Ernst hatte nicht das geringste Interesse daran, Anna noch einmal zu verärgern – aber es war ihm auch ein Bedürfnis, seine Gedanken und Bedenken offen auszusprechen und zur Diskussion zu stellen!

Anna schüttelte seufzend den Kopf. Ernst war sich nicht sicher, ob sie verärgert oder belustigt wirkte. «Das erinnert mich jetzt an das, was der alte Schiller in seiner *Glocke* schreibt», sagte sie. «*Der Mann muss hinaus ins feindliche Leben – und drinnen waltet die züchtige Hausfrau...*» Sie seufzte noch einmal. «In der alten Ständegesellschaft war es gottgegeben, wer aufrecht stehen und wer niedrig buckeln musste. Und wer welche Arbeit zu verrichten hatte, je nach Stand und Herkunft. Neuerdings behaupten die Gelehrten, es sei die angeborene Natur des Weibes, häuslich und passiv zu sein, während der Mann ein aktiver Kämpfer ist. Im Grunde ist es egal, wie man es begründet – stets wird von außen vorgegeben, wie man die Welt einzuteilen hat. Ich sage: Machen wir doch einfach selbst die Augen auf. Wenn Sie mich anschauen, Ernst – was sehen Sie?»

Die Frage traf ihn wie ein Blitzschlag. «Sommersprossen», antwortete er spontan. Und hätte sich im nächsten Moment am liebsten vor Scham in den Stadtgraben gestürzt. Verlegen musterte er Anna. Doch anstatt empört zu schauen, verdrehte sie nur die Augen – und musste schließlich lächeln.

«Und?», fragte sie, während ihr Blick wieder bohrend wurde.

«Und eine junge Frau mit einem klaren Kopf», fuhr Ernst schnell fort. «Jedenfalls keinen Herd mit klappernden Töpfen... Eher klappernde Klingen, eine Kämpferin.»

Eigentlich hatte er vorgehabt, den kleinen Fauxpas durch ein Kompliment auszugleichen. Doch beim Reden fiel ihm auf, dass er einfach nur ehrlich war.

Anna nickte. «Eine sehr gute Antwort», sagte sie hoheitsvoll, doch in ihren Augen funkelte es schalkhaft. Auch Ernst musste grinsen.

Die Zeit zu zweit auf der Bank bei der Herdentorsmühle verging rasch wie ein Wimpernschlag. Ernst und Anna kamen kaum dazu, auch nur einen Bruchteil des Luftschlosses über die neue Zeit der Gleichheit und Gerechtigkeit zu errichten, das ihnen vorschwebte. Doch als sie sich schließlich trennen mussten, war das nächste geheime Treffen rasch ausgemacht. Ernst ging mit klopfendem Herzen nach Hause.

So verging der restliche Sommer merkwürdig beschwingt. Ernst arbeitete in der Werkstatt, mal voller Elan und mal verträumt auf den Hinterhof starrend. Vater schalt ihn, wenn er zum dritten Mal auf eine Ansprache nicht reagierte. Mutter musterte ihn seltsam, sagte jedoch nichts. Großmutter verbrachte ihre Tage noch immer in der Werkstatt, döste jedoch zumeist vor sich hin – um dann irgendetwas zu kommentieren, wenn Ernst am wenigsten damit rechnete.

Wann immer sich die Gelegenheit bot, traf er sich mit Anna – zunächst am liebsten in den Wallanlagen, doch als der Herbst regennass heraufzog, auch in den Kaffeehäusern der Stadt. Sie sprachen über das Werk von Wollstonecraft und andere Schriften, über das allgemeine Wahlrecht, über die Kraft der Maschinen, deren stählerne Glieder die Zukunft formen würden. Über verschiedene Staatsformen, über die Juli-Revolution in Frankreich und über den geplanten Zollverein, der schon bald die Handelspolitik der deutschen Staaten vereinheitlichen würde.

Doch sie sprachen auch über die Muster, die die Regentropfen auf den Fensterscheiben hinterließen, und über den weiten, grauen Herbsthimmel, über die Räuberpistolen, die auf der Theaterbühne gezeigt wurden, und die nebelhaften Erzählungen von E. T. A. Hoffmann, über Sommersprossen und rauchgraue Augen.

Es war ein nassklammer Herbstabend, als Ernst Anna auf dem Heimweg begleitete. Sie gingen gerade über die Sögestraße, als Anna plötzlich aufschreckte: «Da hinten läuft Eduard!»

Nun konnte auch Ernst die bullige Gestalt ihres Bruders erkennen. An seiner Seite spazierte ein zierliches, blondes Fräulein. Die beiden wirkten ganz ineinander vertieft und schienen Anna und ihn noch nicht entdeckt zu haben.

«Rasch, dort hinein!»

Ernst zog sie in die Einfahrt zu einem Hof, wo ein Fuhrwerk stand. Sie kauerten sich dahinter wie Kinder beim Versteckspiel. Als Eduard schließlich mit seiner Begleiterin vorbeiflaniert war, blickte Anna Ernst an und musste plötzlich breit grinsen. Ernst ging es nicht viel anders. Sie beide kicherten, halb erleichtert und halb übermütig, als sei ihnen eben ein frecher Streich gelungen.

«Hast du gesehen?», sagte Ernst schließlich. «Dein Bruder hatte ein Fräulein an seiner Seite.»

«Hm», brummte Anna. «Das war nicht Bettina, die Vater für ihn vorgesehen hat.»

«Na komm. Ich begleite dich noch ein Stück.»

So konnten sie die unvermeidliche Trennung für diesen Tag

um einige Minuten hinauszuzögern. Bedauerlich, dass sie als Uhrmacherkinder doch keinerlei Einfluss auf die Zeit hatten, die ihre Familien so getreulich verwalteten ...

«Was liest du da eigentlich ständig, Ernst Theodor?», fragte Großmutter am Abend skeptisch, als Ernst mit dem Büchlein von Wollstonecraft im Lampenschein saß. Er kannte den Text inzwischen fast auswendig und las trotzdem immer wieder darin, weil es ihn an Anna erinnerte und ein warmes Gefühl im Bauch machte.

«Etwas über die Rechte des Weibes», murmelte er verlegen. Ernst wusste, dass Großmutter eigentlich nur Bücher über Wissenschaft und Technik für lesenswert hielt – diese aber geradezu liebevoll behandelte.

«Die Rechte des Weibes.» Sie schnaubte. «Eines habe ich in diesem Leben gelernt, min Jung: Eine Frau hat nur ein Recht – das Recht, das sie sich mit eigenen Händen verschafft und nicht wieder loslässt. Da können gelehrte Kerle noch so viel über Gerechtigkeit schreiben.»

«Das Buch ist von einer Frau.»

«Hrm.»

Einige Tage später stellte Anna ihm in einem Kaffeehaus «zwei liebe Freundinnen» vor: Marie Mindermann, eine Autorin, und Caroline Lacroix, Musiklehrerin und Harfenistin. Marie war einige Jahre älter als er, Caroline sogar schon in den Dreißigern. Staunend vernahm Ernst, dass Marie das Lyzeum und die Gelehrtenschule absolviert hatte, als Tochter eines armen Drechslers. Nun schrieb sie Gedichte für den *Bürgerfreund*. «Natürlich unter einem männlichen Pseudonym», wie Caroline mit spöttisch gehobenen Augenbrauen anmerkte.

Ernst staunte noch mehr, als er erfuhr, dass Marie und Caroline zusammen in der Westerstraße drüben in der Neustadt lebten – «in Freundschaftsehe», wie Anna es nannte. Die beiden Frauen tauschten ein Lächeln.

An diesem Tag ging Ernst nachdenklich nach Hause. Obgleich klammnasse Kälte durch die Straßen kroch, beeilte er sich nicht besonders. Anna hatte ihm in den letzten Monaten so viel Neues gezeigt, beständig etwas zu denken gegeben ... Er war sehr dankbar dafür – aber andererseits auch merkwürdig beschämt. Was hatte er ihr im Gegenzug bieten können, außer ein paar Ideen zu Einheit, Gleichheit und Gerechtigkeit, die ihm im Nachhinein phrasenhaft vorkamen? Begegneten sie sich wirklich auf Augenhöhe? Oder würde Anna sich bald einem anderen jungen Mann zuwenden, der ihr Geistvolleres zu sagen hatte?

Er war so in seine Gedanken vertieft, dass er es erst nicht hörte, als in der Faulenstraße jemand seinen Namen rief. Ein junger Mann mit hoher Stirn und einer silbern glänzenden Brille eilte heran – Gustav.

«Nun warte doch mal!», schnaufte sein Freund.

Er kam mit großen Schritten hinter ihm her, eine Art würdevolle Vorstufe zum Rennen, die er sich vermutlich in seiner Eigenschaft als ehrbarer Jurist angewöhnt hatte.

«Gustav!» Ernst zwang sich zu einem Lächeln. Eigentlich war ihm gerade nicht nach Konversation ...

«Mensch, Ernst, man sieht dich ja überhaupt nicht mehr», sagte Gustav, als er schließlich vor ihm stehen blieb.

«Ich hatte in letzter Zeit viel zu tun», erwiderte Ernst ausweichend.

Gustav musterte ihn misstrauisch durch seine dünne Brille hindurch. «Mit einem jungen Fräulein?», fragte er.

«Ja ... unter anderem.» Ernst errötete.

«Dachte ich mir's doch.» Gustav grinste breit. «Da spricht

ja auch beileibe nichts dagegen. Aber du solltest darüber nicht das Wichtigste vergessen, Ernst. Du warst schon ewig nicht mehr im *Anker*...»

Ernst schnaubte belustigt. «Das Bier im *Goldenen Anker* ist also das Wichtigste? War klar, dass so etwas von dir kommt.»

«Wie überaus amüsant!» Gustav verneigte sich ironisch. Dann fuhr er ernsthaft fort: «Du weißt, was ich meine. Die Treffen. Wir besprechen gerade eine große Sache, die vieles verändern wird. Da musst du unbedingt dabei sein!»

«Wirklich? Ich dachte, nach dem ... Vorfall im Sommer wollten wir uns erst einmal zurückhalten.»

Gustav machte eine ärgerliche Handbewegung, als wollte er Ernsts Bedenken fortwischen. «Dadurch hat sich nichts geändert – wir sind höchstens noch entschlossener geworden!» Er senkte verschwörerisch die Stimme, obgleich sie allein im nassen Abenddunkel standen. «Es gibt einen konkreten Plan. Wir versammeln uns übermorgen, um mehr zu bereden. Du kommst doch?»

«Na schön», brummte Ernst unwillig. Eine Gelegenheit weniger, Anna zu treffen.

Gustav schlug ihm freundschaftlich auf den Arm. «Ich wusste, dass ich auf dich zählen kann! Also dann – wir sehen uns im *Anker*.»

«Ich werde da sein.»

Sorgfältig schloss Gesche das glänzende Holzgehäuse, das Horas Pendel und Gewichte verbarg. Sie hatte die Uhr frisch aufgezogen, das Pendel ein wenig nachjustiert. Horas Ticken hallte kraftvoll durch das Altendiecksche Haus. Gesches

Blick fiel auf die Signatur, die sie schon zahllose Male gesehen hatte, so selbstverständlich wie der blaue Himmel draußen. «N. Altendieck. Bremen 1735». Dafür, dass Hora sich ihrem hundertsten Geburtstag näherte, war sie eine rüstige alte Dame. Eine Altendieck eben.

Gesche bestand darauf, sich selbst um ihre Pflege zu kümmern, als sei die Uhr ihr persönliches Erbe von Großvater. Nicolaus und Ernst hatten schon oft angeboten, das für sie zu übernehmen, doch davon wollte sie nichts hören.

Nachdenklich ließ sie den Blick einmal über den Uhrenkasten schweifen – von der elegant geschwungenen Oberkante über das tanzende Zinnschiffchen bis zum glänzenden Zifferblatt mit seiner Gravur: *Hora fugit*. Die Zeit eilt dahin. Gesche kam es so vor, als wäre das in diesen Tagen wahrer als je zuvor. Schneller und immer schneller preschte die neue Zeit voran, wie jene englischen Dampflokomotiven, von denen Ernst so gerne schwärmte. Gesche hatte Mühe hinterherzukommen, seit sie einen Gehstock brauchte.

Und doch gab es Dinge, die sich nicht änderten. Noch immer stand sie hier und schaute zu Hora, wie sie es schon als kleines Mädchen getan hatte. Nur dass sie sich jetzt auf einen geschnitzten Entenkopf stützte. Und eine Witwenhaube trug, die ihr die Sicht nach oben erschwerte.

Unwillig runzelte sie die Stirn. Ihr fiel das kurze Gespräch ein, das sie vor einiger Zeit mit ihrem Enkel geführt hatte. Die Rechte des Weibes ...

Du kannst keine Uhrmacherin werden, hatte Clara einst zu ihr gesagt, in einer anderen Zeit. Doch Gesche *war* Uhrmacherin geworden, hatte sich dieses Recht herausgenommen. Warum aber sollte es jede junge Frau so schwer haben wie sie? Vielleicht hatte der hitzköpfige Ernst recht und es war wirklich an der Zeit, dass sich gewisse Dinge änderten. Der Gedanke fiel ihr schwer. Sie misstraute kühnen Zukunftsvisionen, seit blinde Begeisterung ihre Mette mitten in die Flammen des Krieges geführt hatte. Und doch ...

Eike hatte ihr vor kurzem bei einem Sonntagsbesuch von einer jungen Frau aus Berlin erzählt. Caroline Eichler, eine Mechanikerin, der es offenbar gelungen war, eine brauchbare Beinprothese mit Kniegelenk zu konstruieren. Der Bericht hatte Gesche eigentümlich berührt. Sie war nicht die Einzige, die sich ihrem Geschlecht zum Trotz die technischen Künste zu eigen gemacht hatte. Vielleicht würde es in den Jahren, die vor ihnen lagen, immer mehr Mechanikerinnen geben – und Uhrmacherinnen, Optikerinnen, Instrumentenbauerinnen ...

Andächtig schaute sie auf Horas Zifferblatt. *Hora fugit.*

Langsam wandte sie sich ab, um wieder in die Werkstatt zu gehen. Dann hielt sie inne und seufzte schwer. Sie ließ die Werkstatttür links liegen und zog sich stattdessen die Treppe hoch, hinauf zu ihrer Schlafkammer.

Gesche war müde.

Siebtes Kapitel

«Wir müssen bereits kommende Woche zuschlagen. Sonst ist die Gelegenheit vertan.» Gustav sprach so konzentriert und eindringlich, als sei er ein General bei der Lagebesprechung. Und irgendwie erinnerte Ernst die ganze Situation tatsächlich an eine solche.

«Es gibt einen Gang unter dem Rathaus», fuhr Gustav fort. «Er führt vom Ratskeller in den Keller des Kanzlei-Anbaus, direkt zu den alten Arrestzellen. Früher haben die Büttel auf diesem Weg Trunkenbolde abgeführt ...»

Ernst saß mit rund einem Dutzend Mitstreitern an einem Tisch im *Goldenen Anker* – eine wilde Mischung aus Zigarrenmachern, jungen Gelehrten und Handwerksburschen. Sie waren die Einzigen in diesem Keller-Schankraum an der Schlachte, denn der *Anker*-Wirt achtete darauf, dass sie ungestört tagen konnten.

«Den Schlüssel zum Gang verwahrt der Kellermeister», erklärte Gustav. «Doch am kommenden Donnerstag führt sein Neffe und Nachfolger die Aufsicht, der uns wohlgesinnt ist. An diesem Tag hat der Senat eine längere Sitzung in der oberen Rathaushalle. Der besagte Neffe wird uns heimlich durch den Keller einlassen, während die Senatoren oben noch tagen ...»

«Was habt ihr denn bloß vor?», unterbrach ihn Ernst, der nicht länger an sich halten konnte. Das alles gefiel ihm immer weniger.

«Hör zu Ende zu!», fuhr ihn ein bärtiger Kerl an. «Dann weisst du's.» Mit Unwillen erkannte Ernst in ihm den *Vaterland*-Brüller, der ihn im Hinterzimmer des *Palmbaums* angerempelt hatte. Joseph nannte er sich, wie Ernst inzwischen erfahren hatte.

«Wir werden den Fehler von Frankfurt wiedergutmachen», erklärte Gustav ungerührt.

«Frankfurt?», fragte Ernst entgeistert.

«Ja. Unsere Brüder dort sind vorschnell vorgegangen – und haben sich zu viel vorgenommen. Die Polizeiwachen zu stürmen, um anschliessend die Gesandtschaften der Fürsten des Deutschen Bundes festzusetzen – das konnte nicht gutgehen.»

«Und ihr wollt …?», begann Ernst unheilahnend.

«… den Senat der freien Stadt Bremen festsetzen», beendete Gustav den Satz für ihn. «Natürlich nicht dauerhaft. Aber lange genug, dass sich all jene in der Stadt erheben, die heimlich unsere Sache unterstützen. Denkt nur an all die Zigarrenmacher in der Neustadt! Dann werden sie unseren Forderungen nachgeben müssen.»

«Und was, wenn …?», setzte Ernst an.

«Wenn du Angst hast, brauchst du nicht mitzumachen», unterbrach ihn der bärtige Joseph höhnisch.

«Nur zusammen sind wir stark», erklärte Gustav. «Mit der Unterstützung aller Unzufriedenen können wir es schaffen. Sie brauchen lediglich ein Zeichen, ein Aufbruchssignal. Das werden wir ihnen geben. Dann wird das Volk die Angelegenheit selbst in die Hand nehmen. Vielleicht folgen auch die Leute in Hamburg und Lübeck unserem Beispiel – oder darüber hinaus! Ein einzelner Funke im Pulverfass genügt.»

Ringsum ertönte beifälliges Gemurmel. Ernst umklammerte fest seinen Bierkrug. Noch vor kurzem hätte er dem kühnen

Plan voll Feuereifer zugestimmt. Doch in letzter Zeit war er nachdenklicher geworden. Es mochte stimmen, was Gustav sagte. Vielleicht brauchte es nur ein deutliches Zeichen, um alles ins Rollen zu bringen. Auch andere Revolutionen hatten an irgendeinem Ort angefangen. Aber es konnte auch so viel schiefgehen ...

«Wir gehen also durch den Kellergang rein», fasste Joseph zusammen. «Und halten den feinen Herren Senatoren unsere Waffen unter die Nasen.» Er grinste zufrieden.

«Nein.» Ernst schüttelte den Kopf. Das klang zu einfach, um funktionieren zu können! Davon abgesehen, dass er keine Waffen mochte.

«Nein?», wiederholte Gustav fragend.

«Denkt doch daran, wie die Sache in Frankfurt ausging», sagte Ernst. «Der Plan war schon im Vorfeld verraten worden. Die Freiheitskämpfer wurden vom Militär erwartet! Wieso sollte es hier besser laufen? So eine Unternehmung kannst du nicht völlig geheim halten. Und sei es, dass dieser Neffe des Kellermeisters Angst bekommt und uns verrät.»

«Oder ein feiger Uhrmacher?», fragte Joseph giftig.

Empört erhob sich Ernst von seinem Platz. Joseph tat es ihm gleich, noch immer breit grinsend.

«Lasst doch den Unsinn!», rief Gustav ärgerlich. «Hebt euch das für die Schergen der Obrigkeit auf. Hier muss niemand mitmachen, der von unserer Sache nicht überzeugt ist, Ernst. Aber wir brauchen jeden verlässlichen Mann, wenn sich hier in Bremen jemals etwas ändern soll.»

Seufzend nahm Ernst wieder Platz. Er wusste, dass es eine ungeheuerliche Tollkühnheit war, die Gustav da vorschlug. Aber – galt das nicht für jede ernsthafte Veränderung? Und durfte er seine Mitstreiter im Stich lassen?

Doch der Plan war einfach unvernünftig. Onkel Eike würde darüber traurig den Kopf schütteln, Großmutter unwillig die Stirn runzeln. Von Anna ganz zu schweigen ... Aber vielleicht war solch eine gerechte Torheit gerade das, was er mit seinen Mitteln beitragen konnte?

«Ich ... ich weiß noch nicht», sagte er schließlich ehrlich.

Joseph lachte höhnisch auf.

Gustav hingegen blieb ernst. «Verstehe», sagte er. «Dann denke darüber nach und entscheide dich. Ich weiß, dass du uns niemals verraten würdest.» Er warf Joseph einen strafenden Seitenblick zu. «Ich wäre jedenfalls stolz und erleichtert, dich an meiner Seite zu wissen, Ernst.»

Ernst nickte nur betreten. Schon am kommenden Donnerstag ... Da war er eigentlich mit Anna verabredet, jedenfalls tagsüber. Gerne hätte er sie jetzt bei sich gehabt. Er vermisste die Klarheit ihrer Gedanken.

Die Maschine der *Weser* schnaufte, ihre Räder fraßen sich ins Wasser, und der Schornstein stieß rußige Dampfwolken in den Himmel, die das Schiff wie ein tiefgraues Banner hinter sich herzog. Es war eine seiner letzten Fahrten, denn der Reeder Friedrich Schröder würde das in die Jahre gekommene Schiff noch vor Weihnachten abwracken lassen.

Für Ernst war das Grund genug, sich noch einmal von dem ersten Dampfschiff aus deutschen Landen, das er schon als kleiner Junge bewundert hatte, über die Weser tragen zu lassen. Wie ein freundlicher Wasserdrache war ihm der schnaubende Dampfer mit seinem grün gestrichenen Rumpf damals vorgekommen ... Entsprechend fühlte er sich ein wenig wehmütig, als er nun auf der Holzbank unter dem Sonnensegel saß und den Blick über das vorbeiziehende Ufer schweifen ließ.

Er hatte Anna eingeladen, ihn auf seiner letzten *Weser*-Fahrt zu begleiten, und sie war freudig darauf eingegangen. Daraufhin hatte Ernst ihren Ausflug organisiert. Gemeinsam hatten sie sich auf einem Segelkahn zum alten Hafen von Vegesack bringen lassen. Dort hatten sie an der Anlegestelle gewartet, bis schließlich die *Weser* aus Bremerhaven kommend herangeschnauft war. Sie waren zugestiegen und ließen sich nun von ihr nach Bremen tragen. Nur zu gerne wäre Ernst mit Anna die ganze Strecke bis hinaus an die Wesermündung und zurück gefahren. Doch die begrenzte Zeit, die ihnen für ihre heimlichen Treffen blieb, ließ solche Extravaganzen leider nicht zu.

Etwas verschämt berichtete Ernst von seiner kindlichen Begeisterung für die *Weser*, und Anna schmunzelte zwar, wie er es vermutet hatte, doch war es ein liebevolles Schmunzeln.

«Erzähl mir doch von deiner Großmutter», sagte sie plötzlich.

«Großmutter?», erwiderte Ernst überrascht.

«Ja! Es kursieren die wildesten Geschichten über sie. Sie soll die Uhrmacherkunst so gut wie jeder Meister beherrschen ...»

«Das stimmt.»

«Und als junge Frau soll sie allein nach London gereist sein, um ihr erstes Chronometer zu verkaufen.»

«Auch das stimmt, so ungefähr jedenfalls. Sie hat stets getan, was sie für das Richtige hielt.»

«Das gefällt mir. Hoffentlich lerne ich sie einmal kennen», sagte Anna leise.

Anschließend teilte auch sie ein paar Erinnerungen aus ihrer Kindheit mit ihm. Wie sie einst ihre Eltern immer und immer wieder gedrängt hatte, eine gewisse Weinstube am Herdentor aufzusuchen – weil in ihrem Garten das erste und einzige Karussell von Bremen stand. Und wie sie sich so lange an Eduards Zinnsoldaten vergriffen hatte, bis sie aus ihren heimlich verschleppten Gefangenen eine eigene Kompanie aufstellen konnte ... Als es ihrem Bruder schließlich aufgefallen war, hatte er seufzend eine eigene Fahne für ihre Truppen gebastelt.

«Das klingt ja regelrecht nett», sagte Ernst ungläubig. Und schämte sich im gleichen Moment für die spitze Bemerkung.

«Sei nicht zu streng mit Eduard», erwiderte Anna. «Er ist eben ein wenig hitzköpfig. Außerdem würde er es so gerne Vater recht machen, irgendwie an ihn heranreichen – du weißt schon, Veteran der Befreiungskriege und all diese Dinge. Das macht ihn leider etwas übereifrig ...»

«Das habe ich bemerkt.»

Ernst gab sich alle Mühe, sich heiter und gelöst zu geben. Doch sein Lachen klang angestrengt. Zu schwer lastete auf ihm, was sie im *Goldenen Anker* besprochen hatten. Heute Abend schon sollte es so weit sein ... Und Ernst wusste noch immer nicht, wie er zu dem Unternehmen stand. Er hatte so etwas wie eine vage Zusage gegeben. Und sich gleich darauf über sich selbst geärgert. Am liebsten würde er nachher einfach nach Hause gehen wie an jedem anderen Tag. Doch das wäre genau das, was der struppelbärtige Joseph ihm vorgeworfen hatte: Feigheit.

«Was treibt dich eigentlich um?», fragte Anna skeptisch, als Ernst zum wiederholten Male nachdenklich über den Fluss schaute.

«Wie meinst du das?»

«Du hast doch etwas!»

Ernst seufzte. Er wusste, dass es sinnlos war, es auf seine leichte *Weser*-Melancholie zu schieben. Dafür durchschaute ihn Annas bohrender Blick bereits zu gut. Doch er schreckte davor zurück, ihr zu erzählen, was wirklich in ihm vorging. Er wollte sie nicht zur Mitwisserin solch einer Ungeheuerlichkeit machen, ihr nicht die Last aufbürden, die er sich leichtfertig aufgeladen hatte ... Schließlich nahm er Zuflucht bei seiner Rocktasche und zog sein Notizbüchlein hervor, das er Anna ohnehin schon länger zeigen wollte.

«Was ist das?», fragte sie sogleich interessiert.

«Nur einige Ideen, die ich für mich skizziert habe.»

«Eine weitere Rede über Freiheit und Einigkeit?»

Sofort musste Ernst wieder an heute Abend denken. Die anderen stimmten sich jetzt gewiss schon auf die große Tat ein. Er schob den Gedanken beiseite.

«Nein. Das heißt, indirekt vielleicht schon ...» Er schlug das Büchlein auf und zeigte ihr seine Zeichnungen.

«Uhrwerke?», fragte Anna überrascht. «Ist das eines von euren kostbaren Altendieck'schen Seechronometern?»

«Im Gegenteil. Ich habe mich bemüht, einige Werke zu entwerfen, die besonders kostengünstig sind. Und trotzdem robust. Uhren für jedermann, in gewisser Weise. Hier, das wäre zum Beispiel eine Wanduhr. Und das eine Taschenuhr mit Federantrieb.»

Die Skizzen waren in den letzten Tagen wie von selbst entstanden, aus Ernsts Drang heraus, etwas zur demokratischen Bewegung beizutragen, das nichts mit Gewalt und Waffen zu tun hatte. Die Idee hatte ihm mit jedem Rädchen besser gefallen, das er in Gedanken zu seiner Konstruktion hinzugefügt hatte.

«Ich verstehe nicht ganz», sagte Anna und musterte ihn mit ihrem fragenden Blick.

«Nun, eine Uhr war für lange Zeit gewissermaßen ein Symbol für eine privilegierte Stellung», erklärte Ernst. «Wissenschaftler benutzen sie für ihre Arbeit. Und die wohlhabenden Bürger, für die unsere Väter und Großväter ihre Uhren gebaut haben, sehen in ihr ein teures Statussymbol. Eine kunstvolle Standuhr als Zierde für die Diele oder die gute Stube ... Das einfache Volk steht ohnehin bei Tagesanbruch auf, legt sich am Abend schlafen und schaut am Kirchturm hoch, wenn es wirklich einmal die genaue Stunde braucht.»

«Und das willst du ändern?»

«Ja. Weil sich die Zeiten ändern», sagte Ernst. «Die *Weser* fährt nach einem Fahrplan. Die Dampflokomotiven in England tun das ebenso. Bald werden gewiss auch die ersten Schienenstränge durch die deutschen Lande führen. Die Zukunft gehört der Macht der Maschinen, davon bin ich überzeugt. Und damit die Menschen ihre Herren bleiben und nicht ihre Diener werden, müssen wir sie ermächtigen. Zum Beispiel mit ihrer eigenen Zeit.»

«Darum also kostengünstige Uhren.»

«Genau! Sie würden den Leuten vielleicht helfen, mit den Veränderungen der kommenden Jahre Schritt zu halten. Den einfachen Leuten, nicht nur den reichen. Vielleicht trägt bald jeder Zigarrenmacher eine Taschenuhr bei sich!»

«Du willst die Zeit demokratisieren!», rief Anna aus, und Ernst war sich nicht sicher, ob es belustigt oder bewundernd klang.

«Warum auch nicht», sagte Ernst verlegen. «Meine Konstruktionen sind noch lange nicht perfekt, aber das kann ja noch kommen. Ich fürchte nur, dass unsere kleine Werkstatt kaum ausreichen wird, um Uhren für alle zu produzieren.»

«Liebäugelst du mit einer eigenen Manufaktur?»

«Vielleicht ...»

«Das hört sich tollkühn an», erwiderte Anna. «Tollkühn, aber nicht aussichtslos.»

«Danke für das Kompliment – denke ich», brummte Ernst.

Für einen Moment schwiegen beide nachdenklich, während die *Weser* Bremen entgegenratterte.

«Und jetzt sagst du mir, was dich wirklich umtreibt», setzte Anna plötzlich wieder an.

«Was meinst du?»

«Das, worüber du nicht reden wolltest. Bevor du mich mit deinen Skizzen abgelenkt hast.»

Ernst seufzte. Er hätte sich gleich denken können, dass das nicht funktionierte. Vorsichtig schaute er sich um. Sie waren die Einzigen, die an diesem kühlen Tag auf dem offenen Oberdeck saßen. Die anderen Passagiere genossen lieber die Bequemlichkeit der Kajüte.

«Also schön», seufzte er. «Du gibst ja doch keine Ruhe.»

«Nein, natürlich nicht», erwiderte sie mit einem liebenswürdigen Lächeln.

«Ich kann auf deine Verschwiegenheit zählen?»

Ihr Lächeln verschwand. «Es scheint ja wirklich ernst zu sein. Gewiss kannst du mir vertrauen. Nun rede schon!»

«Meine … Mitstreiter planen etwas», begann Ernst. Er hatte ein schlechtes Gewissen, dass er darüber sprach. Zugleich tat es aber auch endlos gut, es nicht länger in sich zu verschließen! Und wem hätte er es mitteilen sollen, wenn nicht Anna? «Noch heute Abend. Wenn die Sache gutgeht, wird sich in Bremen vieles verändern. Die Leute warten nur darauf, dass jemand den Anfang macht …»

«Das klingt mehr als gefährlich!», rief Anna entsetzt. «Mach mir bitte keine Dummheiten!»

«Das sind keine Dummheiten», erwiderte Ernst, der spürte, wie Trotz in ihm aufstieg. Unterschätzte sie ihn so sehr? «Manchmal erfordern Veränderungen eben mutige Schritte!»

«Aber dir geht es nicht gut damit.» Es war eine Feststellung, keine Frage.

«Ich bin eben ... angespannt.»

«Verstehe», sagte sie traurig.

Ernst hatte immer mehr das Gefühl, sich rechtfertigen zu müssen. «Und außerdem wäre es Verrat an meinen Freunden, ihnen im Angesicht der Gefahr nicht zu helfen. Sonst wären alle Reden über Freiheit und Veränderung wirklich nur substanzlose Heuchelei.»

«Hm ...», machte Anna unbestimmt.

«Ich kann heute Abend nach Hause gehen und so tun, als wäre nichts», sagte Ernst. «Oder ich gehe zum *Goldenen Anker*, schließe mich den anderen an und unternehme endlich etwas.»

«Das ist deine Entscheidung», erwiderte Anna. «Aber bitte triff sie mit einem klaren Kopf.»

«Jetzt klingst du wie mein Onkel Eike.»

«Es wäre mir eine Ehre, ihn kennenzulernen, nach allem, was du von ihm erzählst.»

Ernst runzelte die Stirn. Plötzlich hatte er das Gefühl, gegen Anna und Eike zugleich zu argumentieren. Er war sich ziemlich sicher, was sein Onkel über ihre geplante Aktion zu sagen hätte.

Unwillig schlug er die Beine übereinander und setzte dazu an, noch etwas Trotziges zu erwidern. Doch er ließ es bleiben. Er war nicht mehr der Hitzkopf von einst.

«Du hast ja recht», sagte er so leise, dass es kaum zu hören war. «Das Ganze ist nicht wirklich gut durchdacht.» Annas Antwort war ein erleichtertes Lächeln ohne jede Herablassung.

Die restliche Fahrt verlief schweigend. Als die *Weser* schließlich an einer Anlegestelle nahe der Stephani-Kirche festmachte, warteten Anna und Ernst, bis alle Passagiere aus der Kajüte ausgestiegen waren. Sie gingen als Letzte von Bord, wobei Ernst sentimental über die Reling des Schiffes strich.

«Es war schön, noch einmal mit der *Weser* zu fahren», sagte er. «Danke, dass du mitgekom…»

«Niehus!»

Plötzlich wurde er von einer wütenden Stimme unterbrochen. Er fuhr herum. Eine stämmige Gestalt stürmte an der Anlegestelle entlang auf ihn zu!

«Habe ich dir nicht gesagt, du sollst meine Schwester in Ruhe lassen!» Eduard Greven baute sich mit hochrotem Kopf vor ihm auf.

«Was machst du denn hier?», fragte Anna entgeistert.

«Wir sprechen uns gleich noch, kleine Schwester!», zischte Eduard in ihre Richtung. «Dachtest du wirklich, du kannst mit deinem jämmerlichen Galan kreuz und quer durch die Stadt laufen, ohne dass euch jemand sieht? Ich bin euch heute gefolgt! Ihr seid auf diesen Kahn gestiegen, ehe ich euch zur Rede stellen konnte. Also habe ich euch erwartet.»

«Du spionierst mir nach?», empörte sich Anna. «Das ist eine Unverschämtheit, Eduard!»

«Unverschämt ist höchstens, dass du mir Grund dazu gibst!», erwiderte der junge Greven. Dann wandte er sich an den überrumpelten Ernst. «Und Sie verschwinden jetzt und verzichten künftig darauf, Anna auch nur anzuschauen, haben Sie mich verstanden?»

Ernst spürte, wie heiße Wut in ihm aufstieg. «Es ist immer noch Annas Entscheidung, mit wem sie sich trifft!», rief er. «Lernen Sie erst einmal, respektvoll mit Ihrer Schwester umzugehen, Greven.»

«Sie wollen also Ärger, Niehus?»

«Höflichkeit! Man nennt es Höflichkeit. Das hatten wir doch schon in der Kunstausstellung ...»

Drohend trat Eduard einen Schritt auf ihn zu.

«Nun hört doch auf!», rief Anna ärgerlich.

Ernst nahm es kaum wahr. Diesmal wich er vor Eduards stämmiger Gestalt nicht zurück. «Kommen Sie nur her», zischte er zwischen zusammengebissenen Zähnen hervor.

Eduard schubste ihn grob weg. Ernst verlor das Gleichgewicht und taumelte einige Schritte zurück. Doch sofort lief er umso zorniger auf Eduard zu und versetzte dem jungen Greven seinerseits einen Stoß. Dieser geriet kaum ins Stolpern. Die Augen in seinem geröteten Gesicht funkelten gefährlich. Dann sauste auch schon seine Faust heran. Und Ernst fand sich auf dem Boden wieder.

«Komm, Anna», sagte Eduard, während Ernst sich noch den Kopf hielt, in dem eine Glocke zu dröhnen schien wie im Turm des Doms. «Wir gehen.»

«Das kannst du doch nicht machen ...» Annas Stimme klang tränenerstickt.

Wütend kämpfte sich Ernst auf die Füße. Seine Wange schmerzte höllisch.

«Sie bleiben besser, wo Sie sind, Niehus», drohte Greven. «Wenn Sie auf noch mehr Ärger aus sind, können Sie auch einfach nach Hause gehen. Ich habe Ihre Familie unterrichtet, dass Sie sich an meine Schwester herangemacht haben. Wenn Ihre Angehörigen auch nur einen Funken Anstand besitzen, werden sie dafür sorgen, dass das künftig unterbleibt. Guten Tag noch.»

Und er zog Anna am Arm mit sich. Ernst aber ließ die Fäuste sinken, die er eben noch kämpferisch gehoben hatte. Seine

Familie unterrichtet ... Plötzlich hatte er Vaters wütendes Gesicht vor Augen, Mutters Enttäuschung. Und Großmutters unwillig gerunzelte Stirn, das Schlimmste von allem. Nein, das war nicht das Schlimmste. Am schlimmsten war, dass Greven soeben das Wunderbarste zerstört hatte, was ihm jemals widerfahren war!

Fassungslos sah er mit an, wie Anna von ihm fortgeführt wurde. Sie warf einen Blick über die Schulter, die Augen tränenverschleiert. Er spürte, wie seine Wange pochte, dort, wo Eduards Faust ihn erwischt hatte. Es war ihm gleichgültig. Für ihn gab es nur den Schmerz, der sich wie ein schwarzer Schlund in seiner Brust auftat und ihn von innen zu verschlingen drohte. Schmerz – und Wut! Und es gab einen Ort, wo seine Wut heute gebraucht wurde.

Ernst ballte die Fäuste. Dann lief er los, ohne auf die irritierten Blicke der Passanten zu achten, und verschwand im Gewirr der Gassen.

Achtes Kapitel

Annas Gedanken überschlugen sich. Über ihre Wangen liefen noch immer Tränen, als wäre sie ein hilfloses, weinendes Kind – doch hinter ihrer Stirn arbeitete es. Sie bemühte sich, den harten Griff ihres Bruders zu ignorieren, der sie immer weiter voranzog, und versuchte stattdessen, zu verstehen, was hier vor sich ging.

Eduard hatte sie brutal von Ernst getrennt. Dem einzigen Menschen, der ihr je wirklich zugehört hatte, der ihre Ideen ernst nahm und seine eigenen Gedanken dazu beitrug. Mit ihm hatte sie reden können wie mit niemandem sonst, besaß er doch eine endlos kostbare Eigenschaft: Er konnte Dinge hinterfragen – auch und vor allem sich selbst und seine Ansichten! Abgesehen davon, dass sie sich an seinem verlegenen Lächeln nicht sattsehen konnte und es liebte, diesen Ausdruck zu provozieren …

Und nun war Ernsts Gesicht rot und angeschwollen, getroffen von Eduards Faustschlag. Anna sah den fassungslosen Schmerz in seinem Blick vor sich, der sich immer mehr in trotzige Wut verwandelt hatte … Sie konnte nur beten, dass er einen klaren Kopf behielt und sich nicht voller Grimm in jenes gefährliche Abenteuer stürzte, das diese selbsternannten Revolutionäre offenbar für heute Abend planten. Doch wenn sie Ernst richtig einschätzte, war Beten nicht genug. Sie musste ihn irgendwie aufhalten, an seine Vernunft appellieren …

Eduard schleifte sie weiter dem Greven'schen Haus entgegen. Er sagte nichts, schnaubte nur beim Gehen in sich hinein. Offenbar war er noch immer wütend – aber nicht nur. Er wirkte auch verlegen über seinen Ausbruch und wagte es nicht, Anna direkt anzuschauen. Vielleicht konnte sie sich einfach losreißen und Ernst hinterherrennen ... Aber damit brachte sie Eduard und ihre Familie endgültig gegen sich auf! Gegen sich und Ernst ... Gab es nicht eine bessere Möglichkeit? Eine vernünftigere? Anna war jedenfalls nicht bereit aufzugeben.

Mit Sorge bemerkte sie, dass es nicht mehr weit bis nach Hause war. Sie musste jetzt etwas unternehmen!

«Eduard, du tust mir weh!», sagte sie schließlich.

Er lockerte seinen Griff ein wenig. Sie nutzte die Gelegenheit, um sich ungnädig ganz von ihm loszumachen.

«Danke», murmelte sie kühl. «Ach, übrigens – wie geht es eigentlich deiner Bettina?»

«Was soll das?», brummte ihr Bruder, ohne sie anzuschauen.

«Na ja ... Ich habe letztens eine junge Dame an deiner Seite gesehen, aber das schien nicht Bettina zu sein. Oder ist sie neuerdings blond?»

Eduard fuhr zusammen. Nun schaute er ihr endlich in die Augen. In seinem Blick lag noch immer Wut, doch langsam gesellte sich auch Vorsicht dazu. «Wie meinst du das?», fragte er leise.

«Ich meine gar nichts», erwiderte Anna. «Ich beobachte lediglich. Und stelle dabei fest, dass du eine junge Dame ausführst, die offenbar nicht Bettina ist.»

Eduard verstummte für einen Moment erschüttert. «Was geht es dich an», bellte er schließlich und griff wieder nach ihr.

«Mich geht das in der Tat nichts an», sprach Anna ungerührt und schüttelte seinen Arm ab. «Vater hingegen schon. Hat er nicht deine Verlobung mit Bettina bereits ausgehandelt?»

«Willst du mir etwa drohen?», fragte Eduard, und sein rundliches Gesicht wurde noch eine Spur röter.

Anna atmete durch. Jetzt kam es darauf an. Sie durfte ihren Bruder nicht zu sehr provozieren ... Doch ebenso wenig würde sie sich von ihm herumkommandieren lassen!

«Ich drohe dir nicht, Eduard», sagte sie so ruhig wie möglich. «Doch ich weise darauf hin, dass unsere Situationen einander ähnlich sind.»

«Das mit Martha ist etwas ganz anderes!»

«Weil du ein Mann bist?», fragte Anna und merkte sich den Namen. «Oder weil *ich* deine Martha nicht niedergeschlagen habe?»

Eduards Augenbrauen zogen sich grimmig zusammen. Anna kannte diesen Blick. So schaute er, wenn er trotzig an etwas festhielt, was er getan hatte – während er eigentlich schon darüber nachdachte, ob das wirklich so eine gute Idee gewesen war. Wie damals, als er ihr Puppenkleid in den Ofen geschmissen hatte, nachdem sie sich aus Versehen auf seinen Zinngeneral gesetzt hatte ...

«Komm jetzt», knurrte Eduard, dem offenbar nichts Besseres einfiel, und setzte sich wieder in Bewegung.

«Wenn du so *nett* darauf bestehst, komme ich natürlich mit», seufzte Anna. «Auch wenn ich mir für den Abend Sinnvolleres vorstellen könnte, als vor Vater mit dir über Martha und Ernst zu streiten.»

«Ich mache Vater jedenfalls keine Schande», fauchte Eduard.

Anna hob eine Augenbraue. «Machst du nicht?»

«Verdammt, der Kerl ist ein Altendieck, Anna!»

«Niehus, um genau zu sein», murmelte sie abwesend. Ihre Gedanken rasten schon wieder in eine andere Richtung, konzentrierten sich auf den Einfall, der gerade in ihr heranreifte. Es war eine verzweifelte, fast schon absurde Idee ...

«Ich kann verstehen, dass du dich um Vater sorgst», begann sie vorsichtig. «Schließlich müssen wir alle auf den guten Namen Greven achten.»

«Nett, dass du es endlich einsiehst», knurrte Eduard.

«Und was würdest du über eine Gelegenheit sagen, besagten Namen Greven noch etwas größer zu machen?»

«Was soll das jetzt wieder heißen?»

«Och, ich hatte da nur so einen Einfall ...» Anna schwieg. Sie durfte ihm die Sache nicht aufdrängen. Das Interesse musste von Eduard ausgehen ...

Er blieb stehen. Skeptisch musterte er sie. «Nun rück schon raus damit», knurrte er.

Anna unterdrückte ein triumphierendes Grinsen. Ihr Bruder hatte in diversen Abenteuern ihrer Kindheit gelernt, dass es sich im Allgemeinen lohnte, ihr zuzuhören. Wenn er auch ungerne zugab, dass eine Idee auf sie zurückging ...

«Ich habe eine Möglichkeit für eine gewinnbringende Investition ausfindig gemacht», sagte sie unverbindlich.

«Was für eine Investition?»

«In die Uhrmacherei natürlich!», rief Anna. «Die Zeiten ändern sich. Es wird bald nicht mehr genügen, kostbare Uhren für reiche Kaufleute zu fertigen, um erfolgreich zu sein. Auch immer mehr einfache Leute wollen zu Herren ihrer Zeit werden.»

Er schaute sie verständnislos an.

«Sie werden Uhren brauchen!», konkretisierte sie. «Viele

Uhren, die bezahlbar sind. Mit ihrer Produktion könntest du das Geschäft bedeutend vergrößern ...»

Das war der Punkt, auf den es ankam. Eine Gelegenheit für Eduard, Vater zu beeindrucken! Ihm zu zeigen, was er wert war. Anna sprach es nicht aus. Auch das fand er besser selbst heraus.

Eduard dachte nach, die Stirn angestrengt gerunzelt. Dann verengten sich seine Augen misstrauisch. «Und ich nehme an», brummte er, «du wirst mich nur einweihen, wie genau das gehen soll, wenn ich Vater dafür diese Sache mit deinem Altendieck verschweige.»

«Ernst», korrigierte Anna. «Er heißt Ernst Theodor Niehus.» Sie holte tief Luft. Jetzt kam es. «Und die Angelegenheit ist etwas komplizierter. Ernst hat einen großen Plan, was die Herstellung solcher Uhren angeht. Und seine Konstruktionen sehen gut aus.» Sie hoffte, dass das stimmte. Sie verstand nicht genug vom Familienhandwerk, als dass sie das beurteilen könnte, zumal sie lieber politische oder philosophische Schriften als technische Abhandlungen las. «Allerdings übersteigt sein Plan die Möglichkeiten einer einfachen Werkstatt. Wenn man jedoch an der richtigen Stelle ein wenig kooperieren würde ...»

Eduards Augen weiteten sich ungläubig. «Du willst, dass ich mit einem Altendieck Geschäfte mache?»

«Mit einem Niehus. Aber ja.»

«Ich habe den Kerl gerade erst niedergeschlagen!»

«Und ihm Schwierigkeiten mit seiner Familie gemacht», sagte Anna ungerührt. «Ein wenig Überzeugungsarbeit wird da schon noch nötig sein.»

«Unsinn!», blaffte Eduard. «Jetzt komm.»

«Du hast vermutlich recht», murmelte Anna, während sie neben ihm herging. Sie musste deutlicher werden. «So eine Investition wäre ein ziemlich gewagter Schritt, egal wie hoch die Gewinnaussichten sind. Besser, du bleibst in Vaters Fußstapfen. Wir Grevens haben ja im Grunde schon vor Generationen alles erreicht, was es zu erreichen gibt. Da können wir dieses neue Feld ruhig den Altendiecks überlassen.»

Für einen Moment schwiegen beide. Dann sprach Eduard wieder. Er hatte offensichtlich angebissen. «Selbst wenn ich bereit wäre, Geschäfte zu machen mit einem Alten… ich meine Niehus. Vater würde das niemals dulden!»

«Vater ist bald so weit, dir die Werkstatt zu übertragen», sagte Anna. «So könntest du ihm zeigen, dass du bereit für eigene Entscheidungen bist.»

«Anna – es geht um die Altendiecks!»

«Ja doch. Aber die Zeiten ändern sich nun einmal. Alberne Familientraditionen von anno Tobak auch. Mit Vater helfe ich dir. Das schaffen wir schon.» In ein, zwei Jahren voller entnervender Diskussionen, dachte sie bei sich.

Eduard starrte finster vor sich hin. «Du versuchst doch wieder nur, deinen Kopf durchzusetzen und mich zu irgendetwas zu bringen.»

«Habe ich das bestritten?», fragte Anna. «Ich stehe für das ein, was ich will. So wie du. Selbstverständlich helfe ich dir im Gegenzug mit Martha.»

«Wunderbar», schnaubte ihr Bruder. «Du triffst dich mit einem Altendieck, Niehus oder wie auch immer. Ich mache Geschäfte mit ihm. Und obendrein zerschieße ich Vaters Pläne für meine Verlobung und werbe um Martha. Er schmeißt uns beide raus. Oder sperrt uns für die nächsten zehn Jahre ein. Das weißt du genau.»

«Seine einzigen Kinder?», fragte Anna. «Und seinen Nachfolger? Gegen den Willen seiner Frau? Ich glaube kaum.»

Sie schwieg kurz und überlegte, wie sie es am besten anstellten. «Natürlich dürfen wir nicht mit der Tür ins Haus fallen. Dann wird er trotzig, so wie gewisse andere Leute. Aber wenn wir behutsam und klug vorgehen ...»

«Du meinst: So, wie du es vorhast?»

«Klug. Das sagte ich doch.»

Eduard schüttelte den Kopf. «Du bist unmöglich, Anna. Immer musst du deinen Kopf durchsetzen. So wie damals, mit meinen Zinnsoldaten ...»

«Machst du mit, wenn ich noch eine Kompanie aus Zinn drauflege?»

Eduard starrte sie perplex an. Dann musste er plötzlich lachen. Ein schnaubendes, unterdrücktes Geräusch, als würde er sich nicht ganz trauen. «Mach ein Bataillon draus», brummte er.

«Also haben wir eine Abmachung?» Anna streckte ihm die Hand entgegen.

Eduard schlug nicht ein. Plötzlich schaute er wieder ernst. «Ich werde dir nicht mein Wort darauf geben», erwiderte er. «Denn das Wort eines Greven gilt. Vorher muss ich über alles nachdenken, was du gesagt hast. Mir diese Konstruktionen ansehen. Und mit diesem ... *Ernst* reden.» Er brachte es nicht fertig, den Namen neutral auszusprechen. «Außerdem werde ich nichts tun, was Vater einen Herzschlag versetzen könnte – egal, wie großartig diese Investition sein mag. Das sind meine Bedingungen, kleine Schwester.»

Anna schaute ihren Bruder mit neuem Respekt an. «Das klingt vernünftig», sagte sie und meinte es auch so. «Dann lass es uns behutsam angehen.»

«Einverstanden», erwiderte Eduard. «Und Vater halten wir vorerst aus der Sache raus.»

Anna fiel ein Stein vom Herzen. Sie wusste immer noch nicht so recht, wie sie das eigentlich gemacht hatte – und ob sie es gewesen war oder nicht doch Eduard ... Dann durchzuckte sie ein Gedanke wie ein Peitschenhieb. Ernst!

«Ich muss ... dringend los», sagte sie vorsichtig.

Eduard verzog keine Miene. «Komm nicht zu spät heim.»

Anna zögerte kurz. «Wie ist Martha denn so?», fragte sie.

«Sie ist den Ärger wert», entgegnete Eduard mit rauer Stimme.

Anna lächelte ihren Bruder scheu an. Dann drehte sie sich um und verschwand so schnell, wie es für eine junge Dame gerade noch schicklich war – vielleicht auch etwas schneller.

Wie ein bleicher Wiedergänger irrte Ernst durch die Straßen von Bremen, während das Abenddunkel über der Stadt aufzog. Er achtete nicht darauf, wohin er ging, wusste kaum, ob er den Turm von St. Stephani oder den von St. Martini vor sich hatte. Auch die irritierten Blicke, die man ihm hinterherwarf, berührten ihn nicht. Obgleich sein geschwollenes Gesicht noch immer schmerzte, ignorierte er es. Zu überwältigend war jener andere Schmerz, der tief in ihm brannte. Anna. Eben noch hatten sie an einer faszinierenden Zukunft gebastelt, Rädchen an Rädchen gefügt – dann war das ganze Werk zerschmettert worden, von Eduard Grevens Faust. Und er würde Anna nicht wiedersehen ...

Der Gedanke hatte sich mit gnadenlosen Widerhaken in ihm festgesetzt. Er saß wie ein Stück Blei in seiner Brust, färbte die Welt um ihn grau und tat bei jedem Atemzug weh, bei jedem Herzschlag ...

Anna.

In den Schmerz mischte sich ohnmächtige Wut. Anna war für ihn verloren, verwahrt hinter generationenaltem Hass, den er nicht zu durchdringen vermochte. Aber er konnte trotzdem für eine Zukunft kämpfen, die ihrer würdig war. Eine Zukunft in Freiheit!

Und genau das würde er heute tun. Ernst streifte seine ohnmächtige Taubheit ab, verbrannte sie mit glühender Wut. Alles zögerliche Abwägen war vergessen. Er konnte es kaum erwarten, irgendeinen steinreichen, erzreaktionären Senator dazu zu zwingen, auf dem Rathausbalkon die neuen Bürgerrechte zu verlesen!

Er machte sich auf zum *Goldenen Anker*, um sich mit den anderen zu treffen. So, wie Gustav es mit ihnen besprochen hatte. Sie würden dort bewaffnet werden, mit alten Beständen der Hanseatischen Legion, die Gustav irgendwo aufgetrieben hatte. Zusammen würden sie dann zur Pforte des Ratskellers gehen und Einlass erhalten. Und über den Kanzleiflügel in die Rathaushalle eindringen, um die Geschicke von Bremen ein für alle Mal zu verändern – von Bremen und aller deutschen Lande!

Ernst warf immer wieder prüfende Blicke auf die Uhr von St. Stephani. Es war so weit. Ihre Aktion stand kurz bevor. Seine Bundesgenossen waren sicher schon alle beim *Anker*. Ernst zwang sich trotzdem dazu, langsam und beiläufig zu gehen. Als wäre er ein junger Herr, der einen Abendspaziergang machte, vielleicht, um den Nebel des Weines aus seinem Kopf zu vertreiben. So würde er keine Aufmerksamkeit erregen. Wenn es ihn auch innerlich vor Anspannung fast zerriss …

Dieser Abend würde große Veränderungen bringen – und sie würden nicht ohne einen Altendieck vonstattengehen!

Hinter der nächsten Straßenecke lag schon der *Anker*. Grimmig strebte Ernst voran, die Fäuste geballt – als plötzlich eine Stimme über die Straße hallte.

«Ernst! Warte!»

Er fuhr zusammen. Das war Anna! Perplex drehte Ernst sich um. Da kam sie auch schon die Straße entlanggelaufen. Sie hatte irgendwo ihren Hut verloren, und aus ihren Schneckenknoten hatten sich einzelne Strähnen gelöst. Ihre Wangen waren gerötet, die dunklen Augen geweitet.

«Ernst», keuchte sie, während sie die letzten Schritte auf ihn zulief. «Ich bin so froh, dich gefunden zu haben ...»

«Was ... was machst du hier?», erwiderte Ernst irritiert. «Woher weißt du ...?»

«Ihr trefft euch im *Goldenen Anker*», sagte Anna. «Du hast es erwähnt.»

Ernst senkte den Kopf. Es war ihm unangenehm, solch ein offenes Buch zu sein. «Geh heim zu Eduard! Dein Bruder wartet gewiss schon auf dich.» Er sah den bulligen Kerl noch immer vor sich, wie er mit seinen geballten Fäusten vor ihm aufragte, nachdem er Ernst vor Annas Augen niedergestreckt hatte. Seine geschwollene Wange brannte, und er fühlte sich einfach nur elend und unwürdig.

«Nun rede keinen Unsinn!», entgegnete Anna ungnädig. «Ich will nicht daheim sein, sondern hier, bei dir.»

«Wozu?», schnaubte Ernst. «Du weißt doch, dass ich etwas vorhabe.»

«Ich weiß, dass du eine Dummheit vorhast!», rief Anna. «Ihr plant einen gewaltsamen Umsturz, nicht wahr? Bitte, lass das bleiben! Das kann nicht gutgehen, so aufgebracht, wie du gerade bist. Wie alle gerade sind ... Denk an die Bundeszentralbehörde und ihre Schergen! Das gibt Festungshaft für euch alle – jedenfalls für die, die nicht gleich totgeschossen werden!»

Ernst wollte sich unwillig abwenden – da trat Anna an ihn heran und berührte ihn sanft an der Schulter. Für eine Sekunde verspannte er sich. Dann ließ er zu, dass warme Sehnsucht ihn durchströmte. Ohne nachzudenken, schloss er seine Arme um sie. Anna erwiderte die Umarmung, drückte Ernst fest an sich. Ihre Lippen fanden sich zu einem verzweifelten Kuss.

«Es ist vorbei», sagte Ernst leise und bitter, als sie sich schließlich voneinander lösten. «Unsere Familien werden das nie akzeptieren. Wenn ich nur an Großmutter denke ...»

«Es gibt eine Möglichkeit», erwiderte Anna leise.

«Du meinst, wir sollen gemeinsam davonlaufen?» Ernst schüttelte traurig den Kopf. «Anna, das geht nicht. Das kann ich meiner Familie nicht antun, ich bin der Erbe des Geschäfts ...» Er straffte sich. «Aber ich kann wenigstens für eine bessere Zukunft kämpfen!»

«Ernst – es gibt eine Möglichkeit ...»

«Eine bessere Zukunft für Bremen. Für dich. Auch wenn es keine gemeinsame Zukunft sein wird ...»

«Ernst!» Anna schrie jetzt fast. «Jetzt hör mir doch einmal zu!»

Ernst verstummte. Hoffnungslos schaute er sie an.

«Ich sagte, es gibt eine Möglichkeit», sprach sie und betonte jedes Wort überdeutlich. «Und das war nicht nur als Phrase gemeint. Ich habe bereits mit Eduard gesprochen, und er scheint nicht völlig abgeneigt ...»

«Das habe ich gemerkt», brummte Ernst und rieb sich das Gesicht.

Anna seufzte. «Ich habe dir ja erzählt, dass er etwas hitzköpfig ist ... Trotzdem habe ich ihn überzeugt. Deine Uhren für jedermann könnten diese unsägliche Fehde zwischen den Grevens und Altendiecks endlich beenden, Ernst! Wenn wir daraus ein gemeinsames Projekt unserer Familien machen. Zusammen können wir meinen Vater bearbeiten. Und mit deiner Familie sprechen wir auch. Lass uns dafür kämpfen. Und für Freiheit, Einheit und allgemeines Wahlrecht, was du willst. Aber bitte nicht mit Gewalt!»

Betreten schaute Ernst Anna an. Ihre dunklen Augen funkelten entschlossen, ihr Mund war leicht fragend geöffnet, wie immer. Woher nahm Anna nur ihre Zuversicht? Doch zu seiner eigenen Überraschung bemerkte Ernst, dass er ihr glaubte. «Und du denkst wirklich, wir könnten …?»

Sie nickte nachdrücklich. «Natürlich nur, wenn keine Dummheit das alles verdirbt.»

Ernst lächelte matt. Annas Worte hatten seinen trotzigen Zorn vertrieben. Er sah nun klar.

Eine Handvoll Freiheitskämpfer konnte nicht den Senat von Bremen übernehmen. Die Freiheit würde nicht als leibhaftige Amazone mit einer phrygischen Mütze auf dem Haupt erscheinen, um das Volk tollkühn anzuführen. Seine Mitstreiter und er wären auf sich gestellt und würden schließlich von Polizeidienern und Soldaten eingekesselt werden. Schließlich würde die Obrigkeit ihre voreilige Aktion zum Anlass nehmen, jeden Funken der Revolution umso unerbittlicher zu ersticken.

«Ich habe nicht vor, heute irgendwelche Dummheiten zu begehen», sagte er. Und ließ plötzlich die Schultern sinken. «Aber unsere Aktion läuft bereits! Die anderen sammeln sich schon und werden gleich losschlagen.»

«Also werden sie Seite an Seite in den Kerker wandern», seufzte Anna. «Oder den Gewehrläufen irgendwelcher Soldaten entgegen.»

«Ich kann meine Mitstreiter nicht in ihr Verderben rennen lassen», sagte Ernst leise. Finster starrte er vor sich hin. Für einen Moment hatte es so ausgesehen, als könnte alles gut werden ...

Auch Anna sagte nichts, wirkte ebenso traurig und ratlos wie er selbst.

Plötzlich straffte Ernst sich. Er würde seine Freunde tatsächlich nicht im Stich lassen – und verhindern, dass sie in die Festung wanderten! «Anna, pass auf», begann er. «Du läufst jetzt rüber zum Stadthaus, wo die Polizei ihren Sitz hat. Melde, dass du verdächtige Gestalten am Rathaus gesehen hast. Aber lass es wie Strauchdiebe klingen, nicht wie Revolutionäre! Und dann zieh dich zurück, wenn die Polizeidiener ausschwärmen, um die Sache zu prüfen. Einer Dame werden sie das nachsehen.»

«Was hast du vor?»

«Das Schlimmste verhindern. Die ganze Sache findet am besten gar nicht erst statt.»

Ihr Gesicht hellte sich auf. «Verstehe. Wir sehen uns!» Sie setzte dazu an, loszueilen – und hielt noch einmal inne, um Ernst einen weiteren Kuss auf die Lippen zu drücken, ehe er auch nur Luft holen konnte. Dann lief sie ohne ein weiteres Wort los, die Straße hinunter.

Ernst verharrte noch einen Moment am Ort und atmete tief durch. Mit festen Schritten ging er hinüber zum *Goldenen Anker*.

Schon von weitem bemerkte er die Männer, die gerade aus der Tür der Kneipe strömten und auf der Straße die Köpfe zusammensteckten, als wären sie Zechkumpanen, die noch nicht so recht auseinandergehen wollten. Ernst erkannte Gustav unter ihnen, gehüllt in einen schwarzen Mantel, und den bärtigen Joseph mit grimmigem Gesicht. Als er sich näherte, traten sie beiseite, um ihn in den Kreis einzulassen.

«Ernst», sagte Gustav lächelnd. «Ich wusste, dass man auf dich zählen kann.»

«Gewiss», erwiderte Ernst mit einem schlechten Gewissen. «Ich tue, was ich kann.»

Gustav musterte ihn besorgt. «Was ist mit deinem Gesicht passiert?»

«Nur eine kleine ... Auseinandersetzung.»

«Verstehe. Heute haben wir noch eine große vor uns. Hier, für dich.» Gustav griff unter seinen Mantel und zog eine altmodische Steinschloss-Pistole hervor. Er reichte sie Ernst, mit dem Griff voran.

Dieser starrte die Waffe an, ohne danach zu greifen. Unwillkürlich musste er an Onkel Eikes abgenähten Ärmel denken. An die Bleikugel, die einst seinen Arm zerfetzt hatte.

«Nun nimm schon!», höhnte Joseph. «Die feinen Herren Senatoren werden nicht auf uns hören, wenn wir einfach nur *bitte, bitte* sagen. Da braucht es durchschlagende Argumente!»

Zögerlich griff Ernst nach der Waffe – als sich ihnen plötzlich eilige Schritte näherten. Eine kleine, spindeldürre Gestalt kam herangewieselt. Das war Piet, ein junger Zigarrenmacher, der oft für ihre Bewegung die Augen offen hielt. Vermutlich hatten die anderen ihn als Kundschafter vorausgeschickt.

«Polizeidiener!», zischte er, als er zu ihnen in den Kreis trat. «Drüben, am Rathaus. Sie scheinen etwas zu suchen – oder jemanden ...»

Alarmiert schauten sich alle an. Getuschel kam auf. Ernst ließ die Hand wieder sinken, ohne die Pistole ergriffen zu haben. Sein Herz pochte wild. Nun würde es sich entscheiden ...

«Das muss nichts zu sagen haben!», beruhigte Gustav sofort die anderen. «Vielleicht sind die aus einem ganz anderen Grund unterwegs. Wir warten einfach noch ab.»

«Einer von ihnen fragte, wo das Gesindel sei», berichtete Piet aufgeregt. «Mehr habe ich nicht mitbekommen, ehe ich los bin.»

«Die erwarten uns!», sagte jemand.

«Wir wurden verraten!» Das Gemurmel schwoll wieder an.

«Wir müssen schnell und entschlossen zuschlagen!», forderte Joseph mit fester Stimme. «Kommt! Sofort zum Rathaus!»

«Und die Polizeidiener?», fragte Ernst aufgebracht.

«Die knallen wir weg! Und dann gleich rein ins Rathaus. Wir überrumpeln sie einfach.»

Zustimmendes Gebrumm ringsum. In Ernst zog sich alles zusammen. Gott stehe ihnen bei. Er hatte es nur noch schlimmer gemacht!

«Nein», sagte Gustav plötzlich.

«Nein?» Joseph starrte ihn herausfordernd an.

Gustav erwiderte seinen Blick direkt. «Auch in Frankfurt sind unsere Brüder zur Hauptwache gestürmt, obgleich sie wussten, dass ihre Sache verraten war. Man hat sie erwartet und zusammengeschossen.»

«Also?», fragte Joseph grimmig.

«Wir lassen es», entschied Gustav. Ungläubiges Murren kam auf.

«Eine Niederlage nützt unserer Sache nichts», sprang Ernst ihm bei. «Ganz im Gegenteil. Aus dem Wachensturm von Frankfurt erwuchs die Bundeszentralbehörde, mit deren Bluthunden wir uns nun herumschlagen müssen.»

«Natürlich», knurrte Joseph mit einem Blick auf Ernst. «Dir ist das natürlich sehr recht, was? Feigling!» Er spuckte vor Ernst aus.

Reflexartig ballte Ernst die Fäuste – und ließ die Arme wieder sinken. Dieser Tag hatte ihm deutlich genug gezeigt, dass er so nicht weiterkam.

«Es reicht jetzt!», zischte Gustav. «Wir verziehen uns, ehe sie noch hierherkommen.»

Mit zittrigen Beinen und einem Gefühl endloser Erleichterung im Bauch schloss Ernst sich den anderen an. An der ersten Straßenecke lösten sie sich in Paare und Einzelpersonen auf, um nicht weiter aufzufallen. Ernst ging an der Seite von Gustav, der den Kopf hängen ließ.

«Vielleicht war es einfach noch nicht an der Zeit», sagte Ernst, noch immer nicht frei von Schuldgefühlen.

«Nein, vermutlich nicht», knurrte Gustav. «Und das wird es auch so bald nicht mehr sein! Sie wussten, was wir vorhaben, wir können schlecht morgen noch einmal das Gleiche versuchen. Wenn ich den Verräter in die Finger bekomme …»

Ernst schaute betreten zur Seite. «Wir werden nicht aufgeben», sagte er so aufmunternd wie möglich. «Lass uns die Leute weiter überzeugen. Noch sind wir wenige. Aber wir werden immer mehr! Und das ganze Volk von Bremen können die Polizeidiener schlecht einsperren.»

«Na ja, vielleicht hast du recht. Kommst du noch mit auf ein Bier?»

Ernst schüttelte den Kopf. «Ich muss nach Hause», sagte er.

Denn dort wartete der nächste Kampf auf ihn.

Neuntes Kapitel

«Geh schlafen. Der Tag war lang und aufwühlend.» Nicolaus Niehus war gerade dabei, seine Frau Amalia zur Tür der Schlafkammer zu geleiten. Sie musste das angespannte Gespräch nicht mitbekommen, das er mit Ernst zu führen hatte, sobald dieser nach Hause kam.

«Ich weiß nicht recht ...» Amalia schaute ihn mit ihren warmen Augen an, das Gesicht umrahmt von den Locken, die unter ihrer Haube hervorquollen. Sorge lag in ihrem Blick, wie so oft. «Wirst du denn besonnen bleiben, wenn der Junge zurück ist?»

«Natürlich», entgegnete Nicolaus ruhig. «Ich werde mit ihm reden. Von Mann zu Mann.»

«Und ihr macht keinen Unsinn?»

«Ich sagte *reden*. Nicht *herumstreiten*. Ernst wird das hoffentlich ähnlich sehen. Er ist nicht dumm – nur zu jung und unerfahren.»

Amalia nickte langsam. «Da hast du wohl recht. Nun gut. Dann ziehe ich mich jetzt zurück. Und du erzählst mir morgen alles.»

«So machen wir es.» Nicolaus gab ihr einen flüchtigen Kuss auf die Wange. Die Geste war frei von jeder Leidenschaft, doch geprägt von freundlichem Respekt. So, wie es die Eheleute Niehus in allem hielten.

Nicolaus seufzte in sich hinein, als seine Frau schließlich in der Kammer verschwunden war. Langsam stieg er wieder die Treppe zur Diele hinab. Es war gut, dass Amalia schlafen ging. Sie war sehr empfindsam und neigte dazu, die Gefühle anderer zu ihren eigenen zu machen. Und der heutige Abend würde gewiss nicht frei von Bitterkeit und Zorn verlaufen, gleichgültig, wie zuversichtlich Nicolaus sich zu geben versuchte. Dass Ernst heimlich ein Greven-Mädchen hofiert hatte ... Nicolaus schüttelte den Kopf.

Er ging in die gute Stube, wo eine halbvolle Tasse Tee auf ihn wartete – und seine Mutter, die neben dem Ofen mit den blau-weißen Holländerkacheln saß. Sie hatte die Hände auf dem Schoß gefaltet, während ihr Kopf leicht nach vorne geneigt war. Es sah aus, als wäre sie im Sitzen eingeschlafen. Doch dafür kannte Nicolaus sie zu gut. Er wusste, dass sie ebenso wie er darauf wartete, dass der Junge nach Hause kam – und um nichts in der Welt dazu zu bewegen wäre, sich aus dem Gespräch herauszuhalten. So verharrte sie hier zusammen mit ihm, während eine seltsame, gespenstische Stille über dem Haus lag.

Nicolaus hatte es zunächst kaum glauben können, als der junge Greven erschienen war und empört vermeldet hatte, dass Nicolaus' Sohn eine Greven-Tochter auf Abwege führte ... Er hatte sich ähnlich empört dagegen verwehrt. Doch das, was Eduard Greven berichtet hatte, war ihm nur zu plausibel erschienen. Es würde erklären, wo Ernst sich in der letzten Zeit so häufig herumgetrieben hatte. Und warum hätte Greven eine Lüge erfinden sollen, die den Ruf seiner eigenen Schwester beschmutzte?

Nicolaus hatte ungnädig geantwortet, dass er der Sache nachgehen würde. Doch noch in dem Moment, als er die Tür hinter Greven schloss, war er sich fast sicher gewesen, dass die

Beschuldigungen zutrafen. Ein unerfreuliches Gespräch mit Ernst war unvermeidlich.

Als Nicolaus schließlich die Haustür hörte, sprang er so abrupt auf, dass er fast seinen kalten Tee umstieß. Mutter schaute ihn missbilligend an. Sie war hellwach, natürlich.

«Ich gehe», sagte Nicolaus leise. Dann trat er auf die Diele hinaus.

Vor ihm, im Angesicht von Hora, stand Ernst. Er war gerade erst hereingekommen und trug noch seine furchtbare Schirmmütze. Sein Mantel war feucht und roch nach Regen und Herbst. Eine rot verquollene Schwellung verunstaltete sein Gesicht. Wie von einem Sturz – oder einem Fausthieb.

«Ernst», rief er überrascht aus. «Was ist denn mit dir passiert?»

Sein Sohn nahm die Mütze ab und senkte den Blick. «Ich bin in eine unschöne Konfrontation geraten ...», murmelte er.

«Mit Eduard Greven?», fragte Nicolaus unheilahnend.

«Ja», sagte Ernst. Nun schaute er ihn direkt an. «Du weißt doch bereits alles, Vater, nicht wahr? Greven war schon hier, um es dir brühwarm zu berichten.»

«Dann stimmt es also, was er mir erzählt hat?», fragte Nicolaus streng. «Dass du der jungen Anna Greven nachgestellt hast?»

Ernst ballte die Fäuste, sodass er seine Mütze zerknüllte. «Ich habe niemandem nachgestellt!», rief er erregt. «Anna und ich haben uns getroffen, um miteinander zu reden. Weil wir uns gut verstehen. Und mehr als das. Weil wir uns ...»

«Sprich es nicht aus!», unterbrach ihn Nicolaus. Er durfte die Grillen der Jugend nicht zu sehr wuchern lassen. Allzu gut erinnerte er sich an den Schmerz, der daraus erwachsen konnte. Seinen Sohn würde er davor schützen! «Als Greven mir zutrug, dass du unserer Familie Schande machst, wollte ich es zunächst nicht glauben», fuhr er fort. «Doch nun muss ich es von dir selbst hören! Du bist ein Altendieck – und triffst eine Greven! In aller Heimlichkeit, wie ein Verbrecher! Damit ruinierst du unseren guten Namen und verbaust deine eigene Zukunft.»

«Vater!», entgegnete Ernst heftig. «Es ist mir gleich, was irgendwelche Leute von mir denken. Ich liebe Anna.»

Nicolaus atmete schwer durch. Ihm gefiel nicht, was er jetzt zu sagen hatte. Doch er musste es tun. Für Ernst. «Wir Altendiecks haben kein Glück in der Liebe», sprach er leise. «So ist das in dieser Familie nun einmal. Erfüll lieber deine Pflichten als Uhrmacher. Das ist der Weg, der uns Erfolg gebracht hat.»

«Kein Glück in der Liebe!», empörte sich Ernst. «Wie kannst du so über Mutter sprechen?»

Nicolaus trat einen wütenden Schritt vor. «Niemals würde ich schlecht über Amalia reden», rief er. «Deine Mutter ist eine wunderbare, warmherzige Frau, Ernst.» Er seufzte tief. «Aber *ich habe ihr* kein Glück gebracht, war niemals der Mann, den sie verdient hätte.»

«Was soll das heißen?», fragte Ernst.

Nicolaus ignorierte die Frage. «Trotz aller Schwierigkeiten haben wir stets zusammengestanden, so wie es unsere Pflicht war. Für die Werkstatt und für die Familie.»

Ernst schüttelte ungläubig den Kopf. «Du rätst mir also, meine Pflicht zu tun, Vater», sagte er, «und berichtest mir zugleich, wie es euch unglücklich gemacht hat, eure Pflicht zu erfüllen?»

Nicolaus seufzte. Das Gespräch entwickelte sich in eine unvorhergesehene Richtung. «Es gibt diese Chimäre von der großen Liebe, die man sich einfach aus dem Kopf schlagen muss – sonst wird man in der Tat unglücklich. Schau mal, wir Altendiecks ...»

In diesem Moment klopfte es an der Tür, rasch und dringlich. Nicolaus und Ernst schauten sich verwundert an.

«Ich sehe nach», murmelte Ernst, der näher an der Tür stand. Dann tat er auf – und wich überrascht einen Schritt zurück. «Was machst du denn hier?», fragte er.

Eine junge Frau schlüpfte an ihm vorbei auf die Diele. Sie war klein und sommersprossig, die Haare unschicklich zerzaust. Verwirrt erkannte Nicolaus das Fräulein Greven.

«Ich lasse dich jetzt nicht allein, Ernst», sagte sie leise. «Schließlich trage ich die gleiche Verantwortung für alles, was geschehen ist.» Sie trat vor und wandte sich an Nicolaus. «Meister Niehus. Mein Name ist Anna Greven. Ich werde mich bemühen, Ihnen heute nicht länger als nötig zur Last zu fallen, doch ich denke, dass wir dieses Gespräch zusammen führen sollten.»

Nicolaus suchte perplex nach einer Antwort. Die Direktheit der jungen Frau überforderte ihn.

«Sie sind vorlaut, junges Fräulein Greven!» Plötzlich war Mutters Stimme zu hören. Langsam und gravitätisch trat sie aus der Stube auf die Diele, sich bei jedem Schritt auf ihren Gehstock stützend. Gewiss hatte sie genau verfolgt, was gesprochen worden war ...

Neben Hora blieb sie stehen, ähnlich stolz aufgerichtet wie die Uhr. In diesem Moment erschien sie Nicolaus fast wie eine Zwillingsschwester von Hora. Unerschütterlich. Verlässlich. Streng.

«Frau Altendieck.» Die junge Greven vollführte einen artigen Knicks. «Es tut mir leid, dass ich Ihre Abendruhe auf solch unziemliche Weise störe.» Sie trat einen Schritt auf Mutter zu. «Ich würde den Wunsch, dabei zu sein, wenn über meine Zukunft entschieden wird, allerdings nicht *vorlaut* nennen.» Ernst fasste sie am Arm, als wolle er sie zurückhalten, doch sie sprach unbeirrt weiter. «Und ich vermute, dass Sie das ähnlich sehen. Man erzählt sich beeindruckende Geschichten über Ihre Jugend. Über London und das *Board of Longitude*. Mein Vater hat darüber stets geschimpft. Doch ich habe Sie heimlich dafür bewundert. Wie oft hat man Sie damals *vorlaut* genannt, Frau Altendieck?»

Mutters Augen weiteten sich.

Erschrocken räusperte Nicolaus sich. «Ich denke nicht ...», begann er streng.

Doch Mutter unterbrach ihn, indem sie ihren Gehstock auf den Boden stieß. «Es ist gut, Nicolaus», sagte sie, ohne ihn anzusehen. Sie musterte noch immer das Fräulein Greven mit unbestimmbarem Gesichtsausdruck. «Sie wollen also reden?», fragte sie kühl. «Dann reden Sie!»

Die junge Greven holte tief Luft. «Ich habe in den letzten Monaten viel Zeit mit Ernst verbracht», sagte sie. «Und wir sind uns näher gekommen, haben viele Gemeinsamkeiten entdeckt ...»

«Wir lieben uns», warf Ernst ein. Er sagte es weder trotzig noch dramatisch. Es war einfach nur eine Feststellung, als hätte er den Himmel blau genannt. Nicolaus betrachtete seinen Sohn. Die Worte, die er vorhin noch abgetan hatte, hörten sich plötzlich ganz anders an, wenn Ernst sie an Annas Seite aussprach.

Das Fräulein Greven schaute Ernst tadelnd an. «Ich hätte es nicht so *vorlaut* ausgesprochen», sagte sie. «Aber Ernst hat recht. Und ich glaube, dass wir zusammen viel erreichen könnten – vorausgesetzt, wir legen endlich diesen alten Streit zwischen unseren Familien bei.»

Ernst nickte entschlossen.

Nicolaus aber musste plötzlich an jene Grand Tour nach Italien denken, die er niemals angetreten hatte, damals, in einem anderen Leben. Er öffnete den Mund, um etwas zu sagen – er wusste selbst nicht recht, was.

Mutter kam ihm wieder zuvor. «Fräulein Greven», sprach sie streng. «Das, was Sie *diesen alten Streit* zu nennen belieben, hat meinen Vater, den ehrbaren Meister Johann Altendieck, zu einem gebrochenen Mann gemacht und den Lebensabend meines Großvaters, Nicolaus Altendieck, überschattet. Sie verstehen gewiss, dass ich angesichts dieser Umstände mit Ihrer Familie nichts zu klären habe.»

«Frau Altendieck», rief die Greven mit geröteten Wangen, «ich könnte jetzt erwidern, dass *dieser alte Streit* meinem Großonkel Carl das Leben gekostet hat. Aber was wäre damit gewonnen? Sie müssen doch einsehen ...»

«Was *muss* ich?», fragte Mutter, und ihre Stimme klang gefährlich leise.

Nicolaus tauschte einen ratlosen Blick mit Ernst. Was ein ernstes Gespräch zwischen Vater und Sohn hätte werden sollen, wurde zunehmend zu einem Machtkampf der beiden Frauen – und zu noch mehr.

«Sie müssen natürlich gar nichts», erwiderte das Fräulein Greven. «Doch eine Frau von Ihrem Verstand wird gewiss nicht abstreiten, dass die Schatten der Vergangenheit nicht die Chancen der Zukunft verdunkeln dürfen.»

Nicolaus empfand widerwillige Anerkennung. Nicht viele wagten es, so mit Mutter zu sprechen, wenn ihre Stimme leise wurde und ihr Blick sich verengte.

«Und Sie vermögen natürlich diese Chancen einzuschätzen, junges Fräulein?», fragte Mutter lauernd.

«Im Rahmen meiner Möglichkeiten», entgegnete die Greven ehrlich und erwiderte dabei Mutters Blick. «Und ich werde tun, was nötig ist, um diese Gelegenheiten zu ergreifen. Sagen Sie mir, Frau Altendieck: Haben Sie sich jemals davon abhalten lassen, das zu tun, was Sie für richtig und notwendig hielten?»

Nicolaus zog unwillkürlich die Schultern hoch, in Erwartung des unvermeidlichen Ausbruchs. Mutter jedoch schwieg und musterte das Fräulein Greven unverwandt.

«Das dachte ich mir», sagte die junge Greven schließlich. «Und ich pflege es ebenso zu halten.» Sie trat an Ernst heran und legte ihm eine Hand auf den Arm. Sofort stahl sich der Hauch eines Lächelns auf sein Gesicht.

Nicolaus spürte einen Stich in seinem Inneren. Für einen Moment sah er himmelblaue Augen vor sich, die ihm einst ein ähnliches Lächeln entlockt hatten …

«Wir haben große Pläne, Ernst und ich», erklärte Anna Greven. «Ernst hat einige neue Konstruktionsskizzen für Uhrwerke angefertigt. Einfache und solide Werke, die sich auch weniger vermögende Leute leisten können. Wir hoffen, sie in einer Manufaktur in größerer Stückzahl herstellen zu können. Ernst wird ihnen die Pläne gewiss gerne zeigen, Frau Altendieck …»

«Altendieck-Werke sind für ihre exzellente Qualität bekannt», brummte Mutter unwillig. «Nicht dafür, besonders billig zu sein – und so wird es bleiben.»

«Das muss sich doch nicht widersprechen!», rief Anna Greven aus. «Als Sie damals nach London gegangen sind – hatten Sie da nicht auch im Sinn, eine wirtschaftliche, bezahlbare Lösung für das Längengrad-Problem zu finden?»

Mutter gab keine Antwort, das Gesicht noch immer streng und unbewegt. Doch Nicolaus kannte sie gut genug, um zu erkennen, wie das feine Räderwerk ihres Verstandes hinter ihrer Stirn arbeitete.

«Mir scheint, Sie wissen sehr genau, was Sie wollen, Fräulein Greven», sagte sie schließlich.

Die junge Greven nickte nachdrücklich. «Und ich bin bereit, dafür zu tun, was nötig ist!», wiederholte sie. «Wenn ich auch froh bin, Sie hier in Bremen anzutreffen und nicht erst nach London reisen zu müssen.»

«Was Sie zweifelsohne tun würden», murmelte Mutter.

Nicolaus kniff die Augen zusammen. Er irrte sich nicht – auf ihren Mundwinkeln lag die feine, kaum wahrnehmbare Andeutung eines Lächelns.

«Doch nun ist es spät», sagte Mutter schließlich, «und Sie sollten lieber nach Hause gehen, statt in die Welt hinaus zu streben. Ernst Theodor, begleite das Fräulein Greven zu ihrer Familie, die zweifelsohne schon auf sie wartet.»

«Aber Großmutter ...», setzte Ernst an, doch ein Blick von Mutter brachte ihn zum Schweigen. Die junge Greven und er schauten sich betreten an. Ihnen war offenbar entgangen, was er in Mutters Gesicht gesehen hatte. Widerwilligen Respekt – und einen Hauch von Wohlwollen.

«Schon gut», murmelte das Fräulein tonlos. «Wir ... wir können später weiterreden ...»

Ernst nickte grimmig, während das Fräulein Greven einen weiteren höflichen Knicks vollführte. Dann geleitete Ernst sie nach draußen, ohne Nicolaus noch einmal anzusehen.

Er hatte trotzdem einen Blick auf den Gesichtsausdruck seines Sohns werfen können. Eine Mischung aus Frust, Sorge und Angst. Angst vor dem Verlust dessen, was sein Leben erst lebenswert machte ... Nicolaus' Kehle war plötzlich wie zugeschnürt.

Mutter aber raffte sich auf. «Nicolaus», sagte sie bestimmt. «Der Junge taumelt am Rande einer großen Dummheit. Wir haben über einiges zu reden.»

«Ja, Mutter», erwiderte Nicolaus. Und wusste genau, was er zu sagen hatte. Das Fräulein Anna hatte einen gewissen Eindruck auf Mutter gemacht. Doch das würde nicht ausreichen. Jedenfalls nicht allein ... «Wir werden reden. Noch heute Abend.»

Plötzlich spürte er ein Feuer in sich, das er schon fast vergessen hatte, erstickt unter der Asche seiner Resignation. Ohne ein weiteres Wort eilte er die Treppe hinauf.

«Nicolaus! Was ist denn mit dir?», rief ihm Mutter hinterher.

Er gab keine Antwort, ging stattdessen an den Kammertüren vorbei und stieg auf die schmale Holzleiter, die zum Dachboden führte. Die Bodenluke ächzte protestierend, als Nicolaus sie aufstieß. Oben erwarteten ihn Staub, Dunkelheit und muffige Luft. Im schwachen Licht, das von unten heraufschien, bewegte sich Nicolaus zielstrebig zu einer bestimmten Ecke des Bodens hinter dem gemauerten Schornstein. Dort lagerte etwas unter einem Tuch. Ungeduldig fegte er die Abdeckung beiseite. Sperrige Leinwände kamen zum Vorschein. Nicolaus sah sie nacheinander durch. Mit zitternden Fingern zog er schließlich das unterste Bild hervor und trat damit in den Lichtschein, der durch die Bodenluke fiel. Das Bild zeigte die *Möwe*, einst ein Schiff der bremischen Grönland-Compagnie, kommandiert von seinem verstorbenen Onkel Jakob. Ein hässlicher Riss lief einmal quer durch seine Masten und Segel, zerteilte den Rumpf und auch die

Wellen, deren Schaumkämme an die Mähnen stolzer Pferde erinnerten.

Lange schaute Nicolaus das Bild an, verlor sich ganz im Spiel der Wogen, bis ihre Formen verschwammen und in konturlosen Farben aufgingen. Er sah das Blau von Laurents Augen und das Himmelgrau an jenem fernen Tag im März, als der Tod über die Brücke von Geestendorf geritten war. Und er sah auch das Rauchgrau der Altendieck-Augen, die sein Sohn mit seiner Großmutter teilte. Ernst hatte gelächelt, als er mit diesen Augen die junge Greven angeschaut hatte, unter Mutters strengem Blick ...

Nicolaus bemerkte kaum, dass ihm Tränen über die Wangen liefen. Kalt und zugig war es hier oben, doch auch das berührte ihn nicht. Es gab nur die Wellen unter dem Schiff – und den grausamen Riss, der sie zerteilte.

Erst als unten die Tür zur Diele zuschlug, schreckte er auf. Entschlossen nahm Nicolaus die Leinwand mit dem Bild der *Möwe* unter den Arm und stieg die Leiter vom Boden wieder hinunter, wobei er sich umständlich mit nur einer Hand festhielt.

Auf der Diele legte Ernst gerade seinen Mantel ab.

«Komm», sagte Nicolaus zu ihm, ohne innezuhalten. «Wir haben zu reden, Ernst.»

Und er ging zielstrebig in die Stube, gefolgt von seinem resigniert seufzendem Sohn. Wie er halb gehofft und halb befürchtet hatte, saß Mutter noch immer hier, auf der Bank neben dem Kachelofen. Tiefe Runzeln zerfurchten ihre Stirn, und sie sah müde aus. Als sie die Leinwand unter seinem Arm entdeckte, verengte sich ihr Blick.

Nicolaus beachtete es nicht weiter und stellte sein Bild auf der Anrichte ab, lehnte es gegen die Wand. Nun stand es neben Mutters erstem Seechronometer unter seiner Glaskuppel und Großvaters gerahmten Plänen für die große Rathausuhr und sah irgendwie fehl am Platz aus.

Nicolaus bemerkte, dass Ernst an der Tür stehen geblieben war und verständnislos auf die zerrissene *Möwe* starrte.

«Ernst Theodor», sagte er und bemühte sich, seine Stimme fest klingen zu lassen. «Einst habe ich einen Fehler gemacht. Und ich möchte nicht, dass du diesen Fehler wiederholst.» Er seufzte schwer. «Ich habe dich mit der jungen Anna Greven gesehen. Verliebtheit mag eine flüchtige Grille sein – oder auch nicht. Doch gemeinsam Ideen zu pflanzen und wachsen zu lassen, Pläne zu haben ... Das will und werde ich dir nicht verwehren. Wenn Anna der Mensch ist, mit dem du das kannst, dann ist das so. Ich werde mit ihrem Vater sprechen. Die Altendiecks sind nicht weniger angesehen als die Grevens, da wird sich schon eine Übereinkunft finden lassen.»

Ernst starrte ihn ungläubig an. Überrumpelt ließ er sich auf einen Stuhl fallen.

«Nicolaus!», rief Mutter. «Was soll das?»

«Früher einmal, vor deiner Geburt, Ernst, war die Malerei meine Kunst und Leidenschaft», erklärte Nicolaus, ohne auf Mutters Frage zu achten. «Doch dann verlor ich einen geliebten Menschen – und mit ihm meinen Mut, diesem Pfad weiter zu folgen. Also wandte ich mich unserem Familienhandwerk zu ...»

«Ein ehrbares Handwerk», sagte Mutter fest. «Ein Handwerk, das dafür gesorgt hat, dass ihr beide keinen Hunger kennt.»

«Und dieses ... Bild, das ... ist von dir?», stammelte Ernst.

«Ja.»

«Warum ist es kaputt?»

Nicolaus antwortete nicht. «Du sollst deinen Weg gehen, Ernst», sagte er. «Und wenn du überzeugt bist, dass du ihn mit Anna Greven an deiner Seite gehen willst, dann unterstütze ich dich.»

«Nicolaus!», rief Mutter entgeistert. «Nun rede dem Jungen doch nicht ein, irgendeiner kindischen Verliebtheit zu folgen!»

«Das Fräulein Greven hat jedenfalls einen klugen Kopf», erwiderte Nicolaus. «Das ist dir nicht entgangen.»

«Und sie weiß ihn einzusetzen», knurrte Mutter. «Das ist mir ebenfalls nicht entgangen. Ich kann schon verstehen, dass Ernst sich in sie verguckt hat. Doch solche Abenteuer gehen nicht gut, das kann ich euch versichern!» Sie schüttelte unwillig den Kopf. «Außerdem redest du hier von der Familie, die deinen Großvater ruiniert hat!»

«Mir ist das wohl bewusst!», entgegnete Nicolaus. «Ich kenne die alten Geschichten. Du hast sie oft genug erzählt. Aber irgendwann reicht es auch damit.» Er trat an Ernsts Seite.

«Du hast nicht erlebt, wie schlimm es damals war», entgegnete Mutter, und plötzlich klang sie eher matt als aufgebracht. «Wie es ist, sich nicht genug Brot leisten zu können. In ein fremdes Haus in Stellung zu gehen, als Dienstmagd begafft und betatscht zu werden ...»

«Ich habe die Franzosenzeit erlebt», sagte Nicolaus grimmig. «Sie hat mich meinen Bruder gekostet – und mir doch ein unendlich wertvolles Geschenk gemacht. Ich habe es verloren und mich selbst gleich mit. Aber ich werde dafür sorgen, dass Ernst nicht das Gleiche geschieht.»

Sein Sohn schaute zu ihm auf, die rauchgrauen Altendieck-Augen perplex geweitet. «Danke», murmelte er mit belegter Stimme.

«Dich verloren!», schnaubte Mutter. «Du bist ein tüchtiger Uhrmacher geworden! Ein Handwerk, das Kunst und Wissenschaft zugleich ist und dir ein gutes Einkommen und Ansehen als Meister verschafft hat.»

Nicolaus sprach so fest und entschieden wie möglich: «Und als Meister dieser Werkstatt und Herr des Altendieck'schen Hauses entscheide ich, dass ich mit Meister Greven über eine mögliche Verbindung unserer Familien sprechen werde.»

«Anna und ich haben einige äußerst interessante Ideen, Großmutter!», fügte Ernst rasch hinzu. «Ich werde dir morgen meine Konstruktionsskizzen zeigen. Der alte Greven wird sich gewiss überzeugen lassen! Schon weil es ums liebe Geld geht … Anna ist ein ganz besonderer Mensch, das musst du zugeben.»

«Ja, das *muss* ich wohl», brummte Großmutter. Sie faltete beide Hände auf ihrem Gehstock mit dem geschnitzten Entenkopf. «Und sie will ihren Willen mit aller Gewalt durchsetzen.»

«Klingt so, als könntet ihr euch gut verstehen», entgegnete Ernst mit einem kaum verhohlenen Schmunzeln.

Besorgt schaute Nicolaus zwischen ihm und Mutter hin und her.

Mutters Gesicht war unbewegt, aber hinter ihrer Stirn schien es noch immer zu arbeiten. Schließlich seufzte sie schwer. «Dann tut doch einfach, was ihr wollt», sagte sie. «Das scheint das junge Fräulein Greven euch ja gründlich beigebracht zu haben – mir ist es in all den Jahren nicht gelungen.»

«Weil nicht jeder das Gleiche will wie du», sagte Nicolaus sanft. Plötzlich hatte er keine Angst mehr auszusprechen, was ihn bewegte. «Die Uhrmacherei zu immer neuen Blüten zu führen ist dein Ziel, nicht meines. Ich bin Maler, Mutter.»

Sie schaute ihn abschätzend an. «Ich verstehe nichts von Farben und schmutzigen Pinsellappen», sagte sie. «Aber wenn du auf deine alten Tage unbedingt zum Grillenfänger werden musst, dann tu das eben.»

Nicolaus nickte beklommen, während Mutter sich schon ihrem Enkel zuwandte.

«Und du, Ernst – bau von mir aus deine Uhren für Tagelöhner und Zigarrenmacher, wenn es sein muss. Aber ich erwarte, dass du dich von jeder Pfuscherei fernhältst! Baue sie so, wie ein Altendieck Uhren baut.»

Ernst räusperte sich rau. «Und ... was ist mit Anna?», fragte er leise.

Mutters Seufzen klang halb wie ein Knurren. «Was soll schon mit ihr sein?», fragte sie. «Ich hätte mich nicht von einer brummigen Greisin aufhalten lassen, als ich in ihrem Alter war. Baut eure Uhren zusammen. Meinen Segen habt ihr.» Das Letztere hatte sie so leise gesprochen, dass es fast ein Flüstern war. Ernsts Antwort war ein stummes Nicken, während Tränen in seinen Augenwinkeln schimmerten.

Für einen Moment sagte niemand etwas. Die Stille hing schwer über der Stube. Schwerer als sonst und irgendwie ... falsch. Dann bemerkte Nicolaus, warum es so still war. Hora war verstummt. Ihr Ticken hallte nicht länger von der Diele herein.

Mutter schien es zeitgleich zu bemerken. Lauschend legte sie den Kopf schief. «Was soll denn das?», brummte sie. «Ich habe sie doch vorgestern erst aufgezogen.»

Sofort sprang Ernst von seinem Stuhl auf. «Sicher ist nur etwas verklemmt», sagte er. «Warte, Großmutter. Ich schaue es mir gleich an!»

«Lass man, min Jung», murmelte Mutter. «Das kann ich

schon noch selber.» Sie schaute Ernst auffordernd an. «Aber jetzt möchte ich erst einmal sehen, was du mir zu zeigen hast.»

Ernst blinzelte perplex.

«Na, deine Pläne natürlich!», schnaubte sie. «Meine Augen taugen vielleicht nicht mehr viel – aber die Qualität deiner Werke werden sie schon noch einschätzen können.»

Beim Aufspringen stolperte Ernst fast über seine eigenen Füße. Nach kurzer Zeit kam er mit einem Büchlein voller Notizen wieder. Nicolaus beobachtete nachdenklich, wie seine Mutter und sein Sohn die Köpfe zusammensteckten und bald alles um sich herum vergaßen.

Es war schon spät, als sie endlich ins Bett gingen. Mutter stützte sich schwer auf ihren Gehstock mit dem Entenkopf, während sie sich zur Treppe schleppte. Sie war zu müde, um sich noch um Hora zu kümmern. Doch auf ihren Lippen lag ein stolzes Lächeln.

Zehntes Kapitel

Als Gesche Niehus, geborene Altendieck, am nächsten Morgen nicht aus ihrer Kammer kam, war es ihr Enkel Ernst, der schließlich hinaufging, um nach ihr zu sehen. Er fand seine Großmutter in ihrem Bett vor, die Augen friedlich geschlossen. Ernst streckte die Hand aus, um sie sanft an der Schulter zu berühren – und ließ den Arm wieder sinken.

Irgendwie wusste er, dass Großmutter nicht einfach nur schlief. Die Kraft der Feder, die ihren Körper mehr als 70 Jahre angetrieben hatte, war abgelaufen. Ihr Herzschlag war ebenso verstummt wie das Ticken von Hora.

Vater sprang sofort auf und rannte nach oben, als Ernst es tonlos berichtete. Mutter erhob sich deutlich langsamer, die Gesichtszüge erstarrt, aber gefasst. Mit gesenkter Stimme gab sie der Hausmagd Frieda Anweisungen.

Ernst jedoch stand einfach nur reglos mitten auf der Diele, den Blick auf das Schiffchen aus Zinn gerichtet, das plötzlich auf ein Riff gelaufen zu sein schien. Er konnte nicht glauben, dass Großmutter nicht mehr da war. Die Witwe Altendieck, wie die Leute sie nannten, war stets hier gewesen, ein nicht wegzudenkender Teil des Ansgarii-Quartiers. Und ein nicht wegzudenkender Teil von Ernsts Kindheit, seinem Leben. Von ihr hatte er das Familienhandwerk erlernt. Ihren strengen Blick hatte er ebenso gefürchtet, wie er ihr gutmütig-bärbeißiges Lob geliebt hatte. Sie hatte auf alles, was im Altendieck'schen Haus vor sich ging, ein strenges Auge gehabt, und nur deswegen schien alles zu funktionieren. Kaum vorstellbar, wie es weitergehen sollte – ohne Gesche Altendieck, die beständig wachte …

Vater schien seine ganze Kraft verloren zu haben, als er wieder nach unten kam. Mit zusammengesunkenen Schultern hockte er sich auf die Ofenbank in der Stube, das Gesicht in den Händen vergraben, und gab sich kaum Mühe, seine Schluchzer zu verbergen. Ernst zwang sich, an seine Seite zu treten, irgendetwas zu murmeln, das tröstlich klingen sollte, seine Schulter zu berühren. Doch wie sollte er Trost spenden, während er selber kaum wusste, wie ihm geschah? Während ihm selbst Tränen über die Wangen liefen?

Schließlich schob ihn Mutter sanft beiseite, um leise mit Vater zu reden. Sie schien fest entschlossen zu sein, alle Last zu tragen, die nun nicht länger auf Großmutters Schultern ruhte. Ernsts Blick fiel auf das zerschlitzte Bild mit dem Segelschiff, das noch immer neben dem Seechronometer und den Plänen der Rathausuhr stand. Ein seltsamer Fremdkörper, der doch irgendwie hierher zu gehören schien. Alles veränderte sich.

In den nächsten Tagen war Mutter schier allgegenwärtig. Sie kümmerte sich um Großmutters Aufbahrung, sprach mit dem Herrn Pfarrer und setzte Einladungen zur Beerdigung auf. Selbst an Tante Mette schrieb sie einen Brief nach Amerika, wenn er sie auch womöglich niemals erreichen würde – die Tante war gewiss noch nicht lange in der Neuen Welt angekommen, hatte womöglich noch gar keinen Wohnsitz gefunden.

Mutter kümmerte sich darum, dass Vater sich nicht seiner Trauer ergab und mit seinen Zunftkollegen sprach. Und sie kümmerte sich darum, dass Ernst etwas zu tun hatte und möglichst wenig dazu kam, seinen grauen Gedanken nachzuhängen. Schnell betrachtete er sie mit neuer Hochachtung. Er hatte ihre Beständigkeit bislang für selbstverständlich genommen. Nun erst wurde ihm klar, wie sehr sie einen tragenden Teil des Mechanismus darstellte, der ihre Familie war.

Großmutter wurde auf dem Kirchhof von St. Ansgarii beigesetzt, neben Ernsts Großvater Andreas, den er selbst nicht mehr kennengelernt hatte. Und nah bei ihrem Vater Johannes, ihrer Mutter Magdalena, ihrem Großvater Nicolaus und weiteren Altendiecks, deren Namen und Geschicke ihm bestenfalls vage bekannt waren. Ernst bekam nur wenig von der Beisetzung mit, die Brust noch immer erfüllt von seltsamer Taubheit.

Auch Vater war still und nachdenklich. Ebenso wie Ernst ging er in der nächsten Zeit immer wieder allein auf den Kirchhof, mit langsamen Schritten, den Mantelkragen hochgeschlagen. Doch sie brachen niemals gemeinsam auf, liefen sich dort nicht über den Weg – und sprachen auch sonst wenig miteinander ...

Eine dünne Schneedecke lag auf den hartgefrorenen Gräbern und bedeckte auch die Kreuze und Steine mit weißen Hauben, während Ernst an einem schneidend kalten Novembermorgen über den Kirchhof ging. Er folgte dem üblichen Weg zu Großmutters Grab – und hielt inne, als er zwei Gestalten davor entdeckte. Ein stämmiger Mann mit einem hohen Zylinder und eine Frau mit Schneckenknoten unter der Haube an seiner Seite. Das war Eduard Greven – und Anna! Er hatte in der letzten Zeit oft an sie gedacht, aber sie viel zu wenig gesehen. Bei Großmutters Beerdigung hatten sie einige wenige Worte wechseln können, doch Ernst war wie erstarrt gewesen, Anna merkwürdig schweigsam.

Danach hatte Ernst sich ganz in die kleine Welt seiner Familie zurückgezogen – und in seine Trauer! Alles um ihn herum war wie erstarrt, ohne Platz für die voranschreitende Zeit und irgendwelche Zukunftspläne. Doch ihr unverhoffter Anblick ließ dieses Eis schmelzen.

Noch während er in ihre Richtung starrte, wandte Anna sich um, als hätte sie seinen Blick gespürt. Ihr rundes Gesicht, besprenkelt mit verblassenden Sommersprossen, hellte sich für einen Moment auf. Dann schaute sie betreten zu Boden. Langsam ging sie Ernst entgegen, bis sie schließlich direkt vor ihm stand. Sie schenkte ihm ein scheues, leicht trauriges Lächeln.

«Anna», murmelte Ernst, halb erfreut und halb erstaunt. «Was tust du hier?»

«Einer großen Frau die Ehre erweisen», erwiderte sie. «In Ruhe und ohne dieses ganze Drumherum ... Es tut mir so leid, Ernst!»

Spontan umfasste sie seine Hände mit den ihren. Annas Finger fühlten sich kalt an; das taten sie immer – und jetzt im nahenden Winter noch mehr. Ernst mochte das. Er spürte Wärme in sich aufsteigen.

«Es ist alles so seltsam, ohne Großmutter», sagte er. «Kaum denkbar, dass Bremen ohne sie noch steht ...»

«Ich bin froh, dass ich sie noch kennenlernen durfte», erwiderte Anna ernst.

«Oh ja, das hast du.»

«Auch wenn sie mich nicht leiden konnte ...» Sie seufzte.

Ernst schaute Anna erstaunt an. «Wie kommst du denn darauf?»

«Na, du hast doch mitbekommen, wie unser Gespräch verlaufen ist!» Für einen Moment schwieg sie beklommen. «Ich ... Oh Ernst, wie könntest du mir jemals verzeihen?»

Verwirrt schüttelte Ernst den Kopf. «Verzeihen? Wie meinst du das?»

Sie schluckte. «Na ja ... Deine Großmutter hat sich doch so aufgeregt ... Meinetwegen! Ihr Herz hat das offensichtlich nicht verkraftet.»

Ernst schaute sie groß an. «Das glaubst du? Da kanntest du Großmutter nicht! Die hätte kein Streit so leicht umgehauen.»

«Wirklich?», fragte Anna mit vorsichtiger Erleichterung in der Stimme.

«Wirklich!», erwiderte Ernst. «Sie mochte dich sogar.»

«Du willst mich doch nur trösten! Deine Großmutter soll mich gemocht haben?»

«Ziemlich sicher. Sie konnte es nicht leiden, wenn man ihr Widerworte gab – und schätzte es umso mehr, wenn jemand doch den Mut dazu hatte.» Ernst musste über diesen schrulligen Charakterzug unwillkürlich lächeln. Es tat ihm gut. Dann senkten sich seine Mundwinkel wieder, als Eduard Greven mit langsamen, unwilligen Schritten von hinten herangeschlurft kam.

«Niehus», brummte er und lüftete seinen Zylinder unmerklich.

«Greven», erwiderte Ernst in ähnlichem Tonfall, ohne ihn direkt anzusehen. Die Schwellung durch den Faustschlag war inzwischen verschwunden, doch der gekränkte Stolz brannte noch immer.

«Mein Bruder ist ebenfalls hier, um deine Großmutter zu ehren», beeilte sich Anna zu erklären.

«Ist das so?», entgegnete Ernst kühl.

Eduard räusperte sich unbehaglich. «Wenn es stimmt, was die Leute sich erzählen», murmelte er, «dann ist mit ihr eine große Uhrmacherin gestorben.»

Ernst musterte Eduard misstrauisch. In seiner Stimme lag eine Spur von jener Geringschätzung, die den Grevens stets zu eigen war, wenn sie über Dinge sprachen, die sich nach ihrer begrenzten Sicht auf die Welt nicht gehörten. Doch gerade darum klang Eduard auch ehrlich. Ernst ertappte sich dabei, dass er ihm glaubte. Er mochte ein grobschlächtiger Lump sein – aber er war nicht falsch.

«Eine große Uhrmacherin», sagte er leise. «Ja, das war meine Großmutter.»

«Und sie war die Letzte», erwiderte Eduard, wobei er ihn zum ersten Mal direkt anschaute. «Die Letzte von früher, meine ich. Die die Dinge noch miterlebt hat, die den Zwist zwischen unseren Familien verursacht haben.»

Perplex starrte er Eduard an. Der Kerl hatte recht. In gewisser Weise war mit Großmutter jene alte Zeit gestorben. Aber es war auch jene Zeit gewesen, die seine Familie zum Erfolg geführt hatte. Vermutlich fühlte sich darum nun alles so unsicher an. Das Fundament war nicht mehr da. Aber dass er einen Greven brauchte, um das zu erkennen …

«Vielleicht sollten wir uns einmal zusammensetzen», fuhr Eduard etwas unbehaglich fort. «Anna hat mir erzählt, dass Sie Konstruktionspläne entworfen haben, Niehus. Kostengünstige Uhren für jedermann. Wenn es sich lohnt, können wir die Sache vielleicht gemeinsam angehen …»

Ernsts Augen verengten sich. Fand dieser Greven es wirklich angemessen, hier und jetzt über Geschäftliches zu sprechen? Dann musste er an Großmutter denken. Sie hatte keine Friedhöfe gemocht. Aber sie hatte es geschätzt, wenn man etwas tat.

«Vermutlich sollten wir wirklich einmal in Ruhe miteinander reden, Greven», sagte er leicht widerwillig. «Allerdings nur unter der Bedingung, dass wir uns kultiviert benehmen und auf weitere Faustschläge verzichten!»

Die Worte konnte er sich einfach nicht verkneifen.

Nun war es an Greven, betreten zu schauen. «Natürlich», brummte er.

«Ich werde nicht noch einmal zulassen, dass ein Gespräch zwischen euch auf eine Schlägerei, ein Duell oder sonstigen Unsinn hinausläuft», ergänzte Anna entschlossen.

«Wie ist es eigentlich, mit Anna als Schwester aufzuwachsen?», fragte Ernst spontan.

Eduard zuckte mit den Schultern. «Anstrengend. Kann nicht behaupten, dass es mich stört, wenn sie sich in nächster Zeit ein bisschen mehr auf Sie konzentriert, Niehus.»

«Irgendwelche nützlichen Ratschläge, Greven?»

«Verstecken Sie Ihre Zinnsoldaten.»

Anna verdrehte die Augen. «Ich frage mich, ob es wirklich eine gute Idee war, euch zusammenzubringen ...»

«Zu spät», erwiderte Ernst lapidar. Und musste plötzlich grinsen. Eduard ging es genauso. Der Kerl konnte beinahe nett aussehen, wenn er zur Abwechselung einmal nicht wütend vor sich hin stierte ...

Gemeinsam verließen sie den Kirchhof. An der Pforte kam ihnen Vater entgegen. Ernst schaute verlegen nach unten, als er ihn sah. Vater schenkte ihm und seinen Begleitern einen forschenden Blick. Dann lupfte er den Hut und eilte weiter zum Grab.

Als Ernst am Nachmittag in die Werkstatt kam, um Vater zur Hand zu gehen, erwartete dieser ihn schon. Er war nicht über die Teile eines Werkes gebeugt, sondern schaute ihm entgegen.

«Ah, Ernst Theodor. Setz dich doch.» Er deutete auf einen Stuhl. Ernst zog ihn knarzend heran. Für einen Moment herrschte verlegenes Schweigen. Es hing umso schwerer in der Luft, da Horas Ticken auf der Diele noch immer verstummt war und Stille über dem Haus lag. Großmutters Thron stand verwaist an der Wand, neben dem Tischchen, an dem Ururgroßvater Nicolaus die kleine Gesche einst in die Kunst ihrer Familie eingeführt hatte.

«Du hast also mit den Grevens gesprochen?», begann Vater schließlich.

«Ja», erwiderte Ernst. «Ich weiß, ich habe dich vorher nicht gefragt...»

Vater hob abwehrend die Hände. «Das ist in Ordnung, Ernst Theodor. Es wäre ja auch an mir gewesen, mit Wilhelm Greven zu reden. Aber...» Er zuckte hilflos mit den Schultern. «Es war einfach alles ein bisschen viel.»

«Das ist in Ordnung», echote Ernst. «Anna scheint es jedenfalls irgendwie geschafft zu haben, das Interesse ihres Bruders zu wecken. Wir haben über unsere Pläne für erschwingliche Uhren gesprochen und wie man sie umsetzen könnte.»

Vater betrachtete ihn nachdenklich. «Die Pläne, die du entworfen hast, nehme ich an?»

Ernst nickte.

«Du bist eben ein Uhrmacher, Ernst. Deine Großmutter wusste, dass ihre Unterweisungen bei dir auf fruchtbaren Boden gefallen sind. Du bist jetzt schon geschickter mit den Werken, als ich jemals sein werde.»

«Unsinn», widersprach Ernst. «Ich habe nicht annähernd deine Erfahrung – oder deinen Sinn für Ästhetik.» Er stutzte.

«Da fällt mir etwas ein», sagte er plötzlich. «Bitte warte einmal kurz ...»

Er lief rasch aus der Werkstatt und hinauf auf seine Kammer. Dort holte er ein in Stoff eingeschlagenes Bündel, das er schon vor einigen Tagen besorgt hatte. Er war noch nicht dazu gekommen, es Vater zu geben. Und, wenn er ehrlich zu sich war, hatte er sich auch nicht so recht getraut ... Mit einem flauen Gefühl im Bauch ging er wieder hinunter, wo Vater mit hochgezogenen Augenbrauen auf ihn wartete.

«Hier», murmelte er verlegen. «Das ist für dich.» Er drückte Vater das Bündel in die Hand.

«Wie komme ich zu der Ehre?», fragte dieser, ohne es auszuwickeln.

«Ich weiß nicht ... es fühlte sich einfach richtig an.»

Endlich schlug Vater den Stoff zurück. Und starrte mit großen Augen auf die feinen Haarpinsel, die darunter zum Vorschein gekommen waren.

«Ein Maler sollte doch Handwerkszeug besitzen», sagte Ernst. Seit Vater ihm an jenem Abend überraschend zur Seite gestanden hatte, hatte er das Gefühl, ihn niemals wirklich gekannt zu haben. Der biedere Meister Niehus – ein Künstler! Ein Schöpfer von Schiffen, die auf Wogenpferden dahinglitten. Immerhin erklärte es, warum er seinen Sohn nach E. T. A. Hoffmann benannt hatte. Und irgendwie hatte Ernst das Gefühl, dass er dem Maler Nicolaus näherstand als dem Meister Nicolaus ...

«Ernst ...», murmelte Vater ein wenig hilflos. Die Pinsel zitterten in seiner Hand. Dann legte er sie sorgfältig auf den Arbeitstisch, als wären es höchst fragile Gebilde aus Glas. Noch ehe Ernst etwas sagen konnte, war Vater aufgestanden – und schloss ihn in die Arme.

Ernst war so perplex, dass er sich zunächst versteifte. Dann ließ er es geschehen.

Zwei Sekunden später trat Vater auch schon einen Schritt zurück. «Danke», sagte er.

«Wirst du sie benutzen?»

Vater zögerte kurz. «Ja», entgegnete er dann.

«Was wirst du malen?»

«Vögel. Wolken und Vögel.»

Ernst schaute ihn forschend an. Doch Vater sagte nichts weiter dazu.

«Erzählst du mir die Geschichte einmal?»

«Vielleicht. Jetzt haben wir jedenfalls etwas anderes zu tun.» Vater räusperte sich. «Findest du diese Stille im Haus nicht auch unerträglich?»

«Allerdings», erwiderte Ernst. Das fand er schon lange. Doch er hatte es nicht gewagt, Hand an Hora zu legen. Das war stets Großmutters Aufgabe gewesen … Und irgendwie war bislang noch nicht der rechte Zeitpunkt gekommen, dass jemand anderes sie übernahm.

«Wirst du dich um Hora kümmern?», fragte Ernst.

«Das solltest du tun, Ernst Theodor», sagte Vater. «Deine Großmutter hätte gewollt, dass du das machst.»

«Noch bist du hier der Meister!», erwiderte Ernst fast empört.

«Gewiss. Doch es mag sein, dass ich in nächster Zeit hin und wieder beschäftigt bin …» Er schielte zu den Pinseln auf dem Tisch hinüber.

«Dann lass es uns gemeinsam tun.»

So machten sich Ernst Theodor und Nicolaus Niehus daran, die große Standuhr auf der Diele des Altendieck'schen Hauses wieder in Gang zu bringen. Sie arbeiteten konzentriert und sorgfältig, wie es Großmutter gefallen hätte. Und sie gingen einander zur Hand, nach Art der Altendiecks. Ernst lächelte, als er Horas glänzendes Holzgehäuse schließlich schloss. Ihr Ticken erfüllte wieder das Haus wie ein lebendiger Herzschlag.

Epilog

Es war der achte März des Jahres 1848, ein nassklammer Tag, an dem das Licht der Frühlingssonne nur zögerlich durch die Wolken brach. Dennoch war zahlreiches Volk auf dem Marktplatz von Bremen zusammengekommen: Tagelöhner und Fischer, Zigarrenmacher und Handwerker, Gelehrte und Gewerbetreibende. Die Leute umlagerten das Rathaus und füllten dabei den gesamten Platz bis hinüber zu Dom und Schütting. Schon seit Stunden harrten sie aus, in einer seltsamen Mischung aus übermütiger Volksfeststimmung und erbostem Gemurre, und allerorts hatten die gemurmelten Gespräche nur ein Thema: die Petition. Jenes Gesuch, das der Bremer Bürgerverein zusammengestellt hatte, um es dem Senat vorzutragen. Gerade wurde es oben, in der Rathaushalle, diskutiert.

In der Menge befand sich auch der angesehene Uhrmachermeister Ernst Theodor Niehus, Gründer der Altendieck'schen Uhren-Manufaktur in der Neustadt, bekannt für ihre robusten und preisgünstigen Taschenuhren. Seine Ehefrau Anna stand an seiner Seite, seine kleine Tochter – ein Mädchen mit rauchgrauen Augen und Sommersprossen – hatte er auf die Schultern genommen, damit sie besser sehen konnte.

«Wie lange brauchen die Senatoren denn noch?», beklagte sie sich zum wiederholten Mal.

«Es ist ein gutes Zeichen, dass sie so lange diskutieren, Gesche», erwiderte Ernst, dem langsam die Schultern weh taten. «Das bedeutet, dass sie unsere Forderungen ernst nehmen. Sie können uns nicht länger ignorieren ... Und Cord Wischmann ist ein guter Redner, sie werden ihm zuhören.»

«Aber mir ist langweilig ...»

Der Tischlermeister Wischmann war der Vorsitzende des Bremer Bürgervereins, zu dessen Gründungsmitgliedern auch Ernst gehörte. In dem Verein hatten sich Anfang des Jahres Handwerkermeister, Lehrer und andere Bürger des Mittelstandes zusammengefunden, um gemeinsam für ihre Rechte auf Freiheit und Mitbestimmung einzustehen, gegen die Dominanz der mächtigen Kaufmannsfamilien im Senat.

Nun, da im Frühjahr 1848 überall in den deutschen Landen die lange unterdrückte Saat der Freiheit aufging und viele Menschen sich für Bürgerrechte und einen vereinigten deutschen Staat gegen die Obrigkeit erhoben, war auch der Bremer Bürgerverein aktiv geworden.

Ernst hatte sich mit seinen Mitstreitern im Amtshaus der Kramer getroffen und eine ausführliche Petitionsschrift mit der Forderung nach bürgerlichen Freiheitsrechten ausgearbeitet. Über Nacht hatten sie ein Flugblatt erstellt und in aller Eile gedruckt, das die Bürger von Bremen dazu aufrief, die Petition zu unterschreiben. So waren schließlich 2064 Unterschriften auf dem Schriftstück zusammengekommen, mit dem die Delegation des Vereins heute dem Senat gegenübergetreten war. Viel mehr Unterstützer, als der kleine, heißblütige Kreis von Revolutionären damals im *Goldenen Anker* sich jemals erträumt hätte ...

Zahlreiche Bürgerinnen und Bürger hatten die zwölf Delegierten auf ihrem Weg zum Rathaus begleitet – so viele, dass man den Gemüsemarkt auf dem Marktplatz hatte abbrechen müssen. Vermutlich hatten die Senatoren und Ratsdiener gehofft, dass sich das Volk zerstreuen und nach Hause gehen würde, sobald sich die Tore des Rathauses hinter der Abordnung geschlossen hatten. Doch das war nicht geschehen. Einige besonders entschlossene Bürger waren einfach mit ins Rathaus geströmt. Die anderen harrten schon seit Stunden auf dem Marktplatz aus und warteten auf Ergebnisse. Und wurden dabei zunehmend ungeduldiger. Immer wieder mussten Menschen zurückgedrängt werden, die an den Rathaustüren lautstark Einlass verlangten. Die Polizeidiener wirkten nervös. Ihnen war klar, dass sie niemals den gesamten Platz würden räumen können … Gut, dass Ernst und Anna beschlossen hatten, sich mit ihrer Gesche etwas abseits zu halten, in der Nähe der alten Börse. Das Gebäude war ein wenig in die Jahre gekommen, und seit neuestem war im Gespräch, eine neue Börse für Bremen zu errichten. Wenn ihre Tochter eine erwachsene Frau war, würde das Gebäude gewiss schon stolz aufragen. Viele Veränderungen kündigten sich an …

«Schaut mal!», rief plötzlich Gesche von Ernsts Schultern aus. «Auf dem Balkon vom Rathaus tut sich etwas!»

Tatsächlich öffnete gerade ein würdiger Herr mit hoher Stirn und silberner Brille die Außentür.

«Ist das nicht Gustav?», fragte Anna mit zusammengekniffenen Augen.

«Oh ja», brummte Ernst und seufzte. «Das ist er.»

Damals, nachdem ihre tolldreiste Revolution nicht stattgefunden hatte – wofür Ernst immer noch dankbar war –, hatte Gustav sich zunehmend seltener im *Anker* sehen lassen und sich stattdessen auf seine Karriere als Jurist konzentriert. Inzwischen verfügte er über eine angesehene Stellung in der Ratskanzlei, besaß ein schmuckes Haus am Wallanlagen-

Park und galt als Vertrauter von Bürgermeister Smidt, dessen konservativen Ansichten er rhetorisch sehr überzeugend zuzustimmen pflegte. Ernst verzog bei dem Gedanken daran das Gesicht. Gustav war vermutlich nicht der Erste, bei dem ein üppiges Jahresgehalt zu einem erstaunlichen Wandel seiner Weltsicht geführt hatte ...

«Und da kommen auch die Bürgermeister selbst», sagte Anna. «Der mit dem faltigen Gesicht und den grau glänzenden Haaren ist Johann Smidt, Gesche. Der daneben Isak Schumacher.»

Die beiden Bürgermeister traten umgeben von einigen Senatoren auf den Balkon hinaus. Lärm brandete auf, als die Menschen bemerkten, dass etwas passierte. Smidt gestikulierte und versuchte, sich Gehör zu verschaffen. Es dauerte eine Weile, bis es so still wurde, dass er sprechen konnte. Seine Worte hallten über den Marktplatz, doch nicht laut genug, als dass Ernst und seine Familie sie verstehen konnten, dort, wo sie standen. Es war einfach zu unruhig! Was hatte er da gerade von Rechten gesagt?

Plötzlich wurden die Leute direkt am Rathaus laut. Jubelten sie? Brüllten sie empört auf? Bürgermeister Smidt sagte noch etwas, doch nun war er erst recht nicht mehr zu verstehen.

Ernst und Anna tauschten einen besorgten Blick. War es langsam Zeit zu gehen?

Plötzlich kam Bewegung in die Menge. Die Leute teilten sich rings um den Roland, der mit steinernem Gleichmut über sie emporragte. Ernst erkannte nun Cord Wischmann, den Vorsitzenden des Bürgervereins. Er war aus dem Rathaus gekommen und auf die Stufen der mächtigen Statue gestiegen. Zu Füßen des grauen, rissigen Recken begann er zu reden.

«Bürger! Zigarrenmacher!» Das Gemurmel wurde deutlich

leiser. «Heute, am achten März achtzehnhundertvierzigundacht, hat der Senat der freien Stadt Bremen den Forderungen der Bürgerschaft vollumfänglich zugestimmt!»

Der Jubel, der ringsum aufkam, war unbeschreiblich. Ernst stimmte begeistert mit ein und schwenkte seinen Hut.

«Und das ganz ohne Pistolen und abendliche Überfälle», rief Anna ihm ins Ohr.

Ein verlegenes Grinsen stahl sich auf Ernsts Gesicht. Im Nachhinein kam ihm das überstürzte Vorgehen, dem er sich als junger Bengel mit seinen revolutionären Freunden verschrieben hatte, reichlich naiv vor. Doch zumindest hatte es in ihm eine kämpferische Leidenschaft entfacht, die er sich bewahrt hatte – und in jene Texte und demokratischen Pamphlete fließen ließ, die er inzwischen zusammen mit Anna verfasste.

«Was genau haben die Senatoren denn jetzt erlaubt?», fragte Gesche, wobei sie sich anstrengen musste, den Lärm zu übertönen.

«Bürgerrechte für alle Bremer!», erwiderte Ernst. «Eine freie Presse, unabhängige Schwurgerichte und eine republikanische Verfassung!»

Gesche drückte ihm ungnädig die Füße in die Flanken, als wäre er ein störrisches Pferd.

«Das heißt, dass der Senat ab jetzt von allen Bremern frei gewählt wird», erklärte er. «Auf diese Weise können alle mitentscheiden. Ein Mann – eine Stimme.»

«Und was ist mit den Frauen?», fragte Gesche sofort.

Ernsts Grinsen wurde breiter. Sie war unverkennbar Annas Tochter! Und die Urenkelin ihrer Namenspatronin …

«Darum werden wir uns noch kümmern, mein Schatz», sagte Anna entschlossen. «Ich arbeite schon an einer entsprechenden Petition, zusammen mit Marie. Sobald die ersten

Bürgerversammlungen unserer Republik stattfinden, werden wir sie vortragen.»

«Ich zweifle nicht daran, dass ihr überzeugend sein werdet», erwiderte Ernst fröhlich. Dann wurde er jedoch nachdenklich. «Ich frage mich, was Großvater Niehus zu den Ereignissen sagen wird ... Lasst uns nach Hause gehen und meinem Vater alles berichten.»

«Großvater Greven wird jedenfalls daran zu knabbern haben, mit seinen Freunden im Senat», erwiderte Anna. «Eduard wird ihn hoffentlich überzeugen, dass die Republik auch gewisse wirtschaftliche Vorzüge mit sich bringt ...»

So machten sie sich auf den Heimweg, schoben sich durch die Menge bis zur Obernstraße und erreichten schließlich das Altendieck'sche Haus bei der Ansgarii-Kirche. Auf der Diele empfing sie Hora mit ihrem gemütlichen Ticken – die Urururgroßvater-Uhr der kleinen Gesche, ging es Ernst plötzlich durch den Sinn. Vater war vermutlich hinten in der Werkstatt, wo er sich ein kleines Atelier eingerichtet hatte. Die Uhrmacherei fand inzwischen hauptsächlich in der Manufaktur in der Neustadt statt.

Mutter erschien sofort, um sie alle zum Tee in die gute Stube zu holen. Die Nachbarinnen ringsum hatten ihr die großen Neuigkeiten geradezu wundersam schnell zugetragen.

«Und die ganze Stadt soll heute Abend zur Feier des Tages illuminiert werden», erzählte sie atemlos. «Wir werden auch eine Kerze in jedes Fenster stellen, nicht wahr, Gesche? Mal schauen, ob wir noch genug im Haus haben ... Und wir müssen Tante Mette schreiben!» Sie runzelte die Stirn. «Wie heißt noch gleich dieser Handelsposten in der Wildnis mit dem unaussprechlichen Namen, wo sie wohnt?»

«Chicago», half ihr Ernst.

«Genau! Sie wird wissen wollen, was in der alten Heimat geschehen ist ...» Zusammen mit der kleinen Gesche verschwand sie in der guten Stube, um alles zum Tee zu bereiten. Durch die offene Tür konnte Nicolaus einen Blick auf die Anrichte werfen. Neben Urgroßvaters gerahmten Plänen für die Rathausuhr hing inzwischen Vaters Gemälde von der *Möwe*, ebenfalls in einen ordentlichen Rahmen gesetzt und der Riss ausgebessert. Sie schienen über Großmutters Seechronometer unter Glas zu wachen – und über eine matt glänzende Taschenuhr an der Kette, deren Tugend gerade darin bestand, schlicht und unscheinbar zu sein. Ernsts erster Entwurf einer Uhr für jedermann, wie sie inzwischen in der Altendieck'schen Manufaktur hergestellt wurde.

Anna seufzte tief und riss ihn damit aus seinen Betrachtungen.

«Was ist?», fragte er besorgt.

«Ach, ich weiß nicht recht ...», erwiderte sie. «Das geht alles so schnell, mit der Republik.»

«Das wollten wir doch so!»

«Gewiss. Und dennoch ... Du weißt, wie es in der Welt läuft. Ich hoffe so sehr, dass die Mächtigen sich die Rechte, die das Volk ihnen abgetrotzt hat, nicht bald wieder zurückholen.»

«Das kann ich gut verstehen», sagte Ernst. «Doch heute ist kein Tag für drückende Sorgen. Mal dir nur aus, wie das Bremen, in dem unsere Gesche einst leben wird, aussehen mag! Wie die Stadt als Republik wachsen wird, geformt von den Händen ihrer Bürgerinnen und Bürger. Vielleicht erheben sich bald neue, stolze Gebäude am Marktplatz ...»

«Oder neue, stolze Tyrannen erheben das Haupt», brummte Anna lakonisch.

«Mag sein. Trotzdem hoffe ich.»

Sie lächelte ihn an. Eine Pracht von Sommersprossen, die sein Herz immer noch so aufgehen ließ wie damals, als sie ihn in ihrem Bücherkabinett versteckt hatte. «Dann lass uns gemeinsam hoffen.»

In diesem Moment ertönte aus Horas glänzendem Uhrenkasten dumpf und freundlich der Stundenschlag, gefolgt von den ersten Noten von *Nun danket alle Gott*. Die kleine Gesche kam aus der Stube herbeigelaufen, so wie sie es immer tat, wenn die Uhr ihr Lied spielte. Mit großen Kinderaugen schaute sie zu dem Zinnschiffchen hinauf, das seit über 100 Jahren auf den Wellen tanzte, hin und her geworfen und doch unbeirrt.

Ernst legte ihr eine Hand auf die Schulter, und Anna kam an seine Seite. Gemeinsam verfolgten sie, wie Horas Zeiger beständig voraneilten, der Zukunft entgegen und den Veränderungen, die sie mit sich bringen würde. *Hora fugit.*

Glossar

Historische Personen

Philipp Karl von Arberg (1776–1814): Präfekt des Départements der Wesermündungen

John Arnold (1736–1799): britischer Uhrmacher

Daniel Balcke: Amtsmeister des Schmiedeamtes in Bremen im Jahre 1833

Otto Balcke: Amtsmeister des Schmiedeamtes in Bremen im Jahre 1768

Heinrich Böse (1783–1876): bremischer Zuckerfabrikant, Hauptmann des von ihm gegründeten Freiwilligen Bremischen Jäger-Korps

George Bryan Brummell (1778–1840): britischer Dandy, genannt Beau Brummell

Gottfried August Bürger (1747–1794): deutscher Dichter

Salomon Coster (1622–1659): Uhrmacher in Den Haag, Erbauer der ersten Pendeluhr

Kenelm Digby (1603–1665): britischer Gelehrter und Naturphilosoph

Thomas Earnshaw (1749–1829): britischer Uhrmacher

Caroline Eichler (ca. 1808–1843): deutsche Mechanikerin

Emma von Lesum (ca. 975–1038): norddeutsche Adlige

Alexandre Exquemelin (1645–1707): französischer Autor

John Fielding (1721–1780): britischer Richter

George Graham (1673–1751): britischer Uhrmacher

John Harrison (1693–1776): britischer Uhrmacher

William Harrison (1728–1815): britischer Mechaniker, Sohn von John Harrison

E. T. A. Hoffmann (1776–1822): deutscher Autor, Zeichner und Komponist

Christiaan Huygens (1629–1695): niederländischer Naturforscher

Hieronymus Klugkist (1711–1773): bremischer Bürgermeister

Caroline Lacroix: Harfenistin und Musiklehrerin in Bremen, Freundin von Marie Mindermann

Antonius von Lübbecke (gest. 1622): Uhrmacher in Bremen

Nevil Maskelyne (1732–1811): britischer Hofastronom

Isaak von Meinertzhagen: bremischer Bürgermeister 1766–1775

Volkhard Mindemann (1705–1781): bremischer Bürgermeister

Marie Mindermann (1808–1882): bremische Autorin und Frauenrechtlerin

Joseph Michel (1770–1810) und Jacques Étienne (1745–1799) Montgolfier: Erfinder des Heißluftballons

Joseph Morand (1757–1813): französischer General

Von Post: bedeutende bremische Familie; die Gliederpuppe aus ihrem Besitz ist heute im Focke-Museum zu sehen

Boyer de Rébeval (1768–1822): französischer General

Olaus Römer (1644–1710): dänischer Astronom

Berend Rohde: bremischer Tischlermeister

Isak Schumacher (1780–1853): bremischer Bürgermeister

DIEDERICH SMIDT (1711–1787): bremischer Bürgermeister
JOHANN SMIDT (1773–1857): bremischer Bürgermeister
CLAUDE CARRA SAINT-CYR (1760–1834): französischer General
FRIEDRICH SCHRÖDER (1775–1835): bremischer Reeder
THOMAS SYDENHAM (1624–1689): englischer Arzt
FRIEDRICH KARL VON TETTENBORN (1778–1845): General in russischen Diensten
THOMAS TOMPION (1639–1713): englischer Uhrmacher
PIETER VISBAGH (ca. 1634–1722): Uhrmacher in Den Haag
WILHELM ERNST WICHELHAUSEN (1769–1823): bremischer Bürgermeister während der Zeit, in der Bremen zum französischen Kaiserreich gehörte
CORD WISCHMANN (ca. 1800–1857): bremischer Tischlermeister, erster Präsident des Bremer Bürgervereins
MARY WOLLSTONECRAFT (1759–1797): britische Autorin und Frauenrechtlerin, Mutter von Mary Shelley

UHRMACHERKUNST

ANKER: hakenförmiger Teil der Ankerhemmung
BIMETALL: beim Pendel die Kombination von Eisen- und Messingstangen, um durch die unterschiedliche Wärmeausdehnung dieser Metalle Unregelmäßigkeiten bei Temperaturschwankungen zu vermeiden; die Konstruktion ist als Harrison'sches Kompensationspendel bekannt
EARNSHAW'SCHE HEMMUNG: Hemmungsbauart, die auf Thomas Earnshaw zurückgeht

FEDER: spiralförmig gebogene Metallfeder, die als Energiespeicher in kleineren mechanischen Uhren dient

GEHWERK: zentraler Teil des Räderwerks

GEWICHT: Energiespeicher bei der Pendeluhr; die Gewichte werden manuell hochgezogen und treiben durch ihr allmähliches Absinken das Räderwerk an

GRASHOPPER-HEMMUNG: von John Harrison konstruierte Hemmung, deren Form an einen Grashüpfer erinnert

HEMMUNG: die Verbindung zwischen dem Taktgeber (bei der Pendeluhr das Pendel) und dem Räderwerk der Uhr; sorgt dafür, dass die Kraft des Antriebs nicht ungebremst durchrast

KORNZANGE: feine, pinzettenartige Zange

PENDEL: gibt der Pendeluhr den Takt vor und regelt ihren Gang

PLATINE: Werkplatte, auf der die Bauteile eines Uhrwerks befestigt werden

RECHENSCHLAGWERK: Werk für den Stundenschlag, das nach einem rechenartig gezahnten Hebel benannt ist

REMONTOIR D'EGALITÉ: von John Harrison konstruierter Zwischenantrieb im Uhrwerk, der für eine deutlich gesteigerte Genauigkeit sorgt

WALZENRAD: Rad, das vom Absinken der Gewichte der Pendeluhr angetrieben wird (und seinerseits Minuten- und Stundenrad antreibt)

ZEIGERWERK: Teil des Uhrwerks, der den Gang der Zeiger regelt

ZYLINDERHEMMUNG: von Thomas Tompion konstruierte und von George Graham weiterentwickelte Hemmung, die auf einem Metallzylinder mit Aussparungen beruht

Allgemein

𝒜

À LA CHINOISE: exotistischer Kunststil in der frühen Neuzeit, der sich an chinesische Vorbilder anlehnt

À LA TURQUE: exotistischer Kunststil in der frühen Neuzeit, der sich an türkische/orientalische Vorbilder anlehnt

ACHTZEHNHUNDERTUNDERFROREN: volkstümlich für das *Jahr ohne Sommer* 1816, das außergewöhnlich kalt war, vermutlich aufgrund des Ausbruchs des indonesischen Vulkans Tambora

ANSGARII-TOR: Stadttor von Bremen nahe der Ansgarii-Kirche; Anfang des 19. Jahrhunderts abgerissen

ANSGARITRÄNKPFORTE: eine der Schlachtpforten

ℬ

BELAGERUNGSZUSTAND: alter Begriff dafür, dass das Kriegsrecht über einen Ort verhängt wird

BERLINE: eine gefederte Kutsche

BISTERK DING: Fabelwesen, das auf Helgoland den Angehörigen ertrunkener Seeleute erscheinen soll

BLEXEN: Ort an der Wesermündung, heute Teil von Nordenham

BLAUE BLUME: Symbol der Sehnsucht in der Romantik

BOARD OF LONGITUDE: die britische Kommission zur Lösung des Längengradproblems; bestand offiziell von 1714 bis 1828

BÖNHASE: Handwerker, der seine Dienste illegal anbietet, ohne Mitglied einer Zunft zu sein (der plattdeutsche Begriff bedeutet wortwörtlich *Dachboden-Hase*, was eine Metapher für *Katze* ist)

ALTE BÖRSE: das alte Börsengebäude von Bremen aus dem 17. Jahrhundert, niedergebrannt im Jahre 1888

NEUE BÖRSE: das neue Börsengebäude von Bremen, eingeweiht 1864; im Zweiten Weltkrieg ausgebrannt

BONNE VILLE DE L'EMPIRE FRANÇAIS: Ehrentitel ausgewählter Städte im napoleonischen Kaiserreich, so auch von Bremen

BRAUT: größter Pulverturm von Bremen; 1739 durch einen Blitzschlag zerstört

BREMER BÜRGERVEREIN: Vereinigung Bremer Bürger, die die Forderungen der Märzrevolution von 1848 in der Stadt vertrat; bestand zwischen 1848 und 1852

BÜRGERFREUND: Wochenzeitschrift in Bremen, die zwischen 1814 und 1866 erschien

BÜRGERKONVENT: ständische Bürgervertretung, die neben dem Rat bestand; Vorläufer der Bremischen Bürgerschaft

BÜRGERWEIDE: große Weide nördlich von Bremen, die für das Vieh der Bürger genutzt wurde

BUNDESZENTRALBEHÖRDE: Behörde des Deutschen Bundes zur Verfolgung von unliebsamen politischen Aktivisten; bestand von 1833 bis 1842

ℭ

CODE CIVIL: das von Napoléon erlassene französische Gesetzbuch

COMPLIMENTARIUS: eine Figur in Ritterrüstung im Schütting, die Gäste durch eine verborgene Mechanik *begrüßte*

D

DÉPARTEMENT DES BOUCHES-DU-WESER: Verwaltungseinheit des französischen Kaiserreichs, deren Hauptstadt Bremen von 1811 bis 1813 war
DEUTSCHER BUND: Bund der deutschen Staaten nach dem Wiener Kongress von 1815
DOLMAN-ROCK: mit Schnüren besetzte Uniformjacke der Reiterei
BREMER DOM: alte Hauptkirche von Bremen
DOMSHEIDE: zentraler Platz in Bremen südlich des Doms
DOMSHOF: zentraler Platz in Bremen nördlich des Doms
DOUANIER: französischer Zollbeamter
DRAWING ROOM: Salon in einem Haus der britischen Oberschicht

E

EAST INDIA COMPANY: mächtige britische Handelsgesellschaft mit weitreichenden Privilegien
EAST INDIA HOUSE: Hauptsitz der *East India Company* in London
ELTERLEUTE: Oberhäupter der Kaufmannschaft von Bremen
EPAULETTEN: Schulterstücke an der Uniform

F

FELDSCHLANGE: Bezeichnung für eine leichte Feldkanone
FELLEISEN: Lederrucksack, insbesondere von Wandergesellen verwendet
FERRO: heute El Hierro, die westlichste Kanareninsel; zahl-

reiche vormoderne Karten setzen hier den Nullmeridian an

FESTUNGSHAFT: ehrenhafte Form der Freiheitsstrafe für gehobene Stände

FLEUTE: Segelschiff nach niederländischer Bauart

FRANKFURTER WACHENSTURM: gescheiterter Aufstand in Frankfurt am Main im April 1833, der mit einem Sturm auf die beiden Frankfurter Polizeiwachen beginnen sollte

FREIMARKT: großer jährlicher Markt in Bremen seit 1035, heute ein bedeutendes Volksfest

FÜSILIER: Soldat der Infanterie

FUSS: altes Längenmaß, das an jedem Ort ein wenig anders angesetzt wurde; in Bremen entsprach ein Fuß ca. 28,94 cm

𝒢

GALIOT: Segelschiff, auf der Fleute beruhend

GEESTE: unterster Nebenfluss der Weser

GEESTENDORF: Ort an der Mündung der Geeste in die Weser bei Lehe; heute ein Teil von Bremerhaven

GIESSHAUSBASTION: Teil der Bremer Stadtbefestigung nahe beim Herdentor

GLOCKE: Kapitelhaus des Bremer Doms, so genannt wegen seiner achteckigen Form; 1915 niedergebrannt; der Nachfolgebau, die neue Glocke, wurde 1928 errichtet

GRAND TOUR: Bildungsreise durch Europa für die Söhne des Adels und des gehobenen Bürgertums in der frühen Neuzeit

GRANDE ARMÉE: die kaiserlich-französische Armee unter Napoléon

GREENLAND DOCK: ältestes künstliches Hafenbecken von London

GREENWICH: Stadtteil von London, der das königliche Observatorium beherbergt; seit 1884 verläuft hier der international festgelegte Nullmeridian

GRÖNLAND-COMPAGNIE: Bremische Organisation für den Walfang in arktischen Gewässern seit 1653

H

HANSEATISCHE LEGION: 1813 gegründete Kampftruppe in den Befreiungskriegen, der Bürger Hamburgs, Lübecks und Bremens angehörten

HAUTE POLICE: Geheimpolizei im napoleonischen Kaiserreich

HERDENTOR: Stadttor im Norden von Bremen; so genannt, weil hier die Viehherden zur Bürgerweide getrieben wurden; Anfang des 19. Jahrhunderts abgerissen

HERDENTORSMÜHLE: Windmühle auf der Gießhausbastion nahe beim Herdentor

HUSAR: Soldat der leichten Kavallerie

HYSTERIE: in der frühneuzeitlichen Medizin ein Krankheitsbild, das mit der Gebärmutter in Verbindung gebracht wurde und eine angebliche Labilität des weiblichen Geschlechts erklären sollte

J

JÄGER: Soldat für den Einsatz im Gelände

JOSEPHSGANG: eine der Schlachtpforten

JULI-REVOLUTION: Revolution in Frankreich im Jahre 1830, bei der die Bourbonen endgültig abgesetzt wurden und der *Bürgerkönig* Louis Philippe an die Macht kam

Justaucorps: frühneuzeitlicher Herrenrock, Vorläufer des Gehrocks

K

Kairos: ein Jüngling mit Stirnlocke und kahlem Hinterkopf, die griechische Personifikation der günstigen Gelegenheit
Kapitelsaal: Versammlungssaal des Domkapitels
Karlsbader Beschlüsse: repressive Gesetze gegen unliebsame politische Kräfte im Deutschen Bund von 1819
Karlstadt: alte schwedische Befestigungsanlage an der Geestemündung; später lag hier eine französische Kanonenbefestigung
Kastorhut: Filzhut aus Biberhaar, Vorläufer des Zylinders
Katharinenkloster: altes Dominikanerkloster in Bremen, nach der Reformation aufgelöst
King's German Legion: britischer Militärverband im Krieg gegen Napoléon, der aus Angehörigen der deutschen Staaten gebildet wurde, insbesondere aus dem Kurfürstentum Hannover
Kleinschmied: Werkzeugschmied
Kontinentalsperre: Handelsblockade, die das napoleonische Kaiserreich seit 1806 gegen das gegnerische Vereinigte Königreich verhängte
Krullkuchen: dünne, waffelartige Küchlein
Kunstverein in Bremen: Zusammenschluss bremischer Bürger zur Förderung der bildenden Kunst, besteht seit 1823

L

Lateinschule: höhere Schule für das Bürgertum

LEHE: Flecken an der Wesermündung nördlich von Bremen; heute ein Stadtteil von Bremerhaven

LEIDENER FLASCHE: ein früher Speicher elektrischer Ladungen in Form einer metallbeschichteten Glasflasche

L'HOMBRE: frühneuzeitliches Kartenspiel für drei Personen

LIEBFRAUENKIRCHE: alte Kirche nahe am Bremer Marktplatz, eines der vier Kirchspiele der Stadt

M

MAIRE: französisch für Bürgermeister

MARATHA: mächtiges Reich in Indien

MASKOPSTRÄGER: Bezeichnung für die Hafenarbeiter an der Schlachte

N

NAPOLEONSD'OR: Goldmünze im napoleonischen Kaiserreich

NEUSTADT: Bremer Stadtteil südlich der Weser

O

ORLOGSCHIFF: Kriegsschiff, das einem Konvoi von Handelsschiffen Geleit gibt

P

PALATIUM: Sitz der Bremer Erzbischöfe am Domshof; wurde 1818/19 abgerissen, um dem Stadthaus zu weichen

PFERDEMARKT: Platz in der Bremer Neustadt

PHRYGISCHE MÜTZE: eine antike Kopfbedeckung, die während und nach der Französischen Revolution als sogenannte Freiheitsmütze ein Symbol für eine demokratische Gesinnung wurde

POOL OF LONDON: Teil der Themse bei London, der als Hafen diente

R

RATSKELLER: ausgedehnter Weinkeller und Schankwirtschaft unter dem Bremer Rathaus

RHEINBUND: Bund deutscher Staaten unter französischer Oberhoheit von 1806 bis 1813

ROLAND: mittelalterliche Steinfigur auf dem Bremer Rathausplatz, Symbol für die Freiheit der Stadt

KLEINER ROLAND: Brunnenfigur in der Form des Bremer Rolands in der Bremer Neustadt, errichtet 1737

S

SAPPEUR: Truppenhandwerker

SCHLACHTE: der alte Bremer Weserhafen; wegen der zunehmenden Versandung der Weser wurde im 17. Jahrhundert zusätzlich der Flusshafen von Vegesack und im 19. Jahrhundert schließlich Bremerhaven angelegt

SCHLACHTPFORTEN: die zehn Pforten des Schlachte-Geländes; wurden nachts verschlossen und bewacht

SCHLACHTVOGT: leitender Beamter des Schlachte-Hafens

SCHNOOR: Bremer Altstadtviertel, das sich durch schmale Gassen auszeichnet

SCHÜTTING: Haus der Bremer Kaufmannschaft

SEBALDSBRÜCKER HEERSTRASSE: Hauptstraße im Bremer Stadtteil Sebaldsbrück, die auf die napoleonische Nationalstraße Nr. 3 von Paris über Bremen nach Hamburg zurückgeht

SOHO: Stadtviertel von London, galt früher als verrufen

ST. ANSGARII: Kirche in der Bremer Altstadt, eines der vier Kirchspiele der Stadt; im Zweiten Weltkrieg zerstört

ST. MARTINI: Kirche nahe der Schlachte, eines der vier Kirchspiele der Stadt

ST. STEPHANI: Kirche im Westen der Bremer Altstadt, eines der vier Kirchspiele der Stadt

STADTGRABEN: der alte Wassergraben der Bremer Stadtbefestigung; z.T. auch in die Parkanlagen integriert, die später ihren Platz einnahmen

STADTHAUS: Behördengebäude in Bremen, 1818/19 an der Stelle des alten Palatiums errichtet; heute steht hier der neue Flügel des Rathauses

STADTTHEATER: erstes dauerhaftes Theater in Bremen, 1792 an den Wallanlagen errichtet und bis 1843 bespielt

STALHOF: Handelsniederlassung der Hansestädte Hamburg, Lübeck und Bremen in London

STEINSCHLOSS: Zündmechanismus einer Feuerwaffe, der auf einem eingebauten Feuerstein beruht

T

TEERHOF: Halbinsel in der Weser gegenüber der Schlachte; hat ihren Namen von den Teerarbeiten zur Abdichtung von Schiffen

THIEF-TAKER: professioneller, auf eigene Rechnung arbeitender Jäger von Kriminellen in England

Tschako-Hut: hoher Soldatenhut
Turner: Anhänger der Turnbewegung nach Friedrich Ludwig Jahn, die Sport mit politischem Aktivismus verband

V

Vegesack: kleiner Ort bei Bremen, wo im 17. Jahrhundert ein künstlicher Hafen angelegt wurde; heute ein Stadtteil von Bremen

W

Weser: erstes in Deutschland gebautes Dampfschiff, befuhr die Weser von 1817 bis 1833
Grosse Weserbrücke: alte Holzbrücke über die Weser in Bremen zwischen Altstadt und Teerhof; *groß* bezieht sich dabei auf den größeren Arm der Weser
Worshipful Company of Clockmakers: Vereinigung der Uhrmacher von London
Wunderkammer: Kuriositätenkabinett, in dem Adlige und Großbürger der frühen Neuzeit Wunder der Natur und Kultur präsentierten
Wuppe: Bezeichnung für die Seilwinden, die zum Be- und Entladen der Schiffe an der Schlachte verwendet wurden

Z

Zigarrenmacher: häufige Tätigkeit der einfachen Leute in Bremen im 19. Jahrhundert
Zollverein: handelspolitischer Zusammenschluss der deutschen Staaten nach 1834

Nachwort

*J*n der oberen Halle des Rathauses zu Bremen steht eine wunderbare, alte Standuhr, übermenschengroß und bekrönt von einem goldenen Löwen, der das Schlüsselwappen der Stadt in den Klauen trägt. Sie zeigt neben dem Lauf der Zeit auch den der Mondphasen an, und sie lässt 14 verschiedene Melodien mit ihrem Glockenspiel erklingen.

Diese Uhr war der Ausgangspunkt für meinen Roman *Das Erbe der Altendiecks*. Alles weitere entwickelte sich von ihr aus. Ich machte die Standuhr, die eigentlich im Jahre 1739 vom bremischen Uhrmacher Georg Christoph Meybach gebaut wurde, zu einer Arbeit von Johann Christian Altendieck und verband so dieses reale technische Wunderwerk mit jener fiktiven Familie, die ich mir als Protagonisten erdachte.

In die Idee, dass es in meinem ersten historischen Roman um Uhren und Uhrmacher auf der Schwelle zur Moderne gehen sollte, habe ich mich sehr rasch verliebt. Die kunstvolle Mechanik ihrer Werke spiegelt auf beeindruckende Weise wider, wie die frühe Neuzeit die Welt als großen Mechanismus begreift, den man durchschauen und letztendlich beherrschen kann; eine wichtige Voraussetzung für den Schritt in die Moderne mit all seinen bekannten Konsequenzen.

Also schaute ich mich um, welche Verbindungen zwischen Bremen als Ort der Handlung und der Uhrmacherei es darüber hinaus gibt, und stieß neben der großen Uhr im Rathaus bald auf einen weiteren spannenden Aspekt: Im späten 18. Jahrhundert reichte ein Uhrmacher aus Bremen ein Seechronometer zur Lösung des Längengrad-Problems beim *Board of Longitude* ein (der Vorschlag wurde abgelehnt, wie so viele andere).

Ich entschloss mich, beide uhrmacherischen Leistungen aus Bremen zu Werken derselben Familie zu machen. Dabei musste ich mir allerdings eine Abweichung von den historischen Verhältnissen erlauben und die Konstruktion der großen Rathaus-Uhr um rund eine Generation auf das Jahr 1768 verschieben, damit beide Ereignisse in die Chronologie meiner Handlung passen.

Ich wollte nämlich die Erzählung nicht nur auf die alte Ständegesellschaft und die aufblühende Wissenschaft der Aufklärung beschränken, sondern auch auf das eingehen, was danach passiert: auf die sich entfaltende Romantik im frühen 19. Jahrhundert ebenso wie auf die Zeit der napoleonischen Besatzung und die demokratische Bewegung im Vormärz.

Stets habe ich nach markanten Begebenheiten in der Geschichte Bremens Ausschau gehalten und die Geschicke meiner fiktiven Familie drumherum gesponnen. Natürlich habe ich mir dabei diverse erzählerische Freiheiten genommen: Beispielsweise gab es bei der Einweihung der Rathaus-Uhr keinen Sabotage-Akt (das vermute ich jedenfalls). Die Schlacht an der Franzosenbrücke bei Lehe hat zwar tatsächlich stattgefunden, ihren Ablauf habe ich allerdings frei erzählt. Und in der Bremer Neustadt wurde nicht wirklich eine Uhrenmanufaktur gegründet. Wichtig war mir, zentrale Veränderungen sinnbildlich zu erfassen, im Falle der Manufaktur etwa das aufkeimende Zeitalter der Industrialisierung.

Um mich in die Welt des alten Bremen einzudenken, habe ich viele Orte dieser Stadt besucht, mich durchs Rathaus führen lassen und ihre Museen erkundet. Dadurch hatten meine Familie und ich nicht nur diverse schöne Ausflugstage, sondern ich konnte auch Details wie die von Gesche bewunderte Gliederpuppe der Familie von Post einbauen, die heute noch im Focke-Museum zu sehen ist. Ich bin den Mitarbeiter*innen der Einrichtungen sehr dankbar dafür, dass sie durch ihre Arbeit solche Erfahrungen ermöglichen.

Außerdem habe ich manche Stunde in der Stadtbücherei und der Staats- und Universitätsbibliothek verbracht und immer wieder große Stapel staubiger Bücher im Rucksack nach Hause getragen. Für mich war es eine unbezahlbare Hilfe, dass sich Wissenschaftler*innen mit sehr speziellen Themen wie *Die bremischen Metallgewerbe vom 16. bis zur Mitte des 19. Jahrhunderts* (Hermann Fatthauer) beschäftigt haben.

In der Menge der Bücher, die ich für diesen Roman durchforstet habe, sind mir vor allem die anekdotischen Darstellungen von Anton Kippenberg und Heinrich Schmidt-Barrien ans Herz gewachsen, die das Leben im alten Bremen auch von seiner menschlichen Seite her für mich zugänglich gemacht haben. Das Bremer Platt, das im ersten Buchteil die Straßenhändler sprechen, wurde übrigens von Kippenberg in seinen *Geschichten aus einer alten Hansestadt* notiert.

Die Hexengeschichten, die Berend Rohe im Buch Johann erzählt, basieren auf alten Überlieferungen aus Bremen, die Friedrich Wagenfeld in seiner schönen Sammlung *Bremens Volkssagen* zusammengestellt hat.

Und keinesfalls unerwähnt bleiben darf Dava Sobels Sachbuch über die Geschichte des Längengrad-Problems, das einen sehr unterhaltsamen Einstieg in diese Thematik darstellt und eine überaus wertvolle Quelle für meine Arbeit war.

Doch noch wichtiger als Bücherwissen war für mich die

Unterstützung lebendiger Menschen. Ich möchte dem Uhrmacher und Restaurator Timo Gérard danken, der die große Uhr im Bremer Rathaus restauriert hat. Herr Gérard hat sich die Zeit genommen, mich in seiner beeindruckenden Werkstatt zu empfangen und mir geduldig Fragen zu seiner Kunst zu beantworten, Textstellen gegenzulesen und meine nicht gerade wenigen technischen Fehlannahmen zu korrigieren.

Außerdem danke ich dem Uhrmacher Bernd Angerstein aus Schöppenstedt, der sich ebenfalls die Zeit für meine Fragen genommen hat. Ohne die Hilfe dieser Experten hätten die uhrmacherischen Teile des Buches nicht entstehen können. Die Fehler, die sich in diesem Zusammenhang noch finden mögen, stammen allerdings ausschließlich von mir.

Frau Traute Dittmann aus Syke danke ich zudem für ihre Denkhilfe bei einigen plattdeutschen Formulierungen.

Mein Dank geht auch an Anne Rudolph, die das Projekt als Lektorin betreut und dabei nicht nur mit scharfem Blick diverse Logik-Brüche in der Erzählung aufgespürt hat, sondern auch anregte, die emotionale Seite meiner Figuren noch stärker erlebbar zu machen.

Dass ich mich überhaupt an meinem ersten historischen Roman versucht habe, verdanke ich meiner Agentin Anja Koeseling, die mich dazu ermutigte. Die Recherchen hierfür fühlten sich in gewisser Weise so an, als wäre ich wieder an der Uni und würde eine Seminararbeit vorbereiten. Allerdings mit einem entscheidenden Unterschied: Diesmal ging es nicht darum, das Typische zu erfassen, sondern das Besondere und Interessante – eben das, was sich zu erzählen lohnt.

Die Arbeit an diesem Roman hat mir viel Freude gemacht und insbesondere mein Bewusstsein für das Voranschreiten der Zeit geschärft – das sich übrigens auch auf dem Cover des Romans nachvollziehen lässt: Es zeigt den Marktplatz von Bremen, irgendwann zwischen 1864 und 1893. Man kann das daran festmachen, dass der Dom auf dem Bild nur einen Turm hat (der Südturm wurde erst 1893 wiederaufgebaut), während gleichzeitig auf der rechten Bildseite die Neue Börse zu sehen ist (sie wurde 1864 eingeweiht).

Die Marktplatz-Szene auf dem Bild spielt also nach der Handlung des Romans, zu einer Zeit, die Annas und Ernst Theodors Tochter als erwachsene Frau erleben wird. *Hora fugit*. So schließt sich an dieser Stelle der Kreis.

Jenny Glanfield
Hotel Quadriga
Die Geschichte einer Berliner Familiendynastie

Inspiriert vom Hotel Adlon lässt das packende Schicksal einer Berliner Hoteldynastie von 1870 bis zum Fall in drei abgeschlossenen Bänden deutsche Geschichte wiederauferstehen. Der dreizehnjährige Karl Jochum sieht an einem glorreichen Morgen im Juni 1871 eine prächtige Militärparade über die Straße «Unter den Linden» ziehen. Sie verkündet die Geburt eines neuen Deutschen Reiches. Sein Blick geht hoch zur stolzen Quadriga auf dem

656 Seiten

Brandenburger Tor, er erblickt die siegreiche Viktoria. In dem Moment schwört sich der Konditorensohn aus bescheidenen Verhältnissen, etwas aus seinem Leben zu machen. Er wird sein eigenes Café eröffnen. Danach zieht es ihn wieder zur Quadriga. Er will das beste Hotel von Berlin gründen, koste es, was es wolle.

Weitere Informationen finden Sie unter **rowohlt.de**

René Anour
Im Schatten des Turms

Ein Wien-Roman

Hinter den Mauern des Narrenturms, der ersten psychiatrischen Heilanstalt der Welt ...

Wien, 1787. Der Medizinstudent Alfred ist fasziniert vom sogenannten Narrenturm. Hier werden erstmals die Irrsinnigen behandelt, ein ganz neuer Zweig der Medizin. Doch die Zustände sind erbarmungswürdig. Und der Anblick einer jungen Frau mit seltsamen Malen auf den Armen lässt ihn nicht los.

656 Seiten

Die junge Adlige Helene war noch nie am Wiener Hof. Ihr Vater hält die Hofburg für eine Schlangengrube und will seine Tochter möglichst lange von dort fernhalten. Doch er kann sie nicht beschützen. Alfred und Helene. Sie werden sich begegnen. Sie werden sich verlieben. Und sie werden einen hohen Preis dafür bezahlen ...

Weitere Informationen finden Sie unter **rowohlt.de**